GOLDMANN

Herausgeber

Lester del Rey ist der Doyen der amerikanischen Fantasy-Literatur. Er war fast zwanzig Jahre Herausgeber der Fantasy-Reihe bei Ballantine Books und darf unter anderem das Verdienst für sich in Anspruch nehmen, Autoren wie Terry Brooks und Anne McCaffrey entdeckt und weltbekannt gemacht zu haben.
Risa Kessler, seit zwanzig Jahren im Verlagsgeschäft, ist Lektorin bei Ballantine Books und lebt in New York City.

LESTER DEL REY / RISA KESSLER

DAS GROSSE MÄRCHEN-LESEBUCH DER FANTASY

Aus dem Amerikanischen
von Marita Böhm, Wolfgang Buchalla,
Andreas Decker, Dagmar Hartmann,
Karin König, Michael Kubiak, Edda Petri

GOLDMANN VERLAG

Die Originalausgabe erschien unter dem Titel »Once Upon A Time. A Treasury of Modern Fairy Tales« bei Ballantine Books, New York

Umwelthinweis:
Alle bedruckten Materialien dieses Taschenbuches
sind chlorfrei und umweltschonend.
Das Papier enthält Recycling-Anteile.

Der Goldmann Verlag
ist ein Unternehmen der Verlagsgruppe Bertelsmann

Deutsche Erstveröffentlichung 11/92

Umschlaggestaltung: Design Team München, unter
Verwendung einer Illustration von Michael Pangrazio
Satz: IBV Satz- und Datentechnik GmbH, Berlin
Druck: Elsnerdruck, Berlin
Verlagsnummer: 24570
Lektorat: Sky Nonhoff
Redaktion: Ursula Walther
Herstellung: Peter Papenbrok/sc
Made in Germany
ISBN 3-442-24570-2

3 5 7 9 10 8 6 4 2

Inhaltsverzeichnis

Vorwort

»ES WAR EINMAL...«

Das sind die Worte, die man über dem Tor zu einem Land eingraviert findet, in dem immer noch Magisches passiert und in dem immer noch die Gestalten unserer uralten Mythen leben: Drachen mit feurigem Atem, Einhörner, großmütterfressende Wölfe, Elfen, Hexen, Zwerge, edle Prinzen und Prinzessinnen von unvergleichlicher Schönheit und Güte.

Die Geschichten aus diesem Land sind die klassischen, von jungen Lesern und Zuhörern heißgeliebten Märchen. Und Erwachsene erinnern sich gern an sie, auch wenn sie die Märchenbücher mit den Spielsachen beiseite gelegt haben.

Trotzdem sollte das Tor zum Märchenland niemandem aufgrund seines Alters oder seines Erwachsenseins verschlossen bleiben. Und so haben wir uns entschlossen, das Tor mit der Zusammenstellung dieses Bandes weit zu öffnen, haben Geschichten von hochrangigen, anspruchsvollen Autoren gesammelt, die sich nicht scheuen, von Wundern, Mythen und Magie zu erzählen, wie es in den klassischen Märchen üblich war. Hier sind sie also – zeitgemäße, moderne Märchen für erwachsene Leser.

Inwiefern sich diese Geschichten von den Klassikern unserer Kindheit unterscheiden? Nicht so sehr in der Stimmung, die sie kreieren, aber doch vom Methodischen und vom Zweck her, mal ganz abgesehen vom Alter der Leserschaft, für die sie geschrieben worden sind.

Es ist das *geschriebene* Wort, das diese modernen Märchen bestimmt, nicht das mündlich überlieferte, von dem die alten Geschichten großenteils abhingen. Was einen gravierenden Unterschied darstellt, wie der eine Herausgeber dieses Buches aus Erfahrung sagen kann. Er ist Autor einer Vielzahl von Geschichten, hat aber eine ganze Reihe von Stories auch mündlich vorgetragen, darunter eine Serie von Weihnachtserzählungen für einen New Yorker Radiosender.

Von einer geschriebenen Geschichte wird erwartet, daß die in ihr vorkommenden Charaktere tiefenscharf entwickelt werden; detaillierte Schilderungen verleihen ihr Farbe und erzeugen eine Illusion der Wirklichkeit. Mündlich kann eine Geschichte so nicht erzählt werden, wenn der Zuhörer bei der Stange gehalten werden soll. Die Charaktere brauchen oft nicht viel mehr als einen Namen, und der Handlungsrahmen muß für sich selbst sprechen. Wichtig ist das, was passiert.

Die klassischen Märchen wurden nicht niedergeschrieben, das geschah erst viel später. Sie wurden mündlich von Generation zu Generation überliefert. Geschichten dieser Art wurden abends am Kamin grobgezimmerter Bauernkaten von den Großmüttern erzählt, wenn die Arbeit getan war; Kinder bessergestellter Eltern lauschten den Geschichten der Bediensteten.

Die meisten der Geschichtenerzähler konnten nicht lesen. Aber wie viele Analphabeten hatten sie ein ausgezeichnetes Gedächtnis, und es gab noch keine Reizüberflutung durch Bücher, Film und Fernsehen. Die Geschichten entwickelten sich langsam und änderten sich nur wenig über die Generationen.

Die Geschichtenerzähler und ihre Zuhörer führten gewöhnlich ein hartes Leben, waren endlosen Mühen und Plagen ausgesetzt. Damals gab es noch unerforschte Wälder, und wer sich in ihnen herumtrieb, konnte urplötzlich und für immer verschwinden. In vielen Gegenden gab es gefährliche Raubtiere. Die Leute glaubten noch an Hexen und böse Zauber. Es gab keine Elektrizität, und die Nächte waren dunkel und zum Fürchten. Nur wenige konnten sich Kerzen leisten, und so drängten sich die Leute an den Winterabenden um die Feuerstellen, während sie an den langen Sommertagen nach der Arbeit oft erschöpft auf ihre Schlafstatt fielen.

Es erstaunt nicht sonderlich, daß Angst und Schrecken zu den Grundkomponenten vieler dieser Geschichten gehören. Das eigentliche Wunder besteht in der Hoffnung, die sich durch manche dieser Erzählungen wie ein roter Faden zieht und in der sich vielleicht auch die Sehnsüchte so mancher Geschichtenerzähler widerspiegeln.

Die Figuren in diesen alten Geschichten waren meist stereotype Charaktere. Stiefmütter waren böse, Hexen schürten ihre Öfen für kleine Kinder, und Prinzen und Prinzessinnen waren einfach zu gut, als daß man es in Worte hätte fassen können. Nun, warum nicht? Die Geschichtenerzähler von damals hatten nicht den Erfahrungshorizont, um ihre Charaktere genau entwerfen zu können. Die meisten von ihnen hatten sich in ihrem Leben kaum mehr als fünf Meilen von ihrem Geburtshaus entfernt, waren vielleicht einmal auf einem schäbigen kleinen Jahrmarktsfest gewesen. Sie kannten die Leute nicht, die ihnen die Steuern von ihrem Hungerlohn abpreßten. Für die Bauern und Landarbeiter waren die Hochwohlgeborenen kaum menschliche Wesen.

Sie klammerten sich an die Wunderwelt der Märchen und vergaßen sie nie.

Später sammelten die Brüder Grimm viele dieser überlieferten Geschichten und schrieben sie für spätere Generationen nieder. Andere Schriftsteller (unter denen insbesondere Hans Christian Andersen hervorzuheben wäre) dachten sich ihre eigenen Märchen aus, die von den alten Geschichten klar und deutlich beeinflußt waren.

Diese Geschichten sind nicht vergessen. Die Wunder und die alten Mythen sind heute noch lebendig, und das in fast allen Sprachen unserer Welt.

Die zeitgenössischen Autoren beschäftigen sich weiter mit der uralten Aufgabe, Magie und Mythen der Märchen zu bewahren; mit dem Unterschied, daß ihre Geschichten entstehen, um gelesen zu werden, von der erzählerischen Raffinesse einmal abgesehen. Die Zeitlosigkeit dieser Geschichten beweist sich in den modernen Fantasy-Romanen, von denen sich manche hunderttausendfach verkaufen.

Als wir uns entschlossen hatten, diese Anthologie zusammenzustellen, ging es eigentlich nur noch um eins – die besten modernen Fantasy-Autoren für unser Projekt zu gewinnen. Und dann stellten wir sie vor ihre Aufgabe: wirkliche Märchen zu schreiben, und zwar für moderne, anspruchsvolle Leser.

Wir stießen auf ein breites, in fast allen Fällen positives Echo. (Isaac Asimov, der für gewöhnlich nun nicht gerade als Fantasy-Autor angesehen wird – soweit wir uns erinnern, hat er bis heute nur einen Fantasy-Roman geschrieben, der mit den alten Märchen nur sehr wenig gemein hat –, gierte geradezu nach dieser Gelegenheit. Seine Geschichte ist die erste in diesem Band – ein echtes Märchen, wenn auch mit typisch asimovschen Wendungen, natürlich.)

Die Magie der klassischen Märchen ist so lebendig wie eh und je. Der Zauber der alten Geschichten begleitet uns, heute wie morgen, und es ist kaum anzunehmen, daß er jemals erlöschen wird.

Wir fanden jede dieser Geschichten märchenhaft – im doppelten Sinne. Bleibt nur zu hoffen, daß sich weitere Leser unserer Meinung anschließen. Wir glauben fest daran.

Lester del Rey
Risa Kessler

Isaac Asimov

Prinz Wunderfein und der Drache, der kein Feuer spie

König Markus und seine freundliche Gemahlin, Königin Ermintrude, sollten ein Baby bekommen. Zumindest die Königin sollte, und der König war ein sehr interessierter Beobachter. Sie waren beide Ende Dreißig und hatten bereits die Hoffnung aufgegeben, ein Kind zu bekommen, und hatten sogar eine Adoption in Erwägung gezogen, mußten aber auch dies aufgeben, als sich herausstellte, daß keine Findlinge von königlicher Herkunft zur Verfügung standen. Natürlich war jedes Kind, das von geringerer als königlicher Geburt war, völlig undenkbar.

Aber dann, wie es oft geschieht, ergab allein das Gespräch über Adoption eine physiologische Veränderung, und ehe man die Steuern zählen konnte, die aus zehn Bürgern herausgepreßt wurden, teilte die Königin dem König flüsternd die freudige Nachricht mit. Seine Augen weiteten sich, und er fragte: »Wie, um alles in der Welt, ist das passiert?«, und die Königin erwiderte ziemlich bissig, daß niemand es sagen könne, wenn er es nicht wisse.

Als der Zeitpunkt heranrückte (und aus Gründen, die niemand so richtig versteht, braucht eine Königin, um ein Baby zu bekommen, wenn es erst einmal gezeugt war, genauso lange wie eine Kuhmagd), entstanden Schwierigkeiten wegen der Taufe.

Die Königin, die sich mittlerweile sehr unwohl fühlte und sich wünschte, daß alles bald vorbei wäre, sagte: »Ich hoffe, daß es ein

Junge wird und daß er alle Eigenschaften hat, die von einem anständigen Prinzen erwartet werden, denn, mein Lieber, ich glaube wirklich nicht, daß ich das Ganze ein zweites Mal durchstehen kann.«

»Wir werden schon Entsprechendes veranlassen, meine königliche Geliebte. Wir laden jede Fee im Königreich zur Taufe ein, und sie werden natürlich dafür sorgen, daß er tapfer, hübsch und alles andere sein wird, was gut und wunderschön ist.«

»Bist du ganz sicher?« fragte Königin Ermintrude. »Ich habe gestern mit dem Zauberer gesprochen, und der meinte, eigentlich sei das allein eine Frage des jeweiligen Gens.«

König Markus runzelte die Stirn. »Meinst du etwa, mein Kind muß diese barbarischen Hosen tragen?«

»Nein, mein Lieber, keine Jeans. Es ist eine Frage des Gens oder der Gene, wenn du das besser verstehst. Es wird fast genauso ausgesprochen, aber wenn du mal genau hinhörst, wird dir auffallen, daß ›Gen‹ nicht mit ›J‹, sondern mit einem weichen ›G‹ geschrieben wird.«

»Was sind denn Weiches-G-Gene?«

»Keine Ahnung, aber die haben wir alle, weißt du.«

»Na ja«, sagte der König leicht irritiert, »ich halte wenig von diesem abergläubischen Unsinn, daß wir etwas haben, von dem wir nichts wissen und das wir nicht verstehen. Wir kennen und verstehen aber diese feenhaften Taufpatinnen, und wir werden sie einladen.«

»Na schön, mein Lieber«, sagte die Königin, »aber ich hoffe, daß du keine ausläßt.«

Der König lachte. »Hältst du mich für verrückt?«

Markus und Ermintrude hatten viele Geschichten von Feen gehört, die nicht als Patinnen zu Taufen eingeladen wurden. Stets reagierten sie außerordentlich erbost, und sie erschienen sowieso und machten dem armen Kind das Leben schwer. Man sollte annehmen, daß Könige es besser wissen sollten und lieber keine bösartige Fee vergaßen, doch so etwas geschah erstaunlich oft.

Das sollte jedoch König Markus und Königin Ermintrude nicht passieren. Sie zogen das Feenverzeichnis zu Rate und veranlaßten, daß der königliche Schreiber an jede eine Einladung schickte.

Das war ein Fehler, denn es hatte zur Folge, daß auch eine Einladung an die Fee Misaprop geschickt wurde, und wenn das königliche Paar etwas besser Bescheid gewußt hätte, wäre sie ganz gewiß ausgelassen worden. Natürlich war sie die hübscheste und netteste Fee, die man sich als Patin vorstellen konnte, so daß es sie überhaupt nicht gestört hätte, wäre sie ausgelassen worden. Und wenn sie eingeladen wurde, dann war sie stets der Mittelpunkt des Festes, immer fröhlich, immer einen Scherz und ein Lied auf den Lippen. Sicherlich fragen Sie sich, was bei dieser Fee möglicherweise faul sein konnte. Nun, wenn sie schon mal an einer Taufe teilnahm, dann bestand sie darauf, dem Baby ein Geschenk zu verehren, und genau dann wurde es problematisch.

Sie wollte es ganz gewiß nicht, aber sie schaffte es stets, beim Zauber irgendeinen Fehler zu machen.

Und so geschah es. Eine Fee nach der anderen trat an die Wiege, in der der neugeborene Prinz lag. (Es war in der Tat ein Prinz, und als er geboren war, erklärte Königin Ermintrude schlicht und einfach – sobald sie wieder bei Atem war –, daß es keinen weiteren mehr geben würde.) Eine Fee nach der anderen überreichte ihre Gaben – Charme, einen stattlichen Körper, eine strahlende Intelligenz, Humor und so weiter und so weiter.

Und dann kam die Fee Misaprop und fuchtelte über ihm mit ihrem Zauberstab durch die Luft und sagte die mystischen Worte, die ihn zum graziösesten Prinzen aller Zeiten machen sollten.

Das Problem war nur, daß sie ihren Stab fallen ließ, ehe sie die Wiege erreichte, und daß sie derart verwirrt war (weiß der Himmel, warum, denn sie ließ ihren Zauberstab eigentlich immer fallen), so daß sie ihn am falschen Ende ergriff und aufhob, und was das heißt, weiß jeder.

Eine der anderen Feen trat vor und meinte: »Misaprop, Liebes, du hältst deinen Stab –«, aber es war zu spät. Misaprop hatte den

Zauber ausgesprochen, war mit dem Griff des Stabes über dem winzigen Kopf des Prinzenbabys durch die Luft gefahren, und eine Eigenschaft, die genau das Gegenteil von der war, die Misaprop ihm hatte schenken wollen, ergoß sich über seinem Kopf wie ein zerbeulter Heiligenschein.

Es dauerte nicht lange, bis die königlichen Eltern herausfanden, daß irgend etwas schiefgegangen war. Der Prinz war schon drei Jahre alt, ehe er mehr als zwei Ellen weit laufen konnte, ohne zu stürzen. Er konnte überhaupt nichts aufheben, ohne es vorher mehrmals fallen zu lassen. Und er war stets im Weg. Der königliche Kellermeister stolperte dauernd über ihn, und das auch stets dann, wenn er den besten Wein auf seinem Tablett trug. Dem kleinen Prinzen wollte es partout nicht in den Kopf, daß er den Leuten aus dem Weg gehen sollte.

Niemand verlor jedoch die Geduld mit ihm, denn er verfügte über alle Gaben, die die anderen Feen ihm mitgegeben hatten. Er hatte ein sonniges Gemüt, verstand, was man ihm sagte, war gehorsam, klug, reizend, und all das war entzückend und wunderbar – bis auf seine Tolpatschigkeit.

Daher verwundert es nicht, daß er von seinen erfreuten Eltern den Namen Prinz Wunderfein erhielt, und das war er auch für jedermann. Selbst während er jedes unbezahlbare Stück Geschirr zerschlug, das er in die Hand nahm, fanden alle ihn reizend.

Die Fee Misaprop wurde um Rat gefragt, das ist wohl sicher, und die Königin erkundigte sich sehr höflich (man muß zu einer Fee immer ausgesucht höflich sein, da viele von ihnen furchtbar leicht aufbrausen), was falsch gelaufen war.

Misaprop errötete heftig und gestand: »Na ja, also, ich hatte wohl unglücklicherweise das falsche Ende des Zauberstabs in der Hand.«

»Na schön, meine Liebe«, meinte Königin Ermintrude, »könnt Ihr denn nicht den Stab am richtigen Ende anfassen und die Prozedur wiederholen?«

»Das würde ich gern«, sagte Misaprop. »Sofort würde ich es tun, aber es verstößt gegen die Feenregeln, den eigenen Zauber aufzuhalten und auszulöschen, nachdem er in gutem Glauben und bester Absicht ausgesprochen wurde.«

»Wenn Ihr es nicht tut«, sagte die Königin, »bringt Ihr uns in eine schlimme Lage.«

»Wenn ich es tue«, hielt Misaprop dem entgegen, »werde ich aus der Feengewerkschaft ausgeschlossen«, und dagegen ließ sich nichts mehr einwenden.

Es wurde noch schlimmer. Als Prinz Wunderfein dreizehn wurde, kam er in die Obhut eines Tanzmeisters, denn eine der Hauptpflichten eines Prinzen war die Teilnahme an den königlichen Bällen. Es wurde erwartet, daß er bei diesen Anlässen mit den Hofdamen tanzte und perfekt war in Gavotte, Menuett und all den anderen modernen Tänzen.

Es war völlig hoffnungslos. Prinz Wunderfein hätte besser auf seinen Händen getanzt. Immer wenn er seinen rechten Fuß vorstrecken sollte, schob er den linken nach vorn und umgekehrt. Wenn er sich verbeugte, stieß sein Kopf mit dem seiner Partnerin zusammen. Wenn er sich drehte, dann prallte er unweigerlich gegen jemand anderen. Und er konnte einfach den Takt nicht halten.

Die Tanzmeister, die Angst hatten, eine Person von königlichem Geblüt zu beleidigen, erzählten den Eltern des Prinzen immer, er tanze wie ein Engel, dabei erkannten sie natürlich, daß er sich eher bewegte wie ein betrunkener Seemann.

Noch hoffnungsloser war es, als er den Umgang mit Waffen erlernen sollte. Im Schwertkampf konnte noch nicht einmal die raffinierteste Fußarbeit eines Gegners verhindern, daß er den Prinzen mit seinem Degen traf. Beim Ringkampf, selbst wenn sein Widersacher mannhaft versuchte, ihn aufrecht festzuhalten, schaffte Prinz Wunderfein es, sich auf die eigenen Schnürsenkel zu treten und hinzufallen.

König Markus war recht verzweifelt. »Meine Liebe«, sagte er zu Königin Ermintrude, »unser geliebter Sohn, Prinz Wunderfein, wird morgen zwanzig, aber wir können zu diesem Fest keinen Ball veranstalten, weil er nicht tanzen kann. Wir können auch kein Turnier abhalten, weil er nicht kämpfen kann. Und ich wage es noch nicht mal, einen Festzug durchzuführen, weil er dabei wahrscheinlich auf die Nase fallen wird.«

»Er könnte auf einem Pferd reiten«, meinte Königin Ermintrude unsicher.

»Du tust recht daran, Zweifel anklingen zu lassen, meine Liebe, denn du hast ihn sicher schon mal zu Pferde gesehen.«

»Das habe ich«, gab die Königin zu.

»Dann weißt du ja, wie er auf und nieder hüpft und sich in keiner Weise den natürlichen Bewegungen des Pferdes anpaßt.«

Die Königin seufzte. »Was sollen wir tun?«

»Was können wir tun? Wir müssen ihn hinausschicken in die Welt, damit er dort sein Glück sucht.«

»O nein«, sagte die Königin. »Nicht unseren einzigen Sohn!«

»Was meinst du damit, nicht unseren einzigen Sohn? Soweit ich es verstanden habe, ist es allgemein für einen König üblich, drei Söhne zu haben und sie alle drei, einen nach dem anderen, in die Welt hinauszuschicken. Wir aber schicken nur einen, denn du hast dich ja immer geweigert, mehr Kinder zu bekommen.«

Die Königin brach sofort in Tränen aus. »Das ist grausam, daß du das sagst«, klagte sie. »Du würdest nicht so denken, wenn du sie zur Welt bringen müßtest. Ich möchte dich mal sehen, wenn du ein Baby bekommst, ob du dann immer noch meinst, es wäre etwas Wunderbares. Ich möchte alle Männer mal hören –«

König Markus fiel ihr hastig ins Wort. »Jetzt wein doch nicht, meine Liebe. Es war gedankenlos von mir, und ich habe es nicht so gemeint. Aber wie dem auch sei, wir müssen Wunderfein losschicken. Das ist so Sitte.«

»Er wird sich verletzen. Er kann doch nicht anders. Er ist nicht geschickt, denn diese blöde Misaprop –«

»Still«, sagte der König schnell, »sie könnte gerade vorbeifliegen, unsichtbar, und sie könnte dich hören. Außerdem, selbst wenn Wunderfein etwas tolpatschig ist, so besitzt er alle anderen Tugenden, und die dürften doch ausreichen. Er könnte hinausziehen und einen Drachen töten und eine bildschöne Prinzessin heiraten; dann könnte er für seinen Schwiegervater ein feindliches Heer besiegen und dessen Königreich sowie das unsere erben. Er wird dann ein großer König und Herrscher. Wenn du mal in den Geschichtsbüchern liest, dann wirst du sehen, daß so etwas sehr oft passiert.«

»Aber wo soll all das stattfinden? Es gibt in dieser Gegend keine Drachen, soweit ich weiß. Schon seit Jahren nicht mehr.«

»Natürlich nicht. Die Prinzen schlagen sie doch ständig tot, so daß die Drachen mittlerweile zu den gefährdeten Tierarten gehören. Es gibt sogar erste Gespräche darüber, daß sämtliche Königreiche miteinander übereinkommen und das Drachentöten generell verbieten.«

»Das ist aber für Jungfrauen ziemlich schlimm«, sagte die Königin indigniert. »Die sind doch das einzige, was sie fressen.«

»Ich weiß. Die Jungfrauenunion kämpft auch heftig gegen diese Bewegung. Ich habe gehört, sie bitten um Spenden mit dem Slogan: ›Wer erfüllt Ihnen eher jeden Wunsch, Drachen oder Jungfrauen?‹ Ich glaube, Prinzen könnten statt dessen Basilisken, Schimären und Hydren erschlagen, aber auch die sind gefährdete Arten. Wir leben in einer schweren Zeit, aber es gibt auch Hoffnung. Ich habe vom Zauberer die Stellenangebote im *Drachentöter-Kurier* durchsehen lassen. Das Königreich Poictesme möchte einen Drachen erschlagen lassen, und zu der Annonce gehört auch ein kleines Bild der Königstochter. Sie scheint recht hübsch zu sein, doch der Drache ist offenbar eine Riesenbestie, und die Prinzen scheuen vor dieser Aufgabe zurück.«

»Wenn er eine Riesenbestie ist, dann lasse ich erst recht nicht zu, daß Wunderfein sein Leben riskiert –«

»Aber, meine Liebe, ich habe bereits mit Wunderfein gesprochen. So tolpatschig er auch sein mag, so ist er doch tapfer und mutig wie ein Löwe – und zwar ein besonders großer –, und er war von den Maßen der jungen Dame, die der König von Poictesme weitsichtig ebenfalls in seiner Annonce nennt, außerordentlich beeindruckt.«

»Ich werde ihn nie wiedersehen«, jammerte die Königin. »Und bestimmt hat dieses Flittchen von einer Prinzessin einen Silikonbusen.«

Dennoch, selbst wenn Königinnen weinen, müssen Prinzen ihre Pflicht tun.

Der Prinz packte seine Satteltaschen, nahm auch einen reichlichen Vorrat an Goldmünzen mit, prägte sich den Weg nach Poictesme auf der Karte ein, die der Zauberer angefertigt hatte. Sie zeigte alle größeren Schnellstraßen. Er nahm zwei zwölf Fuß lange Lanzen und sein treues Schwert sowie eine Rüstung, von der der Zauberer meinte, sie sei leicht und roste nicht, da sie aus einem magischen Metall namens Aluminium gefertigt sei.

Er brach auf, und König und Königin winkten ihm so lange, bis sie ihn nicht mehr sehen konnten. Am Straßenrand hatten sich auch einige Zuschauer eingefunden, um ihrem Prinzen zuzujubeln und die ein oder andere Wette abzuschließen, ob er wohl vom Pferd fiel, solange er sich noch in Sichtweite befand. – Er tat es, ein- oder zweimal.

Wunderfein brauchte für den Weg vom Königreich seines Vaters bis nach Poictesme die allgemein übliche Zeit – ein Jahr und einen Tag.

Genaugenommen war das die Zeit, die er brauchte, um zum Palast von König Faraday von Poictesme zu gelangen. Die Grenze des Königreichs hatte er schon einige Wochen vorher überschritten.

Er wurde von einem alten Haushofmeister begrüßt, der sorgfältig seinen Ausweis studierte, sich die Lage seines Königreichs in einem ziemlich zerlesenen Atlas ansah und dann das Prinzenregister zwecks einer Rangbestimmung abrief. Der Haushofmeister schien mit allen Angaben zufrieden zu sein, nickte säuerlich und meinte: »Ihr scheint in Ordnung zu sein.«

»Schön«, sagte Prinz Wunderfein und stolperte über eine kleine Unebenheit auf dem glatten Fußboden. »Muß ich eine Nummer ziehen?«

»Eine Nummer? Warum wollt Ihr eine Nummer, Hoheit?«

»Damit ich weiß, wann ich an der Reihe bin – wann ich losreiten darf, um den Drachen zu töten.«

»Ach, das könnt Ihr jederzeit. Ihr seid im Augenblick der einzige fremde Prinz im Schloß. In letzter Zeit sind die ziemlich knapp geworden.«

»Ein tödlicher Drache, was?«

»Wer weiß das schon? Die Feiglinge kommen ja kaum bis auf Sichtweite an ihn heran, ehe sie kehrtmachen und schnellstens verschwinden. Niemand hat bisher den Anstand besessen, sich töten zu lassen, ehe er uns verließ.«

Der Prinz schnalzte mit der Zunge. Es bedrückte ihn immer wieder, wenn er daran erinnert wurde, in welchem Ausmaß die guten Sitten verfielen. »Mit mir ist es anders. Ich werde lediglich dem König meine Aufwartung machen und seinen Segen einholen und einen Blick auf die – die Prinzessin werfen. Wie lautet übrigens ihr Name? Er wurde in der Annonce nicht genannt.«

»Laurilene, Hoheit.«

»Und die wunderschöne Prinzessin Laurilene zu begrüßen. Lebt meine zukünftige Schwiegermutter, die Königin, noch?«

»Ja, aber sie hat sich in ein Kloster zurückgezogen.«

»Aha, das ist sicherlich für alle Beteiligten sehr angenehm, außer vielleicht für das Kloster.«

»Von dort sind tatsächlich Klagen gekommen, Hoheit.«

König Faraday begrüßte den Prinzen Wunderfein mit kaum verhohlener Skepsis, vor allem nachdem der Prinz sich auf seine Lanze gestützt hatte und diese unter ihm weggerutscht war.

»Seid Ihr sicher, daß Ihr wißt, wie ein Drache getötet wird?« fragte der König.

»Mit diesem Spieß«, erwiderte Prinz Wunderfein, schwenkte ihn etwas übertrieben hin und her, so daß er durch das Fenster flog und eine bunte Glasscheibe zerbrach.

»Er fliegt von allein, wie ich sehe«, meinte König Faraday mit wachsendem Argwohn und schickte einen Boten los, den Spieß zu suchen.

Prinzessin Laurilene musterte die Züge und Muskeln des Prinzen Wunderfein und lächelte überaus verführerisch. »Laßt Euch nur nicht umbringen, Prinz, wenn Ihr gegen den Drachen kämpft«, sagte sie. »Ihr nützt mir wenig, wenn Ihr tot seid.«

»Ihr seid für mich der beste Grund, den ich je sah, um am Leben zu bleiben«, sagte Prinz Wunderfein, zog seinen Hut mit graziöser Geste, während er sich verbeugte, und bohrte seine Feder ins Auge des Königs.

Am nächsten Morgen bekam er vom Zauberer des Königs, der ebenfalls eine Landkarte besaß, den Weg erklärt. Dann brach er auf, wobei er dem König und seiner Tochter fröhlich zuwinkte.

Der König winkte zurück und sagte düster: »Vielleicht tötet er den Drachen wirklich mit seinem von allein fliegenden Spieß oder mit seinem noch gefährlicheren Hut.«

»Überleg doch mal, Vater«, sagte Laurilene, die schön war wie der junge Tag und lange blonde Haare hatte, die sie kaum zu frisieren brauchte, »wenn er den Drachen erschlägt, dann sind alle Jungfrauen im Königreich wieder sicher.«

»Und du auch«, sagte König Faraday.

Woraufhin Laurilene mit einem Lachen meinte: »Aber Vater, was würde Prinz Wunderfein denken, wenn er das jetzt von dir gehört hätte?« Sie trat dem alten Mann heftig auf den Fuß.

Prinz Wunderfein folgte eine Woche und einen Tag dem beschriebenen Weg und befand sich schließlich tief in einem dunklen Wald.

Er hatte den Verdacht, daß er sich in der Nähe des Drachen befand, als sich die Ohren seines Pferdes aufstellten und sich seine Nüstern blähten.

Seine eigenen Ohren richteten sich ebenfalls auf, als er ein rostiges Schnarchen hörte, das genau dem Geräusch entsprach, das im *Drachentöter-Handbuch* beschrieben wurde. Es war ein tiefer Ton, der auf ein wahrlich riesiges Tier schließen ließ.

Außerdem blähten sich auch die Nasenlöcher des Prinzen auf, als er den unverwechselbaren Geruch von Drachenmoschus wahrnahm. Kein angenehmer Geruch.

Prinz Wunderfein hielt inne, um sich eine Strategie zu überlegen. Dem Schnarchen nach zu urteilen, schlief der Drache offensichtlich, und laut dem *Handbuch* war sein Schlaf sehr tief und schwer zu stören. Das leuchtete ein, da Drachen keine natürlichen Feinde außer Prinzen hatten und gewöhnlich ruhig und sicher schlafen konnten.

Es schien nur fair zu sein, die Bestie so lange mit dem Spieß zu pieksen, bis sie aufwachte. Dann könnte er offen gegen sie kämpfen, Wachsamkeit gegen Wachsamkeit.

Andererseits, so dachte Prinz Wunderfein, war es wirklich fair?

Schließlich war der Drache viel größer und stärker als der Prinz, selbst wenn man das prinzliche Roß hinzuzählte. Und der Drache konnte fliegen. Und Feuer spucken.

War das fair? Nein, dachte Prinz Wunderfein.

War diese Frage für den Drachen von Bedeutung? Nein, dachte Prinz Wunderfein.

Da der Prinz Logik bei einem Zauberer studiert hatte, kam er zu der ganz richtigen Schlußfolgerung, daß das Gleichgewicht der Kräfte halbwegs gewährleistet sei, wenn der Drache schlief. Wenn er schlief, konnte er nicht fliegen oder Feuer spucken, aber er wäre immer noch sehr viel größer und stärker als der Prinz, daher lägen auch dann die Vorteile noch ganz auf seiner Seite.

Prinz Wunderfein trieb sein Pferd an, bis es auf eine Lichtung gelangte, auf der er deutlich den schlafenden Drachen sehen konnte. Er war wirklich groß. Er war fast hundert Fuß lang und mit harten Schuppen bedeckt, die, wie das *Handbuch* ihm verriet, von keinem gewöhnlichen Spieß durchbohrt werden konnten. Man mußte statt dessen auf ein Auge zielen, das, glücklicherweise, geschlossen war.

Prinz Wunderfein senkte den Spieß und stieß seine Sporen gegen die Flanken seines Pferdes. Das treue Roß stürmte jetzt vorwärts, und der Prinz richtete seinen Blick fest auf das geschlossene Auge des Monsters.

Unglücklicherweise, obgleich das Auge des Prinzen fest und unverrückbar und klar blieb, traf das auf den Spieß nicht zu. Der Versuch, mit beiden Objekten, Auge und Spieß, genau zu zielen, war für die dem Prinzen eigene Unbeholfenheit zu schwierig, und der Spieß sackte ab. Er bohrte sich ins Erdreich, und der Prinz stieg, vom Spießschaft geschleudert, hoch in die Luft.

Der Schaft wurde ihm kraftvoll aus der Hand gehebelt, und der Prinz landete auf etwas Hartem und Schuppigem. Instinktiv packte er mit todesmutigem Griff zu und stellte fest, daß er den Hals des Drachen dicht hinter dem Kopf umarmte.

Die Erschütterung weckte den Drachen, und sein Kopf hob sich zwanzig Fuß in die Luft. Prinz Wunderfein brüllte ungewollt: »Hey! Hey!«

Der Drache kämpfte sich auf die Füße, und der Kopf ruckte weitere zehn Fuß hoch. Das Pferd, nachdem es bemerkt hatte, daß sein Herr nicht mehr auf ihm saß, hatte sich weise entschieden, nach Hause zurückzukehren. Es drehte sich um und floh, und Prinz Wunderfein fühlte sich einsam und verlassen.

Der Drache wandte den Kopf, hielt offenbar Ausschau nach der Quelle des Lauts. Ein geringes Gewicht hing an seinem Hals, aber er konnte natürlich nichts erkennen. Es gab wirklich keine Möglichkeit für ihn, den Kopf um hundertachtzig Grad zu drehen.

Schließlich fragte er mit einem tiefen Brummen. »Heh, iss da jemand?«

Prinz Wunderfeins Augen weiteten sich. Nirgendwo in der

umfangreichen Literatur über Drachen, die er im Verlauf seiner Erziehung gelesen hatte, wurde erwähnt, daß Drachen sprechen konnten – und dazu noch in einer ziemlich ordinären Art.

Er sagte: »Nun, ich bin's. Prinz Wunderfein.«

»Heh, was machst'n du da oben. Verpiß dich, klar. Runter von meinen Schuppen.«

»Das möchte ich lieber nicht, wenn es darauf hinausläuft, daß du mich dann frißt.«

»Ich freß dich nich. Erstens hab ich kein' Hunger, zweitens, wie kommste drauf, daß du gut schmeckst? Komm runter, dann quatschen wir. Du hast doch wohl kein' Spieß, oder?«

»Ich fürchte, der ist weg.«

»Alles klar. Dann runter und red mal wie 'n zivilisierter Drache.«

Der große Kopf und der Hals senkten sich langsam, und als sie sich dicht über dem Erdboden befanden, rutschte Prinz Wunderfein langsam herunter. Es entstand ein kleiner Riß in seinem Wams, als es an der rauhen Kante einer Schuppe hängenblieb.

Er wich zwischen die Bäume zurück. »Du bist sicher, daß du mich nicht angreifst?«

»N'türlich nich. Hab' ich doch gesagt. Mein Wort drauf. 'n Drache steht zu seinem Wort. Nich so wie ihr lausigen Prinzen. Warum habt ihr's eigentlich immer auf uns abgesehen? Einer von euch hat meine Schwester gekillt. 'n anderer mein' Vater. Was haben wir euch denn getan?«

»Nun, ihr freßt Jungfrauen, weißt du.«

»Das iss gelogen. Ich würd nie 'ne Jungfrau anrühr'n. Die stinken doch nach billigem Parfüm. Als ich noch klein war, hab' ich einer durchs Gesicht geleckt. Igitt. Puder. Jungfrauen sind nich eßbar.«

»Aber jeder erzählt, daß ihr Drachen Jungfrauen freßt.«

»So'n Blödsinn erzählen nur diese zickigen Weiber, um sich interessant zu machen. Jungejunge, das macht mich noch rasend.«

»Moment mal«, sagte Prinz Wunderfein aufgeregt. »Jetzt fang nur nicht an, Feuer zu spucken.«

»Wer, ich?« Die Unterlippe des Drachen schob sich vor, und eine Träne in der Größe eines Weinhumpens glänzte in seinem Auge. »Ich kann kein Feuer spucken. Wahrscheinlich bin ich der einzige Drache, der das nich kann.«

»Ach? Und warum nicht?«

Der Drache stieß einen tiefen Seufzer aus, und ein irgendwie fauliger Geruch schwängerte die Luft. Prinz Wunderfein hielt sich die Nase zu, doch der Drache schien es nicht zu bemerken.

Er sagte: »Das iss 'ne traurige Geschichte.«

»Darf ich sie erfahren? Wie heißt du übrigens?«

»Meinen Namen willste wissen? Beernhard, aber du kannst mich Beernie nennen. Damit hat die Kacke ja angefangen. Mit meiner Taufe.«

»Mit deiner Taufe?« fragte Prinz Wunderfein. »Was für ein seltsamer Zufall. Damit haben auch meine Probleme angefangen.«

»Ja ja, aber was sind solche Probleme schon für einen Prinzen? Hör zu, mein alter Herr und meine alte Dame, die wollten, daß ich im Leben 'nen richtig guten Start hatte mit Beernhard, das iss nämlich so'n Glücksname in unserer Familie, deshalb luden sie alle Feen in diesem Königreich zur Taufe ein. Und was sagt man dazu, von weither kam auch 'ne ganz fremde Fee an.«

»Eine fremde Fee?«

»Ja. 'ne nette alte Dame, meinten meine Leute, aber nicht mehr ganz beieinander, wenn du weißt, was ich meine. Ein richtiger Trampel.«

»Hieß sie etwa Misaprop?«

»Ja klar, das war ihr Name. Woher weißt'n du das?«

»Dieselbe Fee war auch auf meiner Taufe.«

»Und hat se dich vermasselt?«

»Aber wie.«

»Heh, Mann, da sind wir ja richtige Kumpels. Reich mir die Flosse, Genosse.«

Die riesige Tatze des Drachen streckte sich Prinz Wunderfein entgegen und verschluckte seine kleine Hand.

Der Drache fuhr fort: »Weißte, was sie mit mir gemacht hat?«

»Nein.«

»Nachdem all die anderen Feen mich groß und stark und gutaussehend mit hübschen Schuppen gemacht hatten, kam sie angewackelt, um mir ein ordentliches Feuermaul zu verpassen, aber sie hat totalen Mist gebaut. Nix Feuer.«

»Aber das verstehe ich nicht. Wenn du kein Feuer hast, Beernie, warum wollen die anderen Ritter dich dann nicht angreifen? Ich hörte, sie machen sich schnellstens wieder aus dem Staub, wenn sie mit dir zusammentreffen.«

»Das ist ja das Schlimme an der Sache. Niemand will in meiner Nähe bleiben. Nich mal die Drachenmädels. Sieh mich doch an. Ich bin groß und stark und schön, aber mich hat seit fünfundsiebzig Jahren keine Tante mehr richtig scharf angeguckt.«

»Warum nicht?«

»Also, wenn ich richtig wütend werde oder wild und leidenschaftlich, wenn du weißt, was ich meine, dann stoße ich keine Flammen aus, sondern was ganz anderes.«

»Und was?«

»Willst du's sehen?«

»Es ist doch nicht gefährlich für mich, oder?«

»Natürlich nich. Laß mich nur mal kurz an meine Lage denken, damit ich wütend werde.«

Der Drache brütete für einige Zeit vor sich hin, dann sagte er: »Jetzt!« Er öffnete sein Maul und atmete aus, und Prinz Wunderfein kippte auf der Stelle um, während er sich die Nase krampfhaft zuhielt. Was aus dem Maul gekommen war, war der schlimmste, der fauligste, der durchdringendste Gestank, den er je gerochen hatte. Er wälzte sich hustend und nach Luft ringend auf dem Erdboden herum.

Der Drache meinte: »Es hält nicht lange an. Ich hab' dir nur 'ne kleine Dosis verpaßt. In gewisser Weise finde ich das noch viel besser. 'ner Flamme kannste ausweichen, aber dem nich. Alle Ritter machen schnellstens die Fliege, wenn ich ausatme. Die Drachenmädels genauso. Iss'n Scheißleben.«

Der Drache schüttelte traurig den Kopf.

Prinz Wunderfein kam schwankend auf die Beine. Der Wald stank noch immer, aber es war erträglich.

Er sagte: »Beernie, was meinst du, willst du nicht mitkommen nach Poictesme und dem König Faraday vorgestellt werden?«

»Was? Damit 'ne Million Ritter mich mit ihren Spießen beschmeißt?«

»Nein, glaub mir. Du wirst behandelt wie ein richtiger König. Du bekommst so viele Kaninchen, wie du verspeisen kannst, und auch Gras.«

»Wie das denn?«

»Du wirst schon sehen. Vertraue mir. Ich muß mich aber für den Weg auf deinen Rücken setzen. Ich habe nämlich kein Pferd mehr.«

Prinz Wunderfein kehrte auf Beernie zurück. Er saß direkt hinter seinem Kopf und betrachtete die Welt aus dreißig Fuß Höhe.

Zuerst rannten alle schreiend davon, aber Prinz Wunderfein rief: »Freunde, das ist ein zahmer Drache, ein guter Drache. Er heißt Beernie. Rede mit ihnen, Beernie.«

Und der Drache rief: »Hi, Leute. Wir sind's nur, ich und mein Freund, der Prinz.«

Nach und nach kamen einige Bauern und Arbeiter und Knappen verschiedenen Alters, die tapferer waren als der Rest, heran und folgten dem Drachen, als er vorsichtig seine großen Schritte machte, sorgsam darauf bedacht, nicht durch einen unglücklichen Zufall auf jemanden zu treten. Der große Kopf drehte sich auf dem langen Hals hin und her, und der Prinz winkte mechanisch erst nach rechts und dann nach links.

Dann, als die Neuigkeit sich verbreitete, drängte die Bevölkerung sich an der Straße, und als Beernie die Hauptstadt erreichte und über die Prachtstraße zur Burg hinaufstieg, war aus seinem Einmarsch ein Triumphzug geworden.

Der Drache sagte: »Hey, Prinz, die Menschen sind gar nich so übel, wenn man se näher kennenlernt.«

»Sie sind fast zivilisiert«, sagte Prinz Wunderfein.

König Faraday kam heraus, um sie zu begrüßen, und Laurilene folgte. Sie rief: »Seid gegrüßt, mein tapferer Prinz Wunderfein.«

Auch der Zauberer erschien, rieb sich die Augen und meinte: »Ausgerechnet ein Apatosaurus.« Aber er redete oft ziemlichen Unsinn, und niemand schenkte ihm Beachtung.

Beernie hauste in einem Stall, der so weit wie möglich vom Palast entfernt war, und König Faraday, der die Unterbringung veranlaßt hatte, kehrte in seinen Thronsaal zurück und sagte zu Prinz Wunderfein: »Ich gebe zu, daß es schon eine tolle Sache ist, dieses Ungeheuer hierherzubringen, aber das war es nicht, was Ihr hättet tun sollen. Ihr solltet das Biest eigentlich töten.«

»Ach, aber ein zahmer Drache ist viel besser als ein toter, wenn ich es Euer Majestät einmal erklären darf.«

»Ich höre.«

»Zuerst einmal nehme ich an, daß Ihr, als angesehener Monarch, einen Nachbarn habt, mit dem Ihr verfeindet seid und gegen den Ihr schon seit Generationen kämpft. Ihr habt sein Land verwüstet, er hat Euer Land verwüstet, und viele Menschen sind auf beiden Seiten qualvoll gestorben.«

»Nun ja, natürlich. Dies ist schließlich ein zivilisiertes Land, und wir können uns gar nicht anders verhalten. Es herrscht Krieg zwischen mir und dem ungläubigen, barbarischen Land Lothringen, das östlich von uns liegt.«

»Wie sieht es denn im Augenblick aus, greift Euer Heer sie an, oder kämpft ihr Heer gegen Eures?«

König Faraday hustete. »Zur Zeit hat Lothringen einen ganz leichten Vorteil über uns herausgeschunden und ist bis zehn Meilen vor unsere Provinzhauptstadt Papepete vorgedrungen.«

»Möchtet Ihr ihre Streitkräfte vernichten und ihnen einen Frieden nach Euren Bedingungen aufzwingen?«

»Zweifellos, aber wer soll diese Vernichtung vornehmen?«

»Nun ja, Beernie und ich. Nur wir zwei.«

»Zu den lothringischen Streitkräften gehören tausend tapfere Ritter, bis an die Zähne bewaffnet. Euer Drache mag ja einige von ihnen töten, doch am Ende würde er selbst erschlagen werden, und unser Volk müßte unter der Niederlage schrecklich leiden.«

»Es wird keine Niederlage geben. Laßt einen Sattel für Beernies Hals anfertigen und ein Paar Zügel, damit ich nicht abstürze. Bittet Euren Zauberer, etwas zu bauen, das ich mir über den Kopf stülpen kann und das die Luft reinigt, und sorgt dafür, daß eine kleine Streitmacht mich bis zur lothringischen Armee begleitet.«

»Eine kleine Streitmacht?«

»Sie kann sich zurückziehen, sobald Beernie und ich die Lothringer erreicht haben. Beernie und ich werden uns dem Feind allein stellen. An unseren Flanken sollte jedoch ein Heer bereitstehen, um sich in den Rücken der feindlichen Streitkräfte zu schieben und ihnen den Rückzug abzuschneiden.«

König Faraday sagte: »Das ist verrückt, aber ich werde tun, was Ihr verlangt. Immerhin habt Ihr den Drachen hergebracht, während alle anderen vor Euch nur geflohen sind.«

Sattel und Zaumzeug wurden vorbereitet. Der Zauberer brachte eine seltsam geformte Vorrichtung, die genau auf Prinz Wunderfeins Kopf paßte.

Der Zauberer meinte: »Das wird die Luft rein halten. Es ist eine Gasmaske.« Aber wie üblich wunderte sich niemand über die Worte, die er benutzte.

Prinz Wunderfein und Beernie erschienen vor den Linien des lothringischen Heers. Die Lothringer hatten sich tapfer formiert, und ihre Reihen strotzten von Speerspitzen.

Da war jedoch ein Zittern, das die Reihen durchlief, als sie zum erstenmal den Drachen mit seinem Reiter hoch oben in der Luft sahen, dessen Gesicht von einem Apparat verhüllt wurde, der ihn noch bedrohlicher erscheinen ließ als das Monster, auf dem er ritt.

Schließlich hatte jeder Lothringer schon mal Bilder von Drachen gesehen, aber keiner kannte eine Gasmaske, weder aus Büchern noch aus dem richtigen Leben.

Der lothringische General rief jedoch tapfer seine Truppen zum Kampf und meinte: »Es ist nur eine Bestie, die auf einer anderen sitzt, meine wackeren Lothringer. Haltet stand, kämpft wie Männer. Umzingelt den Drachen, weicht seinen Flammen aus und greift seinen Schwanz an. Der Schmerz wird ihn in die Flucht schlagen.«

Die Lothringer faßten sich ein Herz und hielten stand und warteten darauf, daß der Drache vorrückte. Das tat er jedoch nicht, sondern er blieb auf Distanz.

Prinz Wunderfein meinte: »Hast du sie gehört? Sie wollen dir deinen wunderschönen Schwanz abhacken.«

»Das hab' ich gehört«, brummelte der Drache, »aber das werden se nich. Denn wasse gesagt haben, macht mich richtig wütend.«

Er öffnete sein riesenhaftes Maul und stieß unter lautem Donnergrollen eine mächtige Wolke schweren fauligen Gases aus. Es senkte sich auf die lothringischen Truppen herab, und wo es auftraf und sich ausbreitete, lösten sich die Reihen der bewaffneten Krieger auf, und sie rannten davon, warfen dabei ihre Waffen weg und hatten nichts anderes im Sinn, als diesem unglaublich penetranten Gestank zu entrinnen.

Einige Meilen weiter stieß das Heer, nunmehr nur noch ein völlig aufgelöster Menschenhaufen, auf die bereitstehenden Streitkräfte von Poictesme, und nur wenige entgingen dem Tod oder der Gefangenschaft.

»Ihr sollt meine bildschöne und jungfräuliche Tochter bekommen, Prinz Wunderfein«, sagte König Faraday, »und da ich keinen Sohn habe, sollt Ihr mein Königreich erben, wenn ich sterbe, und das eroberte Lothringen dazu und auch noch das Königreich Eures eigenen Vaters. Was den Drachen betrifft, so wird er von uns als Held verehrt, solange er bei uns bleiben möchte. Er soll immer das beste Heu bekommen, und wir fangen kleine Tiere für ihn, wenn er Appetit darauf hat.«

»Er wünscht sich auch ein oder zwei Drachenladies«, meinte Prinz Wunderfein schüchtern.

»Auch das läßt sich arrangieren«, sagte der König, »wenn er es lernt, seine Leidenschaft einigermaßen unter Kontrolle zu halten.«

Prinz Wunderfein trat während der Hochzeitsfeier nur zweimal auf seine Schleppe, aber, wie er nachher Beernie in seinem Stall erzählte: »Das macht nichts. Eigentlich hat die Fee Misaprop all das erst möglich gemacht. Meine Tolpatschigkeit hat mich auf deinem Hals landen lassen, und dein übler Atem hat die feindliche Armee vernichtet. – Und ich muß jetzt zu meiner lieben Frau.«

Wie sich herausstellte, zeigte er sich in der Hochzeitsnacht nicht übermäßig unbeholfen, und er und die Prinzessin Laurilene leben glücklich bis an ihr Lebensende.

Originaltitel: Prince Delightful and the Flameless Dragon
Ins Deutsche übertragen von Michael Kubiak

Terry Brooks

Unsichtbare Freunde

Zehn Tage vor seinem dreizehnten Geburtstag war Jack McCall klar, daß er sterben würde. Seit ungefähr sechs Monaten hatte er Kopfschmerzen, ohne irgend jemandem davon zu erzählen. Die Kopfschmerzen gingen einher mit einem teilweisen Verlust seines Sehvermögens – ein Zustand, der zwischen zehn und zwanzig Minuten andauerte. Er hatte nicht viel darüber nachgedacht, weil es nur hin und wieder passierte, und es einfach für die Folgen von Überanstrengung gehalten. Schließlich hatten sie in der siebten Klasse eine Menge Hausaufgaben zu erledigen.

Aber zehn Tage vor seinem Geburtstag hatte er einen Anfall, als er gerade das Haus verließ, um zur Schule zu gehen. Und da er in diesem Zustand nicht sehr gut radfahren, aber genausowenig herumstehen und so tun konnte, als wäre alles in Ordnung, war er gezwungen, seiner Mutter von dem Problem zu erzählen. Seine Mutter machte sofort einen Termin mit Dr. Muller, dem Kinderarzt der Familie, aus, sorgte dafür, daß Jack sich setzte, bis er wieder richtig sehen konnte, fuhr ihn dann zur Schule und fragte ihn unterwegs immer wieder, ob alles in Ordnung sei, wobei sie ihn »Jackie« nannte, bis er glaubte, schreien zu müssen.

Sie kam prompt wieder, als die Schule aus war, um ihn zum Arzt zu fahren. Dr. Muller war ungewöhnlich fröhlich, als er Jack untersuchte. Er ging sogar so weit, ihm durchs Haar zu fahren und eine Bemerkung zu machen, wie schnell er wachsen würde. Und das war nun derselbe Dr. Muller, der normalerweise keine zwei Worte für ihn übrighatte. Jack machte sich langsam Sorgen.

Als der Doktor fertig war, schickte er Jack und seine Mutter ins Krankenhaus, wo weitere Untersuchungen durchgeführt werden sollten. Dazu gehörten Röntgenaufnahmen, Bluntuntersuchungen, ein EKG und eine ganze Reihe anderer Sachen, die allesamt von einer Auswahl unangenehm junger Krankenschwestern vorgenommen wurden. Jack ließ kalte Metallteile an seinem Körper befestigen und sich wiederholt mit Nadeln stechen, atmete ein und aus, lag ganz still, hüpfte auf und ab, aber die meiste Zeit wartete er in leeren, sterilen Behandlungszimmern. Als alle Untersuchungen abgeschlossen waren, wurde er heimgeschickt. Er wußte nicht mehr als zu der Zeit, als er gekommen war, abgesehen davon, daß ihm klargeworden war, daß er so etwas nicht noch einmal über sich ergehen lassen würde.

An diesem Abend, als er oben in seinem Zimmer mit seinen Hausaufgaben kämpfte und dabei Musik hörte, kam Dr. Muller ins Haus. Seine Eltern riefen Jack zwar nicht hinunter, aber das hinderte ihn nicht daran, neugierig zu sein. Er schlich die Treppe hinab bis zum Absatz und hockte dort im Dunkeln auf der anderen Seite der halbhohen Wand oberhalb des Wohnzimmers, während Dr. Muller und seine Eltern sich in gedämpftem Ton unterhielten. Meistens war es Dr. Muller, der redete. Er erzählte, daß die ersten Untersuchungsergebnisse vorlagen. Er sprach vom Körper und seinen Zellen und einer Menge anderem Zeug, warf vielsilbige medizinische Begriffe ein, die Jack nicht einmal andeutungsweise verstand.

Dann benutzte er die Worte »Blutkrankheit« und »Leukämie« und »Krebs«. Diesen Teil verstand Jack. Er war zwar erst in der siebten Klasse, aber er war nicht dumm.

Er blieb auf der Treppe, bis er hörte, wie seine Mutter zu weinen anfing, dann schlich er in sein Zimmer, ohne abzuwarten, ob noch mehr zu hören war. Da saß er nun, starrte auf seine unfertigen Hausaufgaben und versuchte herauszufinden, wie er sich fühlen sollte. Er schien überhaupt nichts zu fühlen. Er hörte Dr. Muller gehen, und dann kamen seine Eltern zu ihm nach oben. Sonst kamen sie immer einzeln; wenn sie beide auftauchten, war es eine ernste Sache. Sie klopften an die Tür, kamen herein, als er sie dazu aufforderte, und standen dann da. Sie sahen so aus, als ob es ihnen ganz und gar nicht gut ginge. Dann erzählte sein Vater ihm, daß er krank sei und es eine Zeitlang langsam angehen lassen solle, und seine Mutter fing an zu weinen, nannte ihn »Jakkie« und drückte ihn an sich, und ganz plötzlich hatte er schreckliche Angst.

In jener Nacht schlief er nicht viel, ließ wirken, was er herausgefunden hatte, versuchte zu begreifen, was sein Sterben bedeutete, und überlegte, ob er das überhaupt für möglich hielt. Hauptsächlich dachte er an Onkel Frank. Onkel Frank war sein Lieblingsonkel gewesen, ein großer Mann mit kräftigen Händen und rotem Haar, der ihm beigebracht hatte, einen Baseball zu werfen. Onkel Frank hatte ihn sonntags nachmittags immer zu Ballspielen mitgenommen. Dann wurde er krank. Es kam ganz plötzlich. Er ging ins Krankenhaus und kam nie wieder raus. Die Eltern nahmen Jack ein paarmal mit ins Krankenhaus zu einem Besuch bei Onkel Frank. Da war von Onkel Frank schon nicht mehr viel übrig. Seine früher so starken Hände waren so schwach, daß er sie kaum hochheben konnte. Sein ganzes Haar war ausgefallen. Er sah aus wie ein alter Mann.

Dann starb er. Niemand sagte es ganz offen heraus, aber Jack wußte, was ihn umgebracht hatte. Und er hatte immer den Verdacht gehegt, ganz tief drinnen – dort, wo man solche Sachen versteckt –, daß es eines Tages auch ihn erwischen könnte.

Am nächsten Morgen zog sich Jack an, schlang sein Frühstück herunter, so schnell er konnte, und haute ab. Seine Eltern führten sich auf wie Zombies. Nur seine kleine Schwester Abby benahm sich, als wäre alles in Ordnung. Aber so verhielt sie sich immer, weil sie erst acht war und sowieso nie wußte, was los war.

Es war Freitag, ein Tag, der sich an der Roosevelt-Junior-High-School immer in die Länge zog. Der Vormittag schien endlos, und Jack konnte sich, als er endlich vorbei war, an nichts mehr erinnern, was der Lehrer gesagt hatte. Jack trottete zum Speisesaal, fand einen Platz in einer Ecke, wo man sich in Ruhe unterhalten konnte, und erzählte seinem besten Freund Waddy Wadsworth, was er herausgefunden hatte. Waddys richtiger Name war Reynolds Lucius Wadsworth III, das Ergebnis einer seit drei Generationen bestehenden grausamen Tradition bei der Benennung der erstgeborenen Söhne. Natürlich rief niemand Waddy mit seinem richtigen Namen. Aber sie gaben ihm auch keinen vernünftigeren. Schon früh hatte man festgestellt, daß Waddy keinerlei sportliche Fähigkeiten aufwies. Er war das Kind, das weder an dem Seil mit den Knoten hochklettern konnte noch beim Hochsprung über eine Stange kam, die nur sechzig Zentimeter über dem Boden angebracht war. Irgend jemand fing damit an, ihn Waddy zu nennen, und dieser Name klebte an ihm. Nicht, daß Waddy fett oder tolpatschig gewesen wäre; er war einfach fest mit dem Boden verhaftet.

Er war außerdem ein guter Kerl. Jack mochte ihn, weil er nie etwas darüber sagte, daß Jack kaum größer war als ein Hydrant und ein ganzes Stück kleiner als die meisten Mädchen.

»Für mich siehst du ganz okay aus«, meinte Waddy, als Jack ihm erzählt hatte, daß er sterben würde.

»Ich weiß, daß ich okay *aussehe.*« Jack sah seinen Freund ungeduldig an. »Solche Sachen sieht man nicht, weißt du.«

»Du hörst dich auch okay an.« Waddy biß von seinem Geleesandwich ab. »Tut dir was weh?«

Jack zuckte mit den Schultern. »Nur wenn ich diese Kopfschmerzen hab'.«

»Nun, du hast die jetzt auch nicht öfter als vor sechs Monaten, oder?«

»Nein.«

»Und sie dauern jetzt auch nicht länger als damals, oder?«

»Nein.«

Waddy stopfte den Rest seines Sandwichs in den Mund und kaute nachdenklich. »Na also, wer kann da behaupten, daß du wirklich sterben wirst? Könnte doch eine von diesen Krankheiten sein, die sich endlos hinziehen. Und in der Zwischenzeit finden sie vielleicht schon ein Mittel dagegen; die finden doch heutzutage immerzu Mittel gegen diese Art von Zeug.« Er kaute weiter. »Überhaupt, vielleicht hat der Doktor einen Fehler gemacht. Das ist schließlich auch möglich, oder nicht?«

Jack nickte zweifelnd.

»Tatsache ist, du weißt es eben nicht sicher.« Waddy legte den Kopf schief. »Da ist noch was, worüber du nachdenken mußt. Die erzählen doch immer wieder irgendwelchen Leuten, daß sie sterben müßten, und dann tun die's gar nicht. Immer wieder werden Menschen gesund, einfach weil sie glauben, daß sie es schaffen. Manchmal muß man einfach nur dran glauben.«

Er warf Jack ein schiefes Grinsen zu. »Außerdem ist noch niemand in der siebten Klasse gestorben!«

Jack wollte das glauben. Er versuchte den ganzen Nachmittag, sich davon zu überzeugen. Schließlich kannte er persönlich niemanden, der in seinem Alter gestorben war. Die einzigen Menschen, die er gekannt hatte und die gestorben waren, waren viel älter gewesen. Sogar Onkel Frank. Er war doch noch ein Kind. Wie konnte er sterben, wenn er noch nichts von Mädchen wußte? Wie konnte er sterben, wo er noch nie ein Auto gefahren hatte? Es erschien einfach unmöglich.

Trotzdem hatte er immer noch das Gefühl, sich selbst etwas vorzumachen. Es war egal, was er glaubte. Das änderte nichts an den Tatsachen. Wenn er wirklich Krebs hatte, dann würde der nicht verschwinden, bloß weil er glaubte, er hätte nichts. Er hockte im Nachmittagsunterricht und wurde immer verzweifelter, fühlte sich hilflos und wünschte, er könnte irgend etwas dagegen tun.

Erst als er heimradelte, dachte er plötzlich an Pick.

Das Haus der McCalls war ein großer, weißer, langgestreckter Bungalow am Nordrand des Sinnissippi-Parks. Die Sinnissippi-Indianer waren die Eingeborenen dieser Gegend, und einige ihrer Grabhügel befanden sich in einem eingezäunten Bereich in der Südwestecke des Parks unter einer Gruppe riesiger Ahornbäume. Der Park war über vierzig Hektar groß von einem Ende bis zum andern, größtenteils Wald, der Rest Baseball-Felder und Spielplätze. Auf der Südseite bildete der Rock River die Grenze des Parks, im Westen der Riverside-Friedhof, und im Norden und Osten lagen die Wohnhäuser von Woodlawn. Es war ein üppiges Reservat, durchzogen von schmalen, gewundenen Pfaden, dichtem Gestrüpp aus Tannen, schattigen Hainen aus Ahorn, Ulmen und weißen Eichen. Ein massiger Felsen zog sich am größten Teil des südlichen Rands entlang, und von hier aus konnte man auf den Rock River sehen.

Bis zum Ende der vierten Klasse durfte Jack nicht allein in den Park gehen, nicht einmal auf die andere Seite der niedrigen Büsche, die da wuchsen, wo sein Hinterhof am Rand des Parks endete. Manchmal nahm sein Vater ihn zu Spaziergängen mit, hin und wieder auch mit dem Fahrrad, und ganz selten kam sogar seine Mutter mit. Sie war aber nicht oft dabei, weil sie sich um Abby kümmern mußte, und sein Vater arbeitete in der Druckerei und kam für gewöhnlich erst nach Einbruch der Dunkelheit heim. So blieb der Park lange Zeit ein riesiges, unerforschtes Gebiet, das knapp außerhalb der Reichweite lag und Jacks kindlichem Gemüt Abenteuer und Geheimnisse verhieß.

Manchmal, wenn die Verlockung zu stark war, bettelte er um die Erlaubnis, allein in den Park zu gehen, nur ein kleines Stückchen, nur ein paar kurze Minuten. Dabei hielt er Daumen und Zeigefinger ganz dicht beisammen, um zu zeigen, wie winzig seine Bitte war. Aber die Antwort seiner Mutter war immer dieselbe – sein eigener Hinterhof war Park genug für ihn.

Doch die Dinge haben so eine Art, sich von allein zu entwikkeln, und eines Tages im Sommer, ehe er in die zweite Klasse kam, ging er schließlich trotzdem allein in den Park. Das kam alles wegen Pick.

An einem heißen Nachmittag im Juli spielte Jack im Sandkasten mit seinen Spielzeugautos, als er hörte, wie Sam heulte und irgend etwas anbellte, das sich direkt hinter den Büschen befand. Sam war der Haushund, eine Art Terrier mit einem Körper wie ein Faß. Er tat so, als hätte er einen Berglöwen aufgestöbert, und schließlich trennte sich Jack von dem Wirrwarr aus Wegen, die er entwarf, und schlenderte ans Ende des Hofes, um zu sehen, was los war. Als er da ankam, stellte er fest, daß er immer noch nichts sehen konnte, weil Sam hinter einer Tanne auf der anderen Seite der Büsche war. Jack rief, aber der Hund kam nicht. Nachdem er ein paar Minuten da gestanden hatte, warf Jack einen Blick über die Schulter zu den Fenstern im Haus. Von seiner Mutter war nichts zu sehen. Mit trotziger Entschlossenheit biß er sich auf die Lippen und betrat vorsichtig verbotenen Boden.

Er konzentrierte sich zu sehr darauf, was hinter ihm lag. Als er durch die Büsche kroch, stolperte er und schlug mit dem Kopf heftig gegen einen schweren Ast. Der Schlag schmerzte, aber Jack rappelte sich sofort wieder auf und ging weiter.

Sam sprang um die Tanne herum und jagte spielerisch hin und her. Dort wuchs Dornengestrüpp, und darin hatte sich ein Stück Stoff verfangen. Als Jack näher kam, sah er, daß das Stoffstück in Wirklichkeit eine Puppe war. Als er noch näher kam, bemerkte er, daß sich die Puppe bewegte.

»Steh nicht einfach so rum!« schrie ihn die Puppe mit zarter, aber wütender Stimme an. »Ruf ihn zurück!«

Jack packte Sams Halsband. Sam versuchte sich loszureißen, wand sich in Jacks Griff und versuchte zu seiner neuesten Entdekkung zurückzukehren. Schließlich gab Jack dem Hund einen scharfen Klaps aufs Hinterteil und schickte ihn durch die Büsche weg. Dann hockte er sich unter den Baum und starrte die sprechende Puppe an. Es handelte sich um einen kleinen Mann mit rötlichem Bart, grünem Hemd und grüner Hose, schwarzen Stiefeln und schwarzem Gürtel und einer Kappe aus frischen, miteinander verwebten Tannennadeln.

Jack kicherte. »Warum bist du so klein?« wollte er wissen.

»Warum ich so klein bin?« echote der andere. Er bemühte sich heftig, sich zu befreien. »Warum bist du so groß? Weißt du denn überhaupt nichts?«

»Bist du echt?« bohrte Jack.

»Natürlich bin ich echt! Ich bin ein Elf!«

Jack legte den Kopf schräg. »Wie im Märchen?«

Der Elf wurde noch roter als sein Bart. »Nein, nicht wie im Märchen! Seit wann steht in Märchen denn die Wahrheit über Elfen? Du glaubst wohl auch, Elfen sind einfach bloß kleine Waldmenschen, die ihr Leben damit verbringen, im Mondschein zu tanzen? Nun, so ist es aber nicht! Wir arbeiten!«

Jack beugte sich vor, um besser sehen zu können. »Woran arbeitet ihr?«

»An allem!« Der Elf war einem Schlaganfall nahe.

»Du bist komisch«, bemerkte Jack und wippte auf den Fersen. »Wie heißt du?«

»Pick. Ich heiße Pick«, murmelte der Elf. Er wand sich noch ein bißchen und gab schließlich auf. »Und du?«

»Jack. Jack Andrew McCall.«

»Nun schön, Jack Andrew McCall. Glaubst du, du könntest mich aus diesen Dornen befreien? Schließlich ist es deine Schuld, daß ich überhaupt darin festhänge. Das ist doch dein Hund, oder? Nun, dein Hund hat sich da rumgetrieben, wo ich gearbeitet habe, und ich habe ihn nicht gehört. Er hat gebellt und mich erschreckt, und deshalb hänge ich jetzt hier fest. Dann fing er an zu schnüffeln und mich vollzusabbern, und ich hab' mich nur noch schlimmer verheddert!« Er holte tief Luft und beruhigte sich allmählich. »Also, was ist? Hilfst du mir?«

»Klar doch«, willigte Jack sofort ein.

Er streckte die Hand aus, und Pick kreischte: »Sei vorsichtig mit deinen großen Fingern! Du könntest mich zermalmen! Du bist doch keiner von diesen ungeschickten Burschen, oder? Du bist doch hoffentlich keiner von diesen Jungs, die rumlaufen und auf Ameisen treten?«

Jack war immer recht geschickt mit seinen Händen, und es gelang ihm, den Elf in wenigen Sekunden zu befreien, ohne daß er großen Schaden durch die Dornen litt. Er stellte Pick auf den Boden vor sich und lehnte sich zurück. Pick bürstete an seinen Kleidern herum und murmelte unhörbar vor sich hin.

»Wohnst du im Park?« fragte Jack.

Pick sah auf, wieder mit mürrischem Gesicht. Seine Tannennadelkappe war verrutscht. »Natürlich wohne ich im Park! Wie könnte ich sonst wohl meine Arbeit tun?« Er stieß mit einem Finger nach ihm. »Weißt du, was ich tue, Jack Andrew? Ich sorge für den Park! Den ganzen Park, ganz allein! Das ist eine schreckliche Verantwortung für einen einzigen Elf!«

Jack war beeindruckt. »Und wie sorgst du für ihn?«

Pick rückte seine Mütze zurecht. »Weißt du, was Magie ist?«

Jack kratzte an einem Mückenstich auf seinem Handgelenk. »Die hat Aschenputtel in eine Märchenprinzessin verwandelt«, antwortete er zweifelnd.

»Ach du liebe Güte, erzählen sie euch immer noch dieses dumme Zeug? Wann bringen sie diese Geschichten bloß mal in Ordnung? Die klammern sich an diese lächerlichen Geschichten von bösen Stiefmüttern, Möchtegern-Prinzessinnen und Glaspantoffeln auf einem königlichen Ball – als ob ein Glasschuh auch nur fünf Minuten auf einem Tanzboden überstehen würde!« Er hüpfte so heftig auf und ab, daß Jack zusammenfuhr. »Ich könnte denen das eine oder andere von *richtigen* Märchen erzählen!« explodierte er. »Ich könnte denen Geschichten erzählen, daß ihnen die Haare zu Berge stehen würden!«

Er brach ab, weil er sich plötzlich Jacks Bestürzung bewußt wurde. »Ach, vergiß es!« brummte er. »Diese ganze Sache mit den Märchen ist einfach eine schwache Stelle bei mir. Jetzt zu dem, was ich tue, Jack Andrew. Ich halte die Magie im Gleichgewicht, jawohl. In allem ist Magie, weißt du – von der größten alten Eiche bis zum kleinsten Grashalm, von der Ameise bis zum Elefanten. Und das alles muß im Gleichgewicht gehalten werden, sonst gibt es große Probleme. Das ist es, was Elfen wirklich tun. Aber es gibt nicht genug von uns, um überall zu sein. Deshalb konzentrieren wir uns auf die Orte, wo die Magie am stärksten ist und am ehesten Ärger machen könnte – wie in diesem Park.« Er fuhr mit der Hand durch die Luft. »In diesem Park gibt es Unmengen von unangenehmer Magie.«

Jack folgte der Bewegung seiner Hand und nickte dann. »Es ist ein großer Park.«

»Zu groß für die meisten Elfen, das kannst du mir glauben!« erklärte Pick. »Willst du sehen, wie groß?«

Jack nickte zustimmend und schüttelte den Kopf, alles in einer Bewegung. Er schaute hastig über die Schulter, als ihm seine Mutter wieder einfiel. »Ich darf nicht in den Park gehen«, erklärte er. »Ich darf eigentlich nicht einmal unseren Hof verlassen.«

»Oh«, murmelte Pick leise. Er rieb sich nachdenklich den roten Bart und klatschte dann in die Hände. »Nun, ein bißchen Magie erledigt das alles und sorgt gleichzeitig dafür, daß du keinen Ärger bekommst. Hier, heb mich auf, nimm mich in die Hand. Vorsichtig, Junge! So! Jetzt mache ich es mir bequem. Halte die Hand auf, die Handfläche nach oben. Beweg dich nicht. Jetzt mach die Augen zu. Nun mach schon, mach sie zu. Das tut nicht weh. Mach die Augen zu und denk an den Park. Kannst du ihn sehen? So, jetzt paß auf...«

Etwas Warmes, Klebriges wie Sirup zog durch Jacks Körper, fing an den Augen an und arbeitete sich abwärts bis zu den Füßen. Er fühlte, wie Pick sich bewegte.

Und plötzlich flog Jack, schwebte hoch über den Bäumen und Telegrafenmasten dahin, über den breiten, grünen Teppich des Sinnissippi-Parks. Er hockte rittlings auf einer Eule, einem großen, braun-weiß gefiederten Vogel mit Schwingen, die sich endlos auszudehnen schienen. Pick saß hinter ihm, und seltsamerweise waren sie gleich groß. Jack blinzelte ungläubig, kreischte dann vor Entzücken. Die Eule schwebte langsam zur Erde nieder, wandte sich in diese und jene Richtung, um den Wind auszunutzen, aber die Bewegung machte Jack nichts aus. Ja, er hatte das Gefühl, nichts könnte ihn von seinem Platz vertreiben.

»So komme ich von einer Stelle zur anderen«, hörte er Pick sagen. Der Wind machte dem Stimmchen nichts aus. »Daniel bringt mich überall hin. Er ist eine Schleiereule – eine gute. Wir haben uns vor einiger Zeit kennengelernt. Wenn ich zu Fuß durch den Park laufen müßte, würde es Wochen dauern, bis ich von einem Ende zum anderen käme, und ich würde nie irgend etwas schaffen!«

»Das gefällt mir!« jubelte Jack und lachte, und Pick lachte mit.

Auf Daniels Rücken schwebten sie auf dem Wind, Stunden, so schien es Jack, vom Riverside-Friedhof am Felsen entlang nach Osten bis zu den Häusern von Woodlawn und wieder zurück. Jack sah alles mit Augen, die groß waren vor Staunen und Entzükken. Er sah graue und braune Eichhörnchen, Vögel in allen Farben und Formen, winzige Mäuse, Opossums und sogar einen Dachs. In einem Dickicht unten am Flußufer entdeckte er ein paar Rehe, ein Kitz und seine Mutter, schlank und zart, deren Bewegungen vor den Bäumen kaum sichtbar waren. Es gab riesige alte Tannen, deren nadelübersäte Hügel sich wie eine Rüstung über verstohlenen Erdhöhlen erhoben, hoch aufragende Eichen und Ulmen, die wie massive Speere aus dem Boden aufragten, tiefe Löcher und Schluchten, in denen sich trockene Blätter und Schatten sammelten, und Bäche und Flüsse mit Seerosen, Fröschen und blitzenden, winzigen Fischen.

Aber für einen Jungen mit Phantasie gab es noch viel mehr als das. Hinter jedem alten Baum entdeckte er Schlösser und Burgen. Es gab Schienen mit dampfenden Lokomotiven, die über alte Holzbrücken ratterten, dort, wo die Flüsse zu breit waren, um durchquert zu werden. Es gab Piratenhöhlen und Schatzkammern. Es gab wilde Pferde, die schneller waren als der Wind, und

Bergkatzen so geschmeidig wie Seide. Hinter allem steckte eine neue Geschichte, eine andere Legende, der Traum von einem Abenteuer, das nur darauf wartete, erlebt zu werden.

Und es gab Magie.

»Da unten, Jack Andrew – siehst du?« rief Pick, als sie nach links und über die Steinbrücke flogen, die sich über einen Riß im Felsen spannte, dort, wo er ganz steil nach unten abfiel. »Sieh genau hin, Junge!«

Jack schaute, sah den krabbenartigen Schatten, der sich an die Unterseite der Brücke klammerte und sich so fest dagegen preßte, daß er kaum zu sehen war.

»Das ist Wartag, der Troll!« erklärte Pick. »In dieser Gegend scheint jede Brücke mindestens einen Troll zu haben, aber Wartag ist schlimmer als die meisten anderen. Wenn es eine Möglichkeit gibt, die Magie aus dem Gleichgewicht zu bringen, dann findet Wartag sie. Ein großer Teil meiner Arbeit besteht darin, seine Magie zu entwirren!«

Daniel brachte sie bis nahe zum Brückenkopf, und Jack sah, wie sich Wartag tiefer in den Schatten zurückzog, um sich zu verstekken. Es gelang ihm nicht völlig. Jack konnte noch immer den gekrümmten Körper sehen, der mit Büscheln aus schwarzem Haar bedeckt war, und auch die bösartigen roten Augen, die wie die Katzenaugen bei einem Fahrrad blitzten.

Daniel schrie, und Wartag fuhr zurück.

»Wartag macht sich nichts aus Eulen!« wandte sich Pick an Jack. Dann rief er dem Troll etwas Gehässiges zu, ehe Daniel sie wieder fortbrachte.

Sie flogen weiter in einen Teil des Parks, in dem sie noch nicht gewesen waren. Sie waren jetzt tief im Osten, dort, wo der Sonnenschein offenbar nicht einzudringen vermochte und wo alles in Schatten gehüllt lag. Daniel brachte sie hinab in die Finsternis, eine Art grauen Dunstes, der von Stille und dem Geruch verrottenden Holzes erfüllt war. Pick zeigte nach vorn, und Jack folgte der Linie seines Fingers. Da stand der größte, verwüstetste Baum, den er je gesehen hatte, ein Ungetüm mit knorrigen, krummen Gliedern und rissiger Rinde, das nur darauf zu warten schien, alles zu packen, was ihm in den Weg kam. Rundherum wuchs nichts. Alle anderen Bäume, alle Büsche und alles Gras waren beseitigt worden.

»Was ist das?« fragte er Pick.

Pick warf ihm einen mysteriösen Blick zu. »Das, mein kleiner Jack Andrew, ist das Gefängnis des Drachen Desperado, jetzt und immerdar. Was hältst du davon?«

Jack starrte ihn an. »Ein richtiger Drache?«

»So echt wie du und ich. Und sehr gefährlich, wenn ich das sagen darf. Zu gefährlich, um freigelassen zu werden, aber gleichzeitig auch zu mächtig, um vernichtet zu werden. Man kann nicht alles loswerden, was uns auf dieser Welt ängstigt oder beunruhigt. Es gibt Dinge, mit denen muß man einfach leben – und dazu gehören Drachen und Trolle. Trolle sind natürlich nicht halb so schlimm wie Drachen. Trolle machen Ärger, wenn sie frei sind, aber Drachen werfen wirkliche Pläne über den Haufen. Die sind mächtig, Jack Andrew. Mensch, allein ihr Atem kann die Luft meilenweit verstänkern! Und der Abdruck einer Drachenklaue kann ganze Felder vergiften! Manche Drachen sind schlimmer als andere, klar. Und einer von denen ist Desperado.«

Er brach ab, und seine Augen funkelten, als er Jacks Blick begegnete. »Alle Drachen sind unangenehm und lästig, aber Desperado ist der schlimmste. Ab und zu bricht er aus, und dann haben wir es mit dem Teufel zu tun. Zum Glück passiert das nicht allzuoft. Und wenn, dann muß irgend jemand Desperado einfach wieder einsperren.« Er blinzelte rätselhaft. »Und dazu gehört eine ganz besondere Art von Magie.«

Daniel schwang sich plötzlich in die Lüfte und trug sie davon. Er flog aus den Schatten und den grauen Nebeln und ließ die Finsternis hinter sich. Die Sonne fiel in Jacks Augen, so hell und strahlend, daß er einen Moment lang geblendet war.

»Jackie!«

Er dachte, er hätte seine Mutter rufen gehört. Er blinzelte.

»Jackie, wo bist du?«

Es war seine Mutter. Er blinzelte noch einmal und fand sich allein unter der Tanne sitzend, eine Hand vor sich ausgestreckt, die Innenseite nach oben. Die Hand war leer. Pick war verschwunden.

Er zögerte, hörte seine Mutter wieder rufen, rappelte sich hastig auf die Füße und rannte zu den Büschen am Rande seines Hofes. Aber er kam zu spät, um zu verhindern, daß sie ihn erwischte. Zuerst bekam seine Mutter einen Schreck, als sie die Beule an seiner Stirn sah, dann wurde sie wütend, als sie begriff, wie es dazu gekommen war. Sie verpflasterte ihn und schickte ihn dann in sein Zimmer.

Beim Abendessen erzählte er seinen Eltern von Pick. Sie hörten höflich zu, schauten sich hin und wieder bedeutsam an und erklärten ihm schließlich, daß alles gut wäre, daß es eine wunderbare Geschichte wäre, aber daß Beulen am Kopf uns manchmal denken lassen, etwas wäre passiert, was in Wirklichkeit gar nicht passiert ist. Als er darauf beharrte, daß er sich die Geschichte nicht ausgedacht hätte, daß sie wirklich passiert wäre, lächelten sie noch ein bißchen und erklärten ihm, daß sie es nett fänden, daß er so viel Phantasie hätte. Was er auch versuchte, er konnte sie nicht davon überzeugen, daß er es ernst meinte, und schließlich, nachdem sie ihm eine Woche lang mit Engelsgeduld zugehört hatte, setzte sich seine Mutter eines Morgens mit Milch und Keksen zu ihm in die Küche und erklärte ihm, daß sie genug davon hätte.

»Alle kleinen Jungs haben Freunde, die sie sich einbilden, Jakkie«, erzählte ihm seine Mutter. »Das gehört zum Erwachsenwerden. Ein Phantasiefreund ist jemand, dem kleine Jungs ihre Sorgen erzählen können, wenn ihnen sonst niemand zuhört, jemand, dem sie all ihre Geheimnisse anvertrauen können. Manchmal können diese Freunde einem kleinen Jungen über eine schwere Zeit hinweghelfen. Pick ist dein Phantasiefreund, Jackie.

Aber du mußt eines verstehen. Ein Freund wie Pick gehört einfach dir, sonst niemandem, und so sollte es bleiben.«

Den ganzen Sommer bis in den Herbst hinein suchte er nach Pick, fand ihn aber nie. Als sein Vater mit ihm in den Park ging, suchte er unter der alten Steinbrücke nach Wartag. Aber ihn fand er auch nicht. Er suchte am Himmel nach Daniel, entdeckte aber nie irgend etwas, das größer war als ein Rotkehlchen. Als er seinen Vater schließlich überreden konnte, den ganzen Weg bis in den dunkelsten Teil des Waldes mit ihm zu gehen – eine Anstrengung, die seinen Vater dazu brachte, Worte zu sagen, die Jack von ihm noch nicht oft gehört hatte –, war auch dort keine Spur von dem Baum zu sehen, der den Drachen beherbergte.

Schließlich gab Jack die Suche auf. Die Schule und seine Freunde beanspruchten seine ganze Aufmerksamkeit, Thanksgiving kam und ging, und dann war Weihnachten. In diesem Jahr bekam er ein neues Rad, ein Zweirad ohne Stützräder, und eine elektrische Eisenbahn. Manchmal dachte er noch an Pick, Daniel, Wartag und Desperado, aber die Erinnerung daran, wie sie aussahen, verschwamm allmählich. Er vergaß viele der Besonderheiten seines Abenteuers an jenem Sommernachmittag im Park, und das Abenteuer selbst nahm die Form eines der Märchen an, die Pick so verabscheute.

Bald hörte Jack mehr oder weniger auf, an die ganze Sache überhaupt zu denken.

Seit Monaten hatte er nicht mehr daran gedacht – bis heute.

Er fuhr mit dem Fahrrad die Auffahrt zum Haus entlang, überrascht, daß er sich plötzlich an all die Einzelheiten erinnern konnte, die er ganz vergessen hatte. Sie standen wieder ganz scharf vor seinem inneren Auge, so scharf wie an jenem Nachmittag, als alles passiert war. Wenn es passiert war. Wenn es *wirklich* passiert war. Er war seit langer Zeit nicht sicher. Schließlich war er damals nur ein kleines Kind gewesen. Seine Eltern hatten vielleicht recht; vielleicht hatte er sich alles nur eingebildet.

Aber warum erinnerte er sich dann jetzt so genau?

Er ging in sein Zimmer, um nachzudenken, kam gerade lange genug nach unten, um zu Abend zu essen, und ging dann schnell wieder nach oben. Seine Eltern hatten ihn während der ganzen Mahlzeit so merkwürdig angesehen – als ob sie sehen wollten, ob er frühe Anzeichen von Erschöpfung erkennen ließ. Das führte dazu, daß er sich komisch vorkam.

Er stellte fest, daß er sich nicht auf seine Hausaufgaben konzentrieren konnte, und außerdem war es sowieso Freitag abend. Er stellte die Musik von seinem Kassettenrecorder ab, schloß seine Bücher und saß einfach nur da. Die Uhr auf seinem Nachttisch tickte leise, während er noch ein bißchen darüber nachdachte, was vor fast sieben Jahren passiert war. Was passiert *sein könnte*, verbesserte er sich – aber je mehr er darüber nachdachte, desto mehr glaubte er, daß es wirklich passiert war. Sein gesunder Menschenverstand sagte ihm, daß er verrückt war, aber wenn man stirbt, dann hat man nicht viel Zeit für gesunden Menschenverstand.

Schließlich stand er auf, ging nach unten, nahm das Telefon ab und rief Waddy an. Sein Freund antwortete beim zweiten Klingeln, sie sprachen über dies und jenes, ungefähr fünf Minuten lang, und dann sagte Jack: »Waddy, glaubst du an Magie?«

Waddy lachte. »Wie in dem Song?«

»Nein, wie beim Beschwören. Du weißt schon, Flüche und so.«

»Was für Magie?«

»Was für welche?«

»Ja, welche Art? Es gibt doch verschiedene Sorten, oder nicht? Schwarze Magie und weiße Magie. Zauberei. Hexengebräu. Schreckliche Flüche aus Neuengland. Feen und Elfen…«

»Diese Art. Feen und Elfen. Glaubst du, daß es irgendwo diese Art von Magie gibt?«

»Willst du wissen, ob ich an Feen und Elfen glaube?«

Jack zögerte. »Hmm, ja.«

»Nein.«

»Überhaupt nicht?«

»Hör mal, Jack, was ist los mit dir? Du wirst doch nicht komisch wegen dieser Sache, oder? Ich hab' dir doch gesagt, du sollst dir keine Sorgen machen.«

»Tu' ich auch nicht. Ich dachte bloß...« Er brach ab; er konnte Waddy einfach nicht sagen, was er genau dachte, weil es so sonderbar klang. Schließlich hatte er außer seinen Eltern noch niemandem von Pick erzählt.

Am anderen Ende der Leitung herrschte nachdenkliches Schweigen. »Wenn du wissen willst, ob ich glaube, daß es da draußen irgendeine Art von Magie gibt, die verhindert, daß Menschen sterben, dann sage ich ja. Die gibt es.«

Das war zwar nicht genau das, was Jack gefragt hatte, aber irgendwie fühlte er sich nach dieser Antwort trotzdem besser. »Danke, Waddy. Bis bald.«

Er legte auf und ging nach oben. Sein Vater erwischte ihn auf dem Treppenabsatz und rief ihn wieder nach unten. Er erzählte Jack, daß er mit Dr. Muller gesprochen hätte. Der Arzt wünschte, daß er am Montag für weitere Untersuchungen ins Krankenhaus käme. Es könnte sein, daß er ein paar Tage bleiben müßte. Jack wußte, was das hieß. Er würde wie Onkel Frank enden. Sein Haar würde ausfallen. Die ganze Zeit wäre ihm übel. Er würde dahinschwinden. Er wollte das alles nicht. Das sagte er seinem Vater, und ohne dessen Antwort abzuwarten, rannte er in sein Zimmer, schloß die Tür hinter sich, zog sich aus, schaltete das Licht aus und lag zitternd im Dunkeln im Bett.

Er schlief eine Weile, und es war schon nach Mitternacht, als er wieder aufwachte. Er hatte geträumt, aber er konnte sich nicht erinnern, worum es in seinen Träumen gegangen war. Als er so dalag, glaubte er, jemanden rufen zu hören. Er stützte sich auf einen Arm und lauschte in die Stille. So blieb er lange Zeit und dachte nach.

Schließlich stand er auf, zog Jeans, Pullover und Turnschuhe an und schlich die Treppe hinunter. Er bemühte sich sehr, keinen

Lärm zu machen. Er kam bis zur Veranda auf der Rückseite des Hauses. Sam schlief auf der Schwelle, und Jack sah ihn nicht. Er stolperte über den Hund, stürzte schwer und schlug sich den Kopf an der Tischkante an. Einen Moment war er bewußtlos, dann öffnete er blinzelnd die Augen. Sam kauerte in einer Ecke, zu Tode erschrocken. Jack war überrascht und dankbar, daß der alte Hund nicht wie verrückt bellte. Das hätte seine Eltern innerhalb einer Minute auf den Plan gerufen. Er tätschelte Sam beruhigend den Kopf, zog seinen Anorak über und schlüpfte aus der Tür.

Stille umfing ihn. Jack überquerte den feuchten grünen Boden im Hinterhof auf leisen Sohlen, zwängte sich durch die Büsche am Ende und ging in den Park. Es war eine warme, windstille Nacht, der Mond schien voll und weiß von einem wolkenlosen Himmel, das silbrige Licht sickerte durch das Laub der Bäume und warf Schatten. Jack atmete tief ein und roch Tannennadeln und Lilien. Er wußte nicht, was er seinen Eltern erzählen würde, wenn sie ihn hier draußen fanden. Er wußte bloß, daß er Pick finden mußte. Irgend etwas in ihm flüsterte, daß er das tun mußte.

Er erreichte die alte Tanne und spähte unter die stachligen Zweige. Keine Spur von Pick. Er kam wieder heraus und sah sich im Park um. Irgendwo in der Ferne zirpten Grillen. Die Baseball-Felder erstreckten sich vor ihm im Osten bis an die Wand aus Bäumen, dort, wo der tiefe Wald anfing. Er konnte den Rand des Felsens am Fluß im Süden sehen, ein Riß durch den Nachthimmel. Der Friedhof lag unsichtbar im Westen des Parks. Nirgends regte sich etwas.

Jack trat vor bis an den Rand des nächsten Spielfelds. Er fühlte sich jetzt irgendwie nicht ganz wohl und hatte ein bißchen Angst. Vielleicht war das alles ein Fehler.

Dann zerriß ein Schrei die Stille, und Jack erhaschte einen Blick auf einen Schatten, der vor dem mondhellen Himmel dahinzog.

»Daniel!« rief er.

Aufregung machte sich in ihm breit. Er fing an zu rennen.

Daniel kreiste über ihm, irgendwo über dem Rand des Felsens. Jack sah, wie er herabstieß und dann wieder zum Himmel aufstieg. Daniel befand sich genau über der alten Steinbrücke, wo Wartag hauste.

Als Jack die Brücke erreichte, wurde er langsamer, erinnerte sich wieder an die bösen Augen des Trolls. Dann hörte er, wie jemand seinen Namen rief, und stürmte vorwärts. Er schlitterte den feuchten Hang neben dem Westpfeiler der Brücke hinab und blinzelte in den Schatten.

»Jack Andrew McCall, wo hast du denn gesteckt, Junge?« hörte er Pick fragen, der sich nicht einmal die Mühe machte, ihn zu begrüßen. »Ich warte schon seit Stunden auf dich!«

Jack konnte ihn zuerst nicht sehen und tastete in der Dunkelheit herum.

»Hier drüben, Junge!«

Seine Augen gewöhnten sich allmählich an die Dunkelheit, und er entdeckte etwas, das an der Unterseite der Brücke an einem Haken hing, dicht neben dem Pfeiler. Es war ein Käfig aus Stein. Er streckte die Hand danach aus und kippte ihn ein wenig, so daß er hineinsehen konnte.

Da war Pick. Er sah genauso aus wie vor sieben Jahren – ein winziger Mann mit einem rötlichen Bart, grünem Hemd und grüner Hose, schwarzem Gürtel, schwarzen Stiefeln und dem komischen Hut aus verwebten Tannennadeln. Es war zu dunkel, um sicher zu sagen, ob sein Gesicht rot war oder nicht, aber er war so aufgeregt, daß Jack überzeugt war, es müßte rot sein. Er tanzte erst auf dem einen, dann auf dem anderen Fuß herum, hüpfte auf und nieder, als würden seine Stiefel brennen.

»Was machst du da drin?« wollte Jack von ihm wissen.

»Was glaubst du denn, was ich mache – ein Bad nehmen?« Picks Laune war um keinen Deut besser geworden. »Jetzt hör mir mal zu, Jack Andrew, und hör gut zu, weil ich nämlich nicht die Zeit habe, es mehr als einmal zu sagen!« Pick war aufgeregt, und sein Stimmchen klang schrill. »Wartag hat mir eine Falle gestellt, und ich bin hineingestolpert. Er stellt mir immer solche Fallen, aber normalerweise bin ich zu schlau, um mich fangen zu lassen. Diesmal hat er mich im Schlaf überrascht. Er hat mich am Abend in diesen Käfig gesperrt und mich meinem Schicksal überlassen. Er ist tief in den Wald gegangen, um die Magie aus dem Gleichgewicht zu bringen. Er will Desperado freilassen!«

Er stach mit einem Finger nach Jack. »Du mußt ihn aufhalten!«

Jack fuhr zusammen. »Ich?«

»Ja, du! Ich habe keine Möglichkeit dazu, weil ich hier eingesperrt bin.«

»Nun, dann muß ich dich eben befreien.«

Pick schüttelte den Kopf. »Ich fürchte nein. Ein Trollkäfig hat weder Schloß noch Schlüssel. Man muß einfach warten, bis er auseinanderfällt. Das dauert nicht lange. Höchstens ein oder zwei Tage. Aber selbst wenn du mich befreien würdest, würde das nichts helfen. Ein Elf, der in einem Steinkäfig eingesperrt war, verliert bis zum nächsten Mondaufgang seine Zauberkraft. Das weiß doch jeder!«

Jack schluckte. »Aber Pick, ich kann...«

»Hör auf, mit mir zu streiten!« wütete der Elf. »Nimm das!« Er schob etwas durch die Stäbe des Käfigs. Es war eine winzige silberne Nadel. »Mach die an deiner Jacke fest. Solange du sie trägst, kann ich sehen, was du siehst, und kann dir sagen, was du tun mußt. Es wird genauso sein, als wenn ich bei dir wäre. Und jetzt beeil dich! Lauf diesem verdammten Troll nach!«

»Aber was ist mit dir?« fragte Jack besorgt.

»Mach dir um mich keine Sorgen! Mir geht's gut!«

»Aber...«

»Verdammt, Jack! Lauf los!«

Jack tat, was Pick gesagt hatte, angetrieben von der Dringlichkeit, die er in der Stimme des anderen wahrgenommen hatte. Er vergaß vorübergehend sogar, was ihn überhaupt in den Park gebracht hatte. Hastig steckte er die Silbernadel durch den Kragen seines Anoraks und wirbelte los. Er krabbelte aus dem Graben unterhalb der Brücke, schoß durch den Ring aus Bäumen, die die Spielfelder abschirmten und sprintete über die Plätze auf die dunkle Wand aus Bäumen im Osten zu. Ein-, zweimal schaute er zum Himmel, suchte Daniel, aber die Eule war verschwunden. Jack fühlte, wie sein Herz in der Brust hämmerte, hörte das Keuchen seines Atems. Pick plapperte irgendwo in seinem linken Ohr, trieb ihn an und ermahnte ihn, sich zu beeilen. Als er versuchte, den Elf etwas zu fragen, unterbrach Pick ihn mit dem Befehl, sich auf die Aufgabe zu konzentrieren, die vor ihm lag.

Er erreichte die Bäume im Osten des Parks und verschwand zwischen den Bäumen. Der Mondschein zerfiel in Lichtsplitter, die durch das schwere Laubdach fielen. Jack jagte hügelauf, hügelab, schlitterte durch laubbedeckte Rinnen und sah zu, wie das Holz um ihn her immer dicker wurde.

Endlich stolperte er über eine Baumwurzel, fiel müde auf die Knie und rang nach Atem. Als er den Kopf wieder hob, war er sich zweier Dinge bewußt. Erstens war der Wald um ihn herum vollkommen still. Zweitens herrschte eine sonderbare grünliche Beleuchtung, die wie Nebel in der Dunkelheit vor ihm wirbelte.

»Wir kommen zu spät, Jack Andrew«, hörte er Pick leise sagen. »Dieser hohlköpfige Troll hat seine Arbeit getan! Desperado ist frei!«

Jack raffte sich hastig auf. »Was soll ich jetzt tun, Pick?«

Picks Stimme war ruhig. »Tun, Jack? Nun, du tust, was du tun mußt. Du sperrst den Drachen wieder ein.«

»Ich?« Jack war entsetzt. »Was soll ich machen? Ich weiß nichts über Drachen.«

»Dummes Zeug! Es ist nie zu spät, etwas zu lernen, und da ist sowieso nicht viel zu lernen. Laß uns mal sehen, Junge. Mach schon! Weiter!«

Jack ging vorwärts. Seine Füße funktionierten losgelöst von seinem Verstand, der ihm zubrüllte, verdammt noch mal zu verschwinden. Das dunstige grüne Licht fing an, ihn einzuhüllen, erfüllte den ganzen Wald mit dem stechenden Geruch brennenden Gummis. Die Nachtluft strahlte Tod aus, und das Wispern von etwas, das alt und böse war, schallte aus dem Wald heraus. Jack schluckte krampfhaft vor Angst.

Dann durchbrach er ein Gebüsch und stand auf einer Lichtung, die von Tannen gesäumt war. Hier blieb er stehen. Ungefähr ein Dutzend Schritte von ihm entfernt bewegte sich etwas ziellos über den Boden, etwas Kleines, Haariges, etwas, das dampfte wie Atem, der an einem Wintermorgen ausgestoßen wird.

»O je, o je«, murmelte der unsichtbare Pick.

»Was ist das?« fragte Jack besorgt.

Pick schnalzte mit der Zunge. »Sieht so aus, als hätte Wartag auf die harte Tour gelernt, was passiert, wenn man sich mit Drachen einläßt.«

»Das ist Wartag?«

»Mehr oder weniger. Bewegung, Jack. Mach dir wegen des Trolls keine Sorgen.«

Aber Jacks Verstand hatte nun endlich die Kontrolle über seine Füße zurückerlangt. »Pick, ich will damit nichts mehr zu tun haben. Ich kann nicht mit einem Drachen kämpfen! Ich bin nur hergekommen, weil ich... weil ich herausgefunden habe, daß...«

»... du sterben wirst.«

Jacks Blick wurde starr. »Ja, aber woher...?«

»... ich das weiß?« schloß Pick für ihn. »Mensch, Junge! Was glaubst du denn, warum du hier bist? Jetzt hör zu. Wird Zeit, daß du dich einer ziemlich unschönen Wahrheit stellst. Du mußt mit dem Drachen kämpfen, ob dir das nun paßt oder nicht. Er weiß, daß du hier bist, und er wird dich holen, wenn du versuchst, fortzulaufen. Er muß eingesperrt werden, Jack. Du kannst das. Glaub mir, du kannst das.«

Jacks Herz klopfte wild. »Wie?«

»Ach, das ist ganz leicht. Du stößt ihn einfach außer Sichtweite, drängst ihn in seinen Käfig zurück, und das wär's dann auch schon! Jetzt laß mal sehen. Da! Zu deiner Linken!«

Jack ging ein paar Schritte und bückte sich. Es war der verbeulte, alte Metalldeckel einer Mülltonne. »Ein Schild!« verkündete Picks Stimme in seinem Ohr. »Und da!« Jack ging nach rechts und bückte sich wieder. Diesmal war es ein schwerer Stock, den irgendein Wanderer zurückgelassen hatte. »Ein Schwert!« verkündete Pick.

Jack starrte abwechselnd auf den Tonnendeckel und den Stock. Dann schüttelte er hoffnungslos den Kopf. »Das ist doch lächerlich! Damit soll ich einen Drachen bekämpfen?«

»Damit und mit dem, was in dir steckt«, antwortete Pick leise.

»Aber ich kann nicht...«

»Doch, du kannst.«

»Aber...«

»Jack! Du mußt! Du mußt!« Picks Worte waren rauh und knapp, das Stimmchen beharrlich und eindringlich. »Verstehst du denn nicht? Hast du mir denn überhaupt nicht zugehört? Bei diesem Kampf geht es nicht einfach nur darum, mich oder diesen Park zu retten! Dieser Kampf wird *dich* retten!«

Jack war verwirrt. Warum diente dieser Kampf seiner Rettung? Das ergab keinen Sinn. Aber etwas tief in seinem Innern flüsterte, daß der Elf die Wahrheit sagte. Er schluckte seine Angst und würgte jeglichen Selbstzweifel hinunter, packte sein provisorisches Schwert und seinen Schild und setzte sich in Bewegung. Er ging schnell, fürchtete, wenn er langsamer würde, würde er ganz und gar aufgeben. Irgendwie wußte er, daß er das nicht tun durfte. Er bahnte sich vorsichtig einen Weg durch die Bäume, musterte den grünlichen Nebel. Vielleicht war der Drache nicht so schrecklich, wie er es sich vorstellte. Vielleicht war er gar nicht so wie die Drachen in den Märchen. Schließlich – würde Pick ihn gegen so etwas in die Schlacht schicken? Gegen etwas, gegen das er überhaupt keine Chance hatte?

Vor ihm bewegte sich etwas.

»Pick?« flüsterte er ängstlich.

Ein Schatten ragte plötzlich aus dem Nebel empor, riesig und abscheulich, und versperrte das Licht. Jack wirbelte herum und stolperte zurück.

Da war Desperado. Der Drache erhob sich aus der Nacht wie eine Mauer, wankte und schwankte, ein Etwas aus Schuppen und Hornplatten, eine Kreatur mit Gliedern und Klauen, ein Wesen aus Jacks übelsten Alpträumen entsprungen. Er hatte Gestalt und doch keine Gestalt, war geformt aus Angst und Zweifeln, entstanden aus einem Dutzend Erinnerungen, die am besten vergessen wurden. Er füllte den Pfad vor Jack mit seinem Körper, so massig wie der knorrige, häßliche Baum, aus dem er befreit worden war.

Jack kam keuchend zum Stehen. Augen, so hart wie polierter Stein, nagelten ihn fest, wo er war. Er konnte die Hitze des Drachen an seiner Haut fühlen und gleichzeitig eine eisige Kälte im Bauch. Er schwitzte und zitterte gleichzeitig, und sein Atem drohte in der Brust steckenzubleiben. Er dachte nicht mehr; er reagierte nur noch. Desperados Zischen hallte in seinem Magen wider. Es verriet ihm, daß er keinen Schild, kein Schwert führte. Es sagte ihm, daß er niemanden hatte, der ihm half. Es sagte ihm, daß er sterben würde.

Angst breitete sich hastig in Jack aus, erfüllte ihn mit üblem Geschmack, machte ihn vorübergehend hilflos. Er hörte Picks Stimme wild in seinem Ohr kreischen: »Schnell, Jack Andrew, schnell! Stoß den Drachen fort!«

Aber Jack rannte bereits. Er kämpfte sich durch den Nebel und die Bäume und floh vor Desperado. Er war unfähig, sich selbst zu helfen. Er konnte Pick nicht mehr hören; er konnte nicht mehr nachdenken. Alles, an das er denken konnte, war: rennen, und zwar so schnell und so weit fort wie möglich. Er war erst dreizehn! Er war noch ein Junge! Er wollte nicht sterben!

Er schoß aus dem dunklen Wald und über die Spielfelder auf die Brücke zu, wo Pick in seinem Käfig hockte. Der Himmel war komisch, voll mit wirbelnden Wolken und grünlichem Licht. Alles war ein Gewirr aus Schatten und Nebel. Er rief nach Pick um

Hilfe. Aber als er sich der Brücke näherte, schien sich der Steinbogen zu öffnen wie der Mund eines Riesen, und vor ihm erhob sich der Drache und versperrte ihm den Weg. Er drehte sich um und rannte auf den Grabhügel der Indianer zu, dorthin, wo die Geister der Sinnissippi durch die Schatten tanzten, zu einer Trommel, deren Klang nur sie vernahmen. Aber wieder wartete der Drache. Er wartete auch auf dem Friedhof, wand sich durch die Reihen der Grabsteine und Kreuze wie eine Schlange. Er wartete zwischen den Häusern von Woodlawn mit ihren Vorgärten, wartete überall, wohin sich Jack wandte, wohin er zu fliehen versuchte. Jack rannte von einem Ende des Parks zum anderen, und überall wartete der Drache Desperado.

»Pick!« kreischte er wieder und wieder, aber er erhielt keine Antwort. Als er schließlich daran dachte, nach der Silbernadel zu sehen, stellte er fest, daß er sie verloren hatte.

»O Pick!« schluchzte er.

Endlich hörte er auf zu laufen, zu erschöpft, um weiterzumachen. Er fand sich wieder im tiefen Wald, genau da, wo er angefangen hatte. Er war gerannt, und doch hatte er sich überhaupt nicht bewegt. Desperado war noch immer vor ihm, ein monströser, gestaltloser Schrecken, dem er nicht entfliehen konnte. Er konnte den Drachen überall um sich her spüren, über sich, unter sich, ja sogar *in* sich. Der Drache war in seinem Kopf, zermalmte ihn, blendete ihn, stahl ihm sein Leben...

Wie eine Krankheit.

Er stöhnte auf, als er plötzlich begriff.

Wie die Krankheit, die ihn tötete.

Dieser Kampf wird dich retten, hatte Pick ihm erzählt. Die Worte des Elfs kehrten zu ihm zurück, ihr Sinn und ihre Bedeutung wurden plötzlich ganz klar, lagen unverkennbar auf der Hand.

Jack wurde ein bißchen verrückt in diesem Moment. Er schrie auf, überwältigt von einer Woge von Gefühlen, die er auch nicht annähernd begreifen konnte. Er schüttelte seine Angst ab wie einen lästigen Mantel und griff Desperado an, ungeachtet jeglicher

Gefahr für sich selbst, blind für die monströse Größe des Drachen. Zu seinem Erstaunen flammten der Spazierstock und der Mülltonnendeckel weißglühend auf und verwandelten sich in das Schwert und den Schild, die ihm versprochen worden waren. Er spürte das Feuer, das von ihnen auf ihn übergriff, und es fühlte sich an, als wäre er selbst zu Stahl geworden. Er warf sich auf Desperado, hämmerte mit seinen Waffen auf den Drachen ein. *Schlag ihn zurück! Sperr ihn ein!*

Die großen, knorrigen Umrisse des Drachen und des Baums schienen zu verschmelzen. Nacht und Nebel schlossen sich um ihn. Er schwamm durch einen Nebel aus schroffen Bildern. Er hörte Geräusche, die von überallher stammen konnten, und in ihm war ein Gefühl von Nachgiebigkeit. Er stieß zu, fühlte, wie Desperado ihm auswich, ehe er angriff. Das Gefühl von Hitze, der Gestank von brennendem Gummi, das Kratzen von Schuppen und Platten wurden intensiver und erfüllten seine Sinne.

Dann verschwand Desperado ganz einfach. Schwert und Schild verwandelten sich zurück in den Spazierstock und den Deckel der Mülltonne, der grünliche Nebel löste sich in Nacht auf, und Jack klammerte sich an den knorrigen, gebeugten Stamm des massigen alten Baums, in dem der Drache gefangen war.

Er stolperte zurück, wie betäubt.

»Pick!« schrie er ein letztes Mal; aber es gab keine Antwort.

Dann wurde alles schwarz – er fiel.

Er war im Krankenhaus, als er aufwachte. Sein Kopf war bandagiert und pochte schmerzhaft. Als er fragte, erzählte ihm eine der diensthabenden Schwestern, es wäre Samstag. Er war mitten in der Nacht von der Veranda hinter seinem Elternhaus gefallen, erzählte sie, und seine Eltern hätten ihn erst früh am Morgen gefunden und sofort hergebracht. Ziemlich rätselhaft fügte sie noch hinzu, daß er ein glücklicher Junge wäre.

Kurz darauf erschienen seine Eltern, beide sichtlich aufgeregt, die ihn abwechselnd umarmten und ausschimpften, weil er so dumm gewesen war. Er war noch immer ziemlich benommen und verstand nicht viel von dem, was sie sagten. Sie verließen ihn, als die Schwester sie wegschickte, und er schlief wieder.

Am nächsten Tag kam Dr. Muller. Er untersuchte Jack, brummte und murmelte dabei vor sich hin, nahm ihm Blut ab, schickte ihn zum Röntgen, brachte ihn wieder nach oben, brummte und murmelte noch etwas mehr und ging. Jacks Eltern kamen zu Besuch und erzählten ihm, man würde ihn noch ein paar Tage im Krankenhaus behalten, nur vorsichtshalber. Jack erklärte ihnen, daß er keinerlei Therapie wünschte, solange er dort war, und sie versprachen ihm, daß keine stattfinden würde.

Montag morgen kamen seine Eltern und Dr. Muller zusammen zu ihm. Seine Mutter weinte und nannte ihn »Jackie«, und sein Vater grinste wie die Grinse-Katze. Dr. Muller erzählte ihm, daß die noch ausstehenden Untersuchungen durchgeführt worden waren, während er geschlafen hatte. Die Ergebnisse waren ermutigend. Seine Blutkrankheit schien nicht lebensbedrohlich zu sein. Sie hatten sie früh genug entdeckt, so daß sie behandelt werden konnte.

»Verstehst du, Jack, du wirst eine milde Form von Therapie machen müssen«, warnte Dr. Muller. »Aber das können wir hier machen. Kein Grund zur Sorge.«

Jack lächelte. Er machte sich keine Sorgen. Er wußte, daß er okay war. Er hatte es von dem Augenblick an gewußt, als er Desperado in seinen Baum zurückgedrängt hatte. Darum war es bei dem Kampf mit dem Drachen gegangen. Es war darum gegangen, Jacks Krankheit fortzusperren. Jack war sich nicht sicher, ob Pick in jener Nacht tatsächlich seine Zauberkraft verloren oder ob er es Jack einfach glauben gemacht hatte. Aber er war sich einer Sache ganz sicher – Pick hatte ihn absichtlich in den Park zurückgeholt und dafür gesorgt, daß er ganz allein dem Drachen gegenübertrat. Das war der besondere Zauber, von dem sein Freund ihm einmal erzählt hatte, daß er nötig war. Es war diese Magie, die es ihm erlaubte zu leben.

Am Ende der Woche kehrte er heim und ging wieder zur Schule. Als er Waddy Wadsworth informierte, daß er nun doch nicht sterben würde, zuckte sein Freund bloß mit den Schultern und meinte, das hätte er ja gleich gesagt. Dr. Muller riet ihm, es langsam angehen zu lassen, und in den Sommermonaten machte er die angekündigte Therapie. Aber sein Haar fiel nicht aus, er verlor nicht an Gewicht, und seine Kopfschmerzen und der Verlust des Sehvermögens hörten auf. Schließlich erklärte Dr. Muller ihn als geheilt, und die Behandlung wurde abgeschlossen.

Er traf Pick nie wieder. Ein-, zweimal glaubte er, Daniel zu sehen, aber er war nicht sicher. Er suchte nach dem Baum, in dem Desperado gefangengehalten wurde, aber er konnte ihn nicht finden. Nach Wartag suchte er nicht. Als er ein paar Jahre älter war, fing er an, im Sommer für die Parkaufsicht zu arbeiten. Das vermittelte ihm das Gefühl, Pick etwas zurückzugeben. Manchmal, wenn er im Park war, konnte er die Gegenwart des anderen spüren. Es machte nichts, daß er seinen Freund nicht sehen konnte; es reichte aus zu wissen, daß er dort war.

Natürlich sagte er niemals zu irgend jemandem etwas über den Elf. Diesen Fehler würde er nicht noch einmal machen.

Es war so, wie seine Mutter ihm erzählt hatte, als er noch klein war. Ein Freund wie Pick gehörte nur ihm allein, und so sollte es auch bleiben.

Originaltitel: Imaginary Friends
Ins Deutsche übertragen von Dagmar Hartmann

C. J. Cherryh

Gwydion und der Drache

Es war einmal ein Drache, und es war einmal ein Prinz, der eine Reise unternahm, um sich um die Hand der älteren und schöneren von zwei Prinzessinnen zu bewerben.

Es war nicht so, daß dieser Prinz überhaupt eine von Madogs Töchtern begehrte, auch wenn das Gerücht ging, daß Eri so klug und liebenswürdig, so lieblich und schön sei wie ihre Schwester Glasog grausam und häßlich. Die Wahrheit war, daß dieser Prinz jede Prinzessin geheiratet hätte, wenn er damit seinen Vater und sein Volk retten konnte, und keine heiraten würde, wenn er in dieser Angelegenheit eine Wahl hätte. Sein Name war Gwydion ap Ogan, und von den Prinzen in Dyfed war er der letzte.

Wohlgemerkt, ein Prinz von Dyfed zu sein, hatte nichts mit Bannern und Trompeten, mit goldenen Rüstungen und Scharen von Höflingen zu tun. König Ogans Palast war ein weitläufiges Steinhaus mit sandfarbenen Dachbalken, an denen Kochtöpfe und alte Pferdegeschirre hingen. König Ogans Reichtum bestand überwiegend aus Schweinen und Weideland – so wie all seine Untertanen Schweine und Weideland besaßen. Gwydions Streitroß war ein schwarzer Wallach mit einem weißen Stirnfleck und rauhaarigen Fesseln, und es war bei den Kämpfen gegen die Banditen in den hohen Bergen dabeigewesen. Gwydions Rüstung, die für diesen ewigen Krieg nützlich war, war aus vernarbtem

Leder, und an dem einfachen Kettenpanzer glänzten neue Glieder zwischen den alten. Eine Lanze und ein Fähnlein trug er nicht – die Bewohner in Ogans Königreich waren nicht schwerbewaffnet wie die Ritter in der Ebene. Sie gingen in den Bergen und den Wäldern auf die Jagd, und Prinz Gwydion trug nur ein einhändiges Schwert, einen Bogen und einen Köcher aus graubefiederten Pfeilen bei sich.

Sein Gefährte, der neben ihm auf einem kastanienbraunen Pferd ritt, hieß Owain ap Llodri, der Sohn des Masters. Er war sein bester Freund – keineswegs sein Schildknappe – und hatte sich ihm aus freien Stücken angeschlossen. Owain hatte sich die kastanienbraune Stute ausgeliehen und ihm auf der Straße aufgelauert. Owain hatte einfach angenommen, daß Gwydion fortging und lediglich um der Freundschaft willen Bedenken gehabt hätte, ihn zu fragen, ob er ihn begleiten wollte. Also hatte er Gwydion diese Unannehmlichkeit erspart.

Und der alte Hund mit den Schlappohren, der dicht neben den Pferden über die Straße trottete, hieß Mili. Mili war scharf auf Banditen und hatte bisher weder Gwydions inständigen Bitten noch Owains Befehlen gehorcht. Mit Steinen konnte man Mili für einige Minuten verjagen, aber dann kam er wieder zurück. So einer war Mili also, und so einer war auch Owain, und Gwydion konnte beide nicht zurückweisen. Folglich hielt Mili japsend mit ihnen Schritt, mit dem großhufigen Blaze und dem Braunen mit der krummen Nase, der vielleicht Swallow hieß oder auch nicht – die Dichter haben es vergessen. Und während des Ritts unterhielten sich Owain und Gwydion hauptsächlich über Hunde und die Jagd.

Das war, wie die Dichter es beschrieben, Prinz Gwydions Reise in König Madogs Reich.

Zu jener Zeit wußte niemand in Dyfed, woher Madog eigentlich gekommen war. Einige sagten, er sei auf der anderen Seite des Meeres König gewesen. Andere meinten, er sei das Kind eines Römers und einer Keltin und habe von seiner Mutter Zauberkräfte geerbt. Und nach einer dritten Vermutung hatte er seine Zauberkräfte durch den Handel mit einem Drachen erworben. Und einen Drachen gab es bestimmt: Verwüstung folgte Madogs Eroberungen von einem Ende von Dyfed zum anderen.

Aus recht zuverlässigen Quellen ging hervor, daß Madog zuerst König Bran hinter den Bergen gefragt hatte, ob er sich an seinem Hof niederlassen könnte. Und kaum hatte Bran seine Augen auf Madogs ältere Tochter gerichtet, hatte er sie über alle Maßen begehrt und um ihre Hand angehalten.

Gib mir deine Tochter, hatte Bran zu Madog gesagt, und ich gewähre dir das, was dein Herz begehrt. Aber Madog hatte ihm anvertraut, daß Eri bereits verlobt sei, und zwar mit einem schrecklichen Drachen, der manchmal die Gestalt eines Mannes annehme und Madog und seine ganze Familie mit einem Zauber belegt habe. Falls Bran diesen Drachen besiegen würde, würde Madog seinen Segen zu der Hochzeit mit Eri geben. Darüber hinaus würde er ihm sein ganzes Leben lang dankbar sein und ihm mit seiner Zauberkraft treu zur Seite stehen. Aber Bran müßte schwören, daß Madog sein Nachfolger werden würde, wenn er kinderlos sterben sollte.

Das war der Anfang von Madogs Königreich gewesen. So verliebt war Bran, daß er sich mit allen Bedingungen einverstanden erklärte. Noch am selben Tag starb er, und Madog übernahm die Herrschaft.

Danach hatte Madog drei benachbarten Königen einem nach dem anderen den Vorschlag unterbreitet, daß sie sich mit ihm verbünden und ihre Königreiche vereinen sollten, falls der jeweils jüngste Sohn Eri aus der Verzauberung des Drachen befreien würde. Aber von dieser Aufgabe war kein Prinz jemals zurückgekehrt. Daraufhin machte sich der nächstältere Prinz auf den Weg, bis alle Söhne der Könige verschwunden waren und die Königreiche unter Madogs Herrschaft fielen.

Schließlich wandte sich Madog an König Ban, und seine Söhne kamen um – der letzte von ihnen war Prinz Rhys, Gwydions

Freund. Der Tod seiner Söhne brach Ban das Herz, und er flüchtete sich ins Bett und starb.

Inzwischen munkelte man, daß in Wirklichkeit der Drache Madog diente, daß er Madog unter Bedingungen, die keiner zu vermuten wagte, an die Macht gebracht hatte, daß dieser Drache tatsächlich eine andere Gestalt annehmen konnte, nämlich die eines Ritters in einer seltsamen Rüstung, und daß er Eris Gatte werden würde, falls keiner sie erlösen konnte. Einige sagten (aber niemand konnte es beweisen), daß dieser Drache in Rittergestalt von weit hinter dem Meer gekommen sei und die Söhne und Töchter der besiegten Könige verschlungen habe und daß dies der Tribut sei, den Madog ihm leistete. Aber ob nun dieses Gerücht der Wahrheit entsprach oder nicht, der Drache jagte weit und breit in den Ländern, über die Madog herrschte, und hielt es auch nicht für unter seiner Würde, über die Söhne und Töchter der Bauern und Schäfer herzufallen. Verwüstung ging mit seinem Schatten einher, Bäume verdorrten in seinem Atem, und niemand kehrte zurück, um über die Rittergestalt, in die der Drache schlüpfte, zu berichten, außer Madog und (gemäß den Gerüchten) seine jüngere Tochter Glasog, die ebenfalls eine Zauberin und genauso grausam wie ihr Vater war.

Einige sagten, daß Glasog die Gestalt eines Raben annehmen konnte und über das Land flog und wählte, wen der Drache überfallen könnte. Die Leute nannten den Vogel Madogs Krähe und fürchteten sich davor, ihn anzusehen. Einige sagten, daß der Rabe die leibliche Tochter Madogs sei und daß Madog Eri aus dem Feenland entführt und ihre Mutter dem Drachen überlassen habe. Aber andere wiederum sagten, daß die Prinzessinnen Zwillinge seien und Eri so viel Güte mitbekommen habe, wie ein Mensch nur mitbekommen konnte, während ihre Schwester Glasog...

»Prinz Gwydion«, sagte Glasog zu ihrem Vater, »hätte sich bereits im vergangenen Jahr mit seinem Freund Rhys auf die Suche gemacht, wenn sein Vater es ihm nicht verboten hätte.

Prinz Gwydion wird sein Volk nicht in den Krieg ziehen lassen, wenn er einen Ausweg findet. Er wird seinen Vater davon überzeugen.«

»Gut«, antwortete Madog. »Das ist sehr gut.« Madog lächelte, aber Glasog nicht. Glasog dachte an den Drachen. Sie machte sich nichts vor. Der Drache hatte Madog versprochen, daß er König über ganz Wales werden würde, falls ihm dies in sieben Jahren gelänge, und daß er weitere siebenundsiebzig Jahre mit Hilfe des Drachen herrschen würde.

Aber wenn er scheiterte – wenn es ihm bis zum siebten Jahr nicht gelang, alle Königreiche von Dyfed zu erobern, wenn sich ihm ein hartnäckiger König nach diesen sieben festgelegten Jahren nur noch einen Tag widersetzte und er die kleinste, letzte Festung im Westen nicht erhielt, dann war der ganze Handel nichtig, und Madog würde alles verlieren.

Und der Drache konnte sich eine Strafe für ihn aussuchen.

In ihren schlimmsten Alpträumen glaubte Glasog, daß der Drache von vornherein die Absicht gehabt hatte, alle Königreiche im Westen mit geringem Aufwand erobern zu lassen – daß er ihren Vater mit Ausnahme eines Reiches siegen lassen würde, so daß er letzten Endes doch noch versagte und seinen Teil des Abkommens nicht einhalten konnte. Und außerdem waren sich die Generäle von allen Armeen, die sie überwältigt hatten, einig, daß niemand das Königreich Ogan gewaltsam erobern konnte. Dort gab es ein Gebirge, in dem sich Widerstandstruppen sammeln konnten, und nicht einmal Drachenfeuer konnte alles verbrennen. Und obendrein gab es die legendäre Glückssträhne von Ogan – es hieß, daß keine Armee Ogans Söhne besiegen konnte.

Wartet ab, hatte Madog gesagt. Und ihr Vater war bestimmt klug und gerissen und wußte, wie man einem Mann mit seinem Stolz eine Falle stellen konnte. Es gab immer einen Weg, sagte ihr Vater, um einen Zauber zu bannen; selbst die stärksten Zauber hatten ihre schwachen Stellen.

Ogan hatte einen Sohn, und das war Prinz Gwydion.

Jetzt werden wir ihn uns schnappen, sagte Madog zu seiner Tochter. Jetzt werden wir sehen, welchen Wert seine Glückssträhne hat.

Die Generäle rieten ihm: »Wenn du in diesem Krieg Aussicht auf Erfolg haben willst, mußt du erst einmal Gwydion loswerden.«

Aber Madog erwiderte, daß es für Gwydion noch andere Verwendungsmöglichkeiten gäbe, und Glasog stimmte ihm zu.

»Es *sieht* gar nicht anders aus«, stellte Owain fest, nachdem sie den Grenzstein passiert hatten.

Das stimmte. Nichts hatte sich verändert. Nichts deutete auf etwas Böses oder auf eine Gefahr hin. Es war wie im Sommer zuvor, als die beiden mit Rhys auf der Jagd gewesen waren. Früher waren sie jeden Sommer gemeinsam auf die Jagd gegangen, und im vergangenen Herbst hatten sie die Spur des Banditen Llewellyn bis zu seiner Höhle verfolgt und ihn mit gestohlenen Schafen erwischt. Aber im Frühling waren Bans Söhne einer nach dem anderen aufgebrochen, um Madogs Tochter für sich zu gewinnen, und im Frühsommer waren bereits alle, einschließlich Rhys, umgekommen.

Gwydion wollte schon vor langer Zeit und lange vor Rhys aufbrechen. Seitdem Madogs Bote zum ersten Mal erschienen war und die Könige von Dyfed zum Krieg oder zur Heirat aufgefordert hatte, war Gwydion unzählige Male an seinen Vater König Ogan und seine Mutter Königin Belyss mit der Bitte herangetreten, ihn sein Glück gegen Madog versuchen zu lassen. Aber jedesmal hatte Ogan ihm diese Bitte abgeschlagen und es in erster Linie damit begründet, daß andere Prinzen, die an ihren Grenzen an kriegerische Auseinandersetzungen gewöhnt waren, geeigneter und besser bewaffnet seien und daß es viele Prinzen in Dyfed gäbe, aber er nur einen Sohn habe.

Aber nachdem Rhys aufgebrochen und gescheitert war, fiel Madog das vorletzte Königreich in die Hände, und nur noch

König Ogans Land war übrig. Und Gwydion, tiefbetrübt über den Verlust seines Freundes, sagte zu seinen Eltern: »Wenn wir gemeinsam angetreten wären, hätten wir diesen Madog besiegen können. Wir hätten eine Chance gehabt, wenn wir gemeinsam den Kampf eröffnet hätten und ihr mich mit Rhys hättet gehen lassen. Einer hätte siegen und den anderen retten können. Aber jetzt ist Rhys tot, und Madog ist unser Nachbar. Laßt mich gehen, wenn er uns einen Boten schickt. Laßt mich mein Glück versuchen, seiner Tochter den Hof zu machen. Einen Krieg gegen ihn werden wir wohl nicht verlieren, aber wir können nicht hoffen, ihn zu gewinnen.«

Aber auch dann noch hatte sich Ogan ihm widersetzt und ihm entgegengehalten, daß ihnen die Berge, die für jede Armee schwer zugänglich waren, genügend Schutz böten und daß ihre Glückssträhne sie bisher immer gerettet habe und es überstürzt sei, die Angelegenheit in die Hand zu nehmen.

Mit dieser Glückssträhne hatte es folgendes auf sich: Von allen Königreichen in Dyfed mußte Ogans Land immer das ärmste und einfachste bleiben. Aber dafür sollte das Land niemals einen Krieg verlieren, und niemals sollte eine Ernte ausfallen. Sie stand ihnen zur Verfügung, seit Ogans Urgroßvater Ogan ap Ogan von Llanfynnyd unwissentlich eine Fee beschützt hatte, und dieser Zauber ließ einen nur im Stich, wenn man unehrlich war – so hatte Urgroßvater Ogan gesagt. »Unsere Glückssträhne wird unsere Verteidigung sein«, führte Ogan vor seinem Sohn an. »Warte nur ab und laß Madog zu uns kommen. Wir werden ihn im Gebirge bekämpfen.«

»Werden wir einen Drachen bekämpfen können? Und selbst wenn wir Madog besiegen, was ist mit unseren Herden, mit unseren Bauern und unseren Grundherren? Können wir zulassen, daß das Land verwüstet und unsere Untertanen dem Drachen zum Fraß vorgeworfen werden, während wir uns in den Bergen verstecken und darauf warten, daß uns unsere Glückssträhne rettet? Ist das Ehrlichkeit?« Diese Fragen hatte Gwydion seinem Vater gestellt, während Madogs Bote in der Halle zugegen war – ein Rabe, schwarz wie die unbereute Sünde... oder wie die Absichten eines Zauberers.

Der Rabe hockte in Ogans Halle auf einem Dachsparren neben einem vermodernden Korb und einer Knoblauchschnur. »Madog möchte, daß du weißt«, hatte der Rabe verkündet, »daß er alle Königreiche in Dyfed außer deinem Land erobert hat. Er bietet dir an, was er auch den anderen angeboten hat: Wenn König Ogan einen Sohn hat, der würdig ist, um Madogs Tochter zu freien, und für einen Erben sorgt, dann kann König Ogan, solange er lebt, in Frieden über sein Königreich herrschen, und dieser Prinz wird Titel erhalten und überdies den dritten Teil von Madogs Reich... Aber wenn der Prinz die Prinzessin nicht für sich gewinnen kann oder will, dann muß Ogan schwören, daß Madog sein rechtmäßiger Erbe wird. Und falls sich Ogan weigert, muß er sich Madogs Armee stellen, die sich jetzt aus den Armeen von vier Königreichen zusammensetzt, von denen jedes größer als das von Ogan ist. Mit Sicherheit«, hatte der Rabe hinzugefügt, während er seine niederträchtigen, schwarzen Augen auf die Anwesenden gerichtet hatte, »ist es keine große Bemühung, die Madog fordert – seiner Tochter den Hof zu machen. Und werden viele sterben, und wird viel verbrennen? Oder wird Prinz Gwydion ein Reich gewinnen, das größer als dein eigenes ist? Ein Drittel von Madogs Land ist keine kleine Mitgift, und Madogs Königreich zu erben ist kein geringer Preis.«

So hatte der Rabe gesprochen. Und Gwydion hatte zu seiner Mutter gesagt: »Gib mir deinen Segen«, und zu seinem Vater: »Leiste den Eid, den Madog verlangt. Wenn unsere Glückssträhne uns retten kann, dann wird sie auch mich retten, und ich werde diese Braut für mich gewinnen können, aber wenn der Zauber mich im Stich läßt, dann läßt er auch unser Volk im Stich.«

Vielleicht war Owain ein notwendiger Teil dieser Glückssträhne, dachte Gwydion, als sie die Grenze passierten. Vielleicht sogar auch Mili. Es schien Gwydion jetzt, als könnte er niemanden zurückweisen, der ihn liebte und ihm wohlgesinnt war, auch wenn es töricht war und es ihm das Herz brechen würde. Seine Glückssträhne schien so gefährdet und so dünn, daß er bereits jetzt nicht mehr wagte, auf sein Schicksal zu zählen.

»Und kein Zeichen von einem Drachen«, fügte Owain hinzu, während er den Blick über die Hügellandschaft schweifen ließ.

Auch Gwydion schaute sich um und blickte zum Himmel, an dem jedoch nur ein Vogel zu sehen war, der träge dahinflog.

War es ein Rabe? Der Vogel war zu weit entfernt, um es mit Sicherheit sagen zu können.

»Ich hatte mir vorgestellt«, sagte Owain, »daß es düsterer aussehen würde.«

Gwydion zitterte plötzlich, als wäre ein kalter Wind aufgekommen. Aber Blaze stapfte mit seinen schweren Hufen weiter, ohne einen Anflug von Sorge zu zeigen, und Mili trottete voraus, ließ die Zunge heraushängen und schnüffelte gelegentlich an einer Spur, die ihre kreuzte.

»Mili würde einen Drachen riechen«, sagte Owain.

»Bist du davon überzeugt?« fragte Gwydion. Er war es nicht. Wenn Madogs jüngere Tochter nach Belieben ein Rabe sein konnte, dann war er nicht sicher, in was sich ein Drache verwandeln konnte.

An diesem Abend aßen sie Schwarzbrot und Würste von Gwydions Mutter und tranken Bier, das Owain mitgebracht hatte.

»Hat meine Mutter gebraut«, erklärte Owain. »Der Vorrat meines Vaters.« Dann seufzte er und fügte hinzu: »Inzwischen müssen sie festgestellt haben, daß ich nicht auf die Jagd gegangen bin.«

»Hast du ihnen denn nicht Bescheid gesagt?« fragte Gwydion. »Du hast ihre Erlaubnis nicht eingeholt?«

Owain zuckte mit den Schultern und fütterte Mili mit einem Stück Wurst. Dann setzte sich der Hund hin und betrachtete sie mit einem anbetenden Blick.

Es beunruhigte Gwydion, daß Owain seine Pflicht versäumt

hatte. Er stellte sich vor, daß sich Owains Eltern zuerst gefragt hatten, wohin er wohl gegangen sei, es dann vermutet hatten und sich um sein Leben sorgten, für das er sich jetzt allein verantwortlich fühlte. Am nächsten Morgen sagte er: »Owain, geh zurück! Du hast mich weit genug begleitet.«

Aber Owain zuckte erneut mit den Schultern und erwiderte: »Ich gehe nicht. Nicht ohne dich.« Owain strich über Milis Ohren. »So wie Mili nicht ohne mich geht.«

Inzwischen wußte Gwydion überhaupt nicht mehr, was Ehrlichkeit und was der törichte Stolz eines jungen Mannes war. Alles schien durcheinandergeraten zu sein. Doch Owain wirkte nicht im geringsten beunruhigt.

Owain sagte: »Wir werden morgen mittag am Ziel sein.«

Gwydion fragte sich, wo der Drache war. Er war argwöhnisch gegenüber den Steinen um sie herum und dem Himmel über ihren Köpfen. Er spürte die Anwesenheit von etwas in der Erde – oder er glaubte, sie zu spüren. Aber Blaze und Swallow grasten in aller Ruhe. Nur Mili machte einen besorgten Eindruck – Mili spitzte die Ohren, so wie er seine langen Ohren nur spitzen konnte, und fragte sich vielleicht, ob sie bald einige Banditen erwischen würden, um dann endlich den letzten Rest von der Frühstückswurst zu vertilgen.

»Er ist auf dem Weg«, berichtete Glasog. »Er hat die Grenze passiert.«

»Gut«, erwiderte Madog. Und zu seinen Generälen sagte er: »Habe ich es euch nicht gesagt?«

Die Generäle wirkten trotzdem weiterhin besorgt.

Aber Glasog ging weg und stellte sich auf die Mauer des Schlosses, das einst Ban gehört hatte. Sie überblickte das Land und fragte sich, was der Drache an diesem Abend wohl denken würde, ob er dies vorausgesehen hatte, so wie er alles andere vorausgesehen hatte, oder ob er ihnen etwas verschwiegen und die ganze Zeit ihren Untergang geplant hatte.

Ganz plötzlich brach sie auf und lief über den Hof und die versengten Felder.

Man konnte sich gut vorstellen, daß der Drache von Ogans Glückssträhne wußte. Der Drache war zu gerissen, um sich ihr zu widersetzen, und lachte sich zweifellos in seiner Höhle in den Bergen ins Fäustchen.

Glasog eilte in die Richtung der Höhle, sah aber nur eine kleine Rauchwolke – dort war fast immer eine Rauchwolke zu sehen. Glasog wandte sich gen Westen und folgte einer Serpentinenstraße. Sie war neugierig und wäre jede Wette eingegangen, daß sich der Drache diesmal nicht aufraffen würde.

Ihr Vater dachte das gleiche. Und sie wußte sehr gut, was er noch dachte: Falschheit gegen Falschheit – wenn nicht mit Hilfe der alten Schlange, dann eben mit menschlicher Tücke; wenn von dem Drachen Verrat ausging, dann mußte man die Belohnung des Drachen gefährden.

Auf ihrem Weg stießen Gwydion und Owain auf einen abgebrannten Bauernhof. Mili schnüffelte an den geschwärzten Holzbalken, und ihm sträubten sich die Haare im Nacken. Owain pfiff ihn zurück, aber während der Hund zu ihnen lief, warf er ständig mißtrauische Blicke zurück.

»Ich frage mich«, sagte Owain, »was aus dem alten Mann und seiner Frau geworden ist.«

»Ich nicht«, erwiderte Gwydion. Er machte sich Sorgen um seine Eltern, denn an diesem Beispiel erkannte er, wie es ihnen in einer Zuflucht in den Bergen ergehen würde.

Der abgebrannte Hof war die erste Spur von dem Drachen, die sie gefunden hatten, aber es sollte nicht die letzte sein. Sie kamen an vielen Ruinen und traurigen und schrecklichen Szenerien vorbei. Eines dieser grauenvollen Zeugnisse der Verwüstung war ein Schädel, der auf einem Zaun lag. Und auf ihm hockte ein Rabe.

»Das war ein mutiger Mann«, erklärte er und pickte an dem Schädel, was einen hohlen Klang erzeugte. Dann neigte er seinen

Kopf zu dem Feld hinter dem Zaun. »Das war seine Frau, und noch weiter entfernt liegt seine Tochter.«

»Sprich nicht mit ihm«, sagte Gwydion zu Owain. Sie ritten in dem schwerfälligen Tempo von Blaze an dem Vogel vorbei und schauten nicht zurück.

Aber der Rabe flog ihnen voraus und erwartete sie auf einer Mauer. »Wenn du stirbst«, sagte der Rabe, »wird dein Vater nicht mehr an seine Glückssträhne glauben. Dann wird ihn der Zauber im Stich lassen. So ist es allen anderen auch ergangen.«

»Es gibt immer ein erstes Mal«, entgegnete Gwydion.

Owain griff nach seinem Bogen und fragte: »Soll ich ihn töten?«

Aber Gwydion antwortete: »Den Boten für seine Botschaft töten? Nein. Er ist eine törichte Kreatur. Laß es gut sein.«

Daraufhin verließ der Rabe sie. Gwydion sah ihn manchmal vor ihnen am Himmel fliegen, aber er machte Owain nicht auf ihn aufmerksam. Sein Freund hatte ohnehin schon seine Fröhlichkeit verloren. Mili blieb dicht bei ihnen. Seine Pfoten waren wund, und jeder Windstoß machte ihn argwöhnisch.

Sie sahen weitere Schädel. Sie sahen Galgen und Scheiterhaufen in einem verbrannten Obstgarten. Das erst kürzlich versengte Gras war wie Pulver und wirbelte unter den Hufen der Pferde auf. Blaze, der beim Laufen hin und wieder gern nach einem Bissen schnappte, bewegte sich zaudernd und schnaubte vor Unbehagen über den Geruch, während Swallow bei jedem Schatten zusammenschreckte.

Nach einer Straßenbiegung erblickten sie einen vertrauten Bach und einen Hügel; dahinter lag die ummauerte Festung, die König Ban gehört hatte. Einst hatte sie in einem grünen Tal gelegen, aber jetzt war das Tal verkohlt, die Hügel waren schwarz und kahl und die Hecken und Obstgärten vernichtet.

Die Prüfung, deretwegen sie gekommen waren, mußte also hier stattfinden, dachte Gwydion. Nervös nahm er seinen Bogen, suchte einige seiner Pfeile aus dem Köcher und drückte sie gegen sein Knie, während er weiterritt. Owain folgte seinem Beispiel.

Aber sie erreichten das Tor der Burg, die von einer niedrigen Mauer umgeben war, ohne herausgefordert zu werden. Auf der Mauer saß ein Rabe und wetzte seinen Schnabel an dem Stein. Er musterte sie feierlich und begrüßte sie: »Willkommen, Prinz Gwydion. Du hast deine Braut gewonnen. Ich frage mich, wie es dir weiterhin ergehen wird.«

Aus der Festung liefen Männer auf sie zu, während andere, die bewaffnet waren, ihnen langsamer folgten.

»Was nun?« fragte Owain, der seinen Bogen auf dem Schoß hielt. Gwydion hob seinen Bogen, spannte ihn und richtete ihn auf die ersten, die sich ihnen näherten.

Die Menge blieb stehen, nur ein schwarzhaariger Mann in grauen Roben und mit der goldenen Kette eines Königs ging weiter. Seine Arme hielt er hoch in einer Geste des Grußes und des Friedens. Madog persönlich? fragte sich Gwydion, während sein Arm zitterte und die Bogensehne in seinem Griff mitschwang. »Bist du Gwydion ap Ogan?« fragte der Mann. Kein anderer als Madog würde wohl so viel Gold tragen. »Mein künftiger Schwiegersohn! Willkommen!«

Gwydion hatte zwar ein ungutes Gefühl, lockerte aber dennoch die Sehne und senkte den Bogen, während sein dickes Pferd Blaze, das besser dressiert war, als es den Anschein hatte, schließlich seine Hufe bewegte. Auch Owain senkte seinen Bogen, als König Madogs Männer das Tor öffneten. Einige von ihnen jubelten, als sie hineinritten, und weitere schlossen sich an, als ob sie erst nach den Rufen der anderen den Mut dazu gefaßt oder begriffen hätten, daß es von ihnen erwartet wurde. Blaze und Swallow schnaubten bei dem Lärm und wandten ihre Köpfe ab, während Gwydion und Owain ihre Pfeile zurücklegten, ihre Bogen abnahmen und an ihren Sätteln befestigten.

Mili blieb dicht bei Owain, als die zwei von ihren Pferden abstiegen, knurrte leise und bellte einmal warnend, als sich Madog näherte. »Psst!« zischte Owain dem Hund zu. Nicht nur aus Respekt kniete er sich hin, hielt eine Hand vor Milis Schnauze und legte die andere an sein Halsband und flüsterte ihm zu: »Psst, psst, sei ein braver Hund.«

Gwydion verbeugte sich, wie es sich für einen Prinzen vor einem König und für einen künftigen Schwiegersohn gehörte, während er die ganze Zeit dachte, daß es an diesem Ort eine Falle geben mußte. Er bedauerte es zutiefst, daß Stallburschen Blaze und Swallow wegführten, und beobachtete Owain und Mili unentwegt aus den Augenwinkeln, als Madog seine Arme ergriff und ihn umarmte. Aber dann wurde er abgelenkt und sah einen Augenblick nur Madog an, als dieser sagte: »Was für ein gutaussehender junger Mann du bist. Der letzte ist immer der beste. Du hast also den Drachen getötet.«

Gwydion dachte: Irgendwie müssen wir an der Prüfung vorbeigeritten sein, auf die wir hätten stoßen sollen. Wenn ich jetzt nein sage, wird er es zum Anlaß nehmen, mich abzulehnen, und er wird mich und Owain und unsere Verwandten töten.

Aber Lügen gehörten nicht zu den Umgangsformen, die sein Vater ihm beigebracht hatte. Ehrlichkeit war die Regel im Haus Ogan. Also sah Gwydion dem König direkt in die Augen und erwiderte: »Mir ist kein Drache begegnet.«

In Madogs Augen zeigte sich Überraschung, und er fragte: »Dir ist kein Drache begegnet?«

»Nicht die Spur von einem Drachen.«

Madog lächelte, schlug ihm auf die Schulter und sagte zu der Menge: »Das ist unser wahrer Prinz!«

Jetzt jubelten die Leute richtig, und sogar Owain und Mili wirkten ermutigt. Owain richtete sich auf und hielt Mili am Halsband fest.

Dann flüsterte Madog Gwydion zu: »Wenn du gelogen hättest, wäre dir der Drache hier und jetzt begegnet. Weißt du, daß du der erste bist, der es so weit geschafft hat?«

»Ich habe nichts gesehen«, sagte Gwydion wieder, als hätte Madog ihn nicht verstanden. »Nur verbrannte Bauernhöfe. Nur Schädel und Knochen.«

Madog wandte sich ihm mit einem breiten Lächeln zu, bei dem er seine Zähne zeigte. »Dann war es deine Bestimmung, zu gewinnen. Oder nicht?« Und Madog drehte ihn herum, bis er auf die Tore der Festung blickte. »Tochter, Tochter, komm heraus!«

Gwydion schwankte, einen Schritt zu tun. Er erwartete etwas, wußte aber nicht, was. Sein Verstand hatte ihn vor den Toren verlassen, die Pferde waren weggeführt worden, und Mili bellte beunruhigt. Eine schlanke Gestalt in Weiß und Gold stand in der Tür. »Meine ältere Tochter«, erklärte Madog, »Eri.«

Gwydion ließ sich weiterführen. Er redete sich ein, daß es einfach wahr sein mußte. Er hatte vor dieser Reise so viel Angst gehabt, und so viele Freunde hatten ihr Leben verloren, und vielleicht waren die Hindernisse für ihn schon beseitigt worden. Ogans Glückssträhne mußte noch immer wirksam sein...

Die junge Braut, die auf ihn wartete, war so schön, so jung und so... gütig. Das war das erste Wort, was ihm einfiel. Eri lächelte, und es erschien Gwydion eindeutig, daß sie an dem Leid um sie herum unschuldig war, unschuldig und gut, so wie ihre Schwester als grausam und schlecht galt.

Er ergriff ihre Hand, und alle Bewohner der Burg jubelten und nannten ihn ihren Prinzen. Und falls auch Männer von Ban unter ihnen waren, dann kamen ihre Glückwünsche von ganzem Herzen und mit leidenschaftlichen Hoffnungen, befreit zu werden. Flötenspieler begannen zu spielen, Hände schoben die Neuankömmlinge sanft hinein, und in diesem verwüsteten Land hatte eine Frau sogar Blumen gefunden, die sie Eri reichte.

»Owain?« rief Gwydion. Er blickte zurück, und plötzlich sah er weder von ihm noch von Mili ein Zeichen. »Owain!«

Er weigerte sich, weiterzugehen, bis Owain sich von der Menge gelöst und mit Mili an seine Seite getreten war. Owain wirkte atemlos und verängstigt. Gwydion erging es nicht anders. Aber die Menge stieß und schob sie weiter, die Flötenspieler spielten, und die Tänzer tanzten. Sie wurden in einen Saal geführt, in dem es nach Speisen und Bier roch.

Das kann doch nicht so einfach sein, dachte Gwydion immer wieder und nahm sich vor, sich nicht von Owain, Mili und den Schwertern zu trennen. Er sah sich um. Es verwirrte ihn, ein Hochzeitsfestessen zu sehen, für das tagelange Vorbereitungen nötig gewesen sein mußten.

Aber wie konnten sie wissen, daß ich komme? fragte er sich. Haben sie diese Vorbereitungen für alle Freier getroffen, die gescheitert sind – und dann ihre Beerdigung mit einem solchen Hochzeitsfestessen gefeiert?

Bei diesem Gedanken wurde ihm eiskalt, und Eris Hand an seinem Arm beunruhigte ihn. Aber Madog hieß sie in dem Saal willkommen. Er legte ihre Hände zusammen und ließ sie das Eheversprechen ablegen und Treue schwören, komme was wolle ...

»Solange ihr lebt«, sagte Madog und drückte ihre Hände. »Und wenn es einen Erben gibt, wird Prinz Gwydion ein Drittel meiner Ländereien erhalten, und sein Vater wird, solange er lebt, in Frieden herrschen.«

Gwydion mißfiel der letzte Satz und dachte beunruhigt: Solange er lebt.

Aber Madog fuhr fort: »... ihr seid verheiratet, ihr seid verheiratet, ihr seid verheiratet.« Dreimal sagte er es, als wäre es ein Zauberspruch, und dann wies er Gwydion an: »Küß deine Braut, Schwiegersohn.«

Die Glückwünsche der Gäste erschollen wie das Brausen des Meeres. Das Meer war in Eris Augen, tief und blau und verführerisch. Gwydion hörte Mili knurren, als er Eri auf die Lippen küßte, erst einmal, dann noch einmal und schließlich ein drittes Mal.

Die Flötenspieler spielten, und die Gäste, von denen nicht wenige an König Bans, Lughs oder Lughdans Hof gedient haben mochten, jubelten. Gwydion wagte zu denken, daß er ihnen Hoffnung brachte, daß er letzten Endes vielleicht wirklich gewonnen hatte und die schreckliche Bedrohung, die Madog dargestellt hatte, aufgehoben war. Madog war möglicherweise jetzt ein

Nachbar, der nicht schlimmer als die schlimmsten, die sie gehabt hatten, und vielleicht wenn er ihnen wohlgesinnt war, besser als der eine oder andere war.

Gwydion saß rechts von Madog neben seiner Braut, zu deren Rechten Owain Platz genommen hatte. Vielleicht, dachte er, gab es wirklich Anlaß zur Hoffnung, und er konnte diesen Ort lebend verlassen – obwohl er befürchtete, daß er keinen Grund finden würde, noch am selben Abend wegzureiten – angesichts der vielen Vorbereitungen, seiner aufgeregten jungen Braut und König Madog, der entschlossen war, seine wunderschöne Tochter zu verwöhnen. Frauen eilten mit Blumen und Fackeln, mit Leinentüchern und Platten und Tellern umher, Akrobaten zeigten ihr Können, Tänzer sprangen und hüpften durch den Saal. Einer von ihnen stieß mit einem Diener zusammen, der Bier servierte. Beide gingen direkt vor Madogs Gesicht zu Boden, und im ganzen Saal wurde es gefährlich still.

Aber Eri lachte leise und klatschte in die Hände, bis auch ihr Vater lachte, und dann lachte der ganze Saal. Gwydion hatte den Atem angehalten und holte erst wieder Luft, als Eri seinen Arm umfaßte und ihn mit ihren meerblauen Augen anstrahlte.

»Mehr Bier!« rief Madog. »Und weniger vergossenes!«

Der furchterregende Zauberer konnte also Spaß machen. Gwydion atmete erleichtert auf, und jemand füllte seinen Becher. Er trank, aber vorsichtig. Gwydions und Owains Blicke trafen sich – während Mili im Heu unter dem Tisch an einem Knochen, an dem ganz nach seinem Geschmack noch sehr viel Fleisch war, nagte.

Es wurde auf ihr Wohl getrunken und Segenssprüche ausgesprochen, und auf jeden mußte getrunken werden. Madog lachte und nannte Gwydion einen feinen Schwiegersohn, befragte ihn nach seinem Feldzug gegen die Banditen und beteuerte, daß er sich darauf freue, seine Freunde und seine Familie und jeden, den er mitzubringen gedachte, zu empfangen. Madog erhob sich, schlug Owain auf die Schulter und fragte, ob Owain verheiratet sei, und als er erfuhr, daß Owain noch keine Frau hatte, rief er laut in den Saal, daß hier noch ein guter Fang zu machen sei, und fragte, wo die jungen Mädchen blieben, um Owain in der Hochzeitsnacht seines Herrn vor der Kälte zu schützen.

Owain erhob verlegen Einspruch, wollte aufstehen...

Aber der Alkohol überwältigte ihn. Er setzte sich wieder und legte eine Hand an die Stirn. Gwydion fiel diese Geste auf, während Madog Gwydion am Arm berührte, ihm mitteilte: »Die Frauen sind fertig«, und ihn verschmitzt bat, sein Bier auszutrinken.

Gwydion erhob sich und überließ seine Braut ihren Zofen. »Owain!« rief er mit schneidender Stimme, und Owain stand auf und sagte etwas, was Gwydion nicht verstehen konnte, da alle Gäste jubelten und die Flötenspieler wieder zu spielen begonnen hatten, aber er sah, daß Owain beunruhigt war. Gwydion widersetzte sich den Frauen, die an ihm zerrten, und blieb stehen, bis Owain ihn erreicht hatte, gerötet vom Bier und vor Verlegenheit. Die Männer umgaben ihn mit eindeutigen Ermunterungen und boten ihm ihre Becher an.

Nun mußte er die Treppe hinaufgehen, und noch mehr Becher wurden ihm aufgedrängt. Madog klopfte ihm auf die Schulter, umarmte ihn, bezeichnete ihn als den Sohn, den er sich immer gewünscht habe, und sagte, daß in den nächsten hundert Jahren Frieden in Dyfed herrschen würde... ungebrochene Freundschaft mit seinem Vater und seiner Familie... größere Dinge lägen vor ihm, falls er den Ehrgeiz habe...

Der ganze Raum drehte sich. Stimmen dröhnten. Sie schoben ihn die Treppe hinauf, ohne Rücksicht auf Owain und Mili zu nehmen. Mili bellte ununterbrochen. Die Menschen rissen Gwydion mit in den oberen Korridor und öffneten die Tür zum Brautgemach.

Es war pechschwarz.

Vielleicht war es feige, zu schreien. Gwydion dachte in dem Augenblick daran, als die lachenden Männer ihm einen Stoß zwischen die Schultern versetzten. Er schämte sich zu sehr, um

Owain zu Hilfe zu rufen. Die Tür wurde hinter seinem Rücken zugeschlagen.

In der Dunkelheit hörte er etwas rascheln und stellte sich einen Drachen vor. Eri sagte mit ihrer sanften Stimme: »Mein Herr?«

Schwaches Sternenlicht drang durch die Fensterläden. Seine Augen gewöhnten sich an die Dunkelheit, und er konnte die Einrichtung erkennen. Er hatte das Rascheln von Bettlaken gehört. Bei dem spärlichen Sternenlicht, das die Fensterläden durchließen, sah er die Schultern einer Frau und einen Arm in dem dunklen Bett.

Er wich zur Tür zurück, fand den Riegel, öffnete die Tür einen kleinen Spalt und sah, daß Owain draußen stand, sich mit einem Arm abstützte und das Gesicht der von Lampen beleuchteten Wand zugewendet hatte. Gwydion errötete vor Scham, als er dem Blick seines Freundes in dieser kurzen Entfernung begegnete.

»Ich bin hier, mein Herr«, flüsterte Owain, der nach Bier roch. Owain nannte ihn niemals Herr, aber auch er war an diesem Abend sehr verlegen. »Die Gesellschaft ist wieder die Treppe hinuntergegangen. Ich werde die ganze Nacht vor dieser Tür bleiben und auch nicht schlafen, das schwöre ich dir.«

Gwydion sah ihn besorgt an. Er wünschte sich, diesem Korridor und Madogs Glückwünschen zu entkommen und so schnell wie möglich nach Hause zu seinen Eltern laufen zu können. Aber er antwortete: »Gut«, schloß behutsam die Tür und übergab sich wieder der Dunkelheit. Er schob den Riegel vor.

»Mein Herr?« fragte Eri leise.

Er kam sich töricht vor, daß er und Owain wie zwei Jungen an der Mauer eines Obstgartens miteinander flüsterten, während eine junge Braut auf ihn wartete, unschuldig und wahrscheinlich genauso nervös wie er. Er raffte sich auf, ging am Bett vorbei und öffnete die Fensterläden. Der Nachthimmel war heller als die Dunkelheit hinter ihm.

Aber als der kühle Nachtwind in das Zimmer wehte, dachte er

an den Drachen und fragte sich, ob es wirklich klug gewesen war, das Fenster zu öffnen, und er überlegte, was wohl aus dem Bett herausschlüpfte, als die Bettwäsche wieder raschelte. Seine Braut ergriff eilig seinen Arm, schlang ihre Finger um seine, neigte sich zu ihm und bewunderte die Sterne.

Diese Geste lud zu ritterlichen Worten ein, und Gwydion murmelte einige. Er fand den Mut, Madogs Tochter in die Arme zu nehmen und sie zu küssen, und dann...

Im schwachen Licht der Dämmerung, das durch das Fenster sickerte, erwachte er im Bett. Sein Schwert baumelte an seinem Bein, und sein Arm war in den offenen Haaren einer Frau verfangen.

Das Haar war rabenschwarz.

Er sprang auf und zog ein Laken mit sich, während sich eine fremde junge Frau aufrichtete und die Bettwäsche an sich riß. Ihr schwarzes Haar wallte über ihre Schultern, und ihre Augen waren dunkel, kalt und unergründlich.

»Wo ist meine Frau?« schrie er.

Sie lächelte mit dünnen Lippen, erhob sich vom Bett und zog die Laken wie königliche Roben hinter sich her. »Nun, du siehst sie, mein Gatte.«

Er eilte zur Tür und schob den Riegel zurück. Die Tür gab nicht nach und knarrte kaum, als er sich mit seiner ganzen Kraft gegen sie warf. »Owain?« schrie er und schlug mit den Fäusten gegen die Tür. »Owain!«

Es kam keine Antwort. Gwydion drehte sich langsam zu der Frau um. Ihn graute davor, welche Gestalt sie wohl jetzt angenommen haben könnte. Aber sie saß, in das Laken gehüllt, auf dem zerwühlten Bett und sah ihn an. Ihr Haar bedeckte sie wie ein Netz aus Schatten in der Dämmerung. So wie Eri ein unschuldiges Mädchen war, war sie eine Frau, an der die Unschuld vorbeigegangen war.

Er fragte: »Wo ist Owain? Was ist mit ihm geschehen?«

»Er schläft irgendwo.«

»Wer bist du?«

»Glasog«, antwortete sie und zuckte mit den Schultern. Der frühmorgendliche Wind bewegte ihre langen Haarsträhnen um ihre Schultern. »Oder Eri, wenn es dir besser gefällt. Meines Vaters ältere und jüngere Tochter, alles in einem, da er nur mich hat.«

»Warum?« fragte er. »Warum diese Täuschung, wenn du der Gegenstand des Handels warst?«

»Die Leute vertrauen Eri. Sie ist so schön, so gut.«

»Was willst du? Was will dein Vater?«

»Er will das Land deines Vaters. Das letzte Königreich von Dyfed. Und du bist gekommen, um es uns zu geben.«

Gwydion hatte keine Erinnerung daran, was in der vergangenen Nacht geschehen war. Er konnte sich nicht mehr darauf besinnen, was er in der vergangenen Nacht gehört oder getan hatte, als er mit Glasog, der Hexe, mit Madogs rabenschwarzhaariger Tochter, im Bett gelegen hatte. Ihm war eiskalt, und er fühlte sich leer und verzweifelt, als er fragte: »Sag mir die Wahrheit, *ist* Owain in Sicherheit?«

»Würdest du mir glauben?« fragte Glasog.

»Ich will mit deinem Vater sprechen«, sagte Gwydion schroff. »Betrügerei oder nicht, er hat mir ein Drittel seines Königreiches als Hochzeitsgabe versprochen. Jüngere oder ältere Tochter oder beides, du bist meine Frau. Wird er sein Wort brechen?«

Glasog erwiderte: »Er will einen Erben. Dann wird er dich und deinen Freund freigeben, und dein Vater wird in Frieden herrschen... solange er lebt.«

Gwydion ging zu dem offenen Fenster und starrte auf einen blassen, immer noch sonnenlosen Himmel. Er befürchtete zu wissen, was mit diesem Freigeben gemeint war – er und Owain würden in den Tod entlassen, während Madog sein Recht durchsetzen würde, daß das Kind der Erbe von Ogan war.

Solange sein Vater lebte... solange dieses bedauernswerte *Kind* lebte... Wenn die Erbfolge von Ogans Familie und Ogans

Glückssträhne erst einmal in Madogs Familie übergegangen waren, dann war seines Vaters Königreich verloren – und nicht durch eine Schlacht oder einen Krieg, sondern lediglich durch eine Handvoll gemeiner Lügen und Menschenleben.

Er sah über die versengten Hügel auf ein Zuhause, das er nicht erreichen konnte, auf einen Vater, der ihm keinen Rat geben konnte. Er wagte nicht zu hoffen, daß Owain entkommen war, um seinem Vater Bericht zu erstatten. Ich werde vor dieser Tür bleiben, hatte Owain gesagt. Also hatten sie Owain mit Gewalt oder mit Zauberkraft weggebracht. Und Mili mit ihm.

Hexerei hatte ihn in der vergangenen Nacht schlafen und vergessen lassen. Es war Hexerei, was er gesehen hatte, als er sich vom Fenster umgedreht und Eri gesehen hatte, die zartrosa und golden, auf dem Bett gesessen und den Platz neben sich glattgestrichen und ihn aufgefordert hatte, ins Bett zu kommen.

Er schauerte und drehte sich um. Er schlug gegen den Fenstersims und verletzte sich die Hand. Er dachte an Flucht, sogar daran, sein Schwert zu ziehen und Madogs Tochter zu töten, bevor diese Prinzessin ein Kind empfangen und ihn und seine Eltern ins Verderben stürzen konnte...

Glasogs Stimme sagte langsam von Eris Lippen: »Falls du etwas Überstürztes planst, wird mein Vater deinen Freund nicht länger benötigen. Dann möchte ich auf keinen Fall an seiner Stelle sein. Bereits jetzt möchte ich das kaum.«

»Was habt ihr mit Owain angestellt?«

Glasog zuckte mit den Schultern. Glasogs Stimme begann: »Mein lieber Gatte...«

»Die Ehe wurde nicht vollzogen«, unterbrach er sie, »soweit ich mich erinnern kann.«

Es war Glasog, die eine Schulter hochzog. Schwarzes Haar teilte sich. »Spielt das eine Rolle... für die Zauberei?«

Er sah verzweifelt zum Fenster. Dann sagte er, ohne sie anzusehen: »Dazu habe ich auch etwas zu sagen, findest du nicht?«

»Nein, hast du nicht. Wenn du nicht willst oder nicht kannst –

die Worte wurden gesagt, die Gelübde abgelegt und die Eide geleistet. Wenn nicht dein Kind – das Kind von jedem anderen ist genausogut. Wer soll davon erfahren, und wen kümmert es?«

Er sah sie an, um sich zu vergewissern, ob er sie richtig verstanden hatte, obwohl er sich eigentlich dessen sicher war. Glasog griff in ihr Haar und warf eine dicke Strähne über ihre Schulter.

»Die Eide wurden geleistet«, wiederholte Glasog. »Jede Lüge ist gut genug. Jedes Kind ist gut genug.«

»Aber mein Wort steht dagegen«, entgegnete Gwydion.

Glasog schüttelte ernst den Kopf. »Eine Lüge bedeutet meinem Vater ebensowenig wie ein Menschenleben.« Sie erhob sich, schüttelte ihr Haar aus und wickelte das Laken enger um sich. Das Licht der Dämmerung verlieh Glasogs Gesicht plötzlich einen unfreundlichen Ausdruck und zeigte eingefallene Wangen, einen grimmigen Mund und schwarze, trübe Augen, die keine Aussicht auf Entgegenkommen verhießen.

Warum, fragte er sich. Warum so viel von der Wahrheit? Warum nicht wenigstens Eris Gesicht?

Sie fragte: »Was hast du vor, mein Gatte?«

»Frag mich heute abend!« erwiderte er. Er konnte nur hoffen, Zeit zu gewinnen, um einen Plan zu schmieden.

Sie neigte ihren Kopf, stellte sich zwischen ihn und das Fenster und hob ihre Arme. Einen Augenblick lang zeigte die Morgensonne einen in ein Laken gehüllten Frauenkörper. Dann ging schwarzes Haar in schwarze Flügel über. Etwas flog aus dem Fenster, und das Laken fiel auf den Boden.

Was war mit dem Drachen? wollte er fragen. Aber niemand war da, den er hätte fragen können.

Er ging zur Tür und versuchte wieder, sie zu öffnen, für den Fall, daß der Zauber seine Wirkung verloren hätte. Aber sie gab nicht nach, gleichgültig, ob er Geschicklichkeit oder Gewalt anwendete. Er verletzte sich nur die Schulter und lehnte sich mutlos gegen das massive Holz. Jetzt war er sicher, daß er einen schrecklichen Fehler begangen hatte.

Weit unter dem Fenster befanden sich Steine und Felsen, und auch wenn er sich für diesen Weg und somit für einen tödlichen Sturz entscheiden würde, könnte er seine Schultern nicht durch den Spalt zwängen. In dem Zimmer brannte kein Feuer, und es gab kein Trinkwasser. Er könnte sich mit seinem Schwert umbringen, aber er nahm Glasog beim Wort. Es war die Formalität der Eheschließung, die für Madog zählte, und sie würden seinen Tod so lange verheimlichen, wie es ihnen paßte. Der ganze Hof hatte gesehen, wie sie getraut und ins Brautgemach geführt worden waren. Sogar Owain, ehrlich wie er war, konnte nur schwören, was er gesehen hatte, aber er kannte die ganze Wahrheit nicht.

Ogans berühmte Glückssträhne hätte ihm weiterhelfen sollen, dachte er. Er warf sich aufs Bett und vergrub das Gesicht in beide Hände. Der Zauber hätte ihnen allen besser dienen sollen – diese Glückssträhne, von der sein Urgroßvater gesagt hatte, daß sie einen nur im Stich ließ, wenn man unehrlich war...

Aber war Glasog nicht die Unehrlichkeit in Person? Und Madog?

Wenn das der Haken in Urgroßvaters Segen war – dann hatte er nichts weiter getan, als ihn und seine Familie in Madogs Hände zu treiben. Aber Gwydion wußte, daß die Feen für Verdrehungen und Doppeldeutigkeiten – auch wenn sie Geschenke machten – bekannt waren, und falls eine solche Verdrehung vorlag, dann konnten sie sich auch um eine zweite gekümmert haben. Gwydion wußte nur, daß er sich an den Weg halten mußte, den Ogans Söhne stets verfolgt hatten.

Er war in gutem Glauben hierhergekommen und gefangengenommen worden. Sein guter Glaube war mißbraucht worden, und auch wenn er die Gelegenheit haben sollte, auf Madog loszugehen, dann stünde Verrat gegen Verrat, und falls er auch nur einen Funken Glauben an den glücklichen Zauber übrighatte, dann sollte er dies auf jeden Fall unterlassen.

»Gibt es ein Kind?« fragte Madog, und Glasog antwortete: »Noch nicht, noch nicht. Hab Geduld.«

»Es wird nie eines geben«, erwiderte Madog gereizt, »niemals. Vergiß das nicht.«

»Das vergesse ich nicht.«

»Du wirst doch nicht anfangen, ihn zu mögen – oder gar töricht zu werden?«

»Ich?« fragte Glasog mit einem Stirnrunzeln. »Ich, ihn mögen? Ich würde eher sagen, ich verabscheue den Drachen und die Armut – und einen frühen Tod.«

»Wir werden nicht scheitern. Wenn er nicht...«

»Glaubst du wirklich, daß der Drache uns *überhaupt* etwas gibt, wenn der Anspruch nicht berechtigt ist? Ich glaube nicht. Ich glaube es wirklich nicht. Es muß Gwydions Kind sein – und es liegt in der Natur der Sache, daß Gwydion es aus freiem Willen zeugen muß. Das *ist* die Schwierigkeit, nicht wahr?«

»Du brüstest dich doch mit deiner Hexerei! Benutze sie!«

Glasog erwiderte kalt: »Wenn es notwendig ist. Falls es notwendig ist. Aber ich bin es, die er haben wird, und nicht Eri, und es ist für mich und nicht für Eri. Das ist meine Forderung in dieser Angelegenheit.«

»Sei keine Närrin!«

Glasog lächelte mit gleicher Kälte. »Dieser Mann hat einen magischen Schutz. Seine Glückssträhne ist keine Illusion und kann nicht durchkreuzt werden. Das vergesse ich nicht. Und du auch nicht. *Vertraue mir*, Vater.«

»Ich frage mich, wie ich dich bekommen habe.«

Glasog lächelte immer noch. »Glück«, antwortete sie. »Du willst doch den Drachen loswerden, nicht wahr? Haben meine Ratschläge dich jemals enttäuscht? Und ist es nicht die Knechtschaft des alten Gottes, die er gegen Fragen eintauscht?«

Ihr Vater blickte finster drein. »Es ist *mein* Leben, das du eintauschst. Verflucht sei dein kaltes Herz. Es ist mein Leben, das du mit deinen Plänen aufs Spiel setzt – ein Menschenleben aus jedem

Königreich von Dyfed, *das* war der Handel, den wir abgeschlossen haben. Wir haben Gwydion gefangengenommen. Wir können den Drachen mit deinen Launen und Hirngespinsten nicht ewig hinhalten, Tochter. Besorge mir einen Enkel – egal mit welcher Hexerei – und vergiß diese Torheit. Den Drachen töten… glaubst du etwa, daß ich es nicht versucht habe? Alle Prinzen in Dyfed haben es versucht.«

Glasog sagte mit ihrem grausamsten Gesichtsausdruck: »Wir haben doch auch Gwydions Freund, nicht wahr? Und kommt er nicht auch aus Ogans Königreich?«

Gwydion ertrug hungrig und durstig die Stunden bis zum Sonnenuntergang. Er hatte nichts anderes zu tun, als aus dem Schlitz eines Fensters auf ein schwarzes und verwüstetes Land zu starren.

Er fragte sich, ob Owain noch lebte und was aus Mili geworden war.

Einmal sah er einen Raben, der gen Süden flog, und später, als der Himmel sich allmählich kupferrot färbte, sah er ihn zurückkehren. Jetzt schien er viel langsamer zu fliegen.

Glasog? fragte er sich, oder war es nur ein Rabe, der sich nach seinem Abendessen umschaute?

Der kupferrote Himmel färbte sich schwarz. Die Luft wurde eiskalt. Er überlegte, ob er das Fenster schließen sollte, aber dieses Fenster war auch Glasogs Zugang. Also ging er im Zimmer auf und ab, sah aus dem Fenster und lauschte den schwachen Geräuschen des Kommens und Gehens von unten, die ihm sagten, daß es an diesem Ort Leben gab.

Vielleicht, dachte er, wollten sie ihn verhungern und verdursten lassen. Möglicherweise sollte er niemals wieder eine lebende Seele zu Gesicht bekommen und mit ihr sprechen. Er hoffte, daß Glasog bis zum Sonnenuntergang kommen würde, aber sie kam nicht. Und als der Mond aufging, war sie immer noch nicht zurück.

Schließlich schlief er beim Warten ein, und ein Schatten huschte durch das Fenster. Nach einigen kraftvollen Schlägen mit den schwarzen Flügeln stand Glasog im Zimmer, nur in ihr dunkles Haar gehüllt und vom fahlen Sternenlicht beschienen.

Er sammelte sich schnell, glaubte jedoch immer noch zu träumen. »Ich habe dich früher erwartet«, begann er.

»Ich mußte Erkundigungen einziehen«, erwiderte sie und ging zu dem Tisch, wo – er wußte nicht, wie – ein Becher und ein silberner Krug standen, in denen sich das Sternenlicht spiegelte. Sie nahm den Krug und füllte den Becher – oh, er war so durstig. Sie bot ihm den Becher an. Bei allem, was er wußte, konnte das Getränk vergiftet sein – zumindest war es verzaubert und vielleicht nur Mondstaub und Träume. Aber sie stand da und bot es ihm an. Er trank, und er verspürte keinen Durst mehr.

Sie sagte: »Ich kann dir einen Wunsch gewähren, Gwydion. Einen Wunsch. Und als Gegenleistung fordere ich zwei von dir. Bist du damit einverstanden?«

Er überlegte, was er darauf antworten sollte. Er stellte den Becher hin und ging zum Fenster und sah zum Nachthimmel hinaus. Er hatte unzählige Wünsche: das Leben seiner Eltern und das von Owain, die Sicherheit seines Landes – und in jedem Wunsch schien ein schwacher Punkt zu liegen.

Schließlich entschied er sich für das Einfachste. »Liebe mich«, sagte er.

Lange Zeit schwieg Glasog. Dann hörte er, wie sie den Raum durchquerte.

Er drehte sich um. Ihre Augen blitzten plötzlich vor ihm auf. Sie fragte ihn. »Du wagst es? Dann trink als erstes von meinem Becher.«

»Ist das dein erster Wunsch?«

»Ja.«

Er sah sie zögernd an, dann ging er zu dem Tisch und griff nach dem dunklen Becher, aber plötzlich stand daneben ein zweiter, der glänzte und mit Juwelen überzogen war.

»Welchen nimmst du?« fragte sie.

Er hoffte, ihre Frage verstanden zu haben. Und er nahm den einfachen Zinnbecher und trank ihn leer.

Sie sagte hinter ihm: »Dein Wunsch wird in Erfüllung gehen, Gwydion.«

Und Flügel streiften sein Gesicht, der Wind fuhr durch sein Haar, und die Rabengestalt flog aus dem Fenster.

»Owain«, sagte eine Stimme – die Stimme des Raben, und Owain sprang von seinem Gefängnisbett auf, obwohl ihm schwindlig war und er sich an der Wand festhalten mußte. Es war nicht der erste Besuch des Raben. Er fragte ihn: »Wo ist mein Herr? Was ist mit ihm geschehen?«

Und der Rabe, der plötzlich kein Rabe war, sondern eine dunkelhaarige Frau, antwortete: »Im Ehestand. Und tot, wenn der Drache seinen gebührenden Lohn erhält.«

»Glasog«, sagte Owain, der völlig durchgefroren war. Seitdem Madogs Männer ihn von Gwydions Tür weggezerrt hatten, befand er sich in einem benommenen Zustand. Er spürte, wie seine Knie nachgaben, und fing sich wieder.

»Du kannst ihn retten«, sagte Glasog.

»Wieso soll ich dir vertrauen?« fragte er.

Mit einem Klirren fielen die Ketten von ihm ab, und die Riegel lösten sich von der Tür.

»Weil ich seine Frau bin«, erwiderte sie. Eri stand da. Er rieb sich die Augen, und jetzt sah er wieder Glasog. »Und du bist sein Freund. Ist es nicht das, worauf es ankommt, Freundschaft, Ehe?«

Ein zweites Mal rieb er sich die Augen. Die Tür flog auf.

»Mein Vater sagt«, erklärte Glasog, »daß Prinz Gwydion frei sein wird, sobald der Drache tot ist. Du kannst dein Pferd haben, deinen Hund, deine Rüstung und deine Waffen – und was immer du willst, Owain ap Llodri. Aber für dieses Geschenk mußt du mir einen Wunsch gewähren, wenn ich ihn fordere.«

Gerade als Gwydion, ohne den genauen Grund dafür zu wissen, aus dem Fenster blickte, hörte er Hufschläge von der Mauer widerhallen.

Er sah Owain, der aus dem Tor ritt. Er sah den Raben, der über ihm flog.

»Owain!« schrie er. »Owain!«

Aber Owain beachtete ihn nicht. Nur Mili blieb stehen und schaute zu dem Turm, in dem er stand.

Er dachte: Geh mit ihm, Mili, wenn sein Ziel sein Zuhause ist. Warnt meinen Vater. Hier gibt es keine Hoffnung.

Owain schaute sich nicht um. Gwydion sah, wie er am Tor die südliche Richtung einschlug – die nicht zu ihrer Heimat führte, und er ahnte, wohin Owain ging.

»Komm zurück!« schrie er. »Owain! Nein!«

Bestimmt hatte Owain vor, zu dem Drachen zu gehen, und wenn Gwydion in seinem Leben jemals verzweifelt war und alle Hoffnung aufgab, dann war es in dem Augenblick, in dem er Owain und Mili in Begleitung seiner Gattin weggehen sah.

Er versuchte ohne Erfolg, sich durch die Fensteröffnung zu zwängen. Dann bemühte er sich, mit dem Schwert den Türriegel zu bewegen. Er konnte ihn heben. Aber dann rasselte eine Kette, und der Riegel rührte sich nicht mehr.

Sie gelangten wieder zu dem Bach hinter dem Hügel, und der Rabe flatterte unbeholfen nach unten, um zu trinken. Er breitete einen Flügel aus, um den Halt nicht zu verlieren.

Owain hielt Swallow an. Er hatte keinen Grund, dem Raben zu vertrauen, gleichgültig, in welcher Gestalt er sich zeigte. Mili ging vorsichtig auf ihn zu, und plötzlich kniete Glasog mit dem Rücken zu ihm vor dem Bach, nur in ihr Haar gehüllt, und Mili winselte beunruhigt.

Owain stieg vom Pferd. Er sah, daß an Glasogs rechter Hand zwei Finger fehlten und daß die Wunden kaum verheilt waren. Sie trank mit der unversehrten Hand und tauchte die verletzte ins

Wasser. Sie sah Owain an und sagte: »Du hast dir gewünscht, Gwydion zu retten. Du hast aber nichts von dir gesagt.«

Owain zuckte mit den Schultern und legte einen Arm um Milis Hals.

»Jetzt schuldest du mir die Erfüllung meines Wunsches«, sagte Glasog.

»Das stimmt«, antwortete er. Er fürchtete sich vor dem, was auf ihn zukam.

Sie sagte: »Hier in der Nähe gibt es einen Gott. Der Drache hat ihn bezwungen. Aber er antwortet immer noch auf die richtige Frage. Das ist bei den meisten Göttern der Fall, wenn man das angemessene Opfer bringt.«

Owain fragte: »Was soll ich ihn fragen?«

Sie antwortete: »Ich habe bereits gefragt.«

»Und wie lauten die Antworten, meine Dame?«

»Erstens, daß das Leben und die Seele des Drachen in seinem rechten Auge liegen. Und zweitens, daß ein Mensch ihn nicht töten kann.«

Owain wußte jetzt die Lösung. Er kraulte Mili unter dem Halsband. »Mili ist ein treuer Hund. Und wenn das Fliegen dich ermüdet, meine Dame, habe ich eine Schulter, auf der du dich ausruhen kannst.«

Glasog entgegnete: »Am besten machst du dich schnurstracks auf den Weg zu deinem König. Leih mir nur deinen Bogen, deinen Hund und dein Pferd. *Das* ist mein Wunsch, ap Llodri.«

Owain schüttelte den Kopf und erhob sich. »Du kannst alles haben, was du dir wünschst«, sagte er, »aber ich komme mit.«

»Sei auf der Hut«, warnte sie ihn.

»Das bin ich«, sagte Owain und streckte seine Hand aus. »Meine Dame?«

Der Rabe flog hoch und setzte sich auf seinen Arm. Als Owain sich in den Sattel schwang, flatterte er unruhig umher. Owain ritt über die verbrannten, schwarzen Hügel zu einer Höhle, die der Rabe ihm zeigte.

Swallow gefiel es an diesem Ort nicht. Owain tätschelte ihm den Hals und redete ihm zu, weiterzugehen. Milis Haare sträubten sich, und er knurrte, während sie bergauf zogen. Owain nahm seinen Bogen und zog einen Pfeil heraus. Er rief: »Mili! Paß auf!«, als Feuer ausbrach und Swallow scheute.

Ein zweiter Feuerausbruch erfolgte. Mili kläffte, lief aus den Rauchschwaden und raste vor einer großen Schlange davon, die sich aus der Höhle wand. Mili überquerte trotz seiner Angst den Hügel und behielt die Führung.

Der Rabe flog von Owains Schulter – er war schneller als Owains Pfeil.

Irgendwo tief in den Hallen der Festung erhob sich lautes Geschrei. Über den Hügeln lag die Dämmerung, und der Süden wurde noch immer von einer Glut beleuchtet, die Gwydion vom Fenster aus betrachtete.

Und dann beobachtete er, wie ein seltsamer Reiter die Straße hinunterritt, dessen Schuppenpanzer in der Sonne golden glänzte.

»Der Drache!« hörte er Rufe von der Mauer. Gwydion verzagte. Sein Mut sank noch mehr, als der Reiter mit dem Schuppenpanzer das Tor erreichte und Madogs Männer es ihm öffneten. Der Drachenritter ritt auf Swallow, dessen Mähne angesengt war, und Mili hinkte mit rußgeschwärztem Fell hinterher. Mili ließ Kopf und Schwanz hängen, und der Drache führte ihn an einem Strick. Ein Rabe saß auf seiner schuppigen Schulter.

Von Owain keine Spur.

Im Korridor ertönte Lärm. Ketten rasselten, der Riegel wurde hochgehoben, die Tür aufgerissen, und Soldaten standen in der Tür.

»König Madog will dich sehen«, sagte einer. Und Gwydion ...

»Madog wird zweimal nach mir schicken müssen«, entgegnete Gwydion mit seinem Schwert in der Hand.

Der Drache bewegte sich zu der Treppe, und der Rabe flatterte auf den Boden, als die Zofen herbeieilten, um Prinzessin Glasog ihren Umhang zu bringen, der schwarz wie ihr Haar und mit Zaubersprüchen bestickt war. Für die Zofen und Diener war es ein vertrauter Anblick – und auch für die Soldaten am Tor, die ihre Anweisungen hatten, falls Owain zurückkehren sollte.

»Tochter«, sagte Madog, der Glasog auf der Treppe entgegenging. Mili knurrte, ihm sträubten sich die Haare, und er zerrte plötzlich an der Leine...

Der Drache ließ ihn frei, und Mili sprang an Madogs Kehle. Madog stürzte, und sein Blut ergoß sich über die Stufen – aber sein Hals war bereits gebrochen.

Diener liefen schreiend umher. Soldaten standen verwirrt da, als ob sie vergessen hätten, wo sie waren und was sie hierhergeführt hatte. Die Männer der unterworfenen Königreiche sahen sich an und fragten sich, welcher Schreck sie hier festgehalten habe.

Glasog drehte allen den Rücken zu und ging die Stufen hinauf.

»Meine Dame!« rief Owain – denn es war Owain, der die Rüstung trug. Aber Glasog sehnte sich nicht nach Owains Stimme.

Sie ließ den Umhang fallen und sprang von der Mauer. Der Rabe glitt mit einem rauhen Schrei davon.

Später – wie so oft in jenem bitterkalten Winter, als der Wind den Schnee vor die Tür wehte – erzählte Owain, wie Glasog dem Drachen das Auge durchbohrt hatte, wie sie die Rüstung gefunden hatten und Glasog ihm das letzte Geheimnis offenbart hatte, daß nämlich Madogs Zauberei mit dem Tod des Drachen verlorengehen würde.

In jenem Winter fand Gwydion einen Raben im Hof, einen lahmen Vogel, dem an einem Flügel Federn fehlten. Er schien sehr verwirrt zu sein und war vor Hunger und Kälte dermaßen geschwächt, daß niemand glaubte, daß er überleben würde.

Aber Gwydion pflegte ihn bis zum Frühling und ließ ihn dann wieder frei.

Später zeigte sich der Vogel wieder auf der Mauer von Gwydions Festung – König Gwydion war er jetzt –, Herrscher über ganz Dyfed. »Du hast noch einen Wunsch frei«, sagte Gwydion zu ihm. »Einen Wunsch, den ich dir noch erfüllen muß.«

»Ich schenke ihn dir«, sagte der Rabe, »was immer du dir wünschst, König Gwydion.«

»Sei das, was du gerne sein möchtest«, antwortete Gwydion.

Später sprach man über König Gwydions Weisheit genauso häufig wie über die Schönheit seiner Gattin.

Originaltitel: Gwydion and the Dragon
Ins Deutsche übertragen von Marita Böhm

Lester del Rey

Die Patenfee

Dies, so sagte sich Samantha zum fünfzigsten Male, war nicht die richtige Art, mit einer Prinzessin umzugehen! Überhaupt nicht! Und sie *war* eine Prinzessin. Ihr Vater war ein König. Sein Königreich war vielleicht nicht das größte – vielleicht sogar das kleinste –, aber immerhin war er ein König, und sie war seine einzige Erbin. Eines Tages würde sie die regierende Königin sein. Man sollte denken, sie würden einer wahrhaftigen königlichen Prinzessin, die zwölf Jahre alt war und bald dreizehn wurde, ein wenig Respekt erweisen. Aber nein, mitnichten!

Ihre Eltern waren fortgefahren zu irgendeiner regionalen Königskonferenz. Sicherlich hätte sie mitfahren sollen, wenn sie jemals etwas über das Regieren eines Königreichs lernen sollte. Aber statt dessen wurde sie zu der ernsten, mürrischen alten Tante Hepzibah geschickt, um einen Monat in deren mausoleumartigem Haus zu verbringen.

Sie hatte bei ihrem Vater alles versucht – anmutiges Bitten, Begründungen, sogar Tränen –, aber er hatte sich nicht erweichen lassen. Ihre Mutter hatte es beschlossen! Immer beschloß ihre Mutter die Dinge so, wie Samantha sie nicht haben wollte.

Und wo war ihre Patenfee bei alledem? Angeblich sollte sie eine haben, obwohl man ihr bisher lediglich erzählt hatte, daß es ein solches Wesen gab. Die älteren Diener sahen sie nur gedankenverloren an, wenn sie sie fragte. Und ihre Eltern sagten ihr, sie solle warten, bis sie älter sei – wie sie es bei allem hielten. Sie hatte mindestens ein Dutzendmal versucht, das einfältige Wesen zu rufen, aber nichts war von dieser Fee zu sehen. Niemals war etwas von ihr zu sehen. Irgendeine Patenfee!

Sie stapfte durch den Raum und betrachtete gelangweilt die Kleidungsstücke, die über ihr Bett verstreut lagen. Eigentlich sollte sie sie einpacken. Aber sie würde diese häßlichen Dinger nicht anfassen. Sie waren, um Himmels willen, kaum mehr als Arbeitskleidung für Bauern, auch wenn sie gerade erst von den Damen ihrer Mutter genäht worden waren. Igitt! Nur weil Tante Hepzibah darauf bestand, daß sich *kleine Mädchen* nicht herausputzen, sondern ein paar nützliche Dinge lernen sollten – wie zum Beispiel in Tante Hepzibahs Blumengarten zu arbeiten.

Sie hörte schwere Schritte auf der Treppe. Das bedeutete, daß die herrschsüchtige alte Wanda kam, ihre Gouvernante aus Kindertagen. Dann flog die Tür auf. Das Dienstmädchen blieb ruckartig stehen und betrachtete den Raum.

»Sammie, ich dachte, ich hätte dir gesagt, daß du diese Sachen einpacken sollst. Wir haben nicht den ganzen Tag herumzutrödeln!«

»Nenn mich nicht bei diesem häßlichen Namen«, schrie Samantha sie an. »Mein Name ist Samantha. Und du solltest mich Hoheit nennen.« Das nützte nichts. Das tat es niemals. Wanda murmelte vor sich hin und zerrte dann einen Kleiderbeutel aus dem Wandschrank. »Bleib einfach auf diesem Stuhl sitzen und geh mir aus dem Weg, Sammie. Wir sollten in zehn Minuten unten bereitstehen.«

Als sie beobachtete, wie Wanda packte, mußte sie zugeben, daß das alte Dienstmädchen in manchen Dingen besser war als das neue – das jetzt von ihrer Mutter für die Reise mit Beschlag belegt worden war, da das eigentliche Dienstmädchen der Königin krank war. Das war jedoch unwichtig. Tante Hepzibah würde niemals erlauben, daß sie ein Dienstmädchen mitbrachte.

Sie trat ans Fenster, zog die Vorhänge zurück und schaute hinunter auf die Kutschenauffahrt. »Die Kutsche ist noch nicht einmal hier«, stellte sie fest.

»Sorg dich nicht, sie wird rechtzeitig kommen, wenn du bereit bist«, sagte Wanda und schloß den Beutel über dem letzten häßlichen Kleidungsstück. »Nun, wir sollten gehen, Sammie.« Sie nahm den Beutel auf und folgte Samantha hinaus.

Sie sah ihre Mutter und ihren Vater in der Eingangshalle warten und ging hin, um ihrer Mutter den erwarteten Kuß zu geben. Aber die Königin wich ihr aus. »Bring mich nicht in Unordnung, Samantha«, sagte sie und küßte ihre Tochter vorsichtig auf die Stirn. »Amüsier dich, während wir fort sind, Liebling.«

Eine wirklich amüsante Zeit! Ihre Mutter machte sich wenig Gedanken darüber. Manchmal dachte sie, daß Tante Hepzibah zumindest mit einer Sache recht gehabt hatte. Sie hatte Samantha nach dem befragt, was ihre Eltern machten, und dann den Kopf geschüttelt. »Mir scheint, deine Mutter wird langsam frömmlerisch und vergißt, daß sie nur die Tochter eines reichen Bürgerlichen war, ehe dein Vater sie bei einer Blumenausstellung sah und beschloß, sie zu heiraten. Sie will die Leute glauben machen, sie sei mehr, als sie in Wirklichkeit ist!«

Aber ihr Vater war da, nahm Wanda den Beutel ab und streckte die andere Hand nach Samantha aus. »Komm her, Sammie – Samantha. Ich kann die Pferde nicht warten lassen.«

Dann waren sie an der Tür, und sie konnte ihre »Kutsche« sehen. »O nein!« keuchte sie. Es war die alte Kutsche, von der sie das Dach entfernt hatten und mit der der Koch seine Einkäufe tätigte. Und der betrunkene Old John lenkte die Kutsche.

»Es tut mir leid, Samantha. Aber das ist die einzige, die wir haben. Das Rad der zweiten Kutsche ist noch immer nicht repariert, und die dritte wird vom Dienstmädchen deiner Mutter und dem Friseur gebraucht. Das war die einzige Möglichkeit.«

Es war nicht sein Fehler, das wußte sie. »Es ist in Ordnung, Paps«, log sie, als er sie hochhob, um ihr einen Kuß zu geben, und sie dann auf den verschlissenen, alten Sitz setzte. Sie konnte die Sorge auf seinem Gesicht erkennen und versuchte zu lächeln.

»Sei lieb, Punkin«, sagte er zu ihr. »Ich werde dir eine schöne Kutsche schicken, sobald ich zurückkommen kann.«

»Bist du fertig?« brummte Old John. »Los, auf geht's!« Und fort waren sie, denn die beiden Pferde waren noch frisch und munter. Sie waren temperamentvoller als jene, die Old John normalerweise lenkte, und er hatte einige Schwierigkeiten damit, sie unter Kontrolle zu bringen.

Sie fuhren schwungvoll aus dem Fahrweg des großen, alten Hauses, das Palast zu nennen den Leuten sehr wichtig war, auf die Hauptstraße, die eine noch ziemlich glatte Oberfläche hatte, auch wenn man deutlich sehen konnte, wo die hiesigen Arbeiter die schlimmsten Schäden ausgebessert hatten. Old John kam jetzt anscheinend besser mit den Pferden zurecht und brachte sie zu einer gemäßigteren Gangart, die der altersschwachen Kutsche besser bekam. Die Meilen flogen vorbei, während Old John eine Flasche unter dem Sitz hervorzog und die Trockenheit in seiner Kehle vertrieb. Seine Kehle war immer trocken.

Es gab fast keinen anderen Verkehr, Gott sei Dank! Samantha kauerte sich auf die Rückbank neben ihren Beutel, in dem Bemühen, sich vor jedem zu verstecken, der ihnen begegnen könnte. Aber bald begannen ihre Glieder durch die Haltung weh zu tun und sich zu verkrampfen, und sie mußte sich wieder aufsetzen. Die aufgeforsteten und gepflegten Wälder rund um den Palast blieben zurück, und sie sah nun wild wachsende Wälder. Als sie kleiner gewesen war, hatten die Dienstmädchen ihr schauerlich herrliche Geschichten von Wesen erzählt, die in solchen Wäldern lebten: Wölfe, die Kinder mit einem Bissen auffraßen, Hexen, Goblins und Kobolde. Irgendwie erschienen ihr die Geschichten nun realistischer, als sie in die Dunkelheit des Dickichts unter den großen Bäumen spähte. Der Graben neben der Straße war jetzt ausgetrocknet, die Schneeschmelze war längst vorbei, und Matten von Unkraut und Büsche wuchsen darin.

Jenseits des Waldes wartete Tante Hepzibahs Haus mit Lektionen, den Rücken brechender Gartenarbeit oder schweißtreibender Arbeit in der dampfenden Küche, dann weiteren Lektionen und Belohnungen in Form von Büchern mit Moralpredigten, die dick genug waren, daß man sich die Zähne daran ausbeißen konnte. Als sie daran dachte, wünschte sie, der Wald möge niemals aufhören.

Old John sah jetzt lebhafter aus und legte die Flasche zurück unter den Sitz. Es schien so, als versuche er, um jede Biegung des Weges herumzuschauen, obwohl es dort gar nichts zu sehen gab. Dann ertönte plötzlich ein Schrei, und zwei Männer brachen aus einem Versteck neben dem Weg hervor, ritten direkt auf sie zu und schwangen große Pistolen. »Halt, oder wir schießen!« schrie der Ältere. John stand auf und zog an den Zügeln, um die Pferde zum Stehen zu bringen. Aber der jüngere Mann hob seine Pistole. Ein Schuß ertönte, und das rechte Pferd stemmte sich ins Geschirr. Eines seiner Ohren war nur noch ein blutiger Stumpf.

Beide Pferde gerieten in Panik und versuchten, in verschiedenen Richtungen davonzulaufen. Die Kutsche schleuderte, geriet nahe an den Graben und kippte. Samantha griff nach einem Halt, aber es war zu spät. Die Kutsche schlug auf, drehte sich und lag schließlich auf der Seite im Graben. Samantha wurde hinausgeschleudert, fast durch eine Gruppe von Büschen auf der anderen Seite des Grabens. Sie bahnte sich ihren Weg und kroch hinter den kleinen Sichtschutz.

Die Pferde lagen im Graben auf der Seite. Sie hatten sich im Geschirr und der Deichsel der Kutsche verfangen, schlugen hoffnungslos mit den Hufen um sich und schrien fürchterlich. Und Old John...

Sie spürte ein Würgen in ihrer Kehle aufsteigen, als sie seinen Kopf gegen einen Felsen gelehnt liegen und das Blut und das Gehirn heraussickern sah. Aber sie riß sich zusammen und sah sich verzweifelt nach einem besseren Versteck um. Es gab keines.

»Verdammt, Peter, ich habe dir gesagt, du sollst dieses Ding nicht abfeuern!« sagte der ältere Räuber gerade, als die zwei Männer abstiegen. »Schneid diesen Biestern die Kehle durch, damit sie ruhig sind. Wo ist Old John? Schon gut, ich sehe ihn. Er ist tot.«

»Das ist besser für uns. Einer weniger, mit dem wir teilen müssen«, antwortete der junge Mann, der mit den schreienden Pferden beschäftigt war. Ein paar Minuten später waren sie still. »Wo ist das Mädchen? Geht es ihr gut?«

»Ich weiß es nicht, verdammt. Ich habe sie direkt im Blick gehabt, aber dann war sie plötzlich verschwunden.«

»Sie muß unter den Kleidungsstücken begraben worden sein, als sie herausfielen. He, diese Sachen sehen nicht nach den Kleidern einer Prinzessin aus!«

»Es sind Sachen, die ein Dienstmädchen anziehen könnte – aber sie sind alle so. Es sah so aus, als sei sie genauso gekleidet. Vielleicht hat Old John etwas verwechselt. Vielleicht sollte er nur das Dienstmädchen der Prinzessin mitnehmen. Der alte Dummkopf war halb betrunken, als wir das letzte Mal mit ihm sprachen. Wir werden für ein Dienstmädchen eine dicke Stange Lösegeld bekommen! Aber wo ist sie geblieben? Sie ist sicher nicht in den Trümmern oder unter diesem Zeug begraben.«

Er sah direkt zu ihr. Selbst in den Schatten eines Baumes verborgen, *konnten* die dünnen Zweige des Busches vor ihr sie nicht vollständig verbergen. Vielleicht hatte ihre Patenfee etwas damit zu tun? Aber das ergab keinen Sinn. Es müßte eine ziemlich dumme Patenfee sein, die warten würde, bis sie in einer solchen Situation war, bevor sie etwas unternahm!

»Laß uns schleunigst von hier verschwinden.« Der jüngere Räuber schaute nervös den Weg entlang. »Laß das Dienstmädchen gehen. Sie ist sicher zu verängstigt, um uns beschreiben zu können. Und es werden noch andere Leute diese Straße entlangkommen.«

»Ja. Ich denke, du hast recht«, stimmte der ältere Mann zu. Er zog sich widerwillig hoch. »Verdammt! Ich wünschte nur, ich wüßte, wie sie entkommen konnte. Aber gut. Gehen wir!«

Eine Minute später waren sie aufgestiegen und galoppierten davon. Samantha stand da und starrte den sich entfernenden Reitern nach, bis sie hinter einer Biegung des Weges außer Sicht gerieten. Ihr häßliches Kleid war schmutzig und zerrissen, aber die anderen, die aus dem Beutel gefallen waren, sahen noch schlimmer aus – beschmutzt von den Stiefeln der Straßenräuber. Sie seufzte und zog sich hinter den großen Baum zurück, um zu überlegen, was sie tun sollte.

Sie mußte laufen – entweder zu Tante Hepzibah oder zurück zum Palast. Sie vermutete, daß sie ungefähr die Hälfte des Weges zurückgelegt hatten. Der Gedanke, ihre Tante mit ihrem Anblick und ihrer Geschichte zu konfrontieren, war zuviel. Sie würde nach Hause zum Palast gehen müssen. Und sie konnte nicht auf der Straße entlanggehen, denn die Räuber könnten sich entschließen zurückzureiten und sie entdecken. Also blieb nur der Wald. Nun, die Straße führte nach Norden und nach Süden, trotz der Kurven, die sie machte. Wenn sie sich also ihren Weg durch den Wald bahnte und nach Norden ging, würde sie zu den gepflegten Wäldern rund um den Palast gelangen und könnte dann leicht den Weg nach Hause finden. Sie starrte in die Dunkelheit auf den bedrohlichen Wald und fühlte Panik aufkommen. Aber sie zwang sich zur Ruhe und marschierte los.

Aus der Entfernung war ihr das Unterholz undurchdringlich erschienen, aber als sie näher kam, bemerkte sie Öffnungen und Lücken im Tann. Als sie weiterging, merkte sie, daß es ihr Spaß machte, obwohl ihre Arme schon leicht zerkratzt waren. Die meiste Zeit wurde die Sonne von den hohen Bäumen ausgeschlossen, aber sie hatte einmal einen Förster erklären hören, wie er bei Mondlicht seinen Weg fand – er richtete seinen Blick einfach auf den am weitesten entfernten hohen Baum, den er in der richtigen Richtung ausmachen konnte, ging darauf zu und hielt dabei Ausschau nach einem anderen noch weiter entfernten. Gelegentliche Blicke auf die Sonne zeigten Samantha, daß diese Methode zu funktionieren schien.

Sie begann, Hunger und Durst zu verspüren, aber sie konnte nichts dagegen tun. Nach langen Überlegungen kam sie zu dem Schluß, daß sie wahrscheinlich irgendwann am nächsten Nachmittag ihr Zuhause erreichen würde, und sie würde es ganz einfach bis dahin aushalten müssen. Ihre Füße schmerzten in den Schuhen. Als sie die Schuhe auszog, fand sie Blasen an ihren Fersen. Barfuß zu gehen, erwies sich als nicht gut, denn Steine und stachelige Dornenranken zeigten ihr bald, daß ihre Füße Schutz brauchten. Sie hätte ein weiteres Paar Strümpfe aus dem Beutel mitnehmen sollen. Zwei Paar zu tragen, hätte das Wundreiben sicherlich verhindert. Aber jetzt war es zu spät für solche Überlegungen.

Schließlich fand sie ein kleines Bächlein und konnte ihren Durst stillen. Sie machte ungefähr fünfzehn Minuten Rast und versuchte, etwas von dem Schmutz von ihren Händen, ihrem Gesicht und ihrer Kleidung abzuwaschen. Dann trank sie erneut und ging widerwillig weiter.

Dunkle Wolken sammelten sich am Himmel, und bevor das Tageslicht verblaßte, begann es, zunächst nur leicht, zu regnen. Es wurde jetzt schnell dunkel, und sie konnte nicht mehr weitergehen. Als der Regen stärker wurde, hielt sie nach einem Unterschlupf für die Nacht Ausschau. In den alten Erzählungen gab es Höhlen und hohle Bäume im Übermaß, aber sie konnte keine finden. Schließlich entdeckte sie einen geeigneten Platz unter einer massiven alten Eiche. Gegen ihren Stamm gelehnt, war alles nicht mehr ganz so schlimm. Sie räumte die Stöcke und Steine fort, so gut sie konnte, legte sich nieder und zog einen laubbedeckten Ast, den sie an dem Baum entdeckt hatte, zur Tarnung und zum weiteren Schutz vor dem Regen über sich. In diesem Moment war sie so müde, daß sie am ganzen Körper zitterte.

Aber der Schlaf wollte nicht kommen. Es gab viele fremde Geräusche in dem Wald: Eulen schrien wie verlorene Geister, Wesen liefen durch das Unterholz, und einmal hörte sie ein Lachen, das wahrscheinlich das Bellen eines Fuchses gewesen war. Sie fuhr bei jedem Geräusch auf, aber schließlich siegte die Erschöpfung, obwohl sie noch mehrere Male aufwachte in Erinnerung an etwas Nahes und Störendes.

Es war bereits Morgen, als sie schließlich erwachte, nicht wirklich ausgeruht, aber sie wußte, daß sie weitergehen mußte. Es regnete noch immer, wenn auch nur leicht, und der Himmel war noch immer bedeckt. Der Hunger war zu einem inneren Schmerz geworden, aber es gab Regenpfützen, aus denen sie ihren Durst stillte. Ihre Beine waren steif und wund, und ihr Körper schien von dem harten und unebenen Bett nur noch aus Schmerzen zu bestehen. Aber sie ging weiter und versuchte, ihre vorherige Richtung wiederzufinden. Die Sicht war eingeschränkt, und sie war gezwungen, sich an näher gelegenen Dingen zu orientieren, als ihr lieb war.

Sie humpelte weiter. Die Blasen platzten auf, und damit änderte sich die Art des Schmerzes. Ihre Beine fühlten sich taub an. Aber sie weigerte sich standhaft, aufzugeben, sich hinzusetzen und zu weinen – wie sie es gern getan hätte.

Schließlich kam sie zu einer kleinen Lichtung, auf der wilde Erdbeeren wuchsen – das, was die Bauern Erdenbeeren nannten. Sie waren herrlich süß und voller Aroma, und sie aß alle, die sie finden konnte – obwohl das kaum genug war.

Als sie weitergehen wollte, brach die Wolkendecke auf, und sie konnte den Himmel sehen – und ihren Schatten, der von ihr fortzeigte und sich verkürzte, als sei es Mittag. Sie stöhnte, als sie sah, in welche Richtung er zeigte.

Sie war schnurstracks nach Süden gelaufen und ganz und gar nicht nach Norden! Der ganze Morgen war vertan, denn sie hatte sich weiter von zu Hause entfernt.

Wieder widerstand sie den Tränen. Dafür hatte sie keine Zeit. Sie saß, daß sich der Himmel klärte und sie nun gute Orientierungspunkte ausmachen und vielleicht hin und wieder einen Blick auf die Sonne erhaschen konnte. Sorgfältig wandte sie sich mit Hilfe ihres eigenen Schattens in die richtige Richtung, orientierte sich an einem großen, weit entfernten Baum vor ihr und ging erneut Richtung Nordwesten los. Wenn sie über ihr Ziel hinausschoß, würde sie dennoch in bekannte Gegenden kommen – hoffte sie.

Bei Einbruch der Nacht konnte sie sich kaum noch bewegen. Sie hatte während des Tages Wasser gefunden, aber nichts, was sie zu essen gewagt hätte, und der Hunger schwächte sie. Zudem schien sie Millionen von schmerzenden Stellen und Kratzern zu haben. Sie nahm die erste Gelegenheit, sich niederzulegen, wahr, schob die größten Steine und Zweige zur Seite, ließ sich einfach fallen und zog noch nicht einmal mehr die zerschlissenen Schuhe aus. Dieses Mal schlief sie fast sofort ein.

Aber irgend etwas weckte sie gegen Mitternacht, wenn man nach dem Lichteinfall des fast vollen Mondes urteilen konnte. Sie setzte sich angespannt auf und lauschte. Sie hörte ein leises Rascheln aus dem Dickicht links von ihr, und dann brach etwas durch. Es sah aus wie ein kleiner, brauner Mann mit einem mürrischen, tierartigen Gesicht.

Er trat auf die Lichtung, sah sich um, anscheinend ohne sie zu sehen, hob dann den Kopf und schnüffelte laut, wobei er in dem leichten Wind nach Witterungen zu suchen schien. Offensichtlich war er zufrieden. Samantha erwartete, von ihm entdeckt zu werden, und bereitete sich darauf vor, aufzuspringen und fortzulaufen. Aber er schien sie nicht zu sehen, obwohl er nach rechts und nach links schaute, als er in höchstens zwanzig Fuß Entfernung an ihr vorbeiging. Er überquerte die Lichtung und verschwand im Unterholz.

Sie wartete angespannt, bis sie sicher sein konnte, daß er wirklich fort war. Dann zwang sie sich wieder zur Ruhe.

Es war ein von ihrer Phantasie verwandelter Fuchs gewesen, versuchte sie sich einzureden. Es *mußte* ein Fuchs gewesen sein! Aber sie glaubte es nicht.

Sie begab sich zu einem etwas versteckteren Platz, bevor sie wieder zu schlafen versuchte. Sie fühlte sich, noch zusätzlich zu all den Schmerzen von vorher, steif und wund von dem ersten Platz. Aber schließlich übermannte der Schlaf sie erneut.

Am Morgen konnte sie sich ungefähr eine halbe Stunde lang kaum bewegen, bis die Übung langsam ihre Muskeln lockerte. Und sie zwang sich weiterzumachen. Wenn sie sich nicht völlig geirrt hatte, mußte sie noch heute nach Hause gelangen. Zumindest betete sie dafür. Sie fand Wasser, aber keine Nahrung, wodurch sie schwächer zu werden und sich vor Hunger schlechter zu fühlen begann.

Nach einigen weiteren Stunden kam sie zu einer zweiten Lichtung. Und da stand, umgeben von einer Steinmauer mit einem Zaun, ein ebenfalls aus Steinen gebautes Haus inmitten eines Gartens! Sie kletterte schwerfällig über den Zaun. Sie wollte zu dem Haus gehen und an die Tür klopfen, aber der Anblick der Möhrenpflanzen im Garten zog ihre Blicke an. Wenn sie nur ein paar kleine Karotten zu essen bekäme...

In dem Haus wurde ein Fenster geöffnet, und die barsche Stimme einer Frau erklang. »Du da! Kleines Mädchen! Du bleibst genau da stehen, bis ich herauskomme. Geh nur keinen Schritt weiter!« Die Frau, die hinter dem Haus hervorkam, schien ungefähr fünfundvierzig Jahre alt zu sein, hatte graue Haare und war klein und ein wenig gedrungen. Sie trug einfache Arbeitskleidung, und ihr Gesicht zeigte einen etwas ärgerlichen Ausdruck.

Dieser verschwand jedoch, als sie näher kam und Samantha besser sehen konnte. »Oh, du armes Kind. Was ist mit dir passiert?«

Samantha hatte sich ihre Geschichte zurechtgelegt, seit sie die Frau das erste Mal gehört hatte. Es würde keinesfalls damit getan sein zu sagen, wer sie war. Das Lösegeld für sie würde wahrscheinlich hoch genug sein, um auch ziemlich ehrliche Leute dazu zu bringen, sie festzuhalten.

»Ich habe mich verlaufen. Meine Mutter und mein Vater... sind fortgegangen«, antwortete sie, womit sie die Wahrheit sagte, aber auch eine Umschreibung für den Tod gebrauchte, die in den ärmeren Schichten alltäglich war. »Ich sollte zu meiner Tante geschickt werden. Aber als ich dorthin kam, war sie fortgezogen. Niemand wußte wohin, und niemand dort wollte, daß ich bleibe. Sie sagten mir, ich solle in das Königliche Waisenhaus gehen. Also ging ich fort. Dann habe ich mich im Wald verlaufen – zwei Tage und zwei Nächte lang. Es war furchtbar!«

Ihr Erschauern war echt, wie auch die Tränen in ihren Augen. Die Frau tätschelte Samantha liebevoll die Schulter. »Du armes Kind. Hast du etwas zu essen?«

»Gestern habe ich ein paar Erdbeeren gefunden.«

»Du mußt halb verhungert sein. Nun, komm mit mir. Wir werden dir etwas zu essen und ein gutes heißes Bad bereiten. Dann wirst du dich besser fühlen, das verspreche ich dir.« Sie nahm Samantha am Arm und führte sie hinter das Haus. »Wie heißt du, Kind?«

»Mein Name ist Samantha.«

»Womit die Leute ihre Kinder quälen! Warum haben sie dich so genannt?«

»Es war der Name der Mutter meiner Mutter«, sagte Samantha wahrheitsgemäß.

»Nun gut. Ich wette, die Leute nennen dich Sammie, was ich auch tun werde, wenn du nichts dagegen hast. Und du kannst mich Bessy nennen.«

Samantha schüttelte den Kopf. Sie war nicht in der Position zu widersprechen. »Aber ich soll ältere Leute nicht mit ihren Vornamen ansprechen.« Außer Dienstboten, was hinzuzufügen sie klugerweise unterließ.

»Immerhin hast du Manieren. Gut, nenn mich Tante Bessy. Die Kinder meines Herrn haben das auch so gehalten, bevor er starb und wir hierherkamen.«

Sie traten durch die Hintertür ein, und ein älterer Mann streckte eine von der Arbeit geprägte Hand mit arthritisgeschwollenen Knöcheln aus.

»Das ist mein Mann Jonathan«, stellte Tante Bessy ihn vor. »Ich denke, er wird sich freuen, wenn du ihn Onkel Jon nennst, Sammie. Und dies ist Samantha, Jonathan.«

Er verbeugte sich und lächelte. Dann folgte Samantha ihnen in die Küche und wurde gebeten, am Tisch Platz zu nehmen. Onkel Jon, der offensichtlich ganz genau wußte, was seine Frau vorhatte, brachte einen Eimer Wasser herein, füllte ihn in einen großen Kessel und schob diesen an seinem Haken über das Feuer im Herd. Er legte noch mehr Holz auf, bevor er eine alte Holzbadewanne hereinzog. Dann verließ er leise den Raum.

»Es ist Stunden her, daß wir gefrühstückt haben«, sagte Tante Bessy. »Aber ich denke, ein paar Eier, ein bißchen von dem Schinken, ein Stück von dem Brot, das ich gestern gebacken habe und vielleicht etwas Kaffee sind noch da. Darfst du Kaffee trinken, Sammie?«

Sie nickte. Sie trank Kaffee, seit sie zehn war. Ihr lief schon das Wasser im Munde zusammen. Und schneller, als sie es für möglich gehalten hätte, aß sie richtiges Essen, die ersten Bissen langsam, wie Tante Bessy es ihr geraten hatte, und die Wärme des Kaffees breitete sich in ihrem Körper aus. Das heiße Bad hatte ihre Schmerzen fortgespült, und die Muskelentspannung war himmlisch.

»Ich fürchte, ich kann nicht viel aus dem machen, was von deinem Kleid übriggeblieben ist«, entschied Tante Bessy. »Es hat überall Risse, und der Schmutz sitzt fest. Schade, daß du kein Junge bist. Hmmm, aber trotzdem, du bist fast genauso groß. Macht es dir etwas aus, Jungenkleider zu tragen, Sammie?«

»Ich weiß nicht. Ich habe es noch nie versucht.«

»Nun, dann laß es uns jetzt versuchen. Es dauert Monate, bis der Stoffhändler das nächste Mal herkommt, und ich habe den letzten Rest für die Vorhänge verbraucht. Wickle dieses Handtuch um dich und komm mit mir nach oben.«

Direkt unter dem Dach war ein Lagerraum, an dessen Ende ein niedriger Schlafraum mit einem winzigen Fenster war. Tante Bessy ging zu einer Kiste an der Wand und begann, einige saubere und ordentlich gefaltete Jungenkleider herauszunehmen. Sie hielt sie Samantha an und nickte.

»Sie gehörten Billy – unserem Sohn und ältesten Kind. Er war zehn Jahre alt und groß für sein Alter, als er starb. Diphtherie. Er hatte sich bei einem Spielkameraden angesteckt, der auch daran starb. Wir haben ihn an seinem Lieblingsplatz begraben, draußen hinter der alten Ulme, auf die er immer geklettert ist. Wenn du hinausschaust, kannst du sehen, wo wir ihn unter dem Baum begraben haben. Es regt Jonathan immer noch ziemlich auf, aber ich habe gelernt, es weitgehend zu akzeptieren. Nun, setz dich aufs Bett, und laß mich deine Füße ansehen.«

Unter etlichem Kopfschütteln und Zungenschnalzen war die Betrachtung bald beendet. Tante Bessy strich eine dicke Salbe aus einem Topf, den sie aus ihrer Schürzentasche gezogen hatte, auf Samanthas Füße und zog dann ganz vorsichtig die Socken eines ihrer Jungen darüber. »Es wird bald nicht mehr so weh tun. Ich glaube, Billys Schuhe werden an den Zehen etwas zu weit sein, aber es sollte gehen. Aber noch nicht heute. Die Füße sind zu wund dafür. Vielleicht kann Jonathan etwas mit deinen Schuhen machen. Er ist geschickt darin.«

Einige Anweisungen waren nötig, bevor Samantha vollständig als Junge angezogen war, aber die Kleidungsstücke paßten wirklich besser als das häßliche Kleid. Zuerst fühlten sie sich seltsam an, aber bald gewöhnte sie sich daran.

»Vielleicht hätte ich ein Junge werden sollen«, sagte sie. »Ich bin hier oben flach genug.« Sie legte eine Hand auf ihre Brust.

»Mach dir darum keine Gedanken«, sagte Tante Bessy. »Sie werden rechtzeitig wachsen. Und etwas weniger Erfreuliches wird dazukommen.«

»Ich weiß Bescheid. Ich – irgend jemand hat mir das alles erklärt.« Beinahe hätte sie sich verraten, indem sie ihre Gouvernante erwähnen wollte. Sie mußte vorsichtig sein.

Als sie umherwanderte, um sich an die Kleidung zu gewöhnen, trat Samantha auch an das kleine Fenster und schaute hinaus. Das darunter liegende Gelände bestand größtenteils aus einem Garten. Das Nebengebäude stand nahe an der Rückseite, und der mit einer Handpumpe betriebene Brunnen befand sich etwas entfernt am Berg, dort, wo das Wasser klar und rein war. Sie sah die alte Ulme mit einem kleinen Zaun darum herum.

»Man sollte niemals Denkmäler errichten«, belehrte Tante Bessy sie. »Er hat seinen Namen mit dem Messer, das er zum neunten Geburtstag bekommen hatte, in den Baum eingeritzt. Wir dachten, das sei Denkmal genug.«

Dann trat sie vom Fenster fort und zeigte auf das Bett. »Vielleicht solltest du dich besser hinlegen, bis ich dich zum Essen rufe, Sammie. Es ist nicht viel zu tun, und ein wenig echte Ruhe wird Wunder wirken. Schlaf in deinen Kleidern, bis ich eines meiner Nachthemden zurechtschneiden kann. In Ordnung?«

»Das klingt wundervoll, Tante Bessy.«

Und es war wundervoll. Das Laken war sauber, und es waren keine Klumpen in der dick mit Stroh gefüllten Matratze auf dem Bett. Sie wachte Stunden später auf und fühlte sich besser und heiterer, als sie sich seit dem Moment gefühlt hatte, da sie erfahren hatte, daß sie den größten Teil des Frühlings und des Sommers mit der alten Tante Hepzibah verbringen sollte.

Tante Bessy rief nach ihr, und sie ging auf Strümpfen hinunter in die Küche, wo ein einfaches, aber sehr gutes Abendessen wartete. Als das Geschirr abgewaschen und weggeräumt war, gingen sie alle ins Wohnzimmer, das mit selbstgefertigten, bequemen Möbeln ausgestattet war. Tante Bessy hatte ihre Näharbeit mitgebracht und arbeitete. Onkel Jon, der selten viel sagte, saß nur da.

»Habt ihr schon immer hier gelebt?« fragte Samantha.

»Nein. Ich wurde in einer Hütte eine Meile nördlich geboren. Es gibt sie jetzt nicht mehr, und das ist eine Erlösung. Jonathan war der Sohn des Schmieds unseres Lords. Als wir uns das erste Mal trafen, standen wir beide in Diensten.«

Anscheinend war Tante Bessy mit vierzehn Jahren in die Dienste des Lords getreten. Dort fand der Hausmeister Gefallen an ihr.

Sie wurde in die Küche aufgenommen, und eine Stunde pro Tag unterrichtete die alte Lady sie im richtigen Gebrauch der Sprache und in Dienstbotenpflichten. Sie stieg zum Stubenmädchen auf und dann zur Empfangsdame. Dort traf Onkel Jon sie. Damals war er zweiter Butler und stand weit über ihr, aber er wußte, was er wollte, als er sie sah. Als ein anderes Mädchen gehen mußte, wurde ihr die Beaufsichtigung der kleinen Kinder des Lords übertragen, die sie zu lieben schien – wie Onkel Jon, wenn er kam, um sie zu besuchen. Der Lord ließ sie beizeiten heiraten.

Samantha verstand, daß der Lord ein freundlicher und umsichtiger Herr gewesen war, ganz anders als jene, von denen Samantha gehört hatte. Als er bei einem Jagdunfall getötet wurde, stellte sich heraus, daß er den beiden ein bescheidenes Einkommen hinterlassen hatte, das sie ernähren würde, solange sie lebten.

»Ich konnte mich an diesen Ort hier erinnern«, sagte Tante Bessy. »Ich hatte ihn als Kind gesehen und seitdem davon geträumt. Also kamen Jonathan und ich hierher. Das alte Ehepaar, das hier gelebt hatte, war tot, und das Haus stand leer. Der neue Lord überließ es uns gegen eine kleine Pacht, und wir sind jetzt seit achtzehn Jahren hier. Ich denke, daß wir hier auch sterben werden.«

In dem Moment hatte Onkel Jon ein Schachbrett auf den kleinen Tisch gestellt und baute die Figuren auf. »Spielst du Schach, Samantha?« fragte er. Auf ihr Nicken hin strahlte er. »Schwarz oder weiß? Weiß natürlich, also machst du den ersten Zug.«

Sie schob ihren Stuhl an den Tisch und begann, indem sie den Königsbauern auf die Position E4 setzte. Sie war immer gut gewesen im Schachspielen, aber jetzt mußte sie sich anstrengen. Gegen Ende wurde sie beinahe besiegt. Aber schließlich rief sie: »Schach und matt!«

Er nickte und erhob sich, um das Brett und die Figuren fortzuräumen. »Du spielst sehr gut, Samantha«, sagte er. »Ich danke dir. Das war das erste Spiel, das ich seit Jahren gespielt habe.«

Nun war Schlafenszeit, und Samantha nahm das zurechtgeschnittene Nachthemd, an dem Tante Bessy gearbeitet hatte, und kletterte zu ihrem kleinen Raum hinauf. Als sie sich ausgezogen und das Nachthemd angezogen hatte, konnte sie kaum noch die Augen offen halten. Das Bett fühlte sich wundervoll an.

Der nächste Tag war anscheinend der große Putztag. Das Haus, das Samantha makellos erschien, mußte vollständig gesäubert werden, und die Wäsche wurde in der Küche saubergekocht und unter der Pumpe ausgespült, was Samantha nicht so schwierig vorkam. Dann hängten sie die Kleidungsstücke zusammen auf die Leine, wo sie von der Sonne gebleicht und getrocknet werden würden.

Schließlich war das Backen und Kochen an der Reihe. Ein Fleischerwagen fuhr am Morgen vor, und Tante Bessy scherzte auf lang geübte Weise mit dem Fahrer, während sie auswählte. Der Fleischerwagen kam einmal in der Woche, aber das Fleisch hielt sich nicht, so daß es gekocht werden mußte, bevor es in den Kühlkeller unter dem Haus gebracht wurde.

Am folgenden Tag war der Garten dran, und da konnte Samantha wirklich helfen, sobald sich Tante Bessy versichert hatte, daß sie Unkraut erkannte, wenn sie es sah, und eine Hacke gebrauchen konnte, ohne die guten Pflanzen zu beschädigen. Es war nicht viel anders, als sich um Tante Hepzibahs Blumen zu kümmern – aber bedeutend angenehmer.

Und jeden Abend machte Samantha ein oder zwei Spiele mit Onkel Jon, der zweimal so oft zu gewinnen schien wie sie.

Die Zeit schien für sie stillzustehen. Aber letztendlich mußte sie doch überlegen, was sie tun sollte. Es war nichts über eine Abreise gesagt worden. Aber sie konnte nicht immer hierbleiben. Früher oder später würde ihr altes Leben sie einholen. Sie glaubte nicht, daß jemand über die zerbrochene Kutsche Bericht erstatten würde. Sie war beim Umkippen ziemlich zerschmettert worden. Räuberische Lebewesen würden von den Pferden und von Old John bald nur noch die Knochen übrig lassen, und das meiste, was heil geblieben war, würde in dem schlammigen Rinnsal durch den Regen beseitigt und den Graben an der Landstraße entlang hinabgespült werden.

Sie fragte sich, was wohl geschehen wäre, wenn sie Tante Bessy sofort die Wahrheit gesagt hätte. Der Grund für ihre Lüge hatte sich als Irrtum erwiesen, wie sie jetzt wußte. Aber die Lüge zuzugeben, würde schwer werden. Dennoch mußte sie früher oder später reinen Tisch machen, und je früher, desto besser.

Noch zwei Tage. Gib mir noch zwei Tage, bat sie ihre Patenfee. Nicht daß es dieses Wesen interessieren würde, falls es wirklich existierte.

Was würde geschehen, wenn sie die Wahrheit sagte? Sie würden ihr vergeben, dessen war sie sicher. Aber wie wollten sie die Nachricht zum Palast bringen? Sie hatten kein Pferd, und keiner von ihnen konnte mit ihr bis zum Palast laufen. Aber irgendwie würden sie eine Möglichkeit finden. Davon war sie überzeugt.

Am nächsten Tag stand erneut Gartenarbeit auf dem Plan. Sie und Tante Bessy beendeten ihre Arbeit in den Beeten mit Karotten, Rüben und jungem Kohl noch vor Mittag. Sie hielten am Ende eines Beetes inne, um zu rasten, und ließen die angenehme Müdigkeit von ihren Armen und ihren Rücken abfallen.

Samantha sah, daß sich auf ihrer Hacke langsam Schmutz ansammelte. Sie bückte sich, um sie mit einem Stock zu säubern, und sah auf dem Boden etwas Glänzendes. Sie bückte sich tiefer.
»*Nein*, Sammie, NEIN!« schrie Tante Bessy plötzlich. Der Arm der älteren Frau schoß herab, um Samanthas Hand zurückzureißen. Plötzlich bewegte sich etwas und stieß nach oben. Es war eine Schlange, und ihre Zähne hatten sich in Tante Bessys Hand gebohrt! Samantha schlug mit ihrer Hacke auf die Schlange ein, aber sie ließ nicht los. Sie und Tante Bessy schrien beide.

Dann war Onkel Jon da, der sich schneller bewegt hatte, als man es bei ihm für möglich gehalten hätte. Er trennte mit einem Sichelstreich den Kopf der Schlange von ihrem Körper und begann, das widerspenstige Maul aufzubrechen. Schließlich löste es sich, und er begrub es unter seinem Absatz.

Tante Bessy schien unter dem Schock zu schwanken, und Samantha und Onkel Jon mußten ihr zum Haus zurückhelfen. Dort setzte Onkel Jon sie auf einen Stuhl und begann behutsam, einen kreuzförmigen Schnitt quer über dem Biß anzulegen, um das Blut herausfließen zu lassen. Dann begann er, eine Art Breiumschlag zuzubereiten, der auf die Wunde gelegt werden sollte, wobei er so heißes Wasser verwendete, wie Tante Bessy es nur ertragen konnte.

»Wir bringen sie in unser Zimmer und zu Bett«, wies er Samantha an. »Es ist besser, wenn sie sich nicht viel bewegt, solange sie das Zeug in sich hat.«

Samantha weinte. »Es war alles meine Schuld«, jammerte sie. »Ich habe nach der Schlange gegriffen, und sie hat versucht, mich zu beschützen.«

»Genug davon!« unterbrach Onkel Jon sie barsch. »Es ist niemandes Schuld, daß du nichts über solche Schlangen wußtest. Jetzt sei still und hilf mir, sie zu Bett zu bringen.«

Sie wachten den ganzen Tag bei ihr und wechselten mehrere Male den Breiumschlag. Onkel Jon bereitete eine Fleischbrühe zu, mit der er Bessy fütterte. Sie schien mehrere Stunden lang zu schlafen und warf sich dann hin und her. Ihr ganzer Arm war geschwollen und rot und fühlte sich heiß an, als Samantha ihn berührte. Nach einer Weile beruhigte sie sich. Das Gift breitete sich langsam aus, und ihr Arm schwoll an, bis er dreimal so dick aussah wie normal. Gegen Abend mußte Onkel Jon sie festbinden, damit sie nicht aus dem Bett fiel.

Die ganze Nacht hielten sie zusammen bei ihr Wache. Samantha schlief ab und zu auf ihrem Stuhl ein, aber es war kein erholsamer Schlaf.

Am frühen Morgen seufzte Onkel Jon schwer und stand auf. »Es hat keinen Zweck, Samantha. Ohne zusätzliche Hilfe wird sie morgen sterben.« Seine Wangenknochen stachen aus den verkrampften Muskeln hervor, und er sah um Jahre gealtert aus.

»Das habe ich mir gedacht«, flüsterte Samantha.

—

»Sobald es hell genug ist, den Weg zu finden, werde ich nach Edona gehen und den Doktor holen. Er kann wahrscheinlich nicht viel für sie tun, aber wir müssen es versuchen.«

»Nicht du. Ich«, belehrte Samantha ihn. »Ich kann sehr viel schneller laufen als du. Sag mir, wo ich den Doktor erreichen kann, und ich werde gehen.«

Er sah sie an, nickte dann widerstrebend und akzeptierte damit die Logik ihrer Worte. Als das erste Anzeichen der Dämmerung sichtbar wurde, brachte er sie zur Hintertür und zeigte ihr den Weg. »Er führt mehrere Meilen geradeaus, bevor er sich teilt. Nimm die rechte Abzweigung. Sie wird dich ins Dorf führen, und dort kann dir jeder sagen, wo du den Doktor finden kannst. Gott sei mit dir, Samantha!«

Sie wußte, daß sie nicht so weit rennen konnte, selbst in Jungenkleidern nicht. Sie lief ein kurzes Stück, ging ein Stück langsamer und lief dann wieder. Es schien ewig zu dauern, bevor sie die Weggabelung erreichte. Die Morgensonne stand bereits ein gutes Stück über dem Horizont.

Sie sah einen Mann in einem schwarzen Mantel mit tief ins Gesicht gezogener schwarzer Kapuze, der an der Kreuzung auf einem Felsen saß. Sie wollte vorbeilaufen, aber er streckte seinen dunklen Spazierstock aus und hielt sie an.

»Wovor flüchtest du so eilig, Bursche? Versuchst du, deinem Herrn davonzulaufen?«

»Ich laufe nicht *vor* jemandem davon«, fuhr sie ihn atemlos an. »Ich laufe *zum* Doktor, um ihn zu Tante Bessy zu holen.«

»Lobenswert, wenn es wahr ist. Und da meine Ohren mir sagen, daß du ein Mädchen bist – was fehlt ihr denn, junge Dame?«

»Das geht Sie nichts an, aber wenn Sie es wissen müssen: Sie wurde von einer Schlange gebissen«, antwortete sie. »Und ihr Arm ist bis zur Schulter hinauf ganz geschwollen, und sie hat aufgehört, sich herumzuwerfen, und liegt nur da und ringt nach Luft. Und jetzt lassen Sie mich gehen!«

»Und was hast du mit alledem zu tun?« fragte der Mann. Das Gespräch erinnerte an ein Ritual. »Verlierst du dein schönes Zuhause, wenn sie stirbt?«

»Keineswegs. Ich muß sowieso bald von dort fortgehen. Aber sie war wirklich gut zu mir, und ich glaube, wenn sie stirbt, wird Onkel Jon auch nicht mehr viel länger leben. Sie sind nicht meine richtige Tante und mein richtiger Onkel, aber ich – ich glaube, ich liebe sie. Kann ich jetzt gehen?«

Der finstere Mann stand auf und nahm den Stock fort. »Sicher. Aber du wirst den Doktor nicht finden – er ist bei einem anderen Patienten. Und nach dem, was du über den Zustand deiner Tante gesagt hast, brauchst du keinen Doktor der Medizin. Du brauchst einen Doktor der Metaphysik.«

Die Bemerkung über den Arzt entsprach ihren eigenen Vermutungen. Aber sie hatte niemals gehört, daß man einen anderen rief. »Wo kann ich einen finden?«

»Wie es sich so fügt, junge Dame, hast du heute großes Glück. Zufällig bin ich ein großer Könner dieser Kunst. Zu deinen Diensten, meine Liebe.«

Er verbeugte sich anmutig vor ihr und nahm sie dann bei der Hand. »Wir müssen uns beeilen«, sagte er. Er schien es nicht wirklich eilig zu haben, und es machte ihr keine Mühe, auf dem Weg zurück zu Tante Bessys Haus mit ihm Schritt zu halten. Aber die Landschaft um sie herum schien dennoch in alarmierender Geschwindigkeit vorbeizuschwimmen.

Schließlich schaute sie zurück und sah die Sonne untergehen – im Osten! »Was – was ist passiert?«

»Nur ein wenig angewandte Metaphysik, meine Liebe. Mach dir keine Gedanken darüber, wenn seltsame Dinge geschehen. Man könnte sagen, daß die Uhr für uns zurückgedreht worden ist.«

Sie gingen weiter den Weg entlang, während die Sterne aufstiegen und eilig gen Osten zogen. Bald ging die Sonne im Westen auf und flog beinahe ostwärts über den Himmel. In fast keiner

Zeit hatte sie ihre Mittagsposition durchschritten, und sie standen vor dem Zaun und der Mauer zum Garten.

»Heute hätten wir nicht mehr helfen können, also mußte dies gestern sein«, erklärte ihr der finstere Mann. »Mach dir keine Gedanken darüber. Für dich wird es heute sein. Sei über nichts, was ich dir zu tun auftrage, überrascht, und gerate nicht in Panik. Und sage niemals jemandem etwas davon. Willst du mir das versprechen?«

Sie nickte, und er fuhr fort. »Klettere jetzt auf den Zaun. Du wirst deine Tante Bessy gesund im Garten sehen. Sei nicht überrascht. Und sie wird ein Kind an ihrer Seite haben. Sieh es dir nicht zu genau an. Ich bleibe hier, aber wenn ich mit den Fingern schnippe, möchte ich, daß du losläufst und dem anderen Mädchen die Hacke aus der Hand nimmst. Kannst du das behalten?«

»Ich glaube schon. Und was mache ich dann?«

»Tu einfach, was du denkst, das du tun solltest. Nun...« Er schnippte mit den Fingern.

Sie sprang vom Zaun und faßte nach der Hacke, um sie dem Griff des anderen Mädchens zu entwinden. Aber es gab keinen Widerstand. Es gab kein anderes Mädchen mehr. Die Hacke lag in ihrer Hand, und sie schaute auf etwas Glänzendes auf dem Boden.

»Tante Bessy, da ist eine Schlange«, sagte sie.

Die ältere Frau sah hinab, riß Samantha zurück und rief nach Jonathan. Er warf einen Blick auf die Schlange und rannte zum Geräteschuppen. Im Handumdrehen wand sich die Schlange in sechs Einzelteilen am Boden.

Samantha sah sich nach dem finsteren Mann um, aber er war fort und hatte noch nicht einmal gewartet, um seine Rechnung zu präsentieren. Alles schien normal zu sein, als wären die ganzen Sorgen niemals gewesen. Onkel Jon zeigte keinerlei Anzeichen von Anspannung, und Tante Bessy war gesund.

Magie! Es mußte eine Art Magie gewesen sein. Sie hatte versprochen, daß sie niemals irgend jemandem davon erzählen würde. Aber wenn sie den finsteren Mann jemals wiedersehen sollte – was noch unwahrscheinlicher schien, als ihn auch nur einmal zu treffen –, würde sie versuchen, ihm ihre Dankbarkeit zu zeigen.

Nach dem Mittagessen gingen sie zurück in den Garten. Onkel Jon beseitigte die Reste der Schlange und sah sorgfältig nach, um sicherzugehen, daß nicht noch weitere im Garten waren. Bald ging alles wieder seinen normalen Gang, und Samantha konnte fast vergessen, was geschehen war.

Und als sie sich an diesem Abend zu Bett begab, beschloß sie, ihnen morgen beim Frühstück die Wahrheit zu sagen. Es würde schwer werden, aber sie konnte es nicht noch länger hinauszögern. Aber es kam nicht ganz so.

Tante Bessy überfiel sie am Morgen, noch bevor sie ganz angezogen war. »Sammie, er ist hier! Der König ist hier. Und er sucht dich! Er sagt, du seist seine Tochter, die Prinzessin!«

»Das bin ich«, gab Samantha schuldbewußt zu.

Das ergab keinen Sinn. Er konnte noch nicht von der Konferenz zurück sein. Und wie sollte er erfahren haben, daß sie an diesem Ort war, selbst wenn er früh zurückgekommen wäre?

»Und ich habe dich hier behandelt wie jedes andere kleine Mädchen – wie meine eigene Tochter. Um Himmels willen«, sagte Tante Bessy, »bitte vergebt mir, Hoheit. Und habt Erbarmen mit Jonathan.«

»Bitte. Bitte, Tante Bessy.« Sie zog ihre Schuhe zu Ende an und stand auf, um das sorgenvolle Gesicht vor ihr zu küssen. »Ich möchte, daß ihr mich weiter so behandelt. Bitte. Ihr habt mich sehr glücklich gemacht. Ich wäre traurig, wenn ihr es nicht tun würdet. Und ich denke, ich sollte mich entschuldigen, weil ich euch belogen habe.«

»Pah. Wir waren hier mit dir glücklich, Jonathan und ich. Und wenn dafür eine kleine Lüge nötig war, dann sei diese Lüge gesegnet. Du bist ein ganz besonderes Mädchen, Sammie. Und wir werden dich vermissen.«

Als sie die Treppe hinunterkamen, saß ihr Vater an dem alten

Küchentisch und erklärte Jonathan etwas, während er einen Berg mit Sirup bestrichener Pfannkuchen vertilgte. Er sprang auf, als er sie sah.

»Sammie!« Er zog sie an sich und schob sie dann zurück, um sie genau zu betrachten. »Es ist schön, dich wiederzusehen. Wir waren alle krank vor Sorge um dich! Wir hatten fast die Hoffnung aufgegeben.«

»Wie bist du hierhergekommen, Paps? Und was war mit der Konferenz?«

»Vergiß die Konferenz! Wir wollten gerade die Gaststätte auf der Hälfte des Weges verlassen, um den zweiten Tag der Reise anzutreten, als der Bote vom Palast eintraf. Einer meiner Männer, der einen Botengang erledigen sollte, den ich ihm aufgetragen hatte, hat die Trümmer der Kutsche entdeckt und gesehen, was von dem Gefährt und Old John übriggeblieben war. Er wußte, daß du zu deiner Tante gebracht werden solltest. Er suchte flüchtig nach dir, aber er konnte kein Lebenszeichen von dir finden. Also eilte er zurück zum Palast, um darüber zu berichten. Auch eine weitere Suchaktion erbrachte keine Spur von dir. Also nahmen alle an, daß du von Straßenräubern entführt worden seist, die Lösegeld fordern würden.«

»Zwei Räuber hatten das vor«, unterbrach Samantha ihn. »Old John hat ihnen für einen Teil des Lösegeldes davon erzählt.«

»Das haben wir auch herausgefunden«, sagte der König. »Man hat uns benachrichtigt, und die Suche wurde fortgeführt. In dem Moment, als deine Mutter davon hörte, sandte sie einen der Bediensteten mit einem Pferd des Gastwirts los, um unsere Teilnahme an der Konferenz abzusagen.«

»Das hat Mutter getan?«

»Natürlich. Eine Tochter ist fünfzig solcher Konferenzen wert.«

Als sie zum Palast zurückkamen, waren die Räuber bereits durch die gute Arbeit des Leiters des Sicherheitsdienstes gefangengenommen worden und hatten nach »rigoroser Befragung« auch gestanden. Der König ließ sie natürlich aufhängen und sandte dann Männer mit Samanthas Beschreibung in alle Teile des Königreichs. Aber außer zwei falschen Hinweisen war keine Spur von ihr zu finden gewesen.

»Spät in der letzten Nacht kam schließlich ein Mann in Schwarz mit einer Kapuze auf dem Kopf an die Hintertür des Palastes und behauptete zu wissen, wo du seist. Er hatte sogar eine Karte dabei, nach der man den Ort finden könnte. Als ich dazukam, war er nicht mehr zu sehen. Das erschien mir seltsam, denn es sollte eine Belohnung geben, aber ich beschloß, auf alle Fälle so bald wie möglich hierherzukommen. Und da bin ich. Ich habe ein paar von deinen hübschen Kleidern mitgebracht, die deine Mutter ausgesucht hat. Sobald du dich umgezogen hast, werden wir losfahren. Deine Mutter macht sich große Sorgen um dich.«

Samantha nahm die Kleider entgegen, die der Bedienstete hereinbrachte, und ging hinauf, um sich umzuziehen. Sie fühlten sich jetzt seltsam an und waren nicht so angenehm zu tragen wie die Jungenkleider. Aber sie achtete kaum darauf.

Wieder der finstere Mann! Wer und was war er überhaupt? Unterbewußt kam ein Verdacht auf, den sie aber nicht wirklich akzeptieren konnte. Sie hatte ihm noch nicht einmal erzählt, wer sie war. *Er* konnte es wahrscheinlich nicht gewesen sein. Aber wie konnte ein anderer wissen, daß sie hier war?

Sie ging wieder hinunter und stolperte auf der Treppe fast über ihr Kleid. Dann lief sie auf die beiden Leute zu, die ihr Schutz gewährt und sie wie ihr eigenes Kind behandelt hatten, um sie zu küssen und zu umarmen. Sie würde sie furchtbar vermissen. Sie weinten – selbst Onkel Jon –, und auch sie fühlte Tränen aufsteigen.

Der König lächelte sie an. »Ich glaube nicht, daß ihr so traurig sein müßt«, belehrte er sie alle. »Ihr werdet sie nicht für immer verlieren, das verspreche ich euch. Wir gewähren ihr üblicherweise zwei Wochen Ferien im Frühling und einen Monat im Herbst. Normalerweise verbringt sie sie mit einem alten Drachen von Tante, und sie haßt es. Das wird aufhören. Ich denke, ich werde sie statt dessen einfach hierherschicken. Würde dir das gefallen, Sammie – Samantha?«

»O Paps. Mehr als alles andere auf der Welt! Aber was wird Mutter dazu sagen?«

»Ich denke, gerade jetzt ist eine günstige Gelegenheit, es ihr vorzuschlagen. Und sie wird zustimmen, das verspreche ich dir. Nach dem, was ich gesehen habe, war dieser Aufenthalt hier das Beste, was dir jemals passiert ist, und ich möchte, daß es nicht der letzte war. Wie denkt ihr darüber, Bessy, Jonathan? Wollt ihr sie wieder hierhaben?«

»Gott segne Euch, Majestät«, sagte Tante Bessy und verbeugte sich vor ihm, und Jonathan schloß sich ihr an.

»Dann ist es abgemacht. Und wie ich euch schon vorher gesagt habe, keine Formalitäten. Ihr gehört jetzt beide zur Familie, das sollt ihr wissen.«

Samantha beobachtete sie durch das kleine Rückfenster der Kutsche – dieses Mal die beste Kutsche! Sie standen zusammen vor der Tür und winkten ihr nach. Dann machte der enge, ausgefahrene Weg hinter den Bäumen eine Biegung, und sie rutschte wieder auf den Sitz neben ihren Vater.

»Ich denke, wir werden dich von jetzt an ein bißchen anders behandeln müssen, Samantha«, sagte ihr Vater. »Jeder, der zwei Tage lang ohne richtige Kleidung und Nahrung in diesem Teil des Waldes zurechtkommt, ist kein Kind mehr. Mein bester Förster schwor mir, daß du nicht einen Tag da drinnen überleben würdest.«

»Inwiefern anders?« fragte sie. Sie war nicht ganz sicher, ob sie jetzt schon für eine weitere Veränderung bereit war. Tante Bessy und Onkel Jon anstatt ihrer anderen Tante zu besuchen, schien eine ausreichend wunderbare Veränderung für einen Tag.

»Ich denke, wir werden damit beginnen müssen, dich zu lehren, wie man ein Königreich regiert. Eines Tages wirst du Königin sein, und du solltest wissen, wie man das macht. Manchmal ist es ziemlich langweilig, aber es ist wichtig. Und Jungen. Wir sollten dich mitnehmen, wenn wir andere Könige oder unsere Adligen besuchen, damit du einige der jungen Leute – Mädchen und Jungen – kennenlernen kannst. Eines Tages wirst du dir einen Prinzgemahl nehmen, und dann solltest du genug wissen, um einen guten zu erwählen.«

Das klang alles interessant, wenn auch ein wenig erschrekkend. Aber sie dachte an andere Dinge.

»Paps, bin ich jetzt alt genug, um etwas über meine Patenfee zu erfahren? Und habe ich wirklich eine?«

»Das ist tatsächlich so. Sie ist seit mindestens sieben Generationen in der Familie, vielleicht sogar länger. Sie erscheint immer bei der Taufe eines möglichen Erben des Thrones.«

»Hast du sie jemals wirklich gesehen? Und wie sieht sie aus?« Sie fuhren jetzt auf einer Seitenstraße, die aber bedeutend besser war als der Weg zu dem kleinen Steinhaus im Garten. Er lehnte sich zurück und schien nachzudenken.

»Ich habe sie nur einmal gesehen, bei deiner Taufe. Unmittelbar nachdem die Zeremonie beendet war, stand sie da. Niemand wußte, wie sie dorthin gekommen war, aber sie stand direkt neben dir. Ich hatte immer geglaubt, sie müsse nach so vielen Jahren ein altes Weib sein, aber sie sah jung und wunderschön aus. Lange goldene Haare, geflochten und um ihren Kopf herum zu einer Krone aufgesteckt. Sie trug ein recht außergewöhnliches, dunkelblaues Kleid. Eine Art Leuchten schwebte über ihr, als sie dich an der Stirn berührte und deine Gaben verkündete.«

Die Beschreibung paßte sicherlich nicht zu dem finsteren Mann, wie auch immer sie sich verkleidet haben mochte. Aber ein kleiner Verdacht blieb.

Dann erst nahm Samantha vollständig wahr, was sie gehört hatte. »Gaben? Welche Art Gaben, Paps?«

»Sonderbare. Das war immer so. Hmmm, eine war die Gabe der unverzichtbaren Nichtwahrnehmbarkeit. Die zweite war die Gabe des uneigennützigen Herbeirufens. Weißt du, was sie bedeuten?«

»Ich kann es mir denken, Paps. Nicht gesehen werden zu können, wenn es absolut notwendig ist, und etwas oder jemanden rufen zu können, wenn es nicht nur aus selbstsüchtigen Gründen geschieht.« Er nickte. Sie dachte über die vergangenen Geschehnisse nach und fand nun Erklärungen für Dinge, die sie zuvor beunruhigt hatten. Die Gaben waren eine Erklärung dafür, warum die Räuber und der kleine, braune Mann – oder was immer es gewesen sein mochte – sie nicht hatten sehen können. Und konnte es wirklich sein, daß sie den finsteren Mann gerufen hatte, als sie ihn nicht für sich selbst und nicht aus unwichtigem Grund benötigte? Das schien zu passen.

»Und was ist dann geschehen?«

»Sie verschwand einfach. Nicht in einer Feuer- oder Rauchwolke, wie es die alte Sage erzählt. Sie flog auch nicht davon. Sie breitete nur ihre Flügel aus und war nicht mehr da.«

»Flügel?«

»O ja. Sie hatte Flügel, ähnlich denen eines Schmetterlings, die aus ihren Schulterblättern herauswuchsen. Sie schienen zu schillern und wechselten die Farben, als sie sich bewegte. Wunderschön.«

Und damit erwies sich Samanthas Vermutung endgültig als unzutreffend. Es hatten sich keine Flügel unter dem schwarzen Umhang des finsteren Mannes befunden – es war noch nicht einmal Platz für zusammengefaltete Flügel gewesen.

Sie näherten sich jetzt der Hauptstraße, und sie betrachtete den Wald zu ihrer Rechten. Für sie sah er so drohend aus wie immer. Dann bewegte sich ein Stück vor ihnen etwas am Rand der Straße. Sie schaute genauer hin und runzelte die Stirn. Es war der finstere Mann! Sie wollte ihren Vater auf ihn aufmerksam machen, aber der Mann legte seine Finger dorthin, wo sein Mund sein mußte, und schüttelte den Kopf.

Dann, als sie die Szene verwirrt weiterverfolgte, begann er, den Umhang zu lösen. Er schlug ihn zurück, und auch die Kapuze öffnete sich und fiel herab. Ein Kopf voller goldener Haare, die zu einer Krone hochgesteckt waren, und ein faszinierend schönes Gesicht kamen zum Vorschein. Sie trug das blaue Kleid. Und der zurückgeschlagene Umhang verwandelte sich in ein Paar schillernder Flügel. Sie lächelte, noch immer den Finger auf den Lippen, und machte eine Geste, als würde sie Samantha einen Kuß zuhauchen.

Dann war sie nicht mehr da.

Samantha setzte sich in ihrem Sitz zurück, und als sie um eine Biegung fuhren und sich dann auf der Hauptstraße zurück zum Palast befanden, fühlte sie sich plötzlich völlig im Einklang mit der Welt.

Ihr Vater sah zu ihr hinunter und lächelte liebevoll. »Bist du froh, daß es nach Hause geht, Sammie – Samantha?«

»Ja, Paps. Mit dir. Und Paps...«

»Ja, Punkin?«

»Du kannst mich Sammie nennen. Irgendwie mag ich das jetzt.«

Er streckte einen Arm aus und zog sie näher zu sich heran. Sie kuschelte sich an ihn, und es war nur noch das Geräusch der Räder und das Klappern der Pferdehufe zu hören, als sie weiterfuhren.

Originaltitel: Fairy Godmother
Ins Deutsche übertragen von Karin König

Susan Dexter

Distelhaar

Hochsommer. Die Bäume waren dicht belaubt, und des Nachts waren die Schatten im Wald undurchdringlich. Auf dem Boden gab es keine hellen Stellen, denn weder Vollmondschein noch Sternenlicht drangen durch das Blätterdach. Diese Finsternis versprach denen Schutz, deren Leben davon abhing. Eine Feldmaus stöberte mit zuckenden Barthaaren eifrig zwischen altem Laub und dem keimenden Wuchs an den Wurzeln einer alten Eiche umher.

Die Maus verharrte, als in der Ferne Hunde bellten. Eine Meile entfernt, urteilten die Ohren der Maus – wenngleich sie Entfernung nicht nach Meilen maß. Keine akute Gefahr, darum machte sie sich wieder ans Fressen.

Mitten im Nagen verharrte sie erneut, hörte sogar auf zu atmen. Zwischen den Baumstämmen traf Mondlicht auf weiße, gespaltene Hufe.

Wieder schlugen die Hunde an. Das Einhorn blieb stehen und drehte den wunderschönen Kopf und den anmutigen Hals in die Richtung, aus der es gekommen war. Seine Nüstern weiteten sich, und es prüfte die Brise, die die Eichenblätter rascheln ließ. Einen Augenblick lang blieb es so stehen, dann bewegte es sich weiter und setzte seine Schritte mit einer Sorgfalt, die nichts damit zu tun hatte, daß es seine Spur verwischen wollte.

An der Schneise neben den Eichen zögerte das Einhorn. Vor ihm lag eine winzige Wiese, die ihre Existenz einem alten, umgestürzten Baum zu verdanken hatte. Das Gras wurde vom Mondlicht überflutet, und durch diesen Gegensatz wirkten die Schatten direkt unter den Eichen schwärzer als Pech. Die Einhornstute scharrte leicht mit einem gespaltenen Vorderhuf über den Boden. Ihre Flanken und der angeschwollene Leib erbebten. Das silberne Horn senkte sich, als sie die toten Blätter mit den Nüstern durchstöberte, bis sie eine tiefe Verwehung auf der dem Wind abgewandten Seite des gestürzten Eichenstamms fand.

Das Einhorn kniete nieder und senkte vorsichtig den Leib auf die Blätter. Seine Hinterbeine verrieten die Belastung, als die Gelenke sich beugten, und seinen Nüstern entfloh ein Schnauben, als es die letzten Zentimeter in die Blätter fiel.

Die Geburt erfolgte beinahe sofort. Der Leib erzitterte noch einige Male, dann erschienen zwei winzige Hufe. Es folgten Vorderbeine, zwischen denen eine schmale Schnauze lag. In der Spanne zweier Atemzüge glitt das Fohlen feucht und schimmernd ganz hinaus, direkt auf die Blätter. Es glänzte wie ein frisch gefangener Fisch.

Die Einhornstute wandte dem Fohlen den Kopf zu. Das Neugeborene bemühte sich, ihr die Schnauze entgegenzustrecken. Seine Nüstern öffneten sich, und es roch die Luft. Die flach an den langen Schädel gedrückten Ohren lösten sich und richteten sich auf. Die Stute säuberte mit der Zunge das Gesicht des Fohlens und hätte seinen Geruch aufgenommen – aber Einhörner haben bei der Geburt keinen Eigengeruch, damit sie sich vor den Gefahren der Welt sicher verbergen können, bis sie in der Lage sind, vor ihnen zu fliehen.

Ein Hund bellte – jetzt viel näher.

Die Einhornstute streckte die Vorderbeine aus, strengte sich gewaltig an und sprang auf die Hufe. Die noch immer zusammengefalteten Beine des Fohlens kämpften darum, es ihr gleichzutun. Sanft stieß das Einhorn sein Junges in die Blätter zurück und gebot ihm mit einer Berührung des silbernen Horns, sich ruhig zu verhalten. Das Kläffen der Hunde ertönte immer häufiger – sie hatten die Fährte aufgenommen.

Das Einhorn verweilte noch einen gefährlichen Augenblick länger, um das Fohlen mit den Nüstern zu liebkosen. Dann wirbelte es herum und verschwand im Wald, berührte kein Blatt und machte kein Geräusch.

Das Fohlen blieb zurück, und auf der Wiese öffnete sich trotz der Finsternis und des Taus Löwenzahn, bis das Gras dick mit glänzenden fedrigen Kugeln übersät war. Zwischen den Bäumen erblühten außerhalb ihrer Zeit weiße Wachslilien und Blutwurz, um das neugeborene Geschöpf willkommen zu heißen – das sie gar nicht bemerkte, sondern den Kopf niederlegte und einschlief.

Auf einem Lager aus Weiden, Lehm und glatten Bachkieseln, das hauptsächlich von dem Hügel gestützt wurde, an dem es lehnte, litt Flachs unter einem Alptraum. Das Geheul einer Hundemeute erfüllte seine ganze schlafende Welt, und jede schattenhafte Bestie war bei weitem größer und schneller als er. Er spürte beim Aufwachen glühendheißen Atem im Nacken – und begriff, daß die Geräusche blieben, obwohl der Traum zu Ende war. Sie waren bei weitem nicht so laut, wie es den Anschein gehabt hatte, als Flachs schlief, doch im Gegensatz zum Traum ließen sie sein Herz hämmern; es schlug, als wolle es seinem Leib entfliehen.

Ein oder zwei Ewigkeiten später verwandelte sich das Bellen in ein aufgeregtes Gekläff. Flachs fiel auf sein Lager zurück, und in diesem Augenblick erzitterte die Nachtluft von einem anderen Geräusch.

Es war hell und so klar wie die Sterne im Winter und genauso alterslos, ein unverwechselbarer Todesschrei. Flachs stockte augenblicklich der Atem, als entstamme der Schrei ihm. Doch obwohl seine Lungen ruhig blieben, gab es für seine angestrengt lauschenden Ohren nichts mehr zu hören. Die Nacht und die Welt waren wie erstarrt. Flachs lag mit weit aufgerissenen Augen da und wußte nicht, warum er den verzweifelten Wunsch hatte zu weinen.

Flachs stand bei Sonnenaufgang auf. Sein Körper war wund von der Anspannung, und sein Bewußtsein schmerzte wegen des doppelten Schreckens im Traum und in der Wirklichkeit. Die Luft war kühl, und nach kurzer Zeit besänftigte sie seinen Geist und entspannte seine Muskeln. Brombeersträucher boten ihm ein Frühstück, aber an diesem Tag suchte er nicht nach Früchten. Flachs wanderte langsam den Rand des Karrenpfades entlang, der zum Dorf Ylowfort führte, und sammelte die Köpfe purpurroter Disteln in den grobgewebten Sack, der an seinen Gürtel gebunden war.

Hier waren nicht so viele herangereift, wie er gehofft hatte – und bald würden die Dorfbewohner den Weg benutzen. Flachs hielt nicht viel davon, ihnen zu begegnen. Die Nacht hatte ihn erschüttert, und er brauchte die Einsamkeit, um sich zu erholen – so, wie er sie stets brauchte, einfach um zu leben. Vor einigen Tagen hatte er Distelfinken hinter der Schneise bei den Eichen singen gehört und sich die Stelle im Geiste gemerkt, denn die Vögel bauten oft ein Nest in der Nähe der Disteln, deren Keime sie bevorzugten. Flachs umging ein Feld mit heranreifender Gerste und verschwand im Wald, wo noch immer Zwielicht herrschte.

Als Flachs an einen Bach kam, kniete er nieder, um zu trinken. Dann schlug er eine andere Richtung ein, um auf den am leichtesten begehbaren Pfad zur anderen Seite des Waldes zu gelangen. Ein weißer Fleck fiel ihm ins Auge, und neugierig, welche Blume dort in der Tiefe des sommerlichen Waldes blühte, ging er durch das dünne Unterholz darauf zu.

Die dreigeteilten weißen Blütenblätter verwirrten ihn, denn weiße Wachslilien blühten vor dem Maifest, und diese Jahreszeit war lange vorbei. Im Hochsommer war der Waldhimmel dicht und ließ nur wenig von dem Licht durch, das die Blüten brauchten. Und da, neben den Wachslilien – ein Blutwurz? Der hätte noch früher blühen müssen. Flachs strich mit den Fingern über den Lehmboden, und sein Wissen über Pflanzen bestätigte sich, als er die Wurzel ertastete. Finger und Boden waren mit blutrotem Saft beschmiert – er quoll aus der Erde wie aus einer Wunde. Flachs stutzte. Einen Augenblick lang hatte der Anblick des Blutes den Schrecken seines Traums zurückgeholt, die Erinnerung an den Schrei, den er gehört hatte, als er erwachte.

Kopfschüttelnd wollte Flachs sich erheben – und sah noch etwas unter den Bäumen. Es war auch weiß, aber es war keine Blume. Es beobachtete ihn.

Zuerst hielt er es für ein Ponyfohlen, denn seine Hufe waren noch geburtsweich, und noch war keine Spaltung zu sehen. Es war männlich. Der Körper war anmutig, ganz weiß, und das Fell so weich wie der Flaum der Disteln, die Flachs gesammelt hatte. Es ähnelte gleichermaßen einem Pferd wie einem Hirsch – die wilde Anmut, die langwimprigen, großen und dunklen Augen. Die Nüstern waren pferdeähnlich, die Schnauze war wie weicher Samt, nicht so ein feuchter Knopf wie bei einem Hirsch. Mitten auf der Stirn des Fohlens befand sich eine Beule, und Flachs fragte sich, ob es verwundet worden war.

Oder war es... ein Einhorn? Flachs streckte die Finger aus und erwartete, daß das Fohlen verschwand wie ein verirrter Streifen mondlichtdurchtränkten Nebels, der von der Nacht übriggeblieben war.

Es hatte keine Furcht vor ihm. Das Fohlen saugte an Flachs' Fingern. Sein Maul war warm, weich und wirklich. Er spürte Milchzähne in dem Kiefer.

Gerade geboren... wo war dann die Mutter?

Der Schrei aus der Nacht erklang wieder in Flachs' Ohren. Er vermutete, daß er bis ans Ende seiner Tage in ihm widerhallen würde. Sein Herz schmerzte, als es nach einem übersprungenen Schlag vom Blut durchströmt wurde.

Er blickte auf das Fohlen hinab, das noch immer heftig an seinen Fingern saugte. Die Nachgeburt lag über seinen Hinterbeinen, dünn wie ein Spinnennetz. Es hatte sich noch nicht auf die Beine erhoben, und was auch immer die Rückkehr der Mutter verhindert hatte, das Fohlen war nicht entdeckt worden. Vielleicht war es bei der Geburt so geruchlos wie ein Hirschkitz. Vielleicht hatte das Einhorn die Verfolger weit genug weggeführt. Vielleicht waren die Hunde mit ihrer geschlagenen Beute zufrieden und suchten kein weiteres Opfer. Er hoffte es. Flachs hoffte es verzweifelt.

Flachs' Mutter war als Fremde nach Ylowfort gekommen und bis zum Ende ihrer Tage eine Fremde geblieben. Die Dorfbewohner hatten sie Hexe und Hure genannt – das letztere aus Bosheit, als sie keinen der aufdringlichen jungen Männer des Dorfes erwählt hatte. Niemand wußte, wo sie wohnte, doch in den Sommernächten traf man sie nicht unter einem Dach an. Sie strich auf der Suche nach Kräutern über Felder und durch Wälder und verkaufte am Tag das Gesammelte zum Lebensunterhalt. Ihr Haar war dunkel, ihre Augen blau, und sie war so stumm wie ein Stein.

Stumm gab sie dem Priester durch ein Nicken ihr Einverständnis, als sie Herzog Lionels Schweinehirt heiratete. Das war an einem Wintertag, als der stürmische Wind eine Hütte und ein wärmendes Feuer möglicherweise ungeheuer kostbar erscheinen ließ. Von allen Männern des Dorfes hatte allein der Schweinehirt nicht mit dem Finger auf sie gezeigt und keine rauhen Späße mit ihr getrieben – eigentlich war er fast so still wie seine Braut, und aufgrund seines Berufs war auch er ein Außenseiter. Trotz aller Spekulationen war sie eine gute Ehefrau – und bald auch eine Mutter.

Sie nannten ihren Sohn Flachs, vielleicht wegen der bleichen Farbe seines Haars, das dem seiner Mutter so wenig ähnelte, als sei er ein Wechselbalg. Ansonsten wurde er ihr sehr ähnlich, um so mehr, nachdem sein Vater am Fieber gestorben war. Flachs konnte kaum richtig laufen, als seine Mutter ihn auf ihre Streifzüge durch die Wälder mitnahm, die sie wieder aufgenommen hatte. Die Geschöpfe des Waldes waren seine einzigen Spielgefährten und die Bäume und Felder seine Schule.

Seine Mutter nannten sie wieder Hexe, so stumm wie eine Schlange, und ihr Balg war nicht besser. Die Leute behaupteten, seine Mutter brächte ihm keine menschliche Sprache bei, sondern nur ihre schwarzen Künste. Sie sagten, seine Mutter habe seine Seele verkauft oder seinen Verstand. Oder beides.

Hexe oder nicht, sie wurde von eisenbeschlagenen Hufen getötet, und da bekannt war, daß kaltes Eisen Hexen umbrachte, war die Angelegenheit somit bewiesen. Sie wurde von rücksichtslos galoppierenden Reitern niedergeritten, während sie durch ein überraschend niederbrechendes Gewitter nach Hause eilte. Danach hauste Flachs allein am Waldrand.

Flachs saß auf den Fersen und beobachtete das Einhorn. Das weiße Fohlen schmiegte sich auf das Lager aus Adlerfarn, den Flachs gesammelt hatte, und döste im dunklen Schutz der Eiche. Es schlief sehr viel, denn es war sehr schwach.

Das Fohlen benötigte Nahrung. Flachs konnte seine Rippen zählen, und die Hüft- und Schultergelenke zeichneten sich unter der Haut so deutlich ab, daß man ihre Ähnlichkeit mit denen eines Pferdes ausmachen konnte. Er vermutete, daß das Einhorn vor seiner Flucht nicht genügend Zeit gehabt hatte, sein Junges zu stillen, und eins wußte er: Sollte es ihm nicht gelingen, das Fohlen bald dazu zu bringen, von ihm Nahrung anzunehmen, würde es einfach der Mutter folgen und sich in die Schatten schlagen.

Es verweigerte die Kuhmilch, die Flachs gestohlen hatte – man würde die Milchschlangen dafür verantwortlich machen, wenn die Kuh am Abend mit nicht ganz vollem Euter in den Stall zurückkehrte. Flachs hatte die Milch auf Körperwärme erhitzt und Honig hinzugegeben. Als das Fohlen nicht trinken wollte, hatte er die Flüssigkeit in eine Lederflasche gegossen und versucht, sie dem kleinen Geschöpf in die Kehle zu spritzen. Das

Fohlen hatte sich mit erstaunlicher Kraft dagegen gewehrt, und Flachs war klug genug, aufzuhören, bevor es sich zu Tode verausgabte.

Nach Einbruch der Dunkelheit war er ein größeres Risiko eingegangen und in den Ziegenstall eines Dorfbewohners eingedrungen. Die Ziegen waren bereits gemolken und nahmen Flachs' heimliche Aktivitäten übel. Das Einhorn verweigerte die wenigen Tropfen, die er schließlich doch noch gesammelt hatte. Aber es leckte ihm begierig die Finger ab, insofern sie nicht gerade in Milch getaucht worden waren.

Flachs entlockte einer Ackerstute Milch, die ein Fohlen mit sich führte. Er sammelte saftiges Gras, süße Kräuter, Kresse, Äpfel. Das Fohlen rührte nichts davon an und sah Flachs mit ständig schwächer werdendem Blick an. Er bot ihm etwas von dem Haferschleim an, der normalerweise sein Essen darstellte, und war nicht überrascht, als das Fohlen bloß daran schnupperte, bevor es das grauhaarige Maul wieder auf den Farn legte. Flachs streichelte sanft über das weiche Fell und strich vorsichtig über die hervortretenden Knochen, dann aß er seine Mahlzeit und begann schweren Herzens mit seiner abendlichen Arbeit.

Flachs leerte den Sack mit den Distelköpfen, suchte ein pralles Exemplar heraus und zog den Flaum von den Stacheln ab. Mit dem Haar wurden die Samen gelöst, die er in eine Tonschüssel warf. Der Abend war warm; das Feuer war mit Asche bedeckt, aber eine Untertasse mit Schweinefett, in dem ein aus Leinenfasern gedrehter Docht steckte, verbreitete so viel Licht, daß Flachs seiner monotonen Arbeit nachgehen konnte. Er hätte es auch im Dunkeln tun können oder im Schlaf.

Nach einer Stunde war die Schale zu seiner Rechten zur Hälfte mit Samen gefüllt, und zu seiner Linken lag ein großer Haufen Distelhaar. Die Widerhaken hielten den größten Teil zusammen, doch ein paar Flaumbrocken lösten sich durch den Zug, der von der Flamme ausging, und schwebten zu Boden.

Eine dieser silbernen Strähnen flog gegen das Einhornmaul

und wurde von dem schwachen Einatmen des Fohlens festgehalten. Die tränengroßen Nüstern öffneten sich, zogen sich wieder zusammen und öffneten sich erneut. Die Lippen des Fohlens bewegten sich und fingen das Distelhaar ein. Seine Ohren zitterten, als es kaute.

Flachs bemerkte es erst, als sich das Fohlen nach dem zweiten dahintreibenden Stück ausstreckte. Von vager Hoffnung erfüllt, zog er von der Distel, die er gerade hielt, das Haar ab, achtete nicht darauf, daß er sich dabei die Finger aufgeritzt hatte, und hielt dem Fohlen den Bissen hin. Samtige Lippen schnappten es so sanft aus seiner Hand, daß Flachs nur den Hauch eines warmen Atem spürte.

Eine Stunde lang fütterte Flachs das Fohlen so schnell, wie er die Haare von den Distelköpfen trennen konnte. Dann kämpfte sich das Einhorn auf die Beine, wobei es auf viele der linkischen Bewegungen verzichtete, wie Flachs sie bei Pferde- oder Kälberfohlen beobachtet hatte. Es machte ein paar unsichere Schritte in die Ecke und erleichterte sich reinlich.

Am Morgen stand das Fohlen sicher auf den Beinen, und seine schmalen Knochen waren fast so bedeckt, wie es der Fall sein würde, wenn es ausgewachsen war. Es wäre Flachs gefolgt, als er zu seiner täglichen Beschäftigung aufbrach, doch zu seiner Sicherheit sperrte er es in der Hütte ein und machte sich auf, so viele Distelköpfe zu sammeln, wie er nur tragen konnte.

Das Fohlen hatte einen Namen verliehen bekommen, wenn auch nur in Flachs' Gedanken: Distelhaar.

Der Mond nahm zu einer schwachen Sichel ab und wurde wieder voll. Das Einhorn wuchs von Tag zu Tag, und man konnte ihm fast dabei zusehen. Es hatte noch andere Nahrung außer seinen Namensvettern entdeckt und mochte besonders gern Äpfel. Distelhaars Energie war grenzenlos, wenn Flachs ihn in der Sicherheit der Nacht zum Spielen herausließ, und ein fliegender

Pfeil war nicht schneller als sein Galopp auf einer Lichtung. Allerdings hätte kein von Menschen befiederter Pfeil solche Drehungen wie Distelhaar ausführen können, wenn er am Waldrand plötzlich die Richtung änderte, um an Flachs' Seite zurückzukehren. Dann stürmte er wieder los, sprang mitten im Galopp dem Mond entgegen, trat um sich, bäumte sich in der wilden Freude an der Bewegung auf und wirbelte herum wie ein Blatt im Wind.

Flachs war bei weitem nicht so schnell auf den Füßen, aber er stürzte sich in das Spiel und fiel danach zusammen mit seinem neuen Freund in einen traumlosen Schlaf auf dem Bett aus Adlerfarn. Distelhaar warf die seidene Wolle seines Fohlenfells ab, und seine Mähne wuchs zu einem Kamm heran, der höher als eine Handspanne abstand, bevor er sich auf eine hübschere Weise an seinen Hals schmiegte.

Das einzelne Horn durchbrach die blutlose Haut, die es bedeckt hatte, und zeigte an den spiralförmigen Windungen leichte, schwache Anzeichen aller Farben des Regenbogens. Flachs rieb mit Fingern und trockenen Grasbündeln über den Ansatz und wurde für die Massage mit Seufzern und sanften Liebkosungen von Distelhaars warmer Zunge belohnt.

»Lowise! *Lowise*! Die Pest soll uns holen! Dilys, wo steckt das Mädchen?«

Dilys setzte den Korb gewaschener Wolle ab und klopfte den Staub aus ihren Röcken. »Ziemlich unwahrscheinlich, daß sie hier ist, findest du nicht, Maude? Lowise weiß ganz genau, daß heute die Wolle kardätscht werden muß – und meine Herrin haßt das Kardätschen.«

»Aye. Genauso wie sie das Spinnen, das Färben, das Weben, das Brotbacken, das Bierbrauen, das Wurstmachen und das Führen der Haushaltsbücher verabscheut! Sag mir eine Arbeit, die das Kind bereitwillig tut! Warum unser Herzog Lionel jemals einen Ehevertrag zwischen ihr und unserem Herrn Lothair ausgehandelt hat...«

»Unser Bruder Lionel hat für sie den Vertrag abgeschlossen – und wie du dich erinnerst, war damit etliches geschicktes Schachern verbunden –, weil Lowise sowohl den Grundbesitz ihres Vaters als auch den des Vaters ihrer Mutter geerbt hat. Du weißt genau, daß sie für unseren Lothair eine gute Partie ist.« Dilys ließ sich auf eine Bank nieder und holte ihre Kardätschkämme hervor. Drei kleine Mädchen, die den Schwestern in den Saal gefolgt waren, hoben ebenfalls ihre Kämme und machten sich unter Dilys strenger Aufsicht an die Arbeit.

Maude streifte durch den Raum und versetzte einem Gobelin, bei dem sie den Verdacht hegte, daß er Motten beherbergte, ein paar Schläge. »Zehn Jahre ist das Mädchen hier; sie wurde von uns bis zum heiratsfähigen Alter großgezogen – und hat sie auch nur eine Sache gelernt, die sie wissen muß, wenn sie Herrin dieses Hauses ist? Sie interessiert sich überhaupt nicht dafür! Sie hat nur ihre kreischenden Vögel im Sinn!«

»Vielleicht nimmt Lothair sie mit an den Königshof, um dort zu leben, Maude. Dann wird es nicht auf ihre hausfraulichen Fähigkeiten ankommen. Aber egal, ob dort oder hier, wenn Lowise heiratet, wird sie die Herrin werden, also sage nichts Schlechtes über ihre Singvögel! Sie liebt sie, und eines Tages wird sie über uns bestimmen.«

Maude schnaubte. »Unwahrscheinlich! Hast du sie am Dienstag nicht gehört? Da hat sie dem Priester gesagt, daß sie *nicht* heiraten wird, um ihr Leben im Kindbett zu verlieren, bevor sie zwanzig ist. Wie kommt ein zwölfjähriges Mädchen auf so eine Idee? Ich würde gern wissen, wie sie es schaffen will, die Verlobung zu lösen: Das wird nicht so einfach sein, wie sich vor der Arbeit zu drücken.«

Dilys neigte das Haupt über die Wolle. »Es muß schwer sein für das Kind... Beim Tod ihrer Mutter war Lowise noch so klein, daß sie sie kaum kannte.«

»Wenn sie sich nicht bessert, was ihre faule Ader betrifft, wird es noch schwerer für sie werden! Lothair wird wenig Geduld mit einem trägen Weib haben, das unfähig ist, seinen Besitz zu führen. Sie täte gut daran, ihm im ersten Jahr einen Erben zu schenken, sonst wird sie bemerken, daß wir viel freundlicher zu ihr waren, als sie es heute glaubt.« Maude versetzte dem Gobelin noch einen Schlag. »Wenn sie nicht so gut ausgebildet ist, wie sie sein sollte, wird das Leben hier für keinen von uns angenehm werden.«

Dilys stand auf. »Ich hole sie, Maude. Paß du auf, daß die Mädchen mit dem Kardätschen weitermachen.«

Sie verließ den Saal, ohne der gewölbten Türöffnung einen Blick zu schenken. Dort hing eine traurige Trophäe. Der Kopf des Einhorns war primitiv ausgestopft worden und sah bei weitem nicht so magisch aus wie zu Lebzeiten vor so langer Zeit. Das gewundene Horn war dunkel vor Staub und die Mähne mit Girlanden aus Spinnenweben überhäuft, die man vom Boden aus übersehen hatte. Die Lider des Geschöpfs hatte man mit langen, dekorativen Stichen zugenäht, die die Täuschung hervorriefen, daß falsche Wimpern auf der Wange sprossen; es schien nicht mehr zu weinen.

Die Dame Lowise posierte in der Mitte eines Zimmers, in dem eine Reihe Weidenkäfige nach der anderen stand. Ein fröhlich trillernder Singvogel saß auf ihrem Zeigefinger, den sie vors Gesicht hielt. Der Kanarienvogel hielt mit zwitschernden und murmelnden Tönen vor seiner Gebieterin Hof; er ruckte mit dem Körper und entlockte seinen Flügeln flatternde Schläge. Die Nutznießerin der Vorstellung war von dem Vogel genauso entzückt wie er von ihr. Ihr frei fallendes Haar war so dunkel wie die Federn, die seinen ansonsten gelben Kopf krönten, und obwohl Lowises Augen in dem herzförmigen Gesicht größer waren, besaßen sie die gleiche dunkle Farbe und strahlten genauso wie die des Vogels.

Andere Männchen sangen in den Käfigen, um mit Lowises Favorit zu konkurrieren oder einen Kontrapunkt zu setzen.

Flachs legte lauschend den Kopf schief und hörte, wie die Kanarienvogel-Weibchen den Gefährten und Küken gezierter nachriefen.

»Wie sie den frischen Distelsamen lieben!« Lowise lächelte strahlend. »Flachs sucht immer die fettesten, süßesten Samen für euch aus, meine Lieblinge. Hast du Kardendistel mitgebracht?«

Einen Moment war Flachs verblüfft; als Lowise das Wort »Kardendistel« aussprach, entstand in seinem Bewußtsein das Bild von Schafswolle und einer verhaßten Arbeit, und er konnte keines von beiden mit den Vögeln in Zusammenhang bringen. Schließlich dachte er an die große Pflanze, wie sie aussah, bevor man aus den getrockneten Distelsamen Kardätschkämme herstellte, und begriff, wovon sie eigentlich sprach. Er schüttelte den Kopf. Zur Zeit wurden die Stacheln von Lavendelblüten umkränzt und waren weich und grün. So früh gab es keine reifen Samen.

»Aber du bringst welche, sobald du kannst?«

Flachs las die Frage ohne Schwierigkeiten von ihren Gesichtszügen ab und nickte ernst.

»Da du den Distelsamen gebracht hast, sollst du jetzt einen Sack Hafer bekommen und vielleicht ein Stück Käse, und...« Lowise wandte ihren Blick wieder dem Kanarienvogel auf ihrer Hand zu, den sie mit einem Fetzen Löwenzahnblatt belohnte. »Und ein Stück Wurst! Möchtest du eine Wurst haben, Flachs? Komm mit in die Küche, und ich werde dafür sorgen, daß du deinen Lohn bekommst.«

Sie steckte den Kanarienvogel in einen leeren Käfig, in dem der Vogel aufgeregt von Stange zu Stange hüpfte. »Ärgere dich nicht, mein Hübscher. Ich bin sofort wieder da. Sing für deine anderen Frauen, während ich weg bin.«

Flachs nahm seinen Lohn in Empfang, und es erstaunte ihn, daß er tatsächlich die versprochene Wurst bekam. Der Koch gestand Lowise nur eine kleine Wurst für ihn zu. Durch schlecht gemischte Gewürze hatte sich etwas Schimmel an ihr gebildet; trotzdem war es eine bessere Kost, als Flachs sie gewöhnt war.

Beladen ging er mit Lowise an seiner Seite zum Torhaus. Sie redete ununterbrochen. Flachs ließ ihre Abhandlung über die Vorzüge verschiedener Pflanzensamen wie Vogelgezwitscher über sich ergehen. Er wußte, daß er auf die Fragen, die sie nun stellte, nicht antworten mußte; sonst hätte er ihr sehr aufmerksam zuhören müssen.

Doch ihr Geplapper übertönte andere Geräusche, und es waren Flachs' Füße und nicht seine Ohren, die ihn davor warnten , daß sich auf der Straße Pferde näherten. Einen Augenblick später war der Hof ein Durcheinander aus Pferden, Männern, Staub, Wimpeln und Hunden, die die Rückkehr Herzog Lothairs vom Königshof ankündigten.

Es war Jahre her, seit er Ylowfort auf diese Weise beehrt hatte. Obwohl sein Name oft fiel, hielt sich Lothair hier nur selten auf – ein junger Mann fand am Königshof bessere Möglichkeiten als auf seinem Landsitz, sich zu amüsieren. Flachs interessierte das alles nicht sonderlich. Er war hauptsächlich damit beschäftigt, unauffällig an den tänzelnden Pferden vorbeizukommen, um sich auf den Heimweg zu machen, bevor ihn einer der Hunde des Herzogs näher begutachtete. Einem Herzog fiel er bei weitem nicht auf, aber bei den herumtollenden Hunden war das etwas anderes. Flachs wandte sich nach links, fort von den Ställen, in die man die Pferde und Hunde bringen würde.

Etwas stieß heftig gegen seine rechte Wade. Einmal, dann ein zweites Mal. Flachs hörte ein lautes Schniefen. Als er zur Seite sah, erblickte er einen großen Wolfshund, aus dessen Maul Schaum tropfte; genau wie in seinem Alptraum, als habe seine Angst ihn herbeschworen. Der Hund stupste Flachs' Bein erneut mit der Schnauze an und versuchte mit aller Macht, einem Geruch auf die Spur zu kommen, von dem Flachs mit absoluter Sicherheit wußte – als wäre es mit Flammen in sein Bewußtsein geschrieben worden –, daß er weder zu ihm noch zu der Wurst gehörte.

Entsetzt beobachtete er die angespannte Haltung, den gesenkten Kopf, die sich aufrichtenden Haare. Als Bestie, die man nur dafür gezüchtet hatte, Wild zu jagen, interessierte sich der Wolfshund nicht für ein Stück alter Wurst. Er hatte die Witterung von Beute aufgenommen. Den Geruch eines Einhorns. *Distelhaars Geruch.*

Genau wie er Hasen und Eichhörnchen zu sich befehlen und Samen veranlassen konnte, schneller zu wachsen, gelang es Flachs manchmal, Tiere dazu zu bringen, daß sie vergaßen, ihn gesehen zu haben. Diese Fähigkeit war nützlich, wenn er unerwartet auf einen weidenden Stier stieß oder ungestört am angeketteten Hund eines Dorfbewohners vorbeigehen wollte. Manchmal konnte er den Menschen auf die gleiche Weise aus dem Weg gehen.

Doch dieser Jagdhund erwies sich als aus einem anderen Holz geschnitzt. Das an sich war schon furchterregend genug, verkörperte er doch alle Ängste, die Flachs hatte, sowohl die aus den Alpträumen als auch die aus seinen Erinnerungen. Unfähig, einen klaren Gedanken zu fassen, gelang es ihm nicht, diesen harmlosen Zauber anzuwenden. Flachs konnte sich kaum dazu zwingen, ruhig stehen zu bleiben, obwohl er wußte, daß die geringste Bewegung einen Angriff auslösen würde. Er las es aus der Stellung des steifen Schweifes, der gesenkten Ohren und dem brennenden gelben Blick. Er mußte nicht das tiefe Grollen hören, das aus der Kehle des Hundes drang, um zu wissen, was passieren würde, wenn er sich bewegte.

Lowise bemerkte, daß er wie erstarrt stehen geblieben war, und hörte tatsächlich auf zu reden, als sie sah, daß sein Gesicht blaß wurde und sich mit Schweiß bedeckte. Sie blickte in dieselbe Richtung wie Flachs, bemerkte den Grund und stöhnte auf.

»Bleib still stehen, Flachs. Er wird dir nichts tun.« Lowise wollte nach dem Halsband des Hundes greifen, doch die Größe des Tiers machte ihr angst, und sie zog die Hand zurück. »Es ist alles in Ordnung«, sagte sie weniger überzeugt.

Corlinn beugte sich näher über die Szene, die der große rechteckige, schwenkbare Spiegel zeigte. Das Bild war unbeweglich, aber bei weitem nicht bewegungslos. Ein zitternder Junge, ein Hund, dem sich das Fell sträubte – und keiner von beiden befand sich in einer Stellung, die er vermutlich lange durchhalten konnte. Der Zauberer runzelte die Stirn und versuchte zu ergründen, was es mit ihnen auf sich hatte. Der Junge – er hatte dieses blasse Gesicht mit Sicherheit schon einmal gesehen.

»Was ist das?« Ein pelziger Kopf mit großen Ohren schob sich schnell zwischen Zauberer und Spiegel. Der Rest des jungen Hundekörpers mit den langen Beinen fand in dem engen Raum zwischen Stuhl und Wand keinen Platz mehr, aber der Schwanz mit der weißen Spitze strich über den Rücken des Meisters.

Der griff schnell zu, um den Drehspiegel festzuhalten. »Das ist mein Wahrsageglas, und deine neugierige Nase sollte nicht so dicht daran kleben! Weg mit dir, ich habe zu tun.«

Die blaßblauen Augen der Hündin richteten sich aufmerksam auf den Spiegel. Die Haare auf ihrem Rücken sträubten sich etwas, während ihre Ohren und ihr Schwanz sich senkten – sie hatte sich nicht unter Gewalt, als sie den Wolfshund beobachtete.

»Leg dich hin, leg dich hin«, jaulte sie. »Schnell! Er meint seine Drohung ernst!«

»Ruhig, Mai«, sagte der Zauberer. »Sie können dich nicht hören.«

»Wer ist er?« fragte die Hündin erregt.

»Ich bin nicht sicher. Das Glas zeigt ihn von Zeit zu Zeit. Beim letztenmal fand er ein verwaistes Einhornfohlen – und hielt es am Leben.«

Die widergespiegelte Szene verschwamm bei den ersten Anzeichen von Bewegung. Die Hündin mit den blauen Augen rief eine weitere verzweifelte Warnung und stieß mit den Pfoten gegen das Glas, und zwar so schnell, daß die zupackenden Hände des Zauberers sie nicht daran hindern konnten. Der Spiegel schwang in seinem Rahmen herum.

Corlinn konnte gerade noch verhindern, daß der untere Spiegelrand gegen die Wand prallte. Die gerade noch abgewendete Katastrophe hatte ihn ins Schwitzen gebracht, und er richtete den Spiegel vorsichtig wieder auf. Dann warf er seiner jungen Vertrauten einen unheilvollen Blick zu. In dem Glas war nun nichts mehr zu sehen außer ihrem sich duckenden Körper und seinen Fingerspitzen, die noch den Rand festhielten.

»Und? Glaubst du, er ist entkommen?«

Die Hündin kauerte sich zusammen, preßte den Schwanz noch enger an ihren Körper und senkte die Ohren, um ihr kläglichstes Erscheinungsbild anzunehmen. Das genügte als Antwort.

Der Zauberer seufzte. »Ich nehme an, du weißt es besser. Schade. Er hatte etwas Vielversprechendes an sich...«

»Vielversprechendes?« fragte die Hündin, und ihre Stimme klang ganz leise, denn sie sollte ablenken, statt neue Aufmerksamkeit auf ihre Missetat zu richten.

»Oh, Kräuter und Einhörner, die unaufgefordert in diesem Spiegel erscheinen – das sind Zeichen, und ich dachte, sie würden etwas bedeuten. Vielleicht war das auch nur ein Wunschdenken.«

»Wolltest du einen Lehrling aufnehmen?«

»Einen Lehrling?« Corlinn zog die Augenbrauen hoch. »Wo meiner Vertrauten gerade erst die Milchzähne ausgefallen sind und es den Anschein hat, als lege sie ihre Welpenart *niemals* ab? Hältst du mich für einen Trottel?«

Die Hündin mit den blauen Augen bedeckte die Nase mit den Pfoten. Einen Augenblick später klopfte sie zögernd mit dem Schwanz auf den Boden. Eine Hand griff nach unten, um sie hinter den Ohren zu kraulen.

Flachs verstand Lowises Zögern und bemerkte die Anspannung in ihrem Tonfall. Ihr war unbehaglich zumute, aber sie glaubte, daß ein Augenblick Geduld ihn retten würde. Er war nicht imstande, ihr von der wahren Gefahr zu erzählen; keine Geste konnte das Interesse des Hundes an ihm erklären. Flachs fing an zu zittern.

»Ich werde dafür sorgen, daß ihn jemand da wegholt, Flachs. Bewege dich nicht. *Laufe nicht. Bleib ruhig stehen...«*

Der Atem des Hundes traf ihn so heiß wie ein Luftschwall aus einem Backofen. Flachs maß die Entfernung zum Tor; er wußte, daß sein Angstgeruch und der Einhornduft den Hund zum Angriff treiben würden, ganz gleich, wie er sich auch verhielt. Abrupt stürmte er los. Flachs lief um sein Leben, und der Hund sprang ihm nach.

Flachs lief gut, doch nach drei weit ausholenden Sätzen hatte der Hund ihn erreicht. Seine Reißzähne verfingen sich in dem selbstgewebten Stoff seiner Hose und packten die Wade darunter. Flachs warf sich vor und stieß hart gegen die Steinstufe des Hofbrunnens. Er kämpfte nicht darum, sich aus dem Biß des Hundes zu befreien, und falls er vor Schmerz oder Furcht aufschrie, wurde das Geräusch von dem siegreichen Knurren des Hundes übertönt.

So erschöpft die Pferde auch von der Reise waren, versetzte der Aufruhr sie doch in Erregung. Lothair schwang sich ohne die geziemende Würde von seinem sich aufbäumenden Grauen und riß grob an den Zügeln. Er wirbelte zu dem Auslöser des Aufruhrs herum, während sein Pferd zu fliehen versuchte. Ein Mädchen schrie auf. Das schrille Geräusch war so unangenehm, daß der junge Herzog nicht übel Lust hatte, einen Moment zu erübrigen, um sie zu schlagen, bis sie ruhig war. Ein Stallbursche hieb mit der Peitsche nach dem Hund, der allerdings nicht daran dachte, sein Opfer loszulassen.

Lothair schritt nach vorn, packte das breite Hundehalsband und zerrte ihn von Flachs weg. Zur Hälfte hochgehoben stellte sich der Hund auf die Hinterbeine, bis er und der Mensch fast gleich groß waren. Schließlich hatte der Herzog das Tier hinter sich gezerrt, und ein wütend geknurrter Befehl hielt ihn ein Stück auf Abstand.

Keuchend bückte sich Lothair, um den Schaden zu begutachten.

Flachs' Lider waren fest zusammengepreßt, seine Augenbrauen zusammengezogen, so daß sie sich fast berührten. Er wich vor Lothairs Berührung zurück und fing an, gewaltig zu zucken.

Lothairs Lippen drückten sich zusammen, und sein Griff an Flachs' Gewand verstärkte sich.

»Komm schon! Das Biest hat dich bloß zu Boden geworfen, du bist nicht schwer verletzt. Es hätte dir genausogut die Kehle herausreißen können – lauf niemals vor einem jagenden Hund davon!« Er stellte den Jungen auf die Füße und wartete ab, ob er stehenblieb. Flachs schwankte, drückte eine Hand an den Kopf und gab keinen Ton von sich.

Der Herzog kam zu Atem und hatte endlich Zeit, sich anzusehen, was er da festhielt. Die Gestalt war schmutzig und abgerissen, und offensichtlich hatte die Furcht sie jeglicher Geistesgaben beraubt. Der Junge trug nicht die Tracht des Herzogs, also war er vermutlich ein Dorfbewohner und keiner seiner Diener – aber er brauchte ein wenig Hilfe. Er blutete aus einer klaffenden Wunde an der Schläfe, und seine Finger hatten wenig Erfolg dabei, den Fluß zu stoppen. Lothair schlug seinen Reisemantel zurück, damit dieser nicht mit der Schweinerei in Berührung kam.

Er drehte sich um, um nach Heilkräutern und Verbänden zu rufen, während sich seine Gedanken bereits um den Wolfshund drehten; es verdarb einen Hund, wenn man zuließ, daß er zweibeiniges Wild jagte. So eine Gewohnheit war schlimmer, als Schafe zu reißen.

Als Griff und Aufmerksamkeit leicht nachließen, riß sich Flachs los und floh vom Hof, als würde er von Dämonen verfolgt.

Der Wolfshund hätte gern diese Rolle verkörpert, aber der Herzog kam dem mit einem energischen Ruf zuvor, und die sofortige Befolgung des Befehls ermutigte ihn. Der Jagdhund hielt mit einem tieftraurigen Jaulen inne, und Flachs verschwand zwischen den Bäumen.

»Lothair, Herzog, willkommen zu Hause.«

Der Herzog führte eine übertriebene halbe Verbeugung aus.

»Tanten. Darf man fragen, was, zum Teufel, hier eigentlich los ist? Wer war dieser dreckige Tölpel, der dafür sorgte, daß ich auf meinem Hof beinahe von meinem eigenen Pferd niedergetrampelt wurde?«

Maudes Gesicht war rot angelaufen und sah aus, als würde sie jeden Augenblick in Tränen ausbrechen. Dilys gab auch nur wenig Verständliches von sich, als Lothair zuhörte, wie seine Tanten aufgeregt Entschuldigungen und wirre Erklärungen über Kräuterjungen stammelten.

»Das Hexenbalg? Gibt es ihn noch immer? Müßte der nicht eigentlich längst verhungert sein?«

Dilys fingerte an einem Blutfleck auf dem Ärmel ihres Neffen herum. Seifenkraut wurde gebraucht, und das schnell, bevor der Fleck nicht mehr zu entfernen war. Sie hoffte, daß Flachs ihnen in letzter Zeit einen Vorrat gebracht hatte. »Der Junge bringt Feldkräuter und Nahrung für Lowises Vögel. Wurde er schwer verletzt?«

»Wenn er dann so rennen konnte, Tante? Er ist in besserer Verfassung als ich! Ich will Wein, Essen und ein Bad – sofort!« Der Herzog drehte sich um und rief den Dienern die Befehle zu, die eigentlich seine Tanten und sein Haushofmeister hätten geben müssen. »Du da – sorge für Ordnung. Bring die Pferde weg und sieh zu, daß sie gut abgerieben werden, und wage nicht zu gehen, bevor das erledigt ist! Du – trag das Gepäck herein. Sofort!«

Auf dem Hof geriet alles wieder in Bewegung, aber diesmal ging es geordnet vonstatten, und es gab nicht so ein wüstes Durcheinander, das den Herzog so gründlich verärgert hatte, wie vorhin. Eine Gestalt blieb inmitten der Geschäftigkeit bewegungslos stehen und fiel ihm auf.

»Nun, Mädchen? Bestimmt wartet doch *irgendeine* Arbeit auf dich?«

Ihr Blick überraschte ihn. Der Ausdruck auf ihrem tränenüberströmten Gesicht war furchterregend feindselig und nicht im geringsten unterwürfig.

»Ich wollte dem Kräuterjungen gerade seinen Lohn geben, als Euer schlecht erzogener Hund versuchte, ihn vor meinen Füßen zu töten.« Ihr Tonfall ließ durchblicken, daß der Hund nicht das einzige anwesende Geschöpf war, dem es an Manieren fehlte.

Lothair riß die Augen auf. *Lowise*? Aber sie war ein *Kind*. Konnte sie denn schon zwölf Jahre alt sein und heiratsfähig? War er so lange am Hof des Königs gewesen? Und sie zu solch einer Schönheit herangewachsen?

»Meine Dame...«

Er sprach bereits zu ihrem Rücken, und das nicht für lange.

In der Sicherheit des Waldes hätte Flachs durchaus innehalten können, nachdem der Höhepunkt der Angst überwunden und kein Geräusch zu hören war, das von einer Verfolgung durch den Hund kündete. Aber aus irgendeinem Grund wurde er nicht langsamer. Seine Lungen brannten, der Schmerz in seinem Kopf blendete ihn, doch er nahm auf beides nicht die geringste Rücksicht. Als er schließlich unregelmäßig keuchend durch die Tür der Hütte taumelte und in der Dunkelheit zusammenbrach, fuhren seine Beine fort, nutzlos weiterzuarbeiten.

Glücklicherweise landete er zum Teil auf Distelhaars Bett aus Adlerfarn. Das Einhorn, das sich bei seinem überstürzten Eindringen in die hinterste Ecke zurückgezogen hatte, wich erneut zurück, als Flachs fiel. Dann wieherte es eine verwirrte Begrüßung.

Flachs gab keine Erwiderung von sich. Allmählich normalisierte sich sein unregelmäßiger Atem und war schließlich kaum wahrnehmbar, aber er war sich dessen nicht bewußt. Er lag bäuchlings in dem Farn, und neben seinem zur Seite gedrehten Gesicht bildete sich tröpfelnd eine Blutpfütze.

Das Einhorn trat vorsichtig näher, und seine Nüstern blähten sich auf. Es legte die weiße Schnauze gegen Flachs' Schulter und versuchte, ihn zu wecken, wie so oft beim ersten Licht des Morgens oder beim Mondaufgang. Der Blutgeruch war beunruhigend, aber die Neugier war stärker. Distelhaar schnupperte an der Wunde, leckte dann daran und wusch das salzige Blut ab. Flachs rührte sich nicht, und die klaffende Wunde blutete wieder stärker.

Distelhaar blökte leise seine Verzweiflung heraus. Das Blut quoll unablässig hervor. Flachs' bleiche Haut wurde von Augenblick zu Augenblick kühler, seine flachen Atemzüge kamen immer seltener. Die scharfen Ohren des Einhorns konnten deutlich sein schlagendes Herz hören, das ins Stocken geriet wie ein erschöpftes, immer öfter stolperndes Pferd.

Distelhaar zitterte. Der Instinkt führte ihn, aber er wußte nicht, was er davon zu erwarten hatte. So sanft, als tauche er es in einen Tautropfen, legte er die Spitze seines kleinen Horns gegen Flachs' aufgeschlagenen Schädel. Das Horn, das gerade erst durch die Haut gestoßen war, wurde von dem roten Blut befleckt. Jäh wurde es lachsfarben – ein inneres Glühen verwandelte die Farbe.

Das Einhorn schrie schmerzerfüllt auf, als sich die Farbe veränderte. Das schrille Geräusch steigerte sich auf eine Höhe, die allein ihm zugänglich war, aber das Fohlen brach die Berührung nicht ab, indem es zurückwich. Distelhaar kauerte sich mit tief gebeugtem Hals neben Flachs auf den Farn, um das Horn gegen die Wunde zu drücken. Bald darauf konnte sein Hals die Haltung leichter ertragen, denn das leuchtende Horn war gewachsen, und die Rillen waren tiefer geworden. Das es umspielende Licht war weiß, wurde dann cremefarben und schließlich so gelb wie ein Glühwurm. Schwach und flackernd wurde es kräftiger und heller. Kurz darauf wurde es allmählich wieder schwächer.

Nur ein Geräusch stellte sich dem Rascheln des Farns und den vermischten Atemzügen entgegen: der Nachtwind in den Weiden. Falls ein Hund auf dem Gut des Herzogs heulte, wurde dieser Laut zumindest diesmal nicht durch die Nacht getragen. Das Rauschen des Windes nahm gemeinsam mit dem Licht ab, und bald konnte man nur noch das gleichmäßige Seufzen hören, wenn Flachs' Lungen sich unbeschwert füllten und wieder leerten – gefolgt von dem nach Blumen riechenden Atem des Einhorns.

Flachs erwachte. Er fühlte sich entspannt und gut. Irgendwie kam ihm diese Behaglichkeit falsch vor. Er lag zusammengekrümmt neben Distelhaar. Als das Fohlen noch klein gewesen war, hatte er oft auf diese Weise geschlafen, denn es brauchte seine Wärme, da die eigene noch nicht ausreichte. Am Lichtwinkel erkannte Flachs, daß er verschlafen hatte, und das erstaunte ihn, denn er ging nur selten zu spät zu Bett.

Wahrscheinlich hatte ihn die Sonne geweckt, und zwar nicht der Schimmer, der den Lappen umspielte, der das östliche Fenster bedeckte, sondern der breite Strahl, der seinen Weg durch die Lücke im Strohdach gefunden hatte und ihm direkt ins Gesicht fiel. Flachs setzte sich auf, gähnte und rieb sich über den Nacken, wo ihn ein Farnstiel gestochen hatte.

Distelhaar wieherte einen Gruß und stieß mit der Schnauze an seine Brust. Flachs kratzte abwesend am Hornansatz des Fohlens und zupfte trockene Hautstückchen ab, die die Wölbung bedeckt hatten. Das Horn war nun so lang wie seine Hand; es wuchs schnell, und es schien, als könne er dabei zusehen.

Was stimmte nicht? Flachs runzelte die Stirn. Der Tag war ruhig. Distelhaar schien gesund zu sein, und er fühlte sich auch sehr gut. Das braun auf dem Boden angetrocknete Blut hatte sich mit der Erde und dem Farn vermischt und fiel ihm deshalb nicht auf.

Er erinnerte sich an nichts. Ein schlechter Traum, der bis auf ein bleibendes Gefühl der Unruhe verblichen war? Flachs streckte sich, und dabei sah er den zerrissenen Stoff der Hosen, wo der Hund nach seiner Wade geschnappt hatte.

Die Erinnerung flutete so stark zurück, daß Flachs auch ohne einen Schlag auf den Kopf fast wieder die Besinnung verloren hätte. Sein Herz klopfte wild, seine Lungen ließen ihn im Stich und verweigerten ihm einen vernünftigen Atemzug. Das strahlende Sonnenlicht verblaßte und verschwand beinahe.

Distelhaar blökte beunruhigt. Als hätte ihn dieses Geräusch von einem Zauber befreit, öffnete Flachs die Augen und zitterte. Vorsichtig tastete er mit der Hand an den Kopf und suchte nach einer greifbaren Erinnerung an die schrecklichen Ereignisse.

Nichts deutete auf eine Verwundung hin.

Keine Schramme. Keine empfindliche Stelle, kein geronnenes Blut, kein plötzlicher Schmerz – noch nicht einmal die Erhebung einer Narbe. Flachs' Finger suchten fiebrig weiter, vertrauten seiner Erinnerung nicht, konnten aber nichts ertasten. Und doch erinnerte er sich an hämmernden Schmerz, während er Hals über Kopf durch Wälder und über Wiesen floh, da ihm das Verderben auf den Fersen war. Er erinnerte sich an das heiße Blut, das ihm übers Gesicht geflossen war. Bei dem Versuch, den Strom einzudämmen, hatte er gespürt, daß sich der Knochen wie eine aufgeschlagene Eierschale verschob. Er erinnerte sich daran, wie die Welt um ihn herum immer dunkler wurde und sich ihm entzog, bis er in die große Finsternis stürzte. Wie war es dann möglich, daß es von alldem kein Anzeichen, keine Spur mehr gab?

Flachs' blaue Augen blickten tief in die des Einhorns, und das tiefgreifende Geheimnis dieser braunen Teiche wurde schließlich durch eine Alltäglichkeit unterbrochen. Distelhaar fing an, sein Horn an Flachs' Finger zu reiben, und bat ihn so, die juckende Stelle stärker zu massieren. Flachs gehorchte. Aus den unscheinbarsten Pflanzen konnte man oft die nützlichsten Kräuter herstellen – warum also sollte ein wunderwirkendes Wesen sich nicht genauso verhalten wie jedes andere Geschöpf?

Die Früchte des Feldes reiften in den ungezähmten Wäldern und den abgesteckten Feldern des Guts heran. Die Ernte fand statt. Flachs blieb in der Nähe seines Heims – am Tag hielt er sich außer Sicht, und sogar in der Nacht entfernten er und Distelhaar sich nicht weit von der kleinen Hütte. Er holte seine eigene Ernte ein, die kein Mensch gesät hatte, stets auf der Hut vor dem leisesten Geräusch oder Geruch, und ließ Distelhaar nur draußen weiden, wenn der Mond untergegangen war oder von Wolken verborgen wurde. Ansonsten schnitt Flachs das Futter und brachte es nach Hause. Distelhaar war über die neuen Einschränkungen sehr verblüfft, akzeptierte sie aber bereitwillig.

Die Eichenblätter wurden bronzefarben, und in den Rosensträuchern in den Hecken wurden die Hagebutten immer fetter. Die Mispelfrüchte, die Flachs für den Wintervorrat sammelte und trocknete, waren von Frost bedeckt. Bis auf die Eichen verloren alle Bäume ihre Blätter, und Flachs bewegte sich mit besonderer Vorsicht durch die knisternden Laubhaufen und machte dabei so wenig Geräusche, wie es eben nur ging.

Schnee fiel. Man konnte des Nachts nun leichter sehen, doch es gab auch eine Gefahr. Die Abdrücke der gespaltenen Hufe eines Einhorns unterschieden sich von denen eines Hirschs oder eines Schafes – und vielleicht kannten sich noch andere in solchen Angelegenheiten aus. Daher achtete er darauf, alle Spuren Distelhaars mit einem Kiefernzweig zu verwischen.

Der Winter schritt weiter voran, und als die Nächte kälter wurden und der Wind wild heulte, konnte Flachs Distelhaar in einem größeren Umkreis umherstreifen lassen, damit er die Bewegung erhielt, die sein wachsender Körper und ruheloser Geist verlangten. Flachs konnte darauf vertrauen, daß sich bei solch einem Wetter keiner draußen aufhielt – oder er hätte noch verwilderter als sie sein müssen. Der Wind kümmerte sich um die Spuren, doch in der Nähe ihres Heims half Flachs ihm dabei.

Flachs versuchte sogar, den Rauch des kleinen Kochfeuers, das er sich auf dem kleinen Herd gönnte, unkenntlich zu machen. Bei den Leuten aus dem Dorf funktionierte das sogar; sie wußten meistens erst zum Maifest, ob Flachs den vorausgegangenen Winter überlebt hatte – aber da gab es noch jemand anderen, der sich nicht so leicht in die Irre führen ließ.

Dreimal ritt Lowise auf ihrem scheckigen Reitpferd am Dorf vorbei bis zu der verlassenen Schwelle der Hütte, stieg ab und bat Flachs herauszukommen – bis ihr keine Worte mehr einfielen und ihre Stimme versagte. Sie störte sich nicht daran, daß die Hütte so leer erschien wie ein Vogelnest, das von seinen Bewohnern aufgegeben worden war. Daß sie Flachs nicht zu Gesicht bekam und ihn nicht mehr gesehen hatte, seit er blutend vom Gut geflohen war, hinderte sie nicht daran, zurückzukommen.

Flachs wußte, was sie so verzweifelt von ihm wollte, doch nicht einmal das Wissen, daß ihre Singvögel nun Weizen fressen mußten, konnte ihn dazu zwingen, sich wieder auf das Gut zu wagen. Seine Furcht hätte er vielleicht bezwingen können, aber an dem Grund dafür würde sich nichts ändern, und Flachs konnte Distelhaars Leben nicht aufs Spiel setzen. Er wußte, daß es früher oder später sowieso dazu kommen würde.

Zu Lichtmeß – wenn die Singvögel gewöhnlich mit der Balz beginnen – kehrte Lowise ein viertes Mal zurück. Zuerst rief sie Flachs' Namen, dann kreischte sie ihn, und schließlich warf sie etwas gegen die Türbretter. Sie riß ihr Pferd herum und galoppierte über den harschen Schnee davon. Flachs sah nicht nach – er wußte auch so, daß Lowises Lieblingsvogel tot im Schnee lag. Die noch farbenprächtigen Federn kleideten seinen unterernährten Körper. Flachs spürte ihren Schmerz und teilte ihre Trauer. Er rechnete fest damit, daß alle ihre Vögel starben.

Flachs hatte gehofft, das Ende des Winters und damit den Beginn des Frühlings abwarten zu können, der neue grüne Triebe aus den welken Gräsern hervorbringen würde. Aber im Wind lag etwas Drängendes, das ihm zuflüsterte, er dürfe dieses Wagnis nicht eingehen. Distelhaar und er mußten gehen – und das bald.

Lothair pflückte den weißen Kiesel aus den Fingern seiner Verlobten, wobei er sich weniger für den Gegenstand selbst interessierte, als er herausfinden wollte, was sie von der Unterhaltung vor dem Kamin ablenkte.

»Lowise? Wo hast du das gefunden?«

Ihr Blick ließ bei ihm keinen Zweifel aufkommen, wie wenig sie von einem Gespräch mit ihm hielt, aber Lothair war zu aufgewühlt, um sich einschüchtern zu lassen.

»Vor dem Dorf«, antwortete Lowise widerstrebend und verärgert. Sie bezweifelte, daß Lothair wußte, wo sich Flachs' Hütte befand, war sich aber ziemlich sicher, daß es ihm nicht gefallen würde, von ihren Ausflügen dorthin zu erfahren. Der Herzog hatte gegen alles etwas einzuwenden, was seine versprochene Braut verkörperte, tat oder sagte. Allein ihr Anblick versetzte ihn in Wut, besonders, seitdem er beschlossen hatte, sie besser kennenzulernen und mehr Zeit an ihrer Seite zu verbringen.

Lothair trat vom Feuer weg und befahl seinen Jagdführer von dessen Platz weiter hinten im Saal zu sich. Der weiße Kiesel wurde ihm präsentiert, damit er ihn fachkundig untersuchen konnte.

»*Und?*«

»Einhornkot, Herr. Frisch. Seht, das Weiß hat sich noch nicht rosa verdunkelt.«

»Ja. Ich dachte mir, daß es das sein muß! Ich habe gehört, daß Gerard im Sommer eins auf seinen Ländereien erlegt hat, hielt das aber für seine gewöhnliche Angeberei. Ich hätte nicht gedacht, hier in der Nähe ein weiteres dieser Tiere zu entdecken.« Der Herzog blickte auf den ausgestopften Kopf über der Tür. »Es sind so einsiedlerische Wesen. Und auf diesem Besitz ist seit meines Vaters Tagen keines mehr gesichtet worden. Ein *Einhorn*.« Lothairs Stimme zitterte beinahe vor Aufregung.

»Soll ich eine Jagd vorbereiten, Herr? Vielleicht zum Maifest?«

»Eine Jagd, ja, aber wir wollen unser Glück so bald wie möglich versuchen. Es wäre zu ermüdend, bis zum Maifest zu warten! Dieser Winter war für uns alle langweilig – die Hunde und ich brauchen den Zeitvertreib.«

»Dann werde ich mich darum kümmern, den... Köder zu besorgen, Herr.«

Lothairs Aufmerksamkeit war kurz abgelenkt. »Das ist nicht nötig, Raimund. Die Dame Lowise ist noch Jungfrau – wehe wenn nicht! Eine so edle Beute verdient einen edleren Köder als eine Bauerntochter, die mit Silber bezahlt wurde.«

Ein Mann, der von der Mütze bis zu den Stiefeln in das Grün eines Waldläufers gekleidet war, trieb sich vor der Schwelle der Hütte herum. Flachs war sich seiner Ankunft bewußt, seit das mit Hafer gefütterte Pferd den Jäger an den Dorfrand getragen hatte. Er hatte ihn die ganze letzte Stunde gespürt, wie er immer näher kam, bis seine Untersuchung des Feldwegs, des Feldes und des Unterholzes ihn zur Hütte geführt hatte.

Flachs hatte sich da bereits versteckt. Er hatte das ohnehin schon winzige Kochfeuer mit Asche bedeckt, bis es nur noch aus einem erstickten Scheit bestand, den er wieder zum Brennen bringen konnte, sobald keine Gefahr mehr bestand. Trotz der Kälte, die sich schnell in dem einen Raum ausbreitete, aus dem die Hütte bestand, schwitzte Flachs. Er versuchte, seine Angst nicht auf Distelhaar zu übertragen. Sie waren an der Stelle, an der die Bettstatt an den Hügel stieß, gegen den sie lehnte, unter einen Haufen aus Adlerfarn und Eichenblättern geschlüpft. Dort war es kalt, aber dunkler als im Rest der Hütte, und deshalb noch am sichersten.

Flachs zweifelte aber an der Sicherheit. Die Tür war verriegelt, aber hatte er vielleicht nicht doch eine einzige Hufspur draußen im Schnee übersehen, dort, wo die niedrigen Weißdornhecken einen Zugang so schwierig machten? Er hatte allen Kot aufgesammelt und ihn in den nahegelegenen Bach geworfen – aber Einhornkot roch nicht und verfärbte sich nicht, bis er älter und rosa wurde. Seine weiße Farbe fiel im Schnee nicht auf. Flachs befürchtete jedoch, daß er trotz all seiner Mühen genau die Spuren übersehen hatte, die der Mann des Herzogs nun suchte.

Schließlich ging Raimund, doch als Flachs die Tür von ihren Riegeln befreite, schwand das letzte Licht des Tages dahin. Er war überall mit Bündeln behängt und von Kopf bis Fuß mit einem Stück rauhen Stoffs bedeckt, das ihm als Umhang diente. Die Glut des Hüttenfeuers wurde sich selbst überlassen und würde bald sterben.

Die Sterne am Himmel waren so klar wie ein Bach im Sommer. Flachs schenkte ihnen keine Beachtung. In der linken Hand trug er einen Kiefernzweig, und er verwischte hinter sich die Spuren, die er und Distelhaar hinterließen.

Am selben Morgen war Lowise von ihrem Verlobten davon unterrichtet worden, daß sie bei seiner Einhornjagd als Köder helfen würde, weil es ihm so beliebte. In diesem Moment sah sie den Weg, den ihr Leben danach nehmen würde, ganz klar vorgezeichnet, falls die Härten der Haushaltsführung und des Kinderaustragens ihr überhaupt noch Zeit ließen.

Diese Ankündigung hatte sie dermaßen verblüfft, daß in Lothair überhaupt kein Verdacht entstand, sie könnte damit nicht einverstanden sein. Lowise blieb den ganzen Tag in unmittelbarer Nähe ihres Gemachs, damit der Herzog nichts von dem Aufruhr spürte, der in ihrem Herzen brannte – diesmal hatte sie kein einziges Wort gesagt. An diesem Abend aß Lowise nicht im Saal. Während das Fleisch und der Wein herumgereicht wurden, lag sie vollständig mit ihren dicksten Sachen bekleidet unter der samtenen Decke. Die so entstehende zusätzliche Wärme hätte ihrer Ausrede, daß sie sich fiebrig fühlte, zusätzlich an Gewicht verliehen, falls es jemand bezweifelt hätte.

Lothair war vom genossenen Wein erhitzt und hing dem Traum von einer Trophäe nach, von der nur die wenigsten Mitglieder des Königshofs jemals hoffen konnten, auch nur einen Blick auf sie zu werfen. Als man ihm den Weg zu seinem Gemach leuchtete, schritt Lowise draußen im hellen Licht der Sterne über die Straße. Sie hatte es nicht gewagt, die Begegnung mit einem Stallburschen zu riskieren; außerdem hatte sie noch nie ein Pferd mit eigenen Händen gesattelt. Deshalb mußte sie zu Fuß gehen –

aber sie befand sich in Freiheit. Im Augenblick war die Freude darüber stärker als alle Furcht vor der Finsternis, und sie machte jegliches Frieren wieder wett.

Natürlich hatte Lowise weder einen Plan noch ein Ziel, auch keinen Proviant außer dem Nachtbrot und dem dazugehörigen Krug Wein, die sie aus ihrem Zimmer mitgenommen hatte. Als Lowise das Dorf erreichte, war sie außer Atem; ihre Füße waren kalt und naß, und in ihr hatte sich der Verdacht gebildet, daß sich die Wirklichkeit auf böse Weise von Geschichten über die Ritterlichkeit unterschied. Sie eilte an den dunklen Hütten der Kleinbauern vorbei, darauf bedacht, nicht entdeckt zu werden. Doch als sie die letzte passierte, blieb sie stehen und blickte sehnsüchtig auf den Lichtschein, der durch den Rahmen des einzigen, verriegelten Fensters fiel. Vor ihr leuchtete kein einladendes, gelbes Feuer, sondern nur der kalte weiße Glanz des Sternenlichts auf Schneewehen.

Lowise hob das Kinn und marschierte weiter. Eine Rückkehr hätte bedeutet, Lothairs Leben zu führen, seine Befehle zu befolgen und seine Kinder auszutragen, bis sie daran starb. Was war dagegen schon ein bißchen Kälte?

Es gab da noch eine Hütte, weit hinter dem Punkt, an dem die Dorfstraße zu einem bloßen Weg aus festgetretenem Schnee geschwunden war. Lowise sah überrascht, daß der Weg von Hufabdrücken markiert war. Wer außer ihr war zu Flachs' Heim geritten? Vor allem erst vor kurzem, denn seitdem sie diese Strecke das letzte Mal benutzt hatte, war frischer Schnee gefallen.

Die Spuren endeten an Flachs' Schwelle, aber Lowise zögerte nur einen Augenblick, bevor sie weiterging. Ein mehr oder weniger freier Pfad führte zwischen die Bäume, und der unberührte Schnee war nicht tief und nur da tückisch, wo er auf versteckten Steinen und heruntergefallenen Ästen lag. Bald schon kam sie aus dem Wald zu der stoppeligen Schneeverwehung eines Haferfeldes. Lowise schritt seinen Rand ab und hielt wieder auf die Bäume zu. Dahinter lag vielleicht eine Straße. Zumindest mußte sie dort einfacher vorankommen, da die Bäume den Schnee daran gehindert hatten, sich hoch aufzutürmen.

Als sie den Waldrand erreichte, brachte ein Schimmern zwischen den Bäumen ein erschrecktes Keuchen über ihre Lippen. Es dauerte einen Moment, bis das wilde Pochen ihres Herzens nachließ. Dann sah sie, daß der Schein keinesfalls vom Flackern suchender Fackeln herrührte und es sich auch nicht um grünliches Hexenlicht handelte. Deshalb bestand auch keine Gefahr für sie. Das Licht bewegte sich, und Lowise folgte ihm sowohl mit den Augen als auch mit den Füßen. Auf dem Fell eines weißen Tieres, vielleicht eines Hirschen, spiegelte sich das Sternenlicht und der Schnee. Das Geschöpf war schlank und wunderschön und weckte in ihr den Wunsch, sich ihm zu nähern, um es besser sehen zu können...

Plötzlich verlor sie es aus den Augen. Lowise stolperte und blieb stehen. Dann drehte sie sich mit Tränen in den Augen um, ohne zu wissen, warum sie weinte. Ganz bestimmt hätte sie gesehen, wenn das Wesen fortgelaufen wäre. Wie war es ihr nur entkommen, warum hatte es sie so plötzlich und geräuschlos allein gelassen? Sie streckte eine zitternde Hand nach einem Felsen aus, um auf dem glatten Untergrund eine Stütze zu haben.

Der Stein bewegte sich unter ihrer Berührung, erhob sich und taumelte auf sie zu. Lowise schrie.

Sie wäre geflohen, hätten die Beine ihren Befehlen gehorcht. Lowise glaubte, ohnmächtig werden zu müssen oder auf der Stelle aus Furcht zu sterben – und erkannte dann ungläubig, daß sie in das vertraute Gesicht von Flachs starrte. Sie sah, daß er so entsetzt ausschaute, wie sie sich fühlte! Lowise griff nach ihm, um zu verhindern, daß sie in den Schnee fiel, aber Flachs bot alles andere als die Stütze, die sie erwartet hatte. Er stolperte und wankte wie ein vom Sturm zerstörter Baum, und fast wären sie beide gefallen.

Lowise überhäufte ihn mit Fragen – wie es ihre Art war, strömten sie ohne Unterlaß aus ihr hervor –, und Flachs gab nicht mehr

Antworten als sonst auch. Als Lowise schließlich ganz außer Atem war, glitt eine weiße Eule mit herzförmigem Antlitz über sie hinweg und rief beiden eine letzte Frage zu.

Wie zur Antwort erhob sich eine Schneewehe auf schlanken Beinen, streckte den Hals und schüttelte eine glänzende Mähne um das elfenbeinerne Horn. Diamanten aus Eis schwebten funkelnd durch das Sternenlicht.

»Ohhh!« seufzte Lowise. Die Ehrfurcht verschlug ihr fast die Stimme. Danach war es keine Frage mehr, ob sie sich ihnen anschloß.

Lowises Verschwinden wurde erst spät am darauffolgenden Vormittag bemerkt. Wäre es der Morgen der geplanten Jagd gewesen, hätten die Ereignisse einen anderen Verlauf genommen, doch die Tanten nahmen lediglich an, daß sie sich vor dem anstehenden Weben drücken wollte, und Lothair hegte den Verdacht, daß sie ihm aus dem Weg ging. Viel Zeit verging, bevor sich jemand ernsthaft auf die Suche nach ihr machte, und noch länger dauerte es, bis man festgestellt hatte, daß sie sich nirgendwo auf dem Gut aufhielt. Ihr Reitpferd stand behaglich im Stall. Keiner leistete der Theorie Vorschub, die ehrenwerte Dame Lowise könnte zu Fuß in die kalten Schneewehen hinausgegangen sein.

Der Jäger Raimund war früh aufgebrochen, um den Aufenthaltsort seines sagenhaften Wildes näher bestimmen zu können. Er fand jedoch noch immer keine frische Spur, und da er die Suche nervös auf die weitere Umgebung ausgedehnt hatte, war er den ganzen Tag fort. Erst spät nach Einbruch der Dunkelheit kehrte er enttäuscht zurück, besorgt wegen der Launenhaftigkeit seines Herrn. Man hatte gerade die Durchsuchung des Gutes abgeschlossen und dabei genausowenig eine Spur von Lowise gefunden, wie er eine Fährte des Einhorns entdeckt hatte.

In dem Saal gärte es die ganze Nacht über. Erst am Morgen erinnerte sich Raimund an Fußabdrücke, die nicht von ihm stammten und aus dem Dorf hinaus in die Gegend führten, in der man den

Unterschlupf des Einhorns vermutete. Fußspuren konnten von jedermann verursacht werden, aber Lothair bestand darauf, daß man sie ihm zeigte, was man dann auch gehorsam tat.

Die beiden Männer betraten Flachs' Hütte. Sie war leer, aber offensichtlich noch nicht lange. Lothair war überrascht, denn er hatte Flachs' Existenz total vergessen. Sein Erstaunen vergrößerte sich, als sie unter dem herumliegenden Adlerfarn, der in der Hütte als Schlafstätte diente, einen einzelnen weißen Kiesel aufstöberten und in der Herdasche einen gespaltenen Hufabdruck entdeckten.

»Er hielt das Tier hier – wie eine Milchkuh?«

»So scheint es, Herr.« Der Jäger hatte noch nie so etwas gehört, akzeptierte jedoch die Beweise, die sich seinen Augen darboten.

Lothairs Stirnrunzeln vertiefte sich, als ihm andere Zusammenhänge bewußt wurden. »Sie ist zusammen mit diesem hohlköpfigen Krötenhirten weggelaufen!«

Die allgemeine Meinung lief jedoch darauf hinaus, daß Flachs die edle Lowise genausogut entführt haben konnte – das Balg der Hexe war zu jeder Schandtat fähig. Man stellte unter viel Aufhebens einen Rettungstrupp für sie zusammen, der in die beinahe völlig falsche Richtung aufbrach, nachdem er das Weizenfeld passiert hatte.

In den Geschichten, die die Minnesänger so lieblich sangen, kam es durchaus vor, daß eine Jungfrau ihren zu Unrecht angeklagten ritterlichen Geliebten als keusche, selbstlose Gefährtin in den grünen Wald begleitete. In ein Unterkleid aus rauher Wolle gehüllt, lebte sie dort von Nüssen, Wildbret und Gesang und schlief mit gezücktem Schwert neben sich tapfer auf dem kalten Boden. Lowise hatte solche Geschichten immer für die absolute Wahrheit gehalten, und obwohl Flachs kein Ritter war und kein Schwert besaß, stürzte sie sich mit ganzem Herzen in ihr Abenteuer. Es kümmerte sie nicht, daß der Schnee ihr Kleid durchnäßte und es mit Schlamm vollgespritzt und von Brombeersträuchern zerrissen wurde, als sie Stunde um Stunde hinter dem Einhorn hermarschierte. Sie teilte glücklich Flachs' dürftiges Essen aus Erbsenbrei und Tee aus Katzenminze. Als sich Flachs zum Schlafen unter den ausladenden, schützenden Zweigen eines Tannenbaums ausstreckte, tat Lowise es ihm ohne Zögern gleich und machte es sich bequem.

Die trockenen Tannennadeln hatten sich zuerst als einigermaßen weiche Matratze erwiesen, konnten jedoch die grundsätzliche Härte des gefrorenen Bodens nicht lange verschleiern. Lowise bewegte sich ruhelos hin und her und tröstete sich mit dem Gedanken an Minnesänger, die ihren Namen in himmlischen Tönen priesen. Nadeln stachen durch Kleid und Umhang in ihre weiche Haut. Schlau, wie sie war, drehte sich Lowise auf die andere Seite, um ihnen zu entgehen. Nun wurde sie trotz ihrer wollenen Kleidung von der schneidenden Kälte gequält. Gereizt rollte sich Lowise zusammen. Das war wärmer, und mit ihren Armen als Kissen waren ihre Wangen vor den stechenden Nadeln geschützt. Sie schloß die Augen.

Eine Eule rief, und mit pochendem Herzen sprang Lowise auf; ihre angestrengt lauschenden Ohren hörten nichts, weil das Blut in ihnen so laut rauschte. Das Feuer war erloschen, und der Wald, so finster wie das Innere eines samtenen Beutels, war voller unidentifizierbarer, bedrohlicher Geräusche. Lowise kauerte sich unter der Tanne zusammen, bis sie vor Erschöpfung zitterte. Müdigkeit zähmte ihre Angst, doch als sie sich schließlich wieder auf die Tannennadeln fallen ließ, erschien der Boden noch härter und kälter als zuvor, und sie vergaß die Minnesänger und die tapferen Jungfrauen und fing an zu weinen.

Solche Tränen hatten bis jetzt immer zur Folge gehabt, daß Lowises Wünsche erfüllt wurden. So war es seit ihrer frühesten Jugend gewesen, als sie untröstlich um ihre tote Mutter getrauert hatte. Doch nun wurde ihr keine Hilfe zuteil, obwohl sie sich in absoluter Not befand; sie war müde und hungrig, ihr war kalt und unbehaglich zumute, und sie fürchtete sich. Flachs schien in der

Tat sofort den Schlaf gefunden zu haben, den sie so verzweifelt suchte, und niemand war da, der sie hören konnte.

Warmer Atem berührte ihren Nacken. Ein Wolf, dachte sie, und in der Erwartung, verschlungen zu werden, und zu entsetzt, um laut aufzuschreien, verkrampfte sie sich hilflos vor dem Zuschnappen der Zähne.

Statt dessen strich eine samtweiche Schnauze über ihre Wange, und Schnurrbarthaar kitzelte ihre Nase. Nach Blumen duftender Atem vermischte sich mit dem ihren. Lowise öffnete die Augen.

Das Einhorn kniete neben ihr und schimmerte in der Dunkelheit. An seinem Hornansatz hatte sich ein kleiner Klumpen Tannennadeln festgesetzt, und Lowise hob schüchtern die Hand, um ihn zu entfernen. Das Wesen seufzte, faltete die Beine zusammen und ließ sich vorsichtig zwischen Lowise auf der einen und Flachs auf der anderen Seite sinken. Lowise legte die Wange gegen seine Schulter, die weicher als ihr Seidenkopfkissen auf dem Gut war. Bald darauf schlief sie ein.

Der Herzog verdächtigte Flachs nicht einen Augenblick, Lowise gewaltsam entführt zu haben. Lothair kannte Flachs nicht, hatte aber im Verlauf des Winters den Charakter seiner Verlobten gut kennengelernt, und als sie dann vermißt wurde, war er davon überzeugt, daß sie weggelaufen war, um ihm zu trotzen. Die Begleitung von dem Kräuterjungen bedeutete lediglich eins; sie machte es unwahrscheinlich, daß Lowise in dem Augenblick zurückkehrte, in dem sie eine Mahlzeit versäumte oder eine Blase an ihrem verwöhnten Fuß spürte.

Er wußte nicht genau, was er getan hatte, um sie zu provozieren – Lothair war aufgefallen, daß das geringste Wort oder die harmloseste Tat von ihm ausgereicht hatte, um sie zu verärgern. Das war die Hochzeit um des Vorteils willen, deren Zustandekommen sein Vater Jahre gewidmet hatte!

Um gerecht zu sein: Weder hatte sein Vater voraussehen können, daß Lothair einmal so gedemütigt werden würde, noch hätte er es ihm gewünscht. Zu Beginn der Verhandlungen war Lowise gerade erst geboren, und als der Brautvertrag unterzeichnet wurde und man sie an den Ort brachte, der einmal ihr Heim werden sollte, konnte sie gerade krabbeln. Sein Vater hatte die Vereinigung ihrer beiden Landbesitzungen im Sinn gehabt und seinem Erben eine goldene Zukunft gesichert. Dann war er gestorben und hatte sich allen Problemen entzogen.

Das große Geschrei der Sucher störte den Herzog. Man konnte die Wälder mit Sicherheit nicht auf die gleiche Weise nach einer Jungfrau durchstöbern wie nach einem Hirsch, und sie hatten seit Stunden keine Spur von einem Abdruck gefunden, weder menschliche noch die von Einhörnern. Nicht einmal Raimunds geübter Blick konnte eine Fährte aufspüren.

Die Suchenden schwärmten weit aus, hatten aber bei Sonnenuntergang nicht mehr als eine Meile zurückgelegt. Man entschied, zum Gut zurückzukehren und in der Morgendämmerung mit frischen Kräften fortzufahren.

Lothair stimmte dem Plan zu und kleidete seine Vorbehalte nicht in Worte. Trotz der Kälte, der er den ganzen Tag ausgesetzt gewesen war, sprach er dem Wein nur in geringem Maß zu, während er still das Essen kaute, das die Diener ihm servierten. Seine Untertanen mißverstanden seine düstere Laune; sie interpretierten sie als Besorgnis um seine Verlobte und hielten eine taktvolle Entfernung ein – und ließen den Herzog inmitten ihrer geschwätzigen Gesellschaft mit seinen Gedanken allein.

Lowise hatte ihm Schande gemacht, und das so öffentlich, wie es nur ging, von einer möglichen Weigerung vor dem Altar einmal abgesehen. Noch hatte niemand einen Verdacht, doch wenn die Sucher auf Lowise und ihren Bauern stießen, würde die unangenehme Wahrheit ans Licht kommen. Lothair stellte überrascht fest, daß er davor zurückschreckte, so ein Ende zu erzwingen. Keiner würde etwas davon haben – und er am allerwenigsten.

Der Herzog glaubte nicht, daß Lowise ihm jemals vergeben würde, wenn man sie wie eine Verbrecherin nach Hause zerrte und dann, wie es unumgänglich war, auf den ihr zukommenden Platz verwies. Es war viel besser, wenn er die Dinge im stillen erledigen konnte. Es würde seinen Stolz bewahren und ihren nicht in aller Öffentlichkeit böse zurichten. Vielleicht bereute Lowise ihre überstürzte Abreise bereits. Warum sie schlimmer bestrafen, als ihre Kränkung es rechtfertigte, wenn sie vielleicht froh darüber war, an seiner Seite nach Hause zu kommen, vorausgesetzt, er machte sich die Mühe, ihre Gefühle zu schonen? Sie war sehr jung, ihr Geist noch ungebändigt. Er konnte es sich leisten, sanft mit ihr umzugehen, und vielleicht gelang es ihnen, diese Unbesonnenheit einfach hinter sich zu lassen.

Und... da war noch das Einhorn. Eine Meute würde es sofort aus dem Königreich vertreiben. Oder einem anderen gelang ein glücklicher Bogenschuß, und dann konnte dieser Jäger eine Trophäe für sich beanspruchen, die Lothair bereits für sich mit Beschlag belegt hatte. Ohne die Einmischung des Gefolges gelang es ihm vielleicht, den Kopf des Tieres wie auch seine launische Verlobte nach Hause zu bringen.

In aller Stille ließ der Herzog Proviant packen, und er machte die Satteltaschen nicht auf seinem schnellen Reitpferd fest, sondern auf einem alten Kriegsgaul, der sein Gnadenbrot fraß und an die Härten einer winterlichen Reise gewöhnt war. Die Speere aus Eschenholz, die er an seine Flanke hängte, brachten das Tier nicht aus der Fassung.

Es fiel ihm am nächsten Tag in keiner Weise schwer, sich von der Hauptgruppe der Jagd abzusetzen. Gegen Mittag hatte er unbemerkt seinen eigenen Weg gefunden und wählte die Richtung aus, an die noch keiner gedacht hatte.

Lowise wußte so gut wie nichts über die Zubereitung einer Mahlzeit. Die wurde ihr gebracht, wenn sie hungrig war oder essen sollte. Kochkünste waren etwas für Diener. Gab sie dem Wunsch Ausdruck, die roten Himbeeren zu probieren, die unter ihrem Fenster wuchsen, wurden die Früchte gepflückt, gewaschen und ihr zusammen mit Rahm auf einem silbernen Teller serviert. Man hätte niemals erlaubt, daß sie auf andere Weise mit ihnen in Berührung gekommen wäre – nach ihrer Hochzeit würde sie Herzogin sein. Lowise hatte nur sehr bescheidene Vorstellungen davon, welches Futter für ihre geliebten Singvögel geeignet war, und das hatte zu entsetzlichen Ergebnissen geführt.

Die Morgendämmerung war gerade angebrochen. Ihre Dienerin hätte sie nie so früh geweckt, aber der Hunger ging nicht so fürsorglich mit ihr um. Lowise fühlte sich steif, wund und voller Löcher, so wie ein Nadelkissen. Sie setzte sich auf und entfernte mit einem geschnitzten Holzkamm Tannennadeln aus ihrem Haar.

Flachs entfachte das Feuer und klemmte den Becher zwischen die Holzscheite. Als das Wasser darin brodelte, warf er etwas hinein und stand dann auf, um Lowise einen Teil des sauren Tees anzubieten. Das Abenteuer hatte etwas von seinem Glanz verloren, und so zögerte Lowise, die Lippen an das wenig feine und ungespülte Geschirr zu legen, doch bald überstimmte der Durst ihre Verwöhntheit. Ihr Magen grollte heftig. Der Brotlaib, den sie vom Gut mitgenommen hatte, schien gleichermaßen wohlschmeckend und unzulänglich zu sein, als sie sich ihn teilten.

Nachdem sie den Tee getrunken hatten, griff Flachs in den Becher und holte rote Hagebutten heraus. Sie schmeckten angenehm sauer, wie die selten erhältlichen Zitronen, die Flachs wahrscheinlich noch nie zu Gesicht bekommen hatte. Lowise fütterte das Einhorn mit Brotkrumen.

Flachs säuberte den Becher und verstaute ihn dann, löschte das Feuer, warf sich das Bündel über die Schulter und schlüpfte aus dem Schutz der Tanne. Lowise krabbelte hastig hinter ihm her. Der winterliche Morgenhimmel war bewölkt und versprach weiteren Schnee. Der, der bereits den Boden bedeckte, erschien in dem düsteren Licht grau.

Das Einhorn lief so leichtfüßig zu Flachs, daß der Gedanke, es könne Spuren hinterlassen, absurd erschien. Es rieb seinen Kopf an ihm. Im Licht des Tages sah Lowise, daß es kaum halb erwachsen war und seine Anmut mit der Unbeholfenheit eines Hengstfohlens kämpfte. Es ließ zu, daß sie seine Mähne streichelte, und völlig verzaubert hätte sie damit weitermachen können, tagelang, oder bis sie an Hunger und Durst gestorben wäre, und nichts davon hätte sie gestört. Als das Einhorn von ihren Händen forttrat, blinzelte Lowise wie jemand, der aus einem tiefen Schlaf erwachte.

Sie bemerkte, daß sie neben Flachs zwischen Bäumen ausschritt, die ihrer Einschätzung zufolge vor einem Augenblick noch nicht dort gestanden hatten. Ihre Äste waren bis auf vereinzelte dunkle Nadeln kahl. Links voraus sah sie die sich anmutig bewegenden, weiß schimmernden Hüften des Einhorns.

»Hat es einen Namen, Flachs? Natürlich würde es kaum einen brauchen, es ist ja nicht so, als liefen Dutzende hier herum, und man wollte nur dieses eine zu sich rufen. Ich habe noch nie eines gesehen, bis auf Bilder in einem Buch, also noch nie...«

Flachs bückte sich und zog aus einem Unkrautbüschel den braunen Stengel einer Distel. Er reichte ihn Lowise.

»Du nennst es *Distel*? Aber Flachs, Disteln sind doch braun und so häßlich, und sie stechen, und damit hat es nun wirklich gar *nichts* gemeinsam! Es verdient einen passenden Namen...«

Flachs' flinke Finger fanden zwischen den getrockneten Stacheln ein Stück Flaum und zupften es frei. Der Wind ergriff es und trug es tanzend fort. Das schwache Licht der Wintersonne fiel darauf, und das Haar funkelte so hell wie ein Stern, während es fortschwebte.

»Oh.« Lowise starrte darauf. »Das ist natürlich etwas *anderes*. Distelhaar. Das paßt genau, Flachs. Es ist genauso weiß und so anmutig wie Distelhaar im Wind.«

Danach war sie einen kurzen Moment still.

»Flachs, wohin geht es?«

Flachs zeigte hilfsbereit in die Richtung, in der Distelhaar deutlich sichtbar vor ihnen ging. Lowise seufzte.

»Ich meinte, wohin bringst du es? Nicht, daß ich dir einen Vorwurf mache, weil du weggelaufen bist – Lothair will es jagen und töten. Aber wohin willst du gehen? Was wirst du tun, wenn du dort angekommen bist? Gibt es dort andere Einhörner? Woher weißt du das?«

Wohin waren sie unterwegs? Das war es, was Lowise eigentlich wissen wollte.

Selbst, wenn die Worte leicht über Flachs' Zunge gegangen wären, hätte er nicht antworten können. Er wollte nur *fort von hier*. Er wußte nichts darüber, wie die Welt hinter seinen Wäldern und Feldern aussah. Allerdings bewegte sich Distelhaar zielbewußt voran, von einem Ruf angetrieben, der mit dem beiläufigen Herumwandern eines grasenden Tiers nichts gemeinsam hatte, obwohl er nicht eindeutig zu verstehen war. Flachs war das sofort aufgefallen, nachdem sie die Hütte hinter sich gelassen hatten, und das war der Augenblick gewesen, in dem er zu führen aufgehört und zu folgen angefangen hatte.

Flachs kannte keine Geste, um das alles erklären zu können, falls Lowise es nicht selbst sah, also ging er einfach weiter. Lowise schien ihre Frage vergessen zu haben und erzählte statt dessen, wie glücklich sie war, daß sie die Wolle nicht kardätschen mußte.

»Ich laufe auch weg, weißt du? Ich soll Lothair heiraten, aber ich werde es nicht tun, und niemand kann mich dazu zwingen.«

Flachs beobachtete eine Krähe, die über ihnen kreiste.

»Ich verstehe sowieso nicht, warum ich überhaupt heiraten soll. Zuerst kriegt man Kinder, und dann stirbt man. Meiner Mutter ist es so ergangen. Und Lothairs auch – sie starb bei seiner Geburt. Ist deiner Mutter das auch passiert, Flachs?«

Die Krähe ließ sich lärmend auf einer mitgenommen aussehenden Tanne nieder, die an ihrer Spitze ganz kahl war. Der Vogel gesellte sich zu einem Paar, das bereits dort saß. Flachs verstand mehr von dem, was die Krähe ächzte, als von Lowises Gerede. Allerdings brachte er dem auch mehr Aufmerksamkeit entgegen.

Den ganzen Tag über gingen sie durch bewaldetes Land. Der

Kurs, den Distelhaar setzte, war alles andere als gerade – Hügel konnte man leichter umgehen als besteigen, und manchmal brachte ein Pfad, der leicht begehbar schien, einen zu einem Fluß, der zu schnell floß, um zugefroren zu sein, oder zu heimtückisch war, als daß man ihn überqueren konnte. Die Bäume wurden weniger, der Boden wurde gradliniger, und bald befanden sie sich auf Weideland. Hier gab es weniger Schnee, was Flachs vor dem Wind warnte, der streng über den Boden fegte und die Heidekrautstengel flach auf die kalte Erde drückte.

Eine Felsgruppe hielt den schlimmsten Wind von ihnen ab. Flachs machte aus trockenen Büschen ein winziges Feuer und versorgte es sorgfältig mit Nahrung, während der Becher an seinem Rand dampfte.

Lowise redete ununterbrochen – eine Dohle wäre im direkten Vergleich schweigsam erschienen. Sie betrachtete enttäuscht den Tee, was Flachs nicht überraschte. Es war das karge Ende des Jahres, und sein kleiner Vorrat an getrockneten Erbsen und gesammeltem Hafer hatte ihnen beiden kaum eine vernünftige Mahlzeit geboten. Flachs war nicht darauf vorbereitet gewesen, auf seiner Flucht Begleitung zu haben. Der Wald hätte vielleicht den Nüssevorrat eines Eichhörnchens preisgegeben, doch auf dem Heidemoor gab es nichts zu essen, es sei denn, man konnte weiden wie ein Schaf, und selbst ein Schaf wäre dem Hungertod nahe gewesen. Flachs warf Kräuter in den Becher, rührte erst dreimal in die eine, dann noch dreimal in die andere Richtung um.

Lowises Magen beschwerte sich bitterlich, als ihm wieder nur Tee angeboten wurde, doch als sie getrunken hatte, beruhigte er sich. Sie war überrascht, daß sie sich ermutigt und sehr zufrieden fühlte, so als habe sie ein ganzes Mahl verspeist und nicht nur ein paar getrocknete Hagebutten.

Am nächsten Abend fanden sie überhaupt keinen Schutz. Flachs wählte die niedrigste Stelle aus, die er nur finden konnte, grub eine Kuhle ins Heidekraut und half Lowise, es ihm gleichzutun.

Es gab keine geschützte Stelle, an der sie ein Feuer hätten machen können, deshalb kauten sie langsam an einer Handvoll getrockneter Johannisbeeren, die sie mit dem Einhorn teilten, und alle drei sahen ihrer Nachtruhe hungrig entgegen.

Flachs lag mit dem Rücken an Distelhaars Flanke und stellte fest, daß Lowises Unbehagen ihn stärker störte als sein eigenes. Schließlich erstarb ihr ständiges, einseitiges Gerede zu einem Murmeln, das sich in Distelhaars vom Wind zerzauster Mähne verlor.

Lowise träumte in jener Nacht von ihrer toten Mutter – sie träumte, daß sie ihr ein eigenes Kind zur Begutachtung hinhielt. Sie wünschte sich verzweifelt, das gewickelte Bündel fortzuwerfen und die Hände frei zu haben, damit sie die verloren geglaubte Mutter fest umarmen konnte. Aber es gelang ihr nicht. Ihre Arme waren mit dem Kind gefüllt. Sein Gewicht erwies sich als zu groß für ihre Kraft. Es wurde schwerer und schwerer, doch sie konnte es noch immer nicht absetzen, obwohl sich ihr Rücken durch die Last beugte. Es hatte Lothairs Gesicht, und als Lowise zögernd versuchte, seine Schreie zu beschwichtigen, verbiß sich der Säugling mit Zähnen in ihr, die so scharf waren wie die eines Fuchses.

Sie keuchte vor Ekel und Furcht und versuchte, das Kind wegzulegen, geriet aber in Panik, als es sich an sie klammerte. Ihre Mutter war fort, so wie sie es immer gewesen war, und Lowise war allein mit einem Ungeheuer von Kind, das sie ermordete. Sie starb und wurde immateriell, so daß sie durch das Fleisch schauen konnte, an dem das Baby nagte.

Lowise erwachte schluchzend und klammerte sich verzweifelt an Flachs, dem Heidekraut und dem Einhorn fest.

»Ich werde es nicht tun, ich werde es nicht tun, *ich werde es nicht tun*! Ich werde ihn nicht heiraten! Ich werde sterben, wenn ich es tue. Ich weiß es. Ich weiß es!«

Ihr Schluchzen wurde schließlich von Distelhaars Hals gedämpft. Flachs pflückte Heidekrautstengel und verflocht sie miteinander, bis seine Finger Lowise schwindelig werden ließen, als sie ihm mit einem Auge zusah, das sie vorsichtig geöffnet hatte. Als er die Matte über sie legte, kam sie Lowise so warm und weich vor wie die beste Decke, die es auf dem Gut gab, und sie war davon überzeugt, daß sie immer noch träumte. Die Matte bedeckte sie ganz, was unmöglich war. Lowise starrte Flachs an, denn sogar ihr fiel auf, daß eine solche Arbeit über bloßes Waldhandwerk hinausging.

»Wie... wie hast du das gemacht?«

Flachs war so verblüfft, als hätte sie ihn gefragt, wie er die Luft einatmete. Die Frage stand ebenso klar in ihrem Bewußtsein wie auf ihren Lippen; er wußte, daß er sie nicht falsch verstanden hatte. Aber die Antwort lag völlig jenseits seiner Möglichkeiten. Kein Nicken oder Kopfschütteln würde ausreichen, und keine andere Geste würde ihr etwas mitteilen. Flachs gab Lowise den letzten Schluck aus ihrem Krug Wein und bedeutete ihr, sich wieder hinzulegen und weiterzuschlafen.

Sie befanden sich wieder im Wald, als Lothair sie einholte.

Es war ein Ort, der sich gut für so ein Unheil eignete. Beiden war unbehaglich zumute gewesen, als sie den Wald betreten hatten; das Einhorn war widerspenstig und schreckte bei dem geringsten ungewöhnlichen Laut zusammen. Über ihnen wanden sich nackte, schwarze Äste, die wie grausig verbranntes Spitzentuch ineinander verschlungen waren; sie bogen sich in Mustern, die kaum natürlicher aussehen würden, wenn die Bäume beblättert waren. Es gab keinerlei Ähnlichkeit mit dem Tannen- oder dem Eichenwald von Ylowfort.

Die Äste waren schwarz, doch als Flachs den Blick unstet von ihnen abwandte, war er überzeugt, daß sie in Wirklichkeit rot gewesen waren: der ursprünglich helle Farbton hatte sich in eine verfaulte Schattierung verwandelt, die alten Blutflecken glich. Er zitterte, während ein Teil seines Bewußtseins darauf bestand, daß die Farbe nur vom Sonnenlicht herrührte, das auf den eisigen

Zweigen schimmerte. Lowise schwieg ausnahmsweise einmal. Distelhaar warf den Kopf zurück und beschleunigte seine Schritte.

Eine Hirschfährte führte sie erst hinab und dann einen Hang hinauf. Links neben ihnen öffnete sich eine finstere Schlucht, und zu ihrer Rechten erhob sich steil die braune Bergseite. Nacheinander stiegen sie wieder hinab.

Unmittelbar in der Nähe wieherte laut ein Pferd.

Lowise blickte zurück und sah Lothair, der direkt über ihnen auf dem Hang im Sattel saß. Eine Hand ruhte auf dem Schwertgriff, und jede reglose Fläche seines Gesichts versprach gräßliche Vergeltung. Auch Flachs sah ihn, und er handelte sofort, um die seiner Vorstellung nach vordringlichste Gefahr abzuwenden. Ein harter Schlag auf Distelhaars Hinterteil ließ das erschrockene Einhorn hangabwärts galoppieren, außer Sicht und somit in Sicherheit. Flachs wäre nie auf die Idee gekommen, daß der Herzog außer dem Einhorn noch etwas anderem nachjagte.

Lowise wiederum hatte diese Vorstellung eigentlich immer in Betracht gezogen.

»Nein!« schrie sie und bestand dabei nur aus Trotz und Panik. »Ich werde nicht zurückkehren! Ich werde nicht mit dir gehen! *Dazu kannst du mich nicht zwingen!*«

Das Kriegspferd reagierte auf die Sporen des Herzogs und rutschte den Abhang hinab, bis seine mit Schweiß bedeckten Flanken Flachs und Lowise voneinander trennten. Lothair zog das Schwert und grüßte Lowise mit der Klinge. Die Freude, die er dabei empfand, als er sie gesund wiedersah, erstaunte ihn, so wie ihr windzerzaustes Haar ihn mit Sorge erfüllte. Aber der Haß auf ihrem Gesicht machte die beabsichtigte Milde unmöglich.

»Meine Dame.« Lothair saß ab, und das Pferd bewegte sich ein paar Schritte weg, um wartend auf der Stelle stehenzubleiben. »Hier treffe ich dich also. Und dich auch, Hexenbalg. Was hast du mit meinem Einhorn gemacht?«

Flachs gab keine Antwort.

»Ruf es her«, befahl Lothair mit tödlicher Ruhe.

Flachs schüttelte den Kopf. Seine Knie zitterten. Er wollte weglaufen so wie vor den Wolfshunden, erinnerte sich jedoch daran, wie das ausgegangen war, und wich nicht von der Stelle.

Das Gesicht des Herzogs verfinsterte sich. »Dann hast du mich zweimal bestohlen, Bauer. Dafür wirst du bezahlen.«

»Ich bin nicht dein Eigentum«, warf Lowise wütend ein.

Lothair hob eine Augenbraue. »Oh, da bist du im Irrtum, meine Dame. Es gibt einen Vertrag. Alles ist völlig rechtmäßig.« Er drehte sich ein wenig zur Seite und richtete das Schwert auf Flachs' Kehle.

»Lothair, nein!« Sie wollte nicht glauben, was er vorhatte.

»Doch. Er mag zwar nicht alle Sinne beisammen haben, aber das hast du ihm eingebrockt, als du dich dazu entschieden hast, mit ihm wegzulaufen. Du bist meine rechtmäßige Verlobte, und ich habe vor, mich für die Schande zu rächen, die du über mich gebracht hast. Sei froh, daß ich mich damit zufriedengebe.«

»Das war nicht Flachs' Schuld!« rief Lowise entsetzt. »Er hat mich nicht geraubt! Ich bin ihm nur gefolgt...« Abenteuer endeten nicht auf diese Weise. Kein Minnesänger würde so ein Lied schreiben.

Lothair näherte sich Flachs mit den kleinen, vorsichtigen Schritten eines Fechters, auf jede Bewegung vorbereitet, die sein Opfer vielleicht machen würde.

»Ruf das Tier zurück, Junge, und ich lasse dich mit der Hälfte der Prügel gehen, die du verdient hast.«

Flachs verstand, daß der Herzog nicht beabsichtigte, ihn zu töten. Er wollte ihn bluten lassen und die Herrschaft durchsetzen, die ihm gesetzmäßig zustand und der sich Lowise widersetzt hatte. Das Ganze hatte auch etwas mit einer Lektion und einer Strafe für Lowise zu tun, aber beides war so miteinander verknüpft, daß Flachs es nur spüren, aber nicht verstehen konnte. Er würde nicht getötet werden. Er war Besitz, selbst wenn er keinen besonderen Wert für den Herzog darstellte. Für Distelhaar konnte Flachs nicht auf so eine zweifelhafte Gnade hoffen. Im Hintergrund von Lothairs Bewußtsein leuchtete das strahlende Bild, wie er eine blutige und kostbare Trophäe hochhob – der abgeschlagene Kopf des Einhorns.

Zitternd ließ Flachs sein Bündel zu Boden gleiten. Er hob einen schlanken Eichenast auf, der direkt neben seinem Fuß gelegen hatte. Er war eine Handbreit länger als Lothairs Schwert, so dick wie sein Unterarm und fast gerade.

Der Herzog lächelte freudlos in Flachs' Richtung.

»Noch besser, Junge. Dann los!« Er sprang vor und griff an. Die Verabreichung dieser kleinen Lektion würde Lowise mit genau den Realitäten konfrontieren, die sie kennenlernen mußte – und die Sache würde einen befriedigenden Abschluß finden.

Flachs sprang die gleiche Distanz zurück, entging knapp dem Hieb und packte seinen Stock fester. War Distelhaar in Sicherheit? Bestimmt würde er bald weit genug weg sein, und nicht einmal ein Pferd würde es schaffen, ihn einzuholen – nicht im Wald. Der Herzog hatte keine Hunde dabei, wie Flachs dankbar bemerkte. Zuerst war er nicht sicher gewesen. Wie der Kampf auch ausging, Distelhaar würde seine Freiheit behalten. Diese Erleichterung führte dazu, daß er seine Angst einigermaßen beherrschte.

Flachs hob den Eichenstock, um Lothairs nächstem Angriff zu begegnen. Einen Augenblick fühlte er, wie eine Kraft zwischen Stock und Arm floß – wie seinerzeit, als er die Handfläche auf einen Baumstamm gelegt und gespürt hatte, wie der Wind die oberen Äste des Baumes bewegte. Blauweiße Funken sprühten, als Holz auf Stahl traf, und der Herzog schrie überrascht auf. Flachs stolperte genauso verblüfft zurück und stieß gegen einen hohen Stapel ineinander verschlungener Äste, die der Wind abgerissen hatte. Instinktiv kletterte er darauf, bis er schwankend oben stand und den kleinen Vorteil ausnutzen konnte, den ihm die Höhe verlieh. Ein glücklicher Hieb mit dem Stock traf den Herzog an den Rippen. Unsicher zog sich Flachs wieder ein Stück zurück.

»Hexenbalg!« fluchte Lothair und folgte ihm, wenn auch etwas weniger stürmisch. Das war nicht so einfach, wie er es erwartet hatte, und wenn er zuließ, daß dieser Bauer die Oberhand behielt, würde es auch nicht die Lektion werden, die er seiner Braut erteilen wollte. Sein nächster Schlag fiel vorsichtiger aus, aber der kalte Stahl hackte ordentlich in das Eichenholz, und Flachs spürte, daß von ihm keine Kraft mehr ausging. Welche Magie auch immer sich in dem Stock befunden hatte, sie war verbraucht; anstelle von Funken flogen nun Holzsplitter. Flachs wehrte einen auf seinen Kopf gerichteten Schlag ab und hielt plötzlich nur noch weniger als eine Elle Holz in der Hand, als der Rest seines gestutzten Knüppels in den Wald flog.

Seine Waffenlosigkeit verschaffte ihm weder einen Aufschub noch Mitleid. Verzweifelt sprang Flachs zurück; der Schwertstahl sauste direkt vor seiner Nase vorbei. Die Äste unter seinen Füßen waren dick mit Eis überzogen. Flachs rutschte aus, und aus seinem Sprung in die Sicherheit wurde ein Sturz. Er traf mit dem Kopf auf einen Stamm und lag benommen zwischen den Zweigen.

Lothair suchte sich keuchend einen Weg durch den trügerischen Holzstoß, wobei seine Schwertspitze stets auf Flachs gerichtet blieb. Mit der freien Hand rieb er sich über die angeschlagenen Rippen. Mit dem Schmerz kam die Wut, und seine Klinge zuckte begierig.

Ein Schrei zerriß die kalte Luft. Instinktiv wirbelte Lothair in die Richtung. Es überraschte ihn nicht, daß Lowise aufschrie, aber sein Pferd preschte wie von Dämonen gejagt den Hügel hinauf.

Lowise befürchtete nicht Flachs' unmittelbar bevorstehenden Tod. Sie hatte noch nicht einmal gesehen, wie er fiel. Ihr Blick war auf eine Stelle direkt vor ihr gerichtet, als sie erneut aufschrie. Beinahe unter ihren Füßen hob sich ein Haufen schneebedeckter Blätter in die Höhe und reichte ihr schließlich bis zur Hüfte, wobei sein Umfang allerdings weitaus größer war. Überall unter den schwarzen Bäumen stießen ähnliche Buckel fontänenartig an die

Oberfläche und schlossen sich dem ersten an, der auf das Mädchen zuhielt.

Die Hitze der Vergeltung in Lothairs Herz wurde durch Furcht ersetzt. Anders als Lowise konnte er sich trotzdem bewegen. Er vergaß Flachs und rannte auf Lowise zu. Er stolperte über die ineinander verschlungenen Äste, aber er erreichte sie trotzdem vor der Laubkreatur.

Er schwang warnend das Schwert vor dem Ding – was auch immer es war – und glaubte seinen Augen immer noch nicht zu trauen. Es wich nicht zurück. Es schien ihn nicht zu fürchten; scheinbar beachtete es ihn überhaupt nicht. Raschelnd kroch es näher heran, während er Lowise hinter sich stieß. Gerade, als sich Lothair unverrückbar zwischen sie und das Ding gestellt hatte, schoß beinahe direkt unter seinen Füßen eine Masse in die Höhe.

Lothair teilte einen mächtigen Hieb aus – und das Erdwesen floß einfach um die Klinge herum, begrub ihn wie eine Woge unter sich und erstickte seine Sicht und seinen Atem. Der Herzog konnte sich zwar befreien, wurde aber sofort danach auf der anderen Seite von einem weiteren emporschießenden Hügel getroffen, während eine dritte Laubkreatur von hinten angriff. Blätter flogen in alle Richtungen, als er einen Schlag nach dem anderen austeilte, wobei er keinen überlegten Angriff mehr ausführte, sondern nur noch wild versuchte, den Feind abzuwehren. Kein Hieb traf eine lebenswichtige Stelle oder überhaupt etwas Festes.

Die Kreaturen schwärmten unablässig aus dem Boden; Lothair vermochte nicht zu sagen, ob es Dutzende waren oder dieselben, die immer wieder emporquollen. Schließlich stürzte er überwältigt zu Boden und blieb liegen.

Lowise, die nur dank des Buchenstamms, an den sie sich klammerte, aufrecht dastand, hatte plötzlich einen Punkt erreicht, an dem sie nicht mehr schreien konnte. Da sie nicht wußte, wie man in Ohnmacht fiel, sah sie hilflos zu, wie die Kreaturen vom Herzog abließen, um sich wieder ihr zu nähern. Lowise vermochte nicht zu sagen, was sie mit ihr anstellen würden. Sie wußte nicht, was man Lothair angetan hatte, aber er lag bewegungslos da. Lowise konnte sich zu keiner Bewegung zwingen. Sie war überzeugt, daß sie den Ungeheuern auch dann nicht entkommen konnte, wenn es ihr gelang, ihre Hände davon zu überzeugen, den Baum loszulassen, und ihre Beine, sie ein paar Schritte zu tragen.

Flachs, der benommen den Kopf schüttelte, war wieder auf die Füße gekommen, hatte sich jedoch noch mehr in den Zweigen verfangen, auf denen er gelegen hatte. Als er sich freigestrampelt hatte, bildeten die Laubkreaturen einen weiten Kreis um Lowise. Er starrte zuerst sie, dann den Herzog an. Die Ungetüme schienen ihn noch nicht bemerkt zu haben.

Lowise sah es. »Flachs, lauf«, bat sie. »Flieh!«

Flachs hätte ihr nur zu gern gehorcht. Von den Blätterhaufen ging wellenförmig etwas Bedrohliches aus, das ihn unablässig einhüllte. Verglichen damit besaß das Böse, das er beim Betreten des Waldes gespürt hatte, nicht mehr Substanz als der Salzgehalt der Luft im Gegensatz zum Ozean selbst, doch er war der Überzeugung, daß es sich trotzdem um ein und dasselbe handelte. Vielleicht war er schneller als die Erdgeschöpfe, wenn er loslief. Es war möglich, daß sie an dieses Waldstück gefesselt waren und nur über diese verfluchte Schlucht mit den verkrüppelten Bäumen herrschten.

Diese Einschränkung machte sie nicht weniger gefährlich. Und sobald sie ihn gesehen hatten, war seine beste Chance zur Flucht vertan. Welche Hoffnung hatte er, sie zu bekämpfen, wenn der Herzog dabei versagt hatte?

Flachs' Kopf schwamm, und der Wald drohte umzukippen. Als sich sein Blick klärte, starrte er immer noch in Lowises kreidebleiches Gesicht. Allerdings sah sie nicht mehr zu ihm. Ein in die Falle getappter Hase konnte nicht hoffnungsloser dreinblicken als sie. Dieser Blick war der Hauptgrund, warum Flachs nie Hasen fing, obwohl sie allein auf seinen Wunsch herangekommen wären; Bauern kamen nicht so leicht an frisches Fleisch heran...

Der Herzog lag ausgestreckt vor dem Kreis, das Schwert direkt neben ihm im Schnee. Flachs stürzte sich auf die Waffe, riß sie hoch – und schrie vor Schmerz, als er die Klinge fortwarf. Etwas hatte wie Feuer seine Hand verbrannt. Er begriff nicht, wie Adlige es schafften, mit Waffen zu kämpfen, die ihren Trägern solche Schmerzen zufügten. Die Blätter, auf denen das Schwert nun lag, waren verbrannt und schwelten.

Fast hätte Flachs ein zweites Mal nach der Klinge gegriffen, doch dann umklammerte er einen gekrümmten Ast und hob ihn resolut, wenn nicht sogar voller Hoffnung. Er trat auf die nächste Kreatur zu, und obwohl sie weder über einen klar erkenntlichen Kopf noch über ein Gesicht verfügte, wußte er irgendwie, daß sich das Wesen umgedreht hatte, um sich ihm entgegenzustellen. Die Sonne war untergegangen. Das letzte rosafarbene Licht schwand schnell vom Himmel.

Trotz der Dunkelheit sah Flachs, wie die Laubkreatur ihn ansprang. Außerdem warnte ihn das Blätterrauschen.

Er schlug kräftig mit dem Ast zu und wiederholte, ohne es zu wissen, Lothairs sinnlose Bemühungen. Das Wesen prallte gegen seine Brust, und Flachs' Mund füllte sich mit kalten, verfaulenden Blättern, während eisige, dünne Zweige nach seinen Augen stachen. Er taumelte und fiel rückwärts in eine andere Kreatur. Er rang nach Luft und versuchte, Blätter und Erde beiseite zu stoßen.

Eine Gestalt, so weiß wie Eis, jagte durch den Wald und sprang behende über den Stapel aus abgerissenen Ästen und Zweigen. Lowises Herz tat einen Sprung, um dann tief zu verzweifeln. Mußte das Einhorn denn auch zugrunde gehen? Forderten das die Lieder der Minnesänger?

Sie rief ihm zu, drängte es zu fliehen, aber Distelhaar kam mutig näher, und als seine Hufe die Lichtung berührten, griff er mit einem Hieb seines Horns in den Kampf ein.

Blätter stoben in alle Richtungen davon, aber diesmal bildeten sich die Hügel nicht sofort von neuem. Fetzen sanken auf den

Waldboden und hinterließen einen fauligen Geruch in der Luft. Flachs rollte hervor; er würgte, während er sich auf die Knie aufrichtete. Distelhaar verweilte nicht einen Herzschlag lang bei ihm, sondern griff die Kreatur zu Lowises Füßen an. Sein Horn strahlte so ungezügelt grell, daß ihre Augen es nur als leuchtenden, schemenhaften Abdruck wahrnehmen konnten, ähnlich einem Blitzstrahl. Es knallte wie bei einem Donnerschlag, nur lauter, und Lowise fiel wimmernd auf die Knie.

Zwei Laubkreaturen versuchten, das Einhorn zu überwältigen, doch es stieß nach links, drehte sich auf der Stelle um und schlug nach rechts; es war schneller als ein Gedanke, und seine Bewegungen waren ein nicht mehr wahrzunehmender Schatten. Das Horn war überall; hell und schrecklich zugleich blitzte es inmitten von Wolken aus zerrissenen Blättern auf und traf die Ungeheuer. Lowise schloß die Augen und wartete auf Ruhe.

Als sie wieder hinsah, stand Flachs auf den Füßen und hatte einen Arm um Distelhaars schweißnassen Nacken geschlungen. Das furchtbare Strahlen des Horns hatte sich zu einem Schimmern abgeschwächt, das nicht heller war als das eines Glühwürmchens. Lowise schluchzte vor Erleichterung auf und taumelte los, um sich den beiden anzuschließen.

Das Geräusch ließ sie wie angewurzelt verharren. Es war ein Mittelding zwischen einem Stöhnen und einem Keuchen, vermischt mit einem Blubbern, wie es bei einem Kessel zu hören war, dessen Inhalt träge zu kochen anfing; und es rüttelte an Lowises Gewissen. Äußerst unwillig ging sie zu der Stelle zurück, an der ihr Verlobter gefallen war.

Er lag auf dem Gesicht, und als Lowise ihn zögernd berührte, fühlte sie etwas Klebriges an den Fingern. Das blubbernde Geräusch ertönte in unregelmäßigen Abständen.

Als Flachs ihr dabei half, den Herzog auf den Rücken zu legen, entdeckte Lowise die Ursache. Lothairs Brust war von einem Ast durchbohrt worden, dessen zersplittertes Ende noch zu sehen war. Mit dem Blut traten Luftblasen hervor. *So viel* Blut... Er versuchte zu sprechen, und aus einem völlig unerwarteten Mitleid heraus beugte sie sich näher heran, um ihn verstehen zu können. Sein Gesicht war mit weißen Malen bedeckt, die Erfrierungen ähnelten.

»Sie... haben dich gerettet. Mehr Gnade, als ich... ihnen erweisen wollte... oder dir.«

Lowise spürte, wie sich Tränen in ihren Augenwinkeln sammelten. Die Schuld hielt ihrem Gewissen einen Spiegel vor. Sie war es gewesen, die keine Gnade gezeigt hatte. Man hatte immer erzählt, daß Lothair kein geduldiger Mann war, aber mit ihr *war* er geduldig gewesen. Sie hatte ihn ununterbrochen gereizt und ihn am Ende getötet, einfach, indem sie sich jedem Befehl und jeder Anordnung verweigert hatte. Niemand hatte ihr zu sagen, was sie tun sollte! Ganz gleich, worum es ging, die vorsichtigste Andeutung eines Befehls versetzte sie in blinde Wut, und sie widersetzte sich ihm zornig und kompromißlos. Der Spiegel blitzte auf und zeigte ihr die Machtlosigkeit, die diese Wut nährte. Von der Mutter im Stich gelassen, vom Vater in ein Dasein verkauft, das am Ende ihres Weges nur in den Tod führen konnte, ohne daß es auch nur andeutungsweise eine Wahl oder Hoffnung gab.

Sie hatte aber nie gewollt, daß Lothair den Tod fand. Nie und nimmer. Zum ersten Mal in ihrem Leben bereute die edle Lowise eine Tat.

Durch die Tränen verwandelte sich das Licht von Distelhaars Horn in ein helles Strahlen. Lowise spürte die Wärme der Einhornflanke neben sich und den trostspendenden Druck von Flachs' Hand auf der anderen Seite. Abwechselnd klammerte sie sich an beiden fest. Sie stellte sich ihrer Angst und sah, wie sie schwand, doch die Trauer und die überwältigende Schuld konnte sie nicht so leicht beherrschen.

Der Herzog schaute halb betäubt auf das Tier, das über ihm stand. Daß ein Einhorn, ein gejagtes Wesen, freiwillig zu dem Mann kam, der es erlegen wollte... Lothair war erstaunt. Die

Jägersagen berichteten, daß sie nur aus freiem Willen zu den Unschuldigen kamen und überlistet werden mußten, sich in die Reichweite des Jägers zu begeben. Und doch war es zu ihm gekommen. Sogar sterbend erregte dieses Wunder seine Aufmerksamkeit. Er hätte nicht gedacht, daß das Tier so wunderschön war... so weiß wie das Herz einer Flamme, mit einem Horn wie aus Mondlicht und Regenbogen. Das strahlende Horn neigte sich ihm zu, als wolle es ihm eine Liebkosung zuteil werden lassen.

Lothair stieß einen lauten Schrei aus, und Lowise wußte, daß er tot war. Tot, und sie hatte noch nicht einmal die Gnadenfrist gehabt, ihm ein freundliches Wort des Abschieds zu erweisen. Sie fing bitterlich zu weinen an.

Lothair wußte, daß er sie liebte, obwohl er sich kaum an die Form ihres Gesichts erinnern konnte, wenn es nicht in ihren Händen vergraben lag, oder an die genaue Farbe ihrer Augen. Ihr Lachen, das in seiner Gegenwart so selten zu hören gewesen und so oft hinter Türen oder im Nebenraum erklungen war, füllte seine Erinnerung und hinterließ in seinem Geist und der Mitte seiner Brust eine Wärme. Sie dehnte sich aus bis in Finger und Zehen. Er liebte sie – und bedauerte voller Kummer, daß er nicht länger das Gefühl hatte, sie zu besitzen, denn Freiheit bedeutete auch die Freiheit zur Wahl. Die Freiheit, ihn zu verlassen.

Der Herzog setzte sich auf und machte auf Lowises Gesicht Erstaunen und auf Flachs' Besorgnis aus. Neugierig erforschten seine Finger die glatte weiße Narbe an der Stelle, an der sich das Holz in seine Brust gebohrt hatte, und schließlich sah er dankbar auf das Einhorn. Dessen Horn schien länger zu sein, als er es in Erinnerung hatte; so lang wie ein gutes Schwert und genauso strahlend.

Als Distelhaar sie weiterführte, ging Lothair mit, wobei er kaum ein Wort sagte; er bestand lediglich darauf, daß Flachs etwas von dem Brot und dem getrockneten Wildbret nahm, das der Herzog zu ihrem Proviant beigesteuert hatte. Flachs, der auf ein paar geschrumpelten Haselnüssen herumkaute, die er einem Eichhörnchen gestohlen hatte, nahm es mit mißtrauischer Höflichkeit an.

Falls Lothair Fragen nach ihrem Ziel hatte, blieben sie unausgesprochen. Vielleicht hätte er die Rückkehr nach Ylowfort vorgeschlagen und Flachs und dem Einhorn seinen Schutz angeboten, doch offensichtlich hatte er bemerkt, daß das Einhorn nicht geführt wurde und er das unschätzbare Privileg besaß, einer von denen zu sein, die ihm folgten. Er fühlte sich auf seltsame Weise mit Flachs verbunden, und auch wenn die Unterhaltung seinerseits niemals über ein einzelnes Wort und ein Nicken Flachs' hinausging, erwuchs eine Art Freundschaft daraus.

Zwischen dem Herzog und Lowise gab es eine sehr behutsame und zurückhaltende Höflichkeit, aber dem Herzog schien es zu genügen, selbst so wenig mit ihr zu teilen, und er drängte sie nie, etwas zu sagen.

Der Wald lichtete sich. Wiesen folgten, und zwischen den alten Wurzeln sprossen neue grüne Spitzen. Am Waldrand standen zerbrechlich aussehende rote Blumen. Lowise flocht Händevoll davon in Distelhaars Mähne und in ihr eigenes dunkles Haar.

»Herr?« Eine um Aufmerksamkeit heischende Pfote hinterließ einen Staubfleck auf einem fein gewebten Ärmel.

»Was ist, Mai? Oh, doch nicht schon wieder die Topfkräuter! Kannst du nicht draußen graben, wo es jetzt wieder wärmer ist?« Hastig legte er das Buch beiseite.

Die Hündin mit den blauen Augen schaute zutiefst beleidigt drein. »Dein Spiegel zeigt ein Bild. Egal. Vielleicht geht es von selbst weg.« Sie sprach, als sei ihr die Sache völlig gleichgültig.

»Ein Bild? Natürlich zeigt er ein... Oh!« Corlinn erhob sich schnell und ging zu dem Spiegel. Einen Augenblick später überwand die Hündin ihre verletzten Gefühle und schloß sich ihm an.

Der Drehspiegel zeigte keinen Teil der Hütte des Zauberers mehr. Bäume füllten ihn aus, von links nach rechts und von oben bis unten. Es dauerte einen Augenblick, bis Corlinn die drei Gestalten bemerkte, die sich zwischen den Bäumen bewegten.

Zwei Männer: der eine hatte helles Haar und trug zerlumpte Kleider, der andere war schwarzhaarig und von der Reise schmutzig. Ein Mädchen, das gelegentlich neben einem von ihnen ging und nie neben dem anderen.

Corlinn blickte den zerlumpten Mann lange an – in Wirklichkeit war es ein Junge, der noch nicht ganz erwachsen war. »Also hast du doch überlebt«, sagte er verwundert. »Und du bist erneut in meinem Spiegel erschienen. Ich frage mich, warum?«

»Wer ist der andere? Das Falkengesicht?«

»Herzog Lothair von Ylowfort, und er würde deine Beschreibung kaum als Kompliment auffassen.«

Die Hündin starrte intensiv in das Glas und ignorierte den Tadel.

»Ich habe Herzog Lothair oft am Königshof gesehen. Er ist ein junger, reicher Mann mit Grundbesitz – und wenn ich mich nicht irre, wird das Mädchen da noch mal soviel einbringen, wenn sie heiraten.«

Die Hündin schnupperte skeptisch.

»Ich stimme dir völlig zu. Es sieht nicht so aus, als sei sie besonders von ihm eingenommen.«

»Sie sieht ihn noch nicht einmal an!«

»Nun, du hast dich auch geirrt, was den Wolfshund anging. Wir hätten wetten sollen.«

Das Trio kam zwischen den Bäumen näher.

»Herr? Was ist das für ein Ort?«

»Dieser Wald?« Corlinn beugte sich vor. »Ich glaube, ich kenne ihn – ich schätze, er liegt etwa eine Tagesreise von hier entfernt.«

»Werden sie herkommen?«

»Ich denke schon.« Corlinn kniff die Augen in dem Versuch zusammen, die Gesichter genauer auszumachen.

»Warum?«

»Weil der Weg, den sie zurücklegen, hier endet.«

»Aber warum kommen sie?« Große Ohren zuckten.

»Unglücklicherweise bin ich nicht allwissend.«

Die Hündin legte den Kopf schief. »Wenn du es nicht weißt, dann sag es doch.«

»Das habe ich, Welpe. Dieser Spiegel zeigt mir genausooft Rätsel, wie er mir Wahrheiten zeigt. Egal, geh morgen ein Stück in den Wald und warte auf sie. Ich glaube, es ist wichtig.«

Die Hündin wedelte eifrig mit dem Schwanz, dann sprang sie aufgeregt in die Luft, landete wieder und sprang erneut hoch, um ihrem Herrn die Vorderpfoten auf die Schultern zu legen. Er taumelte, als er ihr volles Gewicht zu spüren bekam.

»*Gesellschaft!*«

»Ja, Mai, aber frühestens morgen abend. Reiß dich zusammen!«

Die Hündin entwand sich seinem Griff und lief zum Fenster, wo sie die Vorderpfote auf die Fensterbank stützte und Wache hielt.

Die Hündin schoß hinter einem Büschel sich entfaltender Farnwedel hoch und verursachte bei Distelhaars Gruppe ein gelindes Erschrecken und Zurückzucken. Ihr Erscheinungsbild war so beunruhigend wie ihre Ankunft. Sie war groß und sehr schlank und hatte Beine, die so lang waren wie die eines Fohlens. Ihr honiggelbes Fell war weiß gefleckt, als sei sie in einen Farbtopf gefallen, und ihre Augen waren so blau wie der winterliche Himmel in letzter Zeit. Ein sehr großes Ohr stand aufgerichtet, während das andere sich verwegen zur Seite neigte.

»Ups!« Sie sprach trotz heraushängender Zunge ganz deutlich. »Gesellschaft beim Abendessen, sehr gut!«

Die Erscheinung verschwand wieder zwischen den Bäumen;

das Wedeln eines weißgepunkteten Schwanzes bot den einzigen Hinweis auf ihren Weg.

»Folgen wir?« fragte Lothair.

Distelhaar schnaubte, warf den Kopf zurück und trat anmutig über den Farn.

Unter den Bäumen befand sich eine Hütte, deren Rückseite auf das sich krümmende Silberband des Flusses hinausging. Eine Rauchwolke strömte aus dem Schornstein aus Flußsteinen, der auf das Schilfdach gesetzt war. Die Hündin mit den blauen Augen stand in der Tür und wedelte aufgeregt mit dem Schwanz.

»Siehst du? Siehst du? Ich hab's dir gesagt! *Gesellschaft!* Die, die du im Spiegel gesehen hast!«

»Ja«, sagte der Herr der Hündin. »Aber weder der Spiegel noch du haben ein Einhorn erwähnt.«

Die Ohren der Hündin senkten sich schuldbewußt. »Ich hab' doch noch nie zuvor eins gesehen, oder?«

»Nein, ich glaube nicht. Das letzte Einhorn war hier zu Besuch, lange bevor du auf die Welt kamst. Das ist ein seltener Gast. Paß auf, daß du nicht auf den Boden machst.«

Man versorgte sie mit warmem Wasser zum Waschen, Bänken zum Ausruhen und einer Mahlzeit, die ihnen in Erinnerung rief, daß sie schon lange nichts Vernünftiges mehr gegessen hatten. Danach gab es süßes Met, das rauchig über die Zunge glitt und feurig durch die Kehle rann.

Das Getränk war genauso herzerfrischend wie die freundliche Art ihres Gastgebers. Andernfalls hätte es, alles in allem, sogar Lowise mit ihrer behenden Zunge die Worte verschlagen: eine sprechende Hündin; eine Mahlzeit, mit deren Zubereitung man zu einem Zeitpunkt begonnen haben mußte, als das Tier noch gar nichts von ihrem Kommen wissen konnte, und diverse Gegenstände, die nach einem Fingerschnippen ihres Gastgebers aus dem Nichts erschienen. Er hätte ihnen nicht zu erklären brauchen, daß er ein Zauberer war, wie er es tat, als er sie nach dem Namen fragte und erklärte, er hieße Corlinn.

Die Gesellschaft machte Flachs nervös, und da er vorsichtig war, was den Hund betraf – auch wenn der sich durchaus freundlich verhielt –, zog er sich nach dem Essen auf die breite Fensterbank zurück. Distelhaar schmiegte sich an seine Beine und hielt zur Abwechslung die Mähne hin, damit er sie entwirren konnte. Mit gesenktem Kopf und fleißig beschäftigt machte sich Flachs nicht die Mühe, der Unterhaltung bei Tisch zu folgen. Er wußte, daß Lowise die Geschichte ihrer Reise erzählte. Da er alles miterlebt hatte, interessierte ihn das nicht.

Seine Aufmerksamkeit wandte sich statt dessen dem Zimmer zu. An den weißgetünchten Wänden waren so viele Regalbretter angebracht, und sie alle waren mit so vielen verschiedenen Dingen beladen. Kräuter, von denen einige in Töpfen wuchsen, andere getrocknet waren, farbige Kristallstücke, Knochen, alte Vogelnester. Eine Unmenge an Büchern stand darauf; sie lagen aber auch auf dem Boden gestapelt. Flachs wußte, was ein Buch war, auch wenn er noch nie eins berührt hatte und mit Sicherheit keins lesen konnte. Bücher waren kostbar – der Dorfpriester besaß zwei, und ihre Deckel wurden mit winzigen, versilberten Pferdefußfesseln sicher verschlossen.

Er verstand nicht, warum Distelhaar sie an solch einen Ort geführt hatte. Bestimmt nicht, um einen Unterschlupf zu finden. Den hätten sie dringender gebraucht, bevor das Wetter wärmer wurde. Auch nicht wegen des Essens – sie waren hungrig gewesen, standen aber noch nicht vor dem Hungertod. Immer, wenn sie ein Lager aufschlugen, hatte Flachs den Drang empfunden, weiterzugehen, in Bewegung zu bleiben. Der war nun versiegt. Das Einhorn schien ganz zufrieden zu sein, aber Flachs war verblüfft.

War dies das Ende der Reise? Der Zauberer schien freundlich zu sein. Vielleicht konnte er das Einhorn hier sicher zurücklassen, damit es sein eigenes Leben führte. Flachs hatte Geschichten über

Zauberer und Magier gehört, und er wußte, daß Einhörner in so eine Welt gehörten. Jedenfalls eher hierher als in das Dorf Ylowfort.

Es war bei weitem nicht sein Wunsch, Distelhaar zu verlassen, doch Flachs hatte keine Hoffnung, daß man ihnen beiden erlauben würde, hierzubleiben. Sein Herz war schwer, aber er wußte, daß er damit zufrieden sein mußte, für die Sicherheit des Einhorns gesorgt zu haben. Neben ihm auf der Fensterbank lag ein Buch. Zaghaft klappte Flachs den Deckel auf.

»Einhörner sind von Natur aus Einzelgänger«, sagte Corlinn und zündete mit zwei knisternden Wörtern seine Pfeife an, während die Hündin die Schnauze auf die Tischplatte legte und bewundernd zusah. »Sogar innerhalb ihrer eigenen Rasse. Es verblüfft mich, daß sich dieses in Gesellschaft so wohl fühlt.«

»Ich glaube, Flachs hat es als Fohlen gefunden«, sagte Lowise, und ihre nachdenklich blickenden Augen weiteten sich plötzlich. Sie sah zu Flachs.

»*Dahinter* war der Hund also her, und nicht hinter dir! Der Einhorngeruch! *Darum* bist du nie mehr zurückgekommen, ganz gleich...«

Flachs schaute sie elend an, als würde er über einen Haufen verhungerter Vögel blicken. Er nickte. Lothair sah von einem zum anderen und verstand vielleicht.

»Nun«, sagte Lowise sehr sanft. »Es war nicht deine Schuld.«

»Kann er nicht sprechen?« fragte der Zauberer.

Lowise versuchte sich daran zu erinnern, ob Flachs in ihrer Gegenwart außer den Pfiffen, mit denen er ihre Vögel bezauberte, jemals einen Laut von sich gegeben hatte. Ihr fiel kein einziger ein – bis auf den Schrei, als er Lothairs Schwert berührt hatte.

Flachs hatte das Buch mutig so weit aufgeschlagen, daß er sich tatsächlich die Seiten anschauen konnte. Unter seinen Fingern befand sich die naturgetreue Abbildung einer Fingerhutpflanze, von der purpurroten Blüte bis zur entblößten Wurzel.

»Er ist einfältig, Sir«, sagte der Herzog hilfreich.

Lowises dunkle Augen blitzten. »So sagt man im Dorf! Er sei nicht ganz bei Verstand und verflucht! Ich wollte auch nicht sprechen, wenn man sich über mich solche Lügen erzählte!«

Bei dem Gedanken, sie schweigend zu erleben, und sei es auch nur für eine Stunde, umspielte ein Lächeln Lothairs Lippen, doch er achtete darauf, daß sie es nicht sah.

Flachs musterte sie nur auf eine Weise, als würde er hoffnungslos erwarten, daß das Ergebnis dieser Unterhaltung für ihn nichts Gutes brachte. Es schien unwahrscheinlich, daß er auf eine Bitte hin plötzlich sein Schweigen brach.

»Was sie im Dorf behaupten... natürlich muß es nicht stimmen, aber sie sagen, seine Mutter sei eine Hexe gewesen.« Lothair fühlte sich nicht wohl, als er das sagte, denn vielleicht war es ungehörig, so eine Beschuldigung am Tisch eines Zauberers zu wiederholen. »Man behauptet, es hätte sie die Sprache gekostet, aber ich habe auch meine Zweifel, was ihre Hörfähigkeit anging.«

»Was ist mit ihr geschehen?« fragte Lowise besorgt. »Starb sie bei Flachs' Geburt?«

»Nein«, sagte Lothair. Ihre Schlußfolgerung überraschte ihn offensichtlich.

Corlinn warf dem Mädchen einen scharfen Blick zu. »Mädchen, manchmal sterben Frauen im Kindbett, aber mit Sicherheit nicht alle. Ich selbst bin der siebente Sohn und habe zwei Schwestern. Meine Mutter hat erlebt, wie wir alle aufwuchsen.«

Lowise riß die Augen weit auf, und unerwarteterweise wußte sie nichts mehr zu sagen. Aber es gab viel, worüber sie nachdenken mußte.

»Es ist schon einige Zeit her«, fuhr Lothair fort. »Ich... war sogar dabei. Ich war mit meinem Vater und seinen Männern auf der Jagd. Ein Sturm zog auf; wir wollten nach Hause. Der Himmel war so schwarz wie Teer, Regen fiel, überall zuckten Blitze, und es donnerte. Sie trat einfach auf den Weg. Niemand hatte da gestanden, und ganz plötzlich war sie da, und der erste Jäger ritt sie nieder. Er konnte nicht mehr anhalten. Der ganze Lärm, Pferde, die erschallenden Hörner – sie schien es nicht zu hören. Und sie wurde getötet, niedergeritten. Es war... der schlimmste Anblick, den ich je gesehen habe.«

Lothair schaute zu Flachs hinüber. Er war überzeugt, daß es auch das Schlimmste gewesen war, was Flachs jemals zu Gesicht bekommen hatte. Flachs zeigte keinen Kummer und schien der Unterhaltung nicht gefolgt zu sein. Die Angelegenheit hätte ihn genausogut nichts angehen können. Das Buch war wieder geschlossen, aber er hielt einen Finger darin, um die Stelle zu markieren. Die andere Hand lag auf Distelhaars Rist und zog müßig unsichtbare Muster.

Als der Zauberer aufstand, tat Flachs es ihm nach, und offensichtlich wäre er losgestürmt, hätte er freie Bahn zur Tür gehabt.

»Wie hast du mich gefunden?« fragte Corlinn. »Warum hast du das Einhorn zu mir gebracht?«

Flachs schüttelte nachdrücklich den Kopf. Er wollte zurücktreten, und sein Blick wurde verzweifelt, als er die Wand berührte. Ziemlich offensichtlich schätzte er die Entfernung zum Fenster ab.

»Ruhig«, beschwichtigte Corlinn ihn.

»Herr«, sagte Lowise eilig, die sich wunderte, in welchen Schwierigkeiten der Junge steckte. »Flachs hat das Einhorn nicht hergebracht. Er... also wir... wir sind ihm gefolgt. Distelhaar hat uns hergeführt, zumindest bis zu der Stelle, an der wir Eure Hündin getroffen haben. Sie führte uns dann hierhin.«

Ein Schwanz klopfte erfreut über die Anerkennung auf den Teppich vor dem Herd.

»Ja, Mai hat euch zum Essen eingeladen. Aber das war kein zufälliges Treffen! Ich habe sie losgeschickt, um die Leute in Empfang zu nehmen, die ich gestern abend in meinem Kristallspiegel gesehen habe. Eine äußerst merkwürdige Vision – ich habe weder das Einhorn wahrgenommen, noch kann ich sagen, wer von euch das Geschenk der Zauberkraft hat, das diese Mahlzeit ehren sollte. Offensichtlich weiß es sogar derjenige nicht, der sie in sich trägt.«

»Geschenk?« Lowise runzelte die Stirn. Sie hatten kein Geschenk gebracht. Wurde eins erwartet? Wie hätten sie das wissen sollen?

»Das erklärt diesen freundlichen Empfang«, sagte Lothair.

Corlinn kicherte. »Ja, mein Herzog. Es ist stets klug, andere Zauberer freundlich zu empfangen – es kann sehr gefährlich sein, wenn man es nicht tut. Aber ich will sehen, ob meine Vermutung richtig ist.«

Corlinn streckte die Hand nach Flachs aus, der vor der Berührung zurückzuckte, bis er gegen Distelhaars Schulter stieß. Das Einhorn rührte sich nicht von der Stelle, sondern stieß ihn zurück. Sie sahen sich von der Seite an, und schließlich stellte sich Flachs dem Zauberer und streckte ihm die Hand hin. Kühle Finger strichen über die Innenseite seines Handgelenks.

Es war, als habe sich der Himmel geöffnet, um im Gefolge eines Sturms Licht zu vergießen – wie augenblickliches Tageslicht, Vollmond ohne vorherigen Anbruch der Nacht. Jeder Moment seines Lebens, jeder Gedanke aus seinem Gehirn drängte und stürmte beinahe aus ihm heraus, während andere hineinwollten und gegen die Strömung ankämpften. Fragen, Antworten – nicht länger gedämpft und nur zur Hälfte verstanden. Es war wunderbar, und es war absolut erschreckend. Flachs brach in Tränen aus, die ihm unbeachtet die Wangen hinabrannen, während sein inneres Schweigen noch immer zerbrach. Aus dem hoffnungslos verworrenen Geplapper erhob sich zum Schluß eine einzige amüsierte Stimme.

So also fühlt es sich an? Armer Junge, du mußt fast schon vergessen haben, wie es ist, wenn man angesprochen wird. Es wird nicht immer so weh tun.

»Was passiert da?« wollte Lowise wissen. Lothair stand neben ihr, und sie rückte nicht von ihm weg.

Ruhig. Wir haben genug Zeit. Endlos viel Zeit.

Flachs löste den Kontakt ihrer Hände, warf beide Arme um Distelhaars Hals und begrub sein nasses Gesicht in der Mähne des Einhorns. Corlinn holte tief Luft und atmete langsam wieder aus. Er machte einen Schritt, der mehr Ähnlichkeit mit einem Taumeln hatte, und lächelte voller Reue, als sich seine Vertraute besorgt an ihn drängte.

»Das konnte einen etwas durcheinanderbringen. Für ihn war es auch ein beträchtlicher Schock.«

»Er hat zu Euch gesprochen?« fragte Lothair. Er war nicht sicher, ob er es begriff, hatte jedoch das Gefühl, der Wahrheit nahe genug zu sein, um die Frage wagen zu dürfen. »Wie?«

»Wie? So in etwa wie Euer Fluß, wenn die Schneeschmelze ihn über die Ufer treten läßt.« Corlinn kicherte erneut und streckte die Hand aus, um sie dem Einhorn hinzuhalten. Es liebkoste sie und wandte dann seine Aufmerksamkeit wieder Flachs zu.

»Aber... Ich habe nichts gehört.«

»Ich auch nicht. Die Mutter des Jungen ebenfalls nicht. Wie sollte sie ihm das Sprechen beibringen, wenn sie seine Worte nicht hören konnte? Also lehrte sie ihn, wie man von Geist zu Geist spricht – das Zaubervolk kann so etwas, und sie muß dazu gehört haben. Sehr wirksam, aber sie starb und ließ ihn unter jenen allein, die keine Hoffnung hatten, ihn zu verstehen.«

Lowise tätschelte Flachs die Schulter.

»Wird er lernen, wie man... normal spricht? Was glaubt Ihr?«

»Oh, bestimmt, und wahrscheinlich recht schnell! Es ist weder etwas mit seinem Verstand noch mit seiner Zunge nicht in Ordnung. Wie dem auch sei, es ist das Gedankensprechen, das den Lehrlingen immer solche Probleme bereitet. Ein oder zwei Krämpfe in der Zunge, die von der ungewohnten Anstrengung herrühren, werden das Schlimmste sein.« Corlinn setzte sich und zündete die Pfeife wieder an. Die Hündin mit den blauen Augen schnappte das Wort »Lehrling« auf und grinste wissend.

Lothair griff nach dem Met, um noch einen Schluck zu trinken. »Natürlich wird das Einhorn in meinem Land in Sicherheit sein«, sagte er und spielte mit dem Pokal. »Aber am besten geht man kein Risiko ein. Könnt ihr dem Tier hier Unterkunft gewähren?«

»Dem Einhorn? Aber natürlich wird es hierbleiben – oder da, wo Flachs ist. So ist das mit Vertrauten.« Ein Schwanz klopfte auf den Boden. »Auch wenn ich zugeben muß, daß es äußerst ungewöhnlich für einen Vertrauten ist, sich den Zauberer auszusuchen. Eigentlich sollte es andersherum geschehen.«

Vertrauter? Lehrling? Gedankensprechen? Lothair stellte den Pokal ab. »Ihr wollt doch nicht sagen, daß Flachs ein *Zauberer* ist?« Vom Schwachsinnigen zum Zauberer, das überforderte seine Auffassungsgabe bei weitem, selbst, wenn es sich nur um einen Zauberlehrling handelte. Im übrigen wäre er nie auf die Idee gekommen, daß Zauberer ausgebildet werden mußten. Waren sie denn nicht bereits im Vollbesitz ihrer Kräfte, wenn sie das erste Mal auftraten?

Lowise, deren eine Hand auf Flachs' Schulter lag und deren andere mit Distelhaars Stirnlocke spielte, erinnerte sich an warme Decken, die aus Heidekraut gesponnen waren, und an Kräutertees, die eine Mahlzeit ersetzten. Sie erinnerte sich an Spuren im Schnee, die bei der Berührung von Flachs' Fingern verschwanden, und an vertriebene Träume – und an einen Eichenzweig, der Schwertstahl standhielt.

»Aber natürlich ist er ein Zauberer«, sagte sie.

Lothair setzte das Bündel ab und wand sich unbeholfen, bevor er sprach.

»Hast du dir überlegt, was du jetzt tun willst? Wirst du hier bei ihnen bleiben?«

»Nein«, sagte Lowise, sah ihn dabei aber nicht an. »Für mich ist hier kein Platz. Ich besitze keine Zauberkräfte.«

»Ich glaube, sie würden dich dabehalten.«

Lowise antwortete nicht. Als Flachs damit begonnen hatte, der Sprache mächtig zu werden, schien sie die ihre verloren zu haben.

Auch Lothair schwieg lange. Seinem Gesicht waren die Zeichen eines inneren Kampfes abzulesen. Schließlich befeuchtete er seine Lippen und sprach wieder.

»Ich weiß, daß es nie nach deinem Geschmack war, mich zu… heiraten. Du hast dir Mühe gegeben, mir das klarzumachen, selbst als du annahmst, du hättest keine andere Wahl. Aber, Lowise, ich möchte dich noch immer zur Frau. *Ich* möchte *dich*, ich selbst, und nicht um den Vertrag zu erfüllen, den mein Vater mit deinem abgeschlossen hat! Wir waren beide dazu bereit, uns damit abzufinden und darunter zu leiden. Aber es könnte mehr als das sein! Zwischen uns könnte es eine Partnerschaft geben. Würdest du dem zustimmen? Willst du mich heiraten?«

Lowise sah sich das dunkle Gesicht des Herzogs ganz genau an. Der Stolz war noch immer da – es würde ihm nicht gefallen, sie sehen zu lassen, wie sehr ihre Ablehnung ihn verletzen würde –, doch die Arroganz, die wie eine zweite Haut an ihm gehaftet hatte, war bereits vor langer Zeit abgelegt worden. Sie stellte sich vor, mit ihm ihr Leben zu verbringen, seine Kinder auszutragen und sie aufwachsen zu sehen. Plötzlich kam es ihr eher wie eine Zukunft statt wie eine Verurteilung vor.

»Du hattest mich vorher nie *gefragt*«, sagte sie. »Nun, wo du es getan hast, willige ich ein.«

Sie nahm ihn bei der Hand.

Originaltitel: Thistledown
Ins Deutsche übertragen von Andreas Decker

Wayland Drew

Die alte Seele

»Hört!« sagte der Kaufmann und hob seine Hand, so daß die mit Juwelen besetzten Ringe in der Sonne glitzerten. »Da ist es wieder!«

Die Reisenden blieben stehen.

Zum zweiten Mal hörten sie den klagenden Ruf. Er kam aus den Sümpfen zu ihrer Rechten, wo sich die Dämmerung bereits auszubreiten begann wie ein ausgefranstes Gewand. Er erschreckte sie wie die Berührung eines Fledermausflügels, war aber so betörend, daß sie sich zusammendrängten und einander am Arm faßten.

Dem Kaufmann erschien blitzartig die Vision einer Brandung, die ewig auf einen ausgedehnten Strand auflief.

Der Doktor hörte Bergwinde.

Der junge Architekt dachte an das Kind. »Wie nah es heute abend ist!« flüsterte er, als die letzten Echos verklungen waren.

»Wir sollten unser Lager errichten und ein Feuer entfachen«, schlug der Doktor leise vor, und die anderen stimmten sofort zu.

Sie verließen den Pfad und folgten dem Kaufmann durch schwankendes Riedgras zum Strand. Im Westen lag das eisengraue Meer, an dem sie zwei Tage entlanggegangen waren, gekreuzt vom Weg der untergehenden Sonne. Im Norden und im Süden bog sich der Strand von ihnen fort wie glänzende Arme, die in den Nebel greifen. Soweit sie sehen konnten, gab es keine menschliche Ansiedlung, keine andere lebende Seele.

Sie sammelten Treibholz, und bald saßen sie an einem freundlichen Feuer und aßen. Der Dampf ihres Atems und ihrer Schüsseln wirbelte mit dem Rauch aufwärts.

Hin und wieder hörte einer von ihnen auf zu essen und schaute in den kristallenen Himmel oder auf den Frost, der auf dem Strandgras glitzerte. Keiner sprach.

Das Schicksal allein hatte diese ungleichen Reisenden zusammengeführt, denn wären ihre ursprünglichen Pläne ausgeführt worden, dann wären sie sich niemals begegnet oder hätten sich nur zufällig als Passagiere getroffen, die auf dem Deck des Schiffes herumspazierten, das zur Hauptstadt, dreißig Meilen über die Bucht, fuhr. Wie dem auch sei, jeder von ihnen hatte sich gerade soviel verspätet, daß er die Schiffsreise verpaßte. Der Kaufmann, der in der Nacht zuvor zuviel guten Rotwein probiert hatte, hatte verschlafen, und sein Diener hatte es versäumt, ihn zu wecken. Der Doktor hatte sich in esoterischen Studien verloren. Der Architekt, von der Jugend verleitet, hatte sich zu lange mit einer bevorzugten Dame beschäftigt.

Also fanden sie sich, wie das Schicksal es haben wollte, auf dem Kai zusammen und beobachteten, wie die Segel ihres Schiffes anschwollen, als es abdrehte und Kurs in den kalten Nebel nahm. Es würde frühestens in einer Woche zurückkehren, und es gab kein anderes Schiff zu mieten. Jeder von ihnen hatte in der Hauptstadt dringende Geschäfte zu erledigen. Jeder machte seinen Gefühlen Luft: Der Kaufmann fluchte, der Doktor streckte still seine Arme gen Himmel, und der Architekt saß da und barg das Gesicht in den Händen.

Schließlich beruhigte sich der Kaufmann und sprach die beiden anderen an. Er schlug vor, daß sie, anstatt über die Verspätung zu jammern, ihre Kräfte lieber für eine Überlandreise zusammentun sollten. Zuerst lachten die beiden anderen ungläubig. So bestrebt sie auch waren, die Stadt zu erreichen, erschien ihnen die Idee einer Überlandreise doch absurd. Eine solche Reise brachte Gefahren mit sich. Viele Reisende waren auf dem alten Weg, der sich am Fuße der Bucht entlangzog, verschwunden, und viele Geschichten wurden über diese Meilen zwischen Meer und Sumpf flüsternd erzählt. Tatsächlich hieß es, daß, sich dorthin zu wagen, bedeutete, jenseits des Bekannten und Erkennbaren zu gehen.

Der Kaufmann behauptete jedoch, daß er in seiner Jugend oft auf diesem Wege gereist sei, ohne ein Unglück erfahren zu haben. Er könne sich gut an den Weg erinnern, sagte er, und auf dem Kai in der warmen Sonne und der sanften Meeresbrise stehend, hatte er der Angst gespottet. Um es genau zu sagen, war die Gegend eine Wildnis, aber was hieß das schon? Wagten sich nicht jeden Tag Karavellen und Karawanen aus der Zivilisation in ähnliche Wildnisse und kehrten sicher und wohlhabend zurück? Und abgesehen davon, waren sie nicht zu dritt, alles robuste und vernünftige Männer? Waren sie nicht gut ausgerüstet? Konnten sie sich nicht aufeinander verlassen? Weshalb sie, wenn sie sofort aufbrachen und zügig reisten, sogar vor dem Schiff in der Hauptstadt eintreffen könnten.

Er sprach so überzeugend, und sie waren so versessen darauf, die große Stadt zu erreichen, daß der Doktor und der Architekt schließlich zustimmten. Sie kehrten nach Hause zurück, befahlen, ihre besten Pferde zu satteln und Proviant herzurichten, und trafen sich am Mittag wieder. Mit hochgesteckten Hoffnungen und Vorstellungen waren sie dem Kaufmann durch die Stadttore und zu der düsteren Bucht, die im Osten lag, gefolgt.

Ein Beobachter hätte wenig entdecken können, was diese drei von anderen Reisenden unterschied, mit der einen Ausnahme, daß jeder von ihnen die Zügel mit nur einer Hand hielt und mit der anderen irgendeinen wertvollen Gegenstand an die Brust drückte. Im Falle des Architekten bestand dieser Gegenstand aus mehreren Schriftrollen, die sorgfältig gerollt und eingewickelt waren. Im Falle des Doktors bestand er aus einem schweren Bündel Manuskripte, und der Kaufmann hatte etwas tief in den Falten seiner Kleidung verborgen – etwas so Wertvolles, daß er es niemals aus seinem Versteck hervorholte.

Bis zum Abend blieb ihre Reise ereignislos. Mehrere Meilen lang ritten sie hintereinander durch bewohnte Gegenden, in denen sich der Rauch von reetgedeckten Hütten in feuchten Kugeln sammelte. Sie kamen an Stoppelfeldern vorbei, an Weiden, auf denen zottiges Vieh graste, und an Wiesen, die schräg zum Meer hin abfielen. Allmählich verließ der Weg das Ackerland. Er umrundete die Spitze des großen Waldes, der sich unendlich gen Osten erstreckte, und bog dann nach Norden ab, in die brütenden Sümpfe am Ende der Bucht.

Bei Sonnenuntergang erklang der Laut das erste Mal. Die Pferde hörten ihn vor ihren Herren. Sie scheuten und zitterten, die Augen geweitet, die Nüstern bebend, die Ohren gespitzt. Dann hörten die Männer ihn – einen schwingenden, ausdauernden Ruf – und hielten den Atem an, bis das letzte Echo verklungen war.

Der Kaufmann leckte seine trockenen Lippen. »Ein Elch«, sagte er und sah in die blassen Gesichter seiner Begleiter. »Ganz sicher ein Elch und nicht mehr.«

»Oder vielleicht ein Bär«, schlug der Doktor vor. »Einer der Urbären des Nordens.«

»Oder vielleicht die Waldleute«, sagte der Architekt, »denn ich habe gehört, daß sie seltsame, hohle Instrumente fertigen, um sich über große Entfernungen zu verständigen.«

Sie errichteten sofort ihr Lager und schürten ein Feuer. Sie tränkten ihre Pferde in einem nahe gelegenen Fluß, fütterten sie und banden sie sicher für die Nacht fest. Dann bereiteten sie ihre Abendmahlzeit zu. Sie sprachen nicht mehr von dem Laut, und er erklang nicht wieder.

Der Kaufmann aß mit Appetit. Er war ein großer und gesunder Mann, nicht mehr ganz jung, und die Anstrengungen des Tages hatten seinen Appetit angeregt. Als er seinen letzten Knochen ins

Feuer geworfen hatte, wischte er die Hände am hohen Gras ab und sagte: »Meine Freunde, da wir mehrere Tage und unter ungewohnten Umständen zusammen reisen werden, gehört es sich, daß wir uns besser kennenlernen. Daher schlage ich vor, daß jeder etwas über sich selbst und die Art der Geschäfte erzählt, die ihn so dringend in die Hauptstadt treiben. Was sagt Ihr dazu, meine Herren?«

Seine zwei Begleiter stimmten bereitwillig zu.

Der Kaufmann lachte jovial und fuhr fort. »Ich bin ein Geschäftsmann, der Spaß am Wetten hat. Daher sollten wir anschließend, um das Ganze interessanter zu machen, entscheiden, wessen Mission die dringendste und wichtigste ist.« Er deutete auf die angebundenen Pferde und die dahinter liegende Dunkelheit. »Laßt uns annehmen, wir hätten nur ein Pferd – wer von uns hätte am ehesten Anspruch darauf, in die Stadt zu reiten?«

Die anderen lächelten. »Eine seltsame Idee«, sagte der Doktor, »aber auch eine unterhaltsame für eine lange, kalte Nacht. Beginnt, Sir.«

Und so machte es sich der Kaufmann bequem, zog seinen Umhang gegen die Kälte hoch und begann: »Wie ich bereits sagte, bin ich ein Geschäftsmann und zwar ein erfolgreicher. Meine Unternehmungen haben mir und meiner Umgebung Wohlstand gebracht. Meine Holzschneider liefern Euer Holz, meine Bergarbeiter Euer Metall. Meine Mühlenarbeiter verwandeln Rohstoffe in nützliche Güter. Aber, meine Freunde, es ist kein Zufall, daß meine Geschäfte gut gehen. Ich arbeite hart, ich nehme Risiken auf mich, und ich kann vorausschauen.« Der Kaufmann betonte seine Verdienste, einen nach dem anderen, mit erhobenem Zeigefinger.

»Es ist letzteres, die Voraussicht, die mich zu dieser Reise veranlaßt hat. Denn obwohl im Moment alles gutgeht, wird bald eine Zeit kommen, in der wir keine Mittel mehr direkt zur Hand haben. Holz, Metall und vielleicht sogar Nahrung werden in Übersee aufgetrieben werden müssen. Daher mache ich diese

Reise, um von den Schiffswerften in der Hauptstadt zu diesem Zweck eine Flotte zu ordern.«

Er lächelte und schaute aufs Meer – das jetzt eher silbern als rot war –, als gehörte es ihm und als könnte er bereits seine Galeonen die weite Fläche befahren sehen. Dann zog er tief aus den Falten seines Gewandes einen gelbbraunen Beutel hervor, der so groß war wie zwei Fäuste.

»Aber, so werdet Ihr fragen, warum ist es so dringlich? *Darum*, meine Freunde. Dieser Beutel Gold macht es so dringlich. Denn je länger ich reise, desto länger bin ich Dieben ausgesetzt, und wenn dieses kleine Vermögen verlorengehen sollte, wäre auch mein Traum von einer Flotte und damit von Wohlstand und Bequemlichkeit verloren.« Er lachte selbstsicher, des Nachdrucks seines Argumentes sicher. »Weil das Wohlergehen so vieler von mir und meinen Mitteln abhängt, habe ich, das möchte ich anheimstellen, das größte Recht auf das Pferd.

Nun, Sir«, sagte er und wandte sich an den Doktor, »erzählt uns etwas von *Euren* Geschäften, wenn Ihr wollt, denn es kann keine gewöhnliche Angelegenheit sein, die einen so vornehmen Herrn dazu bringt, dieser Wildnis zu trotzen.«

Der Doktor, ein großer und aufrechter Mann mit durchdringend blauen Augen, lächelte und schüttelte den Kopf. Sein weißer Bart schimmerte im Feuerschein, und er berührte das Bündel von Manuskripten neben sich. »Nein, mein Herr, keine gewöhnliche Angelegenheit. Weit davon entfernt. Tatsächlich, selbst wenn es unbescheiden klingen sollte, muß ich sagen, daß der Wert dieser Manuskripte unermeßlich ist. Mit Hilfe dieser Anweisungen und Formeln, meinem Lebenswerk, werden Tränke hergestellt werden, die Krankheiten so reduzieren und das Leben so verlängern werden, daß Ihr und ich, mein Herr, obwohl wir nicht mehr jung sind, von heute an mit der augenblicklichen körperlichen und geistigen Gesundheit ein Jahrhundert alt werden können.«

Er lächelte über das Erstaunen des Architekten und das plötzliche Interesse des Kaufmanns an seinem Bündel. »Glaubt Ihr, ich übertreibe? Erlaubt mir in diesem Falle, meine Studien und Erfolge zu beschreiben...« Und so umriß er für sie dreißig Jahre peinlich genauer Erforschung der Mysterien des Lebens und beschrieb viele Wunderkuren, die seine Arzneien bewirkt hatten. Es war ein Bericht, der ohne Zweifel die Selbstlosigkeit seiner wissenschaftlichen Forschung und seine Hingabe an die Menschlichkeit festigte.

»Also«, schloß er, »selbst wenn wir nicht dieses Spiel spielen würden, wäre ich zuversichtlich, Ihr würdet mir beipflichten, daß ich den größten Anspruch auf das Pferd hätte. Denn ich bin auf dem Weg in die Hauptstadt, um diese Arbeit meinen Kollegen zu offenbaren und um mein Manuskript zu veröffentlichen. Und ich frage Euch, welches Vorhaben könnte wichtiger sein als das, aller Menschen Leben zu verlängern?«

Die blauen Augen des Doktors zwinkerten. Er streckte seine langen Hände aus den Ärmeln seiner Bekleidung und breitete sie in einer beredten Geste aus, die diese nicht zu beantwortende Frage wiederholte.

»Wie ich vermutet habe!« rief der Kaufmann aus. »Ich wußte, daß die Eure keine gewöhnliche Angelegenheit ist, mein Freund, und ich freue mich für Euch. Denn obwohl Ihr niemals ein reicher Mann sein werdet, so werdet Ihr doch viel Beifall finden und die Befriedigung haben, daß Ihr das Los der Menschheit verbessert habt. Tatsächlich ist Euer Anspruch auf das Pferd sehr groß. Und nun, mein Herr, wie steht es mit *Euren* Geschäften in der Hauptstadt?« Der Kaufmann spähte durch den vorbeiziehenden Rauch zu dem Architekten hinüber. »Erzählt uns bitte, was Euch dorthin treibt. Ich bin sicher, es betrifft diese Schriftrollen, die Ihr so eifersüchtig hütet und so sorgfältig gegen die Elemente abschirmt.«

Der junge Mann lachte und klopfte auf die Schriftrollen neben sich. »Das ist richtig, und wenn Ihr gehört habt, meine Herren, was ich Euch erzählen werde, würdet Ihr mich, wenn es tatsächlich nur ein Pferd gäbe, drängen, nein, *bitten*, es zu nehmen und loszureiten, denn die Unternehmung, die ich in Händen halte, ist bei weitem die verdienteste!«

Er hob die Hände, um das liebenswürdige Gespött seiner Begleiter zum Schweigen zu bringen. »Oh, ich sehe, ich muß zuerst eine Grundlage schaffen. Also gut. Hört zu: Ich erkenne die Wichtigkeit des Handels und der Medizin an, bitte Euch aber zu überlegen, ob nicht die Kunst von allen Bemühungen der Menschheit die erhabenste ist. Denn nur in der Kunst verstehen wir, wo wir waren, teilen wir unsere Träume, stellen wir uns unsere Zukunft vor und wählen sie aus. Und was auf alle Kunst zutrifft, trifft auch auf die Architektur zu. Aber, merkt Euch, es ist die Architektur, die am beständigsten ist, die den menschlichen Willen und seine Präsenz im Land am nachhaltigsten prägt. Die Architektur, meine Herren, umschließt gleichzeitig die bescheidenste Zuflucht und das erhabenste menschliche Streben. Seid Ihr nicht auch dieser Meinung?«

Der junge Mann machte eine Pause und bemerkte die gedankenvolle Stille auf seiten des Doktors und das widerstrebende Nicken des Kaufmanns.

»Nun, ich bin von allen Architekten der glücklichste, denn ich bin dazu auserwählt worden, ein neues Herz für unsere Hauptstadt und unser Land zu entwerfen – den neuen Palast, das neue Bankhaus, die neue Kirche.« Er legte erneut eine Pause ein, befriedigt durch den aufgeglommenen Respekt in den Augen der älteren Männer. »Dies sind meine Pläne für dieses Vorhaben, die Früchte vieler Jahre Arbeit. Es sind die einzigen Ausfertigungen, und obwohl ich sie gern zu Eurer Einsicht ausbreiten würde, wage ich doch nicht, sie einer möglichen Beschädigung auszusetzen. Erlaubt mir statt dessen, meine Herren, die Pracht zu beschreiben, die im Zentrum der Hauptstadt entstehen wird, wenn meine Arbeiten vollendet sein werden...«

Und so begann er mit einer übertrieben ausführlichen Beschreibung der Gebäude seines Traumes. Seine Hände und seine Worte zeichneten sie so deutlich in die Luft, daß sie sich zu erheben schienen, während er sprach – eine schimmernde Ansammlung von Türmen und Zinnen, Wandelgängen und Stützpfeilern, Arkaden und Alleen. Da waren sie, kristallklar in der Vorstellung. Und innendrin! Wer wäre dort nicht gern hineingegangen, als der junge Mann sprach? Wer würde nicht ehrfürchtig vor solcher Herrlichkeit stehen – vor den erhabenen Versammlungsräumen für Adlige, vor den Gärten und der Kirche, vor den gedrungenen Gewölben des Bankhauses und der Bibliothek, in denen die Staatsschätze auf ewig sicher sein würden? Welch ein Triumph war diese Vision! Welch ein Monument menschlichen Willens!

»Und daher«, schloß der Architekt ruhig, »vertraue ich darauf, daß Ihr mich nicht für anmaßend halten würdet, wenn ich das Pferd beanspruchte, wenn tatsächlich nur eines da wäre. Denn was sind letztendlich die Leistungen des Handels und der Wissenschaft angesichts des von mir beschriebenen Ruhms?«

Seine Zuhörer saßen stumm da, als er geendet hatte. Der Doktor strich sich den Bart und sah ihn nachdenklich an. Der Kaufmann legte neues Feuerholz auf. »Tatsächlich«, sagte er schließlich, »kann man über Euren Anspruch nicht streiten, denn wären wir verloren, und damit auch mein kleines Vermögen, würde mich bald ein anderer ersetzen. Die Gelder würden aufgebracht und die Schiffe gebaut werden. Aber wenn *Euch* ein Unglück treffen würde – was die Götter verhüten mögen! –, wie könnte dann diese glanzvolle Vision ersetzt werden? Niemals!«

»Sehr wahr«, sagte der Doktor. »Auch ich beuge mich Euch, mein Freund. Obwohl es schmerzlich für mich ist, zuzugeben, daß ich nicht unentbehrlich bin, daß all meine Arbeit mit Hilfe der Aufzeichnungen in meinem Laboratorium von Kollegen rekonstruiert werden könnte und diese Manuskripte rechtzeitig Silbe für Silbe neu geschrieben werden könnten. Weit wichtiger ist es, einen Ort zu finden, an dem sie sicher aufbewahrt werden könnten, und solch einen Ort habt Ihr uns beschrieben. Darum muß Eure Mission fortgeführt werden, und ich bitte darum, daß Euch das Pferd zugesprochen würde.«

Sie schüttelten dem Architekten die Hände und gratulierten ihm herzlich. Zufrieden mit der abendlichen Unterhaltung, die sie von den Sorgen und Unsicherheiten der Reise abgelenkt hatte, begaben sie sich schließlich zur Ruhe.

Am Morgen waren alle drei Pferde verschwunden.

Die Haltestricke waren noch immer fest angebunden, aber die Schlingen hingen losgelöst an deren Ende. »Wie?« fragten die Reisenden und sahen sich gegenseitig wie betäubt an. »Wie?«

Sie überdachten ihre einzigen Möglichkeiten: Sie konnten zu Fuß in die Sicherheit zurückkehren und damit ihre Erwartungen preisgeben. Oder sie konnten sich, langsamer und angreifbarer als bisher, weiter in die Unsicherheit hineinwagen. Schließlich ließ ihr Stolz sie die zweite Möglichkeit wählen.

In der kalten Dämmerung, beim Licht einer Sonne, die als blasse Scheibe im Nebel stand, nahmen sie ihre Reise wieder auf, und jeder trug nur das bei sich, was er neben Nahrung und Dekken für wesentlich hielt – der Kaufmann sein Gold, der Doktor seine Manuskripte und der Architekt seine Pläne.

Der Architekt, der mit einer schmerzhaften Abnormalität des Fußes geboren worden war, erwies sich als der Langsamste der drei und blieb daher leicht hinter seinen Begleitern zurück. Zuerst dachte er nur an ihr Mißgeschick, das ihnen diese Schwierigkeiten beschert hatte, aber als die Zeit verstrich, war er vom Rhythmus des Gehens wie fasziniert und von der Umgebung verzaubert. Während er den Möwen und dem Krachen der Wellen auf dem Strand lauschte, von den sanften Fingern des Nebels, die sein Gesicht und seinen Hals liebkosten, beruhigt, wurde er noch gelassener, bis es ihm schließlich im Dunst des Nachmittags schien, als hätten sie die Reiche des Raums verlassen und seien in die Zeit selbst eingedrungen, indem sie auf magische Art jene ruhevollen Jahrtausende passierten, in denen der Strand unberührt von allem menschlichen Bestreben und allen menschlichen Bedürfnissen dagelegen hatte…

In Wahrheit war es so, daß er, als er das Kind zum ersten Mal sah, nicht hätte sagen können, wie weit sie gekommen waren, oder auch, wie lange sie gegangen waren. Zuerst war es kein Kind. Es war nur ein dunklerer Schatten in den wirbelnden Nebeln, der jetzt an dem großen Strand zu ihrer Linken entlangwanderte und dann in den dichteren Nebeln, die die Sümpfe zu ihrer Rechten einhüllten, verschwand. Aber langsam kam dem Architekten die Erkenntnis, daß er einen Menschen beobachtete, ein dünnes Mädchen von acht oder neun Jahren, dessen langes, schwarzes Haar Erscheinungen aus Nebel hinter sich herzog.

»Seht!«

»Was ist denn? Was?« Seine Begleiter kamen heran und schauten in die von ihm angezeigte Richtung.

»Ich sehe nichts«, sagte der Kaufmann.

»Ich auch nicht«, sagte der Doktor.

»Aber dort! Ein Kind!«

»Unmöglich«, murmelte der Doktor. »Reine Einbildung. Dieser Nebel spielt einem seltsame Streiche.«

»Nein, mein Herr, nicht unmöglich.« Der Kaufmann spähte voraus. »Diese Niederungen sind die Aufenthaltsorte sowohl von wilden Menschen als auch wilden Tieren. Wir sollten daher wachsam sein, denn unser Begleiter hat vielleicht ein wildes Kind gesichtet, und es könnten andere seiner Art in der Nähe lauern.«

Sie sahen jedoch niemand anderen, und obwohl der Architekt weiterhin Ausschau hielt, tauchte das Kind nicht wieder auf. Den Rest des Tages marschierten sie schweigend. In der Dämmerung färbte die Sonne die Ränder der Wolken rot, wurde von der ruhigen See widergespiegelt und umschloß somit alles.

Da geschah es, daß sie der Laut zum zweiten Mal rief.

»Wie nah er heute abend ist!« flüsterte der Architekt, als der letzte Nachhall verklungen war.

»Wir sollten lieber unser Lager aufschlagen und ein Feuer entfachen«, schlug der Doktor vor, und die anderen waren sofort einverstanden. In einer Reihe folgten sie dem Kaufmann vom

Pfad hinunter zum Strand, wo sie in der Dämmerung ihre Abendmahlzeit zubereiteten. Während er aß, suchte der Architekt noch immer nach dem Kind, und beim letzten Aufflackern des Lichts stand er plötzlich auf, denn er glaubte, es sei ein Stück den Strand hinunter erneut erschienen. Aber er konnte nicht sicher sein. Vielleicht war es ein Baumstamm, ein vom Wasser abgeschliffener Stein, ein Schatten in den Dünen. Er sagte nichts. *Wenn es das Mädchen ist*, dachte er, *sucht es vielleicht Essen und Wärme. Lassen wir es nahe ans Feuer kommen.*

Und tatsächlich, kurz nachdem sie ihre Mahlzeit beendet hatten, näherten sich Schritte. Der Doktor hörte sie zuerst. »Still!« befahl er, hob die Hand und spähte alarmiert in die Schatten, denn dies waren nicht die leichten Schritte eines Kindes. Alle drei standen sie langsam auf und streckten die Hände nach ihren Waffen aus.

Leises, spöttisches Gelächter zog aus der Dunkelheit heran. »Meine Herren, fürchtet Ihr eine alte Frau, die nur darum bitten möchte, die Wärme Eures Feuers teilen zu dürfen?«

Das alte Weib, das ins Licht trat, war nicht nur alt, es war uralt und so verkrümmt und gebeugt wie eine verwitterte Zeder. Ihre Kleider hingen wie rauhe Rinde in Streifen und Fetzen um sie herum. Eines ihrer Augen glühte feuerrot, das andere erschien weiß wie ein ausgewaschener Kieselstein. In einer knorrigen Hand trug sie einen geflochtenen Korb, in der anderen ein Knäuel von Wurzeln, mit dem sie über das Feuer hinweg zu den Männern hin gestikulierte. »Ihr guten Herren, gönnt einer alten Frau ein wenig Wärme, denn die Nacht ist kalt, und meine Reise war länger als die Eurige.« Wieder lachte sie, und ihr Lachen zischte wie die Brandung.

»Setzt Euch, Mütterchen«, sagte der Doktor und zeigte auf einen Platz jenseits des Feuers. »Hier ist Wärme und auch Nahrung genug für alle.«

»Tausend Dank.«

Langsam ließ sie sich auf den Boden nieder und zog ihre Kleidung um sich zurecht. Und als sie sich hingesetzt hatte, wandte sie ihre Handflächen dem Feuer zu und ließ mit einer kleinen Geste einen Funkenschwarm hoch in die Luft steigen, der sich dann mit den Sternen verband. Die drei Männer spürten ein Frösteln, das mehr war als das Frösteln der Nacht. Sie zogen ihre Kragen und Kapuzen hoch und rückten näher an das Feuer heran.

»Wer... wer seid Ihr, Mütterchen?« fragte der Kaufmann. »Und welche Geschäfte führen Euch zu uns?«

»Was ich bin, das wißt Ihr«, sagte sie und wandte ihm ihr weißes Auge zu. »Ich bin eine alte Frau, eine, die Ihr vielleicht eine wilde Frau nennen würdet. Was meine Geschäfte angeht, nun, ich bin nur gekommen, um, wie ich bereits erwähnt habe, Eure Gesellschaft und die Wärme Eures Feuers in dieser kalten Nacht zu teilen. Und für diese Freundlichkeit, meine Herren, werde ich Euch mit...« – sie öffnete ihre Hände, und wieder sammelten sich die Funken, bildeten einen Kreis und zogen spiralförmig aufwärts – »... einer Geschichte belohnen.«

»Eine Geschichte!« rief der Doktor aus.

»Die Geschichte eines Kindes. Eine harmlose Geschichte. Eine, die Euch auf Euren getrennten Reisen weiterbringen kann.«

Der Kaufmann lachte nervös. »Getrennte Reisen? Ihr irrt Euch, Mütterchen. Wir drei sind zu einer gemeinsamen Reise aufgebrochen und haben nur ein Ziel.«

»Das sagt Ihr.«

»Wie auch immer das sein mag«, sagte der Doktor, »die Geschichte eines Kindes... Welche Torheit...«

»Torheit!« Die alte Frau schloß die Augen und lächelte. »Spottet nicht über die Geschichte, mein Freund, denn auch sie nimmt am Leben teil, wie Ihr sehen werdet, und auch sie hat ihre Macht.«

»Beginnt«, sagte der Architekt, »denn die Nacht wird lang werden, und ich für mein Teil wäre froh über ein wenig Unterhaltung.«

»Ihr werdet unterhalten werden«, versprach sie. »Ihr am allermeisten.«

Dann begann sie:

Dies ist die Geschichte eines Mannes, der sehr alt und sehr weise war, obwohl er viele Jahre noch nicht einmal gewußt hatte, daß er es war. Er war genauso ein Kind, wie Ihr es einst wart, meine guten Herren, genauso, wie Ihr es vielleicht wieder sein werdet ...

Sein Name war Eiver. Seine Eltern waren einfache Leute, die tief im Wald lebten und hart arbeiteten, um von ihrem Land leben zu können. Eiver war ihr einziges Kind, und er war von Kindheit an harte Arbeit gewöhnt. Er molk die Kuh, fütterte die Schweine und versorgte den kleinen Garten am Fluß. Die Zeit, die er für sich selbst übrig hatte, verbrachte er tief im Wald und wuchs so mit der Einsamkeit und mit den Tieren des Waldes auf.

Hirsch und Bär, Fuchs und Wolf, Otter und Hase – keines fürchtete ihn, denn seine Stille war die ihre, und mit ihm verbrachten sie viele Nachmittage auf den Waldlichtungen und an ruhigen Ufern. Tatsächlich war ihre sanfte Sprache die einzige, die er zu sprechen lernte, denn er war stumm.

Wie jedes Kind träumte er. Er war neugierig auf die Welt jenseits seiner eigenen. Abends folgte er manchmal dem Pfad in die Berge, die zwei Meilen entfernt waren. Dort kletterte er auf die höchsten Felsen, um in weiter Ferne die befestigte, uralte Stadt Govrina zu sehen. Manchmal schimmerte sie wie Gold in der aufgehenden Sonne. Manchmal schwebte sie auf kühlen, purpurroten Nebeln wie die Galeone einer Königin dahin. Manchmal brachte sie der Dunst so magisch nahe, daß Eiver wirklich Fahnen zu sehen glaubte, die sich in einer seichten Brise auf ihren Zinnen drehten, und das Schimmern glänzender Fenster und das elegante Flanieren von Damen in duftenden Gärten.

Welch eine schöne Stadt war Govrina, und wie sich ihr Glanz in Eivers Vorstellung vervielfältigte! Wie sehr er sich wünschte, nur einmal dorthin zu reisen! Oft hatte er am heimischen Herd zugehört, wenn Reisende mit großen Augen Geschichten von diesem legendären Ort erzählten. So hatte er von den großen Karawanen gehört, die die Reichtümer der Welt auf die Märkte Govrinas brachten – seltene Parfüms und Seidenstoffe,

Broschen aus Rubinen und Gold, Halsketten aus Saphiren, die strahlender leuchteten als die Sterne einer farbenprächtigen Nacht, Skulpturen aus reinstem Elfenbein und tausend Leckerbissen von der Östlichen See, die den Gaumen und das Auge erfreuten. So hörte er auch von dem Wissen und der Weisheit der Gelehrten Govrinas, von den Schätzen in den Bibliotheken und der Aussagekraft ihrer Abhandlungen, der reichsten und edelsten aller Königreiche.

Und so hatte Eiver auch von eben jenen Reisenden von der Traurigkeit des Prinzen Govrinas gehört, der vor langer Zeit seine einzige wahre Liebe verloren hatte. Wie? Oh, darum gab es ein Geheimnis. Niemand kannte es. Einige sagten, seine Liebste sei von Flußelfen verzaubert worden und mit ihnen zur Westlichen See geschwommen, deren Rand der Rand der Welt war. Einige behaupteten, die Geister des Waldes hätten sie während des Schlafes geraubt und sie schlafe noch immer in einem Berg, den nur sie kannten. Alle waren sich einig, daß die Prinzessin Govrina nicht freiwillig verlassen hatte, denn warum sollte sie dies tun? Alle waren sich einig, daß sie ein pflichtgetreues Wesen, eine strahlende Persönlichkeit und eine wunderschöne Seele besaß.

Und alle wußten, daß der Prinz eine erstaunliche Belohnung für jeden ausgesetzt hatte, der sie finden würde: Jeder Wunsch, der in seiner Macht lag, sollte gewährt werden. Hatten sie dieses Angebot nicht jeden Tag bei Tagesanbruch auf Govrinas Mittelplatz gehört, so daß jeder Jäger in der Wildnis und jeder Gast in fernen Ländern wachsam sein würde? Hatten sie nicht alle, jeder Reisende, von der Bitte, die er stellen würde, wenn er denn die verlorene Liebe des Prinzen finden sollte, geträumt?

Eiver kannte die Geschichte genau, und sie erweckte Träume in ihm, wie auch schon in zahllosen anderen ... Aber dann, nachdem er geträumt hatte, kehrte er zu seinem Melken, Hacken, Holzsammeln und zu seinen langen und stillen Stunden mit seinen sanften Freunden an den geheimen Orten im Wald zurück.

Eines Abends jedoch, als er neun Jahre alt war, wurde sein Traum von der Reise nach Govrina erfüllt, und dies auf seltsame Art. Er eilte später als gewöhnlich nach Hause. Es war noch dämmerig, nicht hell und nicht dunkel, dieses Grau breitete sich zwischen der kleinen Welt des Wissens und den uferlosen Reichen der Mysterien aus. Als er die letzte Biegung umrundete, rannte er ungestüm gegen jemanden, der in die entgegengesetzte Richtung eilte. Sie fielen beide hin. Als Eiver den Kopf schüttelte, um wieder klar zu werden, und aufstand, hörte er ein hohes Klagen, das zum Teil Schmerz, zum Teil Wut war und aus den Büschen kam. Er tastete sich durch die Dornensträucher und die Dunkelheit voran, bis er den anderen Reisenden fand. Mit Handzeichen entschuldigte er sich und machte leise Tiergeräusche der Betroffenheit.

»Tolpatsch! Schwachkopf! Flegel! Du hast mir das Bein gebrochen! Beide Beine gebrochen! Meinen Hals gebrochen! Mich getötet!« Ein kleiner Mann lag auf dem Moos ausgestreckt, dessen Augen hervorstanden. Er war mit der enganliegenden Haut irgendeines weichen Tieres bekleidet. Eine Mütze aus demselben Material lag neben ihm, die mit farbigen Perlen in komplizierten Mustern geschmückt war. Seine Hände und sein Gesicht waren dunkel und lederartig, seine Augen von einem stechenden Blau. Ein Büschel weißer Haare wirbelte um seinen Kopf herum und erstreckte sich bis zu seinen Knien.

Der sanfte Eiver half ihm in eine sitzende Position.

»Ich kann nicht gehen!« stöhnte der kleine Mann. »Trag mich! Bring mich nach Hause.«

Ungeduldig bedeutete er Eiver, sich umzudrehen,und kletterte flink auf seinen Rücken. »Beeil dich! Es wird dunkel! Ich kann nicht im Dunkeln draußen bleiben! Eulen! Große Augen, Flügel, Krallen! Die Eulen kriegen dich, du wirst zu Futter! Da entlang!« Eiver begann in die Richtung zu gehen, die der kleine Mann angezeigt hatte, den Weg zurück, den er gekommen war, bis sie einen unauffälligen Pfad erreichten, der in die Wälder abzweigte.

»Hier hinein!«

Und so, auf dem Rücken einen der Waldmenschen, verließ Eiver den wohlbekannten Weg und betrat die dunkler werdenden Wälder.

Nun, Ihr müßt bedenken, daß die Welt in jener Zeit anders war. Einerseits konnten sich Geister und Waldleute sehr viel freier und sicherer bewegen. Andererseits erkannten jene, die damals lebten, daß mit ihnen viele seltsame Kreaturen im Großen Mysterium lebten. Manchmal nann-

ten sie sie Geister, manchmal Götter, manchmal Kräfte, manchmal die anderen, manchmal Waldleute.

Obwohl alle wußten, daß sie existierten, konnten nur ganz wenige besondere Menschen sie sehen. Eiver war einer davon. Eines Tages hatte er bei Tagesanbruch frische, winzige Fußspuren im Sand am Flußufer entdeckt, und als er ihnen in den Wald folgte, traf er auf einen Jungen in seinem Alter, der aber noch nicht einmal halb so groß war wie er. Einen Moment lang starrten sie sich gegenseitig ernst an. Dann grinste der Elf, stampfte mit dem Fuß auf und verschwand. Ein anderes Mal hatte Eiver im Nebel zwischen den Bäumen die Spiegelung eines fahlen, grünen Lichtes gesehen, und als er hinkroch, sah er zwölf Feen, die in einem luftgeborenen Kreis tanzten. Einmal hatte er einen seltsamen Gesang gehört und einmal ein so hohes und zerbrechliches Lachen, daß er zuerst geglaubt hatte, es sei das Läuten entfernter Glocken. Es verlangte ihn danach, seinen Eltern von diesen Ereignissen zu erzählen, aber natürlich konnte er das nicht. Er verschloß sie in seinem Herzen, aber er wußte, sogar bewußter als andere in jenen Tagen, daß die Welt ein Ort der Magie war und das Leben ein Mysterium. Voller Aufregung trug er seine leichte Last durch die Dunkelheit und mußte eine gelegentliche Ohrfeige oder einen Schlag auf die Schulter erdulden. »So groß! So schwerfällig!« sagte der kleine Mann in einem fort. »Hier entlang. Hier!«

Nicht lange danach betraten sie einen phantastischen Pinienwald, der so alt war, daß Eiver bei jedem Schritt bis zu den Knien in Jahrhunderten von Moos und Nadeln einsank, und so hoch war, daß sein Baldachin die Sterne berührte.

»Halt! Warte hier!« Der kleine Mann glitt behende von seinem Rücken und stapfte in die Dunkelheit. »Dieser Junge ist da!« Eiver hörte ihn rufen. »Ich habe ihn hergebracht. Habe ihn auf seinem Weg abgefangen. Kommt heraus ...« Seine schrille Stimme hallte wider und verklang zwischen den Bäumen, und Eiver wurde in tiefster Stille zurückgelassen. Er hörte nur noch den Schlag seines Herzens. Aber es dauerte nicht lange, bis er auch andere Geräusche hörte, leise Geräusche – Rascheln, verschrobene Beschwerden, mürrische Fragen, die durch die labyrinthartigen Gänge in der Erde erschollen. Grünes Feenlicht erfüllte die Lichtung und wurde

heller, als die Geräusche lauter wurden, bis sich Eiver von einer Vielzahl sehr kleiner Körper und sehr großer Augen, die alle hinter Baumstümpfen und über Büsche zu ihm hinspähten, umgeben sah. Noch mehr kleine Leute versammelten sich um ihn und noch mehr, bis diejenigen, die vorn standen, bis auf ein paar Fuß vor Eiver gedrängt wurden und dabei schrill protestierten. Einige kletterten auf die niedrigen Zweige der Pinien. Vom Rande der Menge hörte Eiver Rufe: »Macht Platz! Ich kann ihn nicht sehen! Laßt mich ihn sehen!«

Es waren Dutzende, Hunderte, alles kleine und sehr behaarte Leute, die Eiver eifrig beobachteten. »Aber er sieht nicht wie einer aus«, sagte ein Kind, bevor seine Mutter es ruhighalten konnte, und mehrere in der Nähe nickten zustimmend. »Tut er nicht«, sagten sie. »Er sieht nicht wie einer aus!«

Warmes orangefarbenes Licht flutete von Dutzenden kleiner Laternen, die sie hochhielten, aber ihr Schein war fahl im Vergleich zu einem anderen Licht, einem grünen Feuer, das sich in den Nadeln des Pinienbaldachins gesammelt hatte und über alles darunter Liegende ausstrahlte. Als er seine Augen abschirmte und hinaufspähte, sah Eiver Bewegung in seinem Inneren – den Glanz sich windender kleiner Körper, das Schimmern zarter Flügel. Er hörte flötendes Lachen und eine aufgeregte Melodie von Gesprächen.

Dann, plötzlich, war um und über ihm alles still.

Die Menge war zurückgewichen, um in ihrer Mitte Raum zu schaffen, und dort, die Füße auseinandergestellt und die Fäuste auf die Hüften gestemmt, stand ein kleiner alter Mann in einem viel zu großen purpurfarbenen Gewand. Er sah Eiver mit unheilvollem Blick fest an. »So!« sagte er. »So!« Er war sehr viel weißer und buschiger als die anderen und viel älter. Als er auf den Jungen zeigte, zitterte seine Hand. »Du bist derjenige, nicht wahr?«

Eiver zuckte mit den Achseln und öffnete seine Hände.

»Derjenige, der durch die Wälder stapft und auf die Pflanzen tritt und auf Leute tritt! Der nicht aufpaßt! Unachtsam! Was denkst du, warum wir dich hierhergebracht haben? Dich gefangen haben! Dich vor Gericht gebracht haben!«

»Nein, nein, Granach! Wartet. Ihr habt den Falschen erwischt.« Der Elf, den Eiver getragen hatte, stapfte vorwärts und flüsterte dem anderen etwas ins Ohr. Eiver hörte »Prinzessin« und »Govrina« und »alte Seele«.

»Was? Was? Nun, warum habt Ihr das nicht gleich gesagt?« Granach räusperte sich, rieb sich den Bart und sah Eiver jetzt respektvoller an. »Wir nehmen an, daß du, äh, nach Govrina reisen würdest. Stimmt das?«

Eiver nickte eifrig.

»Tatsächlich haben wir gehört, daß du reisen willst. Kann das stimmen?«

Eiver nickte erneut, und auf der ganzen Lichtung nickten kleine Köpfe auch. »Es stimmt«, flüsterten sie sich zu. »Es stimmt wirklich!«

»Du willst die mächtigen Mauern und die großartigen Gebäude sehen, hm? Den Reichtum ihrer Seide und Juwelen sehen? Die Generäle, die ihren Armeen voranschreiten?« Granach sah ihn mit großen Augen an.

Eiver nickte erneut.

»Abends über den Markt schlendern, die Wohlgerüche von Sandelholz und Myrrhe einatmen, von Weihrauch und parfümierter Seife, die die Karawanen aus dem Osten mitgebracht haben, von den blühenden Bäumen, deren Zweige nach...«

Die Menge scharrte mit den Füßen. »Beeilt Euch, Granach!« murrte jemand. »Wir haben nicht die ganze Nacht Zeit, wißt Ihr? Er hat schon gesagt, daß er reisen will. Und außerdem haben wir noch zu arbeiten!«

»Nun denn.« Granach rieb seine Hände gegeneinander und rückte näher an Eiver heran. »Wir wollen dir einen Vorschlag machen. Wir werden dich nach Govrina bringen, wenn du unsere Botschaft überbringst... dem Prinzen.«

Eiver sperrte vor Erstaunen den Mund auf. Aber dann schüttelte er den Kopf, zuckte traurig mit den Achseln und deutete auf seinen sprachlosen Mund.

»Ach, das«, sagte Granach. »Das macht nichts. Das wird in Ordnung sein, wenn es soweit ist. Wir werden dafür sorgen. Die Frage ist, willst du es tun?«

Eiver nickte eifrig, und die gesamte Versammlung brach in Hochrufe aus und spendete lebhaften Beifall. Das grüne Licht schwoll an, bis es fast taghell war.

»Dann höre unsere Botschaft«, sagte Granach. »Sage dem Prinzen ...«

»Laßt es mich sagen, Granach.« Eine junge Frau trat auf die Lichtung, eine Frau, die so schön war, daß Eiver sofort wußte, sie war die Prinzessin.

»Eure Hoheit«, sagte Granach und verbeugte sich. »Ihr müßt nicht ...«

»Nein, ich möchte diesem Boten unsere Botschaft mitteilen und auch eine für meine Bediensteten.«

»Wie es Euch beliebt, Eure Hoheit.«

Die Prinzessin saß auf einer großen, mit Moos bewachsenen Wurzel und bedeutete Eiver, sich neben sie zu setzen. Die kleinen Leute kamen näher heran, und das Flüstern hörte auf. »Eiver, wir sind froh, daß du dem Prinzen unsere Nachricht überbringen wirst. Du bist ein besonderer Mensch für uns. Wir kennen dich unser ganzes Leben lang. Wir haben auf dich aufgepaßt und dich wachsen sehen. Stimmt das nicht, meine Freunde?«

»Ja, Eure Hoheit«, flüsterten sie. »Es ist wahr, es ist wahr ...«

»Siehst du«, fuhr die Prinzessin fort, »du bist einer von uns. Von allen Menschen in weitem Umkreis bist du der einzige, der fähig ist, die Waldleute zu sehen und zu hören, was sie dir erzählen. Du bist eine alte Seele, eine sehr alte Seele. Du bist reicher als die reichsten Menschen in Govrina, mächtiger als der Prinz selbst und im Herzen weiser als alle Gelehrten der Stadt.« Sie lächelte angesichts des überraschten Gesichtsausdrucks des Jungen. »Dein ganzes Leben lang wirst du über Dinge lachen, die andere nicht sehen können, und über Tragödien weinen, von denen sie nichts wissen. Du bist jemand, der die Berührung mit der Erde und ihren Lebewesen nicht verloren hat, und daher hast du eine große Aufgabe zu erfüllen. Sie besteht darin und wird immer darin bestehen, die Menschlichkeit wieder in die Wälder und Seen zu bringen, fort von der Gewißheit und zurück zum Großen Mysterium. Darum möchten wir, daß du dem Prinzen unsere Botschaft bringst – weil du sie verstehen und beredt ver-

künden wirst. Ja, das wirst du«, sagte sie und nahm seine Hand, als er still protestieren wollte. »Wenn die Zeit gekommen ist, wirst du sprechen. Es ist eine einfache Botschaft, Eiver. Sage zunächst, daß du für diejenigen sprichst, die den Prinzen lieben. Er wird sich aus seiner Kinderzeit an sie erinnern. Sage ihm, daß sie jetzt wegen Govrina und dem, was er dort zugelassen hat, weniger geworden sind. Sie können in Govrina und im Umkreis von vielen Meilen nicht mehr leben. Für sie ist es ein Ort des Todes, und er ...« – die Stimme der Prinzessin schwankte, und sie biß sich auf die Lippen – »... ist zu einem Prinzen des Todes geworden. Also sage ihm ... frage ihn, bitte ihn, eine Möglichkeit zu finden, das Mysterium wieder zu ehren, damit alle leben können.«

Eiver nickte, erstaunt und bestürzt.

Sie lächelte traurig. »Was mich betrifft, so sage meinem Liebsten, daß es mir gut geht und daß ich, wenn er sich befreit hat, wenn er keine Macht mehr hat, zu ihm zurückkehren werde. Willst du ihm das sagen?«

Wieder nickte der Junge langsam.

»Gib ihm dies. Du wirst seine Bedeutung verstehen. Bitte hilf meinem Liebsten, es auch zu verstehen.« Während sie dies sagte, griff die Prinzessin in die Falten ihres Gewandes und legte dann einen kleinen, weißen Stein in Eivers Hand, einen gewöhnlichen Kieselstein. »Sage ihm, daß ich ihn an dem Ort treffen werde, wo dieser Stein entstanden ist.« Sie beugte sich vor und küßte ihn auf die Stirn. »Lebe wohl, Eiver.«

»Lebe wohl«, echote die Versammlung der kleinen Leute. »Überbringe unsere Botschaft gut! Bewahre sie sicher ! Bewahre sie ganz!« Dann wurde Eiver von dem grünen Licht und dem Summen winziger Flügel eingehüllt und erhob sich über die Baumspitzen in die kühle Dämmerung. Höher und höher erhoben sie sich, bis der Wald zu einer weichen, grünen Decke wurde. In weiter Ferne stiegen im Nebel in der Ebene die goldenen Türme von Govrina auf. Mühelos begann er die Meilen zurückzulegen, die er schon so lange sehnsüchtig hatte zurücklegen wollen, aber er wurde von vielen Fragen gequält. Wie konnte er das sein, was die Prinzessin gesagt hatte, eine »alte Seele«? War er nicht bloß ein Junge, und obendrein ein stummer Junge? Wie konnte er die Botschaft überbringen? Was bedeutete sie? Was bedeutete der Stein? Wie konnte der Prinz ein »Prinz

des Todes« sein, und wie konnte Govrina etwas anderes als wunderschön sein?

»Du wirst sehen«, flüsterten die Elfen, die seine Gedanken lasen. »Sehr bald wirst du sehen.«

Und tatsächlich begann sich das Land unter ihnen bereits zu verändern. Holzfäller waren viele Meilen um die Stadt herum fleißig gewesen. Die große Decke des Waldes wurde unregelmäßiger und zerrissener, bis sie schließlich nur noch aus einigen wenigen dünnen Bäumen neben den Wegen bestand. Narbentragende Erde ersetzte sie, teilweise bearbeitet, aber größtenteils von der Sonne ausgetrocknet und unfruchtbar. Auch die Flüsse veränderten sich, als sie näher an die Stadt heranglitten. Sie wurden brauner und flossen träger. Sogar die Luft war unangenehm, bitter von den vom Wind herangetragenen Verbrennungsdämpfen von Tausenden von Schornsteinen und vom Staub von Dutzenden von Reisenden.

Zuerst vereinzelt und dann in kleinen Gruppen wurden seine Feenträger schwächer und fielen ab, wandten sich zurück zum Wald. Eiver sank tiefer und tiefer. »Siehst du?« sagte einer von ihnen und schnellte vorwärts, um ihm zu zeigen, wie beschmutzt und verschmiert seine glänzenden Flügel waren. »Kannst du verstehen, warum wir nicht weiterfliegen können?«

»Es tut uns leid«, sagte ein anderer. »Wir werden sterben, wenn wir es tun.«

»Reise allein weiter, Eiver«, sagte ein dritter. »Wenn ich mich ausgeruht habe, könnte ich... Ich werde versuchen...« Aber was er zu sagen versuchte, wurde in einem Hustenanfall erstickt.

Sie setzten ihn in einer kleinen Buschgruppe neben dem Weg sanft ab. »Danke«, sagten sie. »Viel Glück. Überbringe unsere Botschaft gut.« Ihre Stimmen klangen sehr schwach, und sie erhoben sich langsam mit zitternden Flügeln. Und tatsächlich, bevor sie weit gekommen waren, kollabierte einer von ihnen und fiel herab, wobei sein Körper wie ein kleiner Zweig der Seidenpflanze schwankte. Zögernd wagte sich Eiver auf den Weg. Die Luft war von Rufen und rauhem Gelächter, dem Quietschen von Wagenrädern und den einsamen Rufen gefangener Tiere auf dem Weg zum Markt erfüllt. Er mischte sich unter die Menge und wurde von ihr davongetragen, so daß er bald durch die eisenbeschlagenen Eichentore, unter den sich drohend erhebenden Türmen entlang und in die sagenumwobene Stadt hineingelangte.

Govrina war nicht im entferntesten das, was er sich vorgestellt hatte. Es gab dort keine Freude. Aus der Entfernung hatte die Stadt sauber und kühl gewirkt, aber schon jetzt, obwohl die Sonne kaum über dem Horizont erschienen war, war es bedrückend heiß, und eine dicke Schicht übelriechenden Staubes lag überall. Außer der imposanten Prachtstraße, die vom Marktplatz zum Palast führte, waren die Straßen eng, dunkel und schmutzig, und der Marktplatz selbst war unsauber und von Geschrei erfüllt. Die Leute schrien und fluchten, feilschten und lachten bitter. Zerlumpte Bettler zogen an Eivers Ärmel, winselten um eine Münze oder um ein bißchen Nahrung. Selbst Kinder schrien und kämpften. Alle Behausungen entlang der Straße waren mit Fensterläden versehen und verschlossen, und als Eiver die eleganten Damen erblickte, von denen er so viel gehört hatte, schienen auch sie sich danach zu sehnen, woanders zu sein, denn sie schauten mit traurigen Augen über ihre Gartenmauern und über die Ebenen zum Wald. Bestürzt und erschreckt bahnte sich Eiver seinen Weg durch das Durcheinander zum Palast, der seit jeher auf einem Hügel inmitten der Stadt stand, eine schimmernde Villa, die von Terrassen umgeben war und von flatternden Fahnen gekrönt wurde. Als er emporkletterte, kühlte ihn die Brise, die durch die königlichen Obstgärten herabwehte, und der Lärm der Stadt fiel von ihm ab. Bei den Toren wurde er von einer Wache und von einem sehr alten Mann, der schlurfend aus dem Schatten herankam, angehalten. Sein weißer Bart berührte den Boden, als er sich herabbeugte, um Eiver ins Gesicht zu sehen, und seine knochigen Hände zitterten, als er seine Schultern berührte. »Ja!« rief er aus, und seine trüben Augen weiteten sich plötzlich. »Er ist es! Er ist der Gesandte!«

»Gesandter!« rief die Wache aus. »Aber er ist ein Kind!«

»Dennoch ist er die besagte Person. Laßt uns vorbei, denn er muß sofort Seine Hoheit aufsuchen!« Während er dies sagte, drängte der alte Mann Eiver um die Wache herum, einen gewundenen Gartenweg entlang und durch die Kolonnaden, die zum Thronzimmer führten. Nur

Augenblicke später traten sie vor den Prinzen. »Der Bote, den Ihr erwartet habt, Eure Hoheit«, sagte der alte Mann und verbeugte sich tief. »Er ist gerade angekommen.«

Jegliche Unterhaltung hörte sofort auf. Der Prinz verließ die Gruppe ehrwürdiger Gelehrter, mit denen er sich unterhalten hatte, und eilte durch den Raum, wobei er Eiver intensiv ansah. »Ja!« sagte er und lächelte. »Ja, das ist der Bote!«

Die Erzählungen der Reisenden hatten den Prinzen als einen jungen Mann beschrieben, der trotz seiner Jugend mit großer Intelligenz gesegnet und ein guter Regent war. So hatte Eiver ihn sich immer vorgestellt und nie daran gedacht, daß, obwohl eine Geschichte alterslos ist, die Welt der Menschen jedoch eine Welt der Zeit ist. Sie sammeln Zeit, und ihr Gewicht beugt sie nieder. Und so war der Prinz, obwohl die Prinzessin wundersamerweise nicht gealtert war, sehr wohl älter geworden. Graue Strähnen zogen sich an seinen Schläfen durch das schwarze Haar, und sein Gesicht war voller Falten. Aber er war noch immer stattlich und agil, und als Eiver in seine Augen blickte, sah er das Mitgefühl hinter einem Wirrwarr von Sorgen.

»Ich träumte«, sagte der Prinz, während er Eiver zu einem hohen Fenster führte. »In meinem Traum hat eine weiße Eule zu mir gesprochen und mir gesagt, ich solle dich erwarten. Sie sagte, ein Bote würde die Nachricht bringen, auf die ich so viele Jahre gewartet habe. Und dann erschienst du mir im Traum, genauso wie du bist. Sage mir, was du zu sagen hast, mein Freund, denn ich begehre mehr als Worte, es zu hören.«

Eiver versuchte zu sprechen. Wieder hörte er die Prinzessin: Wenn die Zeit dafür gekommen ist, wirst du die Mittel finden... Aber die Zeit dafür war gekommen, und er hatte keine Stimme, keine Worte. Er versuchte es erneut. Und noch einmal. Er schüttelte traurig den Kopf und öffnete die Hände.

»Sprich, Junge!« sagte einer der drei betagten Gelehrten, mit denen sich der Prinz unterhalten hatte. »Wenn Seine Hoheit es befiehlt, dann sprich!«

Aber der Prinz hob Ruhe gebietend die Hand und wartete. Eiver wandte sich ab. Er schaute auf den Tumult auf Govrinas Marktplatz hinab und durch den Nebel der unfruchtbaren Ebene. Weit, weit hinten konnte er das blasse Grün des Waldes sehen. Er wünschte sich, dort zu sein. Er wünschte, er könnte einen Eimer in den kalten Fluß tauchen, den Nebel zwischen den Bäumen sehen und dem Vogelgesang lauschen. Er schämte sich, weil er eine Aufgabe übernommen hatte, die er nicht erfüllen konnte. Erneut schüttelte er den Kopf.

Dann sah er in den Schatten einer kleinen Baumgruppe unter dem Fenster ein winziges Licht – fahl und schimmernd und grün –, das Licht einer einzelnen Fee, die sich durch die glühende Hitze der Ebene hindurchgekämpft hatte und jetzt erschöpft auf einem kleinen Ast lag. Versuche es, sagte das Licht. Beobachte mich weiter und versuche es.

»Hast du ... Nachricht von ihr? Von der Prinzessin?«

Eiver nickte.

»Hast du ... sie gesehen?«

Wieder nickte Eiver.

»Erzähle mir von ihr«, flüsterte der Prinz. »Geht es ihr gut? Wo ist sie? Was muß ich tun, um sie wiederzusehen?«

Dann sprach Eiver.

Seine Stimme war zunächst schwach, aber während er sprach, wurde sie kräftiger. Dies ist es, was er sagte:

»Eure Hoheit, ich erbitte nichts für mich selbst. Ich bringe Grüße von jemandem, der Euch sehr liebt. Sie lebt in Frieden mit Untertanen, die weit jenseits Eures Wirkungskreises wohnen, tief inmitten Eurer Landesgrenzen.«

»Wie bitte?« murrten die drei Gelehrten und schlurften heran. »Welch einen rätselhaften Unsinn gibt der Junge von sich?«

»Sie leben in der Luft und in der Erde«, fuhr Eiver fort und beobachtete das kleine Licht, »in den Tiefen der Seen und Flüsse und in den Feuern, die Euren Palast und auch das Lager der ärmsten Jäger wärmen. Sie sind viele, Eure Hoheit. Einst, vor langer Zeit, hörtet Ihr ihre Stimmen im Donner und in der Abendbrise und in den Teichen der Wasserfälle. Ihr saht sie am glücklichsten aller Nachmittage Eurer Kindheit. Erinnert Ihr Euch? Ihr saht sie mit dem Adler kreisen, mit der Libelle fliegen, mit dem Hecht zwischen dem Schilfgras aufsteigen.«

Der Prinz nickte traurig. »Ja, ja.«

»Sie erinnern sich auch. Dann glaubtet Ihr, daß ihre Welt nicht Eure Welt war und nicht die kleinere Welt und nicht die noch kleinere Welt, noch irgendeine dieser Myriaden von Welten, die sich im ewigen Tanz des Lebens drehen. Sie erinnern sich, daß Ihr in jenen lang vergessenen Tagen verstehen konntet und an dem Lied und dem Tanz teilhattet.«

»Ja«, sagte der Prinz. »Vor der Zeit. Bevor ich mit Angelegenheiten des Staates beschäftigt war. Bevor ich auf der Suche war nach dem möglichen...«

»Sie lieben Euch, Eure Hoheit, und grüßen Euch herzlich. Sie haben viele Jahre versucht, an dem teilzuhaben, was tiefer liegt als der Sinn, jenseits aller Wahrheit, am treibenden Herzen des Lebens. Aber Ihr habt Euch geweigert, sie anzuhören.«

»Zeit, Zeit«, sagte der Prinz stirnrunzelnd und schüttelte den Kopf. »Nun, aber selbst ein Ritt durch das Land...«

»Viele Jahre waren sie geduldig und warteten auf die Rückkehr der Euch einst innewohnenden Weisheit.«

»Weisheit!« Der Prinz lachte bitter. »Aber ich war niemals weise, nur unschuldig. Unschuldig in bezug auf die reale Welt wie jedes Kind.«

Das Feenlicht strahlte hell.

»Sie baten mich, Euch zu sagen, Eure Hoheit, daß die Welt – die reale Welt – nicht so ist, wie Ihr sie Euch vorstellt.«

Die Berater scharrten mit den Füßen und murrten.

»Unverschämtheit!« rief einer von ihnen aus, aber der Prinz brachte sie mit einem Blick zum Schweigen. »Ich habe den Jungen aufgefordert zu sprechen«, sagte er ruhig, »und das soll er freimütig tun, denn er spricht aus dem Herzen für die kleinen Leute und für meine Prinzessin, und was er sagt, ist wahr.« Er wandte sich wieder an Eiver und nickte ihm zu, daß er fortfahren solle.

»Sie sagen, Eure Hoheit, daß Ihr die wahre Welt vergessen hättet und sie vernachlässigt. Sie sagen, daß Ihr durch Unwissenheit, durch Unaufmerksamkeit und versehentlich ihren Mysterien zuwidergehandelt und so die Leben gefährdet habt, von denen alles Leben abhängt.«

Der Prinz war sehr blaß. »Sagt sie das? Die Prinzessin?«

»Ja«, sagte Eiver. Dann legte er den kleinen weißen Stein in des Prinzen Hand und wiederholte genau die Worte der Prinzessin. »Sie hofft, daß Ihr wißt, warum sie dies gesandt hat, und sie sagt, daß, wenn Ihr zu dem Ort zurückkehrt, wo dies entstanden ist, sie Euch dort treffen wird.«

Mehrere Minuten lang saß der Prinz mit gesenktem Kopf still da und hielt den Kieselstein in den zu Schalen geformten Händen, als sei er ein wertvoller Diamant. Schließlich lächelte er und sprach zu den Gelehrten. »Meine Herren, mein ganzes Leben lang habe ich Euren Rat gesucht, und Ihr habt ihn mir gegeben. All meine Herrschaft habe ich Eurem Urteil und Eurer Weisheit anvertraut. Und doch, dieser Bote kommt nun von den Waldleuten, um mir zu sagen, daß ich meine Macht mißbraucht und auf diese Weise die Leben gefährdet habe, von denen alles Leben abhängt. Kommt näher, denn noch einmal benötige ich Euer Wissen und Euren Rat. Sagt mir, welche Bedeutung hat dieser Stein?« Er streckte dem ersten Gelehrten den Kieselstein entgegen, der ihn sorgfältig untersuchte und argwöhnisch anschaute.

»Es ist ein gewöhnlicher Stein von irgendeinem Strand, Eure Hoheit. Er hat keine Bedeutung, denn er blieb unberührt von menschlicher Kunstfertigkeit.«

»Er hat keine Bedeutung, Eure Hoheit«, stimmte der zweite zu, »denn er hat weder Nutzen noch Wert.«

»Tatsächlich«, sagte der dritte, »ist es sinnlos, bei einem solchen Gegenstand überhaupt von Bedeutung zu sprechen, bei einem Ding, das kein Empfindungsvermögen hat.«

Während die Gelehrten den Stein untersuchten, hatte Eiver sich zurückgezogen. Nun machte der Prinz eine Geste in seine Richtung. »Kennst du die Bedeutung dieses Steins, mein Freund?«

Der Junge schaute hinaus auf die selbstlose Fee, die auf dem Ast haftete. Ihr Licht flackerte kurz auf. Eiver wandte sich zu dem Prinzen um und nickte.

»Sprich.«

»Sire«, sagte Eiver sanft. »Er soll Euch sagen, daß Ihr wieder Möglichkeiten finden müßtet, das Mysterium zu ehren.«

Bei diesen Worten konnten sich die drei Gelehrten nicht länger beherr-

schen und brachen in Rufe der Verachtung und des Protestes aus. Der Prinz lächelte breit. »Ihr könnt ihn befragen«, sagte er, »aber einer nach dem anderen.«

Sie berieten sich kurz, und dann wandte sich der Älteste an Eiver. Sein Kopf wackelte, und die schlaffen Wangen zitterten. Seine Augen standen aus wäßrigen Höhlen hervor. »Was ehren, Junge? Was ehren?«

»Das M-Mysterium, Sire«, stotterte Eiver.

»Welchen Unsinn redest du! Das Mysterium ehren? Willst du damit sagen, daß wir aufhören sollen zu lernen und nach Wissen zu streben?«

Eiver war still.

»Die heilige Suche nach der Wahrheit beenden? Hm? Hm? Sprich!«

Eiver saß ruhig da und wartete, bis das kleine Licht flackerte. Dann sagte er: »Sir, ich weiß nur, daß wir lernen müssen, so weise wie die Tiere zu sein. Wir müssen lernen, was wir nicht lernen müssen. Wir müssen klug werden durch Unwissenheit.«

Der alte Mann keuchte und taumelte zurück, die Hände bewegten sich unruhig zu seinem Bart, und er rollte die Augen. Die anderen beobachteten ihn bange. »Unwissenheit?« rief er aus, als er wieder zu Atem kam. »Nun, dieser Junge ist ein Idiot, Eure Hoheit. Er plappert Dummheiten und Rätselhaftes!« Er winkte angewidert ab und humpelte murrend zu einem Fenster an der entgegengesetzten Seite des Raums.

Der zweite Gelehrte kam von der Seite an Eiver heran, mit verschlagenem Blick und die Hände in die über Kreuz liegenden Ärmel seines Gewands versenkt. »Was noch, Junge? Was willst du noch?«

»Nichts, Sir.«

»Ha! Das solltest du auch nicht, denn du hast bereits das Unmögliche gefordert! Weißt du denn nicht, daß es nicht in der Natur des Menschen liegt, Junge, zu versuchen, sich hart erarbeiteten und lange geschätzten Wissens zu entledigen? Weißt du denn nicht, daß Wissen Macht ist und daß in der Macht Sicherheit liegt? Abgesehen davon, wie sonst sollten wir Fortschritte machen? Wie sonst sollten wir die Welt verbessern?«

Eiver schüttelte traurig den Kopf. »Ich bin nur ein Junge, Sir. Ich weiß wenig von der Natur des Menschen. Aber ich habe die Kreaturen des Walds beobachtet, die leben, ohne sich um Wissen oder Macht zu küm-

mern. Und was die Verbesserung der Welt betrifft – die werden wir niemals erreichen. Denn wir haben keinen Anteil an der Erschaffung der Wildnis, und was ist perfekter als sie?«

Der Gelehrte lachte spöttisch. »Unsinn! Der Junge ist tatsächlich ein Dummkopf! Die Welt nicht verbessern?« Er warf seinen Arm in einer weitschweifenden Geste, die den eleganten Raum und die makellosen Gärten jenseits des Fensters und die blühende, turbulente Stadt umfaßte, empor. »Quatsch! Sieh dich um! Ist dieser Palast keine Verbesserung gegenüber einer mit Rauch angefüllten Hütte? Hm? Ist diese Stadt keine Verbesserung gegenüber einem Lager von Wilden?«

»Nein, Sir«, sagte Eiver.

Der Gelehrte errötete. Seine Hände flatterten wie kleine Vögel in seinen Ärmeln. »Gewäsch!« sagte er und gesellte sich zu seinem Kollegen auf der entgegengesetzten Seite des Raums. »Dummes Zeug!«

Nun näherte sich der kleinste der Gelehrten. Er war verwelkt und gebräunt und verkrüppelt, aber seine blauen Augen funkelten Eiver scharf an. »Das Mysterium ehren, sagst du? Zurückgehen, sagst du? Aber, mein junger Freund, was ist mit unserer Neugier? Was ist mit den Zweifeln, die das Verborgene und Ungewisse auflösen? Sicherlich möchtest du nicht, daß wir darauf verzichten, denn liegt das nicht dem Leben selbst am Herzen?«

Das Feenlicht war schwächer geworden und fast verschwunden. »Mit Verlaub, Sir«, sagte Eiver und beobachtete bange das letzte, kaum noch sichtbare Glühen, »es ist nicht die Neugier, die dem Leben am Herzen liegt, sondern die Bescheidenheit und der Mut.«

Der Gelehrte warf die Hände empor und hielt Eiver weiterhin mit seinem intensiven Blick fest. »Der Kopf dieses Kindes ist voll von Unsinn, Eure Hoheit. Einbildungen und Unsinn! Überlaßt ihn mir für ein Jahr, und ich werde ihm Vernunft beibringen!«

Der Prinz lächelte und schüttelte den Kopf. Er hatte ein kleines grünes Licht beobachtet, das in seinem Obstgarten flackerte. Mehrere Minuten lang saß er gedankenvoll da und wendete den weißen Kieselstein in seiner Handfläche wieder und wieder um. »Und daher«, fragte er die Gelehrten abschließend, »hat der Stein keine Bedeutung?«

»Nicht die geringste!« sagten sie.

»Ist seine Existenz für Euch also nicht wichtig?«

»Überhaupt nicht«, sagte der erste Gelehrte, und die anderen stimmten ihm zu.

Der Prinz stand auf. »Ist dies dann also die Summe der Weisheit Govrinas? Ihr könnt mir die Bedeutung dieses einfachen Gegenstandes nicht erklären, und dennoch würdet Ihr Euch seiner entledigen? Ihn zerstören? Ich fürchte, ich habe mich schrecklich in Euch getäuscht. Ich sehe, daß die Weisheit nicht das ist, wofür ich sie gehalten habe, denn es ist sicher besser, sich von etwas zu befreien, das zerstört.«

Die Gelehrten protestierten, aber er brachte sie schroff zum Schweigen.

»Hört mich an. Vor langer Zeit habe ich versprochen, daß, wer auch immer mir die Prinzessin wieder zuführen würde, bekommen sollte, was immer er sich wünscht. Nun kommt dieser Bote mit einem Zeichen meiner Liebsten, einem Zeichen, das mir den Weg zeigt, den ich gehen muß. Also ist die Zeit gekommen, die Belohnung zu gewähren. Sprich deinen Wunsch aus, mein Freund, und er soll erfüllt werden.«

»Eure Hoheit, ich wünsche mir nur, nach Hause, in den Wald zurückzukehren.«

»So sei es«, sagte der Prinz und ergriff Eivers Hand. »Du wirst auf meinem Pferd reiten. Kehre zurück und sage der Prinzessin, daß ich verstanden habe. Sage ihr, daß ich das Mysterium tatsächlich noch einmal ehren werde und daß ich sie, wenn ich das getan habe, dort treffen werde, wo dieser Stein entstanden ist.«

Und so bestieg Eiver, nachdem er sich ausgeruht und die kränkliche Fee von ihrem Zufluchtsort im Garten abgeholt hatte, des Prinzen eigenen Hengst und ritt in Begleitung eines Trupps der Königlichen Wache über die Ebene zurück bis zum Rande des Waldes. Tief im Wald, als er fast zu Hause war, stieg das Feenlicht um ihn herum auf, und der Gesang der Wildnis umgab ihn, und Dutzende lindernder Hände hoben die Fee empor, die ihm geholfen hatte.

Und er ging weiter, allein und zufrieden. Als er zu Hause ankam, schienen seine Eltern ihn wundersamerweise überhaupt nicht vermißt zu haben…

Getreu seinem Wort fand der Prinz die Möglichkeiten zu tun, was er versprochen hatte. Mit dem letzten Gebrauch seiner Macht erteilte er Befehle, die Govrinas Ende einleiteten. Das Bäumefällen hörte auf. Die Flüsse wurden sauber. Karawanen, die sich ihren staubigen Weg durch die Ebene gesucht hatten, reisten auf anderen Routen zu anderen Bestimmungsorten. Die Marktstände verstummten, die Tore standen offen, die Soldaten auf den Brustwehren legten ihre Waffen nieder. Die Bürger zerstreuten sich. Mit der Zeit, als die Abwanderung voranschritt, lagen herrenlose Waren und sonstiges Hab und Gut über die Ebene verstreut. Blumen bildeten Wurzeln aus und wuchsen auf den Wegen, gefolgt von Büschen und dann Bäumen. Kühle und Feuchtigkeit, Tiere und Schatten kehrten zu dem Ort zurück, wo Govrina gewesen war, und mit ihnen kehrte das Mysterium zurück...

Der Prinz war unter den letzten, die die sterbende Stadt verließen, den wiedergeborenen Ort. Allein bestieg er an den Toren des Palastes einen weißen Hengst und ritt im Trab durch die leeren Straßen hinab. In der Ebene verfiel das Chargenpferd in Galopp, und der Prinz ließ es gewähren. Als sie den Rand des Waldes erreicht hatten, stieg er ab, nahm dem Pferd Zaumzeug und Sattel ab und sagte ihm Lebewohl. Er sah dem Pferd nach, bis es nur noch ein weißer Fleck in der Ferne war. Dann öffnete er sein Bündel, legte seine königlichen Kleider ab und zog das rauhe Hemd und die Hose eines Bauern an. In dieser Kleidung, unbewaffnet, allein und verletzlich, betrat er den Wald.

Seine Prinzessin wartete an der Stelle, wo der Fluß eine Biegung machte, sich zu einer seichten Stromschnelle verbreiterte und dabei über ein Bett weißer Kieselsteine sprang und schäumte. Hier umarmten sie sich, hier ließ er den Stein, und von hier gingen sie fort.

Wohin sie gingen und was aus ihnen wurde, wußten nur die Waldleute. Und was Eiver betraf, er wurde an dem Ort alt, den er liebte, reich durch den Beifall der Waldleute, mit denen er sich täglich in der Sprache jenseits aller Worte austauschte. Er streifte mit Granach umher, schwamm mit den Wassergeistern, tanzte mit den Feen. Oft spazierte er zum Rande des Waldes und kletterte auf den Berg, von dem aus ihm Govrina einst so golden und so wunderbar erschienen war. Viele Jahre lang veränderte sich die Stadt nur wenig. Dann, als die Weinreben durch ihre Mörser rankten, als die Gärten verwilderten und die Sämlinge im Kopfsteinpflaster Wurzeln schlugen, verfiel sie zu nur einer weiteren Bodenerhebung in der großen Ebene, nur wenig erhöhter als der Rest.

Nur einmal sprach Eiver wieder. Als er ein alter Mann war, kletterte er eines Abends mit einem Kind auf die Spitze des Berges, schaute in Richtung der alten Stadt und sagte: »Sage mir, was du siehst, denn meine Augen sind verhangen.«

Das Kind antwortete: »Dort ist die große Ebene, Großvater, und Tiere bewegen sich darauf. Und der Wind und die aufsteigenden Adler.«

Da war Eiver zufrieden, denn er wußte, daß Govrinas Kreis vollendet war wie der Kreis, der den Prinzen und die Prinzessin umschloß, und der Kreis seines eigenen Lebens. Und von diesem Augenblick an sprach er nie wieder.

Das Feuer war heruntergebrannt. Aus der kalten Stille der Nacht erklang erneut der Ruf, der lange und spukhafte Ruf, der einen seltsamen Aufruhr in den Herzen des Kaufmanns, des Doktors und des Architekten verursachte. Die alte Frau lachte leise, ein Gelächter wie eine zurückrollende Welle, die Strandkiesel ins Meer zieht.

Brüsk stieß der Kaufmann weiteres Holz auf die Kohlen und löste damit einen Funkenregen aus. »Eine kindische Geschichte«, sagte er laut und unterdrückte ein Gähnen, »aber sie hat zumindest die lange Nacht verkürzt.«

»Wahrhaftig«, sagte der Doktor und zitterte in seinem Schaffellmantel, »es ist eine unsinnige Geschichte, die uns bei unseren Geschäften nicht weiterhilft, alte Frau. Und ich habe deshalb eine Stunde wertvollen Schlafs verloren.«

Der Architekt sprach nicht.

Auch die alte Frau sagte nichts mehr. Sie saß bewegungslos da und lächelte, bis sich alle drei Männer zurückgezogen hatten und tief schliefen und das Feuer bis auf die Glut heruntergebrannt war. Dann stand sie mühsam auf, humpelte nahe an die Kohlen und hob die Arme. Der Rauch griff nach ihr, hüllte sie ein, stieg an ihrer Kleidung hinauf und strömte von ihren Fingerspitzen zu den Sternen. Sie wartete, wartete. Dann, als die tiefen Rufe erneut aus den Sümpfen erklangen, triumphierend, seufzte sie zufrieden und verschwand, wurde eins mit dem Laut und der Dunkelheit, eins mit dem aufsteigenden Rauch...

Im Morgengrauen setzten die Reisenden ihren Weg fort. Alle hatten sie nur wenig geschlafen und waren gereizt, als sie aufbrachen. Zunächst sprachen sie kaum. Niemand erwähnte die alte Frau oder ihre Abwesenheit, aber als die Sonne sie wärmte, begannen sie von ihrem mysteriösen Auftauchen und ihrem noch seltsameren Weggang zu sprechen.

»Verrückt, ziemlich verrückt«, sagte der Doktor lauter als nötig. »Dieses öde Land ist voll von solchen alten Weibern, von wilden Hexen, die voller Phantasien stecken. Sie ziehen umher und sterben, und niemanden kümmert es.«

»Eine bemitleidenswerte Kreatur«, stimmte ihm der Kaufmann zu und runzelte die Stirn, »und doch dachte ich, ihre Geschichte...« Er strich sich das Kinn und schaute von einem zum anderen. »Natürlich war es eine alberne Geschichte, eine Kindergeschichte. Und doch... Und doch spürte ich...« Er errötete und wurde unter den prüfenden Blicken des Architekten und des Doktors still.

In der Abenddämmerung war noch immer kein Zeichen von ihrem Bestimmungsort zu sehen, keine Möglichkeit festzustellen, wie weit sie gekommen waren. Ihre ganze Umgebung war genauso wie am Vortage. Der Pfad wand sich vorwärts in den Nebel, die verhangenen Sümpfe lagen zu ihrer Rechten, und das Meer erstreckte sich endlos zu ihrer Linken. Und um alles noch schlimmer zu machen, erklangen die unheimlichen Rufe jetzt häufiger. Mehrere Male im Laufe des Tages waren sie aus der Wildnis herangeschwebt und wurden mit jedem Mal beharrlicher.

Dieser Mangel an Fortschritt, diese Zeitlosigkeit beunruhigten in ausreichendem Maße, aber noch beunruhigender war für den Doktor und den Architekten die Tatsache, daß sich der Kaufmann merkwürdig zu verhalten begann. Er schien von dem Laut nicht mehr erschreckt zu werden, noch über ihre Situation besorgt zu sein. Mehrere Male hatte er laut über irgendeinen geheimen Witz gelacht, und zweimal hatten sie ihn mit sich selbst sprechen hören. »Seht mein Freund«, sagte der Architekt am späten Nachmittag, »ich fürchte, wir haben eine Wegbiegung verpaßt und uns daher verirrt.«

Der Kaufmann deutete über das Meer. »Wie könnte das sein? Folgen wir nicht der Küste?«

»Aber wir hätten sicherlich inzwischen ankommen sollen. Und sind wir über diese Wegstrecke nicht gestern und vorgestern schon gegangen, und...«

»Nein«, sagte der Kaufmann, »denn dort vorn ist ein Boot, und gestern haben wir kein Boot gesehen.«

»Ich sehe nichts«, sagte der Architekt.

»Nebel«, sagte der Doktor und blinzelte. »Nur Nebel und Wasser.«

»Glaubt mir«, sagte der Kaufmann, »es ist da, eine halbe Meile voraus. Und bevor wir es erreichen, werde ich Zeit genug haben, Euch Lebewohl zu sagen und aus dem Herzen zu Euch zu sprechen, was ich bisher nicht getan habe.«

»Lebewohl?«

»Ja. Ich gestehe, meine Freunde, daß mich die Geschichte der alten Frau tief bewegt hat, denn sie hat mich an ein altes Abenteuer erinnert.

Vor langer Zeit, als ich ein Junge war, trat ich in die Dienste eines wohlhabenden Händlers. Ich sehnte mich danach, so reich zu werden wie er. Er setzte mich als Matrose auf einem Schiff ein, das mit reichen Gütern beladen war – mit Seide und Gewürzen, wohlriechendem Weihrauch und seltenen Hölzern –, und wir segelten westwärts. Unsere Reise begann günstig. Die

Sonne schien warm, und zwei Wochen lang füllte ein hübscher Wind unsere Segel. Aber dann änderte sich das Wetter. Tief treibende Wolken verbargen die Sterne, so daß wir die Richtung verloren, und die darauf folgenden Stürme waren heftiger, als ich es jemals erlebt hatte. Sie zerrissen unsere Segel und zogen die Takelage fort. Wir wußten, daß wir zum Tode verurteilt waren. Die anderen übergaben ihre Seelen der See und ihre Sinne dem Wein ihres Kapitäns. Ich kletterte hoch in die zerfetzte Takelage hinauf und band mich dort trotz des heftigen Schlingerns des Schiffes, das mich unmittelbar in das Zentrum des Sturms zu katapultieren drohte, fest. Und so wurde ich, als das Schiff umschlug und der zerplitterte Mast ins Meer eintauchte, mitgetragen. Ich erinnere mich nur an das fürchterliche Krachen des Kiels, an das Donnern der Brecher und die Schreie der sterbenden Schiffskameraden.

Als ich meine Sinne wiedererlangte, stellte ich fest, daß ich an Land gespült worden war. Der Sturm war vorbei, und der von Wrackteilen übersäte Strand dampfte in der Sonne. Ich war ernstlich verletzt, aber ich befreite mich von dem Mast, bevor die Flut ihn zurückforderte, und ich stolperte in den Wald, wo ich erneut das Bewußtsein verlor.

Als ich erwachte, merkte ich, daß meine Wunden bedeckt waren und daß ich im kühlen Schatten lag. Es wurden mir süße Säfte zu trinken und nahrhafte Speisen zu essen gegeben. Ich war von Inselbewohnern gerettet worden – Wilde hätte ich sie genannt, bevor ich ihr Gast war. Tatsächlich Wilde! Sie waren die freundlichsten, sanftesten und weisesten Menschen, die ich je kennengelernt habe, und ich lernte in den Monaten, die ich bei ihnen verbrachte, viel von ihrer einfachen Lebensart – alles Leben zu respektieren, nur zu nehmen, was man braucht, zu teilen –, in einem Wort – zu leben. Vor allem lernte ich die spirituelle Welt kennen ...

Oh, mein junger Freund, ich sehe Zweifel in Euren Augen. Ihr denkt vielleicht, ich sei verrückt? Ihr glaubt, daß ein Insekt keinen Geist hat? Daß eine Blume oder ein Baum keinen Geist hat? Daß übernatürliche Wesen nicht in der Sonne lustwandeln und in den Teichen unter den Wasserfällen? Nein, o nein. Hört mir zu: Sie sind in all diesen Leben gegenwärtig, an all den Orten, an denen die Macht der Erde geweiht ist. Sie haben viele Formen und Namen, auch die Menschheit ist nicht von ihnen getrennt, denn wir hängen für das Leben selbst von ihnen ab. Das lernte ich in jener Welt vor der Zeit, in jener Welt der Unschuld, und obwohl ich diese Wahrheit vielleicht hinter der brüsken Maske des Handels versteckte, habe ich sie nicht vergessen.

Ich blieb zwanzig Monate. Dann lief zufällig ein anderes Schiff meines Kapitäns unsere Insel an, um frischen Proviant aufzunehmen. Ich weiß jetzt, wie dumm ich war, als ich meine Anwesenheit verriet, aber ich tat es gedankenlos. Ich näherte mich der Crew und erzählte ihnen meine Geschichte. Sie waren erstaunt, denn sie hatten alle, die an Bord unseres Schiffes gewesen waren, schon lange aufgegeben, aber sie waren noch erstaunter, als ich sie zu der Höhle führte, wo die Leute die Waren gesammelt hatten, die aus unserem Wrack gerettet worden waren. Sie luden diese ohne Umschweife in ihr Schiff, und die Insulaner blieben ihnen gegenüber ziemlich gleichgültig.

Dann, meine Freunde, traf ich die schicksalhafte Wahl, zurückzukehren. Warum? Ich kann es Euch nicht sagen. Vielleicht war ich ehrgeizig, vielleicht glaubte ich, ich könnte nach Belieben zurückkehren, vielleicht sehnte ich mich einfach nach Hause. Mein Kapitän war großzügig, mein Lohn gut. Tatsächlich bedeutete es den Anfang meines Wohlstandes. Seitdem bin ich ein reicher Mann, ein namhafter und angesehener Bürger. Und doch, in schlaflosen Stunden, wenn ich über den Sinn meines Lebens nachdenke, sind es weder die Ehren noch der Reichtum, worüber ich nachdenke. Es ist vielmehr die Schönheit, die mir vor langer Zeit auf dieser Insel nahegebracht wurde, ein Leben des Lachens und der Liebe und der Wunder. Ein Leben in Harmonie mit allem Spirituellen. Ein Leben, das ich mit dem Vergehen der Jahre für unerreichbar gehalten hatte.

Nun, nach dieser seltsamen Reise, nach der Geschichte der alten Frau, glaube ich, daß ich zurückkehren kann. Wie Ihr habe auch ich den Laut gehört, und wie Ihr habe auch ich den Preis der Antwort gefürchtet. Aber jetzt...«

»Dort ist Ihr Boot, mein Freund«, sagte der Doktor.

»Ja! Ja, sehen Sie?« Wendig wie ein junger Mann eilte der Kaufmann durch das hohe Gras zum Strand, wo tatsächlich ein kleines Segelboot wartend lag.

Der Architekt fühlte plötzlich Panik aufkommen, als würde ein Teil von ihm selbst wegfallen. »Bleibt!« schrie er und humpelte hinter dem Kaufmann her. »Seid kein Narr! Solche wunderlichen Einfälle befallen uns, wenn wir am verletzlichsten sind – übermüdet und ängstlich oder Gefahren ausgesetzt, wie wir es jetzt sind. In einem oder zwei Tagen werdet Ihr sicher sein. Ihr werdet diese Phantome weit hinter Euch gelassen haben.«

»Sicherheit, ach ja«, lachte der Kaufmann zaghaft und strich über das glatte Schanzdeck des kleinen Bootes. »Das ist es, was ich mein ganzes Leben lang gesucht habe. Ich bin in Sicherheit alt geworden, immer in der Angst, nicht genug zu haben. Aber jetzt...? Nein, guter Herr, ich entsage all meiner übermäßigen Sicherheit. Ihr, Herr, sollt es bezeugen.« Mit diesen Worten zog er den Sämischlederbeutel mit Gold aus seiner Kleidung und gab ihn dem Architekten. Dann schob er das kleine Boot in die Brandung, ergriff die Ruderblätter und rief von der dunkel werdenden See zurück: »Es soll Euch viel Glück bringen!«

»Sollten wir ihn zurückhalten?« fragte der Architekt. »Er ist sicherlich verrückt. Sicherlich...«

Der Doktor schüttelte den Kopf. »Nein, wir sollten ihn nicht zurückhalten.«

Zusammen beobachteten sie, wie der Kaufmann durch die Brandung ruderte und dann das Segel setzte.

»Er wird sterben«, sagte der Architekt.

»Aber er ist ins Leben zurückgekehrt.« Der Doktor lächelte. »Und das ist es, was wichtig ist. Denn so lange, wie seine Reise dauert, wird es keinen glücklicheren Mann geben als ihn. Kommt, Sir. Ich werde ein Feuer entfachen und ein Mahl kochen. Jetzt wo Ihr reich seid, muß ich Euch mit angemessener Höflichkeit behandeln!« In dieser Nacht schlief der Architekt schlecht. Wenn er sich auf die eine Seite rollte, bohrten sich die Pergamentschriftrollen in ihn. Wenn er sich auf die andere Seite rollte, stieß er auf den harten Beutel mit dem Gold. Die ganze Nacht warf und rollte er sich herum. Er wurde von tiefen Vorahnungen geplagt und von Traumfragmenten bedrängt, die ihn wie Glassplitter durchbohrten. Wann immer er aus seinem unruhigen Schlaf erwachte, sah er seinen Begleiter ins Feuer starren, eingehüllt in seinen schweren Umhang. Zweimal hörte er den Laut, obwohl er nicht sicher sein konnte, aus welcher Wildnis er erklang, aus der, die um ihn herum war, oder aus der, die in ihm war.

Beim Morgengrauen nahmen sie ihre Reise wieder auf. Die schlaflose Nacht hatte den Architekten steif und sorgenvoll gemacht. Trotz des großzügigen Geschenks des Kaufmanns fühlte er sich betrogen, als habe der Mann auf irgendeine Weise mehr genommen als gegeben. So traf ihn die plötzliche Ankündigung des Doktors wie ein Schock.

»Ich werde Euch auch verlassen«, sagte der Doktor.

Der Architekt blieb stehen und sah ungläubig vor sich hin, wobei er sich an seine Pläne und seinen Beutel Gold klammerte.

»Auch ich habe in der Erzählung des alten Weibes einen Ruf aus vergangenen Zeiten vernommen«, fuhr der Doktor fort. »Auch ich habe einen Traum gehabt. Wir werden bald an die Mündung eines großen Flusses kommen, wo an einer Furt ein Baum mit drei Falken stehen wird. Dort werde ich Euch verlassen.«

»Aber...«, stotterte der Architekt, »Eure Position, mein Herr! Eure Pflichten!«

Der Doktor lachte und öffnete seine Faust, um einen imaginären Vogel freizulassen. »Sie werden von pflichtbewußten Männern weitergeführt werden, ohne Zweifel«, sagte er. »Von verantwortungsbewußten Männern wie Euch vielleicht.«

»Aber wir sind so *nahe*... so sehr *nahe*!«

»Ja, und doch so weit entfernt... Aber kommt, mein Freund, laßt uns weitergehen. Der Fluß ist noch immer ein Stück weit entfernt, und ich habe Zeit, meine Geschichte zu erzählen.

Vor langer Zeit reiste ich, genau wie unser Freund, in ein fernes Land. Aber während sein Streben dem Reichtum galt, suchte ich die Weisheit. Ich hoffte jene Elixiere zu finden, die alles Leiden beenden würden oder ewiges Leben ermöglichen würden oder... Wer weiß, wovon ich träumte? Tatsache ist, daß es mich danach verlangte, eine ehrenhafte Tat im Dienste der Menschheit, und nur der Menschheit, zu vollbringen.

Ich schloß mich einer Karawane an, die ostwärts zog, denn man hatte mir gesagt, daß dort die ältesten und geheimnisvollsten Sammlungen des Wissens lägen. Viele Wochen und Monate lang reisten wir, und die Länder, durch die wir kamen, und die Leute, die wir trafen, waren tatsächlich seltsam. Bis heute könnte ich nicht schwören, daß sie im Sinne unserer Wissenschaft real waren, denn nach Wochen des Durstes und der glühenden Sonne, nach unaufhörlichen Wüstenwinden und dem ständigen Schreien der Kamele, verwoben sich Realität und Phantasie zu einer Einheit. Da lernte ich, daß, gerade wenn die Vorstellungskraft üppige Oasen und kühle Zelte heraufbeschwört, sie dem Geist, der zutiefst danach verlangt, Realität vorgaukelt, so daß andere Phantasien die menschliche Seele beanspruchen können...

Seit damals habe ich viele kennengelernt, die von dieser Welt in eine andere abglitten und dann auch dort blieben, glücklich und sorglos. Wir nannten sie arme, gequälte Seelen, und doch, wer kann sagen, ob sie nicht auch Reisende waren, wie ich es zu der Zeit war, Abgesandte von uns allen, die zum ersten Mal einen Bereich jenseits der Grenzen des Bekannten überschauten?

Wochen vergingen. Monate. Tage wirbelten in Wüstenstürmen umher, tropische Sturzbäche, sonnenlose Meilen Wald. Ich verließ eine Karawane und schloß mich einer anderen an, dann einer kleineren, dann einer noch kleineren, bis ich zuletzt allein war, als ich die Ausläufer der Berge betrat.

Dort hörte ich den Laut zum ersten Mal. Ich glaubte, es sei der Ruf eines großen Hornes hoch über mir, das Mönche zum Gebet, Gelehrte zu einer Versammlung, Träumer zu ihren Träumen rief und alle miteinander verband, wie er die kristallinen Bergspitzen der Welt miteinander verband.

Mit großen Hoffnungen begann ich meinen Aufstieg.

Aber ich kam niemals an. Zumindest habe ich niemals herausgefunden, was in bezug auf das, was mich erwarten würde, ich mir zu glauben eingeredet hatte. An jedem Tag meines Aufstiegs wurde der Ruf schwächer, und als ich schließlich die Bergspitzen erreichte, fand ich kein Kollegium von Gelehrten vor und keine ewigen Wahrheiten, sondern nur die starren und windgepeitschten Felsen, die wartenden Berggeschöpfe und mich selbst... allein. Da, mein Freund, entdeckte ich Abgründe, die ehrfurchtgebietender waren als alle Bergtäler, die ich je gesehen hatte, als alle Schluchten, durch die Adler absinken. Ich hatte Angst. Ich schäme mich zu sagen, daß ich floh.

Ich floh zurück in mein eigenes Land, in die Sicherheit. Ich stützte mich selbst durch Sicherheiten, Ehren, Vervollkommnung, endlose Besorgnisse, von denen ich behauptete, sie seien zum Wohl meiner Mitmenschen. Aber in meinem Herzen habe ich immer die Erinnerung an jenen Augenblick bewahrt, als ich, wenn ich nicht schwach gewesen wäre, mich hätte entdecken können... ich hätte wahrhaftig weitergehen können...

Aber seht, wir sind an dem Platz angekommen, an dem wir uns trennen müssen, denn hier ist der Strom, der Baum, die drei Falken. Alles ergibt sich so, wie es in meinem Traum vorhergesagt wurde.« Der Doktor wandte sich um und legte seine Hand auf die Schulter des jüngeren Mannes. »Wollt Ihr mit mir kommen?«

»Nein!« rief der Architekt aus und drängte fort. »Ich habe Verbindlichkeiten! Ich habe eine Pflicht!«

»Natürlich, natürlich.« Der Doktor lächelte. »Ihr seid ein ehrenwerter Mann. Und da dies so ist, laßt mich all die Früchte meiner wissenschaftlichen Forschung in Eure Obhut geben. Verwendet sie, wie Ihr wollt.« Während er dies sagte, händigte er das Bündel von Manuskripten aus und bahnte sich seinen Weg durch das Gestrüpp zum Ufer. Ohne einen Blick zurückzuwerfen, watete er durch die Furt, erklomm das andere Ufer und verschwand in den Geistererscheinungen des Nebels, der herabwirbelte, um ihn zu empfangen. Gleichzeitig verließen die drei Falken leise ihren Platz und folgten ihm.

Der Architekt packte das Manuskriptbündel in sein Gepäck und verließ eilig diesen Ort, vorwärts getrieben von Angst und bitterer Enttäuschung. Auch drang der Neid mit spitzer Nadel in ihn, denn warum waren ihm jene Offenbarungen, die den Kaufmann und den Doktor so tief bewegt hatten, versagt geblieben?

Jedoch, so versicherte er sich erneut, mußte die Stadt sehr nahe sein – vielleicht direkt hinter den Bergen, die sich vor ihm auftürmten. Sicher dort angekommen und wieder mit menschlichen Belangen beschäftigt, würde er alle Erinnerung an diese seltsame Reise hinter sich lassen können. Er würde wieder von Träumen ungestört schlafen können und seine Pläne erfüllt sehen. Abgesehen davon, war er nicht reich?

Unter dem zusätzlichen Gewicht noch stärker humpelnd, kämpfte er sich voran.

Die Berge erwiesen sich jedoch als weiter entfernt, als sie zu sein schienen. Drei weitere Tage lang, ausgesetzt zwischen Sumpf und Meer, schleppte er sich auf sie zu.

In der Dämmerung des ersten Tages entledigte er sich der Manuskripte des Doktors. Er dachte: *Sie sind an einem sicheren Platz. Wenn ich in der Stadt ankomme, werde ich jemanden losschicken, sie zu holen.* Am Mittag des zweiten Tages ließ er – mit großem Widerwillen – den Goldbeutel des Kaufmanns zurück. Er dachte: *Er ist dort versteckt, wo ihn niemand finden kann. Später werde ich ihn mir wiederholen.*

Während der Nächte kuschelte er sich in seinen Mantel, unterhielt ein helles Feuer und wagte nicht zu schlafen. Bei Sonnenaufgang des vierten Tages seiner einsamen Reise erschien ihm das Kind erneut.

Er war wie betäubt aufwärts geklettert und hatte wenig auf seine Umgebung geachtet, als er bemerkte, daß er sich bereits Hunderte von Metern über dem Meer befand. Möwen zogen weit unter ihm vorüber, ihre Schreie erklangen dünn und klagend wie das Jammern verlorener Wesen. Der Strand und der Weg hatten sich getrennt, und die Küstenlinie bog in den Nebel ab, wo sich Segel wie die Flügel eines Nachtfalters bewegten. »Der Hafen«, sagte er laut. »Ich werde bald die Hauptstadt erreichen! Ich werde bald sicher sein!«

Die Schatten wurden länger, während er aufwärts kletterte. Ein grünes Glühen bewegte sich neben ihm durch den Wald. Die Dämmerung verdichtete sich mit Geräuschen. Weit entfernt wurde das Heulen eines Wolfes vom Bellen seiner Jungen beantwortet, und die Rufe der Eulen erklangen suchend wie leise Fragen. Wieder hörte er den Laut, und dieses Mal, das wußte er, erklang er für ihn allein.

Als er verklungen war, sah er das Kind. Es saß weiter oben am Weg auf einem Felsen, und als es ihn sah, glitt es von seinem Sitzplatz herab und lief ihm voran in die Dunkelheit. Dann wandte es sich um und winkte ihm: Komm. Wieder winkte es, und als er zögerte, lief es zurück und nahm ihn an der Hand.

»Wer bist du?« fragte er.

Das Kind schüttelte den Kopf.

»Wie heißt du?«

Es schüttelte den Kopf.

Er ließ es zu, geführt zu werden. Schweigend kletterten sie die letzte halbe Meile durch den Wald zur Spitze des Berges, von wo aus er die Hauptstadt sehen konnte. Dort lag sie im letzten Tageslicht, eine starre, graue Erscheinung in dem grünen Land. Der Architekt schaute schweigend, sein Herz und sein Geist in Aufruhr. Er hätte erleichtert sein sollen, daß seine Reise zu Ende war, aber er war es nicht. Er hätte aufgeregt sein sollen, weil seine Pläne bald verwirklicht werden würden, aber er war es nicht. Als er schaute, flimmerte die Stadt unter einem grünlichen Licht, und die Vision einer anderen Stadt erhob sich durch sie hindurch und darüber. Die Gebäude seiner Träume standen im Zentrum dieser Stadt, aber ihr Anblick machte keine Freude, denn nichts sonst war, wie er es sich vorgestellt hatte. Anstatt schläfrig im Abendlicht zu liegen, loderte die Stadt, so weit er sehen konnte, in unbarmherzigem Licht, heller als die Sonne auf dem Meer, das jegliches Mysterium der Nacht verbannte. Anstatt der ruhigen, menschlichen Laute, an die er gewöhnt war, war diese Stadt von einem Gepolter erfüllt, das sogar den Berg erschütterte, auf dem er stand. Aber am schlimmsten war, daß keine Obstbaumdüfte von diesem Ort herüberwehten, sondern nur ein übler Geruch, der wie ein Leichentuch über der Ebene hing.

Vor Entsetzen stöhnend, bedeckte der Architekt die Augen. Als er den Arm wieder herunternahm, war die Vision verschwunden, und die vertraute Hauptstadt lag kaum sichtbar in der Dunkelheit. Er wandte sich wieder dem Wald zu.

Das Kind hatte bereits Holz und Zunder gesammelt, und schweigend entzündeten sie ein Feuer und aßen ein bescheidenes Mahl. Schweigend saßen sie lange danach und warteten. Er war nicht überrascht, als sich das Kind schließlich erhob und auf ihn zukam. Er war auch nicht überrascht, als es seine Hand in seine beiden Hände nahm, als es sie öffnete und einen reinen weißen Kieselstein auf seine Handfläche legte.

»Ja«, sagte er und lachte. »Ich verstehe.«

Leises Lachen beantwortete das seine. Zunächst war es das unschuldige Lachen der Kindheit. Dann verwandelte es sich zu dem einer jungen Frau, ein Klang, reich an Überraschung und Freude, und wieder verwandelte es sich zu dem rauhen, geduldigen Lachen des mittleren Alters und dann noch einmal zu dem einer Stammesmutter, ein Lachen ursprünglicher Weisheit, ein

Lachen so alt wie die Erde. Und schließlich verwandelte es sich zu nicht mehr rein menschlichem Lachen, sondern dem Lachen der ganzen Schöpfung, des Mysteriums, das auf ewig jenseits des menschlichen Fassungsvermögens lag.

»Ich verstehe«, sagte er wieder.

Er schürte das Feuer und speiste es mit seinen wertgeschätzten Plänen, Schriftrolle auf Schriftrolle. Die Flammen verzehrten die Früchte all seines Wissens, all seines Stolzes und seines Ehrgeizes. Das Kind verwandelte sich. Wo es gewesen war, schwebte nun eine grüne Aura wie der Lichtschein von Nordlichtern. Sie wurde stärker und tanzte, als er sie anschaute, verwandelte die Dunkelheit in strahlenden Glanz und die Stille in einen schimmernden und ewigen Tanz. Die Geister allen Lebens tanzten darin, und als er sie beobachtete, fühlte sich der Architekt wie ein müder Schwimmer, der das Ufer berührt und in die Wärme des Strandes und der Sonne tritt. Schließlich verwandelte sich das Licht in die alte Frau, die Erzählerin von Eivers Geschichte. Ein Auge glühte fahl wie ein Strandkiesel, das andere rot wie Feuer. Knorrige Wurzeln umschlossen ihre Hände. Ihre Kleider hingen zerzaust um sie herum wie Zedernrinde. »Erzählt mir«, sagte sie. »Erzählt mir, was Ihr gelernt habt.«

Er schüttelte den Kopf. »Ich kann es nicht.«

»Denkt es.«

Er dachte: *Ich reise mit vielen Begleitern, Freunde, die ich noch nicht kenne. Jeder Augenblick kann unsere Bestimmung sein.*

»Ja.«

Wenn ich lausche, höre ich Harmonie. Ich lerne wieder, daß sie mehr als die Schönheit ist. Wenn ich ruhig bin, erinnere ich mich, daß Weisheit mehr ist als Wissen, mehr als Wahrheit.

Sie nickte. »Ja.«

Der Architekt saß still da und schaute ins Feuer. Dann dachte er und fühlte sich dabei offen wie ein Samenkorn: *Und meine Aufgabe, meine große Aufgabe ist es, die Menschheit von kleinen Ängsten und Sicherheiten fortzubringen, zurück zum Großen Mysterium.*

Die alte Frau stand langsam und mühsam auf. »Nun seid Ihr wahrhaftig einer von uns«, sagte sie. »Geht in Frieden.« Sie griff in das Feuer, zog es hinab und um sich herum, wurde eins damit und stieg auf.

In dieser Nacht schlief der Architekt einen traumlosen Schlaf. Bei Sonnenaufgang, nur den weißen Kieselstein mit sich tragend und fast ohne zu humpeln, stieg er auf einem uralten Pfad in die Stadt hinab. Er war sich nicht sicher, wie er seine Mission erfüllen würde. Er wußte nur, daß eine große Aufgabe darauf wartete, vollendet zu werden.

Originaltitel: The Old Soul
Ins Deutsche übertragen von Karin König

Barbara Hambly

Wechselbalg

Alles begann mit dem Drachen.

Die Nachricht über die Ankunft des Untiers verbreitete sich. Michael hatte sein Kommen seit der ersten Kunde von Grildon Dan, dem Herren des Marschlandes im nördlichen Nachbargebiet, über erneute Verwüstungen der kahlen, herbstlichen Landschaft befürchtet. Er rief die Bauern und Hirten des Weißen Marschlandes in Corfach Castle zusammen. Diese Menschen zu verteidigen und über sie zu herrschen, wie schon sein Vater und Großvater es vor ihm getan hatten, hatte er geschworen. So gut es ging, bereitete er sie auf einen möglichen Angriff vor; doch tief in seinem Herzen ahnte er, daß er das Untier allein bekämpfen mußte.

Als Herr des Weißen Marschlandes trug er diese Verantwortung, die er vor sieben Jahren, als sein Vater getötet worden war, übernommen hatte. Zu jener Zeit war Michael achtzehn Jahre alt gewesen und frisch vermählt. Den letzten Drachen im wilden Marschland hatte man vor über dreißig Jahren gesichtet.

Eines Tages kam Amaris, die Cousine seiner Frau, vom Dorf nach Corfach Castle geritten, als ob der Teufel hinter ihr her sei. Aufgeregt berichtete sie, daß der Drache über die Rinderherden hergefallen war und den ältesten der Hirtenjungen und drei Kühe getötet hatte. Der Zeitpunkt war gekommen: Michael bereitete sich darauf vor, das Ungeheuer aufzuspüren und zu töten – allein.

Als Grildon Dan, der ältere Marschherr, einst versucht hatte, den Drachen in seinem Unterschlupf zu überraschen, hatte dieser ihn und seine Männer bereits von weitem bemerkt und sich in die Lüfte erhoben, um sie von hoch oben mit seinen Klauen, Zähnen und todbringenden Feuerströmen zu vernichten. Michael hatte dies von Grildon Dan selbst erfahren. Als leidenschaftlicher Jäger nahm er daher an, der Drache habe wahrscheinlich einen von Grildon Dans Männern oder eines der Pferde gehört oder gerochen und so seinen Angriff vorbereiten können.

Nach einer Woche sorgfältiger Suche hatte Michael das neue Lager des Drachen in den feuchtkalten Tiefen von Firbolg Glen gefunden. Er badete ausgiebig, um seinen Menschengeruch abzustreifen; außerdem verbrachte er die Nacht in Hundezwingern. Um keinen unnötigen Lärm zu erzeugen, hüllte er alle Waffen, die er mitnehmen wollte, in Leder und Lumpen. In der tiefschwarzen Nachtstunde seines Aufbruchs, kurz vor der Morgenröte, wünschte seine Frau Anne ihm Erfolg. Sie küßte ihn zum Abschied; ein Lächeln wollte ihr nicht recht gelingen.

Michael ging fort, um dem Drachen gegenüberzutreten. Nach einem Fußmarsch von einem Tag und einer Nacht, würde er in der Morgenröte des übernächsten Tages an der Bergschlucht sein.

Der Kampf zwischen einem Menschen und einem Drachen dauert meist nicht sehr lange. Entweder schleicht sich der Mensch in die Höhle des Drachen, verstümmelt seine Flügel und tötet ihn dann mit vergifteten Speeren und Lanzen; oder der Drache schwingt sich in die Lüfte, bevor der Mensch nahe genug zum Schlag herankommt. Von dort oben ist das Ende des Kampfes nur eine Sache von Augenblicken. Es gibt nur einen Sieger.

Michael tötete den Drachen an der Öffnung der Bergschlucht Firbolg Glen, an eben der Stelle, wo tief herabhängende Bäume von dem vielen Gift des in nächster Nähe hausenden Untiers verbrannt und verfault waren. Sie hinderten das Ungeheuer an einer Flucht.

Michael hockte einige Augenblicke erschöpft und zusammengekauert auf einem umgefallenen und häßlich verfärbten Baumstumpf. Er war halb erstickt vom eingeatmeten Giftrauch, sein verbrannter und verschrammter Körper blutete aus einem Dutzend kleiner Wunden, die von den messerscharfen Schuppen des Drachenpanzers herrührten. Ungläubig starrte er auf den riesigen, grünlich schimmernden Körper des Untiers, das er soeben vernichtet hatte. Von seinem kleinen, mit Hörnern besetzten Kopf bis zu den scharfen Stacheln der Schwanzspitze war die Bestie fast zehn Meter lang. Das Blut, das aus seinen Wunden troff, drang als schwärzliche Flüssigkeit in den Waldboden und bildete kleine, grelle Strudel in den ockergelben Schwefelpfützen, die die Schluchtöffnung in einen übelriechenden, dampfenden Sumpf verwandelten. Der Fluß, der in der Schlucht entsprang, war über Kilometer hin vergiftet. Als Michael durch die Rauchschwaden in die Schlucht blickte, konnte er sehen, daß aus der einst kühlen Felstasche mit den eng zusammenstehenden Bäumen, den Fröschen und Ziegenmelkern nun eine vegetationslose Öde mit abgestorbenen und umgestürzten Bäumen geworden war. Die Steine waren mit unnatürlich ätzendem, gräulich-glänzendem Drachenschleim durchtränkt. Michael wußte, daß weiter hinten eine von einer Quelle ausgewaschene, kleine Höhle war. Dort vermutete er die Beute des Ungeheuers.

Bei diesem Gedanken wurde ihm übel. Es war nicht viel über Drachen bekannt, aus einem von Annes Büchern wußte Michael jedoch, daß Drachen von Natur aus Beutetiere sind, aber selten Goldschätze anhäufen. Drachen sammeln fast alles in ihrem Unterschlupf, sogar verkrüppelte oder sterbende Opfer, um diese dann später in Ruhe aufzufressen. Michael hatte erfahren, daß in der vergangenen Woche der Sohn des Müllers, eine Bauersfrau aus Oakhill, wie schon früher so viele andere Menschen und wertvolles Vieh von den Ländereien Grildon Dans verschwunden waren. Etwas Lebendiges in der Höhle eines Drachen war unwahrscheinlich, dennoch wollte er nachsehen. Noch deutlich vom Kampf gezeichnet, wandte sich Michael der Bergschlucht zu. Mit schmerzverzerrtem Gesicht und einer Abscheu vor dem, was er vorfinden würde, ging er mühsam bergauf.

In dem schwefelgelben Nebel konnte er kaum atmen. Die Dämpfe brannten in seinen Augen. Er fand den Leichnam einer Frau. Knochen von Schweinen und Kühen. Plötzlich hörte er in der Höhle, wo die vergifteten und abgestorbenen Bäume das steile Ufer der Schlucht fast verdunkelten, ein Geräusch. Es klang wie ein weit entferntes Scharren, dem ein Gurren und schließlich ein Gewimmer folgten. Gleichzeitig drang aus dem dunklen Loch ein lieblich trillernder Klang. Vorsichtig zog Michael abermals sein Schwert und unterdrückte dabei den Schmerz, den der lederbesetzte Knauf an seiner zerschundenen Hand auslöste.

In der Dunkelheit der Höhle blitzten Augen auf, dahinter war ein plötzlicher, weicher Lichtglanz zu erkennen.

Ein Wesen, das weder dem Rotwild noch den langbeinigen, ausdauernden Hunden, die zur Rotwildjagd gezüchtet werden, ähnelte und doch an beide erinnerte, erschien. Es war mit weichem Flaum bedeckt, so wie mit dem eines Kükens, nur war der Flaum grün wie Frühlingsgras. Die Augen des seltsamen Wesens waren golden wie Honig, groß und weich und blickten erstaunt auf das, was sie sahen. Dahinter schwebte eine Art Licht, kleine rote und blaue Leuchtkäfer blitzten im weichen Schein des Lichtglanzes auf. Sie bewegten sich unablässig hin und her, sprangen herum und waren ungeheuer lebendig.

Schließlich kroch aus den dunklen Tiefen der Drachenhöhle ein Kind hervor: ein kleines, etwa zwei Jahre altes Mädchen. Es war nackt und vollkommen zerkratzt, sein Haar schmutzverklebt und kastanienbraun. Lautlos schluchzend reckte es Michael seine kleinen Arme entgegen. Als Michael sich vorbeugte, um es aufzuheben, und dabei seine eigenen Wunden völlig vergaß, legte das grüne Wildwesen den Kopf dankend an seine Hüfte. Die glitzernde Lichtwoge aus Leuchtkäfern schwebte über Michaels Kopf, so als ob auch sie fühlte, daß er ihr Leben ebenfalls gerettet hatte.

Sie nannten das kleine Mädchen Kyah. »Das arme Ding sollte zumindest seinen eigenen Namen kennen«, sagte Anne sanft und beugte sich vor, um das federleichte, kastanienbraune Samthaar des Kindes, das auf Michaels Schulter ruhte, zu streicheln. »Rosebud wußte in dem Alter ihren Namen bereits.«

»Rosebud fragte die Hebamme, die sie auf die Welt geholt hatte, auch, was und wie sie es getan hatte«, warf Michael mit einem Lächeln und einem Blick zu seiner Tochter auf der anderen Seite des Herdes ein. Rosebud hatte die Ellbogen vor einem von Annes dicken, alten Büchern über Ungeheuer aufgestützt, und im Feuerschein suchte sie dort nach einem Bild, das dem grünen Wildwesen oder dem Wesen, dessen Umrisse vollständig im Licht aufgingen, ähnelte.

»Vater, das ist komisch. Warum sollte sie das Sprechen vergessen? Wegen dem Drachengift?« fragte das Mädchen mißbilligend.

»Das kann aus Furcht gewesen sein«, sagte Anne mit weicher Stimme, als ihre zwei Kinder, die die gleichen, hellen Haare hatten und deren Gestalt – ähnlich wie die ihrer Mutter – einen großen Knochenbau und hochaufgeschossene Statur ahnen ließen, von ihrem Buch aufblickten, aufstanden und sich neben den Stuhl stellten, um das Findelkind mit neugierigen Augen zu betrachten.

»Wenn ich Marcus richtig schlimm erschrecken würde, würde er das Sprechen vergessen?« fragte Rosebud und kicherte.

»Würde ich nicht«, versicherte ihr Bruder.

»Ich wette, du würdest...«

»Erschrecken reicht nicht aus«, sagte Michael leise und wiegte das Kind Kyah, so wie er es den ganzen langen Rückweg zur Burg gewiegt hatte. Das grüne Wildwesen, dem sie den Namen

Wuschel gegeben hatten wegen der kleinen Büschel weißer Federn an Ohren und Schwanz, hob sein seidenweiches Kinn ein wenig von Michaels Fuß und blinzelte schlaftrunken beim Klang der Stimmen. Die Lichtaura glitzerte und funkelte unter dem Stuhl wie die Funken eines Regenbogens.

»Verängstigt«, fuhr Michael fort und blickte von seiner neun Jahre alten Tochter hinüber zu seinem Sohn. »Das ist etwas anderes. So verängstigt, daß du nicht mehr denken kannst, so verängstigt, daß du dein Leben nicht mehr aushältst... So verängstigt meine ich.« In den beiden blauen, verwunderten Augenpaaren sah er bestürztes Begreifen, und in den Augen seiner Tochter zugleich Mitleid und Kummer. »Sie ist doch noch so klein, kleiner als ihr beide. Natürlich hat sie das Sprechen vergessen.«

Rosebud streckte ihre Hand aus, um Kyahs kleine, runde Hand zu berühren, und das Kind betrachtete sie mit ernsten Augen, die dunkel wie Ebenholz waren. Mit leiser Stimme fragte Rosebud: »Wird sie sich je daran erinnern können?«

»Wenn wir ihr genug Liebe geben«, sagte Anne.

So wurde das Kind aus der Drachenhöhle in der Familie von Corfach Castle aufgenommen und wie ihresgleichen behandelt, sogar besser noch; denn Rosebud kommandierte Kyah nicht so herum, wie sie es mit Marcus tat, und schützte sie zudem noch vor ihm, wenn er, wie alle Sechsjährigen, im Spiel übertrieb. Trotz der Fürsorge des jungen Mädchens und Annes hingebungsvoller Zuneigung, gab Kyah Michael deutlich den Vorzug vor allen. Sie folgte ihm überall hin, wenn er sich in der Burg befand, und lauschte dem Geräusch der zurückkehrenden Pferde auf der Zugbrücke, wenn er von seinen Ausritten in den kalten Wäldern und den von Wölfen bewohnten Sumpfgebieten des weiten Marschlandes zurückkam. Als Michael das erste Mal zu einer Patrouille ausritt, mußte Anne Kyah und ihre zwei unzertrennlichen Begleiter, Wuschel und Limmifer, die Leuchtwolke, zurückhalten, sonst wären sie mitgelaufen. Einmal fand einer der Hirtenjungen das Kind, als es über die vor Kälte klirrenden Felder den Hufspuren von Michaels Pferd gefolgt war; das grüne Wildwesen blieb dicht bei ihm, und die weißliche, milchig scheinende Lichtwolke kreiste über seinem Kopf. Seither vergewisserten sich Anne und Rosebud sehr genau, wo sich Kyah befand, wenn Michael fortritt.

Kyah war der Familie zugeneigt und den Kindern ein liebevoller Spielkamerad, der mit dem anmutig umhertrabenden grünen Wildwesen und der wirbelnden Lichtwolke unbeschwert herumtollte. Kyah begleitete Anne bei ihren täglichen Aufgaben in der Küche, den Kinderzimmern und den Speisekammern. Doch sie lächelte niemals. Ihr Interesse, Gespräche der anderen mitzuverfolgen, war auffallend. Rosebud unterrichtete sie täglich in den Namen der Dinge. Doch Kyah selbst gab nie einen Laut von sich. Sie hörte dem Bellen der Hunde und dem Ruf der Vögel zu und lauschte den weithin schallenden Klängen von Wuschel. Ihren Namen »Kyah« lernte sie und hörte darauf; genauso sprang Wuschel beim Klang seines Namens schwänzelnd herbei. Limmifer leuchtete, blinkte und funkelte erwartungsvoll, doch niemals zeigte Kyah eine Regung der Erinnerung an ihren wirklichen Namen.

Der Winter folgte dem Herbst, und kalte Schneeschauer bliesen vom Moor herüber. Michael ritt durch das weiße Marschland in alle näheren Gebiete, ja sogar zu den vereinzelten Siedlungen in den unwegsamen Öden, um herauszufinden, ob jemand ein Kind mit braunen Augen und kastanienfarbenem Haar vermißte. Seine Suchmeldung verbreitete sich durch fahrende Händler bis hin zu den Wilden in den Hügeln von Zaran. Aber er konnte nichts über Kyah erfahren. Sie schien ein Kind zu sein, das von Zaubervolk achtlos vor seiner Tür gelassen worden war.

»Ob sie wohl ein Findelkind ist?« fragte Anne eines Nachts, als dunkle Graupelschauer um die Burgwände pfiffen und die Flammen in den kleinen roten und goldenen Lampen flackern ließen. »In einem meiner Bücher steht, daß Zauberkinder nicht sprechen.«

Dabei blickte sie kurz durch die Tür ins Kinderzimmer, das sich hinter dem großen Schlafzimmer befand, um sicherzugehen, daß Rosebud und Marcus wohlbehütet schliefen. Zwei helle Stränge silberglänzenden Haares lagen auf dem Pelzbesatz ihrer Decken. In dem kleinen Kinderbettchen drüben im Halbdunkel der hinteren Wand war nur ein kleiner Hügel unter den Decken zu sehen. Wuschel lag zusammengerollt am Fußende des Bettes wie ein kleines Knäuel grün glänzenden Pelzes und Flaumes. Ein kaum wahrnehmbarer, flackernder Schein tiefblauen Lichtes am Ende eines der Bettpfosten ließ ahnen, wo Limmifer tief in Schlaf versunken war.

»Ich weiß es nicht«, sagte Michael langsam. Er zog seine Frau zu sich in den großen, geschnitzten Holzstuhl. Der Stuhl, einst für seinen stattlichen Großvater gefertigt, bot beiden Platz, obwohl Anne ein gutes Stück größer war als er selbst. Beide waren kräftig gebaut. Annes blondes Haar, das sich in Wellen von den geflochtenen Zöpfen am Tag wie ein Strom an Michaels Lederhemd schmiegte, bedeckte seine Brust ganz.

»Ich dachte eigentlich, daß das Zaubervolk auf seine Kinder aufpassen und verhindern könnte, daß sie von einem Drachen geraubt werden.«

»Man sagt, daß sie sorglos und herzlos sind«, entgegnete Anne. »Sie nehmen etwas und werfen es später wieder fort. Einige sagen sogar, daß sie seltsame Geschöpfe zu ihrer eigenen Kurzweil erschaffen und sie dann, wenn sie sich langweilen, einfach weggehen lassen. Diese Geschöpfe sind dann verloren...« Anne runzelte die Stirne, Sorgenfalten bildeten sich zwischen ihren Augenbrauen; ihr Blick wanderte abermals zu den Schatten jenseits der Kinderzimmertür.

»Wuschel wächst langsam aus seinem Flaum heraus, hast du es bemerkt?« fragte Michael; tiefe Zuneigung für sie alle sprach aus seinen dunkelbraunen Augen. Und tatsächlich konnte man bei dem zusammengerollten Knäuel erkennen, daß der Pelz und die Flaumbehaarung länger und weicher geworden waren. Auch hatte sich die Farbe von grellem Smaragdglanz in eine dunklere und erhabenere Mischung aus Grün, Bronze und Gold verwandelt. »Manchmal scheint sich im Blitzen von Limmifers Lichtglanz eine Form abzuzeichnen, so etwas wie ein leuchtender Geist.«

»Ich habe mich schon gefragt, ob dir das auch auffällt«, seufzte Anne. »Man kann es nur bei ganz bestimmten Lichtverhältnissen sehen – ich dachte, ich bilde es mir nur ein.« Sie ließ eine Locke von Michaels kupferfarbenem Haar sanft durch ihre Finger gleiten und blickte immer noch zu den ungleichen, friedlich schlafenden Geschöpfen hinüber. Mit sanfter Stimme fuhr sie fort: »In einem meiner Bücher steht auch, daß Zauberkinder in der Welt der Sterblichen krank werden und nicht lange leben. Und meistens leiden auch die Kinder, die mit solchen Zauberkindern aufgezogen werden.«

»Ich weiß«, erwiderte Michael. »So sehr ich sie auch liebe – so sehr ich alle drei liebe und es vermissen würde, sie nicht überall und ständig an meiner Seite zu haben...« Er zitterte ein wenig. »Glaube mir bitte, es ist mir nicht angenehm, mit dem Zaubervolk sprechen zu müssen, wenn es das nächste Mal eine seiner Zusammenkünfte auf der Verbotenen Insel abhält. Dennoch sollte ich es versuchen.«

Die Verbotene Insel befand sich einen halben Tagesritt von Corfach Castle entfernt. Ein alter, abgeflachter Hügel erhob sich dort aus einem kleinen Tümpel. Fünf aufgerichtete Steine standen auf dem Hügelkamm. Man sagte, daß die Feen und Elfen dort zu bestimmten Jahreszeiten tanzten. Soweit man sich erinnern konnte, hatte es noch kein menschliches Wesen gewagt, diesem Platz nahe zu kommen, mit Ausnahme eines Kindes aus dem Dorfe Grildon, das man drei Tage später herumirrend gefunden hatte. Es hatte den Verstand verloren und war seither kaum anders als ein Idiot, der mit verwundertem Blick herumlief. Trotzdem bereitete sich Michael vor, beim nächsten Vollmond zur Insel zu reiten. Zu diesem Zeitpunkt, so stand es in Annes Büchern, würde das Zaubervolk wieder einen Tanz abhalten. Doch in der fraglichen Nacht brach ein Schneesturm los, und Schnee bedeckte das gesamte Land. Beim nächsten Vollmond, in der Tauzeit, machten Hochwasser aus getautem Eis und Schlamm jeden Gedanken an so einen Ritt für Michael unmöglich.

Der Monat dazwischen verging mit anderen Ereignissen. Wuschel wurde immer größer. Gleichzeitig mit dem Abstreifen des weichen Flaums wurde er kräftiger und jagte Winterhasen und Füchse in den steinhart gefrorenen Feldern. Die Zeit war gekommen, in der Wölfe oftmals den Dorfeinfriedungen sehr nahe kamen. Anne hatte daher alle Hände voll zu tun, den Streuner innerhalb der Burg zu halten, denn Kyah und Limmifer würden Wuschel unweigerlich folgen, wobei das kleine Mädchen Mühe hatte, das leichtfüßige Wildwesen einzuholen. Zu Annes Entsetzen liefen Rosebud und Marcus den drei Vagabunden zweimal hinterher, ohne Vater oder Mutter Bescheid gesagt zu haben. »Wir wollten nicht, daß du sie schlägst«, erklärte Rosebud, als Michael sie, Marcus und Kyah vom Sattel in Annes Arme herunterhob. Er hatte sie in den Wäldern der Ewigen Dämmerung gefunden. Die Kinder hatten vor Kälte rote Gesichter und waren von Kopf bis Fuß mit Schnee bedeckt. Es hatte nämlich zu schneien begonnen, und dicke, weiße, federleichte Flocken bedeckten ihre pelzbesetzten Mützen vollständig. Selbst Wuschels weicher, lockiger Pelz war ganz weiß, als er fröhlich um Michael herumschwänzelte, der von seinem Pferd, dessen dichte schwarze Mähne ebenfalls weiß war, abgestiegen war. Jenseits der Burgmauern konnte man das entfernte Geheule der Wölfe in den winterlichen Wäldern hören.

Anne, vor Furcht zitternd, überlegte, daß eine Züchtigung Kyahs sowieso nichts nützen würde – das kleine Mädchen würde einfach nicht verstehen, warum sie ihren Spielgefährten nicht folgen durfte. Deshalb sagte sie nur: »Das war richtig, Rosie-Liebling, daß du ihnen gefolgt bist..., doch bitte sag beim nächsten Mal einem der Stallknechte, mir, oder *irgend jemandem* Bescheid und laß andere nach ihr suchen. Ich verspreche, keinen von euch zu bestrafen.« Hinter Michael, der Kyah in seinen Armen hielt und den Wuschel, der inzwischen einem riesigen Hund glich, umschwänzelte, hing Limmifer glitzernd in der Luft. In dem langsam verblassenden Tageslicht konnte Anne deutlich erkennen, daß sich in dem Funkenball jetzt eine Form abzeichnete. In der tänzelnden Lichtaura war eine kurvenartig gewobene Helligkeit zu sehen wie ein Salamander aus kristallklarem Glas und Wasser mit diamantenen Augen, die – obwohl es schwierig war festzustellen, wie viele Augen es waren – funkelten wie ein bleicher Sternenkranz.

Auch Limmifer war größer geworden. Er liebte es, über Schneeflächen oder stehende Gewässer, wenn er sie finden konnte, zu tanzen; wie Wuschel erkundete er immer häufiger die Gegend außerhalb der Burgmauern, meistens dann, wenn Michael ausgeritten war. Bei solchen Gelegenheiten stahlen sich Wuschel und Kyah von der Tür zum Fenster und schließlich hinauf zu den Burgzinnen, immer darauf aus, irgendwie Annes behütenden Blicken zu entkommen. Viele lange Abende, wenn Michael unterwegs war, um Wölfe, die entfernte Gehöfte unsicher machten, zu jagen oder sich zu vergewissern, daß in den Richtstätten der zwei kleinen Lehnsgute seines Marschlandes, die Leibeigene hielten und seiner Obhut unterstanden, Gerechtigkeit herrschte, brütete Anne über den Büchern ihrer kleinen Sammlung. In den Schriften über alte Sagenwesen, den zerlesenen Büchern über die Geschichte der Natur und den jahrhundertealten Sammlungen von Sagen, Überlieferungen und Berichten Reisender, versuchte sie irgend etwas über ein Wesen zu erfahren, das wie ein Wildtier mit langen Pelz- und Federflaumfetzen über den Schnee jagte oder in einer Aura funkelnden Lichts herumtanzte.

Doch sie fand nichts. Als der Mond langsam zunahm, schweiften ihre Gedanken ab zu den Legenden über Zauberwesen, die selbst in einem Reich schimmernder Magie und glitzernder Illusion lebten... Wesen, die bestimmt die Antwort zu dem Rätsel um Kyah und ihre zwei wundersamen Freunde wußten. Es war ihr bekannt, daß es für ein sterbliches Wesen tödlich war, nach ihnen zu suchen, doch sie richtete dennoch die Dinge zusammen, denen man nachsagte, daß sie einen Menschen vor der Gefahr bewahrten: einen Klumpen Salz, ein Siegel aus Eisen, verziert mit heiligen Zeichen, sowie einen Beutel besonderer Erde, die zerrieben und der getrocknete Blütenblätter der Winterrose beigemischt wurde. Sie suchte auch das hölzerne Kästchen, das die Zähne und Klauen des getöteten Drachen enthielt. Vielleicht hatten auch sie irgendeine beschützende Eigenschaft. Sie waren jedoch in dieser kurzen Zeit spröde, fast schon zu Staub geworden, so wie die Knochen eines Drachen zerfielen. Es würde für Michael gefährlich sein, zur Verbotenen Insel zu reiten und diese Wesen zu finden; ihr Instinkt sagte ihr jedoch, daß die Dinge so wie bisher nicht weitergehen konnten.

Zwei Tage vor Vollmond erreichte Corfach Castle die Kunde, daß ein weiterer Drache im Weißen Marschland gesichtet worden war.

Michael erfuhr davon, als er sich auf einem Kontrollritt hinter dem Sumpf von Goffin befand. Ein Hirte berichtete es ihm. Beide ritten die ganze Nacht und erreichten Corfach am nächsten Morgen. In den niederen Weidelandschaften nahe des Dorfes Corfach, zwanzig Meilen von der Burg entfernt, sah Michael deutliche Spuren der Verwüstung: Der Boden war mit Blut durchtränkt, Abdrücke von Klauen waren jedoch nicht zu sehen. Doch in den etwa ein bis zwei Meilen entfernten Wäldern fand er den von schwefelgiftigem Schleim besudelten Baum, wo sich das Ungeheuer niedergelassen hatte. Überall waren zerstückelte Überreste von Körpern und Knochen in einer Pfütze tropfenden Blutes und gelblich schleimigen Gifts zu sehen.

Diese Nacht badete Michael wieder in klarem Wasser und schlief bei den Hunden. Außerdem wechselte er mit Sam, dem Aufseher der Hundezwinger die Kleider, damit sicher war, daß der Drache Michael selbst aus nächster Nähe nicht wittern

konnte. Michael wollte nur den Geruch eines Hundes verbreiten.
»Wirst du den Drachen bekämpfen, Vater?« fragte Rosebud, und ihre großen blauen Augen waren weit aufgerissen.

Michael schüttelte den Kopf. »Morgen werde ich erst einmal herausfinden, ob er sich auch dort versteckt hält, wo der andere war – in der Höhle in der Bergschlucht von Firbolg Glen. Glaub mir, Rosie-Liebling, ich gehe nicht näher an ihn heran, als ich unbedingt muß.« Wie zur Bekräftigung strich er durch ihr Haar und durch das seines Sohnes. Nachdem beide ins Bett geschickt worden waren, zog er seine Frau zu sich heran. Eng umschlungen standen sie am Vorplatz der Hundezwinger, wo der Schnee von letzter Woche nur noch dreckiger, zertrampelter Matsch war. Michael sagte leise zu ihr: »Behalte alle gut im Auge, während ich fort bin. Paß auf, daß Rosie und Marcus drinnen bleiben.« Er verstummte, als er das besorgte Gesicht seiner Frau sah und fragte: »Was ist denn?«

»Nichts«, sagte sie mit unsicherer Stimme. »Nur... morgen nacht ist Vollmond.«

Michael nickte, denn er wußte, was seine Frau meinte.

Nach einiger Zeit sagte sie: »Weißt du... Kyah wird immer unruhiger. Es kann daran liegen, daß es bald Frühling wird, und sie findet immer verwegenere Wege, aus der Burg zu entschlüpfen; sie wird immer wagemutiger... Ich glaube nicht, daß sie weiß, was Furcht ist. Vor zwei Tagen, als du weg warst, versuchte sie am alten Efeu an der Nordwand hinunterzuklettern, um Limmifer zu suchen...«

»Und wo war Limmifer?« fragte Michael leise.

Anne zuckte mit den Achseln. »Irgendwo, im Wald vielleicht. Ich weiß es nicht; er macht so was immer öfter; besonders jetzt, wo der Frühling naht.«

Michael seufzte. »Ja, ich weiß.« Die Linien, die der Winter in sein Gesicht gezeichnet hatte, schienen ein wenig tiefer und dunkler geworden zu sein.

Anne runzelte die Stirn, als sie den besorgten Blick ihres Mannes sah. Doch als dieser nichts sagte, fuhr sie fort: »Ich habe Angst um sie, Michael. Ich habe Angst davor, was ein weiterer Monat bringen wird. Wenn sie ein Zauberkind *ist*, wird sie vielleicht versuchen, zu ihrem Volk zu gelangen, wie ein junger Vogel, der zu fliegen versucht, lange bevor seine Flügel ausgewachsen sind. Wenn du nicht zur Verbotenen Insel reiten kannst, vielleicht sollte ich es versuchen.«

Michael legte seinen Arm zärtlich um Anne und blickte hinter sie, wo einige Vasallen die großen Tore der Burg für die Nacht schlossen. Der gefrorene Burggraben glänzte bleich im Licht des frühen Mondes durch die schwarzen Rahmen der Lichtöffnungen herauf. Limmifer spielte über der Eisfläche, ein umherwirbelnder Glitzerkranz silbrigen Lichts. In dem Schein tanzte und wand sich die geisterhafte Form und strahlte im Mondlicht wie Kristalle und Diamanten. Als Michael zurückblickte, sah er Kyah in ihrem weißen Nachtgewand. Das kleine und zerbrechliche Geschöpf stand am Fuß der Treppe, die zum Burgfried hinaufführte, eine Hand auf Wuschels federweichen Nacken gelegt.

»Ja«, sagte er sanft. »Ich glaube auch, daß du es versuchen solltest. Doch bevor du gehst – sperre Limmifer gut ein.«

»Limmifer?« fragte Anne. Ihr Blick wanderte zwischen Michael, dem wellenförmigen Lichtglanz und den Sternen über dem gefrorenen Burggraben hin und her. Trotz der einsetzenden Dunkelheit mit ihren Schatten sah Michael, wie sich Annes Augen trübten, als sie verstand, was er meinte.

»Ich bin mir nicht sicher«, sagte er. Seine Stimme klang brüchig, als er Annes von Angst und Kummer erfüllten Blick sah. »Aber in keinem deiner Bücher steht etwas darüber, wie Drachen aussehen, wenn sie jung sind. Sie sind magische Wesen – wer weiß, ob sie überhaupt Körper, wie wir sie kennen, haben, wenn sie geboren werden? Gerade jetzt, da er einen Körper *bekommt* und mehr als nur Wasser und Schnee zum Leben braucht – erreicht uns die Kunde, daß ein Drache Verwüstungen anrichtet.«

»Ich habe ihn beim Spielen beobachtet.« In Annes Stimme war ein leichtes Schluchzen, als ob sie Tränen und Kummer über das, was er soeben gesagt hatte, zurückhalten würde. »Er schwirrt um die Kinder herum – nicht nur um Kyah und Wuschel, sondern um alle. Er folgt ihnen... Ich schwöre dir, er will ihnen nichts Böses.«

»Das will ein Löwenjunges auch nicht«, sagte Michael. »Bis es später groß genug ist, um zu merken, daß es ein Löwe ist.«

Deshalb brachte der junge Herr des Marschlandes die drei kleinen Wesen, die er einst gefunden hatte, hinab in das Burgverlies. Es war ein kleines Verlies, das sein Urgroßvater einst hatte graben lassen und das selten benutzt worden war. Es war eigentlich nur ein fensterloser Raum. Anne und Michael führten Limmifer in den Raum und setzten Kyah und Wuschel außen vor die Tür. Kurz bevor Michael die Tür hinter sich zuriegelte, schlüpfte er schnell hinaus. Limmifer war gefangen. Michael blickte sich nochmals um. Im Lichte seiner Fackel schien es ihm, als erkannte er in der Form, die sich im Inneren von Limmifers Lichtkranz bewegte, ganz deutlich die Umrisse eines diamantenen Drachen: Klauen, Augen und den Schimmer von durchsichtigen Flügelhäuten. Am nächsten Morgen machte er sich auf zur Bergschlucht von Firbolg Glen.

Den ganzen Tag über lauschte Anne besorgt nach unten, doch es war kein Geräusch zu hören, und sie bemerkte auch nichts. Kyah und Wuschel rannten immer wieder zu der Tür im Hof, die zu dem Verlies hinabführte. Sooft Anne das kleine Mädchen von dort auch wegbrachte, einige Stunden später war es wieder unten. Tränen glitzerten in ihren dunklen Augen, als sie an Annes Rockärmeln zerrte und lautlos von ihr forderte, sie möge doch die Tür öffnen und ihren Freund befreien. Als die frühe Dunkelheit des Winters nahte, zog Anne die Reithosen ihres Mannes, Stiefel und einen schweren Schafwollmantel an und füllte ihre Taschen mit den Dingen, die sie für Michael vorbereitet hatte: das eiserne Siegel und den Klumpen Salz. Sie nahm ihren Bogen und eine kurze Hellebarde, damit sie vor den eher weltlichen Gefahren, die in den Wäldern auf sie lauerten, geschützt war. Sie flocht ihr langes, blondes Haar zu Zöpfen und zog eine gestrickte Wollmütze fest darüber. Marcus, Rosebud und Kyah hob sie auf ihr großes, braunes Pferd und ritt mit ihnen aus der schützenden Burg fort. Zuerst einmal zum Haus ihrer Cousine Amaris im Dorf; dort sollten die Kinder die Nacht verbringen.

Dann ritt Anne allein weiter über die weiße Winterlandschaft, das Ziel, die Verbotene Insel, immer vor Augen.

Die Unterbringung der Kinder hatte ihr ziemliche Sorge bereitet, denn, falls Michaels Vermutungen zutrafen, wollte sie nicht Gefahr laufen, sie mit einem heranwachsenden Drachen zusammen in der Burg zu lassen – selbst mit einem Drachen, mit dem sie den ganzen Winter über gespielt hatten. Amaris und ihr Mann waren reich, zumindest im Vergleich zu den anderen Bewohnern des Weißen Marschlandes. Ihr Haus war fest und massiv aus Stein gebaut. Obwohl es nicht so eine Trutzburg war wie Corfach Castle, waren die Kinder nirgends sicherer aufgehoben. Den ganzen Ritt über rutschte Kyah unruhig hin und her und versuchte abzuspringen und zurückzurennen. Stumm blickte sie Anne immer wieder mit flehendem Blick an, nicht von ihrem Freund getrennt zu werden. Wuschel rannte zwischen dem Pferd und der Burg hin und her, nervös und besorgt gurrend und jaulend zugleich, doch schließlich entschloß er sich, bei Kyah zu bleiben. Anne hoffte nur, daß dieses grazile Wesen keine Möglichkeit finden würde, in der Nacht zu entwischen und Kyah mitzunehmen. »Ich lasse sie dir zur Aufsicht«, sagte sie zu Rosebud, bevor sie in Amaris' Hof ihr Pferd bestieg. Das Mädchen nickte ernst und legte seinen Arm um Kyahs Schultern. »Laß sie keine Sekunde aus den Augen.« Beim Anblick der besorgten und traurigen Kinderaugen lächelte sie leise und fügte noch hinzu: »Zum Frühstück bin ich zurück, wollen wir wetten?«

Amaris, die hinter den Kindern im gelben Licht der Küche stand, antwortete ihr mit einem verständnisvollen Lächeln. »Es geht ihnen gut; es wird nichts passieren. Wir passen auf sie auf.«

Damit mußte sich Anne zufriedengeben; mehr konnte sie nicht tun.

Als sie an der Verbotenen Insel ankam, war es bereits tiefste Nacht. Die kalte Winterluft wehte beißend um ihre Nase. Am Himmel, der wie flüssige Tinte aussah, stand hoch der Mond, umgeben von einem leuchtenden, bläulich-weißen Schimmer. Er strahlte hell genug, daß jeder einzelne schwarze und kahle Baumstumpf, jeder Strauch und Farnhalm seinen eigenen Schatten deutlich auf die steinhart gefrorene Schneefläche warf. Doch der Hügel selbst war in einen unklaren Nebel gehüllt. Dämpfe stiegen vom Tümpel auf, und die Spitzen der fünf aufgerichteten Steine schienen sich in den Nebelschwaden zu bewegen und veränderten unablässig ihre Form. Anne bemerkte auch andere Bewegungen. Sobald sie jedoch genauer hinsah, nahm sie sie nicht mehr wahr. Ihr Pferd schnaubte ängstlich. Anne hielt an, stieg ab und band das Pferd an einem Baumstumpf fest. Sie hoffte, daß die Anwesenheit des Zaubervolkes, die ihr Pferd beunruhigte, auch streunende Wölfe fernhalten würde.

Der Tümpel, aus dem sich der Hügel erhob, war nicht gefroren. Als Anne am Ufer stand, konnte sie durch die Nebelschwaden sogar erkennen, daß der runde Kamm der Insel nicht mit Schnee bedeckt war. Sie glaubte, Stimmen wahrzunehmen, dünn und kalt wie das Zirpen von Insekten. Sie erkannte auch wieder Bewegungen zwischen den Steinen und hörte ferne Musik. Sie holte das Salz aus ihrer Tasche, nahm ein wenig davon und legte es auf ihre Zunge. Genauso wie es in den Büchern stand, hielt sie den Klumpen in ihrer linken Hand und das eiserne Siegel in der rechten. Dann näherte sie sich dem Rand des Tümpels und rief: »Ihr schönen Zauberwesen! Im Namen Eurer Fürstin und aller Prinzen der Lüfte, laßt mich mit Euch reden!«

Es war immer noch schwer für Anne, im Nebel etwas zu erkennen, doch alle Musik – falls jemals Musik vom Hügel herübergeklungen war – verstummte; zwischen den Schatten der Steine war plötzlich absolute Stille.

Anne rief ein zweites Mal hinüber: »Ihr schönen Zauberwesen! Ich will Euch nichts Böses und bitte nur, daß auch Ihr mir nichts Böses wollt. Im Namen Eurer Fürstin bitte ich Euch abermals, sprecht zu mir!«

Es war immer noch still; eine Stille, als ob ein großes, dunkles Etwas seinen Atem anhielte. Das Schnauben ihres Pferdes war deutlich zu hören. Aus den Augenwinkeln heraus bemerkte Anne einen kleinen Schneewirbel, wie durch eine Bö verursacht; eigenartigerweise war es aber völlig windstill.

Ein drittes Mal rief Anne nun hinüber: »Ihr schönen Zauberwesen! Im Namen Eurer Fürstin, sprecht zu mir. Ich habe ein Kind gefunden, das Euresgleichen sein kann; ohne Euch ist es unweigerlich zum Sterben verdammt.«

Dann erschien es ihr plötzlich, als zittere der Nebel am Fuße der Insel, und schemenhaft konnte sie Formen und Umrisse erkennen. Sie sah gedrungene und zwergenhafte, aber auch unendlich dünne und langgezogene Gestalten; flache Köpfe, die mit struppigem, braunem Haar bedeckt waren, spitze Tierohren und das rote Glühen von Augen. Eine lange Hand mit spinnenartigen, dünnen Fingern streckte sich zu Anne durch den Nebel herüber, und eine dünne Stimme sagte: »Komm herüber, sterbliche Frau, und richte dein Wort an die Prinzen der Lüfte.« Doch als Anne herunterblickte, konnte sie sehen, daß die Brücke, die sich vor ihren Füßen aus dem Wasser auftat, nur aus Farnhalmen bestand, die die Form fester Holzplanken und stabiler Geländer hatten. Was zuerst wie Lampen aussah, die Anne an den Seiten des Geländers den Weg leuchten sollten, war im tükkischen Schattenspiel des Mondlichts nichts weiter als trügerisches Blendwerk.

War es das eiserne Siegel, das ihr die Augen öffnete oder das Salz auf ihrer Zunge? War es das, was sie aus den Büchern über Zauberwesen gelesen hatte, oder war es ihr gesunder Menschenverstand? Anne wußte es nicht. Doch sie sagte mit gebotener Ehrfurcht: »O Ihr Herren der Lüfte. Ich wage es nicht, Eure Sitten zu verletzen und den Boden, der nur Euch freisteht, durch meine Anwesenheit zu entehren!«

Jetzt lachten sie plötzlich alle; ein Lachen, dünn und grausam wie der Klang, der sich mit der gefährlichen Anmut zerspringenden Kristalls mischt. Schließlich trat eines der Zauberwesen vor, erschien aus dem Nebel und überquerte das Wasser an der Stelle, wo vorhin die Brücke gewesen zu sein schien – eine Falle, damit Anne in das kalte Wasser fallen sollte, um das Zaubervolk zu belustigen. Daß Anne unweigerlich erfrieren oder zumindest am nächsten Morgen sehr krank sein würde, störte die Zauberwesen nicht; es war amüsant, mitansehen zu können, wie eine kräftige Frau in dem eiskalten Tümpel herumplanschte und strampelte. Als das Zauberwesen näher kam, konnte Anne deutlich die Wärme spüren, die der Schimmer ausstrahlte, der die Umrisse unablässig verwischte und einhüllte. Das Wasser unter ihren Füßen begann zu dampfen, und dort, wo vorhin ein gedrungenes, gebeugtes und flachgesichtiges Wesen gewesen war, stand jetzt ein schöner, fast nackter Mann. Bekleidet war er nur mit einem grün-schwarzen Efeubehang; in sein hüftlanges braunes Haar waren Palmenzweige geflochten.

»Du bist schlau, Herrin des Weißen Marschlandes«, sagte er und lächelte. In seinen kohlrabenschwarzen Augen sah Anne das ferne Glitzern fremder Sterne.

»Ich bin zu schlau, um von einigen Farnhalmen und Marschlicht getäuscht zu werden«, antwortete sie. Es war seltsam, doch sie fühlte gegenüber dem Zaubervolk keine Furcht; nicht mehr, als sie sich vor einem Dieb gefürchtet hätte, der versuchte, ihre Ringe zu stehlen. Diese Wesen waren so, wie sie waren, und handelten mit der kalten Unschuld eines Tieres. »Ist Eure jetzige Gestalt auch nur eine Täuschung, oder war es die des häßlichen Wesens, die Ihr vorher einnahmt?«

»Jede Gestalt ist Täuschung«, erklärte er und streckte seine Hand aus, um Annes Gesicht zu berühren. Er hatte warme Finger; seine Hände waren stark und rauh wie die eines sterblichen

Mannes. »Aber nur wir und die, die uns ähnlich sind, wissen das. Wir sind die Kinder der Lüfte und des Feuers – ihr Menschen hingegen seid die Söhne und Töchter des Wassers und der Erde. Ihr verändert euch langsam, im Körper wie auch im Herzen, und manchmal ändern sich eure Herzen nie. Sterben wir, so vergehen unsere Knochen wie der Frost vor den Strahlen der Sonne, so wie es mit den Knochen aller Wesen, die ihre Gestalt verändern, geschieht. Wo hast du dieses Kind gefunden, von dem du denkst, daß es unseresgleichen sein könnte?«

»Michael von Corfach, mein Ehemann, fand es in der Höhle eines Drachen, den er zu Anbeginn des Winters tötete«, antwortete Anne. »Es ist schön wie die Gestalt, die Ihr jetzt habt; es spricht kein einziges Wort, so wie man es Euren Kindern nachsagt. Wenn es ein Findelkind ist, bitten wir Euch, daß ihr es zurücknehmen mögt. Denn für solche Kinder ist kein Platz in der Welt der Sterblichen; sie werden meistens krank und sterben.«

Der Prinz der Lüfte lächelte. »Wenn es ein Findelkind ist, wird es aus eigenem Antrieb zu uns zurückkommen, denn alle jungen Dinge wissen um ihre Natur zur rechten Zeit. Vielleicht dachte seine Mutter, wenn es unser Kind ist, daß du es besser aufziehen kannst oder eher dazu bereit bist, denn, das mußt du zugeben, es ist anstrengend, ein Kind aufzuziehen.« Er lachte und seine weißen Zähne schimmerten dabei im Mondlicht. »Habe keine Furcht, kleine Mutter, ist es ein Findelkind, so wird es sich entscheiden, das zu sein, was es wirklich ist; und du wirst es erfahren.«

Anne trat zurück, abgewiesen und betrübt. Mit einem donnernden Lachen warf das Zauberwesen seine Arme in die Luft und löste sich in weißem Sternenlicht und Feuer auf. Annes Pferd wieherte vor Angst. Als sie sich umdrehte, bemerkte sie, daß einige der Zauberwesen über den Tümpel geglitten waren und das Pferd losgebunden hatten, so daß es jetzt voller Angst in die winterlichen Wälder flüchtete. Anne drehte sich nochmals um, doch die Nebelschwaden um die Verbotene Insel waren weg. Die fünf Steine standen groß und aufrecht im klaren Mondlicht; keinerlei Bewegung war mehr zu sehen. Nichts deutete darauf hin, daß das Zaubervolk hier gewesen war, nur einige Blätter grünlich-schwarzen Efeus lagen zu Annes Füßen im Schnee.

Sie schulterte ihren Bogen und die Hellebarde und machte sich zitternd auf den langen, bitterkalten Rückweg. Für Kyah war es wahrscheinlich besser, dort zu bleiben, wo sie jetzt war, dachte Anne, denn sie hatte das Mädchen wie ein Vogeljunges umsorgt und würde ihr weiter ihre Liebe geben. Aber wenn sie wirklich eines der Zauberwesen war, konnte das Kind dann Annes Liebe überhaupt verstehen? Das Kind hatte ein liebevolles Wesen, doch hatte der Prinz der Lüfte recht, würde sie dann zur rechten Zeit so werden wie das Zaubervolk? Grausam, tückisch und nur auf sich selbst bedacht? Es stimmte, was man sagte: Die Familien, die Findelkinder aus der Zauberwelt aufnehmen, werden krank, so wie diese Kinder selbst, wenn sich ein so liebliches Geschöpf, das sie so liebten, wie Anne und Michael Kyah liebten, zu einem Wesen des Zaubervolkes veränderte.

Alle jungen Dinge erfahren um ihre Natur zur rechten Zeit, hatte der Prinz gesagt. Und der Tag würde kommen, an dem Kyah sich entscheiden würde, das zu werden, was ihre Natur ihr sagte.

Der Gedanke an die Qual und den Schmerz, den dieser Tag bringen würde, lastete schwer auf Annes Herzen, als sie sich von der Verbotenen Insel entfernte. Immer noch glaubte sie, das höhnisch klingende Gelächter aus der Dunkelheit des Hügels hinter sich zu vernehmen.

Nachdem Michael die Nacht in Decken mit Hundegeruch gehüllt verbracht hatte, erreichte er Firbolg Glen am nächsten Tag in der Kälte des grauen Morgens. Er näherte sich dem Ort vorsichtig, bewegte sich umsichtig durch das Gestrüpp und die Steine an der Böschung und versuchte von oben in den steilen Felsabgrund zu blicken. Die Luft hier oben, wo sich ein paar tote und gräßlich verfärbte Baumäste wie steife und leblose Skelette nach oben reckten, war klar. Der beißende Geruch des Drachengifts des letzten

Herbstes schien gänzlich in den Erdboden gezogen zu sein. Trotzdem bewegte sich Michael mit einem Gefühl der Abscheu und Unsicherheit langsam zur Talsohle der Schlucht hinab; dorthin, wo um die gefrorene Quelle herum verbrannte und gefallene Bäume sowie verätzte Steine immer noch den Platz seines letzten Kampfes mit dem Drachen markierten. Die Knochen des Drachen waren verschwunden; sie waren schneller zerfallen als die Klauen und Zähne, die Anne in dem Holzkästchen aufgehoben hatte.

In der Schlucht konnte Michael die Stellen sehen, an denen frisches Gift hie und da Steine verfärbt hatte. Deutlich waren die häßlichen zinnoberroten und grünen Flecken zu erkennen. An den umgefallenen Bäumen konnte er deutlich frische Spuren von Drachenklauen feststellen: Der Drache war also hier gewesen. Außerhalb der Höhle fand Michael noch mehr Giftspuren am Boden; einige frisch abgenagte Knochen lagen inmitten der aufgedunsenen, übelriechenden und widerlich schleimigen Giftpfützen.

In der Höhle entdeckte er weitere Anzeichen eines Drachen; dieser hatte bereits begonnen, Beute hierherzuschleppen: ein frischer Schafschädel, die Achse eines Wagens, einige grüne Steine aus einem Flußbett. Alles, was dem Untier irgendwie nützlich erschien, hatte es hier angesammelt. Ein schmutziger Mantel, mit Gold verziert, eine aufgerissene Satteltasche, die einen Glaspokal enthielt, und etwas Silber ließen Michael vermuten, daß bisher zumindest ein fahrender Händler das Opfer des Drachen geworden war. Am Ende der Höhle hatte der Drache die Beute seines Vorgängers nach etwas Nützlichem durchwühlt.

Dabei hatte er etwas ausgegraben, dessen Anblick Michaels Herz zu Stein gefrieren ließ. Er erkannte deutlich, was es war.

Es war fast nichts mehr davon übrig, nur noch ein kleines Stück, von der Größe einer Hand. Selbst in den wenigen kurzen Monaten war es fast vollständig zu Staub zerfallen. Doch selbst im Halbdunkel der von Giftschwaden durchzogenen Höhle konnte Michael sehen, daß dort ein Teil einer Eierschale lag.

»Weggelaufen?« Anne umklammerte die Zügel von Amaris' Pferd und starrte ihre Cousine entsetzt an, die vor ihr in der weiten, kalten Landschaft der kahlen Wälder auf dem Pferd saß.

Amaris beugte sich zu ihr hinab und faßte ihre Hände. »Gütiger Gott, ich bin so froh, daß wir *dich* gefunden haben! Als die Hirten dein Pferd ohne dich gesehen haben, bekamen wir Angst...«

»Das ist jetzt nicht wichtig«, unterbrach Anne sie und verdrängte ihre Verärgerung gegenüber den Zauberwesen und ihren Possen. »Du glaubst also nicht, daß sie weggelaufen sind, um mich zu suchen?«

Amaris schüttelte den Kopf, ihre blonden Zöpfe schlugen gegen den verzierten Besatz ihrer Jacke. »Nein – soweit wir wissen, sind sie mitten in der Nacht weggelaufen. Wir hörten erst davon, als die Leibeigenen von der Burg zu uns herüberkamen, um uns zu sagen, daß Limmifer entflohen ist.«

Anne fluchte auf eine Art, die der Herrin des Marschlands unwürdig war.

»Die Tür zum Verlies war aufgebrochen, sagten sie uns«, fuhr ihre Cousine fort. »So wie die Decken und Kleider im Kinderzimmer lagen, sind Wuschel und die kleine Kyah zuerst aufgebrochen und durch das Fenster entwischt. Gott weiß, wie sie es geschafft haben, hinunterzukommen, ohne sich das Genick zu brechen. Deine beiden Kinder sind dann wohl etwas später aufgewacht, und als sie bemerkten, daß die zwei weg waren, sind sie ihnen nachgelaufen. Seit Sonnenaufgang suchen wir überall nach ihnen. Doch sie könnten ja überall sein...«

»Nicht überall«, warf Anne grimmig ein. »Ist dein Pferd ausgeruht?« Sie hatte bereits den Lederriemen ihres Köchers um den Sattelknauf geschlungen und die Hellebarde hinter sich verstaut. Amaris stieg ab und überließ Anne den Platz im Sattel. Anne stöhnte ein wenig, denn ihre Beine waren vom nächtlichen Marsch durch den Schnee steif. »Danke«, sagte sie und riß das Pferd im gefrorenen Schlamm scharf herum. »Kommst du zurück zum Dorf?«

»Ja, es ist nur ein bis zwei Meilen. Viel Glück, Anne!«

»Danke, ich kann es gebrauchen.« Anne trieb das Pferd an. Es trottete los, wechselte dann leichtfüßig in einen Galopp, der den Schlamm aufwirbelte, als sie die weiten, gefrorenen Ebenen zwischen Corfach Castle und Firbolg Glen erreichten. Während Anne ritt und die trübselige Schnee- und Schlammlandschaft nach einem Zeichen von Rosebuds rotem Mantel absuchte, kehrten die Worte des Prinzen der Lüfte in ihr Gedächtnis zurück. Immer wieder murmelte sie: *Alle jungen Dinge erfahren ihre Natur zur rechten Zeit.* Limmifer hatte die Wahrheit dieses Satzes bewiesen. Anne betete zu den Göttern, welche auch immer sie gerade hörten, daß Limmifer sich auch an die Liebe und Zuneigung, die ihm von Rosebud, Marcus und Kyah in ihrer ernsten, anmutigen und ruhigen Art zuteil geworden war, erinnerte und daß diese Erinnerung sich am Ende als stärker erweisen würde als der Ruf der Drachennatur, der nur eins forderte: Töte und fresse!

Die Sonne stand weiß und fahl am farblosen Himmel. Es war weit nach Mittag, als Michael den Drachen sah. Er war durch die toten Ödeneien südwärts nach Corfach Castle unterwegs, als er seinen Flügelschlag hörte. Michael blickte schnell auf, und obwohl der Drache dem Wesen aus Glas und Licht, das er nur zu gut kannte, überhaupt nicht ähnelte, wußte er sofort, daß es Limmifer war. An einem engen, felsigen Taleinschnitt stieß der Drache auf Michael hinab. Einige kahle Bäume drängten sich an dieser Stelle um die gefrorene Quelle. Das Ungeheuer war dünn und sehnig, kaum länger als einen halben Meter. An seinen Hörnern, Klauen und an der buschigen, rotblauen Mähne glitzerten kleine Silberpunkte. Der Drache kreiste über Michael, und sein schriller Schrei verhieß deutlich Freude. Als er auf den Felsbrocken neben der Quelle landete, blickte er sich zu Michael um; helle, diamantene Augen fixierten den Herrn des weißen Marschlands.

Michael wußte sofort, daß dies seine Chance war. Offensichtlich war es Limmifer gelungen, aus seinem Gefängnis zu entkommen. Wahrscheinlich hatte er vorgehabt, ihn aufzuspüren. Obwohl das zutrauliche Gebaren des kleinen Drachen Michael einen Stich versetzte, wußte er dennoch genau, daß er ihn jetzt töten mußte. Denn später, wenn Limmifer älter und vorsichtiger sein würde, würde er ihn niemals mehr an sich heran lassen. Michael fühlte sich wie ein Mörder, als er sein großes Messer aus der Scheide zog und sich langsam und vorsichtig auf Limmifer zubewegte. Limmifer hüpfte zaghaft und drehte kleine Pirouetten, so wie er es immer getan hatte, wenn er wollte, daß Michael mit ihm spielte.

Plötzlich nahm Michael auf dem Hügelkamm ein grünes Aufblitzen und einen kupferbraunen Glanz wahr. Voller Entsetzen sah er, wie Kyah und Wuschel den Hügel herabgerannt kamen. Das kleine Mädchen strahlte, ihre Arme waren weit ausgebreitet; Wuschel gurrte und jaulte laut vor Freude. Michael wartete, das Messer in der Hand; sein Herz war schwer von dem bitteren Schmerz über den nahenden Verlust. Kyah stolperte ein wenig im Schnee, als sie ihre Arme zuerst um Michaels Schenkel schlang und dann um Limmifers schuppigen Nacken.

Waren beide Limmifer gefolgt, oder alle drei zusammen nur ihm selbst? Michael wußte es nicht. Sie mußten wohl irgendwann letzte Nacht entwischt sein, als Anne auf der Suche nach dem Zaubervolk zur Verbotenen Insel aufgebrochen war, sonst wären sie jetzt nicht so weit von der Burg entfernt... Er suchte an seinem Gürtel nach einem Strick, mit dem er Limmifer binden und zur Burg zurückbringen konnte. Doch würde der Drache dies zulassen? Wenn nicht, müßte er ihn hier töten, vor den Augen der allerliebsten Kyah und des anmutigen Wuschel. Vor Tränen halb blind, verfluchte Michael die Situation, denn er wußte, Kyah würde niemals verstehen und ihm niemals verzeihen. Doch dann standen ihm plötzlich all die Kinder vor Augen, die von Drachen getötet worden waren; er erinnerte sich an die Hungersnöte und die grauenvollen Zeiten, das Elend und die Mühe, die einen Landstrich befallen hatten, in dem ein Drache nach Beute jagte. Er erinnerte sich auch an das, was er in der Höhle gefunden hatte; den Beweis dafür, daß diese Kreatur hier bereits mordete. Michael mußte diese Not und Gefahr von seinen Untertanen abwenden, selbst wenn er damit Kyah – und sich selbst – das größte Leid zufügen würde.

Doch in dem Moment, als er seine Hand auf den Kopf des kleinen Drachen legte, verdunkelte sich das fahle Sonnenlicht schlagartig. Michael blickte langsam nach oben. Vor dem Hintergrund des bleichen Himmels sah er jenseits der Hügel die Schatten riesiger Flügel.

Dort war noch ein Drache, ein ausgewachsener, männlicher Drache. Er kam näher, riesengroß und knochig. Seine Behaarung war purpurrot mit schwarzen Sprenkeln; sein Schuppenpanzer hatte die Farbe dunkelroten Bluts. Die Sonne schien durch seine pergamentenen Flügelhäute und ließ die Verästelungen der Adern deutlich erkennen. Als er auf Michael herabschoß, glänzten seine Klauen wie übergroße Sensen. Michael riß sein Schwert aus der Scheide, schob Kyah unter die Bäume, deren kahle Äste im Moment der einzige Schutz für sie waren, und schrie: »Lauft weg!« Gleichzeitig versuchte er abzuschätzen, ob der Drache ihn mit Feuerströmen bespeien oder mit seinen todbringenden Krallen angreifen würde, um sich bestmöglich schützen zu können.

Doch mit einem hellen Schrei schwang sich Limmifer hoch, dem übermächtigen, heranfliegenden Schatten entgegen. Es war wie die Bewegung eines davonschnellenden Pfeiles. Michael verstand, daß der kleine Drache ihn und Kyah schützen und den übermächtigen Feind aufhalten wollte, damit sich das kleine Mädchen zu Michael flüchten konnte.

Kyah jedoch sprang vor ihm zurück und stieß ebenfalls einen hohen, dünnen, glasklaren Schrei aus. Es war der erste Laut, den Michael von ihr vernommen hatte, seit er sie damals in der Bergschlucht gefunden hatte. Ihre braunen Augen waren weit aufgerissen und auf die beiden hoch oben kreisenden Drachen gerichtet. Sie breitete ihre Arme aus...

Dann geschah etwas Seltsames.

Dort wo soeben Kyah gewesen war, sah Michael nur noch einen hellen Lichtfleck, der den fleckigen, dreckigen Schnee wegschmolz. Ein zweiter kleiner Drache schoß nach oben, hellbraun und glänzend wie ein kleiner Kupferdolch. Heiße Giftfunken kamen aus seinem Maul, als er seinem Bruder zu Hilfe kam, um den geliebten Michael zu verteidigen. Eine Sekunde später schloß sich Wuschel an. Er warf seine Hülle ab, die bis jetzt seinen wahren Körper verborgen hatte. Grünlich-bronzen flog auch er hoch hinauf. Sein Körper hatte die gleiche Farbe wie der seiner Mutter, die alle drei einst in der Bergschlucht ausgebrütet hatte.

Obwohl es für den großen, blutroten Drachen ein leichtes gewesen wäre, alle drei mit einem Krallenhieb zu vernichten, kreiste er weiter. Er schraubte sich immer höher in die Lüfte. Er spie weder Feuer, noch schlug er mit seinen Klauen oder biß mit den dolchartigen Zähnen zu, als die drei Drachenkinder an seinem Gesicht und Flügeln zerrten und bissen. Er zog sich einfach vor ihnen zurück. Selbst als die drei an die Stelle zurückkamen, wo Michael erstaunt und wie gelähmt, sein Schwert in der Hand, stand, drehte der Drache weiterhin im bleichen Himmel seine Kreise.

Plötzlich verstand Michael. Dieser Drache war südwärts geflogen, um die drei zu suchen. Er hatte sich aus den Wüsteneien im Norden, dort wo die Drachen lebten, aufgemacht und war hierhergekommen, als er gespürt hatte, daß seine Gefährtin, die Mutter der drei Drachenkinder, tot war.

Die drei kleinen Drachen ließen sich vor Michael im Schnee nieder. Kupferbraun, silbern und grünlich-bronzen saßen sie da. Sie drehten ihre gehörnten Köpfe immer wieder zu dem leise am Himmel kreisenden Schatten, so als ob sie die Wahrheit plötzlich erkannt hätten. Dennoch hatten sie die Bedrohung für den einen, den sie für ihren Vater gehalten hatten, bekämpft. Michael blickte lange in Kyahs dunkelbraune Augen und auch in den bernsteinfarben funkelnden Goldglanz von Wuschels Blick. Limmifer glitzerte ihn mit dem diamantfarbenen Funkeln von Sternen an. Immer wieder blickten die Drachenkinder hinauf, drehten ihre kleinen Vogelköpfe auf den schlangenförmigen Hälsen. Unablässig wanderte ihr Blick zu den entfernten Umrissen des purpurnen Drachen, der inzwischen nicht größer war als ein Adler. Zum ersten Mal fühlten und verstanden sie wohl, was sie wirklich waren.

Kyah ging als erste zu Michael, neigte ihren gepanzerten Kopf und drückte ihn fest auf seine Schulter, so daß die scharfen Stacheln schmerzhaft durch das Leder des schweren Mantels drangen. Wuschel und Limmifer kamen gleich danach; Michael streichelte die weiche, perlige Haut ihrer Mäuler und Lider. Er dachte an die drei kleinen Geschöpfe, die damals instinktiv diejenige Form angenommen hatten, die sie am besten schützen konnte. Einen Winter lang hatten sie geglaubt, daß Michael ihr Vater sei, weil er ihnen Liebe und Zuneigung gegeben hatte.

Einer nach dem anderen wandte sich von ihm ab, und sie erhoben sich in die Lüfte. Michael beobachtete sie lange, als sie nach Norden schwenkten, dorthin wo der große Drache immer noch kreisend auf seine Töchter und seinen Sohn wartete.

Hinter ihm sagte eine sanfte Stimme leise: »Jetzt wissen wir, was sie wirklich sind.« Michael sah Anne, die auf einem müden, vor Anstrengung dampfenden Pferd saß, das trotz seiner Erschöpfung beim Anblick der Drachen vor Angst scheute. Rosebud und Marcus, völlig mit Schlamm bedeckt, klammerten sich am Sattelknauf und an der Kruppe des Pferdes fest.

»In der Höhle habe ich Überreste eines Eies gefunden«, sagte er langsam. »Sie waren bereits verrottet... es konnten auch gut drei Eier gewesen sein...«

»Sie haben die gleiche Fähigkeit, ihre Gestalt zu wechseln wie die Zauberwesen«, sagte Anne mit weicher, trauriger Stimme. »Doch mir scheint, sie sind aufrichtiger, und ihre Herzen verströmen mehr Zuneigung. Der Prinz der Lüfte sagte mir, sie würden sich zur rechten Zeit an ihre wahre Natur erinnern. Ihr Vater wird sie nun fortnehmen, zurück in den Norden, dorthin, wo die Drachen leben, wird er sie führen. Und das ist gut so!«

Michael nickte, denn er wußte, daß seine Frau die Wahrheit sagte. Aber er konnte nicht aufhören, die drei kleinen Drachen zu beobachten, wie sie ihrem purpurnen Vater nordwärts folgten – weg vom Land der Sterblichen.

Solange Michael und Anne lebten, bekamen sie niemals mehr einen Drachen zu Gesicht. Ebenso wird auch nicht berichtet, daß jemals wieder ein Drache in das Weiße Marschland eingefallen wäre, um die Menschen dort zu peinigen.

Originaltitel: Changeling
Ins Deutsche übertragen von Wolfgang Buchalla

Katherine Kurtz

Der Klang von Zauberglocken

Zuerst wurde sie vom Geräusch klingelnder Glöckchen angelockt, die den Stimmen ihrer Rasse so ähnlich waren. Sie hatte solche Stimmen schon lange nicht mehr gehört, und das fröhliche Läuten aus dem kleinen Bauwerk aus Stein am Rande des Waldes kündete von glücklicheren Zeiten, als andere so wie sie durch diese Landschaft von Kent streiften.

Leider glaubten die Menschen nicht mehr an das Feenvolk – zumindest die meisten taten es nicht. Die Weißmäntel hatten den Zauber eines neuen Gottes auf diese Gesegneten Inseln gebracht. Der Glaube an den alten Zauber verlor sich, und Unglaube konnte für ihre Art tödlich sein.

Dennoch, der Klang rief sie durchdringend, daher kam sie. Und etwas anderes außer dem Klang lockte sie an – eine Ahnung vielleicht, daß irgendwer dort drinnen nicht ungläubig war, auch wenn der Zauber dieses Ortes von anderer Art als ihrer war. Unsichtbar in der Helligkeit der frühen Morgensonne – denn sie hatte keinen physischen Körper und konnte sich nur als Lichterscheinung manifestieren, kaum größer als eine Männerhand – lugte sie durch ein schmales Spitzbogenfenster in der sonnenbeschienenen Wand und sah die Menschen bei ihrem Zauber: Ein Mann in weißem Mantel beugte sich über einen steinernen Tisch, auf dem eine Scheibe und ein Kelch aus Gold ein Licht ausstrahlten, das dem ihren nicht unähnlich war. Ein halbwüchsiger Junge kniete in einem Flecken Sonnenschein neben dem Mann, und er war es, der eine Handvoll silberne Glocken schüttelte, während der Mann den goldenen Kelch erhob. Seine Seele schwang sich empor, um einen wilderen, älteren Zauber zu treffen als den, der in diesen steinernen Mauern enthalten war.

Die Glocken in der Hand des Jungen sprachen eine Sprache, die sie fast verstehen konnte, verkündeten eine Freude und eine Seligkeit des reinen Seins, die die Fesseln der neuen Lehre sprengte. Geweckt von des Jungen Überschwang, war der begleitende Zauber ein weicher, warmer Glanz, trotz seiner fremdartigen Form, und sie genoß die Wärme, die sich über das Sims des Spitzbogenfensters ergoß, gewann Behaglichkeit und Kraft aus seiner Energie.

Nach diesem Tag begann sie die Waldkapelle mit einiger Regelmäßigkeit aufzusuchen, aber nur um zu beobachten, niemals um einzutreten. Der Junge, so spürte sie, hätte wohl nichts dagegen gehabt, aber der Mann hatte wie die meisten Weißmäntel, und eigentlich auch die meisten Menschen, Angst vor weiten freien Plätzen und der Enge des Waldes und dem alten Zauber, der dort einst wirksam gewesen war. Die silbernen Glocken riefen immer noch, verhießen, daß ihr Zauber der ganzen Welt galt; doch es blieben Zweifel, ob auch sie in dieses Angebot eingeschlossen war, da sie ja eigentlich nicht in dem Sinne von dieser Welt stammte, wie die Menschen es verstanden. Da war es schon besser, die Einsamkeit weiterhin zu ertragen und zu überleben, als die Vernichtung zu riskieren. So freundlich und einladend dieser neue Zauber erscheinen mochte, sie wußte, daß er auch töten konnte – ja, daß er bereits andere von ihrer Art getötet hatte, die immer noch unter einem freien Himmel die alten Riten und Gebräuche pflegten und daran festhielten.

Der Mann wurde älter, der Junge wurde zum Mann und begann ebenfalls den neuen Zauber innerhalb der steinernen Mauern zu praktizieren, und ein anderer Junge erschien, um die silbernen Glocken zu schütteln. Nach und nach, als der ältere Mann zunehmend gebrechlich wurde, übte der junge Mann seinen Zauber sowohl innerhalb wie auch außerhalb der Kapelle aus, wozu er häufig eine Waldlichtung aufsuchte, auf der seine Gemeinde nur aus den Tieren des Waldes bestand. Zu ihrer Verwirrung führte die auf diese Weise eingehendere Möglichkeit der Beobachtung über reine Neugier hinaus und zu einer inneren Bindung, die sie nie zuvor empfunden hatte. Obgleich er sich ihrer Anwesenheit überhaupt nicht bewußt war, betrachtete sie ihn mehr und mehr als *ihren* Menschen. Sie erfuhr bald, daß sein menschlicher Name Peter lautete und daß die Menschen dieser Gegend Zauberer wie ihn Priester nannten. Gewöhnlich kam der neue Junge, um ihm zu assistieren und die silbernen Glocken am Höhepunkt seines Zaubers zu schütteln, doch eines sonnigen Herbstnachmittags erschien der Junge nicht.

Neugierig beobachtete sie aus dem Schutz eines hohlen Baumstumpfs unweit der Stelle, wo der Junge gewöhnlich kniete, das Geschehen. Sie hatte sich näher herangewagt als je zuvor und fragte sich, was der Priester Peter tun würde, wenn es Zeit wurde, die Glocken erklingen zu lassen. Die Waldtiere hatten sich, wie sie es immer taten, bereits eingefunden, von den kecken Eichhörnchen mit ihren buschigen Schwänzen über die fetten grauen Kaninchen bis hin zu den glatten braunen Mäusen und den samtigen Wühlmäusen sowie einer Ansammlung bunter Vögel, die die herbstkahlen Äste der Bäume rund um die Lichtung besetzten. Heute hatte der Zauber sogar einen stattlichen Hirsch angelockt, der leise über den dicken Laubteppich heranschritt und fast unsichtbar am Rand der Lichtung stehenblieb und zusah, wobei sein großes, ausladendes Geweih mit den kahlen Baumästen verschmolz.

Der Augenblick näherte sich. Während er magische Worte rief – es war eine andere Sprache als die, welche er beim Gespräch mit Angehörigen seiner Art benutzte –, hob der Priester Peter langsam die sanft leuchtende Sonnenscheibe des Zauberrituals. Sie strahlte eine wunderbare Wärme aus, die sie mit derartiger Freude erfüllte, daß sie am liebsten laut gesungen hätte. Sie war bisher nie so mutig gewesen, sich ihm zu offenbaren, aus Angst, von diesem Zauberort vertrieben zu werden, doch während er die Scheibe senkte und sich vor seinem Waldaltar verneigte, wagte sie es, einen weichen, klingelnden Laut hervorzubringen, ähnlich dem Klang der Glocken, die der Junge gewöhnlich bewegte, aber auch wie der Wind, der leise durch die Bäume strich.

Peters Verneigung fiel diesmal etwas tiefer aus, aber er stockte nicht, als er seine Beschwörung wieder aufnahm und den goldenen Kelch in gleicher Weise erhob wie die Sonnenscheibe. In dieser Nähe und durch die Wirkung der Sonnenscheibe, die auf dem Altar leuchtete, erschien sein Zauber so süß und zart, daß sie sich nicht im Zaum halten konnte. Diesmal war der Glockenklang nicht zu überhören, aber immer noch sanft genug, so daß er ihn für ein Produkt seiner Phantasie halten könnte, doch zugleich auch silberhell und überschwenglich. Peters Hände zitterten, als er den Kelch absetzte und sich wieder verneigte, und er hielt den Kopf über seinen gefalteten Händen lange gesenkt, hatte die Augen geschlossen und bewegte die Lippen.

Aus Angst, sich zu weit vorgewagt zu haben, gab sie an diesem Nachmittag kein weiteres Zeichen von ihrer Anwesenheit, ließ ihn sein Ritual in Ruhe beenden und seine Zauberdinge zusammenpacken, um zu den Steinbauten zurückzukehren. Sie spürte, wie er über das nachdachte, was er zu hören gemeint hatte, wie er nach einer rationalen Erklärung suchte, aber sie folgte ihm nicht. Wenn er dem anderen Weißmantel davon erzählte, glaubte der alte Mann vielleicht, daß das, was passiert war, eigentlich nicht ganz ein Teil des neuen Zaubers war. Daß jemand die Zauberkraft zu streng einsetzte und damit auf zu kurze Entfernung Schaden erzeugte. Deshalb hatte sie auch nie die kleine steinerne Kapelle betreten. Der alte Mann war stets zugegen, wenn der Zauber vollzogen wurde, auch wenn er selbst ihn nicht weckte, sondern die Kraft zusammenhielt, so daß sie ihn nur dann zu kosten wagte, wenn sie durch das schmale Fenster nach draußen drang. Der alte Mann würde ihre Anwesenheit niemals dulden, nicht einmal draußen vor dem kleinen Fenster, geschweige denn in dem geweihten Raum, wo der Zauber weilte.

Der alte Priester war am nächsten Morgen anwesend, als Peter den Zauber wie üblich in der Kapelle ausübte. Desgleichen der Junge, der die Glocken erklingen ließ. Sie bemerkte, daß Peter, als die Glocken erklangen, für einen kurzen Moment innezuhalten und zu lauschen schien, den Kopf zur Seite neigte, ihn schüttelte und dann wie gewohnt weitermachte. Sie meinte, daß der Zauber, der durch das Fenster nach draußen drang, an diesem Tag etwas bitter schmeckte, und sie fragte sich, warum. Als er an diesem Tag überhaupt nicht nach draußen kam, war sie sicher, daß sie der Grund dafür war.

Aber er kam am nächsten Tag zur Waldlichtung. Der Junge, der die Glocken bediente, war offenbar nicht da, doch Peter hatte die Glocken trotzdem mitgebracht. Diese stellte er an die Stelle, wo der Junge meistens kniete, nicht weit von dem Baumstumpf entfernt, der ihr als Beobachtungsplatz diente. Während die Tiere sich versammelten, übte er wie stets seinen Zauber aus und drückte sich in der magischen Sprache aus. Die ganze Zeit hielt sie ihr Licht gedämpft, denn der Tag war düster und voller Schatten; doch als er schließlich die Sonnenscheibe erhob, riskierte sie einen schwachen, behutsam perlenden Glockenklang.

Seine Hände zitterten etwas, während er die Sonnenscheibe absetzte und seine Verneigung vollführte und dabei ganz gezielt *nicht* zu den Glocken herübersah, und seine Stimme war fast nicht zu hören, als er den Kelch erhob.

Die glatte reine Kraft des Zaubers war fast gar nicht zu ertragen, als sie über den Rand des goldenen Kelchs schäumte, um sich über die Hände dessen zu ergießen, der ihn geweckt hatte. Bewegt von der Freude, die aufwallte und ausstrahlte, und animiert von der Standhaftigkeit seines Glaubens, stieß sie einen wortlosen Ruf der Glückseligkeit mit der Glockenstimme aus, kurz nur, aber unmißverständlich und ach, so süß! Er erstarrte mit wachsamem Gesichtsausdruck, bis sie geendet hatte, den goldenen Kelch mit zitternden Händen hochhaltend, dann setzte er den Kelch ab und verneigte sich lange vor seinem Waldaltar.

Sie verbiß sich eine weitere Einmischung, bis er geendet hatte, denn sie wollte den Zauber nicht mehr stören oder ihn erschrekken. Aber als er den Kelch geleert und sein Buch zugeklappt hatte, wagte sie es noch einmal, ein Klingeln zu erzeugen – ein schwaches, süßes, freudiges Läuten, während er den Kopf in einer Danksagung neigte. Und als er erstaunt aufblickte, ließ sie zaghaft ihre Stimme in seinen Geist dringen und sprach ihn mit dem leisen, silbrigen Glockenklingeln an.

Ich grüße dich, Priester Peter.

Peter erbleichte und sah sich wiederholt um, wobei klare Tatsachen kurzzeitig das Gefühl ersetzten. Das Geräusch der Glocken mochte er sich eingebildet haben, doch nun hatte ihn eine Stimme aus dem Nichts mit seinem Namen angesprochen. Indem er seinen rauhen, weißen Mantel zusammenraffte, blickte er hierhin und dorthin, runzelte die Stirn, während seine Blicke von Schatten zu Schatten huschten und seine Augen nichts anderes sahen als die Tiere, die scheinbar durch nichts erschreckt wurden.

»Hat mich jemand gerufen? Ist dort wer?«

Unsicherheit verdrängte die Neugier, und sie dämpfte ihr Licht im Baumstumpf, damit er es nicht sah und seine Unsicherheit sich in Angst verwandelte.

Ich bin hier. Ich war schon lange Zeit bei dir, allerdings hast du es nicht gewußt.

Er schien keine Antwort erwartet zu haben. Und nachdem er eine erhalten hatte, war er offenbar nicht ganz sicher, ob sich nicht doch jemand im Unterholz versteckte und versuchte, ihm einen Streich zu spielen.

»Jetzt hör endlich damit auf! Johannes, bist du das? Komm heraus und zeige dich, Junge. Ich warne dich, dies ist nicht die richtige Zeit für solche Spielchen!«

Sie ließ ein leises Lachen als perlendes Glockengeklingel ertönen und verstärkte ihren Lichtschein im Baumstumpf.

Es ist nicht der Junge. Bitte sei nicht böse. Ich will dir nichts tun. Dein Zauber hat mich angelockt, daher bin ich hergekommen.

»Mein *Zauber*?« flüsterte er und erstarrte dann, riß die Augen weit auf, als er das Licht im Baumstumpf leuchten sah. »O mein Gott, es ist ein Dämon!«

Ein *Dämon*? Sie krümmte sich, als sie der Kern, wenn auch nicht die wahre Bedeutung seiner Worte traf. *Dunkelheit? Das Böse?*

Für einen kurzen Moment verfärbte sich ihr Lichtschein rot und orange, als sie über die Bedeutung nachdachte, und sie erhob sich in einer farbschillernden Lichtkugel aus dem Baumstumpf. Ihre ungewollte Flugrichtung auf ihn zu rief eine noch aufgeregtere Reaktion hervor.

»Nein! Bleib weg von mir! Berühr mich nicht!«

Er hatte bei ihrem Anblick heftig zu zittern begonnen und sich hinter seinen Waldaltar zurückgezogen, jetzt vollführte er mit den Händen wirre Abwehrgesten. Sie verharrte unsicher, als er gegen einen Baumstamm stieß und seine Augen mit beiden Händen bedeckte. Da sie keine physische Existenz hatte, gab es keine Möglichkeit, wie sie ihm hätte Schaden zufügen können, selbst wenn sie es gewollt hätte – und speziell *diesem* Menschen wünschte sie nichts Schlechtes.

Hab keine Angst, flehte sie ihn an. *Ich bin nicht das, was du denkst. Und ganz gewiß bin ich kein Dämon. Ich könnte dir überhaupt nichts tun, wenn ich so etwas wollte. Ich habe nur die Gestalt und Form, die du vor dir siehst. Ich kann dich noch nicht einmal berühren.*

Peter löste eine zitternde Hand vor seinen Augen und riskierten einen Blick. Sie spürte, wie er sich beruhigte und sich sagte, daß er sich trotz allem wahrscheinlich doch nicht in irgendeiner Gefahr befand. Sein seltsamer Besucher war nicht näher gekommen, und er schien tatsächlich nicht greifbarer zu sein als ein Sonnenstrahl – wenn er auch eine seltsame Farbe hatte. Aber wenn es kein Dämon war, was war es dann?

»Du – du bist ganz sicher, daß du kein Dämon bist?« erkundigte er sich.

Ganz gewiß nicht, antwortete sie prompt. *Kann Licht aus der Dunkelheit kommen? Ich wurde von deinem Zauber angelockt, der auch vom Licht kommt. Sieh doch – ich tauche in ihn ein!*

Gedankenschnell schlüpfte sie in den goldenen Kelch, dämpfte ihren Lichtschein zu einer reinen, silbern glänzenden Lichtkugel, die kaum über den Kelchrand reichte.

Wäre eine Kreatur der Dunkelheit zu so etwas fähig?

Sie hätte es nicht gewagt, wenn der alte Weißmantel den Zauber auf der Lichtung ausgeübt hätte, doch die Spuren seines Zaubers waren süß und angenehm, charakterisierten Peter selbst genauso wie den Zauber, den er ausgeübt hatte. Könnte es etwa das sein, was die Menschen Liebe nannten?

Peter wich mit einem erstickten Seufzer zurück und vollführte ein schnelles Kreuzzeichen von der Stirn zur Brust. Als das Licht in dem Kelch nicht verschwand, machte er auch das Kreuzzeichen direkt über dem Kelch. Sie hatte gehofft, er würde es nicht tun, denn sie war sich über diesen neuen Zauber und seine Auswirkungen auf ihre Art noch nicht ganz sicher; doch von seiner Hand ausgeführt, brannte das Zeichen nicht und verursachte keinen Schaden. Ermutigt ließ sie ihr Licht in einem blassen, beruhigenden Goldglanz etwas heller strahlen.

»Heilige, steh uns bei«, flüsterte er halblaut, »denn keine Kreatur der Finsternis kann diesem Zeichen standhalten oder in einem geweihten Kelch ausharren. Aber wenn es kein Dämon ist...« Peters Gedanken gingen hektisch die Liste aller Dinge durch, die sein Besucher sein konnte, und gelangte am Ende zur einzigen möglichen Schlußfolgerung.

»Du bist ein Engel!« rief er aus. »Ja, natürlich, das muß es sein. Du hast meine Gebete gehört und bist hergekommen. Gepriesen sei der Herr, einer seiner Engel ist mir erschienen. O heiliges Wesen, ich heiße dich willkommen!«

Indem sie dem Drang widerstand, sämtliche Farben des Regenbogens zu durchlaufen, beschränkte sie ihre Antwort auf einen reinen weißen Lichtblitz, während Peter auf die Knie sank und die Arme zu einem Dankgebet erhob. Sie bemerkte, daß er wieder in die magische Sprache übergewechselt war, die normalerweise für Gespräche mit und über den Schöpfer reserviert war, und sie war leicht belustigt.

Du bist ein Wesen der Extreme, nicht wahr? stellte sie fest und schimmerte wieder golden, während sie sich in den Kelch zurücksinken ließ. *Zuerst hältst du mich für einen Dämon, jetzt für einen Engel. Ich bin keins von beidem, Peter. Ich komme aus dem F–*

»Nein, du bist ein Engel«, wiederholte Peter und schüttelte störrisch den Kopf. »Ich weiß es. Ich habe Bücher darüber gelesen. Was könntest du denn anderes sein als ein Engel?«

Sie versuchte es ihm zu erklären, doch er war offenbar noch nicht soweit, es zu begreifen, obgleich er ihre Anwesenheit bereits akzeptierte, was man durchaus als vielversprechenden Anfang betrachten konnte.

Na schön, dann bin ich eben ein Engel, wenn es dir so gefällt, erwiderte sie leise. *Wie du mich nennst, ist eigentlich nicht so wichtig. Wenn du gern glauben möchtest, daß ich ein Engel bin, dann ist diese Bezeichnung so gut wie jede andere.*

»Du bist ein Engel«, wiederholte Peter. Und dann verdüsterte sich sein Gesicht. »Aber wenn du ein Engel bist, warum bist du dann hergekommen? Engel bringen den Sterblichen die Botschaften Gottes, aber sie lassen die Missetäter auch seinen Zorn spüren.« Er sank zurück auf die Knie und blickte verzagt zu ihr auf. »Habe ich Ihn erzürnt?«

Ihr Leuchten spielte die blau-grünen Farbtöne durch und verharrte für einen kurzen Moment bei einem türkisfarbenen Schimmer. *Du redest vom Schöpfer? Ich weiß nicht, in welcher Weise du Ihm gefällst, Peter. Das wißt allein ihr beide, du und Er. Ich wurde von deinem Zauber angelockt.*

»Aber ich betreibe keine Zauberei«, begann er empört.

Nein? erwiderte sie. *Was ist denn das?* Sie ließ ihr Leuchten aus dem Kelch quellen und an der Seite herabfließen, um es auf der goldenen Scheibe zu sammeln.

Wenn das kein Zauber ist, Peter, warum läßt du dann die Glocken klingen?

»Na ja, um die Herzen der Gläubigen auf das stattfindende Wunder einzustimmen«, erwiderte er. »Das ist kein Zauber.«

Wirklich nicht? fragte sie leise. *Wie kommt es denn, daß es dir eine solche Freude bereitet, Priester Peter, daß sogar die Tiere des Waldes staunend davor stehen? Welchem Zweck dient es als dem, einen dem großen Einen näherzubringen?*

Und die Glocken verkünden dieses Einssein. Es waren die Glocken, die mich riefen, zuerst zu dem Haus aus Stein, wo du früher die Glocken geschüttelt hast, wie es der Junge Johannes jetzt für dich tut, und dann zu dieser Stelle. Die Freude und Seligkeit war von Anfang an in dir, Peter, und zwar über jeden Zauber des Schöpfers, nicht nur über diesen neuen. Diese Kinder des Waldes spüren das.

Sie ließ die Glocken leise klirren, und die Waldtiere kamen etwas näher, wobei ein Eichhörnchen sich unter eine seiner Hände zwängte, um gestreichelt zu werden, und der Hirsch sein Haupt zutraulich senkte.

Peter richtete sich langsam auf den Knien auf, betrachtete zuerst das Eichhörnchen und den Hirsch, dann sah er auf ihr Licht. »Die – Glocken sind magisch?« fragte er nach einigen Sekunden immer noch verständnislos.

Nein, ganz einfach gesagt, der Zauber – IST. Oh, wie kann ich erklären, daß der Zauber mich erfüllt und mir sagt, ich solle mit den Glocken meine Stimme freudig erheben? Wie soll ich es dir deutlich machen, daß du es fühlst, es schmeckst?

»Vielleicht«, begann Peter nach längerem Schweigen, »vielleicht ist das, wovon du redest, die Liebe Gottes zu all seinen Kreaturen – eine Liebe, die so unendlich ist, daß er seinen einzigen Sohn geopfert hat, um die Welt zu erlösen.«

Seine Erwähnung des Opfers hatte kaum eine Bedeutung für sie, die im Laufe der Jahrtausende so viele Götter hatte kommen und gehen sehen, Götter, die sich selbst und andere aus den verschiedensten Gründen geopfert haben. Aber vielleicht war Liebe tatsächlich der Schlüssel. Gewiß, kein anderes menschliches Wort konnte die Beschaffenheit seines Zaubers und dessen, was sie zunehmend für ihn empfand, so treffend ausdrücken – es sei denn, es war vielleicht reine Freude.

Ich erwecke gar nicht mal den Anschein, die Quelle deines Zaubers zu kennen, Peter, antwortete sie vorsichtig. *Ich akzeptiere lediglich, daß es ihn gibt. Was ich jedoch weiß, ist, daß Freude und Liebe sich aus dem Kelch ergießen, wenn du deinen Zauber wirken läßt, und es sind Freude und Liebe, die in den Stimmen der Glocken mitschwingen, ob sie nun tatsächlich da sind oder nicht. Das ist eine Wahrheit, die den Zauber selbst übertrifft, ob dieser Zauber nun alt oder neu ist. Verstehst du?*

Er sah sie an – oder den Kelch, sie war sich nicht ganz sicher. Hoffnung und Sehnsucht lagen in seinem Gesicht, aber auch Verwirrtheit, als er langsam den Kopf schüttelte.

»Ich – ich bin nicht sicher. Mein Herz möchte es glauben, doch die Vernunft sagt –«

Vergiß die Vernunft, bat sie ihn. *Es ist eine Wahrheit, die dem Herzen gehört, dem Geist, die man nur wissen kann. Öffne dein Herz, Peter. Du mußt nichts anderes tun, als den Kelch an die Lippen setzen und daraus trinken, um Tiefe und Höhe und Länge und Breite einer Freude zu kosten, die sich bis in die Ewigkeit erstreckt!*

Sie war nicht sicher, ob er sie verstanden hatte, doch ihre Worte hatten offensichtlich tief in ihm eine Saite zum Schwingen gebracht. Mit neuem Vertrauen streckte er seine zitternden Hände aus und nahm den lichtgefüllten Kelch, betrachtete ihn einen Moment lang gebannt, ehe er ihn leicht neigte, um ihn an die Lippen zu setzen. Das Licht war hell und perlend wie Wasser aus einer frischen Quelle, und Freude erfüllte ihn vom Scheitel bis zu seinen Zehenspitzen und offenbarte sich als ein Klingeln von Zauberglocken.

Es machte nichts aus, daß der Kelch keine physisch greifbare Substanz enthielt bei diesem ersten Mal, denn er wurde schlagartig ohnmächtig. Er spürte nicht, wie der Kelch seinen gefühllosen Fingern entglitt, während er in die Arme seiner engelhaften Geliebten sank. Er erwachte von der Wärme des Sonnenscheins, der durch das schüttere Blätterdach über ihm in seine Augen drang, und dem sanften Druck des Hirschs, der an seiner Wange schnupperte, und der süßen, verlockenden Erinnerung an eine silberhelle Stimme, die sich in den Klang der Glocken mischte.

Ach, wie süß ist dieser Zauber, flüsterte die Stimme in seinem Geist. *Aber laß mich nur die Stimme deiner Freude sein, wenn du deinen Zauber erweckst – laß mich deine Glocken sein, und ich bleibe bei dir bis in alle Ewigkeit ...*

Er kam mehrere Tage lang nicht zu der Lichtung; und als er es tat, wagte sie es nicht, sich ihm zu zeigen aus Angst, zu weit gegangen zu sein. Zu ihrer Enttäuschung weckte er an diesem Tag seinen Zauber nicht und blieb am nächsten ganz weg; aber am übernächsten Tag erschien er pünktlich, so wie immer, und weckte seinen Zauber mit großer Sorgfalt. Der Junge war bei ihm, so daß sie es nicht wagte, ihn direkt anzusprechen, doch sie verkündete flüsternd ihre Freude mit dem Klang der Glocken und wußte, daß er es gehört hatte. Nachdem mehrere Tage so verstrichen waren, erschien er schließlich wieder allein und brachte die Glocken mit. Sie zeigte sich nicht, doch sie sang ihr Lied voller Hingabe – und spürte endlich seine aufschäumende Freude wie ein Echo ihrer eigenen.

Danach, wenn er zu der Waldlichtung kam, um seinen Zauber zu wecken, brachte er weder die Glocken noch den Jungen mit, der sie immer schüttelte. Er brauchte beides nicht, denn sie wurde für ihn zur Stimme seiner Glocken dort unter dem weiten freien Himmel. Zuerst achtete er darauf, ein gewisses Maß von angemessenem Anstand beizubehalten, indem er sich immer so verhielt, als befände er sich in Gegenwart des Engels, für den er sie hielt. Aber nach und nach betrachtete er sie sowohl als Gefährtin wie auch als engelhafte Helferin und verweilte häufig, nachdem er den Zauber vollzogen hatte.

»Ich glaube, du bist mein Glockenengel«, murmelte er an einem milden Frühlingsnachmittag, als er unter einem Baum saß, nachdem sie das Ritual beendet hatten. »*Angelus Tintinnabulorum meus*. Oder nein. Ich glaube, es muß heißen *Angela Tintinnabulorum*.« Er betrachtete sie von der Seite, während sie über einem Holunderbusch neben ihm schwebte. »Aber du kennst die Unterschiede der lateinischen Endungen und ihre Bedeutung gar nicht, oder?«

Lateinische Endungen erwiderte sie fragend.

Lächelnd schüttelte er den Kopf und wandte den Blick ab. »Ich weiß. Für mich ergibt es auch nicht sehr viel Sinn, doch –« Er seufzte und schwieg lange, dann fuhr er fort: »Ich weiß, daß ich nur ein dummer Sterblicher bin, aber ich – ich habe lange darüber nachgedacht«, sagte er zögernd. »In den heiligen Büchern steht, daß Engel kein Geschlecht haben, daß sie keine Körper besitzen. Ich meine jedoch, wenn du einen physischen Körper hättest, dann wärst du sicherlich eine wunderschöne Frau.«

Sie spürte, wie sich ein silberner Schimmer auf ihre Farben legte, und wußte, daß er die Wahrheit sagte.

Würde dich das freuen, wenn ich es wäre? fragte sie leise.

Er schaute weg, drehte einen zerbrochenen Zweig zwischen den Fingern und stocherte damit in dem Laubteppich neben ihm herum.

»Wenn du eine schöne Dame wärest, dann würden meine Gelübde uns jeglichen Kontakt verbieten. Und doch –«

Und doch?

Mit einem bitteren Lächeln schüttelte er den Kopf. »Egal. Vielleicht ist es so besser. Einen Engel bei mir zu haben, der mir assistiert und mit mir Gottes Lob singt –«

Ich bin kein Engel, Peter.

»Das weiß ich mittlerweile«, sagte er traurig und wagte es nicht, aufzublicken. »Aber du *mußt* ein Engel sein, wenn unsere Liebe – wenn das, was zwischen uns ist, andauern soll. Vater Bernard würde dich exorzieren, wenn er es je herausfände, und ich würde exkommuniziert.«

Exorzieren? Exkommuniziert? wiederholte sie und traute sich nicht, die Liebe zu erwähnen, die er soeben bestätigt hatte.

Er schleuderte den Zweig beiseite und seufzte. »Kein Problem, mein Engel. Diese Chance geben wir ihm gar nicht. Solange er lebt – und ich wünsche nicht sein vorzeitiges Ende, denn er ist auf seine Art ein guter Mann – solange er lebt, werde ich weiterhin der pflichteifrige Priester sein, als den er mich wünscht, und du bist meine Glockenstimme hier im Wald.« Er zwinkerte ihr zu. »Deshalb hast du auch niemals in der Kapelle gesungen, nicht wahr? Aus Angst vor ihm.«

Nicht Angst, sagte sie nach einem Moment. *Aber der neue Zauber ist innerhalb dieser Mauern sehr stark, und seiner zeichnet sich auch noch durch seine Strenge aus. Dein Zauber geht über alt und neu hinaus. Wenn er nicht mehr ist, dann werde ich mit dir sogar in der Kapelle singen. Bis dahin singe ich mit dir hier draußen. Und wenn du es wünschst, dann vermittle ich dir noch einmal einen Eindruck von der Einsheit, die wir bereits einmal erlebten. Ich habe mich sehr danach gesehnt, aber ich wollte dich nicht drängen.*

»Ach, es ist doch kein Drängen«, flüsterte er und beugte sich erwartungsvoll vor. »Ach, süßer Engel, wenn du die Wonne spüren könntest, die ich verspüre, wenn du mir nahe bist.«

Sie konnte sie spüren, und er die ihre. Als er seine bebenden Hände zu einer Schale wölbte, um sie aufzunehmen, kam sie als golden leuchtende Kugel zu ihm. Seine Berührung war eine einzige Liebkosung, während er sie an seine Lippen hob, und die Vereinigung ihrer Geister war diesmal noch süßer, als sie es bereits kannten. Es war eine Vereinigung, die noch oft voller Wonne und Freude während der folgenden Jahre wiederholt wurde.

Von diesem Tag an war sie fast ständig mit ihm zusammen, nahm an seinem Zauber teil, intensivierte seine Andacht und, als der alte Priester starb, begab sie sich sogar in die Steinkapelle, wo sie in der Lampe, die über dem Altar brannte, einen Aussichtspunkt bezog. Dort sang sie mit den silbernen Glocken, wenn der

Zauber seinen Höhepunkt hatte, zelebrierte ihre Liebe zu ihm genauso wie die Lobpreisung des wahren Schöpfers des Zaubers. Im Laufe der Zeit wurde Peters Kapelle am Rand des Waldes bekannt als ein Ort tiefer Heiligkeit. Die Gläubigen kamen meilenweit herbei, um den Zauber zu erleben und den süßen Klang der Glocken zu hören, ohne jedoch jemals etwas von ihrer Existenz zu ahnen. Peters Hingabe am Altar wurde als Zeichen seiner Frömmigkeit gedeutet; und nach und nach wurde die Heiligkeit des Ortes auf Peter übertragen.

So wuchs ihre Liebe zu ihm und seine zu ihr. Und wenn er manchmal ihre Andersartigkeit bedauerte, wenn er gelegentlich schlimme Gewissensqualen durchmachte bei der Überlegung, daß er einen Engel liebte – oder eine andere Wesenheit, die zu fremdartig und wunderbar war, um es sich überhaupt vorzustellen –, verzieh sie ihm beide Extreme. Schließlich, so erinnerte sie ihn dann, hatte er in dieser Welt geschworen, den neuen Zauber zu verkünden und auszuüben. Sie verstand, daß Männer nach einem solchen Gelübde nicht mehr für sterbliche Frauen verfügbar waren, und freute sich täglich über den schicksalhaften Zufall, der sie weder sterblich noch eine Frau sein ließ. Sondern jemand, die seine Liebe zu Gott teilte und dennoch mit ihm in allem Anstand zusammensein konnte.

Was Peter betraf, so stellte er ihr zu diesem Punkt niemals eingehendere Fragen. Vielleicht befürchtete er, daß eine intensivere Betrachtung der Situation das Band zwischen ihm und dieser wundervollen Kreatur, die er noch immer lieber als Engel ansah, zerstören könnte, obgleich seine Studien bisher keinen Hinweis darauf ergeben hatten, daß die beschriebenen Engel dem seinen glichen. Der Gedanke, sie zu verlieren oder gezwungen zu werden, sie aufzugeben, war derart schrecklich, daß er kaum zu denken war, und wurde stets sofort aus dem Bewußtsein verdrängt und in gelegentliche nächtliche Alpträume verbannt, die, glücklicherweise, niemals wahr wurden. Sie war sein Schutzschild gegen die Mittelmäßigkeit der Welt, sein Bollwerk gegen Kleinlichkeit und Versuchung, seine Verbindung mit der Ewigkeit – jedenfalls hoffte er so etwas. Eine solche Wonne auf Erden zu erleben, war es sicher wert, den Verlust des Himmels nach dem Tode zu riskieren.

Die Jahre vergingen wie im Fluge. Peters engelhafte Gefährtin veränderte sich nicht, doch die Jahre bescherten Peter Falten und zunehmendes Gewicht, und er wurde immer bekannter und gefragter als besonders heiliger Mann. Er wurde ein Freund und Kollege des Augustinus von Canterbury, des ersten Bischofs der Engländer, und erhielt nach einiger Zeit von Augustinus den Auftrag, sich zusammen mit einem anderen Priester nach Rom zu begeben. Keiner von Peters Vorgesetzten ahnte, daß auch ein Engel ihn begleitete; und Peter erzählte es ihnen nicht. Er kehrte mit einem päpstlichen Lob für seine Hingabe und mit der Empfehlung zurück, Augustinus dabei zu unterstützen, den Glauben in England zu verbreiten; und kurz darauf wurde er von Augustinus zum ersten Abt der neuen Kirche und des Klosters von Sankt Peter und Paul, östlich von Canterbury, ernannt. Auch die Krone lernte Peter kennen und ihm vertrauen; so erreichte ihn schließlich an einem grauen Herbsttag der königliche Ruf: Peter sollte als königlicher Gesandter nach Gallien gehen.

Aber Botschafter sind in keiner Weise gegen Gefahren gefeit – nicht einmal priesterliche Botschafter mit Engeln als Begleiter. An dem Tag, als Peter in Dover die Segel setzen ließ, braute sich ein Sturm über der Nordsee zusammen. Der Wind heulte, und die Blitze zuckten, und die Wellen waren wie Berge, stürzten sich auf das kleine Schiffchen und entluden auf ihm die gesamte Wucht eines frühwinterlichen Sturms, ehe es den sicheren Hafen erreichen konnte. Die Mannschaft kämpfte tapfer, doch die Elemente waren stärker. Dicht vor der kleinen Hafenstadt Ambleteuse, wenige Meilen nördlich von Boulogne, prallte das Schiff auf schroffe Felsen und brach auseinander.

Das Schiff sank, und rund um Peter rutschten Männer ins Meer, wo sie ertranken oder auf die Felsen geschmettert wurden.

Über dem Brüllen des Sturms und dem Grollen des Donners und der Wellen waren menschliche Schreie nicht zu hören, geschweige denn das ängstliche Klingeln von Zauberglocken. Die Laternen des Schiffs fielen zuerst dem Sturm zum Opfer, so daß zwischen den grellen Blitzen das einzige, was die Dunkelheit aufhellte, das blau-weiße Flackern war, das die Seeleute Elmsfeuer nennen und das über die zertrümmerte und zerfetzte Takelage tanzte.

Aber es war nicht Sankt Elmo, den Peter anrief, als der Wind in seinen Ohren kreischte und die Blitze neben ihm einschlugen, begleitet vom Dröhnen der Wellen, die gegen die Felsen krachten.

»Mein Engel!« rief er.

Der Wind riß ihm die Worte von den Lippen, ehe jemand anderer außer ihr sie hören konnte, aber es gab nichts, was sie hätte tun können, um zu verhindern, daß das Schiff unter ihm auseinanderbrach. Sie schrie auf, als eine Welle ihn von dem Maststumpf losriß, an den er sich geklammert hatte, und ihn mit den anderen in die tobende See spülte. Sie folgte ihm, als er kurz unterging und keuchend und Wasser spuckend wieder auftauchte.

Aber auch jetzt konnte sie nichts tun. Zum erstenmal in ihrem langen Leben wünschte sie sich einen Körper, so daß sie seinen Kopf über Wasser halten, ihn vor den Felsen bewahren könnte; aber seine Finger entglitten ihrem körperlosen Licht, suchten nach Halt, der ihn vielleicht retten könnte.

Ich werde dich niemals verlassen! rief sie ihm zu. *Geh nicht von mir! Laß mich nicht im Stich! Hörst du mich denn nicht?*

Er hörte sie wirklich nicht mehr. Sie verlor ihn. Alles, was sie tun konnte, als er und seine Schiffskameraden in den Wogen versanken, war, in der Luft zu verharren, wo ihre sanfte Stimme und ihr weicher Lichtschein sich mit den Mächten von Blitzen, Sturm und Regen nicht messen konnten.

Bei Tagesanbruch wurde er in einer Bucht namens Amfleat ans

Ufer getrieben. Sie war die ganze einsame Nacht hindurch an seiner Seite geblieben, hatte vergeblich versucht, ihn über Wasser zu halten, seine zerbrechliche menschliche Hülle vor den Wellen und den Felsen zu bewahren. Sie schwebte dicht über seinem Kopf, als die Ebbe ihn schlaff auf dem grauen Sand zurückließ.

Aber das Meer hatte ihn verändert. Es hatte ihm seine Identität geraubt, hatte ihm das genommen, was ihn unter allen Sterblichen so einmalig gemacht hatte. Die früher so hellen Augen starrten stumpf und blicklos in die Morgensonne; und sie regten sich nicht, als der Wind Sand und getrockneten Seetang in sein Gesicht warf.

Bewohner aus dem nahe gelegenen Ambleteuse fanden ihn später im Laufe des Tages und holten seinen Körper sowie die anderen vollends aus dem Meer. Aufgrund seines weißen Mantels hielten sie ihn für einen Priester, aber von wo oder welchen Namens, das konnten sie nicht feststellen – und sie wollte es ihnen nicht mitteilen aus Angst vor dem Zauber der Weißmäntel unter ihnen. In tiefer Trauer und in der Helligkeit des Tages unsichtbar, konnte sie nur von einem Flecken Sonnenlicht aus beobachten, wie sie seinen Körper in eines von dem Dutzend frisch ausgehobener Gräber betteten, begleitet von den Worten eines Zaubers, der ihm, aber nicht ihnen gehörte – Worte, die der Wind schnell zerstreute.

Die Abenddämmerung senkte sich herab, und mit ihr kam die Einsamkeit und eine ganze Flut bittersüßer Erinnerungen. Mit einer gewissen Gelassenheit und Leidenschaftslosigkeit akzeptierte sie seinen Tod; aber jegliches wahre Verständnis, was das wirklich bedeutete, lag außerhalb des Erfahrungsrahmens von jemandem, für den es niemals den Tod gab. Er hatte einmal versucht, es zu erklären – und daß er, wenn er starb, hoffe, in den Himmel aufzufahren, wie sein Zauber es ihm versprach. Eine solche Vorstellung hatte für sie kaum eine besondere Bedeutung, doch am Ende hatte sie es als eine Art von Trennung verstanden – daß er irgendwohin ging, wohin sie ihm nicht folgen konnte. Nun spürte sie, daß es auch eine Einsamkeit für diejenigen bedeutete, die zurückblieben – eine Einsamkeit, die sie nie zuvor während ihrer Wanderungen über die Erde kennengelernt hatte.

Aber sie hatte dafür keine Linderung. Das einzige, was sie tun konnte, war, daß sie an den Ort zurückkehrte, wo er zuletzt gewesen war: zu dem geschundenen Körper in seinem armseligen Grab, obgleich sein Wesen nicht mehr dort war. Es war neben ihren Erinnerungen alles, was sie von ihm noch hatte; und um diese Erinnerungen und ihre Liebe wachzuhalten und ihnen die letzte Ehre zu erweisen, gelobte sie, sein Grab zu bewachen.

Ihre Hingabe blieb nicht unbemerkt. Auch andere hielten Wacht und bemerkten, wie jeden Abend ein seltsames und geisterhaftes Licht zurückkehrte und über dem Grab des unbekannten Priesters verharrte. War es ein Symbol für Gottes besondere Gunst? Wer war der Mann, der in dem schlichten Grab ruhte und so offensichtlich von Gott ausgezeichnet wurde? Woher kam er? Die Dorfbewohner hatten nach bestem Wissen und Gewissen gehandelt, aber vielleicht bedeutete das himmlische Licht, daß Gott sich ein anderes Schicksal für den Körper seines Dieners wünschte.

Nachforschungen erbrachten schließlich eine Nachricht aus England von einem heiligen Mann, der auf dem Meer verschollen war, als er in der Mission des Königs von Kent nach Gallien gesegelt war: Es war der Abt Peter, ein vertrauenswürdiger Freund des Erzbischofs Augustinus von Canterbury. Bald erschien ein Gesandter der Abtei von Canterbury, um sich zu vergewissern – und sank auf die Knie, als er das himmlische Licht gewahrte. Eilige Nachfragen und Beratungen erbrachten schnelle Ergebnisse.

An einem frühen Wintermorgen erschienen Weißmäntel aus dem Dorf und von der Kathedrale von Boulogne und nahmen im Rahmen einer feierlichen Zeremonie den Körper aus dem Grab und betteten ihn in einen glänzenden Sarg. In dem hellen Dezemberlicht bemerkte niemand den fahlen Glanz, der sich in einem

Weihrauchfaß versteckte und mit der Prozession nach Boulogne zog.

Sie folgte ihnen dort in den großen Dom, eingehüllt in Weihrauchschwaden und den Schein zahlreicher Bienenwachskerzen, nahm ihren Beobachtungsposten in der Lampe über dem Altar ein, wie sie es in der Waldkapelle so oft getan hatte. Nichts von ihrer Anwesenheit ahnend und mit Gesängen und Gebeten, die eines Gottesmannes würdig waren, übten die Weißmäntel einen Zauber aus, um Abt Peter zur ewigen Ruhe zu betten. Ihr Zauber schadete ihr nicht, denn die Kathedrale stand an einem Ort, der noch vom alten Zauber erfüllt war, doch der Zauber war schal ohne seine Mitwirkung, die ihn zu etwas Besonderem gemacht hätte.

So erhob sie die Stimme im Chor mit den gesegneten Glocken, um von seinem Andenken zu singen – von ihrer Liebe zu ihm, von früherer Freude und Wonne und ihrer gegenwärtigen Trauer – und sah in dem Jungen, der an diesem Ort die Glocken schüttelte, einen anderen Jungen und den Mann, zu dem er geworden war, und weinte um ihren Geliebten. Die unendliche Süße ihres Gesangs ließ viele Augen feucht werden, und in den späteren Jahren erzählten einige der Leute, die an diesem Tag zugegen waren, daß sie sich an eine blasse, engelhafte Erscheinung erinnerten, die während der Einsegnung über dem Altar zu schweben schien. Nachher, als der Zauber abgeschlossen war, deckten die Weißmäntel die irdischen Überreste von Abt Peter mit einer schneeweißen Marmorplatte im Fußboden der Kathedrale zu.

Sie dachte, sie würden niemals weggehen. Als sie es endlich taten, stieg sie sofort herab und ließ ihr Licht unbekümmert über die Grabplatte gleiten. Kein rationaler Impuls trieb sie dazu, erneut nach ihm zu suchen, außer daß sie beim Klingeln der Glokken am Höhepunkt ihrer Trauer und Sehnsucht zum erstenmal seit der furchtbaren Nacht auf dem Meer glaubte, einen winzigen Hauch von seiner Existenz gespürt zu haben. Als sie auf die Suche ging, ohne Hoffnung eigentlich, hüllte er sie wieder ein wie der schwere Duft von Weihrauch oder der schwache, reine Ton einer einzelnen Glocke in der Stille.

Und plötzlich war er neben ihr in einem blitzenden, wachsenden Punkt himmlischen Lichts und perlender Glocken, die den ihren ähnlich waren. Freudig erstrahlte er in einem wundervollen, zauberhaften Licht, durchlief alle bekannten Farben des Spektrums und dann die Farben, die sterblichen Augen verborgen sind. Das glockengleiche Klingeln seines Lachens vermischte sich mit ihrem, wurde damit eins und ward nicht mehr durch Worte oder sonstige physische Beschränkungen gefesselt.

Für einen Moment umarmten sie sich in einer Kugel goldenen Lichts über seinem Grab. Funkelnd und alles überstrahlend, war es zu hell für sterbliche Augen. Dann, in einem ekstatischen Aufflammen aller Regenbogenfarben schwebten sie hoch und davon, endlich vereint, durchdrangen das farbige Glas des Fensters im Osten, als hätte es überhaupt keine Substanz, jagten dem Heideland und den Wäldern dahinter entgegen. Auf den Altarstufen ließen die Glocken, die den Höhepunkt des Zaubers verkündet hatten, ein leise perlendes Lebewohl erklingen, aber nie wieder sollten ihre Stimmen so süß ertönen wie an diesem Tag.

Originaltitel: The Tinkling of Fairybells
Ins Deutsche übertragen von Michael Kubiak

Anne McCaffrey

Die Suche eines vernünftigen Mannes

Es war einmal vor langer Zeit, als junge Männer auszogen, um ihre Initiative, Tapferkeit und gesunden Menschenverstand – ohne *diesen* kehrten sie oft nicht nach Hause zurück – zu beweisen. Prinz Bieregard von Mundesland war schon vier Wochen auf der Suche nach einer Stute, die seines Apfelschimmels Vard, welcher direkt von Pegasus abstammte, würdig sein könnte. Als Begleiter hatte Bieregard seine rötlich-graue Jagdhündin Schnellauge mitgenommen, die auf der Satteldecke hinter ihrem Herrn lag, während sein Turmfalke Mixer durch die Luft den fliegenden Pegasier Vard umkreiste.

Plötzlich mußten sie gegen widrige Winde ankämpfen, die einen mächtigen Sturm ankündigten, obgleich der Himmel vor ihnen blau und klar war. Bieregard konnte aus der Luft sehen, daß unten eine Ansammlung von Hütten und Scheunen ohne Dächer schon lange den Elementen preisgegeben war. Vernünftigerweise lenkte Bieregard Vard zu einer Landung am Rand eines seltsam dichten und schweigenden Waldes, der ihm die einzige Zuflucht auf der weiten Grasebene zu sein schien. Schwarze Gewitterwolken jagten über den Himmel, getrieben von immer stärker werdenden Windstößen, die tiefe Schwaden in die Wiesen preßten, über die sie seit dem Morgen dahingeflogen waren.

»Ein so sattes Weideland kann doch nicht völlig unbewohnt

sein«, murmelte Bieregard vor sich hin. Er blickte über die Schulter zum schnell heraufziehenden Sturm. Windstöße trieben ihm das Haar ins Gesicht und zerzausten Vards graue Schwingen. Ein Blitz spaltete den Himmel hinter ihnen. »Das Unwetter bricht gleich los, wenn es so nahe blitzt.«

Der Prinz zog die Zügel straff, als Vards starke Flügelschläge sie an eine Anhöhe brachten. Er richtete sich in den Steigbügeln auf und blickte in alle Richtungen über das wild schwankende hohe Gras. Er konnte nicht weit sehen; doch abgesehen von diesem unheimlichen Wald entdeckte er keine Behausung und kein noch so kümmerliches Obdach. Mixers zielloses Kreisen weiter oben erweckte nicht die Hoffnung, daß der Falke etwas Brauchbares erspähte.

»Nun, meine Freunde, es sieht aus, als bliebe uns nur der Wald«, sagte Bieregard und tätschelte Vards stolz aufgerichteten Hals, der von den letzten Anstrengungen schweißbedeckt war. »Allerdings sieht er wirklich nicht einladend aus.« Schnellauge knurrte zustimmend und lief den Hügel hinab. Bieregard pfiff Mixer zu sich.

Er trieb Vard in kurzen Galopp und wählte die kürzeste Strecke durch das wogende Gras zum Waldrand. Doch als sie sich den Bäumen näherten, verkürzte Vard seine Schritte. Auch Schnellauge war hinter ihren Reisegefährten zurückgeblieben, und Mixer stieß einen schrillen Schrei aus, der mehr eine Warnung als eine Meinung ausdrückte.

Bieregard hatte einen gesunden Respekt vor den Intuitionen seiner Gefährten. Er zügelte Vard. »Was ist?«

Vard tänzelte auf der Stelle, schnaubte und warf den Kopf hoch. Seine Flügel waren halb ausgebreitet. Schnellauge winselte und lief um den Hengst herum, während Mixer am Ende seiner Beinriemen schwebte. Der Wind blies allen vieren steif ins Gesicht. Große Regentropfen stürzten wie ein Wasserfall auf sie hernieder. Ein ernstes Vorspiel für das bevorstehende Unwetter.

»Gefahr?« Bieregard streichelte Vards kräftigen Hals

beschwichtigend. »Wir haben keine Wahl«, fügte er hinzu. »Aber ich gebe gern zu, daß dieser Wald der merkwürdigste ist, den ich je gesehen habe.«

Der Baumbestand des Walds war auf zwei Arten beschränkt. Keinerlei Büsche oder Schößlinge existierten hier. Die größere Baumart ähnelte denen, welche der Prinz auf einer anderen Reise in Sumpfgebieten gesehen hatte. Ihre Form war äußerst seltsam. Die Bäume schienen zwei getrennte Stämme zu haben, die ungefähr anderthalb Meter über dem Boden verbunden waren. Dieser Teil verlief kurz parallel zur Erde, ehe der dicke, gemeinsame Stamm wieder senkrecht nach oben wuchs. Die Borke war haarig und wies alle Schattierungen zwischen stumpfem Grau und rötlichem Braun auf. An den oberen Ästen waren Nadeln. Die andere Baumart dagegen hatte eine cremefarbene, blasse Borke, ähnlich wie die Birke. Ihre Blätter waren bunt und wie fünffingrige Handschuhe geformt. Die beiden Bäume wuchsen – soweit der Prinz sehen konnte – paarweise. Allerdings waren einige der blassen Stämme mit dem Mangroventyp so innig verschlungen, daß dies noch grotesker aussah.

Einen Augenblick lang wehrte Vard sich noch gegen das Weitergehen. Doch dann stellte er plötzlich die Ohren auf, hob den Kopf und stieß einen Schrei aus, wie es nur ein Hengst tut, der eine rossige Stute wittert. Obwohl Vard jetzt mit aller Macht vorwärtsstrebte, setzte er die Hufe sehr vorsichtig auf dem verschlungenen Pfad durch die Bäume. Schnellauge folgte nervös mit peitschendem Schwanz. Mixer kreischte protestierend und krallte sich an dem Polster auf Bieregards Schulter fest. Hinter ihnen brach das Unwetter mit lautem Donnerschlag und grellen Blitzen los. Nur der Klang von Vards Hufen hallte durch das tiefe Schweigen des Waldes. Es war, als könne das Unwetter seinen verzauberten Bereich nicht betreten.

»Verzaubert?« sagte Bieregard laut. Vard grunzte tief in der Kehle, Schnellauge winselte kurz, und Mixer klammerte sich noch fester an. »Wie dem auch sei! Uns scheint dadurch kein Leid zu geschehen. Und wir sind trocken. Ich sehe zwar keinen Pfad, der darauf hinweist, daß Menschen hier durchgekommen sind, aber es ist bestimmt nicht der schlimmste Ort auf dieser Welt, den Sturm abzuwarten. Ich bezweifle, daß der Regen durch dies dichte Blätterdach dringt.«

Wieder zuckten Blitze auf und schlugen auf der Ebene vor dem Waldrand ein. An ihnen konnte man die Gewalt des schrecklichen Unwetters erkennen. Donner grollte, und Vard drang vorsichtig tiefer in den schützenden Wald vor.

»Es kommt ein gewaltiges Unwetter«, rief Alav und stürmte in die Küche, wo seine Schwester Sendra den Teig für das Abendessen knetete. »Wirklich, das wird ein Riesensturm!«

Wie um seinen Worten Nachdruck zu verleihen, wurden die Flammen in der offenen Feuerstelle ganz niedrig, um mit der nächsten Bö, die durch den Kamin herabstieß, hoch aufzulodern. Sendra schaute schnell nach, ob etwa Glut herausgefallen war, da sie den Rollstuhl ihres Vaters dicht ans Feuer gestellt hatte, damit der alte Mann sich wärmen konnte. Er hatte immer so kalte Hände und Füße.

»Die Stuten sind im Garten nicht ausreichend in Sicherheit«, sagte Sendra. »Du hast natürlich in der Sattelkammer nichts gefunden, oder?«

»Noch nicht«, antwortete Alav so gelassen, daß seine Schwester den Verdacht hegte, daß er überhaupt noch nicht, wie versprochen, nachgesehen hatte.

Sie hob die mit Mehl bestäubten Hände hoch. »Alav, wir *müssen* Jessedras Amulett finden!«

»Und *wie* sollen wir das bewerkstelligen? Du hast doch alles von oben bis unten durchsucht.« Er zeigte mit dem Kinn auf die schwere Holztür, die in die Haupträume des Schlosses Barnacane führte. »Und das schon wie oft? Es ist doch kein Tag vergangen, an dem die alte Bessie und Maia nicht irgendwo herumkramten. Sogar Ferruk hat mitgesucht.« Er zuckte hilflos mit den Schultern.

»Wir können nicht von hier weg, bis wir es finden, Alav. Die Stuten sind, seit Barnakka starb, unfruchtbar. Und wir *müssen* Barnakkas Blutlinie lebendig erhalten. Das ist weit wichtiger als alle persönlichen Gründe. Oder welche Berechtigung gäbe es für all dies hier?«

»Das ist normalerweise meine Klage, Schwester«, antwortete Alav unklug. In der Ferne grollte Donner. Sein Gesichtsausdruck wurde besorgt. Auch wenn er es sich nicht so anmerken ließ, bedeuteten ihm die Stuten ebensoviel wie Sendra. »Wir sollten die Stuten reinholen. Besonders wenn es blitzt.«

Sendra bemühte sich, ihre Stimme ruhig zu halten; aber sie war immer öfter innerlich in Panik geraten, seit Ferruk, der letzte der treuen Diener im Schloß, vor drei Monaten gestorben war. Er war als Stalljunge schon zu ihrem Großvater gekommen. Nachdem der Wald entstanden war, hatte er nicht wie so viele der verängstigten Bediensteten versucht fortzugehen. Der Tod des letzten Hengstes auf Barnacane hatte auch sein starkes Herz gebrochen. Er war sichtbar dahingeschwunden und hatte den Verlust nur eine Woche überlebt. Er *wollte* sterben, behauptete Alav traurig. Sendra wagte nicht, daran zu denken, wie allein sie jetzt waren, nachdem es Ferruk nicht mehr gab. Um sich zu beruhigen, knetete sie weiter den Brotteig. Schließlich mußten sie trotz allem essen. Und ein voller Bauch erfreut das Herz, pflegte die alte Bessie zu sagen.

Solange die letzten treuen Diener auf Schloß Barnacane noch lebten, wußte Sendra, daß diese nie im Leben auch nur *versuchen* würden, die Schutzzone zu verlassen, nicht einmal, wenn man es ihnen befohlen hätte. Selbst Ferruk hatte sich geweigert, obwohl er den Herren auf Barnacane sein ganzes Leben lang treu ergeben war. Oft hatte Sendra das Gefühl gehabt, daß die Diener nicht weggingen, weil sie absolut sicher waren, daß sie es gar nicht konnten. Doch sie war mit siebzehn viel zu jung, um denselben Gehorsam zu verlangen, der ihrem Vater erwiesen wurde. *Er* stand jetzt für Sendra an erster Stelle, sogar noch vor den Stuten.

Jemand mußte doch dem gelähmten Herrscher auf Barnacane helfen können, der jetzt nur noch begrenzt die rechte Hand bewegen und seine täglichen Bedürfnisse durch wenige erkennbare Laute kundtun konnte. Ferruk hatte ihren Vater sehr gut versorgt. Sie hatte es auch geschafft, Essen auf den Tisch zu bringen, und – mit Alavs begeisterter Hilfe – die letzten der prächtigen Barnacane-Stuten zu erhalten.

»Ich forme nur schnell die Laibe, damit sie gehen können«, sagte Sendra. Sie schnitt Teigstücke ab und formte daraus die Brotlaibe. »Ich habe keine Ahnung, was wir im Winter statt Mehl nehmen sollen. Bis jetzt haben wir uns mit der guten Ernte über Wasser gehalten, die wir vor zwei Jahren hatten.«

»Da siehst du, Sendra! Du mußt mich versuchen lassen fortzureiten.« Alav hob beschwichtigend die Hand. »Mir ist noch nie im Wald ein Leid geschehen, ganz gleich, wo ich war.«

»Arrrg!« Das gurgelnde Stöhnen ihres Vaters lenkte sofort die Aufmerksamkeit der beiden auf den alten Mann.

»Sieh nur, was du angerichtet hast, Alav!« rief Sendra. Die Augen des Vaters loderten vor Angst und Zorn. Die verkrampften, knochigen Finger seiner rechten Hand deuteten auf Alav. Sendra lief schnell hin, um den Vater zu beruhigen, und Alav sank verzweifelt aufstöhnend auf einen Hocker.

»Wie werden wir je erfahren, ob die Dinge sich verändert haben, ob ... ER ... tot ist, wenn wir nicht aus dem Wald hinausreiten und einen Blick wagen?« fragte Alav.

»Schon gut, Vater, Alav verläßt uns ja *nicht*«, sagte Sendra zum aufgebrachten Bijor. Dann warf sie ihrem Bruder über die Schulter einen wütenden Blick zu. »Hol mir seinen Trank! Manchmal bist du schrecklich gefühllos, Bruderherz!«

Dann zuckten beide zusammen, als die Katzenklappe an der Küchentür aufging und zwei riesige schwarzweiße Katzen laut miauend hereinstürmten.

»Was ist denn in die gefahren?« fragte Alav verwundert, als die beiden auf Sendra zuliefen.

»Oh, bei allen Heiligen! Paßt doch auf, Schläger und Klopfer. Ich gieße Vaters Medizin ein.« Das größere Tier, Kater Schläger, strich um Sendras rechtes Bein, während sich Klopfer ans linke schmiegte und lautstark etwas mitteilte. »Nein, nein. Jetzt nicht, Schläger.« Sendra war niemals grob zu den Tieren, daher schüttelte sie den Kater vorsichtig ab. Entrüstet nieste er und sagte etwas zu seiner Partnerin. Dann verließen die beiden die Küche fluchtartig durch die Katzenklappe.

»Als wenn ER hinter ihnen her wäre«, murmelte Alav und schaute schuldbewußt zu Vater und Schwester, ob diese ihn gehört hatten.

»Hier, Vater«, sagte Sendra, nachdem sie die richtige Menge der Kräutermedizin auf den Löffel gegossen hatte. Das beruhigte den Vater, wenn er sich aufgeregt hatte, was oft geschah, da er gegen seine Behinderung kämpfte, wenn er etwas Wichtiges mitzuteilen hatte.

Sendra zwang sich, immer geduldig zuzuhören, wenn er versuchte zu sprechen, da ja immer die Chance bestand, daß er sich an die Stelle erinnerte, wo das Zauberamulett seiner Mutter versteckt sein könnte. Ohne dieses waren sie hier eingeschlossen. Ihr Vater hatte unablässig gesucht, Wandtäfelungen aufgerissen, Steine herausgeschlagen und sich den Kopf zermartert, um das verlorene Schmuckstück zu finden. Es bestand kein Zweifel, daß Frustration zu seinem Zusammenbruch vor fünf Jahren geführt hatte.

Da war noch etwas, wofür Sendra dringend Zeit erübrigen mußte – mehr von Bessies Heiltrank herzustellen. Dies war die letzte Flasche, und sie befürchtete das Schlimmste für die Gesundheit des Vaters, wenn sie nichts mehr hatte, um ihn zu beruhigen. Jetzt mußte sie recht streng mit ihm sein. Er hatte die Lippen fest geschlossen, bis sie ihm die Nase zuhielt und den Löffel hineinschob.

»Es gibt Augenblicke, Alav, wo du völlig den Verstand verloren hast«, tadelte sie den Bruder. Dann schob sie Bijors Rollstuhl vom

Feuer weg und stopfte die Decke fester um den Kranken. Sie ignorierte das Flehen in den Augen ihres Vaters, obwohl sie keineswegs ein herzloses Kind war. »Ich mach' nur noch schnell das hier fertig«, sagte sie zu Alav und gab dem letzten Brotlaib einen kräftigen Schlag, den sie lieber ihm versetzt hätte. »Sonst haben wir kein Brot zum Abendessen.« Dann wischte sie die mehligen Hände an der Schürze sauber und nahm sie ab. »Wir müssen nach den Stuten sehen, Vater«, erklärte sie. Auf dem Weg zur Tür griff sie nach einem Tuch, um ihre schwarze, ordentlich geflochtene Haarkrone zu bedecken. Dann folgte sie dem Bruder hinaus.

Hinter ihnen erhob sich das Schloßmassiv von Barnacane. Die Fensterläden waren überall geschlossen, die Türmchen und Giebel vom Zwielicht des heraufziehenden Unwetters vergoldet. Als Sendra und Alav noch Kinder waren, hatten die alte Bessie und Maia sie mit Gedichten über die großartigen Zeiten ergötzt, als die Herrscher von Barnacane in den jetzt verstaubten Räumen prächtige Bankette abhielten, als die Gästezimmer mit edlen Herren und Damen aus aller Herren Länder gefüllt waren, die Rosse aus der berühmten Barnacane-Zucht kaufen wollten.

Im Westen konnte sie über dem rauschenden Schirmdach des Waldes die schwarzen Gewitterwolken über den Himmel treiben sehen. Ein gewaltiger Sturm jagte sie dahin. Kein Wunder, daß die Stuten Alarm schlugen. Alav war vorgelaufen und mühte sich in der Dunkelheit ab, das schon oft reparierte Schloß am schmiedeeisernen Tor zu öffnen. Früher hatte sich der Mechanismus des Metallfiligrans auf einen Fingerdruck hin geöffnet, wenn man die Gartenanlagen um Schloß Barnacane betreten wollte. Jetzt weideten in den Gärten nur noch die letzten sechs Stuten des früher riesigen Gestüts von Barnacane.

Die Rosse aus dem Barnacane-Gestüt waren Lieblingstiere von Königen, Königinnen, Prinzen und anderen Staatsoberhäuptern gewesen. Sie waren wilde Kriegsrosse, wendig auf der Jagd, ausdauernd bei langen Ritten und ihren Reitern loyale Gefährten. Darin übertrafen sie alle weniger intelligenten Tiere. Die Herrscher von Barnacane hatten diese Treue auch stets belohnt und niemals eines dieser feinen Tiere jemandem verkauft, der ihre großen Herzen, geschmeidigen Körper oder Vorzüge ihrer Schwingen mißbraucht hätte.

Als ER die ersten Günstlinge mit einer viel zu großen Summe schickte, um alle Fünfjährigen, die damals zum Verkauf standen, zu erwerben, hatte der Herrscher von Barnacane höflich, aber bestimmt abgelehnt. Ihm hatten weder die Abgesandten noch ihr anmaßendes Benehmen und schon gar nicht der schlechte Zustand ihrer Reittiere gefallen. Eine zweite Gesandtschaft brachte verschwenderische Geschenke für den Herrscher, seine Gemahlin sowie den frisch verheirateten Sohn und die Tochter. Doch auch sie wurden nur mit knapper Höflichkeit empfangen und mit einer eindeutig abschlägigen Antwort heimgeschickt. Die pralle Börse, die man dem Stallknecht heimlich zusteckte, gab dieser mit einer nicht zu wiederholenden Antwort zurück.

Dann war ER selbst erschienen. Da der Herrscher von Barnacane vor SEINER Verschlagenheit gewarnt war, hatte er die unwillkommenen Gäste am Schloßtor empfangen, wobei seine Ritter und Reiter, Stallknechte und Lehrjungen an den mächtigen Mauern Spalier standen, um den Wünschen ihres Herrn Nachdruck zu verleihen. Nachdem auch ER persönlich abgewiesen war, schaute der Herrscher IHM erleichtert nach, als ER über die große Weidefläche davonritt, die damals eingezäunt war.

Noch in derselben Nacht war es zu einem großen Aufruhr unter den verängstigten jungen Pferden und den wachsamen Stuten gekommen. Die Hengste waren aus ihren Boxen ausgebrochen, befreiten auch die Wallache und galoppierten ihren Herden zu Hilfe. Bewaffnete folgten ihnen, die aus den Betten gesprungen waren, um ihren Besitz zu verteidigen.

Am Morgen waren alle Pferde auf den Weiden ums Schloß wieder zusammengetrieben. Hengste und Wallache waren gesattelt, ihre Reiter zum Kampf gerüstet. Selbst die älteren Stuten, welche nicht mehr werfen konnten, waren aufgeboten. Stallburschen und fronpflichtige Bauern aus dem Umland ritten darauf. Der Herrscher saß, prächtig gekleidet, auf dem siebzehn Hand hohen Stolz von Barnacane. Er zog aus, um den unverschämten und unklugen Tyrannen zu vertreiben, der kein »Nein« akzeptieren wollte.

Es hatte eine Schlacht gegeben. Obgleich nur wenige von SEINEN Männern lebend entkommen waren, um Bericht zu erstatten, wagte keiner von einer Niederlage zu sprechen. Die Rosse von Barnacane waren tapfer, furchtlos und geschickt. Dennoch verloren einige ihre Reiter durch gut plazierte Lanzen, Pfeile und Schwerthiebe. Als der Herrscher verwundet wurde, ließ er zum Rückzug blasen. Sein Hengst brachte ihn schnell zurück in die Sicherheit des Schlosses. Die übrigen Verteidiger umringten das Schloß zu Tausenden und stellten sich dem Feind.

Außer sich vor Wut über diesen Widerstand und die Dezimierung seiner dunklen Horde rief ER abscheuliche, finstere Mächte zu Hilfe. Während sich der Himmel verdunkelte, Donner grollte und der Wind Übles verheißenden Gestank brachte, führte ER seine schreckliche Rache aus, die alle Rosse und Reiter ebensoschnell dahinraffte, wie ein Wirbelsturm Bäume umlegt. Die Herrin Jessedra mußte alles vom höchsten Turm des Schlosses mitansehen. Sie wirkte einen Gegenzauber, indem sie alle Gefallenen, Rosse und Reiter, in einen Wald verwandelte, der so dicht war wie vorher die Armee. Und undurchdringlich! Kein Mann und kein Pferd SEINER Horde konnte diese Barriere bezwingen, obgleich sie jahrzehntelang ihre Belagerung aufrechterhielten und immer wieder Reiter auf die vergebliche Suche schickten, einen Weg durch diesen Wald zu finden. Doch das lag jetzt schon viele, viele Jahre zurück.

Kaum waren Alav und Sendra durch das schmiedeeiserne Tor geschlüpft, kamen die Stuten angaloppiert. Mühelos nahmen sie den in einem Graben versenkten Grenzzaun, stürmten den Deich empor und sprangen in den langen See. Sendra hoffte, sie würden die Karpfen nicht zu Tode erschrecken, die eine willkommene Abwechslung auf dem Speiseplan von Geflügel waren, da alles Wild im Park längst tot war.

»Sie haben doch schon genug Unwetter erlebt. Was soll diese Panik?« sagte Alav verärgert. So aufgeregt, wie die Herde jetzt war, würde es eine große Mühe kosten, alle Tiere einzufangen. Er gab seiner Schwester eine der Leinen, die er sich um die Schultern gelegt hatte. »Also, ich werde versuchen, in Farlandras Nähe zu kommen« – das war seine Stute. »Vielleicht kannst du Manarda erwischen.« Das war Sendras Lieblingstier. »Möglich, daß die anderen ihnen folgen.«

Sie trennten sich und riefen in die Dunkelheit des Sturmes: *»Farlandra! Manarda! Borisa! Shanna! Lorna!«* Die Stuten wieherten, aber sie meinten nicht ihre Besitzer, wie Sendra verblüfft feststellte.

Als Bieregard und seine Begleiter tiefer in den Wald vordrangen, zog Schnellauge ihre Kreise immer weiter. Mixer aber drückte sich noch mehr an seine Schulter, so daß die Federn Bieregard kitzelten. Der Prinz mußte bei Vards Herumirren sehr aufpassen, da der Hengst nie zwei Schritte in dieselbe Richtung tat. Er hielt dabei seine Schwingen eng am Körper, um nicht in den Zweigen hängenzubleiben. Aufmunternd klopfte Bieregard ihm den Hals. Zu seinem Erstaunen zitterte der Hengst. Die kurzen, festen Schritte verrieten ihm, daß das Tier furchtbar erregt war und am liebsten losgaloppiert wäre, wenn der dichte Wald ihn nicht abgehalten hätte.

»Ruhig, mein Guter. Der Wald geht nicht ewig weiter. Und wir sind vor dem Sturm geschützt. Durch diese Wipfel dringt nicht einmal ein Hauch von frischer Luft.« Bieregard geriet unter seinem Lederwams schon ins Schwitzen.

Plötzlich stieß Schnellauge ein überraschtes Jaulen aus. Bieregard schaute um einen Stamm, um das blasse Rotgrau ihres Fells zu entdecken. Da bellte sie wieder. Dies war ihr »Sieh-mal-was-ich-habe«-Signal.

»Wir kommen, Schnellauge, wir kommen.« Normalerweise hätte Bieregard bei diesem Ruf seiner Hündin Mixers Fesseln gelöst und ihn zur Unterstützung losgeschickt. Doch dies war auf so engem Raum unmöglich. Mixer plusterte aufgeregt sein Gefieder, weil er nicht seine übliche Rolle spielen konnte.

Schnellauge meldete sich wieder, doch diesmal nicht so schrill, sondern eher mitteilsam. Bieregard war verwirrt, da er weder vor sich noch seitwärts etwas anderes als Bäume entdecken konnte. Doch auch Vard witterte etwas Ungewöhnliches und schnaubte merkwürdig.

Dann sah er Schnellauge. Sie saß ganz ruhig zwischen zwei Bäumen, die Schnauze nach oben gereckt, die Ohren gespitzt. Abrupt blieb Vard stehen und hob ebenfalls den Kopf. Erst, als der Hengst den Hals reckte und sein Maul auf einen kräftigen Ast richtete, sah Bieregard die schwarzweißen Katzengesichter.

»Oh, guten Tag, ihr beiden«, sagte Bieregard, der alle Tiere zu sehr achtete, als daß er Fremden gegenüber unhöflich gewesen wäre – besonders, wenn sie so groß waren.

Eine der Katzen kam näher. Gemütlich arbeitete sie sich von Ast zu Ast um den Stamm herum, hielt nur an, wenn ein Ast bedrohlich zu schwanken begann. Das Tier hob den Schwanz und starrte Bieregard mit seinen großen, durchdringenden, grünen Augen an. Dann legte es den Kopf auf die Seite und teilte dem Gefährten etwas mit.

Schnellauge gab einen tiefen, kehligen Laut von sich. Kein Jaulen und schon gar kein Bellen. Die Katze schaute auf die Hündin herab und machte noch eine Bemerkung. Schnellauge wedelte mit dem Schwanz. Mixer stieß ein leises Krächzen aus, und Vard wieherte. Dann hob er einen Vorderhuf wie bei einer offiziellen Begrüßung und setzte ihn wieder auf die Erde.

»Nun, haben wir die Inspektion bestanden?« fragte Bieregard die Katzen.

Es kam für ihn völlig überraschend – offensichtlich im Gegensatz zu Mixer und Vard –, als die Inquisitorkatze leichtfüßig auf

Vards Kruppe sprang. Die andere Katze landete vor Schnellauge. Die beiden beschnüffelten sich vorsichtig. Obwohl Schnellauge im Haus nie eine Katze belästigte, galt diese Regel im Freien nicht. Ihr Benehmen war daher außergewöhnlich. Bieregard war fasziniert. Sogleich setzte auch Vard sich wieder in Bewegung und folgte Schnellauge und ihrer ungleichen Begleitung, welche den Weg zeigten.

Das erste Anzeichen, daß sie sich dem Ende des Waldes näherten, waren Windstöße und Regenschauer von der Seite. Bieregard sah etwas Hohes, Undurchdringliches und dann eine schwache Spur, die diagonal nach links führte. Schnellauge und die Katze liefen bereits auf ihr voraus. Vard verlängerte seine Schritte und hatte die Ohren nach vorn gestellt. Jetzt wieherte er ungeduldig – witterte er ein schützendes Dach? Die Mauer, an die sie gelangten, war dick und uralt. Wieder wieherte Vard laut – diesmal gebieterisch.

»Große Götter! Jetzt ist für so etwas wirklich nicht der richtige Zeitpunkt, Vard«, sagte Bieregard. Er kannte die Bedeutung dieses Lustschreis seines Hengstes. Dann hielt er den Arm vors Gesicht, um den peitschenden Regen etwas abzuwehren. »Los, weiter!« drängte er. Ein Blitz hatte ihm gerade einen Pfad gezeigt, auf dem Vard galoppieren konnte – wo auch immer die Katzen sie hinführten.

Doch plötzlich blieb der Hengst wie angewurzelt stehen. Die beiden Katzen versperrten ihm den Weg. Schnellauge suchte unter seinem Bauch vor dem Regen Schutz, und Mixer kreischte auf, als ein Blitz herabkam und in die schwere Mauer einschlug, so daß ein Teil zu rauchendem Schutt wurde.

»Guter Junge!« Bieregard lobte seinen Hengst zärtlich. Ihm steckte noch das Wunder ihrer Rettung in den Knochen. Noch zwei Schritte mehr, und sie alle wären zu Grillfleisch geworden.

Durch die Mauerbresche drang lautes Wiehern. Vard antwortete darauf so geschwind, daß Bieregard ihn nicht zurückhalten konnte. Zuerst warf der Hengst sich nach links, dann eine schnelle Drehung auf den Hinterhufen, und schon stürmte er auf den rauchenden Steinhaufen zu.

»Neiiiin!« schrie Bieregard; aber der Hengst setzte über das hohe Hindernis mühelos hinweg. Er öffnete nicht einmal seine Schwingen, um Höhe oder Gleichgewicht zu gewinnen. Schnellauge und die beiden Katzen brauchten drei große Sprünge, um ebenfalls hinüberzugelangen.

Kaum hatte Vard mit seiner leichten, anmutigen Art den Boden berührt, sammelte er sich schon wieder zum nächsten mächtigen Sprung. Bieregard hatte bei dem unerwarteten Satz den Halt verloren. Er fand sich mit dem unausweichlichen Sturz ab, rollte sich aber zusammen, um nicht beim Aufprall verletzt zu werden. Auf der anderen Seite einer umgestürzten Säule schwenkte Vard ein und wieherte eine Frage, während Bieregard sich zum Sitzen hochrappelte. Er war von Moos und Ranken bedeckt.

Er blickte zu Vard auf. Da standen drei Vards! Er schüttelte den Kopf, um klarer zu sehen. Dann stieß er einen Schrei aus, als urplötzlich neben ihm ein junges Mädchen stand.

»Ein Hengst! Alav, ein Hengst ist über die Mauer gesprungen!« schrie sie, so laut ihre offenbar gesunden Lungen es zuließen. »Habt Ihr Euch verletzt?« Das Mädchen kniete sich neben Bieregard und schaute ihn aus wunderschönen blauen Augen besorgt an. Bieregard hatte immer mehr Verstand bewiesen als seine Brüder und hatte nicht so vielen hübschen Mädchen nachgestellt. Doch dies Gesicht und die gertenschlanke Figur gefielen ihm über die Maßen. Gleichgültig steckte die Schöne einen Zopf, der sich aus der Krone gelöst hatte, wieder fest. Kurze Locken umrahmten schmeichelhaft die feinen Züge. »Das war der großartigste Sprung, den ich je sah. Manarda und Farlandra sind beeindruckt.« Dann lächelte sie ängstlich und hoffnungsfroh zugleich. »Wie ist Euch dies gelungen?«

»Mir nicht. Es war allein Vards Idee«, antwortete Bieregard und stand entschlossen auf. Dann verbeugte er sich höflich, wobei diese Verbeugung auch den beiden Stuten hinter der Säule galt. Sie machten schüchterne Annäherungsversuche bei Vard. Der Hengst stand still, nur seine Augen rollten von einer zur anderen. »Schon gut, Vard. Ich kann dir deine Begeisterung und deine Eile nachfühlen.«

Der Hengst schnaubte und warf bei den freundlichen Worten seines Reiters zweimal den Kopf hoch. Schließlich durfte es einem Hengst mit seiner Erfahrung nicht passieren, daß er seinen Reiter bei einem Sprung verlor. Nun war jedoch die Reihe an ihm, höflich zu sein. Er neigte den Kopf zuerst vor Manarda, dann vor der anderen Stute Farlandra. Durch den Boden unter seinen Hufen spürte er die Vibration von noch mehr Hufen. Mit herausforderndem Schnauben drehte er sich in Richtung der Neuankömmlinge. Auch Bieregard blickte erwartungsvoll.

»Bei allen wahren Heiligen! Noch mehr Stuten!«

»Und mein Bruder Alav!« rief das Mädchen freudig und zeigte auf das Pferd mit dem Reiter. »Er ist über die Mauer gesprungen, Alav! Und schau dir mal seinen Hengst an!« Doch dann wurde ihr Gesicht vor Schreck blaß. Sie sprang auf die Säule. »Mein Brot! Schnell, Manarda! Bring mich heim!« Ehe Bieregard sie aufhalten konnte, saß sie schon auf dem Rücken der Stute und preschte durch die vernachlässigten Gärten davon.

»Kommt, Herr«, sagte der junge Mann. Seine Stute stand nur wenige Schritte neben dem Prinzen. »Wir folgen ihr lieber, ehe der Sturm zurückkommt. Es gibt genug Stallungen, um Euren herrlichen Hengst zu beherbergen. Los, Schläger! Klopfer! Ich führe Euch.«

Bieregard stieg schnell auf und folgte Alav. Vier Stuten trabten aufgeregt hinterher.

Die Gärten bis zu den Stallungen waren sehr ausgedehnt, so daß sie ein gutes Stück zu reiten hatten und vom Regen durchweicht waren, ehe sie vor dem großen Steinbau ankamen, der früher eine Armee von Pferden beherbergt hatte.

»Hier wird er sich wohl fühlen, Herr. Wasser ist im Trog da drüben, und in den Krippen liegt genug Heu für alle. Keine der Stuten ist rossig; aber bei einem so großartigen Hengst wie Eurem kann ich nicht garantieren, wie lang dieser Zustand anhält. Braucht Ihr Hilfe?«

Zu Bieregards Überraschung war das Stroh unter seinen Füßen tief und roch so frisch, daß auch der strengste Stallmeister zufrieden gewesen wäre. Vard war überaus ungeduldig, endlich aller Lasten ledig zu sein, um mit seiner reizenden Damengesellschaft nähere Bekanntschaft zu schließen. Mit frohem Schrei flog Mixer ins Dachgebälk und verjagte dort die einheimischen Bewohner.

»Euer Falke kann gern alle Nager schlagen, die er erwischt«, sagte Alav lächelnd. »Schläger und Klopfer tun ihr Bestes, aber ein bißchen Hilfe wäre ihnen bestimmt nicht unwillkommen. Kommt Euer Hund mit Euch?«

»Wenn es gestattet ist. Ich kann das alles noch nicht glauben«, sagte Bieregard, als er das Sattel- und Zaumzeug vom unruhigen Hengst nahm.

»Ich habe selbst mit diesem Weg einige Schwierigkeiten, Herr«, sagte Alav. Trotz des wenigen Lichts im sturmumtosten Stall konnte Bieregard das verschmitzte Lächeln auf seinem Gesicht sehen.

Es donnerte und blitzte. Im kurzen Lichtschein konnte Bieregard kurz einen Blick auf das riesige Schloß mit den leeren Fenstern und den breiten Steinterrassen und Türmchen werfen.

»Eigentlich sinnlos, hier herumzustehen, wenn in der Küche Wärme und ein Abendessen auf uns warten. Wollt Ihr mir folgen, Herr?« Mit einer Anmut, um die ihn viele Höflinge in Bieregards Königreich beneidet hätten, bat Alav seinen Gast, vorauszugehen, damit er die schweren Stalltüren schließen konnte.

Bis auf die Haut durchnäßt traten sie in die Küche, wo sie der Duft frisch gebackenen Brots und einer weiteren Köstlichkeit begrüßte.

»Eure Sachen könnt Ihr hier ablegen.« Alav zeigte auf Holzpflöcke und Gestelle, die für Sättel und Zaumzeug an der Wand eingelassen waren, aber nur wenig belegt waren. »Ein Handtuch?« Er bot ihm eines, das so sauber war und so frisch duftete, daß jede Hausfrau es mit Stolz anbieten konnte. »Wenn Ihr Euch kurz zurückziehen wollt? Der Raum ist zwei Schritte nach rechts auf diesem Gang.« Alav öffnete eine schwere Holztür, die auf einen Gang führte, der bis zur entsprechenden Tür beleuchtet war.

Dankbar zog Bieregard sich zurück. Zufrieden folgte ihm Schnellauge. In der makellos sauberen Kammer fand er alles, was nötig war, um sich frisch zu machen. Er konnte nicht widerstehen, einen Blick den dunklen Gang hinab zu tun, der breit genug war, um als Hauptzugang zu den Empfangsräumen des Schlosses zu dienen, das er kurz im Schein des Blitzes gesehen hatte. Ein Windstoß wirbelte Staub und Sand auf den gekehrten Teil, brachte auch den Geruch von Moder, Verfall und Vernachlässigung mit. Schnellauge nieste.

Beim Öffnen der Küchentür bot sich Bieregard ein hübsches Bild: Mehrere große Hängelampen verbreiteten angenehmes Licht in dem anheimelnden Raum. Die Küche war lang und breit. Ein Tisch, der früher wohl die Mitte beherrscht hatte, war jetzt gegen die Wand geschoben und diente mehreren Funktionen. Das ihm nächste Ende war Schreibtisch, denn hier lagen Bücher. Eines davon war ein großer roter Lederfoliant. Er war aufgeschlagen. Bieregard konnte die feinsäuberliche Handschrift sehen. Ein Stück Hirschgeweih, mit Silberfiligran verziert und hohl, enthielt Schreibfedern. Ein anderes Geweihstück hielt das Buch offen, damit die Tinte trocknen konnte. Außerdem stand auf dem Tisch noch ein Korb mit Flickzeug. Der Leinenballen daneben verriet eifrige Benutzung des Spinnrockens. Lederriemen lagen in der Tischmitte. Am Feuerstellenende war für drei Personen gedeckt. In der Kaminecke brannte eine kleine Lampe. Im Schatten konnte Bieregard ein anscheinend belegtes Bett erkennen.

Die junge Frau hatte im Kessel, der eine köstliche Fleisch- und Gemüsesuppe zu enthalten schien, gerührt. Jetzt drehte sie sich um und lenkte die Aufmerksamkeit ihres Bruders auf den Gast.

»Seid willkommen auf Schloß Barnacane – oder besser gesagt in der Küche, Herr...«, sagte sie mit verlegenem Lächeln.

»Bieregard von Mundesland.«

Sie machte einen anmutigen Knicks. Ihr Bruder verbeugte sich leicht. »Ich bin Sendra, die Tochter Bijors und Belisas, und dies ist mein Bruder Alav...« Der Bruder war zu ungeduldig, um weitere Höflichkeiten abzuwarten.

»Euer Hengst, Herr Bieregard, aus welcher Linie Barnacanes stammt er?« Er ging zum Tisch und blätterte in den Seiten des großen Folianten. »Ich kenne jede größere Linie auswendig...«

»Von Fastor, dessen Deckhengst Wheelock war. Er stammte wiederum von Benefan ab, dieser von Genthor, dann Pelmet, Lassiot...«

»Lassiot!« Der junge Mann zuckte bei diesem Namen zusammen und schlug die Seiten so unvorsichtig zurück, daß seine Schwester ihn tadelte. »Ah, hier! Aber Lassiot wurde von meinem Urgroßvater Busseler an... an den König von Mundesland verkauft!« Alavs Augen waren vor Aufregung groß.

»Ich bin sein Urenkel, Alav.« Bieregard verneigte sich.

»Die Linie bestand also weiter?«

»In der Tat, wie Ihr bei Vard sehen könnt.«

»Aber von euch beiden wird keiner weiterbestehen«, mischte Sendra sich ein. »Wenn ihr nicht aufhört, über Stammbäume zu sprechen, und meine Mahlzeit verschmäht. Nur ein einfaches Mahl, Prinz Bieregard...«

»Mein Hunger wird es zu einem ausgesprochenen Festmahl machen, Mylady.«

Sendra verzog die Mundwinkel, als sie den Titel hörte. Dann nahm sie den Kessel vom Haken und brachte die Suppe auf den Tisch. »Dann kommt und genießt das Festmahl.«

Bieregard befahl Schnellauge, sich auf einer Stalldecke neben der Tür niederzulegen, und lächelte Alav zu, der vor Fragen fast zu platzen schien. Kaum hatte Bieregard auf dem ihm von Alav angebotenen Stuhl Platz genommen, sah er, daß in der Tat jemand unter den Decken in der Kaminecke lag.

»Unser Vater«, erklärte Sendra mit großer Würde, als sie seine Blicke bemerkte. »Er schläft. Es wäre unfreundlich, ihn zu wekken, selbst um ihm so freudige Neuigkeiten mitzuteilen, daß ein Mann – und ein prächtiger Hengst – uns durch den Wald erreicht haben.«

»Ihr seid *durch* den Wald gekommen?« rief Alav seltsam begeistert.

»Nun, wir sind in diesem Unwetter bestimmt nicht geflogen«, antwortete Bieregard.

»Alles der Reihe nach, Alav. Ihr habt bereits geklärt, daß der Hengst von Lassiot abstammt«, sagte Sendra und belächelte die Aufregung ihres Bruders. »Alav kennt das Zuchtbuch von Barnacane wirklich auswendig.«

»Ist das Barnacanesche Blut immer noch geschätzt?« fragte Alav.

Bieregard nickte und biß in das schmackhafte Brot, das genauso knusprig war, wie er es liebte. »In der Tat. Diejenigen, welche das Glück haben, einen Vollblüter aus dieser Zucht zu besitzen, bewachen ihn eifersüchtig. Ehrlich gesagt, ist das der Grund, warum ich so weit von Mundesland entfernt bin.«

»Ihr wart auf der Suche nach Barnacane?« Alavs Augen wurden vor Erstaunen groß.

»Nicht direkt.« Bieregard war die Situation peinlich. »Ich bekenne freimütig, daß ich die Zucht dem Namen nach zwar kannte, aber ich wußte nicht, daß sie noch existierte...« Er zögerte und überlegte, wie er fortfahren konnte, ohne die Geschwister zu beleidigen.

»Der Wald?« fragte Sendra, die seine Verlegenheit spürte.

Er nickte. »Mein Vater schickte mich aus, um neue Stuten zu suchen, die unsere Zucht verbessern könnten. Ich hätte es mir nie träumen lassen, daß ich...«

»Uns finden könnte«, beendete Alav den Satz. »Aber irgendwie ist es Euch gelungen. Vielleicht brauchen wir dies dreimal verdammte Amulett doch nicht mehr.«

»Alav!«

Verächtlich schnaubend fegte Alav den Protest der Schwester beiseite. »Und habt Ihr nie von der Schlacht um Barnacane gehört? Der Wald, welcher die Schwarze Horde...«

»Sprich SEINEN Namen nicht aus!« rief Sendra voll Panik und schüttelte den Bruder an der Schulter. Dann blickte sie angstvoll zum Bett. »Er könnte dich hören.«

»Habt Ihr wirklich nichts über den Wald von Barnacane gehört?« fragte Alav fassungslos.

»Ich kenne den Namen nur für ein Gestüt, dessen Pferde besser sind als alle, die je in den vielen Ländern der Welt gezüchtet wurden.«

»Dann werde ich Euch die Geschichte lieber erzählen«, erklärte Alav und schüttelte die Hand der Schwester ab. »Ich werde SEINEN Namen schon nicht nennen, Sendra; aber auch der größte Zauberer kann dem Tod nicht entkommen! Richtig?«

Bieregard pflichtete ihm kräftig bei. Er war froh, wenn Alav eine Weile allein weitersprach, da er sehr hungrig war und die Suppe hervorragend schmeckte, auch wenn er ihre Zutaten nicht bestimmen konnte. Sie war seinem Reiseproviant bei weitem überlegen. Bieregard hatte schon die dritte Schüssel geleert – allerdings hatte er sich vergewissert, daß für alle genug vorhanden war –, als Alav seine ungewöhnliche und spannende Geschichte beendete. Dem Prinzen tat es irgendwie leid, daß es zu seiner Zeit keine Zauberer und Magier mehr gab. Das Unerwartete brachte immer Schwung ins Leben.

»Aber warum war es mir möglich, den Wald zu durchdringen?« fragte Bieregard und nahm sich noch eine Scheibe von Sendras Brot.

»Das ist in der Tat verblüffend«, antwortete Alav. »Denn wir haben das Amulett nicht gefunden.«

»Wir wissen auch nicht, ob ER noch lebt«, fügte Sendra hinzu.

Bieregard betrachtete ihr hocherhobenes Kinn und den Stolz in den wunderschönen blauen Augen. Ihre Vorsicht war ein notwendiger Gegensatz zur Verwegenheit ihres Bruders. Sie war nicht nur sehr schön, sondern auch rücksichtsvoll, klug und eine hervorragende Köchin.

»Schreibt mir seinen Namen auf. Dann werde ich wissen, ob ich ihn schon erwähnt hörte. Im Augenblick fällt mir kein Zauberer ein, der lebt und solche Mächte der Finsternis heraufbeschwören könnte, wie Ihr sagtet.«

Alav beugte sich zu Bieregard, warf einen scheuen Blick in die Ecke und schrieb dann schnell mit dem Zeigefinger drei Buchstaben auf die Tischplatte.

»Nein, diesen Namen habe ich noch nie gehört«, versicherte Bieregard. »Nicht einmal in einem Lied. Und wir haben Troubadoure und Barden aus allen Teilen der Welt an unserem Hof. Eure Rosse sind berühmt. Männer haben schon Riesensummen gestohlen, um eine Barnacane-Stute zu kaufen. Aber von dem habe ich noch nie gehört.«

»Seid Ihr da ganz sicher?« fragte Sendra skeptisch.

Bieregard lächelte sie an und drückte ihr zur Bestätigung die Hand. Ihre Haut war rauher als die der jungen Damen, die ihm sein Vater und seine Freunde vorgestellt hatten, aber ihm gefiel die Stärke und Nützlichkeit ihrer Hand besser.

»Dann könnten wir weg von hier?« fragte Alav.

Sendra warf schnell einen Blick in die Kaminecke. »Wie können wir unseren Vater überzeugen?«

»Ich bin hier, oder etwa nicht? Ist das nicht ein ausreichender Beweis?« Bieregard breitete die Arme aus und lächelte die Geschwister an.

Sendra lächelte zurück, zuckte aber mit den Schultern. »Es ist in der Tat ein Beweis, aber nur in einer Hinsicht.«

»Ihr sprecht in Rätseln, Lady Sendra.«

Sie seufzte geduldig. »Bis heute, Prinz Bieregard, hat der Wald jeden vom Eindringen abgehalten. Er hat auch uns daran gehindert, seinen Schutz zu verlassen. Und das weiß ich genau. Und du auch, Alav, nicht wahr?«

Der junge Mann ließ Kopf und Schultern hängen. Ihre Frage hatte ihn besiegt. »Ich kann nur ein Stück weit kommen.« Er seufzte voll Verzweiflung. »Nur einen Kreis. Ich kann nicht durch den Wald reiten.« Er schlug mit der Faust gegen eine unsichtbare Barriere.

Am anderen Ende der Küche klapperte es und riß Schnellauge aus ihrem Schlummer. Zwei schwarzweiße Gestalten liefen zum Kamin und schüttelten Wasser aus dem Pelz. Die Tropfen fielen ins Feuer und zischten.

»Schläger! Klopfer! Ihr macht alles ganz naß!« rief Sendra tadelnd. Aber schon holte sie ein Tuch und rieb die Katzen trokken. »Ihr seid bestimmt auch hungrig, was?« Die Katzen antworteten. »Und was ist mit Eurer Jagdhündin, Prinz Bieregard?« Ohne auf Antwort zu warten, nahm sie drei Teller und füllte Suppe ein.

Bieregard dankte ihr und rief Schnellauge.

»Eine prächtige Hündin«, sagte Alav und erholte sich von seiner Niedergeschlagenheit.

»Eine Zucht, die ebenso gescheit, treu und langlebig ist wie Vard und mein Jagdfalke Mixer. Ich glaube, das Unwetter ist abgeflaut.« Er wandte sich an Alav. »Ich möchte nach Vard sehen.«

Alav sprang auf. »Und ich nach den Stuten. Sie waren ganz außer Rand und Band. Ich will mich vergewissern, daß sie keinen Unsinn angestellt haben.«

»Der Unsinn ist schon mitten unter ihnen«, sagte Sendra und überraschte Bieregard mit ihrem trockenen Humor.

»Das erinnert mich, Euch zu fragen, aus welcher Linie sie stammen, Alav.«

Ehe Alav den Stammbaum herunterrasseln konnte, hob Sendra die Hand. »Das kannst du erzählen, wenn ihr nach den Pferden seht. Die Stuten hören es auch gern.«

»Ein erstaunlicher Foliant«, bemerkte Bieregard und betrachtete voll Ehrfurcht das Zuchtbuch von Barnacane. Mit großer Sorgfalt wendete er die Seiten um, nachdem sie aus dem Stall zurückgekommen waren.

»Es enthält den Stammbaum der ursprünglichen, reinblütigen Linie von Pegasischen Flügelpferden, Prinz«, erklärte Alav stolz. Der gleiche Stolz lag auch auf Sendras Gesicht, als sie eine Lampe brachte, um das Schreibtischende des Tischs zu beleuchten. »Der Zuchtmeister war überaus vorsichtig in seiner Auswahl der Stuten, die für Pegasus in Frage kamen.«

»Diese Sorgfalt war für die Linie äußerst erfolgreich«, meinte Bieregard. Doch dann interessierte er sich plötzlich mehr für das Buch selbst als für den Inhalt. »Welch wunderbare Handarbeit!« Er strich mit kundigen Fingern über den schweren Ledereinband und die feine Goldprägung. Eine prächtige Spange sicherte die Pergamentseiten. Die Zunge paßte genau ins kunstvolle Goldschloß. Vier mit Juwelen besetzte Stäbe waren auf dem Buchrükken angebracht. Die Edelsteine waren ganz alter Schliff. Von dem langen Gebrauch waren die Facetten nicht mehr scharf.

»Seht, hier ist der Begründer der Linie.« Alav war begierig, den Inhalt des Buchs zu zeigen. Er hatte das Bild auf dem ersten Blatt aufgeschlagen. »Es ist ein bißchen verblaßt«, fügte er bedauernd hinzu. »Aber man kann ihn beinahe wiehern hören, oder?« Beim Untersuchen von Beinen und Auskratzen von Hufen, hatten die Männer alle Titel fallen lassen.

Bieregards stumme Bewunderung war echt, denn das abgebildete Roß war in der Tat großartig. Pegasus war in aufbäumender Stellung gemalt, die gefiederten Schwingen nach hinten hochgestellt, die Spitzen gefächert, um leichter das Gleichgewicht zu wahren. Was für eine herrliche Kruppe! Der mächtige Brustkasten und der erstaunliche Knochenbau. An diesem Hengst war nirgends auch nur der kleinste Fehler. Selbst sein Vard, den so viele für das feinste Beispiel dieses Typs heutzutage hielten, blieb hinter diesem Prachtexemplar zurück.

»Er ist schließlich der Stammvater«, bemerkte Bieregard, als wolle er sich bei Vard entschuldigen.

»Euer Hengst ist ein besseres Beispiel der Zucht als unser letzter, der alte Barnakka«, sagte Alav großzügig.

Bieregard strich ehrfürchtig über das Bild und schüttelte den Kopf. »Aber er ist nicht wie er! Nicht wie er!« Er schloß das Buch, steckte die Lasche in die Schließe, wobei er noch mal die Goldschmiedearbeit bewunderte. »Wenn ich an den Waldwächtern vorbeikam, müßte ich doch auch mit Euch morgen hinausreiten können, oder?«

»Wir können es versuchen«, meinte Alav beherzt.

»Ja, das können wir.« Sendra klang etwas zweifelnder.

»Gut, wir *können* es versuchen«, sagte Bieregard und drückte ihren Arm ermutigend.

Sie holte tief Luft und lächelte ihn an. Bieregard gefiel ihre unverwüstliche Zuversicht.

»Und Vater sagen wir nichts, bis wir es geschafft haben«, fügte Alav hinzu. Seine Schwester schüttelte warnend den Kopf.

Dann schaute sie zu dem Schlafenden hinüber, der immer noch nichts von Bieregards Ankunft gemerkt hatte und auch von dem Hengst nichts wußte. Würde sich sein Gesundheitszustand nicht gewaltig bessern, wenn er nach dem Aufwachen erführe, daß alle ihre Probleme gelöst waren?

Der Morgen dämmerte hell und klar, wie es oft am Tag nach einem Unwetter ist. Bieregard wachte auf, als Schnellauge ihre nasse Schnauze unter seine Hand schob. Gleich darauf klopfte jemand leise an seine Tür.

»Herein!«

Alav erschien mit einem Becher, dessen Inhalt dampfte. Er wirkte so strahlend und aufgeweckt, daß Bieregard wußte, daß die Aufregung den jungen Mann schon sehr früh aufgescheucht hatte.

»Ich habe schon gefüttert«, verkündete er stolz. Dann kicherte er, was eigentlich auch seinem Alter entsprach. »Vard hat die Regierung im Stall übernommen, auch Manarda gegenüber.«

Bieregard grinste zurück und nahm einen Schluck vom heißen Gebräu. Er wußte nicht, was es war, aber es verlieh ihm ungeahnte Energie.

»Sendra hat das Frühstück fertig, aber Vater schläft noch.« Alav machte ein sorgenvolles Gesicht, als er die Tür hinter sich schloß.

Bieregard zog sich schnell an. Er war froh, daß er noch ein sauberes Hemd im Reisegepäck hatte. Dann ging er noch kurz in die Kammer, um sich frisch zu machen, ehe er die Küche betrat. Wieder begrüßte ihn der Duft, der ein köstliches Mahl versprach.

»Alav wollte schon beim ersten Lichtstrahl losstürmen«, berichtete Sendra und lächelte ihren Bruder nachsichtig an. »Ihr hattet aber nach einem so langen und anstrengenden Ritt Ruhe nötig. Und die Pferde mußten auch Zeit haben, ihren Hafer zu verdauen.«

»Ihr habt noch Hafer für sie?« fragte Bieregard überrascht.

»Bis jetzt sind wir ganz gut zurechtgekommen, danke«, antwortete Sendra. Zum ersten Mal lag ein Hauch von Hoffart in ihrer Miene.

»Verzeihung, Mylady«, sagte Bieregard und verneigte sich geziert.

»Ach, laßt das, Bieregard! Mein gegenwärtiger Rang ist Köchin, und Eure Eier sind fertig!«

Sie servierte ihm eine kräftige Portion, dazu noch goldbraun gebratene Kartoffeln. Brot, Butter und Marmelade standen auch auf dem Tisch. Sie hatte heute zum Reiten geeignete, aber sehr hübsche Kleidung gewählt, wie Bieregard bemerkte. Er mußte an ihre schlanken, gebräunten Beine denken, die er kurz gesehen hatte, als sie sich gestern abend auf ihre Stute geschwungen hatte.

Sie ließ es auch nicht zu, daß Alav den Gast drängte. Er saß da und spielte ungeduldig mit der Schließe des Zuchtbuchs.

»Das hat ausgezeichnet gemundet«, sagte Bieregard, stand auf und verbeugte sich kurz. Dann nahm er Teller, Besteck und Becher und stellte alles ins Spülbecken, als hätte er solch niedrige Arbeiten sein ganzes Leben lang schon verrichtet.

»Danke, Prinz Bieregard«, sagte Sendra mit einem Knicks und verschmitztem Lächeln. Dann ging sie zum Bett und berührte die Hand, die Bieregard jetzt auf der Decke erkennen konnte. Sie beugte sich über den Schlafenden und lauschte. Dann wandte sie sich ab und schüttelte den Kopf. Ihr Gesicht war traurig. »Er schläft immer noch. Ich habe ihm aber nicht zuviel von dem Heiltrank gegeben, denn wir haben gar nicht mehr so viel.«

»Er schläft doch oft den ganzen Tag, Sendra«, sagte ihr Bruder. »Und denke nur, welche Neuigkeiten wir für ihn haben, wenn wir zurückkommen!« Er lief schon zur Tür.

»Schläger, Klopfer! Ihr bleibt hier! Und einer von euch holt mich, wenn Vater aufwacht!«

Die Äußerungen der beiden Katzen waren ebenso widerwillig wie der Ausdruck auf ihren Gesichtern. Die Katzen stolzierten vor dem Kamin auf und ab. Sie beklagten sich immer noch, als die drei jungen Leute die Küchentür hinter sich schlossen.

Vard stieß ein lautes Begrüßungswiehern aus, als er Bieregards Schritte auf dem Steinfußboden hörte. Auch die Stuten meldeten sich lautstark. Schnellauge tauchte von einem eigenmächtigen Erkundungslauf durch die Gärten schwanzwedelnd auf. Ihr rotgraues Fell war am Bauch vom Morgentau ganz naß.

Die drei schlugen die Stalltüren zurück. Die Pferde standen in Reih und Glied. Bieregard pfiff Mixer wach. Freudig krächzte der Falke seine Bereitschaft herab. Im Nu waren die drei Pferde gesattelt und gezäumt. Den anderen vier Stuten legte Alav nur Halsriemen um.

»Wenn eine geht, folgen die anderen«, erklärte er Bieregard. »Seht nur, wie Manarda sich Vard unterordnet, und sie ist die Leitstute.«

»Ich hätte nie gedacht, daß sie das tun würde«, sagte Sendra leicht beleidigt. »Von Barnakka hielt sie nicht so viel.«

»Nun, er war für sie überflüssig geworden, nachdem sie Sheela zur Welt gebracht hatte«, meine Alav und führte Farlandra aus dem Stall. »Los geht's!«

Er führte sie über die Steinplatten des Hofes, dann durch einen struppigen Ligusterbogen, wo früher einmal ein gepflegter Torbogen gestanden hatte, dann über einen Abhang, der offenbar oft von den Pferden benutzt wurde, und über eine Wiese, die voll leuchtender blauer und roter Wildblüten war. Danach ging es wieder durch eine Hecke hinaus auf eine kahle, ebene Fläche, die Bieregard als das große Vorfeld erkannte, das die Fassade des Schlosses Barnacane richtig zur Geltung brachte. Die Morgensonne färbte das Mauerwerk golden und spiegelte sich in den wenigen Glasscheiben, die sich noch in den unzähligen Fenstern befanden. Sendra und Alav hatten keinen Blick für das Schloß. Bieregard tat es in der Seele weh, dies einst so stolze Schloß so verfallen zu sehen.

Mit einem langen, eleganten Satz flog Farlandra die drei breiten Stufen hinunter und trabte schon auf den nächsten Absatz zu. Vard stellte die Ohren auf und folgte ihr, ebenso wie die wunderschöne Stute Manarda. Es gab sieben solcher Treppen. Beinahe eine Reitlektion, dachte Bieregard. Die jüngere Stute führte, Vard und Manarda Seite an Seite hinterher, mit gleichem Schritt, Sendras Steigbügel direkt neben seinem. Bieregard lächelte sie an und bemerkte die Verschmitztheit in ihren Augen.

War Bieregard gestern schon beim kurzen Schein des Blitzes von der unermeßlichen Größe des Schlosses beeindruckt gewesen, staunte er im klaren Morgenlicht über die phantastischen Gartenanlagen, die völlig von dicken, hohen Mauern eingeschlossen waren. Er sah Obstgärten, die niedrigen Mäuerchen um Küchen- und Kräutergarten, sogar ein großes Feld – einst wohl für sportliche Veranstaltungen genutzt – auf dem schon der Sommerhafer sproß. Wie umsichtig diese jungen Menschen waren! Er bewunderte die Geschwister noch mehr.

Dann gelangten sie plötzlich nach einer dichten, grünen Hecke an das gigantische Schloßtor. Bieregard fand es befremdlich, daß die mächtigen Balken nicht vorgelegt waren. Doch dann fiel ihm der Wald ein.

Sie banden ein Seil um Vards Sattelring und zogen zu dritt, um einen der schweren Torflügel zu bewegen. Er gehorchte unter Protest mit so grauenvollem metallischen Quietschen, daß Mixer hoch in die Luft flog. Bieregard holte Luft und sah zu seinem Falken hinauf. Er zog ruhig seine Kreise. Nichts störte oder beunruhigte den Raubvogel.

Doch das Öffnen des Tores war der einzige Fortschritt, den sie erzielten. Sie gingen auf dem Pfad um das Gelände herum, kamen aber nur einen Schritt weit in den Wald hinein. Dann versperrten ihnen die Stämme den Weiterweg, selbst zu Fuß war es unmöglich.

»Ich verstehe das nicht. Ich bin doch durchgekommen«, sagte Bieregard, als sie zu der Mauerbresche zurückkamen, die der Blitz gerissen hatte. »Ich bin auf dem Pfad nicht weit von hier gekommen.«

»Haben die Katzen Euch geführt?« fragte Sendra.

»Ja; aber ich war schon ziemlich weit im Wald, als sie mir ein Gespräch aufdrängten.« Er lächelte, damit sie sich durch seine Wortwahl nicht beleidigt fühlte.

»Sie haben aber überhaupt nichts mit Zauberei zu tun«, erklärte Sendra. »Meine Großmama Jessedra mochte Katzen nicht und ließ sie nie ins Schloß. Die Mutter der beiden mußte noch die Mäuse in Barnakkas Stall fangen und dann… na ja, ich ließ die beiden herein, nachdem Großmama nicht mehr war.«

»Das bedeutet, daß wir das Amulett finden müssen! Sonst kommen wir nie durch den Wald!« rief Alav. Er war vor Enttäuschung am Boden zerstört.

»Habt Ihr es schon mit Fliegen probiert?« fragte Bieregard.

»Versucht es doch selbst!« Alav schwang auffordernd den Arm. »Platz genug zum Abheben habt Ihr auf der Hauptauffahrt zum Schloß.«

Bieregard schaute zum Himmel empor, wo Mixer kreiste und ihre Bemühungen unten beobachtete.

»Das werden wir!« erklärte Bieregard entschlossen und gab Vard das Zeichen zum Wenden. Da hielt ihn Sendra fest. Ihr Gesicht war ängstlich. »Oh, ich bin vorsichtig, Mylady«, sagte er, hob ihre Hand an die Lippen und küßte sie.

Als Vard die Strecke zum Haupttor im Kanter zurücklegte, konnte Bieregard nicht vergessen, wie sich Sendras Hand an seinen Lippen angefühlt hatte und wie ihre Finger sich fester um seine Hand geschlossen hatten. Was war er doch für ein Narr! Wie konnte er sich für ein Mädchen erwärmen, daß nur Vater, Bruder und einen alten Bediensteten gekannt hatte?

Als er mit Vard die zweite Treppe hinter sich gebracht hatte, standen die Stuten schon an beiden Seiten des Tores Spalier.

»So, Vard, jetzt schwingen wir uns empor!« sagte er und setzte sich tief in den Sattel. Er hob den rechten Arm und drückte dem Hengst beide Fersen kräftig hinter dem Sattelgurt in die Weichen.

Vard brauchte nur diesen Befehl, um vorzuspringen und die Schwingen zu entfalten. Die vordere Flügelkante blieb anfangs parallel zum Boden, die Spitzen nach außen hochgerichtet. Sobald er ausreichende Bodengeschwindigkeit hatte, stieß Vard sich kräftig mit den Hinterbeinen ab und hob die Schwingen zu einem Bogen über dem Prinzen. Dann ein kräftiger Flügelschlag nach unten. Hinauf ging es, hinauf über die erstaunten Gesichter der Menschen und Pferde, weit über die Schloßmauer. Gerade als Farlandra warnend wieherte, flatterte Vard wie betäubt in der Luft. Sein Kopf wurde vom Aufprall auf die unsichtbare, undurchdringliche Barriere zurück auf die Brust gepreßt. Er bäumte sich auf, und Bieregard spürte mehr, als daß er es hörte, wie die Hufe gegen etwas Hartes schlugen. Vard wurde nach links geschleudert. Nur die übergroße Körperbeherrschung des Hengstes bewahrte sie vor einem katastrophalen Absturz. Federn flatterten wie ein Wasserfall vom rechten Flügel, während das Roß mit dem linken um so stärker ruderte, um sich aufzurichten.

Sie landeten hart und nicht sehr anmutig direkt vor der Mauer. Vard verlor bei diesem unglücklichen Anflug noch einige Federn und Schwanzhaare in den Büschen.

»Oh, seid Ihr verletzt?« Sendra war als erste neben ihm. Ihre Stute wieherte angstvoll und schnaubte Vard ins Ohr, der mit gesenktem Kopf, den rechten Flügel auf dem Boden schleifend dastand. Sein linker Flügel sah auch nicht viel besser aus als der rechte. Sendra hatte eine Hand auf Bieregards Knie gelegt, mit der anderen beruhigte sie den keuchenden Hengst, wobei sie dem verletzten Pferd mit liebevollen Koseworten Trost zusprach; nicht aber dem Reiter. Hätte Bieregard sich nicht ebensogroße Sorgen um Vard gemacht, wäre er auf den Hengst eifersüchtig gewesen.

»Es ist bestimmt nicht schlimm. Nur der Schreck und die verlorenen Federn«, erklärte er Sendra. »Vard fängt sich schnell wieder.« Bieregard war schockiert, wie ungeheuer wütend er auf diese unsichtbare Macht war. Anklagend schaute er zu Mixer auf, der ihn hätte warnen müssen; aber der Falke war schon weit über dem Wald und hatte von dem Unfall gar nichts bemerkt. Warum konnte der Vogel so weit fliegen, nicht aber der Hengst?

»Wogegen seid Ihr geflogen, Bieregard?« fragte Alav und schwang sich schnell aus dem Sattel, um dem Prinzen bei der Untersuchung von Vards Verletzungen zu helfen. Die anderen Stuten wieherten tröstend aus diskretem Abstand. Auch sie teilten die allgemeine Sorge.

»Gegen nichts, was ich *sehen* konnte!« Bieregard biß die Zähne zusammen.

»Hattet Ihr das Gefühl wie bei... einer dicken Glasscheibe?« fragte Alav. Bieregard war klar, daß Alav die Bestätigung für seine eigene Erfahrung haben wollte.

»Ja, genau so würde ich es beschreiben. Vard prallte gegen eine Barriere. Er schlug mit den Hufen eindeutig gegen etwas Hartes! Das konnte ich spüren.«

Alav nickte langsam. Seine Augen überzog ein Schleier der Verzweiflung. Mit hängendem Kopf und eingezogenen Schultern wandte er sich halb zur Seite. Doch Bieregard legte ihm die Hand auf die Schulter und hielt ihn zurück.

»Ihr habt es auch versucht?« fragte er. Alav nickte wieder, wagte es aber nicht, seiner Schwester in die Augen zu sehen. Sendra war über seinen Wagemut erst sprachlos. Dann rief sie: »Mit den Stuten?«

»Und dem alten Barnakka, als er noch fliegen konnte.«

»Das erzählen wir Vater auf keinen Fall!« erklärte Sendra mit Nachdruck. Dann zeigte sie auf die Katze, die laut miauend herbeigelaufen kam. »Und wir müssen uns um Vard kümmern. Ich hoffe, er hat nicht zu viele Flugfedern verloren.«

»Spielt das noch eine Rolle?« fragte Alav völlig verzweifelt. »Ich war so sicher, daß es Bieregard und Vard gelingen würde, durchzukommen, da sie nicht zum Schloß gehören!«

»Ich auch.«

Bieregard konnte ihre niedergeschlagene Bemerkung kaum verstehen.

Nachdem sie in die Küche zurückgekehrt waren, sprachen sie daher nur von Bieregards Versuch, als sie Bijor, den Herren von Barnacane, über die neueste Entwicklung aufklärten. Sendra fand, daß ihr Vater heute morgen in seinem Rollstuhl recht gut aussah. Er hatte mehr Farbe in den Wangen, und seine Augen glänzten, als sie ihren Besucher vorstellten und von Bieregard berichteten. Doch als Bieregard von seinem Fluchtversuch zu sprechen anfing, war Angst in Bijors Augen zu sehen, und sein Mund stand offen. Nachdem er die ganze Geschichte erfahren hatte, blickte er Bieregard mit seinen blassen Augen lange an. Dieser Blick beunruhigte den Prinzen zum Glück nicht, da er an die scharfen Musterungen seines königlichen Vaters gewöhnt war. Dann hob Bijor mit einem schweren Seufzer die rechte Hand und schaffte es unter großer Anstrengung, mit dem Zeigefinger auf den Boden zu zeigen.

»Bleiiibt!« Das Wort war unmißverständlich; aber der Befehl weder für Bieregard noch für Bijors Sohn akzeptierbar.

»Ich höre Euch, Mylord«, antwortete Bieregard, stand auf und verneigte sich mit vollendeter Höflichkeit vor dem kranken Herrscher von Barnacane. Im Inneren waren seine Gedanken weniger höflich. Daher ging er schnell hinaus in die Mittagssonne.

»Bieregard!« rief Alav und lief hinter ihm her. »Ihr könnt doch nicht ernsthaft gehorchen!«

Ungeduldig hob Bieregard die Hand. »Ich sagte, daß ich höre, aber ich habe nichts von Gehorchen gesagt.« Er drehte sich um und betrachtete die riesige Schloßruine. »Ich kann nicht hierbleiben! Ich werde... wo ist Mixer?« Er schirmte die Augen mit der Hand gegen die Sonne ab und suchte am Himmel. Dann pfiff er mehrmals lang, bis er den schwachen Punkt erblickte, der zum heimkehrenden Falken wurde.

»Er hat es geschafft! Er ist durchgekommen!« rief Alav.

»Und er kann für uns eine Botschaft überbringen. Eure Stuten allein sind schon eine Expedition wert, Alav«, rief Bieregard freudig. »Wir kommen weg von hier, mein junger Freund.«

Die Männer dämpften ihre Begeisterung, als sie wieder in die Küche kamen. Sie holten die Schreibutensilien, ohne Sendra zu stören, die den Vater fütterte.

Es war eine Sache der Fingerfertigkeit, und sie brauchten ein paar kräftige Fäden aus dem Flickkorb, um eine Nachricht an Mixers Bein zu befestigen. Der Falke war an derartige Aufgaben gewöhnt. Als Bieregard ihm den Kamm auf dem Kopf streichelte und den Befehl gab, nach Dracklin in Mundesland zu fliegen, blinzelte der Vogel zweimal. Kaum hatte Bieregard ihn in die Luft geworfen, flog er sofort nach Westen.

»Wie lange wird er brauchen?« fragte Alav ungeduldig. Er wollte immer alles am liebsten sofort haben.

»Wir sind auf ziemlich verschlungenen Wegen gekommen«, antwortete Bieregard und überschlug schnell die Strecke im Kopf. »Aber bei günstiger Thermik und gutem Wetter müßte

Mixer nicht später als morgen bei Sonnenuntergang zu Hause sein.«

»Und wann kommt er zurück?«

Bieregard rechnete wieder. »Eine Woche, zehn Tage vielleicht. Meine Botschaft lautet ›dringlich‹.«

»Zehn Tage!« Alav war entsetzt.

»Während dieser Zeit suchen wir nach dem Amulett«, sagte Sendra, die inzwischen in den Schloßhof gekommen war. »ER rückte einst mit seinen großen Horden gegen den Wald vor und hatte keinen Erfolg. Wie könnte eine andere Streitmacht – ganz gleich, mit welch guten Absichten – hindurchgelangen, wenn der Zauber hält?«

»Da habt Ihr einen wunden Punkt angesprochen«, bekannte Bieregard freimütig, obwohl Alav kindisch vor sich hinfluchend weglief. »Aber als erstes sind viele Aufgaben zu erledigen, um uns satt und warm zu halten. Befehlt mir, was ich tun soll, Lady Sendra!«

Sie schaute ihn mit großen Augen entrüstet an. »Soll ich *Euch* etwa befehlen, Unkraut aus den Gemüsebeeten zu zupfen oder Wäsche zu waschen oder Kartoffeln zu schälen?«

Er verbeugte sich und zog mit ausladender Gebärde einen nicht vorhandenen Hut. »Ich füttere auch die Hühner und Schweine, wenn Ihr welche habt. Und ich muß tatsächlich ein oder zwei Hemden waschen.« Jetzt mußte er aber lachen, weil er daran dachte, was sein Kammerdiener sagen würde, wenn er wüßte, daß sein Prinz eigenhändig seine Hemden wusch. Er ging zu Alav und legte ihm den Arm um die Schultern. »Befehlt uns beiden, Mylady!« Dann riß er Alav auch zu einer Verbeugung mit.

Mit drei Paar willigen Händen dauerte es nicht lange, bis alle notwendigen Arbeiten erledigt waren. Allerdings mußten Bieregards Hände vom Kartoffeldreck freigeschrubbt werden, ehe er nochmals nach Vard sah und sein Mittagsbrot und Käse anfassen konnte. Der Hengst fühlte sich im dunklen, ruhigen Stall recht wohl. Er hatte sich ins weiche Stroh gelegt und den versehrten

Flügel auf einem dicken Strohballen ruhiggestellt. Die Stuten wanderten nach Belieben ein und aus; blieben aber meist in Vards Nähe. Bieregard mußte über dieses Benehmen schmunzeln.

»Sagt mir doch, wie dies Amulett genau aussieht«, sagte Bieregard und streckte seine langen Beine unter dem Küchentisch aus. Er warf einen vorsichtigen Blick auf Bijor, der in seinem Stuhl wieder döste.

Sendra blickte ihn überrascht an. Alav schaute zu ihr, dann zu Bieregard. Die Geschwister schienen verwirrt.

»Also wißt Ihr«, sagte Alav, »ich weiß eigentlich überhaupt nicht genau, wie es aussieht. Nur, daß es an einer Kette hängt und ... alt ist.«

Bieregard fragte jetzt Sendra. »Habt Ihr es je gesehen?«

Sie lachte verlegen. »Nein. Aber Bessie und Maia. Und auch Ferruk. Sie waren Bedienstete, als Jessedra Königin war.«

»Dann wußten sie, wonach sie suchten, Ihr aber nicht. Habt Ihr geglaubt, es würde vor Euch in die Höhe springen und sagen ›heiß‹, wenn Ihr in die Nähe kämt?«

Alav lachte, aber Sendra blickte ihn beleidigt an. Sofort tat Bieregard seine spöttische Bemerkung leid. Es war aber auch eine hervorragende Entschuldigung, sie zu berühren.

»Ich hatte kein Recht, das zu sagen, Sendra. Verzeiht mir, bitte!«

»Ich finde, Ihr hattet jedes Recht, dies zu sagen, Prinz«, antwortete sie. Da wußte er, daß sie ihm noch nicht ganz verziehen hatte. »Aber wir können diese Nachlässigkeit wiedergutmachen.« Sie stand auf, sah nach, ob sie den Beutel für den Zunder am Gürtel trug, und nahm eine saubere Laterne vom Kaminsims. »Kommt!«

Sie führte die beiden durch den Gang zu einer schweren Tür mit quietschenden Angeln, dann über eine weite Galerie mit verdunkelten Fenstern in den großen Empfangssaal im Vorderteil des Schlosses. Fledermäuse flogen aufgescheucht umher. Riesige Spinnweben hingen überall. Schnellauge, die Bieregard auf dem

Fuß folgte, knurrte leise. Sie haßte Spinnen, seit sie als Welpe von einer besonders bösartigen gebissen worden war.

Sendra führte sie über eine Prachttreppe und einen Gang zu einer weiteren Treppe, die aber nicht so steil war, und von dort in eine andere Galerie. Auch diese durchquerten sie und gelangten nun in einen Seitenflügel des Schlosses. Aber in der Dunkelheit war es schwierig, die Orientierung nicht zu verlieren. Dann tastete Sendra an der Wand entlang, fand, was sie gesucht hatte, und drückte auf eine Klinke. Dabei preßte sie sich gegen die Tür.

»König Rattaclans Prunkgemächer. Dort hängt ein Porträt meiner Großmutter«, erklärte Sendra. Bieregard nahm ihr höflich die Laterne ab und leuchtete nach oben.

»Das heißt, wenn es noch nicht aufgefressen ist. Über dem Kamin... dort!«

Ein großes Porträt hing dort in einem Rahmen, der noch Spuren der ursprünglichen Vergoldung aufwies; aber das Gesicht lag weit oben im Schatten. Sie stellten einen Stuhl auf den Tisch, Bieregard stieg hinauf und konnte jetzt den oberen Teil von Jessedras Bild beleuchten.

»Sie sieht wie du aus!« sagte Alav voll Ehrfurcht.

»Unsinn!« widersprach Sendra mit harter Stimme. »Die Königin wurde für eine der schönsten Frauen ihrer Zeit gehalten.«

»Ihr seht wie sie aus«, bestätigte Bieregard ruhig. »Und sie trägt ein Medaillon.« Er blickte genauer hin. »Irgendwo muß ich schon ein ähnliches gesehen haben... Nein, wie könnte das sein? Hier, Sendra, ich helfe Euch herauf.« Das hatte er von Anfang an geplant, da er dann den Arm um sie legen mußte, um ihr auf dem Stuhl Halt zu geben, oder?

Jetzt war ihr Gesicht ganz nahe an seinem, als sie angestrengt auf das Medaillon schaute. Dann runzelte sie die Stirn.

»Ich habe es auch schon gesehen«, sagte sie und wandte ihm ihr süßes Gesicht zu, das ebenso wie das Porträt mit Staub bedeckt war. »Aber ich habe keine Ahnung, wo«, fuhr sie fort, offenbar über ihr mangelndes Erinnerungsvermögen verärgert.

Der Stuhl knarzte, der Tisch wackelte, und sie stiegen schnell herab.

»Ach was! Ich riskiere es!« sagte Alav, nahm die Laterne und kletterte auf den Tisch, um mit eigenen Augen das Medaillon zu besichtigen. »Es kommt mir auch bekannt vor; aber wie oft haben Bessie, Maia, Ferruk – und wer weiß, wie viele andere auch – hier nach dem Amulett gesucht!«

»Aber ist es nicht seltsam, daß es auch mir irgendwie bekannt vorkommt?« fragte Bieregard und zerbrach sich weiter den Kopf.

»Alles, was wir wissen«, erklärte Sendra mit dem geduldigen Tonfall eines Menschen, der etwas schon tausendmal wiederholt hat, »ist, daß Lady Jessedra das Amulett an den – und ich zitiere wörtlich – ›sichersten Ort im ganzen Schloß Barnacane‹ brachte, und zwar unmittelbar, nachdem sie den Wald geschaffen hatte.«

»Und Vater sagte immer wieder –«, Alav rollte mit den Augen, »daß sie es nicht vor ihrem Tode herausholte, da SEINE Leute noch immer nach einer Möglichkeit einzudringen suchten.«

Schnellauge nieste, Bieregard nieste auch und ebenso Sendra.

»Laßt uns gehen!« schlug Alav vor, ehe er niesen mußte.

»Wir haben die Stallungen durchsucht, sämtliches Zaum- und Sattelzeug, die Lüster. Vater entfernte die Hälfte der Täfelung in diesen Räumen. Die Schatzkammer wurde Stück für Stück geprüft. Jeder Schrank und jede Kommode nach Geheimfächern untersucht«, berichtete Sendra auf dem Rückweg.

»Sogar die Statuen in ihrem Lieblingsgarten«, ergänzte Alav. »Die Karpfenteiche, die Brunnen, die Zierfriese ums Schloß herum, die Säulen, die Hecken, sogar die Rosenbeete und zwischen den Tulpenzwiebeln.«

»Großmutter betrat nie die hinteren Gärten; aber Vater ließ sogar dort alles von den Gärtnern umgraben. Die Weinkeller, die Verliese – davon gibt es aber nicht viele«, fuhr Sendra fort. »Die Säume der Brokatvorhänge, die Sofas, die Kissen – eine Zeitlang konnte man nicht nach oben gehen, weil überall Daunen herumflogen. Auch alle Säume ihrer Kleider.«

Die drei saßen jetzt im sonnigen Schloßhof auf dem Brunnenrand. Sie waren müde und enttäuscht.

»Zumindest wissen wir jetzt, wie das Amulett aussieht«, sagte Bieregard, um die Stimmung zu bessern.

Es war gut, daß die täglichen Arbeiten erledigt und die Pferde versorgt werden mußten. Bieregard hatte an Alavs Gesellschaft aufrichtig Freude, denn der junge Mann war begierig, etwas über die Welt jenseits des Waldes zu erfahren. Bieregard war so taktvoll, nicht zu eifrig nach Sendras Gegenwart zu streben, wenn er sich mit dem wißbegierigen Bruder unterhielt. Es gelang ihm sogar, Grußworte mit Bijor zu wechseln, der viel wacher zu sein schien. Dies schrieb Bieregard mehr der Anwesenheits seines Hengstes als sich selbst zu. Bijor hatte den dringenden Wunsch geäußert, dies Prachttier zu sehen. Alav hatte den Vater zum Stall geschoben. Vard stand jetzt wieder, nur sein rechter Flügel hing noch herab. Bijor hatte versucht, etwas mitzuteilen; aber nicht einmal Sendra war es gelungen, die gurgelnden Geräusche zu deuten. Nach dieser Anstrengung hatte Bijor den ganzen Nachmittag geschlafen.

Sie waren mit Nahrung hervorragend ausgerüstet, dachte Bieregard; aber am siebten Tag hatte er großes Verlangen nach frischem Fleisch. König Rattaclans Gärtner waren sehr klug gewesen. Die Gärten waren fruchtbar, und die noch verbliebenen Gewächshäuser lieferten auch Obst und Gemüse außerhalb der eigentlichen Saison. Sendra tischte wunderbares Essen auf. Sie verfeinerte die Speisen und Getränke mit ihm unbekannten Gewürzen und Saucen. Dazu buk sie herrliche Kuchen und Brote. Um den Gast zu ehren, stieg Alav in den Weinkeller und holte staubige Flaschen, die Weine der Spitzenlagen bargen, womit sich die drei fröhliche und ausgelassene Abende machten und damit die Bitterkeit darüber, daß sie das Amulett nicht finden konnten, linderten.

Am achten Tag konnte Alav seine Ungeduld nicht länger zügeln. Er machte einen Rundgang auf der Mauer. Immer wieder stand er am Tor und spähte in den Wald, als könne er mit Willenskraft Bieregards Hilfstruppen herbeischaffen.

»Er ist unmöglich!« rief Sendra am Abend. Sie war über das Benehmen ihres Bruders sehr verärgert.

»Er ist jung. Er sieht schon die Armee meines Vaters mit fliegenden Fahnen über die Felder jagen. Er sehnt sich aus ganzem Herzen, mehr von der Welt zu sehen als bloß Schloß Barnacane! Er will die Welt sehen!« Bieregard schrieb ein großes D und W in die Luft.

Sendra seufzte und zupfte ein unsichtbares Fädchen vom Ärmel. »Und wenn sie nicht kommen?«

Bieregard hob ihr Kinn sanft hoch und lächelte sie an. Beim Anblick ihrer stummen Verzweiflung blieb ihm das Wort fast im Hals stecken. »Sie werden kommen. Ich habe nach ihnen geschickt. Wir Mundes sind eine loyale Familie.«

Sie wehrte sich nicht gegen seine Berührung. Ihre Lippen waren ganz nahe. Gerade beugte er den Kopf, um sie zu küssen, als ein grauenvoller Schrei aus dem Stall gellte. Manarda schoß hervor, dicht gefolgt von Vard. Obgleich sein rechter Flügel nicht vollkommen ausgebreitet war, würde das Vards Absichten nicht im geringsten beeinträchtigen. Welcher Art diese waren, verriet Bieregard der aufgestellte Schwanz der Stute.

»O Manarda!« schrie Sendra und sprang auf. »Vor allen Stuten! Nein, so ein Flittchen!«

Bieregard erstickte fast vor Lachen. »Ist sie nicht die Leitstute?«

»Sie ist auch die Älteste!« Dann wechselte Sendras Gesichtsausdruck von Ärger zur Frage. »Was *ist* eigentlich ein ›Flittchen‹, Bieregard?«

»Ihr habt hier ein sehr behütetes Leben geführt, Sendra«, antwortete Bieregard und schloß sie in die Arme. Dann küßte er sie. Keiner der beiden hörte Vards Triumphschrei, als er sich seiner Dame widmete.

Etwas später – Vard und Manarda grasten still und zufrieden Seite an Seite – gingen auch Bieregard und Sendra zurück ins

Schloß, um etwas Kühles zu trinken. Als sie in die Küche kamen, sah Sendra das offene Zuchtbuch und errötete tief.

»Du mußt Alav noch mal alle Einzelheiten über Vards Stammbaum geben, damit er alles richtig eintragen kann.«

»Falls wir ihn je von seinem Wachposten herunterlocken können«, meinte Bieregard und griff zu einer Feder. »Das kann ich leicht...« Sie ergriff seine Hand und blickte ihn erschreckt an. »Ich habe mir zuviel herausgenommen, verzeih«, sagte er. Er verstand ihren unausgesprochenen Einwand.

»Nur der Herrscher von Barnacane hat je in das Zuchtbuch geschrieben«, erklärte sie feierlich. »Das ist seine Verantwortung von dem Augenblick an, da er Herrscher wird. Alav übernahm diese Aufgabe, als mein Vater dazu nicht mehr imstande war. Wir sollten das Buch natürlich nicht offen auf dem Tisch liegen lassen; aber bis jetzt waren wir allein hier, und das Buch war immer unter unseren Augen.«

»Selbstverständlich«, sagte Bieregard und schloß voll Ehrfurcht den Folianten. Dann schob er die Zunge in die Goldschließe. Er runzelte die Stirn, nahm das Buch wieder hoch und strich über die Verzierungen.

Plötzlich fuhr Schläger aus seinem Schlaf auf, stellte das Fell vom Kopf bis zur Schwanzspitze auf. Klopfer ebenso. Beide Katzen rannten wie der Blitz durch die offene Tür auf den Hof.

»Was ist bloß in sie gefahren?« rief Sendra und lief zur Tür. »O Bieregard, sie laufen zur Mauerbresche! Und da ist ein Falke in der Luft! Nein, zwei!«

Bieregard packte sie an der Hand und lief mit ihr zum Stall. Sie sprangen jeder auf eine Stute und preschten los. Es gelang ihnen, die Katzen zu überholen, ehe diese die Bresche erreicht hatten.

»Sieh!« Bieregards scharfer Weitblick erspähte das Aufblitzen von Metall und die bunten Fahnen. Dann zeigte er zum Himmel. »Bei Mixer ist der Falke meines Vaters – Pfeil!«

»Sie können doch nicht durch den Wald kommen!« rief Sendra aufgeregt.

»Sie kommen! Sie kommen!« Alav kam auf Farlandra auf dem Pfad außerhalb der Mauer herangaloppiert. Er ruderte außer sich vor Freude mit den Armen, so daß seine Stute die Flügel halb ausbreiten mußte. »Fahnen und Reiter und Pferde und Falken und Hunde! Und Schläger und Klopfer sind ihnen zur Begrüßung entgegengelaufen!«

Alav wendete Farlandra und setzte den Katzen hinterher. Die Stute blieb aber nach wenigen Sprüngen stehen und senkte den Kopf. Dann ging sie vorsichtig rückwärts.

»Die Barriere?« fragte Sendra. Es klang fast wie ein Klageruf.

Alav drehte sich um. Die Antwort stand deutlich auf seinem Gesicht geschrieben.

»Ich bin gleich zurück«, sagte Bieregard und berührte mitfühlend Sendras Schulter. »Warte hier auf mich!«

»Wo könnte ich auch hingehen?« beschwerte sich Sendra, folgte ihm aber zurück zur Küche. Dort nahm er das Zuchtbuch in die Hand. »Ich glaube, ich habe recht.« Damit stürmte er hinaus, schwang sich wieder auf Sheelas Rücken und ritt zum Tor und waghalsig weiter auf die Barriere zu.

Jetzt waren die Besucher deutlich sichtbar. Zwei schwarzweiße Katzen sprangen als Vorhut voran.

»Sagt ihnen nichts über den Wald!« schärfte Bieregard Alav ein. »Geleitet sie nur zum Tor.«

»Was macht Ihr mit dem Zuchtbuch?« wollte Alav wissen.

»Das sage ich Euch am Tor. Komm, Sendra, wir müssen euren Vater holen. Habt ihr einen Wagen, den die Stuten ziehen können?«

»Haben wir; aber warum hältst du das Zuchtbuch in der Hand?« fragte sie, als sie zurück zum Stall ritten.

»Was ist der sicherste Ort in Schloß Barnacane, Sendra?« Er neigte das Buch und zeigte ihr die Schmuckschließe. »Aber das spielt jetzt keine Rolle.«

»Ich verstehe nicht.«

»Ich bin auch nicht sicher, daß ich es tue. Ich glaube es nur«, sagte er rätselhaft, als sie auf den Hof ritten. »Wo ist der Wagen? Ich hole ihn, während du deinen Vater herausbringst. Es wird ihm guttun, dies zu sehen, glaube ich.«

»Es ist eine Kutsche. Sie steht in dem Schuppen dort drüben. Geschirr hängt an der Wand. Sheela kann sie ziehen.«

Bieregard spannte die willige Stute vor die staubige Kutsche. Er war fertig, als Sendra ihren Vater herausschob. Sie hatte ihn wegen des kühlen Frühlingswetters in dicke Decken gehüllt.

»Mit Eurer Erlaubnis«, sagte Bieregard. Ohne auf Antwort zu warten, hob er den gebrechlichen alten Körper in die Kutsche. Dann legte er ihm das Zuchtbuch auf den Schoß und bedeutete Sendra, neben ihm zu reiten. Vorsichtig fuhr er den gewundenen Fahrweg zum Schloßtor.

Sie hörten schon von weitem die aufgeregten Stimmen der Männer. Dann erschien Alav. Farlandra tänzelte nervös, da die meisten neu eingetroffenen Pferde Hengste waren und auch sie dem Beispiel ihrer Leitstute bald folgen wollte. Alav brachte sie direkt neben die Kutsche. Seine Augen wurden groß, als er den Vater darin erblickte. Mixer landete mit einem schrillen Freudenschrei auf Bieregards Schulter, während Pfeil weiterhin am Himmel kreiste. Schnellauge saß im Schatten und keuchte, weil sie ihrem Herrn überallhin gefolgt war.

Die ersten Gäste erschienen am Tor.

»Vater!« rief Bieregard, stand auf und winkte. »Mickor!« Sein älterer Bruder ritt zur Rechten des Vaters. »Davildon!« Sein zweiter Bruder zur Linken. Dahinter konnte er die Gesichter vieler junger Adliger vom Hof seines Vaters sehen. »Ich hatte nicht geglaubt, daß ihr alle kommen würdet!«

Bieregard war ungemein dankbar, als ein so großes Aufgebot sich zu beiden Seiten des Tores aufstellte. Der Proviantmeister dirigierte seine Männer und Tiere diskret an die Seite. Dann richtete sich die ganze Aufmerksamkeit auf die breite Zufahrt. Vard führte vor Manarda; Shanna und Lorna hielten sich hinter der Kutsche.

»Hier, Mylord Vater«, sagte Bieregard. »Dies sind Bijor, der Herrscher von Barnacane, seine Tochter Sendra und sein Sohn Alav – und die sechs Stuten von Barnacane.«

»Der Herrscher von Barnacane? Bei allen großen Heiligen! Welch unerwartete Ehre! Dieser Name ist seit Jahrzehnten nur noch eine Legende!« Mit dem Federhut in der Hand machte Dracklin eine tiefe Verbeugung. Erst dann merkte er, daß Bijor den Gruß nicht erwidern konnte. Taktvoll neigte er den Kopf vor den beiden Sprößlingen des Schlosses. Nachdem den Höflichkeiten Genüge getan war, wandte König Dracklin seine Aufmerksamkeit den Gründen zu, deretwegen sein Sohn ihn gerufen hatte. Das strahlende Lächeln zerstreute alle Zweifel, die Bieregard noch hatte, ob seine Aufforderung auch klug gewesen war. »Superbe Tiere! Einfach superb! Noch nie sah ich Stuten mit solchem Knochenbau und Feuer! Und diese Schwingen! Unglaublich! Deine Suche war äußerst erfolgreich, Sohn!«

»Sie stammen alle direkt von Pegasus ab, Mylord König«, erklärte Alav stolz. Er ließ Farlandra steigen und ihre Schwingen voll entfalten.

»Ich bitte um Nachsicht, Vater«, sagte Bieregard. Dann ging er zu Davildon, der eher von ihm einen Befehl annahm als Mickor. »Bruder«, sagte er. »Tu mir einen Gefallen und reite ein Stück auf eurer Spur zurück in den Wald!«

»Es war ein langer Ritt, Bieregard. Wir haben uns wirklich beeilt«, erwiderte Davildon, hatte aber bereits seinen großen braunen Hengst Bast gewendet. Davildon mußte ein paar Schlangenlinien reiten, um mit dem Pferd an den ersten Bäumen vorbeizukommen. Nach etwa zehn Metern hielt er inne und drehte wieder um. »War das weit genug?« fragte er nach seiner Rückkehr. »Aber warum?«

»Alav!« Bieregard gab dem jungen Prinzen das Zeichen, es Davildon nachzumachen. Er war sich bewußt, daß Sendra ihn mit großen verängstigten Augen anschaute. Sie hob die Hand, um Alav zurückzuhalten. Voll Panik blickte sie zu ihrem Vater, dessen Augen im schmerzgezeichneten Gesicht strahlten. Doch dann beschwichtigte sie der zuversichtliche Ausdruck in Bieregards Gesicht. Sie vertraute ihm und gab den Widerstand auf. »Reite nur, Alav!«

Obwohl Alav große Zweifel haben mußte, wie Bieregard wußte, drehte er Farlandra in Richtung des Waldes und drückte ihr die Fersen in die Weichen – und prallte wieder gegen die undurchdringliche Barriere! Er riß die Stute herum und war in wenigen Sätzen bei der Kutsche. »Was ist das, Bieregard?« rief er wütend. »Fremde können durch den Wald hindurch und wir« – er stieß mit dem Daumen gegen seine Brust – »auf Barnacane nicht!«

»Sie wissen nicht, daß der Wald undurchdringlich ist«, antwortete Bieregard sanft. »Ebensowenig wie die Katzen es wissen oder Mixer. Mein Vater, meine Brüder und ihre Mannen haben nie vom Wald von Barnacane gehört, daher hat der Zauber keine Macht über sie. Aber Abhilfe ist nahe. Nehmt das Zuchtbuch vom Schoß Eures Vaters. Seht Euch die Schließe an, aber ganz genau! *Seht* sie an und erinnert Euch an Jessedras Porträt!«

Alav nahm den Folianten und strich über die Verzierungen, die er von Kindesbeinen an kannte. Dann lachte er laut auf. »Natürlich! Der sicherste Ort auf Barnacane ist das Zuchtbuch! Nie haben wir unseren kostbarsten Besitz aus den Augen gelassen. Aber warum?« Alav sah zu seinem Vater. »Aber warum wußte *er* es nicht?«

»Vielleicht wollte er es nicht wirklich wissen«, antwortete Bieregard mit um Verzeihung bittendem Lächeln und schaute die fassungslose Sendra an. »Doch nun, Alav, macht dem Zauberbann ein Ende!«

»Sagt mir, wie?« fragte Alav.

»Sprecht SEINEN Namen aus! Sagt dem Wald, daß ER tot ist! Haltet das Buch mit dem Amulett hoch und erklärt dem Wald, daß ER tot ist! Daß SEINE Horde und die Erinnerung an IHN tot sind.« Bieregard sprang vom Kutschbock und schwang sich auf

Vards bloßen Rücken. »Sendra! Du auch!« Er trieb Vard vorwärts. Mit einem Stiefel berührte er Sendras Fuß, mit dem anderen Alavs. »Sprecht Seinen Namen, Alav, Sendra, und beendet den Zauberbann des Waldes!«

Alav konnte sich Bieregards Aufforderung nicht widersetzen, außerdem wollte er seine Theorie wirklich glauben. Daher hielt er das Zuchtbuch hoch über den Hals seiner Stute und trieb sie an. Sein junges Gesicht war fest entschlossen. Sendra warf noch einen flehenden Blick auf Bieregard, dann gab sie Borisa auch das Zeichen zum Aufbruch. Alav füllte seine Lungen und rief laut:

»Fir ist tot! Seine Horde ist tot! Die Erinnerung an ihn ist tot! Schloß Barnacane ist sicher! Die Stuten sind sicher! Fir ist tot!« Farlandra verhielt einen Sekundenbruchteil an der Stelle, wo sie gerade die schmerzliche Begegnung mit der Barriere gehabt hatte.

»Fir ist tot!« Sendras Stimme schallte weithin. Bruder und Schwester riefen jetzt einstimmig, als erst Farlandra, dann Borisa und Vard ungehindert in den Wald vordrangen: »Seine Horde ist tot! Die Erinnerung an ihn ist tot!« Auch Bieregard fiel mit seinem starken Bariton in den Chor ein. »Fir ist tot! Seine Horde ist tot! Die Erinnerung an ihn ist tot!«

Ein gewaltiges Stöhnen, als spiele ein Wind auf tausend fehlerhaften Flöten, jagte durch den Wald. Farlandra sprang eilends beiseite, als ein Baum, einer mit der cremefarbenen Borke, langsam umstürzte... alle Bäume im Wald folgten ihm. Das Stöhnen wurde zum Seufzen, als der gesamte Wald zusammenbrach und beim Aufschlagen auf dem Boden im Nu zu Staub zerfiel. Ein sanfter Wind blies den Staub fort, der sich von den befreiten Wiesen und Weiden Barnacanes erhob.

Alav stieß einen Schrei reinster Freude und Befreiung aus. Farlandra bäumte sich auf, ihre Schwingen fegten den Staub dem Wind entgegen. Sie vollführte eine sagenhafte Pirouette auf den Hinterbeinen, ehe sie mit großen Sprüngen den Staubwolken nachjagte, welche einst ein Wald gewesen waren.

Bieregard war erleichtert, daß sich seine Theorie als richtig erwiesen hatte. Sie war ihm als die einzig vernünftige Lösung erschienen. Er trieb Vard näher an Borisa und sah, daß Sendra Tränen in den Augen hatte. Schnell packte er sie an der Schulter. Wie gut konnte er ihre Reaktion auf das Ende ihrer Gefangenschaft mitfühlen, ebenso wie die ihres Bruders.

Als sich der allgemeine Jubel etwas gelegt hatte, zügelte König Dracklin seinen großen Hengst neben der Kutsche, um auch Bijor zu seiner glücklichen Befreiung zu gratulieren. Doch sofort rief er Sendra und Alav herbei.

»Euer Vater ist von Euch gegangen«, sagte er, beugte sich vor und schloß die gebrochenen Augen des Herrschers von Barnacane. »Laßt uns hoffen, daß er das Ende des Waldes noch sehen konnte und wußte, daß Ihr endlich in Sicherheit seid.«

Mit tränenüberströmten Wangen schüttelte der neue Herr von Barnacane traurig den Kopf. »Er hatte immer Angst, daß das Ende des Waldes auch seinen Tod bedeuten würde. Ich glaube nicht, daß er eine offene Welt hätte ertragen können. Aber sie bedeutet Leben für mich, meine Schwester und unsere Stuten.« Alav richtete sich auf. Ein tapferes Lächeln umspielte die Mundwinkel des traurigen jungen Gesichts. »Für alle ist heute ein denkwürdiger Tag, Mylord König. Wir sind Euch für Eure Hilfe überaus dankbar; aber Barnacane kann Euch nicht die Gastfreundschaft bieten, die Euer Rang und die Gebote der Höflichkeit verlangen.«

»Was? Bei all diesen herrlichen Parkanlagen, wo wir unser Lager aufschlagen können?« König Dracklin zeigte auf die weiten Rasenflächen und Wiesen. »Das ist mehr als genug für uns, junger Herr.«

»Im Garten gibt es jede Menge Gemüse«, erklärte Bieregard mit einem scheuen Seitenblick auf Sendra. Wie gern hätte er ihr den Schmerz abgenommen.

Sendra hob das Kinn. »Schickt mir Eure Köche, Mylord König, und Ihr werdet von dem wenigen, was Barnacane zu bieten hat, ein köstliches Mahl erhalten.«

»Wir haben wirklich hervorragende Weine, um Eure vom langen Ritt staubigen Kehlen zu benetzen«, fügte Alav, schon fröhlicher, hinzu.

»Aber, worauf warten wir dann noch? Los!« König Dracklin strahlte vor Vorfreude auf, da er eine große Schwäche für gute Weine hatte. Er gab einem seiner Adjutanten die Zügel und winkte seinen Edlen, ihm in gebührendem Abstand zu folgen. Die Zufahrt war breit genug für den König, Prinz Alav, Lady Sendra und die drei Prinzen. Sie folgten Bijors Kutsche.

»Ja, laßt uns weiterreiten«, sagte Mickor leise vor sich hin. Er rutschte im Sattel hin und her und sehnte sich danach, endlich abzusteigen nach diesem harten Ritt. »Prinz Alav, tut mir einen Gefallen, obwohl wir uns gerade erst kennengelernt haben. Behaltet meinen Bruder hier! Jeder kann deutlich sehen, daß Ihr beide... Ihr drei«, er verbeugte sich höflich vor Sendra, »über großen Pferdeverstand und Pferdeliebe verfügt. Ich aber höre schon genug darüber von meinem Vater.«

Bieregard warf seinem Bruder einen dankbaren Blick zu, weil er sich die Mühe gab, Alav die Situation zu erleichtern.

»Nun, was das betrifft, Bieregard«, erklärte Alav hoheitsvoll, wie man es von ihm erwartete. »Ihr könnt aber nicht alle Stuten auf Barnacane haben, wenn Ihr meine Schwester heiratet.«

»Meine Suche galt nur einer Stute, die meinem Vard würdig ist«, antwortete Bieregard. »Und ihrer Herrin – jedoch nur falls sie einwilligt.«

»Manardas zwei Töchter sind auch Teil meiner Mitgift«, erklärte Sendra nicht weniger hoheitsvoll. Aber ihre Wangen waren tiefrot, als sie stolz auf Borisa neben Mickors flügellosem, kastanienbraunen Wallach ritt.

»Und ich werde meinen Vater um Erlaubnis bitten, die Mitgift hier bewachen zu dürfen«, sagte Bieregard. Er wollte ebensowenig wie Sendra den jungen Alav mit der ungeheuren Aufgabe allein zurücklassen, Schloß und Gestüt wieder aufzubauen, da er den jungen Prinzen bewunderte und mochte – nicht nur wegen seines Mutes am heutigen Tage. »Der dritte Sohn eines Königs muß seinen eigenen Weg im Leben finden.« Bieregard blickte schnell und voll Hoffnung seinen Vater an.

»Ein ausgezeichneter Gedanke, mein Sohn«, sagte König Dracklin und schaute Bieregard gespielt streng an. Dann wandte er sich an Alav – wie eben ein erfahrener Herrscher mit einem anderen spricht. »Wenn Eure Schwester einwilligt – und ich bemerke an ihrem Erröten, daß sie das tut –, dann sehe ich hier genug Platz für mehrere große Häuser, nachdem der Wald verschwunden ist. Ihr könntet schlechter fahren, Herr Alav, da mein Sohn ein hervorragender Reiter und Pferdekenner ist.« Der König räusperte sich schnell. »Ja, und Bieregard fehlt es auch nicht an Verstand, müßt Ihr wissen. Das ist heutzutage bei einem Mann ein echter Vorzug!«

Und so war es, und so wird es immer sein!

Originaltitel: The Quest of a Sensible Man
Ins Deutsche übertragen von Edda Petri

Lawrence Watt-Evans

Porträt eines Helden

Der Drache auf dem Berggipfel überschattete bedrohlich das Dorf wie ein Grabstein über einem Grab. Voll abgrundtiefem Staunen schaute Wuller zu ihm empor.

»Meinst du, daß er noch näher kommt?« fragte er flüsternd seine Tante.

Illuré schüttelte den Kopf.

»Bei Drachen weiß man das nie«, antwortete sie. »Besonders nicht bei den wirklich großen. Einer von dieser Größe muß so erfahren und verschlagen sein, wie es kein Mensch, der je lebte, sein kann.«

Etwas an ihrer Stimme war seltsam. Wuller schaute in ihr Gesicht. Es war ruhig, wie erstarrt. Da wurde ihm klar, daß seine Tante Illuré, die einem wildgewordenen Eber nur mit einem Bratenwender bewaffnet entgegengetreten war, schreckliche Angst hatte.

Sie verlor in seiner Gegenwart die Ruhe. Ihre Augen weiteten sich, der Mund ging auf.

Wuller drehte sich schnell um und sah, wie der Drache sich von seinem Hochsitz erhob, die riesigen Flügel ausbreitete, um den Wind auszunützen. Er erhob sich, vollzog eine Drehung und schwebte dann mit ausgestreckten Schwingen aufs Dorf herab, als sei er ein Habicht, der auf seine Beute herabstößt.

Einen Augenblick lang dachte Wuller, der Drache käme direkt auf *ihn* zu. Schnell schlug er die Hände vors Gesicht, als sei er noch ein kleines Kind.

Dann erinnerte er sich, wie hoch der Gipfel war, und sein Verstand berichtigte die Dimensionen von dem, was er gerade gesehen hatte: Der Drache war größer und weiter weg, als er angenommen hatte. Er schämte sich seiner Angst und ließ die Hände sinken. Dann schaute er wieder nach oben.

Der Drache schwebte über dem Dorf, direkt über seinem Kopf. Jemand zerrte an seinem Arm. Es war Tante Illuré, die ihn unter dem großen Ungeheuer wegziehen wollte.

Wuller gab nach. Im nächsten Moment ließ sich das Vieh auf dem Gemeindeplatz nieder und wirbelte mit den Flügeln graue Staubwolken auf, daß die spärlichen Grashalme umgelegt wurden. Der Gestank seines schwefligen Atems füllte das Dorf.

Ein Staubwirbel stieg Wuller in die Nase, so daß er niesen mußte.

Der lange Hals des Drachen senkte sich. Sein mächtiges Haupt schwang herum und starrte Wuller aus sechs oder sieben Fuß Entfernung an.

Gelähmt vor Angst starrte er zurück.

Dann drehte sich der Kopf wieder und ging nach oben. Der gewaltige Rachen öffnete sich.

Der Drache sprach.

»Wer spricht für dieses Dorf?« fragte er mit einer Stimme wie eine Lawine.

»Er spricht!« sagte jemand voll Staunen und Ehrfurcht.

Der Drachenkopf schwang auf den Sprecher herab, und wieder sprach das Untier.

»Ja, ich kann sprechen«, grollte er. »Du auch?«

Wuller verrenkte sich fast den Hals, um zu sehen, wen der Drache meinte. Es war ein junger Mann in Blau – sein Vetter Pergren, der nur ein paar Jahre älter als er war und erst kürzlich eine eigene Herde bekommen hatte.

Pergren stotterte herum. Er konnte nicht zusammenhängend sprechen. Das Maul des Drachen schob sich immer näher auf ihn zu. Wuller sah, daß es sich gleich wieder öffnen würde – diesmal aber nicht um zu sprechen, sondern um zu beißen.

Da trat ein Mann vor – Adar, der Dorfschmied, ein Vetter von Wullers Vater.

»Ich spreche für das Dorf, Drache!« rief er. »Laß den Jungen in Ruhe und sage, was du von uns willst!«

Wuller hatte schon immer Adars Stärke und Können bewundert. Jetzt war er auch vom Mut des Schmieds hingerissen.

Der Drache richtete sich etwas auf. Wuller kam es so vor, als sei er leicht amüsiert. »Nun, nun!« sagte er. »Einer ist wenigstens unter euch, der so gute Manieren hat, zu antworten, wenn man mit ihm spricht – allerdings kaum in zivilisiertem Ton!«

»Sag schon, was du willst!« drängte Adar.

»Schon gut, wenn du so ungeduldig bist«, antwortete der Drache. »Ich hatte vor, einige höfliche Floskeln zu wechseln, ehe wir zum Geschäft kommen; aber wie du willst. Ich habe dies Dorf zu meinem Wohnsitz erkoren und die Bewohner zu meinen Dienern. Und ich kam heute herab, um die Bedingungen für eure Dienste festzulegen. Ist das auch für deinen Geschmack klar und direkt genug, Mann?«

Wuller versuchte herauszufinden, ob in den donnernden Worten des Drachen Sarkasmus mitschwang. Aber die Stimme unterschied sich von der menschlichen zu sehr, als daß er es hätte beurteilen können.

»Wir sind keine Diener«, erklärte Adar. »Wir sind freie Menschen.«

»Nicht mehr«, meinte der Drache lakonisch.

Beim Gedanken an Adars Tod überlief Wuller ein eiskalter Schauer. Dann wandte er seine Aufmerksamkeit wieder der Versammlung zu, die sich um eine einzige Laterne im Hause seines Vaters zusammengefunden hatte.

»So können wir nicht weitermachen«, erklärte sein Vater gerade. »Jeden Tag ein Schaf! Selbst wenn wir im nächsten Frühjahr mit mehr Lämmern als im letzten rechnen, haben wir in drei Jahren nichts mehr, nicht mal ein einziges Zuchtpaar, um neu anzufangen!«

»Und was sollen wir deiner Meinung nach tun?« fuhr ihn die alte Kirna an. »Du hast gehört, was der Drache sagte, nachdem er Adar gefressen hatte. Ein Schaf pro Tag oder einen Menschen – und ihm ist es gleich, welches von beiden.«

»Wir müssen ihn töten«, sagte Wullers Vater.

»Dann tu's doch, Wulran!« rief einer aus der Dunkelheit. »Uns ist es mehr als recht, wenn du ihn umbringst.«

»Ich kann ihn ebensowenig wie du töten!« antwortete Wullers Vater. »Aber *irgend jemand* muß doch dazu imstande sein! Vor Jahrhunderten wurden Drachen auf beiden Seiten im Krieg eingesetzt, und beide Seiten töteten unzählige von ihnen. Es kann getan werden, und ich bin sicher, daß dies Wissen nicht verloren ist...«

»Da bin *ich* gar nicht sicher!« unterbrach ihn Kirna.

»Na schön!« brüllte Wulran. »Vielleicht *ist* es verloren! Aber seht uns doch an! Da kriechen wir hier in der Dunkelheit zusammen, weil wir es nicht wagen, ein ordentliches Versammlungsfeuer anzuzünden – alles aus Angst vor dem Ungeheuer! Unsere Herden werden Stück für Stück und Tag für Tag weniger. Und wenn wir keine Schafe mehr haben, wird er mit *uns* weitermachen – das hat er laut und deutlich erklärt! Wir haben jetzt schon keinen Schmied mehr, nur einen halb ausgebildeten Lehrjungen, weil dieses Biest auf dem Berg lauert. Wir sterben langsam, wir alle – ist das nicht viel schlimmer, als das Risiko eines schnellen Todes einzugehen?«

Verlegenes Schweigen war die einzige Antwort.

»Also gut, Wulran«, sagte schließlich jemand leise. »Was schlägst du vor? Was sollen wir *tun*?«

Wuller blickte seinen Vater gespannt an. Zu seiner Enttäuschung ließ dieser Kopf und Schultern hängen und gab zu: »Das weiß ich auch nicht.«

»Vielleicht – wenn wir *alle* angreifen...«, schlug Wuller vor.

»Angreifen? *Womit?*« fragte Pergren. »Mit unseren bloßen Händen?«

Beinahe hätte Wuller zurückgebrüllt: »Ja!« Aber er bezwang sich gerade noch und schwieg.

»Gibt es irgendeinen Zauber, den wir benutzen könnten?« fragte die kleine Salla, die kaum alt genug war, um an der Versammlung teilzunehmen. »In den Geschichten haben die Helden, die gegen Drachen kämpfen, immer Zauberschwerter oder magische Rüstungen.«

»Wir haben keine Zauberschwerter«, seufzte Illuré.

»Einen Augenblick«, mischte sich Alasha die Liebliche ein. »Wir haben zwar kein Schwert, aber trotzdem eine Art Magie.« Wuller war bei der Dunkelheit nicht sicher; aber er dachte, daß sie dabei ihre Schwester Kirna ansah.

»O nein! Warte...«, fing Kirna an.

»Wovon spricht sie, Kirna?« fragte Pergren.

»Kirna?« Illuré war verblüfft.

Kirna ließ den Blick über die Gesichter schweifen, die im Laternenschein sichtbar waren, dann über die dahinter und gab nach.

»Na gut«, erklärte sie. »Aber es wird nichts nützen. Ich bin nicht einmal sicher, ob es noch geht.«

»*Was* soll noch gehen?« fragte jemand.

»Das Orakel«, antwortete Kirna.

»*Welches* Orakel?« rief ein anderer ungeduldig.

»Ich werde es euch zeigen « Kirna stand auf. »Es ist in meinem Haus. Ich hole es.«

»Nein«, erklärte Wulran. »Wir kommen mit dir. Wir alle. Wir verlegen die Versammlung dorthin.«

Kirna wollte erst protestieren, besann sich dann aber eines Besseren.

»Na gut«, sagte sie.

Das Ding glänzte im Schein der Laterne. Fasziniert starrte Wuller es an. Noch nie zuvor hatte er etwas Magisches gesehen.

Das Orakel war ein polierter weißer Steinblock – oder ein poliertes *Etwas*. Wuller kannte diese Art Gestein nicht. Auf dem Block stand eine flache Schale aus hauchdünnem, grünlich angehauchtem Glas, ohne jegliche Unreinheit oder Luftblase. Sie war in den Stein eingelassen.

Kirna nahm das Kunstwerk ganz vorsichtig an den Steinseiten und stellte es auf den Tisch.

»Es ist seit dem Großen Krieg im Besitz meiner Familie«, erklärte sie ruhig. »Einer meiner Vorfahren nahm es aus dem Zelt eines Zauberers aus dem Norden, als das Nordreich fiel und die siegreichen Ethshariten durch diese Lande stürmten und den Feind vor sich hertrieben.«

»Was ist es?« flüsterte jemand.

»Es ist ein Orakel«, antwortete Kirna. »Das Orakel eines Zauberers.«

»Brauchen wir dann einen Zauberer, um es zu befragen?«

»Nein«, sagte Kirna und blickte auf die Schale. Dann strich sie sanft mit den Fingern über eine Seite des Steinblocks. »Meine Mutter lehrte mich, wie es zu befragen ist.«

Dann hielt sie inne und schaute auf.

»Es ist sehr alt, sehr zerbrechlich und sehr kostbar. Wir wissen nicht, wie viele Fragen es noch beantworten kann, wenn überhaupt. Also macht euch keine übertriebenen Hoffnungen! Wir bewahren es seit über hundert Jahren auf.«

»Ihr habt es für euch behalten, willst du wohl sagen!«

»Und warum nicht?« fragte Alasha zur Verteidigung ihrer Schwester. »Es war ein Vermächtnis unserer Familie, nicht des Dorfes! Und jetzt, wo wir es brauchen, haben wir es herausgeholt, oder etwa nicht?«

Niemand widersprach.

»Mach weiter, Kirna«, sagte Wulran ruhig. »Frage es.«

»Und was genau soll ich fragen?« antwortete sie.

»Frage, wer uns vor dem Drachen retten wird«, sagte Pergren. »Keiner von uns weiß, wie man ihn tötet. Frage das Orakel, wer uns von dem Ungeheuer befreien kann.«

Kirna sah, daß mehrere in der Runde nickten. »Ist gut.« Sie legte die Hände fest auf beide Seiten des Blocks und starrte angespannt in die Glasschale.

Wuller war so nahe, daß er ihr über die linke Schulter blicken konnte, Illuré über die rechte. Alasha und Wulran standen ihnen gegenüber auf der anderen Seite des Orakels. Alle fünf hielten die Augen auf die glänzende Schale gerichtet, während die anderen etwas zurückgetreten waren. Alle waren offensichtlich mehr als beunruhigt durch dies seltsame Ding. Wullers Mutter, Mereth, drückte sich angstvoll gegen die Wand und zupfte an den Stickereien ihrer Bluse, um ihre Nervosität abzureagieren.

»Pau'ron«, sagte Kirna. *»Yz'raksis nyuyz'r, lai brinan allasis!«*

Da begann die Schale zu glühen und ein blasses, unheimliches Licht auszustrahlen. Wuller hörte, wie jemand erschrocken nach Luft schnappte.

»Es ist bereit«, erklärte Kirna.

»Frag es!« forderte Wulran sie auf.

Kirna kniete sich in eine bequemere Stellung nieder und starrte wieder in die Schale.

»Wir werden von einem Drachen belagert«, sagte sie laut. »Wer kann uns von ihm befreien?«

Wuller hielt den Atem an. Vor seinen Augen erschienen blaßblaue Schemen in der Schale, die wie Wolken an einem windigen Tag oder wie der Rauch einer ausgedrückten Kerze die Gestalt veränderten. Manche schienen Runen zu bilden; aber sie lösten sich auf, ehe er sie lesen konnte.

»Ich kann es nicht erkennen«, rief Kirna. »Zeige es uns deutlicher!«

Die Schemen verschmolzen zu einem einzigen Bild: ein blasses Oval mit zwei Augen und Mund. Einzelheiten wurden klarer, bis ein Gesicht aus der Schale herausblickte. Das Gesicht einer jungen Frau, nicht viel älter als Wuller. Ein zartes Gesicht, umgeben von weichen, braunen Haarwogen. Die Augen waren tiefgrün, so grün wie das Moos, das im Gebirge wuchs.

Wuller war sicher, noch nie zuvor eine so schöne Frau gesehen zu haben.

Dann verschwand das Bild, ebenso das Leuchten. Die Glasschale zerbarst in ein Dutzend Scherben.

Kirna stieß einen Klageschrei aus, weil das Orakel zerstört war. Doch da rief schon Illuré: »Gebt mir Papier! Ich muß das Gesicht aufzeichnen, ehe ich es vergesse.«

Wuller betrachtete das Porträt. Illuré hatte die Frau gut getroffen, fand er, aber doch nicht die wahre Schönheit dieses Gesichts wiedergeben können, das er in der Schale gesehen hatte.

»Wer ist diese Frau?« fragte Pergren. »Auf keinen Fall wohnt sie im Dorf. Ich habe sie noch nie gesehen.«

»Wer auch immer sie sein mag«, meinte Pergrens Bruder Gennar. »Wie könnte *sie* einen hundert Fuß großen Drachen töten?«

»Vielleicht ist sie eine Magierin«, schlug Pergren vor.

»Bestimmt gibt es mächtigere Magier in der Welt als sie«, widersprach Gennar. »Wenn man nur Magie braucht, hätte uns das Orakel das doch gleich sagen können. Warum hat es uns nicht einen berühmten, mächtigen Zauberer gezeigt?«

»Vielleicht *tötet* sie den Drachen *nicht*«, sagte Alasha. »Kirna fragte, wer uns vom Drachen *befreien*, nicht wer ihn *töten* könne.«

Gennar schnaubte verächtlich. »Glaubst du vielleicht, sie *überredet* ihn, abzuziehen?«

»Möglich«, antwortete Alasha. »Aber vielleicht gibt es noch einen anderen Weg.«

Pergren und Gennar schauten sie verdutzt an. Wuller konnte die Augen noch nicht vom Bild lösen.

Illuré hat wirklich Talent zum Zeichnen, dachte er. Die Kohlestriche brachten Gesicht und Haare sehr plastisch und echt heraus.

»Was meinst du?« fragte Pergren Alasha.

»Ich meine, daß in alten Geschichten oft die Rede von Opfern von Drachen ist – eine schöne Jungfrau begab sich freiwillig in die Gewalt des Monsters, das durch ihre Reinheit so überwältigt wurde, daß es starb oder floh, nachdem es sie verschlungen hatte.«

Pergren schaute auf das Bild. »Dann meinst du, daß sie das tun würde? Sich dem Drachen opfern?«

Gennar schnaubte verächtlich. »Das ist doch albern.«

»Nein, das ist Magie«, widersprach Alasha.

»Warum opferst *du* dich dann nicht, wenn du meinst, daß es funktioniert?« spottete Gennar.

»Ich sagte, eine *Jungfrau*!« meinte Alasha.

»Und schön sollte sie auch sein.« Pergren grinste. Alasha warf einen Kiesel nach ihm.

»Wir haben einige Jungfrauen«, fuhr Gennar fort. »Zumindest *denke* ich das.«

»Jungfrau oder nicht«, erklärte Alasha. »Das Orakel sagte, daß *sie* uns vom Drachen befreien *könne*, nicht daß sie es tun würde.«

Das brachte alle wieder auf den Boden der Tatsachen zurück.

»Und wie finden wir sie?« fragte Pergren. »Wollen wir nur hier herumsitzen und warten, daß sie eines Tages ins Dorf kommt? Und inzwischen frißt das Ungeheuer jeden Tag ein Schaf.«

»Ich werde losgehen und sie suchen«, erklärte Wuller.

Die drei schauten ihn verblüfft an.

»Du?« fragte Gennar.

»Warum nicht?« antwortete Wuller. »Ich bin so klein, daß ich mich wegschleichen kann, ohne daß der Drache mich bemerkt. Außerdem tue ich hier sowieso nichts Wichtiges.«

»Aber wie willst du sie finden?« fragte Pergren. »Die Welt da draußen ist ziemlich groß.«

Wuller zuckte mit den Achseln. »Genau weiß ich das auch nicht. Aber wenn wir das Orakel noch hier hätten, könnte es uns sicher sagen, in welcher Stadt im Süden wir sie finden könnten.«

Gennar kniff die Augen zusammen. »Bist du sicher, daß du nicht nur abhauen willst und uns vergißt, sobald du in Sicherheit bist?«

Wuller antwortete nicht, sondern holte aus, um Gennar auf die Nase zu schlagen.

Gennar wich aus. Wullers Faust streifte nur leicht seine Wange.

»Schon gut! Schon gut!« Gennar hob abwehrend die Hände. »Tut mir leid.«

Wuller funkelte ihn wütend an. Doch dann schaute er wieder das Porträt an.

»Ich finde, Wuller hat recht«, erklärte Pergren. »*Jemand* muß sie suchen gehen. Ich habe sehr viel über die Magier von Ethshar gehört und finde seinen Plan, die Frau über einen Zauberer aufzuspüren, wirklich gut.«

»Aber warum er?« fragte Gennar.

»Weil er sich als erster freiwillig gemeldet hat«, sagte Pergren. »Und es stimmt auch, daß er klein und durchtrieben ist. Erinnert ihr euch noch, als er eure Schnüre stahl und sich im Gebüsch versteckte? Ihr seid mehrmals direkt vor seiner Nase vorbeigelaufen, als ihr ihn suchtet. Aber entdeckt habt ihr ihn nicht.«

Gennar nickte zustimmend.

»Aber das können wir nicht entscheiden«, sagte er. »Das ist Sache der Dorfältesten. Meint ihr, daß der alte Wulran seinen einzigen Sohn allein weggehen läßt?«

Alasha schaute Wuller an und flüsterte: »Vielleicht doch.«

In der Tat war Wulran keineswegs begeistert über die Idee, als man sie auf der abendlichen Versammlung vortrug. Er wollte schon widersprechen, doch da beugte sich seine Frau zu ihm und flüsterte ihm etwas ins Ohr.

Er hörte ihr aufmerksam zu. Dann betrachtete er Wullers Gesicht und las dort feste Entschlossenheit.

Wulran verstummte und saß schweigend und unglücklich da, während die anderen über den Plan diskutierten. Am nächsten

Morgen schloß er Wuller fest in die Arme und sah ihm lange nach, als der Junge zwischen den Bäumen verschwand.

Es war leichter, als Wuller erwartet hatte. Der Drache gab kein Zeichen, daß er sein Weggehen bemerkte. Dabei ging er einfach durch den Wald, ohne sich besonders zu verstecken. Allerdings verbargen ihn die Baumwipfel vor dem Himmel.

Anfangs markierte er in regelmäßigen Abständen die Bäume mit seinem Messer. Er marschierte nach Westen, um aus dem Gebirge herauszukommen, und hielt sich dann südlich, weil dort alle Städte lagen. Er machte sich wegen der genauen Route keine Sorgen, auch nicht wegen Essen, Trinken oder eines Daches über dem Kopf. Sein Proviant reichte nur für zwei oder drei Tage. Wahrscheinlich würde es länger dauern, bis er einen Zauberer traf; aber er schob diese Gedanken weit weg. Er war viel zu aufgeregt, weil er das Dorf und den Drachen verlassen konnte.

Wuller nahm die Kohlezeichnung aus seinem Beutel und betrachtete sie, während er zwischen den Fichten weiterging.

Wer auch immer diese junge Frau war – sie war wirklich wunderschön! Wie lange würde er brauchen, sie zu finden?

Es bestand für ihn kein Zweifel, *daß* er sie irgendwann finden würde. Schließlich hatte er doch das Porträt, und Magie konnte angeblich alles fertigbringen. Wenn ein uraltes Zaubergerät dies Frauenbild beibringen konnte, mußte doch moderne Zauberkunst oder irgendeine andere Art von Magie in der Lage sein, die Frau ausfindig zu machen.

Nach einer guten Stunde machte er Rast, setzte sich auf den dicken Teppich aus Fichtennadeln zwischen zwei Wurzeln und lehnte sich mit dem Rücken an den Stamm, den er markiert hatte.

Schon jetzt hatte er Hunger; aber er widerstand der Versuchung, etwas zu essen. So viel Proviant hatte er nicht mitgenommen. Er mußte sparen.

Natürlich würde er auch unterwegs etwas zu essen finden. Jedenfalls schwebte ihm das vor. Vielleicht gab es ja hier, wo er saß, schon etwas.

Er schaute sich um und sah einige Pilze. Er kannte die meisten einheimischen Arten. Manche davon schmeckten auch roh recht gut.

Er ging hin, um die Pilze genauer zu betrachten. Ja, diese Sorte kannte er allerdings! Er schüttelte sich, berührte aber keinen Pilz. Möglich, daß sie gut schmeckten; aber bis jetzt hatte niemand lange genug nach dem Genuß gelebt, um das verraten zu können. Illuré hatte ihm gesagt, daß diese Pilze mit dem dünnen weißen Stiel und der Manschette am Stamm das stärkste Gift enthielten, das die Menschheit kannte.

Nein, so hungrig war er wirklich nicht! Statt dessen nahm er einen Schluck aus der Wasserflasche. Trinkwasser zu finden, würde bestimmt kein Problem werden! Wenn er immer bergab ging, müßte er früher oder später auf einen Bach stoßen.

Viel wichtiger als Essen oder Trinken war die Frage, wohin er gehen sollte. Im Dorf hatte er gesagt, daß er bis Ethshar wolle; aber das war Hunderte von Meilen entfernt. Keiner aus dem Dorf war *jemals* in Ethshar gewesen. Aber bestimmt mußte er nicht so weit marschieren!

Er schaute umher und dachte nach.

Seine Heimat lag im Gebiet Srigmor. Die Barone von Srigmor hatten einst Besitzansprüche darauf angemeldet, diese aber schon lange wieder aufgegeben. Die Nordminen waren die Mühe nicht wert, da die Minen in Tazmor und Aldagmor viel ergiebiger und leichter erreichbar waren. Srigmor hatte nichts anderes zu bieten, so daß kein Baron die Mühen und Leiden auf sich nahm, hier einen Winter durchzustehen.

Die Herrschaft Sardiron gab es aber im Süden noch.

Im Westen lagen namenlose, unbewohnte Wälder. Dorthin wollte er nicht, auch wenn dahinter die Meeresküste kam, wo vielleicht Menschen lebten. Aber bis dorthin war es ein langer, harter und gefährlicher Marsch, und er hatte ja keine Ahnung, was ihn dort erwartete.

Nach Südwesten zu sollten die Wälder angeblich nach drei

Tagesmärschen aufhören und danach die Ebene von Aala kommen. Wenn Srigmor jetzt zu einer Nation gehörte, dann zu Aala.

Wuller hatte aber nie gehört, daß in Aala Zauberer lebten. In seiner Vorstellung gehörten zu Magiern Städte und Schlösser, nicht Dörfer und Bauernhöfe. In Aala gab es aber keine Städte oder Schlösser.

Also war sein Ziel das Herrschaftsgebiet von Sardiron!

Sein Großvater hatte einst Sardiron besucht. Er war die lange Strecke bis zur Ratsstadt, Sardiron an den Wasserfällen, marschiert. Was sein Großvater gekonnt hatte, schaffte er auch!

Wuller stand auf, wischte sich die Fichtennadeln ab und machte sich wieder auf den Weg. Jetzt marschierte er direkt nach Süden.

Es war schwieriger, Wasserläufe zu finden, als er gedacht hatte. Einige Bäche waren auch nicht ausreichend sauber. Nach dem ersten Tag füllte er seine Flasche bei jeder Gelegenheit und trank sich so satt, daß er sich ekelhaft aufgeblasen fühlte.

Am dritten Tag war sein Proviant mit dem Frühstück zu Ende. Er mußte feststellen, daß eßbare Pilze nicht so verbreitet waren, wie er erwartet hatte – giftige dagegen kamen massenweise vor. Auch war es gar nicht einfach, Kaninchen, Eichhörnchen oder Erdhörnchen zu fangen! Häuten und Braten war auch viel mehr Arbeit, als er je gedacht hatte. Zu Hause hatte das bei den Jägern und Köchen wie ein Kinderspiel ausgesehen.

Beinahe hätte er die Messerklinge zerbrochen. Er hatte ein totes Eichhörnchen auf einen Stein gelegt und wollte es ausnehmen, als er mit dem Messer abrutschte und sich die Klinge tief in eine Spalte bohrte. Wuller blieb fast das Herz vor Schreck stehen. Er fürchtete, daß die Messerspitze abgebrochen sei.

Das Messer war zum Glück heil. Aber von nun an war er vorsichtiger. Das Messer war ein lebensnotwendiges Werkzeug. Er wünschte, er hätte so viel Verstand gehabt und sich eins als Reserve geborgt.

Die ersten beiden Tage kam er gut voran; aber danach mußte er viel Energie auf Jagen, Kochen, Essen und die Suche nach einem sicheren Schlafplatz verwenden. Er fiel von sieben oder acht Meilen auf höchstens vier pro Tag zurück.

Wuller hatte auch erwartet, auf Dörfer zu stoßen, wo er um Essen und Unterkunft bitten könnte. Dem war aber nicht so. Er wußte, daß es im Umkreis von drei oder vier Meilen um sein Dorf herum Ansiedlungen gab, und hatte deshalb angenommen, sie seien überall in Srigmor verstreut; aber aus irgendeinem ihm unbekannten Grund fand er kein Dorf. Mehrmals hatte er in der Ferne Rauch gesehen, aber nie den Ursprung gefunden.

In der dritten Nacht fand er es überhaupt nicht mehr lustig, in eine dünne Decke gewickelt auf trockenem Laub oder Nadeln zu schlafen. Selbst in diesem milden Spätfrühling waren die Nächte kalt – so kalt, daß er nur bei völliger Erschöpfung einschlafen konnte.

Am Spätnachmittag des vierten Tages hatte er endlich Glück. Er sah eine Lücke in den Baumwipfeln über sich. Schnell lief er hin, da diese Lichtungen oft durch umgestürzte Bäume entstanden, die verrotteten und vielen eßbaren Tierchen eine Heimat boten.

Doch diese Lichtung stammte nicht von *einem* Baum, sondern von einer ganzen Reihe umgestürzter Stämme. Der Boden war wie kahl gefegt, ein langes Band, hart gepreßter Lehm, an beiden Seiten von Gras gesäumt. Auf dem Band verliefen zwei parallele flache Furchen. Verblüfft stellte Wuller fest, daß er auf eine Fahrstraße blickte.

Seine Stimmung hob sich. Er bestimmte mittels der Sonne seinen Standort und marschierte dann mit Feuereifer nach Süden los, sicher, daß er auf der Straße innerhalb weniger Minuten Leute treffen würde, mit denen er reden könnte. In seiner neu erwachten Begeisterung dachte er überhaupt nicht mehr ans Abendessen.

Die Minuten verstrichen, wurden zu Stunden. Die Sonne verschwand schon rechts hinter den Bäumen, und er war noch immer keiner Menschenseele begegnet.

Schließlich gab er spät in der Nacht auf. Hungrig wickelte er sich in seine Decke und legte sich neben der Straße hin.

Trotz des Hungers schlief er rasch ein.

Gelächter weckte ihn. Überrascht und benommen setzte er sich auf und blickte umher.

Ein Ochsenkarren fuhr vorbei. Auf dem Bock saßen ein Mann und eine Frau. Sie lehnten aneinander. Die Frau kicherte.

»Der hat mir gefallen, Okko!« rief sie. »Kennst du noch einen?«

»Na klar!« antwortete der Mann. »Hast du den mit der Hexe, dem Stellmacher und dem Tazmoriten schon gehört? Also die drei waren auf einem Floß auf einem Fluß. Da fing das Floß an zu sinken und…«

Wuller schüttelte den Kopf, um Gras und Blätter aus dem Haar zu entfernen, stand auf und rief: »*He!* Ihr da!«

Der Mann unterbrach seine Geschichte und schaute zurück, aber er hielt die Ochsen nicht an. Die Frau bückte sich schnell, als wolle sie unter dem Kutschbock etwas suchen.

»Wartet doch!« schrie Wuller.

»Ich denk' nicht dran!« rief der Mann. Dann rumpelte der Karren weiter nach Norden.

Wuller warf einen schnellen Blick auf seine ausgebreitete Habe, dann einen die Straße nach Süden hinab, und lief dem Karren hinterher. Er hatte keine Mühe, ihn einzuholen.

Der Mann weigerte sich immer noch, anzuhalten. Die Frau saß jetzt wieder aufrecht und hielt eine Armbrust über dem Schoß.

»Schaut doch!« sagte Wuller und ging nebenher. »Ich habe mich verirrt und bin hungrig. Ich brauche Hilfe. Mein Dorf wird von einem Drachen belagert, und ich…«

»Erzähl mir deine Sorgen nicht, Junge«, sagte der Fahrer mürrisch. »Ich habe meine eigenen Probleme.«

»Aber könnt Ihr mir nicht helfen? Ich muß einen Zauberer

suchen und dies Mädchen finden...« Da bemerkte er, daß er die Zeichnung bei seinem Bündel gelassen hatte, hinten auf dem Schlafplatz. »Könnt Ihr mich nicht nach Sardiron mitnehmen und...«

Der Fahrer schnaubte entrüstet. »Sardiron! Junge, sieh dir mal an, in welche Richtung wir fahren! Wir sind auf dem Weg nach Srigmor, um mit den Einheimischen Handel zu treiben. Danach fahren wir auch nicht zurück nach Sardiron. Und überhaupt bin ich kein Zauberer und kenne auch keine Zauberer. Tut mir leid, Junge, wir können dir nicht helfen.«

»Aber ich komme aus Srigmor und kenne mich hier überhaupt nicht aus...«

Der Mann starrte Wuller kurz an. Die Ochsen zottelten weiter.

»Du kommst gerade erst aus Srigmor?« fragte er.

»Ja, und...«

»Und dort gibt es einen Drachen? Wo? In welchem Dorf?«

Ein plötzlicher Hoffnungsstrahl machte Wullers Füße leichter. »Es hat eigentlich keinen Namen – es liegt nicht an der Straße...«

»Ach!« sagte der Mann offensichtlich erleichtert. »Eins der abgelegenen Nester in den Bergen?«

»Ja, ich glaube«, gab Wuller zu.

»Dann stört *mich* der Drache nicht«, sagte der Mann. »Tut mir leid, nicht mein Problem! Geh du nur nach Süden und suche deinen Zauberer.« Er wandte die Augen wieder auf die Straße und sagte zu der Frau: »Also, wie ich gerade sagte, das Floß war am Sinken, und sie waren zu weit vom Ufer weg, um zu schwimmen. Da versetzt sich die Hexe in Trance und beschwört einen Zauber, der das Floß oben hält. Dann nimmt der Stellmacher sein Werkzeug und fängt an, die Lecks zuzunageln und die Löcher abzudichten; aber der Tazmorite sitzt bloß dämlich da...«

Wuller blieb stehen und sah dem Karren unglücklich nach.

Eine solche Reaktion hatte er nicht erwartet.

Bei den seltenen Gelegenheiten, wenn ein Fremder ins Dorf kam, hieß man ihn oder sie willkommen, stellte die besten Speisen und Getränke auf den Tisch und gab dem Gast die bequemste Schlafstelle, die man hatte. Wuller hatte die gleiche Behandlung auch in der Welt draußen erwartet.

Offenbar hatte er sich da getäuscht.

Aber vielleicht war dieses unfreundliche Paar eine Ausnahme, sagte er sich. Die meisten Menschen waren bestimmt freundlich und großzügig!

Er drehte um und marschierte die Straße zurück. Dann sammelte er seine Habe ein und ging nach Süden in Richtung Sardiron. Inzwischen war er ganz sicher, daß das Paar auf dem Ochsenkarren nicht typisch war.

Das Paar auf dem Karren war tatsächlich nicht typisch gewesen. Die meisten Leute sprachen entweder überhaupt nicht mit ihm oder schrien ihn an, er solle verschwinden.

Außerdem half es ihm nicht gerade, daß der gesamte Verkehr, dem er begegnete, nach Norden fuhr.

Am späten Nachmittag hatte er ein halbes Dutzend solcher Zurückweisungen zu spüren bekommen, und er hatte schon einen ganzen Tag nichts gegessen. Gerade überlegte er, ob er die Straße verlassen sollte, um im Wald etwas Eßbares zu jagen, als er in einiger Entfernung ein Haus neben der Straße sah.

Er ging etwas schneller.

Gleich darauf entdeckte er ein zweites Haus und ein drittes – ein ganzes Dorf!

Fünfzehn Minuten später stand er auf dem Kopfsteinpflaster des Marktplatzes und schaute sich staunend um.

Nach Norden, Süden und Osten gingen Straßen ab. Er war von Norden gekommen, im Süden lag Sardiron an den Wasserfällen. Wohin führte die östliche Straße? Im Osten gab es Berge, die zwar nicht so hoch wie die in seiner Heimat aussahen; aber das lag gewiß an der Entfernung. Warum sollte jemand in die Berge gehen wollen?

Der Platz war für ihn ein wahres Wunder. Noch nie zuvor hatte er Kopfsteinpflaster gesehen. Zu Hause war nur der Boden der Schmiede mit Steinplatten ausgelegt, sonst gab es kein Pflaster. Hier war ein großer Kreis, vielleicht an die hundert Fuß Durchmesser, ganz mit Kopfsteinen ausgelegt. Wuller bestaunte die ungeheure Arbeit, die dazu notwendig gewesen war.

In der Mitte des Platzes stand ein Brunnen, der ihn auch staunen ließ. Wie konnte man Wasser so hochspritzen lassen? War das Zauberei? Und wenn es Zauberei war, konnte man dann daraus ohne Schaden trinken?

Häuser und Geschäfte umstanden den Platz. Sie waren zwar keine solche Weltwunder; aber auch sehr seltsam. Gebaut waren sie natürlich aus Holz, aber die Enden der Dachbalken waren phantasievoll mit Schnitzereien, Blumenmustern, Farnen oder Gesichtern verziert. Wuller erkannte auf Anhieb die Schmiede mit den offenen Wänden und dem lodernden Feuer. Die Bäckerei kündigte sich durch den köstlichen Duft und die im Fenster ausgestellten Brote und Kuchen an. Aber einige der anderen Läden gaben ihm Rätsel auf. Das größte Haus neben einer Art Scheune trug ein Schild, auf dem aber keine Runen, sondern nur eine einzelne Tanne in einem Flammenkranz gemalt war.

Neugierig ging Wuller einige Schritte auf das komische Gebäude zu.

Ein fremdes Tier steckte den Kopf über die Bretterwand in der angrenzenden Scheune. Da ging Wuller ein Licht auf.

Das war ein Pferd! Die Scheune ein Stall! Und dann mußte das komische Haus eine Schenke sein.

Er hatte noch nie ein Pferd, einen Stall oder eine Schenke gesehen, aber es gab keinen Zweifel. In einer Schenke würde er essen, trinken und schlafen können. Schnell ging er auf die Tür zu.

Der Besitzer der »Brennenden Tanne« musterte den Bauernjungen verblüfft. Der Bursche mußte etwa fünfzehn Jahre alt sein. Die Bauern im Norden behielten aber ihre Söhne zu Hause, bis sie achtzehn waren. Wenn ein Jüngerer unterwegs war, mußte er eine Waise sein, oder er war von daheim weggelaufen.

Im Regelfall hatten weder Waisen noch Ausreißer viel Geld. »Was willst *du* denn?« fragte der Wirt.

Überrascht drehte Wuller sich um und sah einen dicklichen alten Mann mit einer Schürze. »Äh... erst mal ein Abendessen«, sagte er.

»Hast du auch Geld, um zu bezahlen?«

Wuller hatte noch nie im Leben Geld benutzt. Im Dorf hatte man Tauschgeschäfte gemacht, wenn einfaches Teilen nicht reichte. Trotzdem hatte sein Onkel Regran darauf bestanden, daß Wuller die wenigen Münzen, die im Dorf vorhanden waren, mitnahm.

Wuller holte sie heraus und zeigte dem Wirt sein Vermögen: eine größere und drei kleine Münzen – aus Eisen.

Der Wirt schnaubte verächtlich. »Verdammtes Bauernpack! Schau, damit kannst du dir einen Kanten Brot kaufen und einen Schlafplatz im Stall – mehr kostet Kupfer.«

Alte Geschichten wurden in Wullers Kopf wach. »Ich könnte arbeiten«, bot er an.

»Ich brauche keine Hilfe, danke«, lehnte der Wirt ab. »Nimm dein Brot, trink Wasser aus dem Brunnen und verschwinde morgen von hier.«

Wuller nickte. Er wußte nicht, was er sagen sollte. »Danke«, schien mehr, als der Mann verdiente.

Dann erinnerte er sich an seine Mission. »Wartet!« Er holte die Zeichnung heraus. »Ich suche jemanden. Habt Ihr sie gesehen?«

Der Wirt nahm das Blatt, hielt die Zeichnung ans Licht und betrachtete sie genau.

»Hübsch«, bemerkte er. »Und gut gezeichnet. Aber die hab' ich noch nie gesehen – auf alle Fälle ist sie nicht in *diesem* Jahr vorbeigekommen.« Er gab das Porträt zurück. »Was ist passiert, mein Junge? Ist deine Freundin weggelaufen?«

»Nein«, antwortete Wuller. Plötzlich wollte er nicht mehr preisgeben. »Das ist eine lange Geschichte.«

»Na fein«, erklärte der Wirt. »Geht mich sowieso nichts an.«

Am nächsten Morgen war Wuller schon früh auf dem Weg nach Süden. Doch zuvor hatte er sich in der Schankstube umgehört und ein paar diskrete Fragen gestellt, wenn die Gelegenheit günstig war.

Er wußte jetzt, daß er die Grenzen längst hinter sich gelassen hatte und auf dem Gebiet der Barone von Sardiron war, daß die Schenke zur »Brennenden Tanne« die letzte vor der Grenze auf der Straße nach Norden, nach Srigmor, war. In jedem Frühjahr und Sommer zogen Händler nach Norden und brachten den Srigmoritern Salz, Gewürze, Werkzeuge und andere Dinge. Im Spätsommer und Frühherbst kehrten sie mit Wolle, Pelzen und Bernstein beladen zurück nach Sardiron.

Im Osten lag der große Paß, über den man sicher ins Tal von Tazmor gelangte, das sagenhafte Reich, an das Wuller früher nie so ganz hatte glauben können.

Bis auf die üblichen Kräuterweiblein und einige primitive Zauberer und Hexen gab es hier wenig Magie. Doch nur fünfzehn Meilen nach Süden lag Sardiron an den Wasserfällen, wo sehr viele Zauberer wohnten.

Keiner der Gäste in der Schenke hatte die junge Frau auf dem Bild erkannt oder konnte ihm nützliche Hinweise geben, um sie aufzuspüren.

Wuller wußte, daß ein alter Brotkanten nicht ausreichte, um das Knurren seines Magens zum Schweigen zu bringen oder das Kneifen, das er dort spürte. Aber ihm war auch klargeworden, daß er dagegen ohne Geld nichts tun konnte. Er mußte zu Geld kommen – *richtiges* Geld, Kupfer, Silber oder sogar Gold, nicht die billigen Eisenmünzen, die unter den Bauern üblich waren.

Nachdem er das Dorf verlassen hatte, seufzte er. Jetzt mußte er wieder Eichhörnchen fangen – und das war bestimmt in dieser bewohnten Gegend schwieriger als vorher.

Während er noch darüber nachdachte und die Straße hinabblickte, sah er in der Ferne eine riesige Lichtung. Wieder seufzte er. Eichhörnchen mochten lieber Bäume.

Er beobachtete beide Seiten des Wegs genau, entdeckte aber keine Spur eines Wildes. Dann kam er zur »Lichtung« – oder was er fälschlicherweise dafür gehalten hatte.

Dies war keine Lichtung – sondern das Ende des Waldes!

Vor ihm lag weites, offenes Land. So etwas hatte er noch nie gesehen oder sich vorstellen können. Sanfte Hügel erstreckten sich bis zum Horizont. Braune, frisch gepflügte Äcker oder grüne Weiden bedeckten sie. Kleine Bauernhöfe und Scheunen waren darin verstreut. Die Straße zog sich wie ein langes, geschwungenes Band hindurch, nicht mehr vom dunklen Wald versteckt.

Einige Bäume standen auch bei den Häusern und spendeten Schatten. Obst- und Nußbäume brachten Abwechslung. An einigen Stellen waren junge Bäume ordentlich in Reihen gepflanzt, um die Grenzen der Bauernhöfe zu markieren.

Doch der größte Teil des Landes war baumlos wie die Berge, auf denen die Schafe hoch über seinem Heimatdorf weideten.

Hier würde er keine Eichhörnchen finden. Da war er sicher.

Kaum hatte er sich mit dieser düsteren Zukunftsaussicht abgefunden, da sprang ein Kaninchen aus dem Versteck und flitzte vor ihm über die Straße. Wuller lächelte. Wo ein Kaninchen war, gab es noch mehr.

Zwei Stunden später klopfte er mit einem frisch gehäuteten Kaninchen in der Hand an die Tür eines Bauernhauses.

Im Tausch für ein halbes Kaninchen und das Fell, durfte er in der Küche über dem Feuer kochen und am Tisch essen. Dabei unterhielt er sich mit seiner Gastgeberin. Zwei Katzen und drei kleine Kinder spielten zu seinen Füßen. Mit Wasser aus dem Brunnen des Bauern spülte Wuller das Mahl hinunter.

Erfrischt marschierte er weiter nach Süden.

Nicht viel später gelangte er in eine mittlere Kleinstadt – ihm kam sie allerdings unvorstellbar groß und lebhaft vor. Er konnte sie nicht kennen oder von ihr gehört haben, da er noch ein gutes Stück nördlich von Sardiron an den Wasserfällen war. Auf einem Hügel im Osten stand ein riesiges steinernes Bauwerk und beherrschte die Stadt und die Straße. Voll Schrecken wurde Wuller klar, daß dies häßliche Ungetüm ein Schloß war.

Da Wuller kein Geld hatte, durchquerte er die Stadt, ohne anzuhalten.

Nach einer Stunde traf er wieder auf ein Dorf, dann kam eine kleine Stadt ohne Schloß. Es gab zwar Schenken und Herbergen, aber Wuller hatte kein Geld.

Bei Sonnenuntergang hatte er den Außenbezirk einer Stadt erreicht. Wie bei dem Dorf mit der »Brennenden Tanne« und der Stadt mit dem Schloß führten aus ihr drei Straßen heraus, nicht zwei. Doch liefen sie nicht nach Norden, Süden und Osten, sondern Norden, Süden und Nordosten. Es waren keine Kreuzwege, sondern Gabelungen.

Am Hauptplatz standen nicht weniger als drei Schenken. Wuller stand staunend da.

Er war müde und hungrig, daher genügte ihm das Staunen nicht. Er ging zu jeder Schenke und fragte, ob er für Essen und ein Nachtlager arbeiten könne.

Der Besitzer vom »Zerbrochenen Schwert« sagte nein, war aber höflich. Der Wirt vom »Goldenen Kessel« warf ihn hinaus. Im »Blauen Schwan« hatte die Tochter des Wirts Mitleid mit ihm und ließ ihn die Ställe ausmisten. Dafür bekam er Brot, Käse und Ale. Außerdem durfte er noch alles von den Knochen abnagen, wenn die zahlenden Gäste mit dem Abendessen fertig waren.

Sie fand auch ein Bett für ihn – ihr eigenes.

Niemand im »Blauen Schwan« konnte das Frauengesicht auf der Zeichnung identifizieren; aber die Wirtstochter schlug Wuller vor, den Magier Senesson aufzusuchen, wenn er in Sardiron war. Senesson war ein Zauberer, der für diese Aufgaben besonders geeignet sein sollte.

Hier in Keron-Vir gäbe es zwar auch viele Zauberer, aber sie bezweifelte, daß einer Wuller helfen konnte – und bestimmt nicht ohne Bezahlung!

Wuller zögerte erst, nahm aber schließlich ihren Rat an. Sardiron an den Wasserfällen war auch nur noch einen Tagesmarsch entfernt. Wenn er so nahe war, wollte er die Hauptstadt auch sehen. Außerdem kannte Teneria ihre Mitbürger gut genug, um sich ein Urteil zu erlauben.

Trotzdem ging er noch ins »Zerbrochene Schwert« und den »Goldenen Kessel«, um das Porträt zu zeigen.

Wie erwartet wußte niemand, wer die junge Frau auf dem Bild war.

Wuller zuckte mit den Achseln, packte seine Sachen und marschierte weiter.

Die Schloßtürme kamen nachmittags in Sicht. Noch vor Sonnenuntergang bestaunte Wuller die mächtigen Mauern der Hauptstadt und hörte die Wassserfälle rauschen. Es war aber schon stockdunkel, als er am Tor anlangte. Da kein Mond am Himmel schien, betrat er Sardiron an den Wasserfällen bei Fackelschein.

Selbst in der Dunkelheit war er tief beeindruckt. Alle Straßen waren mit Ziegeln, Steinplatten oder Kopfsteinen gepflastert – nirgends innerhalb der Stadtmauer war blanker Erdboden. Wo es auf Hügel hinaufging, waren die Straßen in Stufen angelegt – wie riesige Treppen.

Die Häuser waren eng aneinander gebaut, manche sogar ohne Zwischenraum. Sogar die ganz schmalen Gassen waren gepflastert!

An jeder Kreuzung loderten Fackeln. Trotz der Dunkelheit waren die Straßen keineswegs verlassen – Menschen gingen überall ihren Geschäften nach – selbst in dunkler Nacht!

Der Lärm war erstaunlich. Das Rauschen des Flusses über die Katarakte war ständig im Hintergrund. Auf Dutzenden kleiner und großer Plätze schossen Fontänen empor. Die Stadt machte ihrem Namen wirklich alle Ehre. Um die schwarzen Steintürme heulte leise, aber unablässig der Wind. Hinzu kamen noch die normalen Geräusche einer belebten Stadt: knarzende Karrenräder, brüllende Ochsen und unzählige menschliche Stimmen, die durcheinanderredeten.

Das große Schloß des Rats der Barone erhob sich über der Stadt auf einem Hügel. Dunkel überragte es alles.

Dieser Ort war wirklich eine völlig andere Welt, dachte Wuller, als er verwirrt umherblickte und überlegte, wo er essen und schlafen könnte.

Da fiel sein Auge auf ein Schild neben einer Fackel. Darauf waren keine Runen, sondern ein verblaßter Drache, der aus einem Ei schlüpfte, zu sehen.

Das mußte eine Schenke sein! Vielleicht war das Drachenschild eine Art Omen.

Es war kein großes Fenster da, in dem man Ale-Fässer und Zinnkrüge bewundern konnte, auch keine offene Tür, durch die Licht auf die Straße drang, wie Wuller das oft bei Dorfschenken gesehen hatte. Hier befand sich nur ein kleines vergittertes Fenster ziemlich weit über der Straße, das mit schwerem schwarzen Samt verhängt war. Die einzige Tür war in vier Dreiecke geteilt, oben und unten rot ausgemalt, die Seiten blau. Außerdem war die Türfläche noch mit kurzen, schwarzen Eisennägeln besetzt und fest geschlossen.

Doch die Architektur in der Stadt war überall seltsam und unheimlich. Wuller hatte innerhalb der Mauern *nirgends* offene Türen oder große Fenster gesehen. Dies *mußte* eine Schenke sein. Er nahm allen Mut zusammen und klopfte an die schwere Holztür, mitten zwischen die herausstehenden Nägel.

Ein Nagel drehte sich, glitt zurück und verschwand. Überrascht schaute Wuller ins Loch und sah in ein Auge, das herauslugte.

Dann wurde der Nagel zurückgesteckt, und die Tür ging auf.

»Wir haben keine Betten frei«, erklärte das alte Weib, das die Tür geöffnet hatte, ehe Wuller ein Wort sagen konnte. »Aber wenn du Geld zum Trinken hast, gibt es davon reichlich.«

»Ich habe kein Geld«, erklärte Wuller. »Aber ich würde gern für etwas zu essen und trinken und eine Schlafstelle in einer Ecke arbeiten – ich brauche kein Bett.« Er schaute an der Alten vorbei in den Schankraum, wo Menschen dicht gedrängt um eine hell-lodernde Feuerstelle an Tischen saßen, lachten und aßen.

»Wir brauchen niemanden«, wehrte die Alte ab.

Wuller stieß einen überraschten Schrei aus und unterbrach sie.

»Wartet!« sagte er aufgeregt. »Wartet!« Er nahm sein Bündel vom Rücken und wühlte darin.

»Junger Mann«, fing die Alte wieder an. »Ich habe keine Zeit für Blödsinn...«

Wuller winkte ab. »Nein, wartet! Ich will Euch etwas zeigen.« Er holte die Kohlezeichnung heraus und zeigte sie ihr.

»Gute Frau, ich komme von weit her, aus Srigmor«, erklärte er. »Im Auftrag meines Dorfes – da ist ein Drache und... na ja, das ist Euch gleichgültig, aber seht doch!« Er hielt ihr das Bild vors Gesicht.

Sie nahm das Blatt und hielt es so, daß das Licht aus der Gaststube drauffiel.

»Seldis von Aldagmor«, erklärte sie. »Gut getroffen.« Dann blickte sie nach hinten, wo die junge Frau, die Wuller suchte, allein an einem Tisch saß und ihr Abendbrot einnahm. Dann schaute die Alte wieder auf die Zeichnung und dann auf Wuller. »Was hast du mit ihr zu schaffen?«

Wuller fand, daß dies nicht der Zeitpunkt der absoluten und vollständigen Wahrheit war, sondern daß schnelles, unkompliziertes Handeln wichtiger war.

»Ich muß mit ihr sprechen«, sagte er. »Die Seherin in unserem Dorf kannte ihr Gesicht, nicht aber ihren Namen. Daher wurde ich ausgeschickt, sie zu finden. Ich dachte, ich müßte noch sechs Nächte oder sechs Monate weitersuchen, aber dort sitzt sie in Eurem Speisesaal! Bitte, laßt mich hinein und mit ihr sprechen!«

Die alte Frau schaute noch mal auf das Porträt, dann auf die junge Frau. Schließlich zuckte sie mit den Schultern und gab Wuller das Bild zurück.

»Mich geht das ja nichts an«, sagte sie. »Aber benimm dich! Wenn du Ärger machst, lasse ich dich sofort von den Wachen festnehmen.«

»Ich mache keinen Ärger, gute Frau«, versicherte ihr Wuller. »Das verspreche ich.«

Wuller setzte sich auf den Stuhl ihr gegenüber. Er konnte sein unwahrscheinliches Glück immer noch nicht fassen. Außerdem war er von ihrer Schönheit überwältigt. Weder Illurés Zeichnung noch das Abbild im Orakel hatte sie gebührend wiedergegeben.

»Hallo«, sagte er. »Ich bin Wuller, Wulrans Sohn.«

Sie schaute vom Teller auf und musterte ihn schweigend. Es war unverkennbar dasselbe Gesicht, das er in Kirnas Orakel gesehen und das Illuré gezeichnet hatte: dieselben lebhaften grünen Augen, dieselben sanften dunkelbraunen Locken. Es kam ihm unheimlich vor, sie tatsächlich vor sich zu sehen, mit einem kleinen Fettfleck auf dem Kinn, nicht mehr als ein Bild der Phantasie.

Die Wirklichkeit war viel schöner als das Bild, trotz des Fettflecks.

»Ich habe Euch gesucht«, erklärte Wuller.

Sie wandte ihre Aufmerksamkeit wieder dem Teller zu, wo noch einige Bratkartoffelscheiben lagen. Wuller wurde bei diesem Anblick wieder bewußt, wie hungrig er war. Schnell schaute er ihr wieder ins Gesicht.

»Wirklich! Ich habe den ganzen Weg von Srigmor hierher gemacht, um Euch zu suchen. Meine Dorfältesten haben mich geschickt.« Er entrollte das Porträt. »Seht!«

Sie warf einen Blick auf die Zeichnung, dann auf Wuller. »Hast du das gerade gezeichnet? Es ist ziemlich gut.«

»Nein!« widersprach Wuller. »Meine Tante Illuré hat dies vor beinahe einer Woche gezeichnet.«

»Vor einer Woche war ich daheim in Aldagmor«, sagte sie und musterte ihn aufmerksam.

»Ich weiß«, sagte Wuller. »Ich meine, nein, das hab' ich nicht gewußt; aber ich weiß, daß Illuré Euch nicht gesehen hat. Ich meine, nicht *wirklich* gesehen.«

»Aber wie... na schön, wer ist denn diese Illuré? Wie konnte sie das zeichnen? Ich kenne meines Wissens niemanden, der Illuré heißt.«

»Ihr seid ihr nie begegnet. Sie ist meine Tante, daheim in Srigmor. Sie zeichnete dies, weil sie von allen Leuten, die Euer Gesicht im Orakel sahen, am besten zeichnen kann.«

»*Was für ein* Orakel?«

»Kirnas Familienorakel.«

»Und wer ist Kirna?«

»Sie ist eine der Dorfältesten. Ihre Familie kam zu diesem Zauberorakel während des Großen Krieges. Seitdem wurde es immer weitervererbt. Und als der Drache kam...«

»Welcher Drache? Einer der... ich meine, welcher Drache?«

»Der Drache, der mein Dorf beherrscht.«

Die junge Frau blickte Wuller an und seufzte. »Ich glaube, du fängst lieber ganz von vorn an«, sagte sie. »Und erkläre alles genau und der Reihe nach.«

Wuller nickte, holte tief Luft und setzte an.

Er beschrieb den Drachen, wie er eines Tages ohne Warnung gekommen war, wie er Adar, den Schmied, getötet und dem Dorf ein Ultimatum gestellt hatte. Er berichtete auch von der Versammlung in Kirnas Hütte und wie das Orakel zersprungen war, nachdem es ihr Gesicht gezeigt hatte.

»Und dann schickten sie mich, um Euch zu suchen«, sagte er. »Und jetzt bin ich hier. Ich dachte schon, ich müßte einen Zauberer bitten, Euch aufzuspüren, aber ich habe kein Geld. Und dann – wie ein Glück aus heiterem Himmel – seid Ihr plötzlich hier!«

»Kein Geld?« fragte sie.

»Nein«, antwortete er verlegen.

»Hat *irgend jemand* in deinem Dorf Geld?«

»Jetzt nicht mehr«, erklärte er. Die Richtung ihrer Fragen machte ihm leichte Sorgen.

Er überlegte, was er tun könnte, wenn sie nicht mitkommen wollte. Er war zwar für sein Alter klein; aber doch etwas stärker und größer als sie. Wenn es zum Schlimmsten kommen würde, könnte er sie vielleicht mit Gewalt entführen und heimschleppen.

Wuller hoffte inbrünstig, daß es nicht dazu kommen möge. »Helft Ihr uns?« fragte er.

Seldis betrachtete das Porträt.

»Na schön, dein Orakel war nicht *völlig* nutzlos«, gab sie zu. »Ich verstehe etwas von Drachen. Meine Familie – na ja, mein Vater ist Drachenjäger. Das ist in unserer Familie schon seit Urzeiten der Beruf. Deshalb kam ich auch gerade in diese Schenke, ins ›Drachenei‹, weil da eine Verbindung zu Drachen besteht. Ich verkaufte den hiesigen Zauberern Drachenblut von der letzten Jagdbeute meines Vaters. Sie benutzen es für ihre Zauber. Einige meiner Onkel erlegen Drachen, wenn sie irgendwo Ärger machen. Aber normalerweise...« Sie runzelte die Stirn. »Normalerweise arbeiten wir nicht umsonst. Dieser Drache, von dem du mir erzählt hast, scheint anders zu sein als die Sorte, von der ich schon gehört habe. Damit ist es nicht eine Sache von Familienverantwortung – ich meine, er gehört nicht zu solchen, denen wir beibrachten zu sprechen oder so. Jedenfalls *glaube* ich das nicht.«

Wuller war verzweifelt. »Wir könnten mit Schafen oder Wolle bezahlen.«

Sie winkte ab. »Wie sollte ich die Schafe von Srigmor nach Aldagmor bringen? Selbst wenn sie den Weg lebend überstehen sollten, wäre es für mich günstiger, sie zu Hause zu kaufen. Das gilt auch für Wolle. Wir haben nicht so viel Schafzucht in Aldagmor wie ihr im Norden, aber wir haben genug.«

»Aber wenn Ihr nicht mitkommt, wird mein Dorf aussterben«, erklärte Wuller. »Selbst wenn der Drache uns nicht auffrißt, müssen wir verhungern, wenn die Schafe weg sind.«

Seldis seufzte tief. »Ich weiß«, sagte sie. Dann blickte sie im Raum umher, als hoffte sie, daß irgend jemand eine Lösung vorschlug; aber niemand hatte zugehört.

»Na schön«, meinte sie schließlich. »Dann werde ich wohl mitkommen müssen.«

Wuller konnte seine Erleichterung nicht unterdrücken. Strahlend lächelte er sie an.

»Aber es gefällt mir überhaupt nicht«, fügte sie hinzu.

Als Seldis merkte, daß Wuller nicht nur arm, sondern völlig mittellos war, kaufte sie für ihn ein Abendessen und gestattete ihm, in ihrer Kammer in der Schenke zu schlafen. Wuller schlief auf dem Boden, sie im Bett. Er wagte nicht, weder durch Wort noch Tat, eine andere Möglichkeit vorzuschlagen .

Neben anderen Gründen war einer, daß Seldis einen guten, langen Dolch im Gürtel unter der langen Weste trug. Der Griff war abgenutzt, woraus man schließen konnte, daß er viel gebraucht worden war und nicht nur zur Zierde dort steckte.

Am Morgen bezahlte sie für beide Frühstück und gab dem Wirt eine Nachricht, die er mit dem nächsten Gast, der nach Aldagmor unterwegs war, an ihren Vater schicken sollte. Dann packte sie ihre Sachen zusammen und stand ungeduldig am Eingang, während Wuller das Frühstück beendete und sein Bündel schnürte.

Danach marschierten die beiden Seite an Seite die abschüssigen Straßen zum Stadttor hinunter. Es hatte während der Nacht stark geregnet, so daß die Kopfsteine naß und schlüpfrig waren und sie vorsichtig gehen mußten.

Jetzt sah Wuller Sardiron an den Wasserfällen bei Tageslicht. Er bestaunte die seltsamen Gebäude aus dunklen Steinen, die unzähligen Springbrunnen, die Breite des Flusses und die funkelnden Wasserfälle und hatte für seine wunderschöne Begleiterin kaum Augen.

Doch kaum hatten sie das Stadttor hinter sich gelassen, wanderten seine Blicke immer wieder zu ihr. Sie war in der Tat sehr schön. Noch nie hatte er ein Mädchen oder eine Frau gesehen, die ihr an Schönheit gleichkam.

Wuller schätzte, daß sie ein oder zwei Jahre älter als er selbst war. Ihr Gesicht war zu perfekt, um viel älter zu sein, dachte er; aber sie hatte eine Haltung und ein selbstsicheres Auftreten, wie er es selten bei jemandem erlebt hatte, ganz gleich welchen Alters.

Obwohl ihre Schönheit offensichtlich war, war sie ihm am vergangenen Abend weniger beeindruckend vorgekommen. Vielleicht war dafür das trübe Licht verantwortlich gewesen. Man sagt doch immer, daß Kerzenlicht viele Makel verbirgt. Warum sollte es nicht auch vollkommene Schönheit verstecken?

Als sie außer Hörweite der Wasserfälle waren und die Türme des Schlosses der Barone immer kleiner wurden, faßte Wuller sich ein Herz und richtete das erste Wort an sie, seit sie die Schenke verlassen hatten.

»Ihr kommt aus Aldagmor?« fragte er.

Sofort verfluchte er sich wegen der dümmlichen Frage. Woher sonst konnte jemand kommen, der Seldis von Aldagmor hieß?

Sie nickte.

»Dann kommt Ihr oft hierher?«

Überrascht schaute sie ihn an. *»Hierher?«* wiederholte sie und deutete auf die lehmige Straße und die Bauernhöfe der Umgebung. »Ich bin noch nie im Leben *hier* gewesen.«

»Ich meinte Sardiron«, sagte Wuller.

»Aldagmor ist ein Teil Sardirons«, antwortete sie. »Unser Baron ist sogar Vorsitzender des Rats.«

»Ich meinte die *Stadt* Sardiron an den Wasserfällen«, erklärte Wuller leicht verzweifelt.

»Ach so«, meinte sie. »Aber das ist nicht *hier*. Wir haben die Stadt schon vor Stunden verlassen.« Das war eine mächtige Übertreibung, aber Wuller verbesserte sie nicht. »Und in die Stadt komme ich zweimal im Jahr. Für gewöhnlich im Frühjahr und im Herbst. Mich kann man daheim am leichtesten entbehren, weil ich als weibliche Person nicht stark genug bin für die meisten Arbeiten. Daher übernehme ich es, Blut, Haut und Schuppen zu verkaufen und die notwendigen Vorräte für uns zu beschaffen.«

»Was für ein Glück, daß wir diesmal zur selben Zeit dort waren«, sagte Wuller lächelnd.

»Ein Glück für *dich*!« sagte sie.

Wullers Lächeln war wie weggewischt. Die nächste Zeit gab es keine Unterhaltung.

Die Wolken verdichteten sich. Gegen Mittag fing es an zu tröpfeln. Sie machten bei einer Schenke Halt, um etwas zu essen und zu warten, daß der Regen aufhörte. Seldis bezahlte wieder für beide.

»Das wird langsam teuer«, bemerkte sie.

Wuller versuchte etwas zu sagen.

»Wir werden unser Bestes tun, um Euch irgendwie alles zurückzuzahlen«, sagte er schließlich.

Sie winkte ab. »Mach dir keine Sorgen! Es war meine Entscheidung mitzukommen.«

Zwei Stunden später waren sie wieder auf der Straße. Inzwischen hatte sich das Nieseln zu einem kräftigen Frühjahrsregen ausgewachsen. Sie fuhr ihn an. »Ich weiß wirklich nicht, warum ich mich von dir dazu überreden ließ!«

Wuller schwieg.

Die erste Nacht blieben sie im »Blauen Schwan« in dem Städtchen Keron-Vir; aber diesmal war die Wirtstochter Teneria längst nicht so entgegenkommend. Sie warf einen Blick auf Seldis und sah, daß diese trotz tropfnasser Haare und durchweichter Kleidung eine Schönheit war, mit der sie beim besten Willen nicht mithalten konnte. Danach weigerte sie sich, mit einem der beiden zu sprechen.

Seldis bezahlte wieder fürs Essen und eine kleine Kammer. Wieder schlief sie im Bett und Wuller auf dem Boden.

Er lag noch ungefähr eine halbe Stunde wach und hörte zu, wie der Regen aus der Dachrinne plätscherte, ehe er endlich einschlief. Er wagte nicht einmal, Seldis anzuschauen

Der Regen hatte bei ihrem Aufbruch am nächsten Morgen aufgehört, und Seldis war wieder bereit, Wuller wie ein menschliches Wesen zu behandeln. Nach einigen höflichen Bemerkungen fragte er: »Und wie wollt Ihr mit dem Drachen fertig werden?«

»Das weiß ich nicht«, antwortete sie und zuckte mit den Schultern. »Ich muß mir erst über die Situation klarwerden.«

»Aber...«, begann er.

Sie hob die Hand. »Nein, wirklich«, fiel sie ihm ins Wort. »Ich weiß es wirklich nicht, und wenn ich es wüßte, würde ich dir nichts sagen wollen. Geschäftsgeheimnis – verstehst du – Familiengeheimnis.«

Wuller bohrte nicht weiter, machte sich aber große Sorgen. Das Orakel hatte gesagt, daß Seldis das Dorf vom Drachen befreien könne, und Seldis schien auch auf ihr Können zu vertrauen. Trotzdem machte er sich Gedanken.

Er dachte wieder an Alashas Worte über die Jungfrauen, die sich selbst opfern, und schob sein Bündel hin und her. Würde Seldis sich dem Drachen opfern?

Im ersten Augenblick kam ihm dieser Gedanke albern vor – sie sah wirklich nicht so aus, als trüge sie sich mit Selbstmordabsichten. Andererseits hatte sie eingewilligt, mit ihm zu gehen – das war gewiß keine selbstsüchtige Entscheidung. Wie uneigennützig war sie?

Verstohlen musterte er Seldis. Sie marschierte fröhlich dahin, beobachtete einen Habicht, der weit oben seine Kreise zog – kaum das Bild eines Menschen, der beabsichtigte, sich einem Drachen aus Liebe zur Menschheit in den Rachen zu werfen.

Wuller schüttelte den Kopf. Nein, sagte er sich, das hatte Seldis bestimmt nicht vor!

Dennoch blieb ein nagender Zweifel zurück: Konnte es nicht so sein, daß das *Orakel* dies mit ihr vorhatte?

In dieser Nacht blieben sie in der »Brennenden Tanne« im Dorf Laskros. Als Wuller auf dem Boden der Kammer lag und an die Bretter in der Decke schaute, machte er sich wieder Gedanken, ob es richtig von ihm war, Seldis in sein Dorf zu führen.

Warum sollte sie riskieren, dorthin zu gehen?

Warum sollte *er* das riskieren?

Wäre es nicht besser für beide, den Drachen und das Dorf zu vergessen und irgendwoanders hinzugehen? Vielleicht nach Aldagmor? Er würde ihr den Hof machen, soweit das ohne Geld, ohne Familie, ohne Zukunftsaussichten möglich war und...

Ohne Familie. Das war der springende Punkt. Seine Familie wartete daheim auf ihn. Sie verließ sich auf ihn. Er konnte sie nicht enttäuschen, ohne zumindest einen *Versuch* zu wagen. Nein! Da hatte er das phänomenale Glück gehabt, die Gesuchte so schnell zu finden, und jetzt überlegte er, ob er aufgeben sollte?

Nein, er mußte nach Hause zurückkehren und Seldis mitnehmen. Dann mußte er helfen, den Drachen zu beseitigen, ganz gleich, was es ihn kostete.

Er schaute sie an, wie sie auf dem Bett lag und schlief. Ihre Haut war so blaß wie Milch im Licht der zwei Monde. Dann rollte er sich auf die Seite und zwang sich, auch zu schlafen.

»Von jetzt an werden wir nicht mehr in Schenken übernachten«, teilte er ihr am nächsten Morgen mit. »Wir verlassen am Spätnachmittag die Straße und schlagen uns querfeldein durch.«

Sie schaute ihn starr vor Staunen an. »Aber hast du nicht gesagt, daß es noch einige Tage bis zu deinem Dorf sind?«

»Stimmt«, antwortete er.

Seldis schaute nach Osten, wo Wald die Straße begrenzte.

»Wenn du irgendwo von dieser Straße zwei Tage nach Osten gehst, endest du in den Bergen«, sagte sie. »Und in drei Tagen gibt es nur noch kahlen Fels, oder?«

»Wenn man direkt nach Osten marschiert, ja«, gab er zu. »Aber das habe ich nicht gesagt. Wir gehen nach Nord-Nordost.«

»Drei oder vier Tage, sagtest du?«

Er nickte.

»Warum bleiben wir nicht auf der Straße, bis wir direkt nach Osten gehen können? Sie müßte doch parallel verlaufen, oder?«

»Weil ich diesen Weg nicht kenne«, antwortete er widerstrebend. »Ich kann den Weg nach Hause nur finden, wenn ich der Spur folge, die ich an den Bäumen auf dem Weg nach Süden markiert habe.«

»Aha«, meinte sie.

Nach einigen Schritten fragte sie: »Was sollen wir deinem Plan nach essen, wenn wir die Straße verlassen?«

Er blieb wie angewurzelt stehen. »Daran habe ich überhaupt noch nicht gedacht«, gab er zu.

Seldis betrachtete ihn mit undurchdringlicher Miene. »Was hast du denn auf dem Herweg gegessen?«

»Hauptsächlich Eichhörnchen.«

Sie seufzte. »Es wäre sinnvoll, wenn wir zurück zur ›Brennenden Tanne‹ gehen und Proviant kaufen – wieder mit *meinem* Geld natürlich.«

Schamrot stimmte er ihr zu, und sie gingen zurück.

Als sie wieder in Laskros waren, zeigte Wuller ihr die Bäckerei und eine Räucherei. Sie mußten nicht in der »Brennenden Tanne« etwas zu essen kaufen. Trotzdem gingen sie noch mal hin und erstanden noch drei Decken. Wuller war stolz auf sich, daß ihm dies eingefallen war. Er fand, damit hatte er seine vorherige Dummheit etwas gutgemacht.

Es gab zwar keine weiteren Verzögerungen, aber die Einkaufsexpedition zwang sie, am Straßenrand zu schlafen. Wuller weigerte sich, nach Nachteinbruch weiterzugehen, da er Angst hatte, seinen markierten Pfad nicht zu finden. Die beiden ließen sich neben der Straße im Wald nieder, machten ein Feuer und aßen in Ruhe die köstlichen süßen Kuchen und das geräucherte Lamm.

Ruhig plauderten sie über Alltäglichkeiten: Freunde, Familie, Lieblingsgeschichten und anderes. Nie erwähnten sie Drachen oder Unangenehmes. Als sie müde waren, rollten sie sich in ihre Decken und schliefen.

Am nächsten Tag kamen sie nur langsam vorwärts, da sie nach den Einkerbungen in den Bäumen Ausschau hielten. Am späten

Vormittag entdeckte Wuller endlich einen Fichtenzweig, dessen Rinde sich nach oben zusammengerollt hatte: seine Markierung.

Als er unter diesem Ast stand, konnte er auch schon den nächsten sehen und von diesem wieder den nächsten.

Auf diese Weise fand er den Heimweg. Die beiden marschierten quer durch den Wald zum Dorf.

Noch zwei Nächte schliefen sie im Wald, doch am Spätnachmittag des folgenden Tages erkannte Wuller die Gegend genau wieder. Kurz darauf entdeckte Seldis Rauch, der aus den Feuerstellen des Dorfes über die Bäume emporstieg.

Sie warteten und schlichen sich erst im Schutz der Dunkelheit zu Wullers Vaterhaus.

Als Wuller die Tür aufriß, hörte er seinen Vater unwirsch rufen: »Wer, zum Teufel, kommt noch so spät?«

»Ich bin's, Wuller. Ich bin wieder da.«

Wulran war sprachlos. Schweigend schaute er Wuller an, der Seldis die Hand reichte, um ihr über die Schwelle zu helfen.

Die beiden Wanderer ließen ihre Bündel auf den Boden fallen. Wuller zeigte auf einen Stuhl, Seldis nahm anmutig Platz und legte die müden Füße übereinander.

»Ihr könnt sicher in Tante Illurés Kammer schlafen«, sagte Wuller. Fragend blickte er seinen Vater an. Zu seinem Erstaunen weinte der alte Wulran leise. Tränen flossen auf beiden Seiten in den Bart.

Wuller und Seldis standen spät auf und verbrachten den Rest des Vormittags damit, die müden Füße zu baden und sich vom Marsch zu erholen. Inzwischen huschte Wullers Familie durchs Dorf und verbreitete die gute Nachricht, daß er zurück war und auch die junge Frau mitgebracht hatte, die das Orakel ihnen gezeigt hatte. Für den Abend wurde eine Versammlung einberufen, um den nächsten Schritt zu besprechen.

Kurz nach dem Mittagessen winkte Wulran seinem Sohn, sich zu ihm zu setzen, während Illuré Seldis im Dorf herumführte.

Der Junge gehorchte, war aber etwas mißtrauisch.

»Wuller«, sagte der alte Mann leise. »Du weißt doch, was Alasha denkt, oder?«

»Worüber?« fragte Wuller.

»Über dies Mädchen, diese junge Frau, die du mitgebracht hast – wie sie uns vom Drachen befreien kann.«

Wuller wußte, was sein Vater meinte, zögerte aber, ehe er etwas sagte.

»Sie soll geopfert werden«, fuhr Wulran fort. »Das glaubt Alasha auch. Wir müssen sie vielleicht dem Drachen vorwerfen.«

Wullers Gedanken drehten sich im Kreis. Er bemühte sich, sie zu ordnen, um sprechen zu können, aber es gelang ihm nicht.

»Es ist notwendig«, erklärte Wulran. »Wir müssen ein Leben opfern – zumal es sich um eine Fremde handelt –, damit wir alle gerettet werden.«

»Aber das wissen wir doch gar nicht«, protestierte Wuller. »Wir wissen nicht, ob es notwendig ist oder nicht.«

Wulran zuckte mit den Schultern. »Stimmt«, sagte er. »Wir wissen es nicht mit Sicherheit, aber kannst du dir eine andere Möglichkeit vorstellen, wie dies zarte Persönchen uns vom Drachen befreien könnte?«

Wuller antwortete erst nicht, weil er auch nichts anderes wußte. Schließlich äußerte er leise. »Sie kennt Tricks – Familiengeheimnisse.«

»Ich nehme an, sie kennt das Opferritual«, sagte Wulran.

Wuller konnte es nicht länger ertragen. Er stand auf und ging hinaus.

Wulran blickte ihm nach und war zufrieden, als er sah, daß sein Sohn nicht sofort zu diesem Mädchen aus Aldagmor rannte, um es zu warnen.

Wuller wollte erst nachdenken und nichts überstürzen. Er schaute zum Berggipfel empor, wo der Drache sich sonnte. Dann aufs Dorf, wo seine Sippe geschäftig den täglichen Arbeiten nachging. Die Schafe weideten auf den Berghängen, die Schmiede war kalt und stumm, die Feuerstellen eingedämmt. Die Dörfler holten Wasser, stapelten Brennholz oder saßen auf Bänken und kämmten die Wolle. Westlich der Schmiede, windabwärts, brannte ein Meiler zur Gewinnung von Holzkohle.

Wuller zog das ziemlich verknitterte Porträt aus dem Ärmel und betrachtete es.

Seldis' Gesicht blickte ihn an.

Er rollte das Bild wieder zusammen und steckte es in den Ärmel. Dann blickte er umher.

Illuré und Seldis waren unten am Fluß gewesen und kehrten mit Wassereimern zurück. Wuller überlegte kurz, ob er hinüberlaufen und Seldis wegreißen sollte, um dann mit ihr nach Süden, weg vom Dorf, zu laufen. Aber er bewegte sich nicht. Er stand da und schaute zu, wie sie und Illuré ihre Eimer zur Zisterne schleppten und ausleerten.

Seldis war nicht dumm – sie hatte den ganzen Weg nicht gemacht, nur um zu sterben! Sie wußte bestimmt, was sie tat. Sie kannte mit Sicherheit einen Weg, den Drachen zu töten, ein magisches Berufsgeheimnis, das ihr Vater sie gelehrt hatte.

Zumindest hoffte er das.

Während die Dorfbewohner sich in Wulrans Wohnraum versammelten, zog dieser aufrechte Mann seinen Sohn beiseite und flüsterte: »Wir hören uns an, was das Mädchen zu sagen hat, aber dann mußt du sie vielleicht eine Zeitlang von hier wegbringen. Du verstehst? Bring sie nach draußen und sorge dafür, daß sie uns nicht belauschen kann. Wir lassen dich wissen, wann du sie zurückbringen kannst.«

Wuller nickte unglücklich und setzte sich in eine Ecke.

Er verstand völlig! Er sollte der verräterische Widder sein, der das Opferlamm Seldis zur Schlachtbank führte, wenn es so weit kam.

Ein paar Minuten später schloß Wulran die Tür und verkündete: »Ich glaube, daß alle hier sind.«

Erwartungsvolles Schweigen breitete sich aus, während die leise geführten Gespräche verstummten.

»Ich glaube, ihr wißt alle, was geschehen ist«, begann Wulran. »Mein Sohn Wuller ging nach Süden, um die Frau zu suchen, welche das Orakel uns gezeigt hatte. Und – hol mich der Teufel – er hat sie gefunden und zu uns gebracht. Die Götter müssen uns mögen, wenn sie es ihm so leicht machten.«

Er lächelte, und einige lächelten höflich zurück.

»Jetzt ist sie hier«, fuhr er fort. »Ich werde sie euch vorstellen, damit wir endlich zur Sache kommen.« Er gab Illuré das Zeichen, worauf sie Seldis in die Mitte des Zimmers führte.

Ein Raunen ging durch die Versammlung, als sie Seldis erblickte.

»Ich bin Seldis von Aldagmor«, erklärte sie. Einige schauten sie verblüfft an. Hatten sie nicht erwartet, daß sie sprechen konnte? dachte Wuller. Anscheinend hatten sie in ihr eher ein Ding als eine Person gesehen – um so leichter würde es sein, sie dem Drachen zu opfern.

Wuller unterdrückte bei diesem Gedanken ein wütendes Knurren. Was würde es nützen, irgendeinen Menschen zu opfern?

»Meine Familie hat seit den Tagen des Großen Krieges gegen Drachen gekämpft und sie getötet«, fuhr Seldis fort. »Ich glaube daher, imstande zu sein, euch von diesem hier zu befreien. Aber als erstes muß ich alles über ihn wissen und erfahren, was ihr schon gegen ihn unternommen habt. Wuller, Wulrans Sohn, erzählte mir schon ein bißchen auf dem Weg von Sardiron hierher; aber ich muß alles wissen.«

Mehrere Stimmen antworteten gleichzeitig. Doch legte sich die Verwirrung schnell, und alles lief in geordneten Bahnen weiter. Kirna berichtete über die Ankunft des Drachen und den Tod des Schmieds Adar, dann über das uralte Zauberorakel und das Bild, das es ihnen gezeigt hatte. Ihre Schwester Alasha verbesserte sie mehrmals bei Einzelheiten, auch Wulran fügte ergänzende Bemerkungen ein, wenn es ihm nötig erschien.

Seldis hörte zu und stellte ein paar Fragen: Schien der Drache die eine oder andere Seite zu bevorzugen, als er den Schmied zerfetzte, oder benutzte er beide Klauen gleichmäßig? Flog er gleichmäßig wie ein Habicht oder auf und ab wie eine Krähe?

»Und so kamen wir alle überein, daß Wuller losgehen sollte, während wir hier warteten«, schloß Kirna. »Das tat er dann auch am nächsten Morgen. Von da an wißt Ihr besser Bescheid als wir, Lady.«

Seldis nickte. »Und was tatet ihr, während ihr gewartet habt?« fragte sie.

Die Dorfbewohner schauten sie überrascht an.

»Nichts«, antwortete Alasha. »Wir warteten einfach.«

Seldis zog die Augenbrauen hoch. »Ihr habt nichts anderes probiert?«

Mehrere schüttelten den Kopf.

»Und ihr habt auch nichts unternommen, ehe ihr mit diesem Orakel spracht?«

»Nein«, antwortete Kirna. »Was hätten wir versuchen können? Wir haben doch gesehen, was er mit Adar gemacht hat.«

Seldis blickte die versammelten Dorfbewohner an. Wuller wußte, daß sie sich große Mühe gab, ihr tiefes Erstaunen nicht zu sehr zu zeigen.

Was hatte sie nur von den Menschen hier *erwartet*? fragte er sich.

Seldis schloß den Mund, bis die Lippen ganz schmal waren. Dann sagte sie: »Also, ihr seid wirklich keine große Hilfe, wenn ihr überhaupt nichts versucht habt, aber ich weiß genau, was ich als erstes unternehme. Ich kann es nicht fassen, daß keiner von euch auf den Gedanken kam, es auszuprobieren! Ihr füttert das Untier doch jeden Tag mit einem Schaf, oder?«

Köpfe nickten. Wulran sagte: »Ja.«

»Dann brauche ich so ungefähr ein Dutzend kleiner Säckchen«, erklärte Seldis. »Schweinsblasen wären perfekt, aber da ich hier kaum Schweine gesehen habe, müssen Schafsblasen auch genügen. Leere Wursthäute oder Lederbeutel gehen zur Not auch. Sie müssen nur ganz eng genäht sein und so klein, daß man sie einem Schaf in den Hals stopfen kann – aber auch nicht zu klein. Es spielt keine Rolle, ob es dem Schaf weh tut.«

Erstauntes Gemurmel folgte ihren Worten.

Wuller war auch verwirrt. Er blickte zu seinem Vater. Wulran schaute ihn bedeutungsvoll an und wackelte mit einem Finger.

Sein Vater hielt Seldis offenbar für verrückt!

Dagegen wehrte er sich entschieden! Er hatte fast eine Woche mit Seldis verbracht und wußte, daß sie nicht verrückt war. Was auch immer sie vorhatte – es mußte ein alter Drachenjägertrick sein, nicht Torheit einer Geisteskranken.

Und was es auch war, er würde ihr dabei helfen.

Die Versammlung löste sich danach schnell auf. Seldis weigerte sich, ihre genauen Pläne preiszugeben. Die meisten glaubten nicht, daß sie überhaupt *etwas* klar im Schilde führte, aber alle stimmten überein, ihr einen Tag für den Versuch einzuräumen.

Wulran gelang noch ein Gespräch unter vier Augen mit seinem Sohn, in dem er ihm klarmachte, daß es Wullers Aufgabe sei, Seldis zu beschatten und sicherzustellen, daß sie sich nicht heimlich davonmachte.

Unglücklich versprach Wuller, sie nicht aus den Augen zu lassen.

Am nächsten Morgen stand Seldis nach dem Frühstück vom Tisch auf, streckte sich und sagte: »Ich gehe hinaus, um ein paar Kräuter zu sammeln. Kann mir jemand einen Korb leihen? Einen großen?«

Illuré hatte einen, den Seldis für geeignet hielt. Dann spazierten die drei, Seldis, Illuré und Wuller in den Wald außerhalb des Dorfes.

Sie gingen einige Zeit schweigend und genossen das warme Frühlingswetter. Wuller schaute Illuré an, dann Seldis und wieder seine Tante.

Er hatte absolut keine Lust, den Verräter zu spielen. Wenn er Seldis aus Illurés Nähe wegbringen konnte, würde er sie vor den Plänen der Dorfältesten warnen und ihr Gelegenheit zur Flucht verschaffen.

Gerade in diesem Augenblick sagte Seldis: »Ich sehe nirgends, was ich suche, Illuré. Wo finde ich hier Eisenhut oder Nachtschatten?«

»*Was* suchst du?« fragte Illuré überrascht. »Die Namen habe ich noch nie gehört. Was soll denn das sein?«

Seldis schaute Illuré ebenso überrascht an. »Aber das sind bekannte Pflanzen. Eisenhut hat kleine Blüten mit einer Art Helm darüber. Zur jetzigen Jahreszeit müßte die Sorte mit den gelben Blüten blühen, daneben gibt es noch solche mit blauen, lila oder weißen Blüten.«

»Nie gehört«, erklärte Illuré. »Ich glaube auch nicht, daß ich solche Blumen schon mal gesehen habe. Bist du sicher, daß sie in unserer Gegend wachsen?«

»Vielleicht nicht«, meinte Seldis und blickte besorgt drein. »Wie steht's mit Nachtschatten?«

»Was ist das?« fragte Illuré.

Seldis erklärte: »Die Blüten sind dunkelrot und glockenförmig, später kommen kleine schwarze Beeren.«

Illuré blieb stehen und dachte angestrengt nach.

»Nein, die haben wir, glaube ich, auch nicht«, sagte sie schließlich. »Wenn du Blumen suchst – wir haben Gänseblümchen.«

»Nein, Blumen kann ich nicht gebrauchen!« fuhr Seldis sie an.

»Aber, *was* willst du dann?« fragte Illuré.

»Schon gut. Vergiß es! Gehen wir zurück!« Seldis drehte um und marschierte in Richtung Dorf los.

Kopfschüttelnd folgten Wuller und Illuré ihr.

Wuller blickte verstohlen zu Illuré und überlegte, ob jetzt die beste Gelegenheit für Seldis sei, davonzulaufen. Aber dann beschloß er, noch abzuwarten. Seldis schien jetzt viel besorgter als vorher, aber noch nicht verängstigt. Wuller hatte das Gefühl, daß sie noch einen Trumpf im Ärmel hatte, auch ohne die Zauberkräuter.

Im Dorf wartete Wulran schon auf der Türschwelle. Neben ihm saß Kirna mit einem Korb voll Wursthäute. Andere Dörfler schauten aus einiger Entfernung zu.

»Sind die brauchbar?« fragte Kirna und zeigte auf ihren Korb.

Seldis schüttelte den Kopf. »Die wären perfekt«, antwortete sie. »Aber ich fürchte, meine Idee funktioniert nicht. Ich konnte nicht finden, was ich dazu brauche. Jetzt muß ich mir wohl oder übel etwas anderes einfallen lassen.«

Wulran schnaubte wütend. »Allerdings, Lady«, sagte er. »Das finde ich auch – und zwar schnellstens! Das Orakel sagte, daß du uns vor dem Drachen retten könntest; aber das schaffst du nicht, wenn du im Wald herumläufst. Wir können nicht riskieren, daß du uns ganz wegläufst. Von jetzt an bleibst du hier im Dorf, und zwar unter Bewachung.«

»Aber...«, setzte Seldis an.

»Keine Widerrede!« brüllte Wulran. Die anderen Dorfbewohner murmelten unwirsch.

Seldis widersprach nicht. Auf Wulrans Befehl wurde sie ins Haus geführt und in Illurés Kammer gesperrt. Vor die Tür kamen zwei neue Halterungen, durch welche ein schwerer Balken als Riegel geschoben wurde.

Das Fenster war auch vergittert. Seldis war eine Gefangene.

Ganz gegen seinen Willen wurde Wuller zu ihrem Wärter bestimmt.

»Sie ist verrückt«, erklärte sein Vater. »Und Geisteskranke sind gefährlich. Aber dir vertraut sie. Sie bleibt, wenn du sie bewachst. Und wenn sie uns sagen kann, wie man den Drachen tötet, ist alles in Ordnung; aber wenn sie das nicht kann, dann werden wir sie morgen als Opfer hinausbringen. Das hat das Orakel wahrscheinlich sowieso gemeint.«

Wuller versuchte nicht zu widersprechen. Er wußte, daß Seldis nicht verrückt war, aber er hatte keine Ahnung, was sie plante. Außerdem sah er, daß sein Vater Angst hatte und wütend war. Jede Diskussion wäre sinnlos gewesen.

Natürlich mußte etwas geschehen, aber nicht mit Worten.

Wuller ließ sich vor der Tür zu Seldis' provisorischer Zelle nieder und wartete.

Am frühen Nachmittag hatten sich alle anderen verzogen, da es ihnen zu langweilig geworden war. Da rief er zu ihr hinein: »Was ist denn so Besonderes an den Pflanzen, die Ihr gesucht habt?«

»Darf ich etwa jetzt schon wieder sprechen?« fragte sie sarkastisch.

»Selbstverständlich. Hört, es tut mir schrecklich leid, was passiert ist. Aber es ist nicht *meine* Schuld.«

»Ja, ich weiß, aber es ist so entsetzlich *dumm*! Am Drachentöten ist überhaupt nichts Magisches. Es ist leicht, wenn man nur den Verstand etwas gebraucht und nachdenkt. Hier sind alle viel zu verängstigt, um zu *denken*! Was nützt es, wenn ihr mich hier einsperrt?«

»Dann könnt Ihr nicht weglaufen«, erklärte Wuller etwas zögernd.

»Aber das ist doch idiotisch! Nachdem ich den ganzen Weg hierher gemacht habe! Warum sollte ich weglaufen?«

»Weil...«, setzte Wuller an, sprach aber nicht weiter.

Wenn sie nicht schon wußte, daß sie geopfert werden sollte, würde es auch nichts nützen, wenn er es ihr sagte, oder?

Vielleicht nicht.

»Lassen wir das mal«, sagte er. »Was ist an diesen Pflanzen so besonders?«

»Sie sind giftig. Wuller, was verbirgst du vor mir? Was haben sie – o nein! Sie sind doch nicht wirklich *so* beschränkt und abergläubisch? Ein Jungfrauenopfer! Planen sie das?«

Wuller ging nicht darauf ein. Bei ihrer Antwort auf seine Frage war ihm plötzlich ein Licht aufgegangen. Er dachte kurz nach und sah alles vor sich. Nicht nur, was Seldis ursprünglich vorgehabt hatte, sondern was sie statt dessen tun konnten.

»Wuller? Bist du noch da?« rief sie durch die Tür.

»Ich bin hier«, antwortete er. »Und macht Euch keine Sorgen. Wartet bis heute abend. Vertraut mir!«

»Dir *vertrauen*?« Sie lachte verbittert.

Als Wuller Seldis das Abendessen in die Kammer brachte, weigerte sie sich, mit ihm zu sprechen. Stumm funkelte sie ihn wütend an. Nachdem er eine Entschuldigung gestammelt hatte, drang er nicht mehr in sie.

Doch später, als die anderen alle schliefen, schob er vorsichtig den schweren Riegel vor der Tür weg. Er gab sich alle Mühe, dabei kein Geräusch zu machen.

»Kommt!« flüsterte er.

Schnell kam sie heraus. »Wohin?« fragte sie leise. »Läßt du mich einfach laufen?«

Er schüttelte den Kopf. »Nein, nein. Wir werden den Drachen töten, wie Ihr es geplant hattet. Ich habe draußen ein Schaf angebunden, und Kirna hat den Korb mit den Wursthäuten stehen gelassen. Alles ist bereit.«

»Hast du Eisenhut oder Nachtschatten gefunden?«

»Nein. Die wachsen in dieser Gegend nicht.«

Seldis wollte protestieren.

»Still! Es ist alles in Ordnung. Wirklich! Ich weiß, was ich tue. Kommt jetzt, und macht keinen Lärm!«

Sie kam.

Am Morgen fand Wulran seinen Sohn tief schlafend vor der verriegelten Tür von Seldis' Kammer. Wuller sah etwas schmutziger aus als am Abend zuvor. Mißtrauisch musterte Wulran ihn genau.

Er hoffte nur, daß Wuller nicht irgendeinen Blödsinn angestellt hatte.

Er überlegte auch, was an diesen Geschichten dran sei, daß Drachen Jungfrauen als Opfer verlangten.

Wie konnte ein Drache das überhaupt mit Sicherheit feststellen?

Wahrscheinlich auch nur durch Zauberei.

Ganz gleich, um welchen Zauber es sich handelte – Wulran hoffte inständig, daß Seldis noch in der Kammer war, damit man sie opfern konnte, daß sie nicht während der Nacht hinausgeschlüpft war. War der Junge vielleicht deshalb so schmutzig, weil er sie in den Wäldern verfolgt hatte?

Er stieß Wuller mit dem Zeh an. »Wach auf!«

Wuller blinzelte und wachte auf. »Guten Morgen«, sagte er. Dann gähnte er und reckte sich.

»Ist das Mädchen noch da drin?« fragte Wulran.

Wuller blickte auf die geschlossene Tür mit dem Riegel davor, dann zu seinem Vater. »Ich glaube schon«, antwortete er. »Sie war es jedenfalls, als ich das letzte Mal nachsah.«

»Und wird sie auch drin sein, wenn wir sie holen, um sie zu opfern?«

Wuller gähnte wieder. »Du kannst sie nicht opfern«, erklärte er. »Ich habe den Drachen heute morgen gefüttert, kurz vor Tagesanbruch. Wahrscheinlich ist er inzwischen schon tot.«

»Was ist wahrscheinlich schon tot? Das Schaf? Du hast ihm ein Schaf vorgeworfen?«

Wuller nickte. »Ja, ich habe ihm ein Schaf gebracht, und natürlich ist das *Schaf* tot; aber ich meinte, daß der *Drache* wahrscheinlich tot ist.«

Sein Vater starrte ihn fassungslos an.

»Was?« fragte er.

Wuller stand auf.

»Ich sagte, daß der Drache wahrscheinlich inzwischen tot ist.«

»Hast du jetzt auch den Verstand verloren?« fragte Wulran. »Ich wußte nicht, daß das ansteckend ist.«

»Ich bin nicht verrückt«, widersprach Wuller. Ihm gefiel aber der Ton seines Vaters überhaupt nicht. Er beschloß, nichts mehr zu sagen.

»Geh beiseite, Junge!« verlangte Wulran. »Ich will mich vergewissern, daß sie da drinnen ist.«

Wuller trat beiseite.

Er sagte nichts, als sein Vater den Riegel wegschob und die Tür öffnete. Dann sah er Seldis, die friedlich in Illurés Bett schlief.

Den Rest des Vormittags sprach er kein Wort mehr, nicht einmal, als die Männer später kamen und die noch immer schlafende Seldis packten und zu dem flachen Stein schleppten, wo der Drache zu speisen pflegte.

Seldis wachte in dem Augenblick auf, als sie die Hände spürte; aber sie schrie nicht und schlug auch nicht um sich. Sie wehrte sich überhaupt nicht, als die Männer sie zu dem flachen, blutverschmierten Stein trugen, wo der Drache seinen Tribut abholte.

Man ließ sie sanft zu Boden gleiten. Das eine Seilende war um ihre Knöchel gebunden, das andere an den hohen, verkohlten Baumstumpf neben der Steinplatte, wo man bisher immer nur das Schaf festgebunden hatte. Ihre Hände waren ebenfalls gefesselt.

Als sie auf dem Stein lag, gingen die anderen ein Stück zurück und ließen sie allein dort.

Sie schaute die Dorfbewohner an und richtete das Wort an Wuller.

»Hoffentlich hast du recht mit diesen Pilzen«, sagte sie.

Er schaute zum Berg hinauf und lächelte. »Seht doch selbst!« Er zeigte hinauf.

Sie schaute auf die Stelle, auf die Wuller deutete. Da hing die Schwanzspitze des Drachen wie eine riesige, aufgeblähte Ranke über den Felsvorsprung. Bis jetzt war sie niemandem aufgefallen. Aller Augen waren auf die Gefangene gerichtet gewesen.

Der Schwanz hing völlig schlaff herab.

»Seht Ihr?« sagte Wuller. »Er ist tot, wie Ihr vorausgesagt habt.«

Die Dörfler starrten mit vor Staunen aufgerissenen Mündern hinauf.

»Es wäre besser, wenn wir hinaufgingen und uns vergewissern, daß er wirklich tot ist«, sagte Seldis. »Ich kenne diese Pilze nicht. Wenn er nur krank ist, sollten wir ihn erledigen, solange er noch geschwächt daliegt.«

»Richtig«, sagte Wuller. Er kniete neben ihr nieder, zog sein Messer und zerschnitt die Seile.

Wulran riß die Augen von dem leblosen, schlaffen Schwanz weg und blickte auf die gefesselte junge Frau. »Was hast du *gemacht*?« fragte er.

»Wir haben den Drachen getötet, Wuller und ich«, erklärte sie. »Ich sagte doch, daß ich weiß, wie man das bewerkstelligt.« Jetzt waren ihre Handgelenke frei. Sie setzte sich auf.

»Aber *wie*?« fragte Wulran.

»Es war ein Kinderspiel. Wuller ließ mich gestern nacht raus. Dann sind wir zusammen in den Wald gegangen und haben Pilze gesammelt. Zwei Körbe voll – diese weißen mit den dünnen Stielen und den Manschetten. Ihr habt keinen Eisenhut und auch keinen Nachtschatten, aber es mußte doch *irgend etwas* Giftiges geben. Wuller erzählte mir von den Pilzen.«

»Aber wie...«, setzte jemand an.

Seldis schenkte ihm keine Beachtung, sondern sprach weiter.

»Wir zerkleinerten die Pilze und stopften sie in die Wursthäute. dann stopften wir *diese* dem Schaf in den Hals, das Wuller geholt hatte. Danach banden wir das Schaf hier fest – oh, seht! Da ist noch Schafsblut an meinem Rock! Habt ihr denn nicht gesehen, daß das Blut noch naß war?«

Wuller grinste, als er ihr das Seil von den Knöcheln löste.

»Na, schon gut«, fuhr Seldis fort. »Wir haben das Tier hier festgebunden, und der Drache hat es gefressen. Das war alles.«

»Giftige Pilze?« fragte jemand. »Und das ist alles, was nötig war?«

»*Natürlich* ist das alles!« antwortete Seldis, offenkundig beleidigt. »Haltet ihr mich etwa für eine Nichtskönnerin? Ich weiß, wie man Drachen tötet. Das habe ich doch gesagt.«

»Bist du sicher, daß er tot ist?« fragte Wulran. »Ich meine, ich weiß, daß diese Pilze tödlich sind, aber das ist ein *Drache*...«

Seldis zuckte mit den Schultern. »Ein Drache ist auch nur ein Tier. Ein besonderes Tier, vielleicht ein Zaubertier; aber auf alle Fälle ein Tier aus Fleisch und Blut. Gift tötet es so sicher wie jeden anderen auch.«

»Wir müssen das aber überprüfen«, sagte Wulran mürrisch. »Wir können nicht nur dein Wort akzeptieren, daß das Untier tot ist.«

»Völlig richtig«, pflichtete Seldis ihm bei. »Wenn ich die Dosis falsch bemessen habe, ist er vielleicht nur ein paar Tage krank. Wir müssen nachsehen. Und wenn er noch lebt, müssen wir ihn erledigen, solange er noch schwach ist.«

Die Dorfbewohner sahen sich an.

»Ihr braucht nicht alle zu gehen«, erklärte Seldis. »Wuller und ich werden nachsehen.«

»Ich komme auch mit«, erklärte Wulran.

»Wenn Ihr wollt. Aber da ist noch etwas. Könnte mir jemand einen Weinschlauch holen, den größten, den ihr habt.«

Die Dörfler waren erstaunt, aber keiner wagte es, gegen Seldis aufzumucken.

Kurz darauf stiegen Wulran, Wuller und Seldis den Berghang empor zu der Felskante, wo der Drachenschwanz baumelte. Seldis schleppte einen riesigen, leeren Weinschlauch. Bei Festen wurden solche Schläuche auf dem Dorfplatz aufgehängt. Noch immer hatte keiner den Mut, sie zu fragen, wozu sie den Schlauch benötigte.

Sie schlichen auf den Felsvorsprung. Dann am dicken Schwanz vorbei in die Schlucht, in welcher der größte Teil des Drachen still und reglos lag.

»Er *sieht* tot *aus*«, flüsterte Wuller, als sie neben dem riesigen Bauch angelangt waren.

Seldis nickte. »Aber das Aussehen kann täuschen.« Sie holte ihren Dolch heraus und kroch auf den Kopf zu.

»Was macht Ihr...«, fragte Wuller.

»Bleibt zurück!« zischte sie. »Ich will sicherstellen, daß er tot ist!«

Wulran packte Wuller am Arm und zog ihn auf die Felskante zurück. Von dort aus konnten beide schnell nach unten rutschen und außer Sicht sein, wenn es brenzlig würde.

Sie warteten. Wuller schien es wie Stunden. Doch als er zur Sonne hinaufblickte, stellte er fest, daß es sich nur um Minuten gehandelt hatte.

»Alles in Ordnung«, rief Seldis endlich. »Er ist tot.«

Wuller lief schnell die Schlucht hinab und rief. »Wie könnt Ihr sicher sein?«

Dann sah er, was sie getan hatte. Sie hatte den langen Dolch bis zum Griff in das eine Drachenauge gestoßen.

Wäre noch ein Fünkchen Leben in dem Ungeheuer gewesen, hätte es darauf reagiert!

Dann schwang sie den Weinschlauch in die richtige Stellung und schnitt eine Ader auf, so daß das Drachenblut in den Schlauch floß. Wuller starrte auf den purpurnen Bach.

»Das wird meine Ausgaben decken«, erklärte Seldis beinahe entschuldigend. »Zauberer können Drachenblut immer gebrauchen.«

»Er ist tatsächlich tot!« sagte Wuller. »Wir haben es getan! Seldis, wir schulden Euch mehr, als wir je bezahlen können, besonders nach der schlechten Behandlung. Ich bin sicher, daß jeder im Dorf mir da zustimmt.«

Wulran trat hinter ihn. »Wenn sie sich anfangs weigern, werde ich sie dazu bringen, zuzustimmen, junge Lady.«

Seldis zuckte mit den Schultern. »Das war doch gar nichts! Der Drache hier war ein Kinkerlitzchen! Verdammt, ihr hättet leicht selbst draufkommen können! Ihr kanntet die Pilze und habt einfach zugesehen, wie das Monster jeden Tag ein Schaf auffraß! Warum habt ihr nicht *irgend etwas* versucht?«

Wulran zuckte mit den Achseln. »Wir hatten die Prophezeiung, das Orakel – daß Ihr kommen und uns retten würdet.« Er lächelte verlegen.

Seldis starrte ihn an.

»Ihr wolltet mich also opfern?« fragte sie. »Ihr habt ernstlich gedacht, daß euch das retten würde?«

Wulran öffnete den Mund, um zu antworten, schloß ihn aber wieder.

»Ist *keinem* von euch der Gedanke gekommen, daß ihr – wenn das Orakel *nicht* meinte, daß ich geopfert werden sollte – die einzige Person umbringen würdet, die euch retten könnte?«

Wulran schlug die Augen nieder und machte keinen Versuch, sich zu rechtfertigen.

»Ich hätte das nie zugelassen«, erklärte Wuller.

»Ha! Ich habe nicht bemerkt, daß du sie heute morgen aufgehalten hast!«

»Aber da hatten wir den Drachen doch schon vergiftet.«

»Und wenn das Gift nicht gewirkt hätte?«

Wullers Mund stand ebenso wie der seines Vaters offen. Auch er brachte kein Wort über die Lippen.

Dann machte er den Mund zu. »Ich hätte es nicht zugelassen. Sie hätten *mich* schon zuerst töten müssen!« erklärte er fest.

Seldis schaute ihn an, dann den Drachen. Der Blutstrom war versiegt. Sie verschloß den Weinschlauch und warf ihn sich über die Schulter. Dann schob sie Vater und Sohn beiseite und schritt entschlossen aus der Schlucht hinaus.

Wulran und Wuller schauten ihr nach. Wulran blickte seinen Sohn verzeihungsheischend an. Doch Wuller war nicht in der Stimmung, die Entschuldigung zu akzeptieren. Er lief schnell hinter Seldis her.

Als er sie eingeholt hatte, fiel ihm nichts ein, was er sagen könnte. So marschierten die beiden schweigend Seite an Seite zurück ins Dorf.

Dort erklärte Seldis: »Ich bin müde, Wuller. Wir waren die ganze Nacht auf. Ich werde jetzt erst mal schlafen.«

Er nickte. »Gute Idee.«

Kaum war sie in Illurés Schlafkammer verschwunden – diesmal blieb die Tür offen und unversperrt –, suchte auch er sein Bett auf.

Wuller wachte nachmittags auf. Da war Seldis schon angezogen und packte ihr Bündel. Der Weinschlauch mit dem Drachenblut lag vor ihren Füßen.

»Ich gehe jetzt«, sagte sie, ohne ihn anzusehen.

Wuller stand auf der Schwelle seiner Kammer und schaute sich im vertrauten Haus um: Da waren die gemalten Kacheln seiner Mutter an der Wand, die Eisenpfannen hingen neben der Feuerstelle in der Küche. Seine Eltern und Tante Illuré waren irgendwo in der Nähe. Um das Haus herum stand das Dorf: Das war bis vor wenigen Tagen seine Welt gewesen. Heimat für seine ganze Familie und alle, die er je gekannt hatte.

Jetzt war alles sicher. Der Drache war tot. Seldis wurde nicht länger gebraucht. Sie ging zurück in ihre Heimat, ins ferne Aldagmor, hinaus in die feindliche und unbekannte Welt jenseits des Dorfes, in die Welt, in der Wuller niemanden kannte und nichts besaß.

»Warte auf mich!« rief er und raffte seine Sachen zusammen.

Zu seiner Überraschung wartete sie tatsächlich.

Originaltitel: Portrait of a Hero
Ins Deutsche übertragen von Edda Petri

Über die Autoren

ISAAC ASIMOV wurde zu seinem großen Erstaunen in der Sowjetunion geboren. Er setzte alles daran, diese Situation schleunigst zu ändern. Als seine Eltern in die Vereinigten Staaten emigrierten, hatten sie Isaac (damals drei Jahre alt) mit im Gepäck. Mit acht Jahren wurde er dann amerikanischer Staatsbürger.

Er wuchs auf in Brooklyn, besuchte die dortigen staatlichen Schulen, schrieb sich schließlich an der Columbia University ein und schaffte es tatsächlich, diverse akademische Grade in Chemie bis hin zur Doktorwürde zu erlangen, obwohl ihm die Universitätsleitung mehr als einen Knüppel zwischen die Beine warf. Dann infiltrierte er die Universität von Boston, ignorierte alle Empörungsrufe und kletterte weiter auf der akademischen Leiter, bis er Professor für Biochemie geworden war.

In der Zwischenzeit war er im Alter von neun Jahren auf die Liebe seines Lebens gestoßen, und zwar in Form seines ersten Science-Fiction-Magazins. Mit elf begann er Stories zu schreiben, und mit achtzehn hatte er tatsächlich die Nerven, eine von ihnen auf dem literarischen Markt anzubieten. Sie wurde abgelehnt. Nach vier langen Monaten der Selbstzweifel und des Leidens verkaufte er dann doch seine erste Geschichte. Danach warf er nie wieder einen Blick zurück.

Was läßt sich über seinen gigantischen Ausstoß hinaus noch

sagen? Er hat über 340 Bücher veröffentlicht und lebte lange Jahre mit seiner Frau Janet Jeppson, einer Psychologin und Schriftstellerin, in New York City. Er starb 1992.

TERRY BROOKS wurde 1944 in Illinois geboren. Sein Hauptfach am Hamilton College in Clinton, New York war Englische Literatur, und er erwarb einen Abschluß in Rechtswissenschaften an der Washington & Lee University in Lexington, Virginia. Bis vor kurzem war er praktizierender Anwalt; inzwischen hat er seinen Job aufgegeben, um sich ganz dem Schreiben zu widmen.

Nachdem er schon während seiner Highschoolzeit geschrieben hatte, veröffentlichte er 1977 sein Debut *Das Schwert von Shannara* (Goldmann TB 23838). Die Shannara-Serie wurde ein Riesenerfolg. Mit *Königreich zu verkaufen* (Goldmann TB 23914) startete er 1986 eine neue Bestsellerserie. Brooks lebt momentan im Nordwesten der USA.

C. J. CHERRYH veröffentlichte ihr erstes Buch, *Das Tor von Ivrel*, 1977. Inzwischen ist sie eine der führenden Autorinnen auf dem Gebiet der Science Fiction und Fantasy und bekannt für ihre Originalität, ihren Erfindungsreichtum und ihren superben Stil. Für ihre Romane *Pelle Stern* und *Cyteen* wurde sie zweimal mit dem Hugo Award ausgezeichnet. Sie lebt in Oklahoma.

LESTER DEL REY wurde in einer kleinen Farmgemeinde in Minnesota geboren. 1931 zog er nach Washington, D. C., um dort aufs College zu gehen, verließ die Schule aber nach zwei Jahren wieder, um sich mit verschiedensten Jobs durchzuschlagen.

Mit zweiundzwanzig schrieb er seine erste Story, und bis heute gehen etwa fünfzig Romane und unzählige Kurzgeschichten auf sein Konto. Er war Lektor, Autorenbetreuer und literarischer Agent und ist immer noch einer der großen Experten auf dem Gebiet der Science Fiction und Fantasy.

Heute ist del Rey Vizepräsident von Ballantine Books und Fantasy-Lektor bei Del Rey Books. Inzwischen sechsundsiebzig, kümmert er sich weiterhin mit anhaltendem Erfolg um das Genre und bleibt weiterhin auf der Suche nach Autoren, die die Fantasy von morgen bestimmen werden.

SUSAN ELIZABETH DEXTER wurde im Juli 1955 im Westen Pennsylvanias geboren. Abgesehen von ein paar Einkaufsabstechern nach New York und verschiedenen Besuchen bei den World Fantasy Conventions hat sie bis jetzt ihr ganzes Leben in dieser Gegend verbracht. Die ausgebildete Werbegraphikerin arbeitet seit elf Jahren als Modeillustratorin und freiberufliche Künstlerin.

Ihr Job als Illustratorin brachte sie zur Fantasy. Für ihre Umschlagentwürfe wurde sie mehrfach ausgezeichnet, aber die Wurzeln ihres Interesses für das Genre gehen tiefer. Während ihrer Kindheit las sie am liebsten Bücher mit Feen und Pferden; später beschäftigte sie sich mit historischen und okkulten Romanen. So gesehen war ihre Hinwendung zur Fantasy ein logischer Schritt.

Sie liest leidenschaftlich gern, fechtet, sammelt Kräuter und Pflanzen, zählt Makramee und Weben zu ihren Hobbys und widmet sich darüber hinaus dem Modellieren und den schönen Künsten.

WAYLAND DREW wurde in Oshawa, Ontario geboren. Während seiner Highschoolzeit begann er mit dem Schreiben und verfeinerte seinen Stil während seines Englisch- und Literaturstudiums an der Universität von Toronto. Neben seinem Beruf als Lehrer an einer Highschool ist er als Autor der Trilogie *The Earthring Cycle* in Erscheinung getreten.

Mr. Drew lebt mit seiner Frau Gwendolyn in Bracebridge, wo er seit elf Jahren Englisch unterrichtet. Sie haben vier Kinder.

BARBARA HAMBLY hat an einer Highschool unterrichtet, war Model, Kellnerin, Korrekturleserin, Studentin, Verkäuferin in einem Spirituosenladen und Karatelehrerin. Sie wurde in San Diego geboren und verbrachte – mit Ausnahme eines Highschoolsemesters in New South Wales, Australien – ihre gesamte Jugend in Südkalifornien. Ihr Interesse an der Fantasy erwachte im frühen Alter mit der Lektüre des *Zauberers von Oz* – und hat seitdem nie mehr nachgelassen.

Sie besuchte die Universität von Kalifornien in Riverside und spezialisierte sich auf mittelalterliche Geschichte. Ein Jahr verbrachte sie an der Universität von Bordeaux im Süden Frankreichs und arbeitete bis zu ihrem Abschluß als wissenschaftliche Assistentin an der Universität in Riverside. Seit 1978 besitzt sie einen schwarzen Gürtel in Karate und hat an diversen Wettkämpfen teilgenommen. Sie lebt heute in Los Angeles.

KATHERINE KURTZ wurde während eines Hurricans in Coral Gables, Florida geboren und hat seitdem das Leben eines Wirbelwinds geführt. Sie hat einen Magisterabschluß in englischer Geschichte. Sie studierte Medizin, bevor sie sich entschloß, sich ganz dem Schreiben zu widmen. Während ihrer Studienzeit hat sie sich unter anderem eingehend mit Religionsgeschichte, magischen Systemen und anderen esoterischen Themen beschäftigt.

Katherine Kurtz hat neben ihren weithin bekannten Fantasy-Romanen und Erzählungen einen okkulten Thriller geschrieben, der in England während des Zweiten Weltkriegs spielt. Sie lebt mit ihrem Mann und ihrem Sohn in einem neuviktorianischen Haus in Irland, das fatal an Toad Hall erinnert.

ANNE McCAFFREY wurde an einem 1. April geboren und hat seitdem ihr Bestes getan, ihr Leben nach diesem glückverheißenden Geburtstag zu gestalten. Ihren ersten Roman schrieb sie während eines Lateinkurses, und er hätte ihr wahrscheinlich schnellen Ruhm und ein Sehr gut im Zeugnis eingebracht, wenn sie ihn auch in dieser Sprache geschrieben hätte. Nach der Schule ging sie zur Bühne, wurde Schauspielerin und trat unter anderem beim ersten Sommermusikzirkus in Lambertville, New Jersey auf. Sie studierte neun Jahre Gesang, begann während dieser Zeit, sich mehr und mehr für die Bühnenregie von Opern und Operetten zu interessieren, und beendete diesen Lebensabschnitt mit der Regie der amerikanischen Premiere von Carl Orffs Oper *Ludus De Nato Infante Mirificus*, in der sie darüber hinaus eine Hexe spielte.

Als ihre drei Kinder im Schulalter waren, hatte sie sich mit verschiedenen Kurzgeschichten bereits einen Namen gemacht. Sie beschloß, sich künftig ganz aufs Schreiben zu konzentrieren.

Wenn sie nicht gerade als Rednerin oder Ehrengast bei einem Science-fiction-Kongreß in den USA oder England auftritt, lebt Ms. McCaffrey mit ihren zwei Katzen, ihren zwei Hunden und ihren Pferden in Dragonhold, einem kleinen Ort in den irischen Bergen. Über sich selbst sagt sie: »Ich habe grüne Augen, silbernes Haar und Sommersprossen; der Rest verändert sich, ohne daß ich es bemerke.«

LAWRENCE WATT-EVANS wurde im östlichen Massachusetts geboren und als viertes von sechs Kindern in einem Haus voller Bücher aufgezogen. Seine Eltern waren unverbesserliche Leseratten, und beide waren große Science-Fiction-Fans; er las, was gerade zur Hand war, darunter eine Menge fantastischer Literatur. Er war sieben, als er sich zum erstenmal selbst an einer Science-Fiction-Story versuchte

Nachdem er zwölf Schuljahre überlebt hatte, trat er in die Fußstapfen seines Großvaters und seines Vaters und besuchte die Universität von Princeton, wenn auch nicht mit deren Erfolg: Nach zwei vergeblichen Anläufen verließ er die Universität ohne Abschluß.

Ohne sich vorstellen zu können, was er sonst machen sollte, versuchte er bereits während seiner Collegezeit, seine Geschichten zu verkaufen – mit bemerkenswertem Mißerfolg. Aber nach seiner vergeblich in Princeton verbrachten Zeit klappte es schließlich doch noch mit seiner schriftstellerischen Karriere, die mit *The Lure of the Basilisk* begann. *Nightside City* war sein zwölftes Buch; von den zwölf sind sechs Fantasy- und sechs Science-fiction-Romane.

Lawrence Watt-Evans ist seit 1977 verheiratet, hat zwei Kinder und lebt in Maryland in der Nähe von Washington, D. C.